SANGUE ERRANTE

James Ellroy

SANGUE ERRANTE

tradução de
IVANIR ALVES CALADO

EDITORA RECORD
RIO DE JANEIRO • SÃO PAULO
2011

CIP-Brasil. Catalogação-na-fonte
Sindicato Nacional dos Editores de Livros, RJ.

E43s

Ellroy, James, 1948-
Sangue errante / James Ellroy; tradução de Alves Calado. – Rio de Janeiro: Record, 2011.
(Coleção Negra)

Tradução de: Blood's a rover
ISbN 978-85-01-08989-2

1. Ficção Policial. 2. Romance americano I. Alves Calado, Ivanir, 1953-. II. Título. III. Série

10-3550

CDD: 813
CDU: 821.111(73)-3

Título original em inglês:
Blood's a rover

Texto revisado segundo o novo Acordo Ortográfico da Língua Portuguesa.

Editoração eletrônica: Abreu's System

Direitos exclusivos de publicação em língua portuguesa somente para o Brasil adquiridos pela
EDITORA RECORD LTDA.
Rua Argentina, 171 – Rio de Janeiro, RJ – 20921-380 – Tel.: 2585-2000,
que se reserva a propriedade literária desta tradução.

Impresso no Brasil

ISBN 978-85-01-08989-2

Para

J. M.

Camarada: por tudo que você me deu

O barro fica imóvel, mas o sangue é andarilho;
A respiração é uma mercadoria que não permanecerá.
Levante-se, rapaz: quando a jornada acabar,
Haverá tempo para dormir.

A. E. Housman

NAQUELE TEMPO

Los Angeles, 24/2/1964

De repente:

O caminhão de leite fez uma curva fechada à direita e raspou o meio-fio. O motorista perdeu a direção. Pisou no freio em pânico. Causou uma derrapagem de traseira. Um carro blindado da Wells Fargo bateu no caminhão de leite de frente/lado.

Ouve só isso:

7h16. Sul de L.A., esquina da 84 com a Budlong. Área residencial para negros. Casebres desprezíveis com terrenos cobertos de sujeira na frente.

O choque fez os dois veículos pararem. O motorista do caminhão de leite bateu no painel. A porta do lado do motorista se escancarou. O motorista tombou e bateu na calçada. Era um negro com cerca de 40 anos.

O carro blindado ficou com alguns amassados no capô. Três guardas saíram para verificar os estragos. Eram brancos com uniformes cáqui apertados. Usavam cintos Sam Browne com coldres fechados com botões de pressão.

Ajoelharam-se ao lado do motorista do caminhão de leite. O cara estremeceu e ofegou. A pancada no painel tinha aberto um talho na testa. Sangue pingava nos seus olhos.

Ouve só isso:

7h17. Céu nublado de inverno. Rua calma. Sem tráfego de pedestres. Sem burburinho provocado pela batida de carro, ainda.

O caminhão de leite arfou. O radiador estourou. Uma nuvem de vapor sibilou e se espalhou até longe. Os guardas tossiram e enxugaram os olhos. Três homens saíram de um Ford 62 parado mais atrás.

Usavam máscaras e luvas. Calçavam sapatos com solas de borracha. Usavam cintos carregando bombas de gás em bolsas pequenas. Usavam blusas de manga comprida abotoadas. A cor da pele estava oculta.

O vapor os cobria. Andaram e sacaram armas com silenciadores. Os guardas tossiram. Isso forneceu cobertura sonora. O motorista do caminhão de leite sacou uma arma com silenciador e atirou na cara do guarda mais próximo.

O som foi uma pancada surda. A testa do guarda explodiu. Os outros dois guardas tentaram sacar as pistolas. Os mascarados atiraram neles pelas costas. Estremeceram e tombaram para a frente. Os mascarados atiraram na cabeça dos dois, à queima-roupa. Os estampidos e o estalar dos crânios soaram abafados.

São 7h19. Ainda está silencioso. Ainda não há tráfego de pedestres ou burburinho causado pelo acidente de carro.

Barulho agora — dois tiros mais ecos altos. Fogo saindo dos canos, formas estranhas, estampidos vindo das fendas para armas do carro blindado.

Os tiros ricochetearam no pavimento. Os mascarados e o motorista do caminhão de leite se levantaram. Rolaram *na direção* do carro blindado. Isso atrapalhava o ângulo de tiro. Mais quatro disparos soaram. Quatro mais dois — uma carga de revólver.

O Mascarado 1 era alto e magro. O Mascarado 2 tinha estatura mediana. O Mascarado 3 era pesadão. São 7h20. Ainda não há tráfego de pedestres. Um grande dirigível no céu puxava flâmulas de uma loja de departamento.

O Mascarado 1 se levantou e correu para baixo da fenda para arma do blindado. Pegou uma bomba de gás na bolsa e arrancou a tampa. A fumaça se espalhou. Ele enfiou a bomba na fenda. O guarda lá dentro berrou e teve ânsias de vômito, fazendo um muito barulho. A porta de trás se escancarou. O guarda pulou e caiu de joelhos no pavimento. Sangrava pelo nariz e pela boca. O Mascarado 2 atirou duas vezes na cabeça dele.

O motorista do caminhão de leite pôs uma máscara de gás. Os mascarados puseram máscaras de gás por cima das máscaras. O gás saía pela porta traseira. O Mascarado 1 pegou mais uma bomba de gás e jogou lá dentro.

A fumaça explodiu e se acomodou, formando uma névoa ácida — vermelha, cor-de-rosa, transparente. Começou um burburinho na rua. Há alguns curiosos nas janelas, algumas portas abertas, algumas pessoas de cor nas varandas.

São 7h22. A fumaça se dispersou. Não há um segundo guarda dentro.

E eles entram.

Ficaram espremidos. Era um espaço entulhado. Bolsas de dinheiro e pastas de executivo empilhadas em estantes nas paredes. O Mascarado 1 fez a contagem: 16 bolsas e 14 pastas.

Pegaram. O Mascarado 2 tinha um saco de aniagem enfiado na calça. Puxou-o e abriu.

Pegaram. Encheram o saco. Uma pasta se abriu. Eles viram um monte de esmeraldas embrulhadas em um plástico.

O Mascarado 3 abriu uma bolsa de dinheiro. Um maço de notas de 100 quase escapou para fora. Ele puxou a tira com o timbre do banco. Jatos de tinta espirraram nele e nos buracos da máscara. Ele levou tinta na boca e nos olhos.

Engasgou, cuspiu tinta, esfregou os olhos e saiu tropeçando pela porta. Cagou nas calças e ficou agitando os braços. O Mascarado 1 se afastou da porta e lhe deu dois tiros nas costas.

São 7h24. *Agora* há burburinho. É uma balbúrdia de selva confinada às varandas.

O Mascarado 1 foi na direção do barulho. Pegou quatro bombas de gás, tirou as tampas e jogou-as. Para a direita e para a esquerda. A fumaça subiu vermelha, cor-de-rosa e transparente. Céu ácido, minifrente de tempestade, arco-íris. Os otários das varandas gritaram, tossiram e correram para dentro dos barracos.

O motorista do caminhão de leite e o Mascarado 2 encheram quatro sacos de aniagem. Pegaram tudo: todos os sacos de dinheiro e as pastas. Foram até o Ford 62. O mascarado 1 abriu o porta-malas. Jogaram os sacos dentro.

7h26.

Uma brisa começou a soprar. O vento fez redemoinho nas nuvens de gás, fundindo as cores. O motorista do caminhão de leite e o Mascarado 2 olharam pelos óculos de proteção.

O Mascarado 1 ficou na frente deles. Eles ficaram putos — *Qual é?* —, não bloqueie minha visão do show de luzes. O Mascarado 1 atirou na cara dos dois. Os tiros explodiram os vidros dos óculos e os tubos das máscaras de gás e apagaram as luzes dos dois num segundo.

Ouve só isso:

7h27. Quatro guardas mortos, três bandidos mortos. Nuvens de gás cor-de-rosa. Atmosfera ácida. Fumaça deixando os arbustos com um cinza maligno.

O Mascarado 1 abriu a porta do motorista e enfiou a mão embaixo do banco. Bem ali: um maçarico e um saco marrom cheio de bolinhas que queimavam ao contato. As bolinhas pareciam um híbrido de ração para aves e jujubas.

Fez tudo devagar.

Foi até o Mascarado 3. Derramou bolinhas nas costas dele e enfiou bolinhas na boca do sujeito. Ligou o maçarico e queimou o corpo. Foi até o motorista do caminhão de leite e o Mascarado 2. Jogou bolinhas nas costas dos dois e enfiou bolinhas em suas bocas e queimou os corpos com o maçarico.

Agora o sol estava bem alto. A fumaça de gás captou raios e fez de um pequeno trecho de céu um grande prisma. O Mascarado 1 saiu com o carro, em direção ao sul.

Ele chegou primeiro. Sempre chegava. Captava os avisos de roubos no bairro negro pelas frequências das radiopatrulhas. Tinha seu próprio rádio de faixas múltiplas.

Parou junto ao carro blindado e ao caminhão de leite. Observou a rua. Viu alguns crioulos olhando a carnificina. O ar ardia. Sua primeira suposição: bombas de gás e uma colisão forjada.

Os crioulos o viram. Lançaram olhares padrão tipo "Ah, merda". Ele ouviu sirenes. O som dizia que eram seis ou sete carros. Da Newton com a 77th Street — duas divisões saindo. Ele tinha três minutos para olhar.

Viu os quatro guardas mortos. Viu dois mortos incinerados perto do meio-fio, a uma distância equivalente a alguns carros.

Ignorou os guardas. Verificou os homens queimados. Estavam tão calcinados que a pele estalava, as roupas meio enroladas. Sua primeira suposição: traição instantânea. Vamos foder com a identificação dos parceiros dispensáveis.

As sirenes soaram mais próximas. Um garoto mais adiante na rua acenou. Ele confirmou com a cabeça e acenou em resposta.

Já havia sacado a gestalt. Aquele tipo de merda pela qual a gente espera a vida toda. Quando chega, *a gente sabe.*

Ele era um homem grande. Usava terno de tweed e gravata-borboleta xadrez. Havia pequenos “14” bordados na seda. Tinha matado a tiros 14 assaltantes à mão armada.

AGORA

Estados Unidos da América:

Espiei pela janela quatro anos da nossa história. Foi um longo tempo de tocaia móvel e batidas chutando portas. Eu tinha licença para roubar e passagem grátis para viajar.

Seguia pessoas. Grampeava, gravava e captava grandes acontecimentos em elipses. Permanecia incógnito. Minha vigilância liga o Naquele Tempo ao Agora de um modo jamais revelado antes. Eu estava lá. Meu relato é sustentado por testemunhos dignos de crédito e fofocas internas. Enormes trilhas de jornais fornecem possibilidade de verificação. Este livro decorre de arquivos públicos roubados e diários particulares usurpados. É a soma de aventura pessoal e quarenta anos de aprendizado. Sou um executor literário e agente provocador. Fiz o que fiz e vi o que vi e fui abrindo caminho até o resto da história.

Veracidade digna das escrituras e conteúdo de publicações escandalosas. Essa conjunção é o que faz tudo isso fervilhar. Já há dentro de você a semente da credulidade. Você se lembra do tempo que esta narrativa captura e sente conspiração. Estou aqui para dizer que é tudo verdade e nem um pouco o que você pensa.

Você vai ler com alguma relutância e capitular no final. As páginas seguintes vão obrigá-lo a sucumbir.

Vou contar tudo.

NAQUELE TEMPO

PRIMEIRA PARTE
SURUBA

14 de junho de 1968 a 11 de setembro de 1968

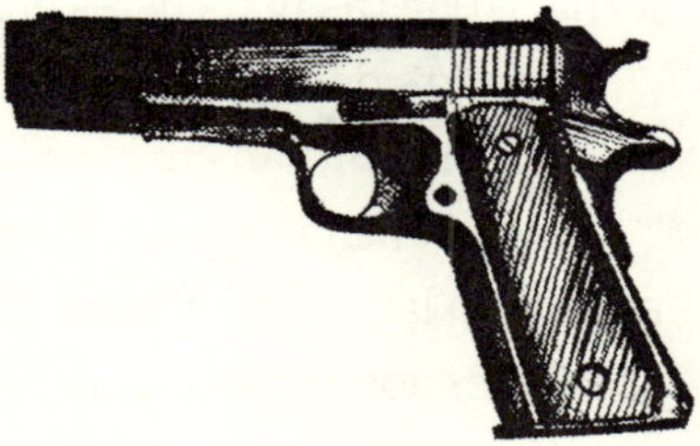

CAPÍTULO 1

Wayne Tedrow Jr.

(Las Vegas, 14/6/1968)

Heroína:

Ele havia montado um laboratório em sua suíte de hotel. Béqueres, cubas e bicos de Bunsen enchiam as prateleiras nas paredes. Uma chapa quente com três queimadores servia para a conversão de pequenas quantidades. Estava fazendo um produto analgésico. Não preparava drogas desde Saigon.

Uma suíte completa no Stardust, alugada por Carlos Marcello. Carlos sabia que Janice tinha câncer terminal e que ele era hábil em química.

Wayne misturou pó de morfina com amônia. Um aquecimento de 2 minutos fez soltar lascas de mica e sedimentos. Ferveu água a 182 graus. Acrescentou anidrido acético e reduziu as proporções de ligação. A fervura liberou lixo orgânico.

Em seguida, os precipitantes — ao processo de cozimento lento — diacetil morfina e carbonato de sódio.

Wayne misturou, mediu e deixou dois queimadores em fogo baixo. Olhou a suíte ao redor. A arrumadeira havia deixado um jornal. Todas as manchetes eram *ele*.

A morte de Wayne Sênior por "ataque cardíaco". James Earl Ray e Sirhan Sirhan em cana.

Sua primeira página. Nenhuma menção a ele. Carlos tinha abafado o lance com Wayne Sênior. O Sr. Hoover havia abafado as reações aos assassinatos de King e Bobby.

Wayne viu a massa de diacetil aumentar. A mistura iria semianestesiar Janice. Estava se preparando para um grande serviço com Howard Hughes. Hughes era viciado em narcóticos farmacêuticos. Wayne poderia preparar uma mistura só para ele e levá-la à entrevista.

A massa aglomerou-se formando cubos e flutuou no líquido. Wayne viu fotos de Ray e Sirhan na página 2. Trabalhara no atentado a Luther King. Trabalhara em alto nível. Freddy Otash arranjou o bode expiatório Ray para King e o bode expiatório Sirhan para Bobby.

O telefone tocou. Wayne atendeu. Estalos do misturador soaram na linha. Só podia ser Dwight Holly num telefone seguro dos federais.

— Sou eu, Dwight.

— Você o matou?

— Matei.

— "Ataque cardíaco" é o caralho. "Derrame fatal" é melhor.

Wayne tossiu.

— Carlos está cuidando disso pessoalmente. Ele pode abafar qualquer coisa por aqui.

— Não quero o Sr. Hoover tendo um chilique por causa disso.

— *Está abafado.* A questão é: e os outros?

— Sempre vão falar em conspiração. É só apagar uma figura pública que esse tipo de merda vem à tona. Freddy contratou Ray a distância e Sirhan pessoalmente, mas perdeu peso e mudou a aparência. No todo, eu diria que estamos seguros com relação aos dois — Dwight.

Wayne ficou olhando a droga sendo preparada. Dwight soltou mais novidades. Freddy O. comprou o cassino Golden Cavern. Peter Bondurant vendeu a ele.

— Estamos cobertos, Dwight. Diga que estamos cobertos e me convença.

Dwight riu.

— Você parece meio nervoso, garoto.

— Estou meio tenso, é verdade. Falando assim, parricídio é um negócio bem engraçado.

Dwight deu um risinho. Os frascos com a droga começaram a ferver. Wayne ajustou a temperatura e olhou para a foto sobre a mesa.

É Janice Lukens Tedrow, amante/ex-madrasta. É 1961. Ela está dançando o twist no Dunes. Está sem parceiro, perdeu um sapato, uma costura do vestido se rasgou.

— Ei, você está aí? — perguntou Dwight.

— Estou.

— Fico feliz em saber. E fico feliz em saber que estamos seguros do seu lado.

Wayne observou a foto.

— Meu pai era seu amigo. Você está pegando bem leve com o julgamento.

— Mas que merda, garoto. Ele mandou você para Dallas.

Grande D. Novembro de 1963. Ele estava lá, no Grande Fim de Semana. Captou o Grande Momento e fez esse Grande Passeio.

Era sargento do Departamento de Polícia de Vegas. Era casado. Formado em química. Seu pai era um figurão mórmon. Wayne Sênior estava totalmente envolvido com a direita pirada. Fazia operações com a Klan para o Sr. Hoover e Dwight Holly. Estimulava a produção de panfletos ácidos em apologia ao ódio racial. Curtia o barato da extrema direita e sabia das coisas. Estava por dentro do atentado a JFK. Era multifacção: exilados cubanos, desgarrados da CIA, máfia. O Sênior comprou uma passagem para Junior.

Serviço de extradição, com uma advertência: matar o extraditado.

O DP ganhou um extra para a tarefa. Um cafetão negro chamado Wendell Durfee tinha esfaqueado um jogador no cassino. O sujeito sobrevivera. Não importava. O Conselho de Operadores de Cassino quis que Wendell fosse apagado. Os tiras de Vegas pegavam esse tipo de serviço. Eram trabalhos especiais com grande bonificação em dinheiro. Eram testes. O DP queria avaliar seus bagos. Wayne Sênior tinha influência no DP. Tinha conhecimento sobre o atentado a JFK. W. Sênior queria Jr. lá, para o negócio. Wendell Durfee fugiu de Vegas para Dallas. W. Sênior duvidava dos colhões de Jr. W. Sênior achava que Jr. deveria matar um negro desarmado. Wayne pegou um avião para Dallas em 22/11/63.

Ele não queria matar Wendell Durfee. Não sabia sobre o lance contra JFK. Deram-lhe um parceiro para a tarefa da extradição. O nome do tira era Maynard Moore. Trabalhava no

DP de Dallas. Era um caipira psicopata que tinha ajudado no atentado.

Wayne entrou em choque com Maynard Moore e tentou não matar Wendell Durfee. Wayne se deparou com a trama do atentado em queda livre pós-atentado. Ligou Jack Ruby a Moore e àquele mercenário de direita, Pete B. Viu Ruby apagar Lee Harvey Oswald ao vivo na TV.

Ele sabia. Não sabia que seu pai sabia. Foi tudo pelos ares naquele domingo.

JFK estava morto. Oswald estava morto. Wayne achou Wendell Durfee e disse a ele para fugir. Maynard Moore intercedeu. Wayne matou Moore e deixou Durfee ir embora. Pete B. intercedeu e deixou Wayne viver.

Pete considerou prudente esse ato de misericórdia e considerou burro o ato de misericórdia de Wayne. Pete alertou Wayne de que Wendell Durfee poderia aparecer de novo.

Wayne retornou a Vegas. Pete B. mudou-se para Vegas para fazer um serviço a mando de Carlos Marcello. Pete investigou Durfee e anotou algumas coisas: é um estuprador de merda e coisa pior. Era janeiro de 1964. Peter ouviu dizer que Wendell Durfee tinha voltado para Vegas. Contou a Wayne. Este foi atrás de Wendell. Três traficantes negros se meteram no caminho. Wayne os matou. Wendell Durfee estuprou e matou a mulher de Wayne, Linette.

Foi sua própria queda livre. Começou em Dallas e seguiu girando até o Agora.

Wendell Durfee escapou. Wayne Sênior e o DP mexeram os pauzinhos para fazer Wayne se livrar do caso dos traficantes. O Sr. Hoover mostrou-se aplacável. O antigo colega de Wayne Sênior, Dwight Holly, não. Na época Dwight estava trabalhando no Bureau Federal de Narcóticos. Os traficantes vendiam heroína e seriam processados. Dwight falou com o advogado geral dos EUA. Wayne Jr. fodeu com a investigação dele. Ele queria que Wayne Jr. fosse indiciado e julgado. O DP forjou algumas provas e enganou o júri. Wayne se livrou das mortes. Isso o deixou vazio. Abandonou o DP e entrou para A Vida.

Mercenário. Traficante de heroína. Assassino.

Lynette estava morta. Ele prometeu encontrar Wendell Durfee e matá-lo. Lynette era sua melhor amiga, namorada e o muro que o protegia do amor dele pela segunda mulher do pai. Janice era mais velha, viu-o crescer, ficou com Sênior por causa do dinheiro e da influência dele. Janice retribuía o amor de Wayne. O desejo era recíproco. Ficou ali e simplesmente *cresceu*.

Wayne ligou-se a Pete e sua mulher, Barb. Pete era unha e carne com um advogado da máfia chamado Ward Littell. Ward era ex-FBI e foi o homem da linha de frente no atentado contra JFK. Estava trabalhando para Carlos Marcello e Howard Hughes e jogando dos dois lados, e na frente e atrás. Wayne teve Pete e Ward como professores. Aprendeu A Vida com eles. Absorveu todo o currículo deles numa velocidade alucinante.

Pete estava pilhado na causa dos exilados cubanos. O Vietnã vinha esquentando. Howard Hughes alimentava planos loucos de comprar Las Vegas. Wayne Sênior se juntou à guarda mórmon de Hughes. Ward Littell desenvolveu um ressentimento contra W. Sênior. Um desgarrado da CIA recrutou Pete para criar uma rota de drogas de Saigon até Vegas, cujos lucros iriam para a causa cubana, com o apoio de Carlos Marcello. Pete precisava de um químico para a droga e recrutou Wayne. O ódio de Ward contra Wayne Sênior cresceu. Ward fodeu com W. Sênior. Contou a Wayne que seu pai o havia mandado para Dallas.

Wayne ficou tonto, tentou agarrar o ar, mal conseguia ficar de pé. Wayne comeu Janice na casa do pai e fez questão que Wayne Sênior visse.

•

"A Vida", um nome. Um porto seguro para mórmons com a barra suja, químicos patifes, matadores de crioulos.

Wayne Sênior se divorciou de Janice. Bateu nela com uma bengala com ponta de prata para compensar o custo do acordo judicial. Janice passou a mancar a partir daquele dia, mas ainda jogava golfe. Ward Littell vendeu Las Vegas a Howard Hughes pelo preço inflacionado da máfia e começou um romance esporádico com Janice. Wayne Sênior aumentou sua influência sobre Howard Hughes e puxava o saco do ex-vice-presidente Dick Nixon. Dwight Holly saiu do Bureau de Narcóticos e voltou para o FBI. O Sr. Hoover mandou Dwight acabar com Martin Luther King e o movimento pelos direitos civis. Dwight empregou Wayne Sênior em operações antiKlan de fraude nos correios, uma lenga-lenga para os chorões do Departamento de Justiça.

Wayne preparava heroína em Saigon e mandava para Vegas. Wayne caçou Wendell Durfee durante quatro anos. O país explodia com tumultos de rua e uma tempestade de merda que era o ódio racial. King trombeteava contra Hoover em todas as frentes de moralidade e desgastava o velho só por *ser*. Hoover tentara de tudo. Ele reclamou com Dwight dizendo que tinha feito tudo que podia. Dwight entendeu a dica e recrutou Wayne Sênior. Wayne Sênior queria Wayne Jr. no caso. W. Sênior achava que eles precisavam de algum estímulo para conseguir o recrutamento do filho. Dwight foi lá e encontrou Wendell Durfee.

Wayne recebeu uma pista pseudoanônima. Encontrou Wendell Durfee num pardieiro em L.A. e matou-o, em março. Era uma armadilha. Dwight reuniu provas forenses e o coagiu para o plano do atentado. Wayne trabalhou com o pai, Dwight, Freddy Otash e o atirador profissional Bob Relyea.

Janice foi diagnosticada com câncer terminal. Os ferimentos da surra haviam impedido a detecção precoce da doença. O negócio de drogas em Saigon rachou e explodiu no caos. De um lado: figurões da máfia e exilados cubanos pirados. Do outro: Wayne, Peter e um mercenário francês chamado Jean-Philippe Mesplede. Abril e maio foram pura queda livre. A eleição estava chegando. King estava morto. Carlos Marcello e os rapazes decidiram apagar Bobby Kennedy. Pete foi coagido a participar. Freddy O. saiu numa boa do atentado a King. Ward Littell ainda trabalhava para Carlos e Howard Hughes. Ward herdara um dossiê antimáfia. Deixou-o guardado com Janice.

Wayne foi ver Janice em 4 de junho. O câncer havia esgotado suas forças e suas curvas, deixando-a frouxa. Fizeram amor pela segunda vez. Ela contou mais sobre o dossiê de Ward. Ele revistou o apartamento dela e o achou. Era muito detalhado. Indiciava especificamente Carlos e a operação em Nova Orleans. Wayne mandou-o para Carlos, junto com um bilhete:

"Senhor, meu pai estava planejando extorqui-lo com este dossiê. Será que podemos discutir o assunto?"

Robert F. Kennedy foi morto a tiros duas horas depois. Ward Littell matou-o ele próprio. Howard Hughes ofereceu a Wayne Sênior o serviço de Ward como solucionador de problemas/elemento de ligação com a máfia. Sua primeira tarefa: comprar a lealdade do candidato do Partido Republicano, Dick Nixon.

Carlos ligou para Wayne e agradeceu pela dica. Disse:

— Vamos jantar.

Wayne decidiu assassinar seu pai. Decidiu que Janice deveria matá-lo com um taco de golfe.

Carlos tinha uma suíte em estilo falso-romano no Sands. Um otário de toga que bancava o centurião deixou Wayne entrar. A suíte tinha falsas colunas romanas e arte saqueada de Roma. Havia etiquetas de preço penduradas em molduras nas paredes.

Um bufê estava servido. O otário fez Wayne sentar-se a uma mesa laqueada com a sigla SPQR engastada. Carlos entrou.

Usava um short de seda amarrotado e uma camisa de smoking manchada.

Wayne se levantou.

— Não — disse Carlos.

Wayne se sentou. O otário pôs comida em dois pratos e desapareceu. Carlos serviu vinho de uma garrafa com tampa rosqueada.

— É um prazer, senhor — disse Wayne.

— Não finja que eu não o conheço. Você é o cara de Pete e Ward, trabalhou para mim em Saigon. Sabe mais sobre mim do que deveria, além de toda a merda que está naquele dossiê. Conheço sua história, que é uma porra de uma tremenda história comparada às outras histórias de escrotos que ouvi ultimamente.

Wayne sorriu. Carlos tirou dos bolsos dois bonequinhos que balançavam a cabeça. Um boneco representava RFK. Um boneco representava King. Carlos sorriu e arrancou a cabeça dos dois.

— *Salud*, Wayne.

— Obrigado, Carlos.

— Você está procurando trabalho, certo? Isto aqui não é para um aperto de mão e um envelope de agradecimento.

Wayne tomou um gole do vinho. Era safra recente, adquirido em loja de bebidas.

— Quero assumir o papel de Ward Littel na sua organização, junto com o posto na organização de Hughes que meu pai acaba de herdar de Ward. Tenho as habilidades e os contatos para ser valioso. Estou preparado para favorecê-lo em todos os meus negócios com o Sr. Hughes, e sei das punições que você aplica em caso de deslealdade.

Carlos fisgou uma anchova. Seu garfo escorregou, respingando azeite na camisa de smoking.

— Onde seu pai vai estar durante tudo isso?

•

Wayne derrubou o bonequinho de RFK. Um braço de plástico caiu. Carlos tirou meleca do nariz.

— Tá certo, mesmo que eu seja suscetível pra caralho aos favores e tenda a gostar de você, por que Howard Hughes deveria procurar alguém fora de sua própria organização, que está cheia de puxa-sacos com quem ele se sente confortável, para contratar um ex-tira que anda por aí atirando em crioulos para se divertir?

Wayne se encolheu. Segurou com força a taça de vinho e quase quebrou a haste.

— O Sr. Hughes é um xenófobo viciado em drogas que todo mundo sabe que injeta narcóticos numa veia do pênis, e eu sei preparar...

Carlos deu uma gargalhada, soluçando e batendo na mesa. Sua taça de vinho tombou. Flocos de pimenta voaram. Pingos de azeite espirraram.

— ... drogas que vão estimulá-lo, sedá-lo e diminuir suas capacidades mentais a ponto de ele se tornar muito mais tratável em todos os negócios que fizer com você. Também sei que você tem um envelope muito grande para Richard Nixon, caso ele seja indicado pelo partido. O Sr. Hughes está colocando vinte por cento, e eu planejo atacar a reserva de grana do meu pai e conseguir mais 5 milhões em dinheiro vivo para você.

O otário de toga entrou. Trazia uma esponja e limpou a sujeira rapidinho. Carlos estalou os dedos. O otário de toga desapareceu.

— Eu não consigo esquecer que tem o seu pai. O que Wayne Tedrow *Sênior* vai fazer enquanto Wayne Tedrow *Junior* enfia uma trolha no buraco que mais dói?

Wayne apontou para os bonecos e depois para o céu. Carlos estalou os dedos.

— Tá, eu topo.

Wayne ergueu sua taça.

•

— Obrigado.

Carlos levantou sua taça.

— Você ganha 250 por ano mais pontos, e entra direto no antigo serviço do Ward. Preciso que supervisione a compra de empresas legítimas que foram abertas com os empréstimos do Fundo de Pensão dos Caminhoneiros, para podermos lavar a grana e canalizar para uma caixinha destinada a construir uns hotéis-cassinos em algum lugar da América Central ou do Caribe. Você sabe o que estamos procurando. Queremos algum *jefe* dobrável, anticomunista, que vai fazer o que a gente quiser e manter toda essa merda de protesto dissidente hippie em nível aceitável. Agora Sam G. está no comando. Nós estreitamos as possibilidades para o Panamá, a Nicarágua e a República Dominicana. Esse é o seu trabalho principal. Faça acontecer e faça o seu colega doidão continuar comprando nossos hotéis. Certifique-se de que possamos manter gente nossa dentro, para nos ajudar a tirar uma grana por fora.

— Vou fazer isso — disse Wayne.

Carlos disse:

— Papai não vai ver você chegando.

Wayne se levantou depressa demais. Seu mundo falso-romano girou. Carlos se levantou. Sua camisa estava suja, quase encharcada.

— Vou garantir sua cobertura.

Janice tinha uma suíte em estilo árabe no Dunes. Wayne providenciava as enfermeiras dia e noite. Agora Janice só ficava no hotel.

A enfermeira da tarde estava no terraço, fumando. A vista era meio show de luzes, meio névoa do deserto. Janice estava encolhida na cama, o ar-condicionado no máximo. Seu organismo ficara esquizofrênico. Ela quase congelava ou então quase fervia.

Wayne sentou-se com ela.

— Está passando golfe na TV.

— Acho que já vi mais golfe do que aguento por um bom tempo.

Wayne sorriu.

— *Touché.*

— A reunião com Hughes. Está chegando?

— Daqui a uns dias.

— Ele vai contratar você. Vai achar que você é mórmon e que seu pai lhe ensinou algumas coisas.

— Bom, ele ensinou.

Janice sorriu.

— Com quem você vai se encontrar? Quer dizer, quem é o homem do Hughes?

— O nome dele é Farlan Brown.

— Conheço. A mulher dele era conhecida minha do clube Frontier, mas eu acabei com ela na única vez que disputamos um jogo.

Wayne gargalhou.

— Mais alguma coisa?

Janice gargalhou. Isso a fez tossir e suar. Jogou as cobertas longe. Sua camisola esvoaçou. Wayne viu mais partes frouxas e fundas onde antes não havia.

Ele enxugou a testa dela com a manga da camisa. Ela cheirou seu braço e mordiscou de brincadeira. Wayne fez uma cara de Ai!, de mentirinha.

— Eu ia dizer que ele bebe e é mulherengo, como todos os mórmons. Há uma trindade para homens assim: coristas, garçonetes e arrumadeiras.

O quarto estava gelado.Uma simples conversa deixara Janice encharcada. Ela mordeu o lábio. Suas têmporas pulsavam. Ela tocou a barriga. Wayne rastreou o circuito da dor.

— Merda — disse Janice.

Wayne abriu a pasta e preparou um pico. Janice estendeu o braço. Ele encontrou uma veia, limpou a área com algodão e fez um torniquete com a mão. Agulha e êmbolo, pronto.

Num instante...

Ela se retesou e se afrouxou. As pálpebras estremeceram. Um bocejo e apagou.

Wayne segurou o pulso dela. Batia leve e firme. O braço não pesava quase nada.

O *L.A. Times* estava aberto na mesinha de cabeceira. Mostrava um tríptico de fotos: JFK, RFK, King. Wayne dobrou-os para não ver e ficou olhando Janice dormir.

CAPÍTULO 2

Don Crutchfield

(Los Angeles, 15/6/68)

Mulheres:

Dois grupos andavam pelo estacionamento. O primeiro parecia de butique. Usava roupas chiques e cabelo armado. O segundo era puro hippie. Usava calças jeans remendadas, um monte de símbolos da paz e cabelos lisos e compridos que balançavam.

Iam e vinham. Os motoristas acenavam. As garotas de butique acenavam de volta. As hippies faziam sinais de "foda-se" para os motoristas. Os motoristas uivavam.

Era o estacionamento do posto Shell na Beverly com a Hayworth. Quatro bombas e uma área de serviço/escritório. Três motoristas esparramados em seus carangos.

Bobby Gallard tinha um Rocket Olds. Phil Irwin tinha um Chevy 409. Crutch, um GTO 65. Era o motorista novato. Ele tinha *o* carango da pesada: 390, Hurst quatro marchas, manual, com pintura marrom.

Bobby e Phil estavam doidões em pleno dia com uma vodca barra-pesada. Crutch mantinha ainda uma atenção residual no show de mulheres. Examinou a rua em busca de mais passantes. Neca — só uns judeus indo para a sinagoga.

De volta ao jornal. Bocejo: mais papo furado sobre James Earl Ray e Sirhan Sirhan. Ronco: "A América de luto!"/"Covil do assassino". Ray tinha cara de tímido. Sirhan tinha cara de árabe. Ô América, tô sacando o seu luto.

Crutch virou páginas. Viu pesos-mosca no Fórum e um negócio interessante: a revista *Life* estava oferecendo 1 milhão de dólares por fotos de Howard Hughes! Uma ruiva passou. Crutch acenou para a mulher. Ela fez uma careta como se ele fosse bosta de cachorro. Os motoristas passavam um astral *ruiiiim*... Eram baixo nível e inerentemente fodidos. Ficavam mofando no estacionamento. Esperavam algum trabalho com detetives particulares para cornos e com advogados para divórcios. Seguiam cônjuges infiéis que traíam, chutavam portas e tiravam fotos dos otários trepando. Era um serviço de alto risco com potencial de arranjar mulher. Crutch era novo nisso. Queria ficar nesse ramo para sempre.

O jornal chamava Howard Hughes de "bilionário recluso". Crutch teve uma sacação. Poderia passar fome até virar pele e ossos e subir por um tubo de calefação. Clique — uma Polaroid e vamos nessa.

O estacionamento cochilava. Bobby Gallard folheava revistas de mulher pelada e engolia Smirnoff 100. Phil Irwin limpava seu 409 com um pedaço de camurça. Phil trabalhava seguindo gente e fazendo biscates variados para Freddy Otash. Freddy O. era um artista do arrocho e pistoleiro autônomo. Era ex-DPLA. Perdera sua licença de investigador particular por causa de uma tramoia com cavalos dopados. Phil era seu motorista/cachorrinho de estimação.

O estacionamento cochilava. Sem trabalho, sem bocetas ambulantes, tédio de posto de gasolina.

Estava quente e úmido. Crutch bocejou e apontou as saídas do ar-condicionado do carro para o saco. Isso o estimulou e o fez viajar. Chatice de posto de gasolina, *adieu*.

Tinha 23 anos. Fora expulso do Colégio Hollywood por tirar fotos no vestiário feminino. Seu velho morava num barraco da assistência social perto de Santa Anita. Crutch Sênior mendigava, apostava o dia inteiro e comia exclusivamente burritos de pastrami. Sua mãe sumiu em 18/6/55. Crutch tinha 10 anos. Ela deu o fora e nunca mais voltou. Mandava-lhe um cartão de Natal e uma nota de 5 pratas todo ano, com carimbos de correio diferentes, sem endereço de remetente. Ele fez seu próprio dossiê de pessoa desaparecida. Ocupava quatro caixas grandes. Matava o tempo com ele. Ligava para todo o país e verificava registros de polícia, de hospitais, de necrotérios. Começou a busca quando entrou para o ensino médio.

Nada; Margaret Woodard Crutchfield ainda estava totalmente *sumida*.

O trabalho de motorista tinha caído na sua cabeça. Aconteceu assim:

Ele andava com seu colega de escola, Buzz Duber, que também tinha paixão por invadir casas. Invasões *mansas*, como:

Hancock Park. Casas grandes e escuras. Covis de universitárias requintadas. Toc, toc. Ninguém em casa? *Bom*.

Você entra sem ser detectado, leva uma minilanterna, saqueia umas casas de bacanas. Entra em quartos de garotas e sai com jogos de lingerie.

Fez isso algumas vezes com Buzz. Fez *um monte* de vezes sozinho. O pai de Buzz era Clyde Duber. Um famoso investigador particular. Fazia trabalhos de divórcio e salvava celebridades de umas merdas. Infiltrava alunos de faculdade em grupos de esquerda e conseguia que eles dedurassem subversão. Os tiras pegaram Crutch numa caça às calcinhas. Pegaram-no com umas calcinhas de renda preta e um sanduíche que tirou da geladeira de Sally Compton. Clyde livrou-o pagando fiança e conseguiu que sua ficha fosse limpa. Arranjou para ele pequenos serviços de motorista e vigilância. Clyde dizia que espiar pelas janelas não tinha problema, mas proibia invasões.

— Garoto, eu *pago* para você espiar.

O estacionamento cochilava. Bobby Gallard pintou uma cruz de ferro em seu Olds com spray. Phil Irwin engoliu umas cápsulas de Nembutal e ajudou a descer com um Old Crow. Crutch devaneava com Howard Hughes. Pensando: invadir sua cobertura chique! Entrar com um gancho de alpinismo!

Uma viatura policial não caracterizada entrou. O estacionamento se revitalizou. Crutch captou um vislumbre de gravata xadrez vermelha e sentiu cheiro de pizza.

Linha reta — Crutch seguiu Bobby e Phil. Scotty Bennett saiu do carro e chutou o ar para ativar a circulação do das pernas. Media 1,95m. Pesava 105 quilos. Trabalhava na delegacia antirroubos do DPLA. Sua gravata tinha o número 18 bordado na trama.

O banco de trás estava cheio de pizzas e latas de cerveja. Bobby e Phil entraram e se serviram. Crutch olhou dentro do carro e verificou o painel. Ainda estavam lá: as fotos da cena do crime, todas presas com fita adesiva e amareladas.

A fixação de Scotty: aquele grande serviço do carro blindado. Inverno de 1964. Ainda não solucionado. Guardas mortos e assaltantes queimados — ainda não identificados. Sacos de dinheiro e esmeraldas.

Scotty apontou para as fotos.

— Para eu não esquecer.

Crutch engoliu em seco. Scotty sempre *pairava*. Portava duas .45 e um minicassetete preso com cordão. Bobby e Phil engoliam a cerveja e mastigavam pizza. Transformaram o banco de trás num cocho de zoológico. Crutch apontou para a gravata de Scotty.

— Da última vez você tinha 16.

— Dois negros assaltaram uma loja de bebidas na 74 com a Avalon. Por acaso eu estava nos fundos, segurando uma espingarda de repetição Remington.

Crutch gargalhou.

— É o recorde, não é? Tiroteios fatais durante o serviço?

— Correto. Estou com seis à frente do meu concorrente mais próximo.

— O que aconteceu com ele?

— Foi morto a tiros por dois negros.

— O que aconteceu com *eles*?

— Assaltaram uma loja de bebidas na Normandie com a Slauson. Por acaso eu estava nos fundos, segurando uma espingarda de repetição Remington.

O ar cheirava a queijo velho e desodorante spray. Scotty franziu o nariz. Phil estava chafurdando na comida, pernas na calçada. A calça estava baixa. O rego da bunda, exposto. Scotty puxou-o pelo cós.

Phil decolou. Tinha aquela expressão de "Me salva" que Scotty inspirava. Phil voltou à Terra e ficou de pé em posição de sentido. Bobby engoliu em seco e imitou o gesto. Scotty piscou para Crutch.

— Estou procurando dois brancos dirigindo um T-Bird 62 azul-pólvora com para-choque azul mais escuro. Estão roubando churrascarias, assaltando o caixa, mantendo os clientes como reféns e obrigando as mulheres a fazer boquete. Eu agradeceria se vocês ficassem de olhos abertos.

— Descrições físicas? — perguntou Crutch.

Scotty sorriu.

— Eles usam máscaras. As vítimas mulheres os descreveram como "normalmente dotados".

— Dotados?

Hã? Bob e Phil ficaram de queixo caído. Crutch deu um risinho. Scotty pegou os restos da cerveja e da pizza e jogou em cima dele. Um pedaço de salsicha acertou o paletó do terno de Scotty. Phil tremeu e deu um peteleco na salsicha.

Scotty entrou no carro e partiu no sentido leste. Crutch olhou para uma loira junto às bombas de gasolina.

— Ele acha que é durão, mas eu sei que posso bater nele — disse Phil.

O estacionamento voltou a cochilar. Bob conseguiu um trabalhinho. Seu advogado judeu de estimação apareceu e deu a dica. É um caso de marido cheio de tesão e putas. A cliente é a esposa. Alugue um quarto preparado e encontre o marido no bar predileto dele. Facilite um encontro casual. Tire fotos e filme o que conseguir.

Buzz Duber passou de carro. Crutch falou com ele sobre o negócio com Hughes. Buzz teve uma ideia. Disse que conhecia um anão crioulo. O cara fazia papel de pigmeu em filmes nos quais a história se passava na selva. Eles podiam mandá-lo para o covil de Howard Hughes num carrinho de serviço de quarto.

Freddy Otash passou de carro. Tinha perdido um pouco de peso. Ele se vangloriava de um hotel para apostadores baratos que havia comprado em Vegas. Jogou um serviço para Phil, seguindo alguém. Phil partiu meio doidão.

Crutch e Buzz estavam tontos de tanta cerveja e pizza. Crutch teve visões sonolentas de Dana Lund iluminada suavemente na janela.

Uma buzina tocou alto demais. Crutch abriu os olhos. Merda — lá está o advogado de porta de cadeia amigo do Phil, Chick Weiss.

Com o Cadillac caiaque de judeu filho da puta, o penteado estilo cu-frisado e o terno de inglês pedante. Com sua maldita obsessão por arte caribenha.

— Tenho um serviço de veado para você. O cara gosta de trepar com filipinos bem dotados, e eu tenho um mutante com 26 centímetros. A mulher quer o divórcio, e quem sou eu para culpá-la? — disse Wess.

O marido tinha um apartamento no condomínio Ravenswood só para ir trepar. Crutch levou uma câmera Rolleiflex com lâmpada de flash. Buzz usava sapatos próprios para chutar portas.

O Mutante encontrou-os no saguão. Tinha uma chave. Crutch ficou chateado. Estava doido para dar uns chutes numa porta. Eles se juntaram. Crutch disse ao Mutante para colocar o marido na cama rapidinho. Buzz disse para ele providenciar iluminação decente. O Mutante pediu para incluírem seu mastro na foto. Ele servia a cônjuges de ambos os sexos. Queria mais serviços de divórcio. Queria que seu status de cavalo fosse proclamado.

Iniciaram uma contagem de quatro minutos. O Mutante foi para o apartamento 311. Crutch preparou a máquina fotográfica e deixou-a no ponto. Buzz marcou os segundos num cronômetro.

10, 9, 8, 7, 6, 5, 4, 3, 2, 1 — *já*.

Subiram correndo a escada. Atravessaram corredores e encontraram o 311. Buzz abriu a porta. Crutch levantou a máquina. Seguiram os grunhidos de amor até chegarem a uma porta e mandaram ver.

Foi tudo legítimo. O Mutante comia o marido com seu pau monstruoso em plena vista. Crutch apertou o obturador. *Pop pop pop pop* — o quarto ficou numa cegueira de flashes. O marido uivou a cantiga padrão do veado em flagrante: Como Você Pôde? O Mutante vestiu a calça e saiu pela escada de incêndio. Buzz viu um saco de maconha na penteadeira e pegou. Crutch pensou, *Isso é que é vida.*

— Devia ter 1 metro de comprimento — disse Buzz.

Crutch corrigiu:

— Menos de 30 centímetros. Lembra não, Chick Weiss falou qual era a medida.

— A gente podia usá-lo de novo. Pegou o número dele? — perguntou Clyde Duber.

— Podemos encontrá-lo pelo Sindicato dos Atores de Cinema. Ele é ator coadjuvante num seriado de TV — sugeriu Buzz.

Escritório de Clyde Duber, Beverly Hills. Paredes de pinho cheio de nós, troféus de golfe e couro vermelho. Repara só no friso da parede:

Tinha a ver com aquele grande assalto ao carro blindado. Clyde curtia demais. O caso era um furúnculo enorme na sua bunda. Tem uma nota manchada de tinta emoldurada em vidro. Tem fotos emolduradas de defuntos incendiados e esmeraldas caídas. Tem o sargento Scotty Bennett. Ele está empurrando dois negros.

Clyde tinha um dossiê amador sobre o caso. Era seu projeto de estimação. Scotty lhe passava bagatelas. Clyde adorava as fitas de interrogatório de Scotty. Sempre tinham crioulos gritando.

— Freddy Otash comprou um hotel em Vegas — disse Crutch.

Clyde serviu-se de um uísque triplo.

— Freddy é um panaca. Os boatos estão correndo, e é só isso que eu posso falar.

— Conte ao papai sobre o negócio do Hughes — pediu Buzz.

Crutch coçou o saco.

— A revista *Life* está oferecendo 1 milhão por uma foto de Howard Hughes. Acho que a gente consegue.

Clyde fez um gesto de punheta. *Moleques*: o fardo do homem branco. Motoristas moleques, infiltrados moleques, tocaias moleques.

Buzz cutucou Crutch.

— Tem planos para esta noite?

— Pensei em rodar por aí.

— Merda, você vai espiar a Chrissie Lund.

— Quem é Chrissie Lund? — perguntou Clyde.

— Caloura da USC. Fisgou o Crutch totalmente.

Clyde tomou um gole de uísque.

— Não faça nada que eu não faria. Como o 459 do CP: invasão de domicílio.

Crutch ficou vermelho e olhou para o friso na parede. Lembrete: comprar uma gravata xadrez e fazer um corte de cabelo à escovinha quem nem Scotty Bennett.

Buzz jogou seltzer no uísque.

— Arranja um serviço de isca, pai. Manda a gente pra algum grupo comuna.

— Nada disso. Vocês ainda são verdes demais e parecem muito quadrados. Tem que ser capaz de bater papo sobre a bosta do estilo de vida comunista pra isso funcionar. Vocês não sabem nada sobre levante social. Só sabem sobre a boceta das estudantes de faculdade que vocês não podem comer.

•

Buzz gargalhou. Crutch ficou vermelho. Lembrar de estudar seu dossiê e fazer ronda atrás dos malucos por boquetes de Scotty.

— Quem encomenda esses serviços de infiltração?

Clyde empurrou a cadeira para trás.

— Malucos de direita cheios da grana. São todos doutores e reis. Tem o Dr. Charles S. Toron, o rei da Eugenia. Tem o Dr. Fred Hiltz, o rei dos Panfletos Racistas, e o Dr. Wesley Swift, o rei da Bíblia Nazista.

— O Dr. Fred é dentista. Os outros caras têm diploma por correspondência, como todos aqueles pastores crioulos — disse Buzz.

— Dentista *que perdeu o registro*. Ficou viciado em cocaína anestésica e começou a foder com os dentes das pessoas — completou Clyde.

Crutch pensou em Dana Lund. Lembrar de levar uma lente de foco suave. Buzz pegou o saco de maconha. Clyde revirou os olhos — *moleques*.

— Isso me lembra: o Dr. Fred tem um serviço pra gente. Uma mulher roubou uma grana dele e sumiu.

Buzz olhou para Clyde. Crutch olhou para Clyde. Os dois olhares diziam *Eu*. Clyde jogou uma moeda. Buzz pediu coroa. A moeda bateu no chão de cara para cima.

Crutch tinha um cafofo no Vivia Apartments. Era um prédio sem elevador logo ao sul da Paramount. Contrarregras e ajudantes de cena moravam lá. Figurantes faziam serviços sexuais na hora do almoço num armário gigante para material de limpeza. Crutch enfiava todos os seus bagulhos em dois cômodos.

Seus dossiês de merda, seu equipamento fotográfico de merda, seu carro de merda, seu equipamento de grampear de merda. Clyde havia ensinado a fazer vigilância. Ele tinha fios telefônicos e material para grampo até o pescoço. Tinha uma coleção completa da *Playboy*. Tinha exemplares da *Car Craft* desde 1952. Seu papel de parede eram 41 coelhinhas da *Playboy*.

Ajeitou-se para a noite. Atualizou as anotações sobre a última localização conhecida da mãe. Natal de 1967: Margaret Woodard Crutchfield escreve de Des Moines. Todos os registros conhecidos foram verificados: zero. Voltando a 1966: um cartão de Natal de Dubuque. Em todas as cidades no meio do caminho, verificação completa: zero.

Crutch ficou inquieto. Buzz estava sabe-se lá onde, ligado em sabe-se lá o quê. Buzz tinha um lado ruim que ele não tinha. Buzz andava com um distintivo policial falso e coagia as putas a fazer boquete. Bobagem. Era melhor se controlar.

Estava quente lá fora. Uma tempestade de verão ameaçava. Crutch pegou o carro. Circulou até o Hollywood Boulevard e saiu na Strip. Observou as pessoas. As garotas de cabelo comprido o instigavam e os caras de cabelos compridos o instigavam do modo errado. Procurou aquele Bird 62 e os bandidos do boquete de Scotty. Viu dois veados num Bird 61 e mais nada.

Foi para o leste até o Hancock Park. Apagou os faróis e se empoleirou na esquina da 2nd com a Plymouth. A grande casa em estilo espanhol o deteve.

A luz tremeluzia nas janelas, no andar de cima e embaixo. Viu Chrissie com um suéter da USC — uma vez, bem rápido, um vislumbre e só. Viu Dana amarrar o cabelo na cozinha.

Buzz não sacava. Ninguém sacava. Por isso ele nunca contava a ninguém. Não era Chrissie Lund. Sempre foi Dana Lund, e ela estava com 53 anos.

CAPÍTULO 3

Dwight Holly

(Washington, D.C., 16/6/68)

Crioulos:

O restaurante estava cheio deles. Hoover fez uma contagem de cabeças. Dwight viu os olhos dele clicando. Garçons negros, lobista negro, ás do beisebol negro. O veado velho era frágil. Chupava a sopa ao estilo paralítico. Tinha perdido um pouco do pique, o cérebro ainda soltava fagulhas, os circuitos eram acionados pelo *ÓDIO*.

Restaurante Harvey's, centro de Washington, o grande movimento do almoço. Um grande lugar para ser visto. Grande ação de cliques com os olhos.

— Wayne Tedrow Jr. matou Wayne Tedrow Sênior? — perguntou Hoover.

— Sim, senhor. Matou.

— Continue, por favor.

Dwight empurrou seu prato.

— Carlos Marcello subornou o DP de Las Vegas e o legista do condado de Clark. Um homicídio à força bruta foi registrado como ataque cardíaco.

Hoover sorriu.

— Um derrame justificaria o lance do golfe.

Dwight acendeu um cigarro.

— Não vou pedir mais detalhes, senhor. Vou confiar nas suas fontes e ir em frente.

— O capitão Bob Gilstrap e o tenente Buddy Fritsch viram a cena do crime. Tinham conhecimento do clima entre Tedrow *père* e *fils*, e os dois policiais são ligados ao Sr. Marcello.

— O Sr. Marcello é um maravilhoso amigo da comunidade policial de Nevada, senhor. Ele manda lindas cestas de Natal.

Hoover *se iluminou.*

— Verdade?

— Sim, senhor. Os fundos falsos encobrem fichas de cassino e notas de 100 dólares.

O Sr. Hoover *reluziu.*

— Junior tomou parte em alguma operação recente em Memphis da qual você tenha ouvido falar?

Dwight o fitou apenas. Meus lábios estão selados. Hoover partiu uma torrada e mandou o garçom embora.

— Você é um homem eloquente, Dwight. Entende sua plateia e joga com ela de modo singular.

— Tento ser digno do senhor. Simples assim.

Ação de crioulos à esquerda. Um garçom crioulo puxando o saco do jogador de beisebol crioulo. Hoover se desligou do papo furado e sintonizou nos crioulos. Tinha 73 anos. Seu hálito fedia. As cutículas sangravam. Vivia à base de dedaleira e anfetamina subcutânea. Um médico fornecia as injeções diárias.

Clique — ele voltou de novo. Clique — ele voltou para *você.*

— Nossos outros homicidas. Os mais espalhafatosos e mais investigados com chances de instigar conversa fiada.

Dwight apagou o cigarro.

— Ray e Sirhan são psicopatas, senhor. As declarações deles confirmam a paranoia dos dois; e o público americano passou a esperar delírios fenomenais de seus assassinos. *Vai haver* conversa fiada *sim*, mas com o tempo vai ser substituída pela indiferença pública.

— E os Tedrow? Estamos expostos nisso? Quero que me tranquilize do seu modo mais franco, Dwight.

— A morte de Sênior não é suspeita, de modo algum. Sim, ele fazia operações com a Klan para nós, mas isso nunca chegou ao conhecimento público. Sim, ele distribuía panfletos racistas, mas nunca foi tão publicamente volúvel quanto nosso colega panfletador, Fred Hiltz. Sim, ele foi escolhido para substituir Ward Littell no serviço para Howard Hughes, o que poderia ter criado especulações. Sim, acho que Junior vai pegar o serviço agora. Não, não acho que nada disso vá nos expor de modo significativo.

O Sr. Hoover fisgou seu último pedaço de torrada. Sua mão tremeu. Alguns políticos pulando de mesa em mesa o encararam.

— Poder. Foi essa a motivação do Junior?

— Eu o conheço há milênios, senhor. Acho que "ódio totalmente justificado" descreve melhor a motivação dele.

Um pastor crioulo abordou os políticos. Risinhos e tapinhas nas costas circularam. O cara usava botas de caubói com o terno clerical. Dwight reconheceu-o. Ele apresentava programas de televisão pedindo dinheiro para alguma doença de crioulos e defendia merdas de esquerda.

Hoover disse:

— O príncipe Bobby e Martin Lúcifer King partiram, deixando desconsolados os moralmente deficitários e proporcionando alívio aos sãos. A operação Coelho Preto não alcançou os resultados que esperávamos, e nuvens tóxicas de nacionalismo negro estão circulando muito evidentes. Eu gostaria que você avaliasse os Panteras Negras e os Escravos Unidos, também conhecidos como "EU", como alvos potenciais para um programa de despedaçamento. Estou pensando num Programa de Contrainformação em escala total. Também há dois grupos menos conhecidos em Los Angeles que talvez também precisem de escrutínio. Veja que nomes sinistros: Aliança da Tribo Negra e Frente de Libertação Mau-Mau.

Dwight ficou arrepiado.

— Tenho uma informante em L.A. Vou até lá falar com ela.

— Com *ela*, Dwight? A informante 4361 do Bureau Confidencial?

Dwight sorriu.

— Sim, senhor. Talvez tenhamos que procurar um infiltrador, e ela conhece todos os cativos esquerdistas que fazem jogo duplo.

— Todos os esquerdistas deveriam ser cativos.

— Sim, senhor.

— Passe em Las Vegas também. Avalie a saúde mental de Wayne Tedrow Jr.

— Sim, senhor.

— Os Mau-Mau eram uma seita canibal africana sem ressentimentos válidos. Trepavam com babuínos e devoravam os próprios filhos.

— Sim, senhor. Já ouvi falar deles.

•

— Não me surpreende. Você é meu capanga obediente de Yale.

Ele morava em suítes de hotel. Os agentes itinerantes tinham lugares para se hospedar em todo o país, pagos pelo Bureau. Ele gostava do Statler em L.A. e do Sheraton Chicago. O Mayflower de Washington era o Ritz dos pobres. O serviço de quarto pecava, os canos chiavam, a cama rangia.

Seus dossiês e as passagens de avião estavam ali na mesa. Hoover os mandara na hora do almoço. Panteras/EU/Mau-Mau/Tribo. *O Sr. Hoover queria isso.* Seu voo para L.A. saía em duas horas.

Dwight engraxou os sapatos, limpou a arma e fez flexões de braço na barra da porta. Tarefas idiotas aplacavam os nervos e o mantinham na taxa de apenas uma bebida por noite. *A coisa estava segura.* RFK estava todo por conta de Carlos. Era o sonho molhado *dele*. Sirhan Sirhan praticamente babava. Ele nunca identificaria Otash com credibilidade. Jimmy Ray foi preso no aeroporto de Londres. O pesar da extradição se estenderia. Jimmy falaria — isso era certo. Otash o fazia andar em círculos. A história de Jimmy pareceria fantasia de maluco.

Pete seguraria as pontas. Otash seguraria as pontas. O consenso do maluco sozinho aconteceria. O Sr. Hoover acabaria com todas as investigações divergentes. A única peça desconhecida era o rapaz.

— Eu o conheço há milênios, senhor.

E o pai dele e meu pai e Indiana são passado, há muito tempo.

Seu pai era "Papai" Holly, um nativista em ascensão e propagandista da Klan. Papai Holly ficou rico vendendo material kitsch da Klan no auge da Klan, nos anos 1920. Papai gerou seus filhos Dwight e Lyle fora do casamento e mandou Louisa Dunn Chalfont de volta ao Kentucky. Dwight e Lyle cresceram em acampamentos da Klan. Papai os ensinou a escrever todas as palavras com "C" como se fosse "K". Papai odiava os judeus, os papistas e os crioulos, e sabia que a Klan era fichinha.

Papai ascendeu ao nível dos Exalted Cyclops. Papai vendia kapuzes da Klan, makakões de krianças da Klan e kapinhas de kachorro da Klan. Papai ficou rico. O boom dos anos 1920 o sustentou. Um caso de estupro-suicídio o descarrilou. Seu mentor Grande Dragão atacou uma jovem num trem. Ela tomou mercúrio e se matou. A história teve repercussão enorme na imprensa. A censura hidrófoba varreu a Klan para o lado desfavorecido. Políticos apoiados pela Klan foram afastados em massa. Papai procurou novas oportunidades e investiu maciçamente em ações. Sua riqueza cresceu até a Terça-Feira Negra.

Dwight estava com 12 anos. Lyle, com 9. Perderam a casa grande em Peru, Indiana, e mudaram-se para um lugar de merda. Papai começou a ignorá-los. Papai encontrou um protegido: um homem mais novo chamado Wayne Tedrow. Eles sonhavam com planos de ficar ricos depressa e produziam publicações de ódio racial. Escrotos de Indiana gostavam dos textos com kapitulares akachapantes e insultos kontra Franklin Traidor Rosenfeld. Wayne Tedrow gerou um filho com uma garota da cidade, por volta de 1934. Wayne Jr. era um garoto brilhante que levava jeito para química. Dwight o considerou um irmão mais novo/filho desde o início.

Papai Holly bateu as botas em 1939. A cirrose o levou. Wayne Sênior criou Wayne Jr. em Peru. Abandonou a primeira mulher e se casou com uma carreirista chamada Janice Lukens. Dwight e Lyle faziam serviços subalternos e conseguiram passar pela faculdade. Dwight cursou direito em Yale. Lyle fez direito em Stanford. Wayne Sênior se mudou com a família para Nevada e ficou rico no ramo do racismo e no dos imóveis. Dwight entrou para os fuzileiros, foi comissionado e matou japas em Saipan. Lyle entrou para a Marinha, foi comissionado e matou japas em barcos. Dwight entrou para o FBI em 1946. Lyle entrou para o DP de Chicago em 1947. Os dois mantiveram contato com os Tedrow.

Wayne Jr. cresceu estudioso e louco. Serviu no 82° Aéreo, de meados a fins da década de 1950, e se formou em Química. Dwight fez serviços burocráticos no Bureau e desenvolveu uma relação com o Sr. Hoover. Quase se deu mal no início de 1957. Hoover lhe deu uma segunda chance depois de uma breve licença. Lyle saiu do DP de Chicago. O Sr. Hoover lhe deu um trabalho em tempo integral.

Fique perto de Martin Luther King. Infiltre-se e subverta a Conferência da Liderança Cristã do Sul.

Lyle se esforçou ao máximo. Lyle fracassou. Lyle fracassou porque gostava um bocado de Martin Luther King e porque era impossível deter Martin Luther King.

Wayne Jr. entrou para o DP de Las Vegas. Dwight foi para o Bureau Federal de Narcóticos. Trabalhava no escritório do sul de Nevada e passava o tempo com Wayne Sênior. A vida de Wayne Jr. implodiu em Dallas. Resultou disso uma grande caçada a um negão. Wayne Jr. apagou três crioulos que Dwight deveria processar. É, ele gostava do garoto. Mas nada de passes em troca da velha amizade. Ninguém cruza o caminho do agente Dwight C. Holly.

Foi atrás de Wayne Jr. Ward Littell e Pete Bondurant intercederam. Wayne Jr. se livrou do caso dos crioulos. Ward e Pete mexeram os pauzinhos *para* Dwight e forjaram uma trégua tênue. Dwight foi nomeado investigador-chefe do sul de Nevada. Não ficou muito tempo. O serviço o entediava. O Sr. Hoover o atraiu de volta para o FBI.

Lyle se matou em agosto de 1965. Foi um negócio meio esquisito. Na época Ward Littell estava num imbróglio com Lyle. Ward espalhava sofrimento aonde quer que fosse e às vezes transformava sofrimentos pequenos em fatais. Lyle Dunn Holly, morto aos 45 anos. Biriteiro, jogador, mulherengo. Um cara de natureza doce que se desgastou demais.

King fez Hoover se desgastar mais ainda. Era uma porra de um urso pardo contra um chihuahua. King era um comuna empedernido. Hoover era um direitista empedernido. King comia mulheres com gosto. Hoover colecionava antiguidades e pornografia antiga. A história recebeu bem King. A história puxou o tapete de boas-vindas e deixou Hoover cair de bunda. Ele tramou a operação Coelho Preto e tentou *de tudo*.

Grampos, atentados, chantagens, arrochos, campanhas anônimas. Perseguições de carro. Calúnias na imprensa. Insinuações, coerções, infiltrações, espionagem, propaganda, guerra psicológica. A operação Coelho Preto continuou durante três anos. O pessoal-chave tinha nomes de coelho. King era o Coelho Preto. Dwight era o Coelho Azul. Lyle foi o Coelho Branco, durante um tempo. O Coelho Vermelho tinha um conselheiro veado com o codinome Coelho Cor-de-Rosa. Wayne Sênior era o Coelho Pai. A operação era um baú de hidrofobia e um beco sem saída fodido. O Dr. King crescia enquanto o Sr. Hoover definhava. O Dr. King vinha com seu papo crioulo-espalhafatoso de "Eu tenho um sonho". O Sr. Hoover disse a Dwight que *ele* tinha um sonho, sem jamais declarar as palavras. Ficava lá no éter do sonho. O Coelho Azul fez o sonho se realizar em Memphis. O Coelho Azul viu os tumultos resultantes ao vivo pela TV. O Coelho Azul viu uma menininha negra ser morta por uma bala perdida.

Dwight fez cinquenta flexões no total. Ficou todo suado e com os músculos doloridos. Tomou uma chuveirada, vestiu-se e fez as malas. Pegou seu kit de cheques anônimos.

Uma ordem postal e um envelope. Trezentos dólares para um tal de Sr. George Diskant em Nyack, Nova York.

•

Dwight preencheu o cheque, lacrou o envelope e limpou todas as digitais.

O voo partiu tarde do aeroporto Dulles. Dwight comeu castanhas salgadas e leu memorandos sobre a militância negra.

Os Panteras Negras. Nome maneiro, mascote maneiro. Fundado em 1966. Membros ex-presidiários e crioulos ressentidos. Um monte de reuniões, um monte de comemorações ruidosas, crescimento exponencial garantido. Gente que odeia a polícia. "Irmãos" celebridades: Eldridge Cleaver, Huey Newton e Bobby Seale. Retórica "Fora Porcos da Polícia!". Nenhum tiro fatal contra policiais. Um tiroteio fatal em Oakland, Califórnia — 28/10/67.

Huey Newton ferido. Um policial morto. Processos criminais pendentes.

Os Panteras odiavam os Escravos Unidos. Era divisão na negrada. Os EU tinham um lema interessante: "Onde quer que você esteja, EU estou."

Tiroteio fatal — 6/4/68 — dois dias depois de Memphis. Oakland de novo — aquele lugar fumegando de ódio contra os pretos. Os Panteras disseram que foi emboscada. Os tiras disseram que foi "vigilância tática". Um Pantera foi morto. Eldridge Cleaver foi ferido. Nota de rodapé: o Irmão Cleaver era um estuprador condenado.

Dwight folheou páginas. A maioria dos DPs das grandes cidades tinha dossiês sobre os Panteras e informantes negros infiltrados. Distribuição de comida, programas educativos, papo de cultura negra. Números crescentes, ficando na moda, influência em jornais pequenos.

Um instinto: *os Panteras são conhecidos demais para uma operação com força total.*

No verão anterior o Bureau fez um Programa de Contrainformação atamancado. Objetivo: criar dissensão — Panteras contra

EU. Alguns agentes de San Diego fizeram circular literatura racista produzida por encomenda. Os Panteras chamando os EU de "vagabundos tripa de porco". Os EU chamando os Panteras de "crioulos costeleta de porco".

Um instinto: *Os EU eram conhecidos demais para uma operação com força total.*

Nota para o Sr. Hoover: não aumente a pressão contra os Panteras ou os EU. Deixe as operações atuais como estão. Com o tempo os dois grupos vão se desacreditar.

Dwight folheou as páginas. Encontrou coisas sobre a Aliança da Tribo Negra e a Frente de Libertação Mau-Mau. Eram espalhafatosas, estranhas e nitidamente criminosas.

Bairros negros de L.A. Operações funcionando em lojas de rua. Pequeno número de membros em ascensão gradual. Os dois grupos: "Supostamente procurando vender drogas para financiar suas atividades."

Nenhum informante conhecido. Nomenclatura saída do seriado negro Amos 'n Andy. "Lorde Alto Comissário", "Ministro da Propaganda", "Governante Pan-Africano". Denúncias contra os principais atores:

Um cara com quatro prisões por envolvimento com drogas. Um veado que atendia em carros, com duas prisões por assalto à mão armada. Um fraudador/sacerdote de vodu. Um jogador profissional com 91 prisões e uma ficha policial do tamanho de uma lista telefônica. Um estuprador "com motivações políticas". Arrivistas, oportunistas, Panteras Negras frustrados. Bufões com uma queda por manias e carnificina.

Dwight sentiu arrepios. Dwight ficou remexendo o anel da faculdade de Direito e leu mais páginas.

Mais nomes, datas e locais. Mais detalhes sobre agitações da ATN e da FLMM. Uma anotação do sargento do DPLA Robert S. Bennett: "Quanto ao(s) roubo/homicídios do carro blindado em

24/2/64, os boatos de participação da ATN e/ou da FLMM não puderam ser confirmados."

Agitação de esquina. Brigas de rua, dirigir embriagado, prisões por uso de anfetaminas. O veado dos carros cafetinava travestis. O jogador profissional cafetinava a esposa para cobrir suas dívidas de jogos. O Governante Pan-Africano era dono de uma loja de livros pornográficos e comia a cabra de estimação do vizinho.

A contagem de arrepios *decolou*. Os nervos pularam. Pediu sua bebida única uma noite antes do tempo. Pronto, agora — incline o assento e viaje na Karen.

Informante confidencial do Bureau nº 4361 — Karen Sifakis. Nascida em 1/2/25, cidade de Nova York. Colega de Yale, professora de História, subversiva quacre-esquerdista.

Dwight trouxe o dossiê dela. Adora as antigas fotos tiradas em vigilância e as da ficha policial. Ali está Karen em 1949, numa pancadaria com Paul Robeson. Lá está Karen do lado de fora de Sing Sing — os Rosenberg tinham acabado de se dar mal. L.A., 12/3/61 — Karen num comício contra a bomba. Sua predileta: Karen em pose de oração enquanto os policiais de Berkeley arrebentam cabeças ao redor.

Ela dava aulas de História na UC de Santa Barbara. Seu marido era um advogado de esquerda na Nova York judia. Ele rodava pelo oeste duas semanas. Os dois pararam de trepar há 4 milhões de anos. Ficaram juntos por obscuras razões comunas e por causa da filha de 2 anos. Karen desdenhava a violência. Karen montava bombas, explodia monumentos e sempre garantia que nenhum ser humano ou cão de guarda fosse ferido. Operava sob a sanção direta do agente especial Dwight C. Holly.

Uma mão lava a outra. Ele a deixava destruir estátuas chauvinistas. Livrava das merdas seus colegas ativistas com alguma regularidade. Ela dedurava os vermelhos que ultrapassavam sua baixa tolerância por sofrimentos físicos. Agora estava grávida de novo, aos 43 anos. Era algum negócio de punheta-em-vidro/tubo-de-ensaio que exigia o auxílio do marido. Karen Sifakis — Puta Que Pariu.

Conheceram-se em Yale. Era outono de 1948. Ele era um federal novato. Ela, uma estudante de convênio entre o Smith College e Yale. Tiveram um papo de duas horas num bar. Mataram uma garrafa de uísque e um maço de cigarros e causaram impressões duradouras. Ele gostou da aparência dela. Ela gostou da aparência dele. Ele não sabia que aquilo era mútuo até três anos atrás.

L.A., agosto de 1965. O tumulto em Watts — aquela porra maluca do criouléu ascendendo. O Sr. Hoover ficou aparvalhado. Exigiu verificações da ficha de todos os professores de faculdade que assinassem petições pró-negrada. Dwight levou uma semana inteira. Ali está o nome de Karen. Ali está uma foto de Karen. Porra — é aquela garota alta, ruiva, grega, de Yale.

Fez pesquisas. Ficou sabendo que Karen escreveu sua tese de doutorado sobre a Klan de Indiana. Proeminentemente mencionado: o próprio Walter "Papai" Holly.

Fez algumas entrevistas. Ficou sabendo que alguns kanalhas da Klan de Indiana lincharam o avô imigrante grego de Karen. Foi em 1922. Papai Holly comandava uma klaverna dois condados ao sul do local do linchamento.

Fez mais pesquisas. Pegou o dossiê de Karen na Central de Registros do FBI. Conseguiu seus registros por prisão em protestos-passeatas em nove cidades. Mexeu mundos e fundos para conseguir alguma justiça póstuma para o avô dela.

Um dos caras do linchamento havia gerado um neto neonazista. Dwight rastreou-o e o encontrou numa cadeia de Ohio. O cara era um saco de merda maligno. Dwight conseguiu que ele fosse transferido para uma ala destinada somente a crioulos. Os negões lhe deram uma surra de matar.

•

Ele foi até L.A. e bateu à porta de Karen. Ela o reconheceu mesmo depois de 17 anos. Ele disse o que fizera e que seu pai era Papai Holly. Ela perguntou por que ele havia feito aquilo. Ele disse que queria lhe dar alguma coisa que ninguém mais poderia.

Ela o convidou para entrar.

Eles fizeram um acordo.

Ele invadiu a casa dela. Leu o diário dela. Ela descreve com ternura seu amante fascista-interesseiro.

Ela sempre lhe diz:

— Somos circunspectos demais para nos autoimolarmos.

Ele sempre lhe diz:

— Somos altos e bonitos demais para perdermos.

Às vezes ele acorda bruscamente de seus pesadelos e se pega enrolado nos braços dela.

O avião começou a sacudir. O aviso de apertar os cintos se acendeu. Dwight fez anotações numa ficha:

"ATN e FLMM são as melhores apostas. Verificar fichas em várias agências policiais e listas de assinantes de publicações racistas (de esquerda, antibrancos) em busca de pistas sobre possível infiltrado (de Wayne Sênior/Dr. Fred Hiltz)."

Os sacolejos pararam. O avião desceu. Lá estava aquela luz grande e larga. Meu Deus, L.A. estava bonita.

O quarto estava quente. O aparelho junto à janela fritou empurrando o ar rançoso pelo ambiente. Eles haviam suado tanto que molharam não apenas os lençóis como também o colchão. Karen chamou de "sexo-sauna". Dwight beijou seu cabelo molhado, que, brilhando, ficava mais ruivo ainda.

O marido havia retornado ao leste. Ele tinha um nome, mas Dwight nunca o dizia. Dina estava na creche. Eles tinham três horas.

•

Karen virou-se de costas. Estava grávida de três meses. Aparecia um pouco. Sua magreza estava se preenchendo e enchendo-se de curvas.

Ela se espreguiçou. Agarrou a cabeceira da cama e arqueou as costas. Dwight pôs a mão em sua barriga e empurrou-a para baixo devagar. Ela rolou para perto dele. Ele passou uma perna por cima dela e puxou-a.

— Tem certeza de que não é meu?

— Tenho. Foi um procedimento médico, e você nem estava perto do receptáculo.

Dwight sorriu. Disse:

— É menina.

— Não necessariamente.

— Meninas dão menos problema. Qualquer ser do sexo masculino que você gere vai criar problemas para mim. Vou passar o resto da minha vida profissional redigindo as fichas dele e tirando-o da cadeia.

Karen acendeu um cigarro.

— Dina vai explodir o monte Rushmore. Ela está começando a pegar o pique.

— Dina vai se casar com um republicano. Sabe como eu sei? Ela sempre pede para eu mostrar meu distintivo.

O ar-condicionado fez barulho. O ar gelado os acertou. Karen estremeceu e se aconchegou a ele.

— Um colega meu precisa de ajuda. Está sendo avaliado para um cargo na universidade, mas ficou na lista negra entre 1951 e 1954. O chefe do comitê de avaliação o odeia e não deixaria de usar isso como vantagem.

Dwight riu.

— Achei que todos os professores universitários fossem comunistas generosos que ficavam acima desse tipo de merda.

•

— Eu sou, mas eles não.

— Vou mudar a ficha dele de lugar ou fazer algumas alterações. É só me dizer o que precisa.

Karen soltou anéis de fumaça; bateram no ar frio e se dispersaram. Dwight pegou o cigarro e o apagou.

— Fumar é ruim para as grávidas.

— Um por dia, e só quando estamos juntos.

— Preciso de ajuda.

— Diga.

— Talvez eu comande um Programa de Contrainformação em alguns grupos de militantes negros. Eu mesmo vou arranjar o infiltrado, mas talvez precise de ajuda para conseguir um informante.

Karen beijou o pescoço dele e acompanhou com o dedo a cicatriz deixada por uma facada no ombro.

— Por que eu iria ajudá-lo com uma coisa dessas? Racionalize e explique como isso se ajusta ao nosso arranjo.

Dwight encostou a cabeça na dela. Os olhos dos dois estavam próximos. Aquele azul estranho, cheio de pintas escuras — uma tremenda grega.

— Porque eles vendem drogas e ganham grana com os protestos sociais. Porque eles são uns merdas que abusam de mulheres. Porque fazem com que um monte de rapazes negros muito impressionáveis se empolguem e façam besteiras que vão estragar a vida deles para sempre, e o benefício social geral que vão criar com essas atividades vai ser por volta de zero.

Karen beijou-o.

— Certo. Vou pensar.

— Eu estou certo dessa vez. Você poderia me ajudar e ainda fazer algum bem.

Karen mordeu o lábio. Dwight beijou-a mas logo parou. Eles ficaram telepáticos. Karen recitou o credo dos dois:

•

— Não vou comentar mais a natureza usurária de nosso relacionamento, para que eu não acabe me indiciando como colaboradora fascista e fuja de você gritando.

Na bucha, no tempo perfeito, saindo direto de um beijo. Mais que cara de pau, menos que uma piada.

Dwight teve um ataque de riso. Karen fechou a boca dele. Ele mordiscou a palma da mão dela e a fez parar. Ela apontou para as roupas dele. O talão de cheques havia caído do paletó do terno.

— Aqueles cheques anônimos. Você nunca me contou *por quê.*

— Eu disse que fui eu que mandei.

— Você só me conta uma parte, e mais nada.

— Você faz o mesmo.

— É assim que conseguimos ficar a salvo juntos.

Seus rostos estavam próximos. Karen se inclinou para a frente e aproximou ainda mais os olhos dos dele.

— Você fez uma coisa muito errada. Não vou perguntar, mas você deveria saber que eu sei.

Dwight fechou os olhos. Karen beijou-lhe as pálpebras. Dwight perguntou:

— Você me ama?

Ela respondeu:

— Vou pensar.

•

CAPÍTULO 4

(Las Vegas, 17/6/68)

O xerife bloqueou a Fremont Street. Os cassinos baratos tinham bandeiras a meio pau. Uma carreata chinfrim passava lentamente.

Imagina: um desfile memorial para Wayne Tedrow Sênior.

Meio-dia em Vegas, 42 graus e só esquentando. Dignitários da cidade assando dentro de chapéus de caubói e ternos. A penúltima ideia do prefeito. Wayne Sênior era um peso-pesado. Vamos demonstrar respeito.

O desfile de carros se arrastava. Os espectadores a pé morriam de calor e ofegavam, entorpecidos pelo sol. Alguns copeiros e lavadores de pratos brandiam cartazes e vaiavam. Wayne Sênior comandava o sindicato deles e fodia com os caras nos acordos com os empresários.

O DPLV mandou uma guarda de honra. Wayne estava numa plataforma com Buddy Fritsch e Bob Gilstrap. Buddy estava *nervoso*. Irradiava *preciso de uma bebida*. Provavelmente viu o corpo de Wayne Sênior.

Trilha de lesma — os carros andavam numa lentidão de grudar para-choques. Turistas cabriolavam e balançavam copos com fichas e cervejas. Manifestantes negros exibiam cartazes contra a polícia. Um subgrupo provocou Wayne. Ele ouviu palavras de ordem abafadas de "Assassino de pretos!".

Sonny Liston subiu à plataforma. Um babaca gritou:

— Ali encheu você de porrada!

Sonny fez um gesto obsceno para ele. Isso provocou alguns risos. Sonny sugou meia garrafa de Everclear. Buddy e Bob se afastaram discretamente dele. Wayne deixou a plataforma.

Sonny quis saber:

— Você matou ele?

— Matei. — Afirmou Wayne.

— Bom. Ele era um escroto racista. *Você* é um escroto racista, mas só mata crioulos que merecem — disse Sonny.

O babaca gritou de novo:

— Ali encheu você de porrada!

Sonny jogou a garrafa nele e o perseguiu. A multidão se preparou para se divertir um pouco. Um Cadillac conversível se aproximou lentamente. O banco de trás estava apinhado de coristas. Elas sorriram, acenaram e se contiveram: Epa, a gente deveria parecer triste.

Wayne viu Carlos Marcello do outro lado da rua. Trocaram sorrisos e acenos. Wayne foi empurrado. A multidão inchou e o empurrou para a plataforma. As pessoas pareciam emputecidas. Wayne viu por quê: Dwight Holly abria caminho a cotoveladas, mostrando o distintivo.

Wayne foi para um ponto sombreado. Era semiprivado. Dwight o encontrou depressa.

— Meus pêsames pelo seu pai, mas eu também o teria matado, se fosse você.

— Agradeço o comentário, mas prefiro cortar o assunto por aqui.

— A gente se conhece há muito tempo, filho. Você não deveria se incomodar com uma provocaçãozinha.

— Nós temos uma história. Você chamaria de afetuosa, eu não.

Dwight acendeu um cigarro.

— Me diz que o negócio está abafado.

— Quer dizer: diga ao Sr. Hoover.

Dwight revirou os olhos.

— Não pega no meu pé, Wayne. Diz que o negócio está abafado e eu passo o recado adiante.

— Está abafado, Dwight. Diz você que o negócio de Memphis está abafado e estamos quites.

Dwight chegou mais perto.

— Temos um pequeno vazamento lá. Digo em um segundo, mas primeiro você tem que ouvir o sermão.

Wayne se afastou dele um pouco, no meio das pessoas. Um manifestante o viu e fez o gesto do punho fechado. Dwight puxou-o para trás da plataforma.

— Agora você está por cima. Está com o tio Carlos e pode se dar bem com o Hughes. Eu seria um amigo de merda se não dissesse para ter cuidado.

Wayne chegou perto.

— "Amigo"? Você me coagiu ao negócio em Memphis, porra.

Dwight chegou mais perto. Trombou Wayne contra um poste e prendeu-o ali.

— Wendell Durfee teve um preço, filho. E não vem me dizer que, de alguma maneira, você não queria o serviço.

Wayne retribuiu o empurrão. Vá com calma, não o irrite. Dwight bancou o bonzinho e espanou o paletó de Wayne.

— Me coloque em dia sobre o Carlos. Alguma coisa para manter a bicha velha feliz.

— É notícia antiga. Os Rapazes querem vender o resto dos hotéis ao Hughes e manter o pessoal da percentagem. Hughes quer uma cidade pacífica. Alguém tem que ocupar o lugar de Ward Littell, e esse alguém sou eu.

Wayne ouviu os gritos fracos:

— *Wayne era um racista! Wayne Junior é um assassino!*

— O envelope para Dick Nixon. Fale sobre isso.

— Como foi que...

— Grampeamos o apartamento dele em Key Biscayne. Nixon falou com Bebe Rebozo.

O vento soprou bandeiras para fora da plataforma. As palavras de ordem Wayne Sênior/Junior aumentou.

— Os Rapazes querem construir uns cassinos na América Central ou no Caribe, e precisam que as coisas fiquem lentas no Departamento de Justiça. Querem um perdão para Jimmy Hoffa lá para 71. Acham que Nixon vai vencer a eleição e ser receptivo.

Dwight assentiu.

— Vou engolir isso, por enquanto.

— O "vazamento"? *Memphis?* Você ia...

— Estou tentando pegar uns assinantes de publicações racistas. Quero dar uma olhada nas listas do seu pai.

Wayne balançou a cabeça.

— *Não.* Estou fora desse negócio. Fale com Fred Hiltz.

•

— Cacete, Wayne. Eu não estou pedindo o mundo a você, só estou pedindo...

— *Vazamento? Memphis?* Qual é, não me enrola.

Dwight procurou um cigarro. O maço estava vazio. Jogou-o contra a multidão.

— O agente especial encarregado de St. Louis me ligou hoje cedo. Tem alguns boatos saindo da Grapevine Tavern.

— Não estou entendendo.

— É um ponto de encontro de caipiras. Um dos irmãos de Jimmy Ray tem uma parte da sociedade. Eu mandei grampear. Um boato idiota estava circulando por lá, e Jimmy ficou sabendo. Uma recompensa de 50 mil para a morte do King. Otash atraiu Ray por causa do boato e fez ele trabalhar por trás disso.

— *Wayne/racista, Junior/assassino, Wayne/rac...*

— Continue. Não participei dessa parte do serviço.

— Alguns caipiras encontraram o grampo. Deduziram que era coisa do FBI, e agora está rolando um papo de que o atentado teve participação do FBI.

Wayne se eriçou.

— Papo é papo, Dwight. Boatos são boatos.

— É, mas está um pouco perto demais do Jimmy e daquelas histórias malucas que ele anda contando.

— O que significa...

— O que significa que a coisa pode parar ou não. E, se não parar, vamos ter que fazer alguma coisa.

— *"Vamos"* ou *você* vai?

Dwight agarrou a gravata dele.

— *Vamos*, filho. Wendell Durfee não saiu de graça.

O soro intravenoso acabara. A enfermeira estava no sofá, dormindo. Janice dormiu assistindo a TV.

•

Wayne verificou a pulsação dela. Parecia fraca-normal. Passava o noticiário da tarde, o som baixo. Um repórter fez o número padrão King/Bobby e passou para Nixon e Humphrey.

Próximas convenções: Miami e Chicago. Duas confirmações garantidas na primeira votação. Protestos potenciais nos locais das duas convenções. A situação das pesquisas sobre Nixon-Humphrey: agora empatados.

Wayne viu Nixon e Hubert soltarem seu blá-blá-blá e fazerem caras e bocas. Tinha uma gravação de Farlan Brown captada pelo grampo. A notícia do Grapevine o deixou nervoso. "Papo" e "Boatos" poderiam significar encrenca de testemunha. Dwight queria ver as listas de correspondência de Wayne Sênior. Estavam guardadas num *bunker* perto de Vegas. O Pai sempre chamava o lugar de "Cabana do Ódio". Havia uma porrada de ódio guardada lá.

Janice se remexeu e se encolheu. Wayne colocou um novo saquinho de soro. Nixon e Humphrey soltavam blá-blá-blás. Janice abriu os olhos.

Wayne disse oi.

Janice apontou para a TV.

— Homens sem graça. Se eu estiver viva, não vou saber em quem votar.

Wayne sorriu.

— Você sempre errou no quesito beleza.

— É. O que explica meu azar com homens.

O soro começou a pingar. Chegou ao tubo. Wayne virou o botão e regulou o fluxo. Janice estremeceu. O bagulho acertou o braço dela e lhe deu um ligeiro jorro de cor. Ela disse:

— Buddy Fritsch ligou hoje.

— E?

— Está apavorado. Disse que andaram correndo boatos.

Wayne desligou a TV.

•

— Sobre aquela noite?

— É.

— E?

— E Buddy disse que uns vizinhos andaram comentando. Disseram que viram um homem e uma mulher do lado de fora da casa.

Wayne segurou as mãos dela.

— Estamos seguros. Você sabe quem eu conheço e sabe que essas coisas são bem cuidadas.

Janice balançou a cabeça e soltou as mãos. Arranjou força. A coberta escorregou. Wayne segurou o braço dela para manter a agulha no lugar.

— Vou partir logo, mas não quero que as pessoas saibam que fizemos aquilo.

— Querida...

— Não devíamos ter feito. Foi uma coisa de ódio e vingança. Foi errado.

Wayne virou o botão. O frasco franziu e alimentou o tubo. Janice apagou num instante.

Ele mediu sua pulsação. Estava abaixo de fraca-normal.

Farlan Brown disse:

— Sinto muito sobre o seu pai.

— Essas coisas acontecem, senhor. Ele tinha um coração ruim e hábitos ruins.

— "Hábitos ruins"? Um mórmon de vida limpa como ele?

Wayne sorriu.

— Os mórmons bebem e trepam mais do que o resto do mundo, como tenho certeza de que o senhor sabe por experiência própria.

Brown deu um tapa nos joelhos. Era alto e falsamente amigável. Os óculos tipo Michael Caine ampliavam os olhos ruins. Sua suíte era decorada em falso estilo Tudor. O grupo Hughes tinha os seis andares superiores do D.I. O figurão repousava na cobertura.

Brown disse:

— O senhor é uma piada.

— Só pense em mim como filho do meu pai. Me dê o trabalho e eu sigo a partir daí.

Brown acendeu um cigarro.

— Diga por que devo lhe dar o trabalho, e me convença em menos de um minuto.

Wayne disse:

— Conluio.

Brown bateu no relógio. Wayne puxou os punhos do paletó e mostrou o Rolex de ouro. Wayne Sênior lhe ensinara o truque.

— Howard Hughes é um xenófobo delirante viciado em narcóticos farmacêuticos e transfusões de sangue incrementadas com vitaminas. Seus empregados se referem a ele como "Drácula". O Sr. Hughes conta com homens lúcidos como o senhor para serem intermediários entre ele e o mundo e para facilitar os negócios com políticos corruptos e figuras do crime organizado que comandam o estado de Nevada e, supostamente, todo o país. Eu sou o elemento de ligação de Carlos Marcello com a comunidade empresarial. Sou um químico brilhante que pode preparar compostos que vão arrancar Drácula da porra do caixão. Serei o entregador de dinheiro do Sr. Marcello para Richard Nixon e, esperamos, para a administração presidencial de Nixon. Drácula está subornando o Sr. Nixon numa faixa de 5 milhões de dólares, e eu vou atacar os bens do meu pai para igualar essa quantia. Vou entregá-la pessoalmente ao Sr. Nixon, junto com os 15 milhões do Sr. Marcello, na convenção do Partido Republicano. Estou encarregado de supervisionar o futuro grande projeto do Sr. Marcello e de seus colegas do crime organizado, que é a construção de luxuosos hotéis-cassinos numa república de bananas comandada por algum ditador em algum lugar ao sul daqui, e vou lhe garantir que a Hughes Airways terá o direito exclusivo de transportar os otários para lá. O senhor deveria pensar muito bem em mim para o serviço, porque sabe quem eu conheço e o que eu sei, e porque tem o bom-senso utilitário de saber que vou fazer com que *o senhor* apareça bem em todas as circunstâncias.

Brown olhou o relógio.

— Cinquenta e seis segundos. Você andou despertando o interesse do Sr. Hughes, e agora está despertando o meu interesse.

— Por que despertei o interesse do Sr. Hughes?

— Porque matou uns traficantes crioulos em 1964 e o Sr. Hughes acha que você seria um bom homem para espantar os pretos para fora dos hotéis dele.

— Estou fora do negócio de ódio racial, senhor. Por favor, diga ao Sr. Hughes que não estou disposto a fazer isso, e por favor diga que exijo um encontro com ele antes de o senhor me contratar — disse Wayne *baixinho.*

— Você acabou de se prejudicar seriamente — disse Brown *baixinho.*

Wayne jogou quatro cápsulas no colo dele e saiu da sala.

Duas horas. Três no máximo.

Voltou à sua suíte e se espreguiçou. Visualizou Drácula girando em volta dos anéis de Saturno e pulando nas luas de Júpiter. Talvez esteja voando ou colidindo aviões. Talvez esteja comendo Kate Hepburn no estacionamento dos fundos da RKO.

O telefone tocou. Wayne atendeu. Brown o interrompeu no "alô".

— O emprego é seu. E o Sr. Hughes *vai* recebê-lo.

•

CAPÍTULO 5

(Los Angeles, 18/6/68)

— Clyde me disse que você gosta de espiar mulheres.

Bam — as primeiras palavras do cara que odiava King. *Bam* — na porta, sem aperto de mão ou apresentação.

Crutch disse:

— Sim, senhor. É verdade.

O Dr. Fred Hiltz gargalhou.

— Ele quis dizer "*olhar* mulheres", mas não vou insistir na questão.

A *hacienda* de ódio de Hiltz — uma grande mansão em estilo espanhol. Beverly Hills, terreno de primeira, vizinhos judeus aos montes. Uma sala gigantesca, de piso rebaixado, engalanada de arte racista.

Belas pinturas a óleo. Os mestres revistos. Um linchamento por Van Gogh. Um tableau de câmara de gás por Rembrandt. Matisse cometendo atrocidades congolesas. Paul Klee botando Martin Luther King na fogueira.

Crutch olhou as paredes. Man Ray fez Bobby Kennedy morto numa mesa de necrotério. Picasso fez Lady Bird Johnson lambendo a boceta de Anne Frank.

Caralho...

Crutch lutou contra a tontura.

— Conheci uma dona no Lawry's Prime Rib. O nome dela era Gretchen Farr. Ela me deu uma surra de boceta e me viciou. Roubou 14 mil do abrigo antibombas do meu quintal. Encontre-a e pegue meu dinheiro de volta — disse Hiltz.

Judeus com chifres de diabo feitos por Frederick Remington. Grant Wood faz Lyndon Johnson destripado e esquartejado.

— Descrição? Último endereço conhecido? Uma foto, se o senhor tiver.

Hiltz levou Crutch rapidamente para os fundos. A pressa do escroto: *Raus! Mach schnell!* Seguiram por longos corredores. Desviaram-se de gatos e caixas de areia para gatos. As fotos de JFK no necrotério estavam coladas nas paredes.

O pátio era um jardim de estátuas. Um imigrante ilegal lavava com mangueira um Cristo de tamanho real vestido de Klan. Hiltz disse:

— Não tenho fotos. Gretchen era fotofóbica. É uma dona alta, gostosona, com leve tonalidade latina. Estava hospedada no hotel Beverly Hills, por isso achei que era limpeza. Coloquei Phil Irwin atrás dela, mas ele virou a casaca e me deixou na mão. Tentei contratar Freddy Otash, mas ele não está pegando biscates ultimamente.

•

O chicano molhou Hitler e Herman Goering com a mangueira. Fez decompor a bosta de passarinho e a poeira.

— O que mais o senhor pode me falar sobre ela?

— *Você não está escutando.* Não sei *bulhufas*. Pensei com a cabeça do meu *schvantz* e isso me custou 14 mil. *Entendeu? Eu* estou contratando *você* porque *você* sabe como encontrar pessoas, e *eu* não sei.

Um gato escalou Mussolini e ficou sentado, pronto para os passarinhos. Hiltz foi rapidamente com Crutch até alguns degraus que desciam para o subsolo e o empurrou para baixo. Chegaram a uma porta de aço reforçado. Hiltz destrancou-a e apertou um interruptor. Lâmpadas fluorescentes iluminaram uma colmeia de ódio de 3,5 por 3,5.

Papel de parede feito de publicações racistas. Ódio contra negros, ódio contra judeus, ódio contra papistas, ódio contra japas, ódio contra chinas, ódio contra cucarachas, ódio contra comunas, ódio contra a porra do opressor branco. Cartazes de ódio empilhados no chão. Caixas cheias de braçadeiras nazistas. Bonecos de vodu espetados de ódio: Jackie Kennedy Onassis, o papa Paulo, Martin Luther Krioulão.

Hiltz pegou um cartaz. Um escravo gigante esfaqueava um comerciante judeu encolhido. O escravo tinha um volume na virilha do tamanho de um mamute. O judeu tinha pés com garras e rabo de rato. O cartaz dizia O GENOCÍDIO É A ORDEM SECRETA DE ALÁ!!!!!

— Os *schvartzes* engolem essa merda. Você não acredita no mercado que esse *tsores* de militância negra criou. Eu tenho toda uma linhagem acontecendo. São panfletos de *schvoogies* na prisão, supostamente escritos por aqueles crioulos radicais de San Quentin. Sabe quem escreve de verdade? Um judeu que adora crioulos, com quem eu jogo golfe.

•

Crutch espirrou. A colmeia de ódio fedia a mofo e mijo de gato. A tontura voltou.

— Gretchen Farr. Sobre o que vocês conversaram? Diga o que ela falou sobre si. Diga...

— Nós não falávamos. Nós só *shtupávamos*. Fazíamos *soixante-neuf* e papai e mamãe. Não desperdiçávamos tempo significativo com discussões.

— Senhor, será que pode me dar *alguma coisa* com que...

Hiltz puxou a tampa de um baú de roupas gigante. O interior estava entulhado de notas de 100. O valor total devia chegar a meio milhão.

— Eis o mistério duradouro, *schmendrick*. Ela só me levou 14 mil. Eu sei porque conto meu ouro toda noite. Quer minha opinião? Gretchen era sutil. A escrota me tirou o que achava que eu não iria notar.

Crutch olhou dentro do baú. Hiltz pegou uma nota e enfiou no bolso da camisa dele.

— O almoço é por minha conta. Encontre-a e eu te arranjo um a três com Brigitte Bardot e Julie Christie. Acredite, eu tenho esse tipo de contato.

Schvartzes, schvantz, shvoogies, papai e mamãe. Um potencial *ménage à trois*. Um servicinho para a Clyde Duber Associates.

Crutch foi até o estacionamento e pegou Phil Irwin. Phil estava enrolado com Chick Weiss para um serviço de divórcio. Crutch puxou-o de lado e fez as perguntas padrão. Phil foi turvo com relação a Gretchen Farr. Sem sacanagem — Phil ficava turvo depois das 10 da manhã todo dia. É, o Dr. Fred o contratou. É, ele ligou para o DPLA e a delegacia municipal e ficou sabendo que o roubo de Farr não tinha sido registrado. Bateu papo com o cara da recepção do hotel Beverly Hills. O cara da recepção se recusou a olhar a lista de hóspedes. Então foi para uma bebedeira em

Tijuana. Levou um grupo do Rotary para ver shows de sacanagem. O Dr. Fred o demitiu.

Crutch fez a *grande* pergunta: o Dr. Fred é judeu?

— Não, mas todas as ex-mulheres dele são judias — disse Phil.

Vamos riscar o nome de Phil. Próxima parada: o hotel Beverly Hills.

Crutch foi até lá e se situou. Mostrou o distintivo falso a um mensageiro veado e causou boa impressão. O mensageiro veado chamou o recepcionista veado. O recepcionista veado olhou de cima a baixo a vestimenta barata de Crutch. Crutch disse que trabalhava para Clyde Duber. O recepcionista veado engoliu. Clyde tinha verve e *je ne sais quoi*. Tudo bem, garoto, vamos conversar.

Crutch fez as perguntas padrão. O recepcionista veado respondeu. Chamou Gretch Farr de "perigosa". Ela alugou o bangalô 21 por três semanas. Ele ficou pensando onde ela teria arranjado a grana. Ela atendia a hóspedes ricos europeus e latinos de ambos os sexos. Pagava toda manhã em dinheiro vivo pela hospedagem e pelos gastos extras. Gretch forneceu uma referência ao chegar: uma central telefônica chamada "Central Bev's". Era um serviço de recados para o pessoal da noite. Gretch era a quintessência da dama da noite.

Era isso. O recepcionista veado saiu saltitando e foi puxar o saco de umas balzaquianas com poodles. Crutch foi até os telefones públicos e ligou para o serviço de informações. Central Bev's: Fountain, 8814, West Hollywood.

Foi para lá e se situou. O endereço era uma loja ao lado de uma farmácia. Todos os motoristas compravam rebites ali.

Parou. Penteou o cabelo. Prendeu o distintivo fajuto na frente do paletó e mastigou um Clorets. Treinou piscar à la Scotty Bennett. Lembrar de comprar uma gravata-borboleta xadrez.

•

Entrou. Uma velhota trabalhava na mesa telefônica. O lugar era claustrofóbico: 3,5 por 4,5, no máximo. Crutch captou um cheiro de inseticida.

A velhota notou-o. Ele a identificou meio tarde. Bev Shoftel Boquete. Uma lenda em L.A. Chupava o pau de todas as grandes estrelas nos anos 1930.

— O distintivo é falso. Eu como cereal Rice Krispies todo dia, por isso conheço os brindes — disse ela.

Crutch afirmou:

— Sou investigador particular. Trabalho para Clyde Duber — Crutch afirmou.

Bev tirou o fone de ouvido e afofou o cabelo. Flocos de caspa voaram.

— Eu chupei o pau de Clyde Duber antes de você nascer. Chupei o pau de Buzz Duber quando ele fez 12 anos, portanto não vai achando que pode me intimidar.

Crutch ficou sem reação. Sua pálpebra estremeceu e teve um espasmo. Bev Boquete uivou.

— A resposta é não. Para o que quer que você queira, é isso que vai ouvir.

— Gretchen Farr. Ouvi dizer que ela é perigosa, e preciso dar uma olhadinha na lista de recados dela.

— *Nyet* — disse Bev. — E nem pense em pedir uma chupadinha, porque estou com 63 anos e saí do ramo.

— Eu poderia ajudar você, baby. Acredite, tenho esse tipo de contatos.

Bev uivou de novo.

— A hora da comédia acabou, *baby*. Mas você me fez rir, por isso vou te dar uma coisinha grátis. Ouvi Gretchie falando espanhol ao telefone.

Uma chamada chegou à mesa telefônica. Bev pôs o fone.

— Por favor — disse Crutch.

— Cai fora — ordenou Bev.

Boquetes. Bev Boquete chupa Buzz e Clyde. Agora Buzz consegue chupadas à força. Os ladrões de boquetes do Scotty.

Era demais. Crutch fervilhava com isso. Não conseguia se situar.

Foi à farmácia e comprou um pouco de Dexedrine. Engoliu quatro com café, des-fervilhou e re-fervilhou. Foi para casa e folheou umas *Playboys*. Virou-se para o teto e viu uma mulher tomando banho de sol. Os Dex traziam lembranças. Lá está Dana Lund ao lado da piscina, num maiô sem alças. Lá está Dana bancando a acompanhante numa festa de calouros universitários.

Dana. Gretchen Farr. Trabalho em hotel. Gretchen trepa com homens *e* mulheres.

Crutch teve aquela sensação *antiiiiiga* e pegou em sua ferramenta *antiiiiiga*.

A farmácia estava fechada. A Central Bev's também. Um beco levava a um estacionamento nos fundos. Nuvens absorviam o luar. A porta lateral parecia fraca.

Crutch enfiou uma gazua nº 4 no buraco da fechadura. Duas sacudidas liberaram o tambor principal. Enfiou uma nº 6. Girou as duas. A tranca deslizou. A porta estalou.

Entrou e fechou a porta. O vapor de inseticida o fez espirrar. Pegou a minilanterna e ajustou o facho para ficar estreito. Viu um arquivo encostado nos plugues de saída da mesa telefônica.

Três gavetas em suportes deslizantes. Marcadas com "A a G", "H a P", "Q a Z". Puxou as alças. As três estavam trancadas.

Concentrou-se na fechadura da "A a G". Enfiou uma gazua nº 5 até o fundo. Um empurrão e *pop*...

"A a G". Aaronson, Adams, Allworth, alguns *B*, *C* e *D*. Echert, Ehrlich, Falmouth. Ali: Gretchen Farr.

Crutch segurou a lanterna com os dentes e pegou a pasta com as duas mãos. Era fina. Tinha uma página. Examinou-a rapidamente. A lista de chamadas tinha três semanas, desde o fim de maio de 1968.

Nenhuma anotação de endereço ou observações pessoais sobre a própria Gretchen Farr. Só a lista dos telefonemas.

Joalheria Avco, Santa Monica — quatro telefonemas no total. Seis telefonemas de consulados estrangeiros: Panamá, Nicarágua, República Dominicana. Hein? *Coméqueé?* — troço estranho.

Três nomes de homens: "Lew", "Al", "Chuck". Alguns me-liga-de-volta para Gretchen — todos com prefixos de L.A.

Du-32758/"Não quis dizer o nome." Sal/nº-52808. *Ele* conhecia o nome e o número: o ator amigo de Clyde.

Crutch pegou o bloco e copiou tudo. Estava com suores de invasão de propriedade. O vapor de inseticida fazia o nariz coçar. A porra da lanterna machucava os dentes.

Bar Klondike, esquina da 8 com a La Brea. Um graal grego e um ímã cor-de-rosa para os desmunhecados.

Crutch ligou para Buzz do telefone público que havia do lado de fora. A calçada era um grande rodeio de michês. Crutch falou com Buzz sobre o Du-32758 e disse para ele verificar o catálogo reverso. Buzz verificou o catálogo e disse a Crutch: "Não tem nada." Crutch disse para ele ligar para a P.C. Bell e requisitar um rastreamento de número ilegal.

A atividade na calçada virou uma caçada. Crutch sentou-se no carro e ficou olhando para a porta. O Lincoln de Sal estava lá atrás no estacionamento. Sal *morava* no Klondike. Ia sair mais cedo ou mais tarde, com ou sem o bofe da noite.

Sal Mineo, informante pago por Clyde e Fred Otash. Duas indicações para o Oscar e um pé na bunda. Um frutinha dado a encrencas.

Crutch se situou de novo. Os Dex haviam deixado sua cabeça girando. O cinema Toho ficava logo ao sul. Casais descolados faziam fila para um filme de arte idiota. As garotas tinham aquele cabelo comprido e liso. Cada movimento de cabeça soltava fagulhas.

Alguém batucou no seu para-brisa. Crutch viu Sal Mineo — com o pega-rapaz todo vaselinado e uma calça jeans justinha. Abriu a porta. Sal entrou. Tinha aquele ar de charme veado carcamano.

Crutch deu a volta na esquina e voltou a estacionar.

— Você poderia ter entrado. Não precisava ficar espreitando a noite toda — disse Sal.

— Eu não estava espreitando.

— Você sempre espreita.

— Que merda, cara. Eu estava *esperando.*

— Estava *espreitando.*

Crutch gargalhou.

— Tá bom, eu estava espreitando.

Sal gargalhou.

— Clyde quer alguma coisa, não é? Você estaria espreitando do lado de fora da janela de alguma garota se estivesse cuidando da própria vida.

Crutch apertou o volante até os dedos ficarem brancos. Sal levantou as mãos — ei, não falei por mal.

— Tá, vou começar de novo. Em que posso ajudar você e o Clyde?

— Gretchen Farr. Ela tirou dinheiro de um cliente do Clyde, e eu sei que você a conhece.

Sal acendeu um cigarro.

— Claro, conheço. Sei que ela trepa com um monte de homens e vive pegando o dinheiro deles, mas não sei como você ligou ela a mim. Se me explicar de modo convincente, eu digo o que você precisa saber.

Aquele beicinho, aquele cabelo oleoso de carcamano. Crutch apertou os punhos.

— Fui fazer algumas verificações telefônicas. Você ligou para o serviço de recados dela há duas semanas.

Sal abriu a janela, desenfumaçando o carro. Depois levantou os joelhos e fez cara de inocente.

— Eu diria que Gretchen Farr é um pseudônimo. Não pergunte como sei, apenas sei. Não tenho ideia do paradeiro dela, porque ela nunca diz às pessoas onde mora. Como eu disse, ela trepa com um monte de homens, rouba ou pega emprestado dinheiro deles e some. Liguei para o serviço de recados porque ela ligou para o meu. A gente não se fala de verdade. Eu já a apresentei a alguns homens antes, mas em geral ela encontra os próprios candidatos. Ela é *muuuuuito* cuidadosa, a nossa Gretch. Sempre toma cuidado para que os parceiros de cama não andem nos mesmos círculos.

Um monte de homens, trepadas, parceiros de cama...

— Fotos?

Sal balançou a cabeça.

— Não. É a garota mais avessa a máquinas fotográficas que já vi.

— Os "parceiros". Me dê alguns nomes.

— *Não*. Está me dando um branco *enorme*, e Gretch *me pagou* para apresentá-la aos caras certos, e eu prometi que não iria dedurá-la, jurei pela minha mãe mortinha.

Crutch bateu com força no volante. Crutch bateu com força no painel. Sal fez carinha de inocente e nem se abalou.

— Está melhor, queridinho?

Crutch abriu e fechou as mãos. Os dedos e as palmas ardiam. Sal enrolou no dedo o pega-rapaz e suspirou.

— Por que você acha que Gretchen Farr é um nome falso? — perguntou Crutch.

— Ela tem muita cara de *cucaracha* para ser uma Farr. É tipo hispanglês, no mínimo.

— E ela não *mora* em L.A.?

— Não, só aparece de passagem, *pausa* um pouco e segue em frente.

— Algum conhecido? Você conhece *alguém* que conhece ela?

Sal direcionou para ele os olhinhos de inocente.

— Você parece resignado, então vou te dar uma coisinha. Apresentei Gretchie a um corretor de imóveis chamado Arnie Moffett, que é um homem *horrível* que costumava cafetinar para Howard Hughes. Ele comprou um monte de garconières para Hughes em Hollywood. Hills; talvez Gretchie esteja hospedada numa delas.

Crutch estalou os nós dos dedos. Sua cabeça doía. Não conseguia se situar. Seus pensamentos se embolavam e se desviavam.

— Estou esperando chegar o dia, queridinho — disse Sal.

— Que dia?

— O dia em que você vai descobrir que não é nem um pouco durão.

Aqueles nomes da lista de telefonemas: "Al", "Lew" e "Chuck". Poderiam ser alguns dos que trepavam com Gretchen. Poderiam re-situá-lo. Poderiam gerar insights.

Crutch baixou o pique dos Dex com barbitúricos e bourbon barato. Dormiu e ligou para os três caras de manhã. Disparou o nome de Gretchen. Assustou-os. Marcou encontros no Carolina Pines — três supostos parceiros de cama de Gretchen separados pelo intervalo de uma hora. Chegou ao Pines cedo e ocupou uma mesa nos fundos. Engoliu panquecas com café e re-limpou a cabeça.

Al apareceu na hora. Estava puto. Merda, sou casado. Você me atraiu aqui para me chantagear por causa de uma trepada ilícita. Crutch mostrou o distintivo para Al. Al revelou o seguinte:

Conheceu Gretchen no Trader Vic's. Treparam algumas vezes durante o dia, na casa dele e na dela. Gretchen tinha um cafofo em Beachwood Canyon. Não me pergunte onde, eu sempre ia lá cheio de birita.

Gretchen disse que tinha recursos. Mencionou trabalhos de importação-exportação. Ela pediu 5 mil. Ele pensou no pedido. Quase deu. Algo o deteve.

Gretchie tinha um jeito sorrateiro. Ele fuxicou a bolsa dela. Viu quatro passaportes diferentes. Não quis confrontá-la.

Passaportes de que países? Meu Deus, não sei. Algum conhecido dela? Pessoas de quem ela falava? Cara, a gente só *trepava*.

Crutch jurou silêncio e mandou Al se mandar. Lew apareceu. Estava puto. Porra, eu sou casado. Você me atraiu aqui por causa de uma trepada ilícita. Crutch mostrou o distintivo. Lew revelou o seguinte:

Conheceu Gretchen no Stat's Char-Broil. Rolou alguma coisa. Ele a comeu no hotel Miramar e num cafofo perto de Beachwood Canyon. Ela levou dele 5 mil. E deu no pé. Ele tentou encontrar o cafofo dela. Fracassou. Estava quase apagado toda vez que ia lá. Não conseguiu achar a porcaria do lugar.

Algum conhecido dela? Passaportes? Assuntos das conversas? Cara, você não tá entendendo — a gente praticamente não falava.

Crutch jurou silêncio e mandou Lew se mandar. Lew se mandou. Chuck apareceu. Estava puto. Caralho, sou casado. Você me atraiu aqui para me chantagear por causa de uma trepada ilícita. Crutch mostrou o distintivo para Chuck. Chuck revelou o seguinte:

Conheceu Gretchie no restaurante Westward Ho. Comeu ela numa casa a 1 quilômetro a leste de Beachwood Canyon. Era alugada. Ainda havia etiquetas de preço na mobília — eu deveria ter sacado.

Emprestou 5 mil a Gretchie. Ela deu o fora. Ele ligou para o tal serviço de recados de Bev e tentou achá-la. A velha Bev era uma esfinge. Repeliu-o. No dia seguinte ele recebeu um presente pelo correio.

Uma Polaroid: Chuck e Gretchie Farr fodendo. Chuck sacou: desista ou sua *frau* recebe *isso*.

Chuck desistiu. Chuck não sabia xongas sobre passaportes ou conhecidos dela. De que vocês falavam? Cara, a gente só *trepava*.

Crutch jurou silêncio. Chuck deu no pé. Crutch pediu lápis e papel à garçonete. Ela trouxe. Crutch desenhou e redesenhou Gretchen Farr.

Os caras lhe deram descrições ligeiramente diferentes. Branca com sangue *cucaracha*? Claro, talvez, talvez não. Bev a escutou falando em espanhol. Ela recebeu telefonemas de três consulados; Panamá, Nicarágua, República Dominicana. Países latinos. Festival Cucaracha 68. Ela é louca, tem cabelo escuro, é clara tendendo para morena — anda, lápis, anda.

Desenhou Gretchen de seis modos. Deu-lhe penteados diferentes e a fez sorrir e ficar séria. Sentiu algum espírito louco guiando-o. O lápis quebrou. Ele ficou engasgado e fodido quando viu aonde tudo aquilo ia dar.

Desenhou Gretchen Farr como Dana Lund, seis vezes. Gretchie era Dana transformada em morena.

A joalheria Avco ficava na praia. A vitrine mostrava relógios de alto nível arrumados em blocos de veludo. Crutch espiou por baixo de um toldo listrado. Estava elétrico. Estava à base de panquecas gordurosas e resíduo de droga.

Entrou. Um sujeito muito arrumadinho estava de pé atrás do balcão, mexendo numas pérolas. Ele avaliou Crutch. Blazer marinho e calça cinza — tudo bem, você serve.

— Senhor?

— Tenho umas perguntas, por favor.

— Sem dúvida. O senhor tem alguma peça em mente?

"Peça" bateu estranho nele.

— Gretchen Farr — soltou na bucha.

O arrumadinho arrumou as pérolas.

— Isso tem a ver com...?

— Uma investigação.

— Percebi, mas o senhor parece muito novo para detetive de polícia.

— Sou investigador particular.

— Duvidoso, mas vou lhe dar o benefício da dúvida.

Crutch sentiu a pele se retesar.

— Olha, alguém ligou deste número para o serviço de recados dela. Só estou tentando...

O sininho da porta soou. Uma dona velha entrou saracoteando, carregando um chihuahua todo enrolado. Levava jeito de maníaca por pedras, doida por umas pérolas.

O arrumadinho sussurrou:

— A Srta. Farr veio aqui há duas semanas, enquanto eu estava fora. Deixou um recado para que eu ligasse para ela, e assim o fiz. Nos falamos algumas vezes por telefone. Queria conselho para avaliar algumas esmeraldas valiosas. Perguntei sobre a proveniência das pedras. Ela não tinha resposta pronta, o que achei estranho.

A velha desenrolou o chihuahua. O escrotinho bateu no chão latindo. O arrumadinho saiu de trás do balcão e quase desfaleceu.

Buzz chamava o serviço de Hiltz de "o caso". Crutch o alterou para "*meu* caso". O Dr. Fred tinha grana suficiente para dar corda no relógio de Clyde. *Cherchez la femme* — o Cara Que Odiava King tinha o maior tesão em Gretchie. Buzz ligou para a P.C. Bell e subornou um atendente para rastrear aquele número ilegal. E, nada. Buzz procurou os contatos de Clyde na polícia para ver se descobria alguma coisa sobre *la belle* Farr. Nada. Arnie Moffett era sua única pista que prometia. Buzz disse que era "quente". Crutch disse que era "incandescente".

Foram ao telhado do Vivian e papearam. Era o crepúsculo. Estava quente. Um sol tardio turvava o céu, tornando-o verde musgo. Buzz fumou um baseado e bateu papo, só carros e bocetas. Crutch ajeitou o telescópio.

Viu um turno extra no Paramount: dançarinas esguias. Viu também Lonnie Ecklund trabalhando num Merc 53. Viu uns bêbados cambaleando para fora do Nickodell. Viu Sandy Danner fumando um cigarro escondido na varanda dos fundos da casa de sua mãe. Lonnie/Sandy/Buzz/Crutch — escola Hollywood 1962.

Dana Lund estava fora de alcance. Crutch virou o telescópio para o oeste. Pegou Barb Cathcart grelhando salsichas. Ela usava uma blusa de tie-dye e um medalhão da paz. Seu decote sardento aparecia. Barb cantava num conjunto chamado The Loveseekers. Perdiam todo concurso musical em que entravam. Barb mostrou os pentelhos para ele na escola Le Conte, primavera de 1958. Então seu mundo se des-centralizou. O irmão de Barb, Bobby, era garoto de programa. Diziam que o pau dele media 35 centímetros.

Esmeraldas, garçonnières, trepadas, trepar, trepando...

Buzz disse:

— Você é muito mais maluco do que eu.

Crutch respondeu:

— Vamos dar um arrocho no Arnie.

A metedrina deu uma revigorada. Quatro comprimidos de Dex, dois de Seconal e boas doses de Jim Beam. Eles *levitaram* até a Miracle Mile. Crutch sentiu as órbitas dos olhos se expandindo.

A imobiliária de Moffett era um buraco. Ficava ao lado da delicatéssen Ma Gordon's, o "Lar do Herói Hebreu". A porta estava aberta. As luzes, acesas. Um cara magricelo relaxava na cadeira reclinada, atrás de uma mesa. Usava uma camisa de boliche, vermelha, com ARNIE bordado.

Estava distraído. Olhava para um espelho giratório, espremendo os cravos. Crutch pigarreou. Buzz pigarreou. Arnie continuou hipnotizado.

— Hã... senhor? — disse Buzz.

Crutch chiou para ele ficar quieto.

— Rapazes de fraternidade estudantil, certo? Querem alugar um dos meus cafofos para guardar birita e atrair umas rachas — disse Arnie.

A sala des-situou-se. Luzes engraçadas giraram. Crutch disse:

— Somos detetives particulares.

Arnie se levantou. Segurando o saco, disse:

— Sente isso.

Crutch viu *VERMELHO. Sala VERMELHA,* luzes *VERMELHAS,* mundo *VERMELHO.* Chutou o saco de Arnie. Deu-lhe uma cutelada. Deu-lhe um soco rápido. Jogou-o de cara no chão. O nariz de Arnie estalou. Sangue espirrou. Arnie ficou estatelado e balançou as mãos, tentando pegar o telefone na mesa. Crutch arrancou o fio da parede e jogou a porra do telefone do outro lado da sala.

Buzz tremeu. Seus lábios fizeram coisas engraçadas. Crutch viu a mancha de mijo na calça jeans dele e sentiu o cheiro da merda na cueca.

Arnie balançou os braços. O sangue fazia poça por causa do mergulho de nariz. Crutch pôs um pé no pescoço dele e o fez des-balançar os braços.

— Gretchen Farr — disse Crutch.

Arnie gorgolejou. Buzz correu para o banheiro chamando Raul. Crutch jogou um lenço no chão. Arnie rolou de costas, cobriu o nariz e estancou o sangue. Crutch pegou o cantil de uísque dele. Arnie fez um sinal de me dá e inclinou a cabeça. Crutch lhe permitiu uns golinhos. Jim Beam, legítimo.

Arnie sugou, engasgou e tossiu. Arnie reuniu *savoir-faire* e disse:

— Seu merdinha do inferno.

Crutch se agachou. Manteve-se longe da sujeira de sangue. Estava todo re-circuitado enquanto a sala pulava e girava.

— Gretchen Farr.

— É comuna. Uma espécie de esquerdista de fim de semana, com mais nomes que metade do mundo.

— Continue.

— Ouviu dizer que eu arranjava xerecas para Howard Hughes.

— Continue — pediu Crutch.

Arnie fez o sinal de me dá. Crutch lhe permitiu três goles. Arnie sugou bourbon temperado com sangue e respirou fundo.

— Ela alugou um dos meus cafofos. O de Hollywood Hills, uma casinha de merda. Duas semanas de aluguel, entra e sai.

— Continue.

— São cafofos de terceira. Locações para filme de sacanagem, bebedeira, aluguéis de curta temporada.

— Continue, Arnie. Quanto mais rápido você me contar, mais rápido eu vou embora.

O sangue encharcou o lenço e vazou. Arnie jogou-o longe e enxugou o excesso com a calça. Buzz entrou fechando a braguilha. Parecia verde psicodelizado.

Crutch disse:

— Desembucha, Arnie.

— Desembuchar *o quê?* Ela é uma comuna com algum objetivo escroto.

— *Arnie...*

— Tá bom, tá bom. Ela me pressionou para saber as merdas da organização Howard Hughes. Disse que queria chegar perto de um cara chamado Farlan Brown. Eu disse que conhecia o cara. É um tarado que banca o mórmon para ficar numa boa com o Hughes. Quando passa por L.A., sempre vai ao restaurante Dale's Secret Harbor.

NA DISPUTA: Hughes, Gretchie, esmeraldas e aquele 1 milhão de dólares...

— Cópias das chaves, Arnie. Da casa que Gretchen alugou e de todos os outros esconderijos dela.

Arnie assentiu e se levantou. Crutch ajudou-o a equilibrar-se. Arnie cambaleou por um minuto inteiro. Crutch esticou as pernas e se equilibrou. Seu Mundo Vermelho oscilou e tombou.

Buzz se mandou para trocar de roupa e ir ao Dale's Secret Harbor. Crutch ficou oscilando. Teve a ideia de re-contatar Phil Irwin e verificar a carteira de motorista. Parou num telefone público e ligou para o departamento de veículos. Deu o nome de Clyde Duber e informações gerais sobre Gretchie. Zero — só uma Gretchen Farr de 82 anos, lá em Visalia. Ligou para o Dale's Secret Harbor e mandou chamar Buzz. Buzz informou: sim, andou fazendo umas perguntas. Ficou sabendo que Farlan Brown *era* um figurão de Hughes. A Hughes Airways era sua ocupação principal.

Estava tarde. Crutch passou pelo estacionamento. O 409 de Phil não estava. Crutch se re-situou. Sua oscilação estava se transformando em nervosismo e bocejos. Tentou as delicatéssens Canter's, Linny's e Art's — Phil sempre fazia um lanche no fim da noite com o advogado judeu Chick Weiss.

Três paradas, nada de Phil. Foi até a Tommy Tucker's Playroom, na Washington com a La Brea. Phil adorava boceta preta. A Playroom servia de fachada para um puteiro de crioulas. Phil podia estar lá.

É, estava. Ali o carro dele perto da porta dos fundos. Está estacionado. Está balançando. Ali a bunda branca dele aparecendo no banco de trás. Tem umas pernas pretas e gordas arreganhadas.

A coisa não acabava nunca. Crutch parou o carro e olhou para o outro lado. Phil e a negona forneciam uma trilha sonora de "ai, baby". Crutch tapou os ouvidos quando o som aumentou. A negona saiu do carro. Tinha um penteado afro e parecia ligadona. Voltou lentamente para a Playroom. Phil *caiu* do carro. Levantou-se e foi na direção do GTO de Crutch. Ei, eu conheço aquele carango.

Crutch saiu e se espreguiçou. Phil veio meio balançando. Seu casaco dos Dodgers estava todo amarrotado.

— Andou me seguindo?

— Procurando você.

— À 1 da manhã, porra?

— Qual é. Caras que nem a gente não funcionam no horário comum.

Phil pegou um cigarro. Foram necessárias quatro tentativas para acender o fósforo. Ele fedia ao perfume da negona.

— A gente tem um serviço a fazer, certo? A gente foi chamado para um trabalho e você veio me procurar.

Crutch balançou a cabeça.

— Não, é só uma re-entrevista. Queria que você me contasse de novo sobre o servicinho da Gretchen Farr.

Phil soprou um anel de fumaça de forma estranha.

— Certo, 20 pratas.

— *Vinte pratas?*

— Isso. Eu sacaneei o Dr. Fred no serviço, e conto a verdade por 20 pratas.

Crutch pegou seu maço de dinheiro e fisgou duas notas de 10. Phil jogou o cigarro na direção de um Olds 64. Manchou a tinta cor-de-rosa do carango de crioulo.

— Então. Eu fiz uns dois relatórios alegando "sem pistas" para o Dr. Fred, basicamente porque não estava a fim de ficar indo até o inferno atrás dessa tratante dessa Gretchen e porque me pagaram para largar o serviço.

— Quem? Quem pagou a você?

— Foi em dinheiro vivo. Anônimo. Um courier me mandou a bufunfa e eu fui rastrear quem tinha mandado. Saca só, era a Hughes Tool Company. Pensei: caramba, *isso* é algo interessante, depois perdi o interesse e fui me embebedar.

Hughes de novo. Farlan Brown, o homem de Hughes. O Mundo Vermelho re-oscilou.

Phil bocejou.

— Aquela época toda é meio enevoada para mim, mas tenho uma ideia de que eu *vi* Gretchen Farr em algum lugar de Hollywood Hills. Estava com uma dona mais velha que tem uma cicatriz de faca no braço direito. Também vi um Comet 66, talvez branco... ADF2 na placa, o resto não sei... Porra, é o que eu sei? Estava totalmente chapado.

O departamento de veículos de Hollywood tinha um centro de registros que funcionava 24 horas por dia. Os tiras podiam fazer verificações quando quisessem. Crutch largou 20 pratas para o funcionário da noite e lhe deu o nome de Clyde Duber. O cara o levou para a sala de arquivos.

Ele tinha o ano e o modelo, além de *parte* do número da placa. Sua memória era suspeita. O Comet podia não ser registrado na Califórnia. As fichas de registro ficavam enfiadas em caixas grandes. Estavam marcadas pelo condado de origem e eram arquivadas pelo nome da pessoa que havia registrado. Começando no condado de L.A., *F* de Farr, *valendo.*

Crutch pegou algumas caixas e foi passando-as, uma a uma. Nenhum Comet 66 de Gretchen Farr no condado de L.A. — vamos continuar a partir disso.

Ele ralou. Puxou fichas a noite toda. Foi de condado em condado. Começou no *F* de Farr e foi para trás e para a frente. Gretchen provavelmente usava nomes falsos. Farr podia ser o nome 16 ou 42. Os restos da droga foram sumindo do seu organismo. Ele sentia uma enorme dor de cabeça e bocejava. Teias de aranha grudavam em suas mãos. O mofo lhe entupia a cabeça.

Viu o amanhecer pela janela. Chegou ao condado de Kern. Nenhum *F* de Farr, vamos ao *G* e ao *H*. Fez uma verificação de locadoras Hertz, dispersou-se para escritórios por todo o estado. Se deu bem.

Comet 66 branco, ADF-212. Registrado no condado de Kern e mandado ao condado de L.A. Alugado na agência da Sunset com a Vermont.

Crutch pegou a ficha e saiu correndo até um telefone público. Ligou para o número da Hertz. Identificou-se como sargento Robert S. Bennett, DPLA. O otário da Hertz engoliu. Scotty/Crutch soltou um papo sobre o Comet 66 e Gretchen Farr.

— O que você pode me dizer sobre isso?

O otário folheou papéis. O otário não achou nada sobre Gretchen Farr — até aí nenhuma surpresa. Scotty/Crutch disse:

— Quem foram os últimos a alugar o carro e quem está com ele agora?

O otário disse que o Comet deveria voltar às 22 horas daquela noite. Aluguel de duas semanas. A locatária: uma mulher chamada Celia Reyes. Endereço: hotel Beverly Hills. Carteira de motorista da República Dominicana, o ponto quente do Caribe, a Deliciosa R.D.

Crutch parou do lado de fora da Hacienda do Ódio. Uma ópera berrada estrondeava no quintal. Foi pela entrada de veículos. O portão estava destrancado. Pássaros faziam ninho nas estátuas de ditadores. A música saía pela porta do abrigo antibombas.

Foi lá e desceu a escada. Fez barulho de propósito. O Dr. Fred estava numa prancheta de desenho, desenhando uma charge. Olha lá: um babaca maluco com cabeça de melancia.

O Dr. Fred usava um manto da Klan e sandálias. Uma Luger num cinturão fazia volume sob o pano. A música era de rachar os tímpanos.

Ele viu Crutch. Apertou um interruptor na mesa e calou a ária no meio de um berro. Sacou rapidamente a Luger e fez um malabarismo de pistoleiro.

— Você tem olhos castanhos. É judeu?

— O senhor também tem olhos castanhos.

— É, mas eu *sei* que não sou judeu.

Crutch coçou as orelhas — a reverberação dos berros permanecia.

— Tem sangue na sua calça — disse o Dr. Fred.

— Foi no seu serviço, senhor.

— Você está doido para me contar alguma coisa. Quer minha opinião? Acho que você sentiu cheiro de dinheiro.

O *abrigo* fedia: mofo, bolor, dinheiro certamente.

— Gretchen, Arnie Moffett e Farlan Brown. Diga o que não me disse.

— Por que eu deveria fazer isso, *schmendrick*? Sabe o que significa *schmendrick*? É sinônimo de *schlemiel*.

— Estou tentando ajudar o senhor. Sou só...

— ... um garoto aventureiro que fez uma cagada com Clyde Duber. E agora fez outra cagada comigo. Clyde está pagando 6 dólares a hora a você, mas eu vou rachar 1 milhão inteiro contigo.

Um esquilo sentou-se na escada. O Dr. Fred mirou com a Luger e apagou o bicho. O tiro causou um estrondo sônico no abrigo. O esquilo se vaporizou. O Dr. Fred agarrou a cápsula ejetada no meio do giro.

— Eu sabia que Gretchen estava de armação, mas não imaginei que ela fosse me roubar. Puta é puta, mas ladra é ladra.

Crutch esfregou as orelhas.

— Tem mais coisa.

— Por que está dizendo isso? Você é um *schmendrick*. É Phil Irwin sem o nariz cheio de bagulho.

— Não sacaneie um sacana, senhor. Estou juntando uns nomes, e todos vão dar no mesmo lugar.

— Drácula — disse o Dr. Fred.

Crutch fez *hein*? Restos de estrondo sônico batiam em seus tímpanos.

O Dr. Fred repôs a arma no coldre.

— Bom, eu suspeitei de Gretchie. Aí revirei a bolsa dela e encontrei o número de Arnie Moffett. Aí liguei pro Arnie. Arnie foi solícito. Aí eu paguei para ele me contar sobre Gretchie. Aí ele me disse que Gretchie estava tentando chegar perto de um *macher* de Howard Hughes chamado Farlan Brown.

— E aí? — perguntou Crutch. Uma última reverberação sônica foi sumindo.

— Aí *eu* quis chegar perto do Hughes. Temos a mesma sensibilidade racial e eu tenho um plano de purificação que ele pode bancar. Eu tinha um rival chamado Wayne Tedrow Sênior. Nós dois dominávamos o negócio dos panfletos racistas. Ele morreu agora há pouco, e o idiota do filho dele, Wayne Jr., pode ser o novo homem de frente do Drácula. Quero pôr as mãos na mala direta de ódio do W. Sênior e chegar perto do Drácula, e estou achando que o tal mórmon, Farlan Brown, é a chave. Sou controvertido demais para fazer a abordagem, mas um garoto fracassado que nem você poderia parecer inócuo. A revista *Life* está oferecendo 1 milhão por uma foto do Hughes, e um garoto oportunista que nem você poderia chegar perto.

Pique, cambaleio, tontura e sangue na calça.

— Sim, senhor — disse Crutch.

CAPÍTULO 6

(Las Vegas, 20/6/68)

Outra suíte de hotel. Outra refeição vagabunda no quarto.

O Sr. Hoover disse para ele ficar empoleirado em Vegas. O negócio de Wayne Sênior o irritava. Ele queria Wayne Jr. amaciado e avaliado. Daí a estada sem sentido. Daí o tempo no DPLV. Daí a salada murcha e o bife gorduroso.

Dwight empurrou o prato. A comida fazia mal. Tornava-o mais lento e tirava o pique da nicotina e do café. Os caras de Chicago eram donos do Stardust. O FBI era supostamente antimáfia. Mantinha uma suíte reservada ali, de qualquer modo. O Sr. Hoover não tinha problema com o crime organizado. Este era estritamente a *bête noire* e a perdição de Bobby K. O Sr. Hoover odiava os comunistas, os judeus e os chatos de esquerda. O Sr. Hoover provavelmente *adorava* saladas murchas e bifes gordurosos.

A porra do Stardust. Quatro mil máquinas caça-níqueis e suítes forradas de veludo. Os caras de Chicago estavam doidos para empurrar aquele negócio para cima de Howard Hughes. O conde Drácula estava doido para comprá-lo. Os caras iriam esfolar a grana do conde.

E Wayne Tedrow *Junior* está facilitando isso. Wayne come a madrasta agonizante. Eles mataram Wayne Sênior. Dwight e Sênior se conheciam havia *muuuuuito* tempo. Dwight curtia Junior como uma peça *muuuuuito* doida. Agora está para fazer Junior escorregar por Assassinato em Primeiro Grau.

Maior suruba.

Fazia 45 graus lá fora. As entradas de ventilação nas paredes borrifavam gelo. Dwight teve aquela sensação de estar num cativeiro em vez de num hotel e andou para um lado e para outro na suíte.

A merda ficava se entrecruzando. Buddy Fritsch estava nervoso *demais*. O agente especial encarregado de Vegas disse que os boatos de Jr.-matou-Sênior estavam fazendo feder o ar do deserto. O Sr. Hoover estava perdendo a força. O Sr. Hoover ainda *tinha* força, em algum nível. Sirhan Sirhan espumava pela boca em L.A. Jimmy Ray espumava e lutava com a extradição. O negócio da Grapevine Tavern estava tomando forma. Cedo naquele dia ele viu um teletipo do Bureau de Álcool, Tabaco e Armas de Fogo. Hoover mandou por teletexto, tremendamente perturbado. O ATF poderia colocar a Grapevine sob vigilância. Frequentadores estavam traficando drogas e armas. Problemas entre agências. O negócio da Grapevine saiu pela culatra e inspirou papos de conspiração. A maioria desses papos era descartável.

Este talvez não fosse. Poderia exigir interdição. A interdição *não* funcionaria com o ATF pairando por perto.

Proximidade. Papo furado de Jimmy Ray. Papo furado na Grapevine. Papo furado *válido*: o irmão de Jimmy Ray era sócio do lugar.

Tremenda suruba.

Seus nervos estavam esgarçados. O sono era pouco. Memphis cutucava toda noite às 3 da madrugada. O barulho de carros parecia tiros. Pequenas dores na cama pareciam alguém dando socos nele.

Dwight foi até a janela do quarto. As suítes de hotel o faziam sentir falta de Karen e o deixavam ansiando por quartos de verdade. Ele havia invadido a casa de Karen meia dúzia de vezes. Queria ficar quietinho lá com a ausência dela. Queria provas instintivas de que ela não tinha outros amantes. Encontrou a quietude que procurava e teve sua prova confirmada. Ela entrou na suíte dele em Washington uma vez. Ele encontrou alguns sinais de sua presença, procurou impressões e achou duas digitais de Karen Sifakis. Ela viu o kit de cheques anônimos. Leu o diário dele. Ele tinha escrito "eu te amo, porra" apenas dois dias antes.

Eles disseram um ao outro obliquamente: "Eu espionei você." Ele leu o diário dela. Ela provavelmente esconde as páginas que não quer que ele veja. Ela pegou no pé dele por causa dos cheques. Talvez um dia ele conte.

Dwight serviu-se de seu drinque noturno um pouco mais cedo. O crepúsculo veio e se foi. O céu escuro pulsava e se chocava com todo o néon de Vegas.

Janeiro de 1957. Pistas geladas na Merrit Parkway. Ele estava trabalhando no escritório de Nova York. Dirigia um carro do Bureau, totalmente bebum. Ia para um fim de semana em Cape Cod com a namorada. Passou no meio de uma bifurcação e acertou um carro que vinha. Matou as duas filhas adolescentes do Sr. e da Sra. George Diskant.

Sofreu ferimentos leves. O Sr. Hoover abafou todos os inquéritos da polícia de Connecticut. Ele se internou num sanatório perto de New Canaan. Passou de ataques de soluços para longos períodos de silêncio. Ficou no Silver Hill durante um mês e quatro dias. Recuperou-se e retornou ao trabalho. Ficou longe de mulheres até Karen.

Dwight tomou devagarzinho seu drinque. O show no céu começou a irritá-lo. Pegou a pasta dos militantes negros e leu.

A segunda leitura confirmou a primeira. Os Panteras e o EU: conhecidos demais e infiltrados demais. A Aliança da Tribo Negra e a Frente de Libertação Mau-Mau: obscuras, com grande potencial de exposição.

Karen poderia lhe arranjar um informante. Poderia ser branco ou negro, homem ou mulher. Ele — ou ela — poderia dedurar os dois grupos politicamente. O infiltrado teria que ser negro e homem. Poderia dedurar todas as ações criminosas politicamente justificadas.

Talvez um policial. Talvez um ex-policial. Talvez um policial ou ex-policial com passado perigoso. De novo aquela ideia: verificar as listas de assinantes dos panfletos racistas.

Wayne Jr. tinha acesso às listas de Wayne Sênior. Wayne Jr. disse que estava fora do negócio de ódio. O Dr. Fred Hiltz era informante do Bureau. Era unha e carne com o detetive particular de L.A. Clyde Duber. Clyde era unha e carne com o agente especial encarregado de L.A.

Uma campainha tocou mais adiante no corredor. Dwight deu um pulo de susto.

CAPÍTULO 7

(Las Vegas, 20/6/68)

O conde engolia comprimidos com uma bebida vermelha. Parecia suco de fruta e sangue. Usava roupas cirúrgicas e sapatos feitos de caixas de lenço de papel. O cabelo era comprido. As unhas eram garras. Usava um gorro de lã e viseira de crupiê.

Wayne fez contato visual. Foi difícil. Farlan Brown fez contato visual. Ele tinha mais prática. Serviu como mestre de cerimônias da entrevista.

Cobertura do Desert Inn. *Chez* Drácula. Um quarto de hospital com grandes telas de TV cobrindo as paredes. Três telas de noticiário. Lendas martirizadas. Assassinos acusados. Nixon versus Humphrey e números de pesquisas.

O som era um murmúrio baixo. Wayne se desligou dele. Sua cadeira estava encostada na cama de Drácula. Ele cheirava a desinfetante industrial.

— O Sr. Tedrow sabe que o senhor tem perguntas — comentou Brown.

Drácula pôs uma máscara cirúrgica. Sua voz ecoou através do pano fino:

— O senhor acredita que um atirador sozinho matou o presidente John F. Kennedy?

— Sim, senhor. Acredito.

— Acredita que um atirador sozinho matou o senador Robert F. Kennedy?

— Sim, senhor. Acredito.

— Acredita que um atirador sozinho matou o reverendo Martin Luther King?

— Sim, senhor. Acredito.

Drácula suspirou.

— Ele é um realista, Farlan. É um mórmon firme e não tende a picuinhas.

Brown cruzou as mãos como se rezasse.

— O senhor captou sabiamente. Wayne tem todas as habilidades certas e conhece todas as pessoas certas.

Drácula tossiu. Sua máscara estufou. Pingos de catarro desceram pelo queixo.

— O senhor conhece nossos amigos italianos. Não é verdade?

— Sim, senhor. Conheço o Sr. Marcello e o Sr. Giancana bastante bem.

— Eles me venderam alguns hotéis-cassinos maravilhosos, e pretendo comprar vários outros.

— Eles ficarão felizes em vender, senhor. Eles gostam de sua presença em Las Vegas.

— Las Vegas é um terreno fértil para bactérias de negros. Os negros têm alta taxa de glóbulos brancos. O senhor nunca deveria apertar as mãos deles. Eles emitem partículas de pus através das pontas dos dedos.

Wayne manteve o rosto sem expressão. Segundos se arrastaram. Brown sorriu e interveio:

— A contribuição de Wayne ao Sr. Nixon vai se igualar à sua, senhor.

Drácula assentiu.

— Dick Escorregadio. Emprestei um dinheiro ao irmão dele em 1956. A coisa voltou para Dick e fodeu com ele. Isso pode ter dado a eleição de bandeja a Jack Kennedy.

Wayne disse:

— Vou entregar o envelope durante a convenção. O Sr. Marcello quer ter certeza de que vai ser indicado pelo partido.

Brown sorriu.

— Eu sou delegado. Miami é em agosto, meu Deus.

Drácula disse:

— Os negros vão fazer tumulto e exigir uma sedação em massa. Um tranquilizante animal pode servir. O Sr. Tedrow poderia supervisionar a manufatura da fórmula e testar a dosagem em alguns desgraçados negros que já estejam presos.

Wayne manteve-se impassível. Segundos se arrastaram. Brown sorriu e interveio:

— Wayne disse que vai monitorar a convenção para nós. Isso é afirmativo, não é, Wayne?

— É. Ficarei feliz em observar e fazer o que puder para proteger nossos interesses.

Drácula bebericou sua bebida vermelha.

— É Chicago que me preocupa. As facções jovens estão se mobilizando para criar uma dissensão em massa que vai desacreditar os democratas. O senhor estaria disposto a ajudá-los a fazer uns truquezinhos?

— Com todo o prazer, senhor.

— Hubert Humphrey tem cara pastosa e porcina. Acho que tem alta contagem de glóbulos brancos. Nasceu para perder eleições presidenciais e morrer de leucemia.

Wayne assentiu. Brown assentiu. Um enfermeiro entrou no quarto. Pôs uma pizza quentíssima na mesinha de cabeceira de Drácula. Brown mandou-o sair.

— O senhor leu meu memorando? Nossos amigos italianos estão desenvolvendo um plano de hotéis-cassinos na América Central ou no Caribe. Wayne vai supervisioná-lo, e a Hughes Air terá direitos exclusivos de voar para lá.

Drácula cheirou a pizza.

— Que países?

— Panamá, Nicarágua ou República Dominicana — enumerou Wayne.

— Bons locais. Todos são zonas com baixa contagem de glóbulos. Sr. Tedrow, o senhor confirmará ou refutará um boato que tenho ouvido? Isso vem me incomodando.

Wayne sorriu. A pizza borbulhava.

— Seu pai foi assassinado? — perguntou Drácula.

Brown se remexeu um pouco.

— Enfaticamente não, senhor — respondeu Wayne.

CAPÍTULO 8

(Los Angeles, 20/6/68)

Tocaia:

Estacionamento da Hertz, 21h56. Devoluções rápidas acontecendo até tarde. O Comet 66: deveria chegar em quatro minutos, caso contrário seriam cobradas multas.

Crutch estava sentado em seu GTO. Usava gravata-borboleta xadrez e um penteado estilo Scotty Bennett. Comprou a gravata e cortou o cabelo à escovinha naquele dia mesmo. As duas coisas celebravam seu caso e o trato com o Dr. Fred. Honravam as porradas da noite anterior.

Levantou a Rolleiflex com lentes zoom. Tinha a cópia da chave que Arnie Moffett lhe dera. A gravata não combinava com a camisa polo. O corte de cabelo não combinava com a moda. Os caras de L.A. usavam comprido. Que se foda — ele e Scotty eram vanguarda.

Fazia calor. Ligou o ar-condicionado e apontou a saída de ar para o saco. Falou com Buzz uma hora antes. Má notícia: nenhuma dica sobre aquele número de telefone ilegal. Lembrar de não contar a Buzz ou a Clyde sobre o trato com o Dr. Fred. Consiga a foto de Hughes e depois dê a parte deles.

Carros chegavam ao estacionamento: Buicks, Fords, Dodge Darts. Pessoas saíam e entregavam as chaves no escritório. Contagem regressiva: 21h57, 21h58, 21h59. Na hora, por segundos: aquele Comet, ADF 212.

Entrou pela Sunset, vindo para o leste. Saía vapor das fendas do capô. O radiador provavelmente tinha estourado.

Duas mulheres saíram. Crutch deu zoom e viu-as de perto.

Gretchen Farr/Celia Reyes — alta e de pele latina. Tinha que ser ela. Era branca, com aquele Algo de ousadia *cucaracha*. Usava blusa marrom e calça jeans desbotada. Era estonteante e uma gostosa escultural. Uns 32 anos. Mas a mulher ao seu lado a superava.

Talvez dez anos mais velha. Com mais de *todos* os Algos. Mais baixa, andava com um gingado bem à vontade. Clara. Óculos. Cabelos quase pretos com fios grisalhos. Braços nus e cicatriz de faca — Phil Irwin notou isso.

Entraram no escritório. Crutch tirou fotos. Filme de alta velocidade: seis na entrada e seis na saída.

Entraram num Fairlane 63. Crutch deu zoom *ultra*fechado. Marcas de lama na placa, não havia como ler os números. *Por que trocar de carro? Estão parecendo profissionais.*

O carro saiu na Sunset em direção ao oeste. Crutch foi atrás. Dirigia com apenas uma mão. Avançava aos arrancos. Trocou de pista e deixou um táxi entrar entre ele e Gretchen. O carro virou para o norte na Berendo, para oeste na Franklin, para o norte na Cheremoya. Crutch chegou à esquina perto demais e soltou a embreagem depressa demais. Morreu. O Farlane acelerou para o norte.

Ligou o motor, pisou no acelerador depressa demais e inundou os carburadores. *Calma aí* — não estrague isso. Esperou um minuto inteiro. Verificou os endereços no chaveiro de Arnie. O ex-cafofo alugado por Gretchen Farr ficava 1 quilômetro morro acima. Mais três cafofos de festa ficavam num raio de 800 metros. O de Gretchie era um dos quatro.

Calma aí. Re-situar-se. Virar a chave *devagaaaar*.

Fez isso. O motor pegou. Subiu para Beachwood Canyon e espiou janelas pelo caminho. Viu um monte de luzes de TVs. Viu uma festa da maconha. Viu uma garota hippie dançando o *wah-watusi* sozinha.

Estradas serpenteando cânion acima. Primeiro endereço: Gladeview 2250. Ali está. Uma casinha estilo Craftsman.

No escuro. Sem luzes, sem o Fairlane 63. Ir aos outros cafofos — *elas vieram para cá por algum motivo*.

O mais perto ficava a seis quarteirões a sudeste. Crutch foi para lá e parou em ponto morto junto ao meio-fio. Merda — sem luz, sem o Fairlane. Foi para o seguinte — quatro quarteirões ao sul. É ali — uma casinha de estuque. Tem luz na janela e o carro na entrada.

Parou junto ao meio-fio e foi até lá. A janela da frente tinha a cortina fechada. A luz opaca se filtrava. Viu formas se movendo. Foi para a entrada de veículos e acompanhou-as em direção aos fundos da casa. As janelas laterais estavam abertas para o ar entrar, e sem cortinas. Ele se abaixou sob os parapeitos e acompanhou sombras.

Escutou vozes abafadas. Sopa de letrinhas: "Tommy", "*grapevine*", "infiltrado". Sombras chegaram à última janela. As mulheres apareceram. Trocaram um olhar. Abraçaram-se e se beijaram.

Crutch piscou. Não é real — é sim. A imagem se manteve e ardeu.

Gretchen/Celia enfiou as mãos embaixo da blusa da mulher da cicatriz de faca. A mulher da cicatriz de faca soltou o cabelo e sacudiu-o. A luz da janela fez brilhar os fios grisalhos.

Elas voltaram para o corredor. Viraram sombras de novo. Crutch piscou e andou de janela em janela. Abaixou-se. Viu sombras fundidas, mas não *elas* em carne e osso.

Voltou ao carro e esperou. Não conseguia se re-situar. A respiração e a pulsação ficavam re-circuitando.

Elas saíram meia hora depois. Levaram bagagem até o Fairlane e puseram no porta-malas. O luar permitia enxergar alguns detalhes. Gretchen/Celia parecia nas nuvens. A mulher da cicatriz de faca havia tirado todo o batom dela com seus beijos.

Entraram no carro e se afastaram. Era tarde. Não havia tráfego para dar cobertura. Ele não podia segui-las. Só ficou ali sentado olhando as luzes do carro desaparecerem.

Não havia nada que pudesse fazer.

Elas simplesmente o deixaram.

Sabia que não conseguiria dormir. Decidiu ficar em movimento. Passou pelos outros cafofos e viu festas de bebedeira começando. Era uma mistureba só: garotos de faculdade e cabelos compridos para todo canto. Voltou para a casa de estuque, arrombou uma porta lateral com as gazuas e entrou. Sentia-se ousado. Acendeu as luzes.

O quarto o atraiu primeiro. A cama estava quente. Tocou os travesseiros e imaginou as formas delas nos lençóis. Viu um fio de cabelo grisalho na fronha. Apertou a bochecha contra o tecido e descansou o rosto ali.

Algo lhe disse para ir embora então. Saiu da casa, entrou no carro e simplesmente foi dirigindo. Ficou no cânion. Deu voltas formando oitos preguiçosos em torno da casa de estuque. O tempo se desmaterializou. Seus faróis atingiram uma casa branca em estilo espanhol. A porta da frente era de lambri de madeira e coberta com marcas estranhas. Algo lhe disse para sair e olhar.

Fez isso. Parou junto ao meio-fio e foi andando. Passou a minilanterna por cima da porta e examinou as marcas. Estranhas: padrões geométricos desenhados em vermelho-escuro.

Linhas verticais até a varanda. Um pássaro rasgado no capacho.

Este é o seu lugar. Isto aqui poderia ser seu.

Algo lhe disse que a porta estaria aberta e que deveria empurrá-la. Fez isso. A sala de estar estava totalmente escura e com cheiro de mofo. Plásticos cobriam os móveis. Seguiu um cheiro de metal e giz que ia até a cozinha. Sua respiração ficou instável. As mãos tremiam. A lanterna sacudia. Firmou o facho com as duas mãos e viu.

As entranhas na pia. O braço cortado/a mão faltando/a pele marrom, puramente feminina. A tatuagem geométrica no bíceps. O talho fundo através e ao lado. Os pedacinhos de pedras verdes engastados fundo, até o osso.

<u>DOCUMENTO ANEXO</u>: 21/6/68. Manchete e subtítulo do *Los Angeles Herald Express*:

MOÇÕES PRÉ-JULGAMENTO NO PROCESSO KENNEDY
SIRHAN, ACUSADO DE ASSASSINATO: "SOU PRISIONEIRO POLÍTICO."

<u>DOCUMENTO ANEXO</u>: 24/6/68. Manchete e subtítulo do *Milwaukee Sentinel:*

RAY, SUSPEITO DA MORTE DE KING,
SOB CUSTÓDIA NA INGLATERRA
FBI CHAMA DE "FANTASIOSA" SUA ACUSAÇÃO DE CONSPIRAÇÃO.

DOCUMENTO ANEXO: 27/6/68. Subtítulo do *Los Angeles Times*:

"GUARDAS SIONISTAS ENVENENARAM MINHA COMIDA", DIZ ACUSADO DE ASSASSINATO.

DOCUMENTO ANEXO: 2/7/68. Manchete e subtítulo do *Hartford Courant:*

PROVÁVEL EXTRADIÇÃO DE RAY

ACUSADO DO ASSASSINATO DE KING DESCREVE "AMPLA CONSPIRAÇÃO PARA SE APROVEITAR DE MIM"

DOCUMENTO ANEXO: 8/7/68. Subtítulo do *San Francisco Chronicle:*

FBI GARANTE AO PRESIDENTE: ASSASSINATO DE KING É OBRA DE UM ÚNICO ATIRADOR

DOCUMENTO ANEXO: 12/7/68. Subtítulo do *Nashville Tennessean*:

HOOVER PARA A LEGIÃO AMERICANA: "RAY FOI ÚNICO ATIRADOR, PURA E SIMPLESMENTE."

DOCUMENTO ANEXO: 13/7/68. Manchete e subtítulo do *Des Moines Register*:

DISPUTA APERTADA ENTRE NIXON E HUMPHREY

AUTORIDADES DA CONVENÇÃO PREVEEM PROBLEMAS COM "SUBVERSIVOS E JOVENS HIPPIES"

DOCUMENTO ANEXO: 16/7/68. Manchete e subtítulo do *Seattle Post-Intelligencer*:

NIXON VERSUS HUMPHREY — DISPUTA APERTADA

MIAMI E CHICAGO SE PREPARAM PARA "TUMULTOS NA CONVENÇÃO"

<u>DOCUMENTO ANEXO</u>: 18/7/68. Artigo no *Las Vegas Sun*:

O PITORESCO FREDDY O.

Ele já foi policial de Los Angeles e investigador particular de celebridades, além de instrutor dos fuzileiros navais na Segunda Guerra Mundial. O valente garoto líbano-americano do interior de Massachusetts teve mais de nove vidas em seus 46 anos, e agora está começando a Vida Número Dez como dono-operador do hotel-cassino Golden Cavern.

Bem-vindo a Las Vegas, Sr. Fred Otash!

Ele comprou o Golden Cavern do "Grande" Pete Bondurant, também um personagem pitoresco, também ex-policial de L.A., investigador particular e mercenário. "Pete B. queria se aposentar", disse Otash a este repórter. "Peguei o Golden Cavern por uma pechincha, e agora é como aquela canção: 'Vegas é a minha mulher'."

Freddy O. realizou muitas atividades diferentes na vida. "Verdade", disse ele. "E fui chutado de algumas." Quando pedi para explicar, ele respondeu: "Fui tirado do DPLA sem justificativas. Consegui a licença de investigador particular e verifiquei histórias de escândalos para a revista *Confidencial*, mas a *Confidencial* faliu devido a processos de difamação. Sabe aquele boato de que eu droguei um cavalo de corrida chamado Wonder Boy? Cem por cento falso. É, e por causa disso eu perdi minha licença, mas quando as celebridades de Hollywood estão encrencadas, ainda gritam 'Me tira dessa, Otash!', por isso ainda sou o homem a ser procurado em L.A."

O advogado dos divórcios de Beverly Hills, Charles "Chick" Weiss, confirma a declaração de Freddy O. "Freddy é o rei dos detetives particulares de L.A., mesmo tendo perdido a licença e passado para o negócio de hotéis. Escute, eu faço serviço de divórcios, e às vezes isso não é bonito. Freddy é minha ligação com a comunidade dos motoristas, aqueles caras dos carros envenenados que seguem os cônjuges traidores até os locais de encontros extraconjugais. É um guerreiro urbano treinado para a batalha, o tipo de cara capaz de se dar bem numa metrópole de alta tensão como Las Vegas."

"Howard Hughes pode comprar todos os grandes hotéis-cassinos da Strip e do Glitter Gulch", disse Otash a este repórter. "Eu estou aqui para atender à turma das excursões e aos trabalhadores que querem se divertir sem perder as calças. Não chame meu estabelecimento de 'espelunca' ou de 'casa das apostas baixas'. Pode me chamar de amigo do jogador perspicaz com orçamento contado e que gosta de receber pelo que paga."

Clyde Duber, o investigador particular de Los Angeles, nos dá uma visão diferente de Freddy Otash, que, segundo ele, *não* é a visão da minoria. "Freddy é estritamente um extorsionário", disse ele. "Seu único amigo é o todo-poderoso dólar, portanto pode-se dizer que Vegas é o lugar perfeito para ele."

Epa! Diga, Fred O.: O que você responde a *isso*?

"Clyde só está com ciúme", disse Otash, rindo. "Ele sempre esteve em segundo lugar, atrás de mim, e isso sempre o irritou. É, eu sou pitoresco e tenho um lado meio rude. Sabe qual é o meu lema? 'Faço qualquer coisa, menos assassinato, e trabalho para qualquer um, menos para os comunistas.' Como você pode questionar isso?"

Como? E dito como um verdadeiro morador de Vegas! Portanto, mais uma vez, bem-vindo à Joia do Deserto, Sr. Fred Otash!

<u>DOCUMENTO ANEXO</u>: 20/7/68. Comunicado do FBI por telex. De: agente especial encarregado Wilton J. Laird, escritório de St. Louis. Para: Agente especial Dwight C. Holly. Classificado como: "<u>Confidencial 1-A: exclusivamente para o destinatário.</u>"

Agente especial Holly,

Conforme nossa conversa e seu memorando anterior (memorando confidencial 1-A nº 8506) requisitando uma atualização sobre os boatos relativos ao homicídio de M. L. King que circulam na Grapevine Tavern, St. Louis, isto talvez desperte sua atenção:

1. — Equipamento de vigilância eletrônica, talvez de manufatura do Bureau, foi descoberto nas instalações da Grapevine Tavern entre início e meados de junho deste ano. Informantes confidenciais do Bureau que frequentam a taverna informaram que o aparato foi descoberto por NORBERT DONALD KLING e ROWLAND MARK DE JOHN, criminosos condenados, frequentadores da taverna e "líderes" conhecidos de vários outros frequentadores (CLARK DAVIS BRUNDAGE, LEAMAN RUSSEL CURRIE, THOMAS OGDEN PIERCE e GEORGE JAMIS LUCE), todos criminosos condenados ativos em numerosas organizações paramilitares de extrema direita.

2. — A descoberta do aparato levou a conjecturas crescentes sobre o mencionado acima. Isto é: que o aparato fez parte de um processo de monitoramento desenvolvido para atrair o acusado do assassinato de King, JAMES EARL RAY, para uma trama de assassinato de King "ordenada pelo FBI". Ainda que obviamente absurdo, deve-se notar que esse boato poderia ser prejudicial ao prestígio do Bureau, dados os muitos comentários depreciativos recentes do Sr. Hoover sobre King, e dado que o irmão de Ray, CHARLES ELDON RAY, é sócio da taverna.

3. — Este escritório não teve participação na instalação de aparatos eletrônicos de vigilância, se é que de fato o que se descobriu na taverna era equipamento manufaturado pelo Bureau. Se alguma outra equipe de campo do Bureau instalou o equipamento, não é do meu conhecimento, tampouco esse equipamento foi instalado por algum agente sob meu comando.

4. — Segundo declarações feitas pelos frequentadores da taverna mencionados acima, havia discussões frequentes sobre um "prêmio" de 50 mil dólares pela cabeça de King, supostamente a ser pago por um grupo de segregacionistas ricos a qualquer "Guerreiro da Raça Branca" que "se opusesse à hegemonia liberal de LBJ e apagasse Martin Luther Crioulo". Essa conversa absurda aconteceu frequentemente com numerosos frequentadores da taverna nos meses anteriores à morte de King.

5. — Os boatos sobre a "trama de atentado do FBI" estão crescendo tanto em virulência quanto em frequência. De modo assustador, fontes confidenciais no escritório do Bu-

reau de Álcool, Tabaco e Armas de Fogo em St. Louis me informaram que em breve a taverna será colocada sob vigilância do ATF, em busca de provas de contrabando de armas acontecendo na taverna. Os frequentadores mencionados acima não são suspeitos de tráfico de armas, mas acho perturbadora a proximidade do ATF com a taverna, dada a virulência e a frequência dos boatos contra o Bureau e à sociedade de CHARLES ELDON RAY na taverna.

Respeitosamente,

agente especial chefe Wilton J. Laird, escritório de St. Louis/A ser lido exclusivamente pelo DESTINATÁRIO / FAVOR DESTRUIR DEPOIS DE LER.

DOCUMENTO ANEXO: 26/7/68. Artigo no *Los Angeles Herald Express*:

AINDA MISTERIOSO: "O GRANDE ROUBO"
E O POLICIAL AINDA OBCECADO

Terça-feira, 24 de fevereiro de 1964. Fazia frio em Los Angeles, com nuvens de tempestade pairando no ar. O silêncio do início da manhã foi quebrado pela colisão de um caminhão de leite com um carro blindado da Wells Fargo que levava uma carga de vários milhões de dólares em moeda dos EUA e esmeraldas valiosíssimas. A calma esquina entre as ruas 84 e Budlong tornou-se local de um holocausto, e em minutos quatro guardas armados e dois membros de uma ousada quadrilha de ladrões estavam mortos — estes últimos obviamente traídos e abatidos a tiros por um colega —, e o caso de roubo e assassinato continua sem solução há quatro anos e meio.

"Não exatamente," declarou o sargento Robert S. "Scotty" Bennett na cafeteria Piper's. "Faz quatro anos, cinco meses e dois dias."

Ninguém discute com o sargento Bennett sobre nenhum detalhe relativo ao caso em que ele vem trabalhando com tanto empenho durante tanto tempo. Ele tem sido o investigador principal desde aquela manhã sangrenta, e sua determinação em resolver o caso tornou-se lenda no Departamento de Polícia de Los Angeles. O homem, com seu 1,95m de altura, também é uma lenda. Matou "18" assaltantes à mão armada no cumprimento do dever e comemora o recorde no DPLA com pequenos números 18 bordados nas gravatas de xadrez escocês que sempre usa. Quando perguntado sobre essas mortes, respondeu: "Quando você dispara aquela espingarda, não tem como voltar atrás."

É uma frase curiosa com uma verdade dolorosa por trás: os detetives que trabalham no esquadrão antirroubos do DPLA enfrentam rotineiramente criminosos armados e perigosos, e são um grupo de homens decididos e orgulhosos em usar prendedores de gravata com o número "211", que significa assalto à mão armada no Código Penal da Califórnia. "O Roubo", como é conhecido na sala da Divisão de Roubos, é um assunto de especulação quase constante, e Scotty Bennett o aborda com grande prazer. "Foi planejado nos mínimos detalhes", disse ele. "A colisão com o falso caminhão de leite foi violenta e potencialmente fatal, o que, óbvio, convenceu os guardas de que era verdadeira. A quadrilha sabia o que o carro blindado transportava, e nunca descobrimos exatamente como os bandidos conseguiram essa informação. Mais importante, nunca foi determinado se a quadrilha era composta por brancos ou negros."

O sargento Bennett tomou um gole de café e continuou: "O roubo foi concebido e executado com ousadia," disse. "E creio que o líder do bando decidiu antecipadamente matar seus subalternos no lugar e dificultar sua identificação e suas raças queimando os corpos a ponto de ficarem irreconhecíveis. Tudo bem, mas obscurecer a identificação racial exige mais do que queimar a superfície da pele, e primeiro o homem molhou os corpos com um acelerador químico que aumentou tremendamente os danos provocados nos tecidos pela queimadura. Nunca pudemos identificar o produto químico que ele usou, outro motivo para o roubo permanecer um mistério tão grande."

Algum outro motivo?

"Bom", disse o sargento Bennett, "sabemos que muitos maços do dinheiro roubado estavam envolvidos com cintas que faziam explodir tinta, e foi encontrada tinta derramada no local do crime. Além disso, notas manchadas de tinta surgiram periodicamente na zona sul de Los Angeles, por isso estou convencido de que havia pelo menos um componente negro parcial na quadrilha. E a origem das esmeraldas continua indeterminada. Era uma carga muito valiosa, e intermediários do consignador e do consignatário assinaram promessas de sigilo com a Wells Fargo, o que impediu a investigação".

E o boato persistente de que as esmeraldas vinham da América Central ou do Caribe?

Disse o sargento Bennett: "É só isso, um boato. Totalmente sem confirmação."

E o boato de que organizações militantes negras tramaram e executaram o roubo?

O sargento Bennett deu uma gargalhada com entusiasmo. "Por que fazer rodeios? Os militantes negros gostam de chamar atenção e sempre reivindicam crédito por seus feitos. Há informantes infiltrados nos Panteras e no EU; nós já teríamos pistas. Temos dois grupos militantes espalhafatosos provocando agitação em L.A. agora, a Aliança da Tribo Negra e a Frente de Libertação Mau-Mau, mas de jeito nenhum consigo vê-los executando nada mais complexo do que um assalto a uma loja de bebidas ou um roubo de bolsa."

E o líder do bando? O gênio implacável que matou seus próprios homens no local?

Scotty Bennett riu com mais entusiasmo ainda. "Diga o seguinte a ele: quando eu disparo aquela espingarda, não há como voltar atrás."

DOCUMENTO ANEXO: 27/7/68. Memorando interno do FBI. Classificado como: "Secreto nível-1"/ "A ser lido exclusivamente pelo diretor"/ "destruir depois de ler". Para: diretor Hoover. De: AE Dwight C. Holly.

Senhor,

As observações seguintes declaram o projeto e os objetivos de nosso Programa de Contrainformação destinado a desacreditar e desintegrar o movimento militante negro em termos gerais e, em termos mais específicos, grupos nacionalistas negros mais circunscritos e localizados. Ainda sem sua aprovação, chamei o programa de OPERAÇÃO IRMÃO MAAAAU. É uma pequena homenagem à nossa malsucedida OPERAÇÃO COELHO PRETO e celebra ironicamente o tique verbal dos negros ao usar a palavra "mau" para significar "bom". Os negros do sexo masculino costumam se dirigir uns aos outros como "irmão", o que achei que o senhor talvez gostasse. Como tenho certeza de que o senhor sabe, um grupo negro extremista chamado "Nacionalistas Negros da Nova Líbia" precipitou nesta semana passada um surto de violência racial em Cleveland, Ohio, que deixou 11 mortos, inclusive três policiais brancos. Este é o momento perfeito para iniciar um Programa de Contrainformação fisicamente pequeno que talvez consiga alcançar resultados nacionais em grande escala.

Acredito firmemente que tanto o PARTIDO PANTERAS NEGRAS (PPN) quanto os Escravos Unidos (EU) são conhecidos demais e já estão bem infiltrados. Acredito que nossos objetivos seriam mais bem servidos operando na ALIANÇA DA TRIBO NEGRA (ATN) e na FRENTE DE LIBERTAÇÃO MAU-MAU (FLMM) de Los Angeles. Nosso Programa de Contrainformação poderia colocá-los no mapa e desacreditá-los ao mesmo tempo. Ao controlar logo de início a percepção do público sobre dois grupos menos conhecidos, também desacreditaríamos o movimento militante negro como um todo. Estudei os relatórios iniciais de inteligência do Bureau sobre a ATN e a FLMM que o senhor me mandou e requisitei dossiês da Divisão de Inteligência do DPLA sobre seus integrantes. Afirmo que são alvos perfeitos de contraespionagem e que sua destruição deve ser o objetivo definitivo da OPERAÇÃO IRMÃO MAAAAU. Acredito que nosso objetivo deveria ser realizado do seguinte modo:

1. — Os dois grupos supostamente estariam considerando a venda de drogas como meio de financiar suas atividades, o que poderia nos dar rotas para explorar sua criminalidade inerente e enfatizar publicamente o argumento de que a atividade criminosa e a atividade subversiva política são uma coisa só.

2. — Devemos encontrar um informante confidencial de alto calibre que se insinue com os dois grupos e nos informe com relatórios assíduos e detalhados sobre suas atividades políticas. Acredito que uma mulher seria mais eficaz. Uma

mulher que conheça o jargão revolucionário de esquerda teria maior chance de provocar confiança e inspirar conversas indiscretas e provavelmente seria mais capaz de manobrar entre os dois grupos (dominados por homens) sem criar rancor. Com o objetivo de recrutamento, tenho a ajuda da informante confidencial do Bureau nº 4361.

3. — O ponto central da incursão deveria ser a colocação de um infiltrador negro, do sexo masculino, com o objetivo de descobrir e informar atividades criminosas da ATN e da FLMM. De modo ideal, o infiltrador deveria ter experiência na polícia. Também idealmente (porém muito mais improvável), ele deveria ter uma história de ressentimento racial contra os brancos. Pensando nessa possibilidade, requisitei uma gama de arquivos pessoais de agências policiais, e no momento estou tentando acesso às listas de assinantes de publicações de ódio racial do falecido Wayne Tedrow Sênior e do informante confidencial do Bureau, o Dr. Fred Hiltz. Wayne Tedrow Jr. se recusou a me dar acesso às listas de seu pai, mas insistirei com ele.

4. — Dependendo de seu consentimento, eu me mudaria para Los Angeles e estabeleceria residência temporária por lá, junto com um escritório de fachada cosmeticamente obscurecido para a <u>OPERAÇÃO IRMÃO MAAAAU</u>. Para despesas operacionais iniciais, eu requisitaria 60 mil dólares em dinheiro vivo.

Concluindo:

Acredito fortemente que a <u>ALIANÇA DA TRIBO NEGRA</u> e a <u>FRENTE DE LIBERTAÇÃO MAU-MAU</u> nos oferecem uma oportunidade sem paralelos para destruir e desacreditar os projetos subversivos do movimento militante negro em termos gerais. Espero sua avaliação e resposta.

Respeitosamente,

AE Dwight C. Holly

<u>DOCUMENTO ANEXO</u>: 28/7/68. Comunicado do FBI por telex. De: AEC Marvin D. Waldrin, escritório de Las Vegas. Para: agente especial Dwight C. Holly. Classificado como: "<u>Confidencial 1-A: A ser lido exclusivamente pelo destinatário.</u>"

Agente Holly,

Conforme seu memorando anterior (Memorando Confidencial 1-A nº 8518) requisitando informações sobre a morte do SR. WAYNE TEDROW SÊNIOR em 9/6/68, tenho as seguintes informações:

A. — Boatos de que a morte do SR. TEDROW foi de fato um homicídio, totalmente sem provas, estão circulando, segundo informantes do Bureau, no Departamento de Polícia de Las Vegas e no Departamento do Legista do Condado de Clark.

B. — Uma fonte seria um policial do DPLV que supostamente viu o corpo do SR. TEDROW na noite da morte.

C.— Um assistente do legista contou ao nosso informante: "Não foi nenhum ataque cardíaco, não com a cabeça afundada daquele jeito."

D. — Vizinhos do SR. TEDROW teriam dito a policiais que o filho e a ex-esposa do Sr. Tedrow (o EX-SARGENTO DO DPLV WAYNE TEDROW JR. e JANICE LUKENS TEDROW) foram vistos perto da casa do SR. TEDROW na tarde de 9/6/68.

Enviarei todos os dados futuros a esse respeito segundo as diretrizes Confidenciais 1-A.

Marvin J. D. Waldrin, AEC, Las Vegas. A ser lido exclusivamente pelo destinatário/ Favor destruir depois de ler.

DOCUMENTO ANEXO: 30/7/68. Comunicado do FBI por telex. De: AEC Wilton J. Laird, escritório de St. Louis. Para: agente especial Dwight C. Holly. Classificado como "Confidencial 1-A: a ser lido exclusivamente pelo destinatário."

AE Holly,

Conforme o memorando Confidencial 1-A nº 8506: Boatos do "grampo do FBI" e do "atentado ordenado pelo FBI" contra o rev. M. L. King estão crescendo em virulência e frequência, segundo fontes colocadas informalmente que frequentam a Grapevine Tavern.

Respeitosamente,

Wilton J. Laird, AEC, St. Louis. A SER LIDO EXCLUSIVAMENTE PELO DESTINATÁRIO/ FAVOR DESTRUIR DEPOIS DE LER.

DOCUMENTO ANEXO: 1/8/68. Comunicado do FBI por telex. De: AEC Marvin D. Waldrin, escritório de Las Vegas. Para: agente especial Dwight C. Holly. Classificado como: "Confidencial 1-A: A ser lido exclusivamente pelo destinatário."

AE Holly,

Conforme o nº 8518 e minha resposta em 28/7/68, um adendo:

A — Fontes externas ao DPLV e ao DLCC estão informando agora boatos "frequentes" e "disseminados" sobre homicídio no caso da morte de WAYNE TEDROW SÊNIOR.

B — Informantes confidenciais do Bureau no *Las Vegas Sun* informam que o jornal pode estar pensando numa investigação, principalmente por causa do "passado conturbado" de WAYNE TEDROW JR. e seu suposto envolvimento atual com JANICE LUKENS TEDROW.

Enviarei todos os dados futuros segundo as diretrizes Confidenciais 1-A.

Marvin D. Waldrin, AEC, Las Vegas. A SER LIDO EXCLUSIVAMENTE PELO DESTINATÁRIO/ FAVOR DESTRUIR DEPOIS DE LER.

DOCUMENTO ANEXO: 3/8/68. Transcrição literal de telefonema pelo FBI. Classificado como: "Gravado a pedido do diretor"/ "Classificado Confidencial 1-A: A ser lido exclusivamente pelo diretor". Vozes: diretor Hoover, agente especial Dwight C. Holly.

JEH: Bom-dia, Dwight.

DH: Bom-dia, senhor.

JEH: Antes que você pergunte, a resposta é sim. Acelere a OPERAÇÃO IRMÃO MAAAU do modo como a descreveu em seu memorando.

DH: Obrigado, senhor.

JEH: O título possui uma sublime qualidade silvícola. Como em "Aquele irmão John Edgar Hoover, ele é *maaau*".

DH: O senhor é *maaau*. E eu poderia acrescentar "inimitavelmente".

JEH: Poderia e deveria. E, no quesito arte silvícola, ouvi uma música muito inquietante no rádio hoje cedo.

DH: Senhor.

JEH: Chama-se "The Tighten Up". Um grupo negro chamado Archie Bell and the Drells cantava. A música tinha ar de insurreição e sexo. Tenho certeza de que os liberais brancos vão considerá-la autêntica. Eu disse ao AED de Los Angeles para abrir uma ficha sobre o Sr. Bell e determinar a identidade de seus Drells.

DH: Sim, senhor.

JEH: Chega de bonomia. Dwight, estou muito incomodado com os boatos sobre Wayne Tedrow Sênior e os da Grapevine Tavern. Andei lendo os comunicados e vejo essa confluência de fofocas como um insulto pessoal e uma afronta ao Bureau. Wayne Sênior era um bem do FBI, e James Earl Ray matou Martin Lúcifer King sem ajuda sua, minha, desta agência, de Wayne Sênior, de Wayne Jr., Fred Otash, do atirador de elite caipira Bob Relyea ou de qualquer outra fonte externa. Está me entendendo, Dwight?

DH: Sim, senhor.

JEH: Faça os boatos pararem, Dwight.

DH: Sim, senhor.

JEH: Bom-dia, Dwight.

DH: Bom-dia, senhor.

CAPÍTULO 9

(Miami, 5/8/68)

A Collins Avenue era só elefantes, de lado a lado. Usavam estandartes do Partido Republicano e balançavam as trombas no calor. Uma equipe de parque de diversões os arrebanhava com varas. *Eles* usavam cartolas cheias de *buttons* de Nixon. Um cara dava amendoim aos bichos. Um cara instigava os espectadores a aplaudir.

O barulho era grande. Wayne se desviou de gente com cartazes. Cartazes de Nixon balançavam em cima de sua cara. Ele puxava dois enormes baús de viagem. Nixon estava no Fontainebleau. Ele precisava andar. Não podia ir de carro. A passeata de elefantes cortava o trânsito.

A convenção acabara de começar. O ar estava denso, 35 graus. O ar liberava um aroma de bosta de elefante. O terno o assava. Wayne sentia náusea.

Mais idiotas com cartazes chegaram à calçada. Manifestantes cubanos apareceram — *"Fora Cas-tro! Fora Cas-tro! Fora Cas-tro já!"* Pareciam prontos a criar um tumulto. Wayne viu minicassetetes nos bolsos deles. Os panacas de Nixon lhes deram algum espaço.

O Fontainebleau estava perto. Dois homens grandes viram Wayne e cortaram caminho pela multidão. Usavam ternos escuros e fones de ouvido. Carregavam walkie-talkies. A multidão captou a deixa e deixou que passassem depressa.

Chegaram. Pegaram os baús e levaram Wayne num redemoinho de VIPs. Foram dois minutos de confusão total. Chegaram ao hotel. Uma porta lateral se abriu, funcionários de cozinha se dispersaram, um elevador apareceu. Eles subiram. Seguiram por um corredor com tapete grosso e seus sapatos provocaram fagulhas. Os grandões fizeram reverência e desapareceram. Um cara maior abriu uma porta e desapareceu mais rápido ainda.

Wayne piscou. Zap — ali está o ex-vice-presidente Dick Nixon.

Em confusão tecnicolor. De calça de sarja e camisa de Ban-Lon. De barba por fazer às 13 horas.

— Olá, Sr. Tedrow — disse ele.

Wayne conteve uma piscada. Nixon foi até ele, mãos nos bolsos, sem aperto de mãos.

— Sinto muito pelo seu pai. Ele havia se tornado um bom amigo.

— Agradeço, senhor — assentiu Wayne.

— E a bela Janice? Como está?

— Morrendo, senhor. Está muito doente. Câncer.

Nixon fez uma expressão triste. Não convenceu. Nem um pouco Sr. Sincero.

— Lamento muito em saber. Por favor, mande meus desejos de melhoras.

— Obrigado, senhor. Farei isso.

Um barulho trovejou lá fora. Wayne ouviu *"Ni-xon!"* e elefantes trombeteando.

— Não vou tomar mais do seu tempo, senhor.

— Não, mas tenho certeza de que gostaria de alguma forma de agradecimento.

— Eu gostaria de transmiti-lo, senhor, é verdade.

— Quer que eu diga que vou cantar em troca do prato de comida.

Wayne desviou o olhar e examinou a suíte. Brasões presidenciais e badulaques para tudo que era canto. O ex-vice-presidente reservava a Grande Sala direto. Nixon disse:

— Meu Departamento de Justiça não será pró-ativo contra seu pessoal. Sei que têm projetos na América Latina ou no Caribe, e minha política para o país que escolherem vai acomodar isso. Se a eleição parecer apertada, eu agradeceria alguma ajuda.

Wayne fez uma reverência. Nixon franziu o nariz.

— Minha mulher foi caminhar hoje cedo. Disse que a praia estava coberta de bosta de elefante.

— Em Chicago vai ser bosta de jumento, senhor.

— Hubert Humphrey é um chupador de caralho, boca-mole, conciliador. Não serve para liderar este país.

— Sim, senhor.

— Os hippies estão se mobilizando para Chicago.

— Estão sim, senhor. E eu estarei lá para lhes dar uma mão.

* * *

Carlos tinha um apartamento na baía Biscayne. Wayne tinha tempo para matar. Percorreu Miami num carro alugado.

Um mapa de ruas o levou a oeste dos elefantes. Não podia se desviar totalmente da balbúrdia da convenção. A cidade estava infestada.

Multidões com cartazes em toda parte. Escolha seu ressentimento: Vietnã, previdência social, política cubana. Garotos cabeludos difamavam Dick Trapaceiro e lamentavam a morte do Dr. King. Latinos festeiros queriam "*CASTRO FORA JÁ!*"

Carreatas com cinco e dez veículos. Carros alegóricos com crianças e cães fantasiados. Elefantes inflados presos em antenas de carros. Idiotas com megafones cuspindo baboseiras.

Balões vermelhos, brancos e azuis. Uma epidemia de estandartes de Nixon. Estandartes do filho predileto — números pequenos ao lado do ex-vice. Uma carreata de 12 cadeiras de rodas, de asilo — velhotas arrasadas pelo calor.

Doze nixonitas. Balões e cadeiras de rodas dando trombadas. Quatro velhotas com máscaras de oxigênio. Quatro velhotas fumando.

Janice estava morrendo. Ele a via lutar para viver e querer a morte em surtos intercalados. Preparava droga para ela. Ela vivia para o equipo de soro e lutava para sair dos estupores. Ele preparava droga para Drácula. Tivera mais três encontros com ele e Farlan Brown. Farlan deveria vir à convenção. Tinham marcado um encontro.

Drácula queria ser dono do condado de Clark, em Nevada. Os Rapazes queriam vender sua parte a taxas de usura. Alimentar o funil de grana. Examinar os livros do Fundo de Pensão dos Caminhoneiros em busca de devedores de empréstimos. Usurpar seus negócios. Pegá-los, vendê-los e alimentar o funil de grana. Castro chutou os Rapazes para fora de Cuba. Encontrar um novo ponto quente na América Latina, entrincheirar-se e reconstruir.

Mais estandartes. Mais carreatas. Outra brigada de cadeiras de rodas — veteranos aleijados do Vietnã.

Wayne olhou para outro lado e pegou uma rua lateral. Preparara heroína em Saigon. Viu a guerra devastar vidas. A causa antiCastro o irritava. Seu fim de semana em Dallas provocara essa desconfiança.

Dwight ficava ligando para ele. Um Dwight Holly persistente era uma puta pressão. Seu jeito de bancar o irmão mais velho duplicava a irritação. Dwight disse que o negócio da Grapevine continuava cozinhando. Dwight disse que Vegas estava cozinhando fofocas malignas sobre a morte de Wayne Sênior. Dwight queria ver as listas de assinantes de seu pai. Ele continuava recusando. Dwight mantinha a pressão.

Wayne atravessou um elevado comprido e chegou ao nível das ruas. Pensou ter visto...

Um carro seguindo-o. Um sedã azul chegando perto e depois ficando para trás.

Virou três vezes à direita. Trocou de pista. Encontrou uma rua de duas pistas e eliminou a cobertura para o seguidor. O sedã azul ficou para trás, chegou perto, ficou para trás. Ele viu rapidamente o motorista: um cara grande, de pescoço gordo.

Tem um beco...

Wayne virou rapidamente à esquerda. O carro atrás freou, derrapou e derrubou algumas latas de lixo. Wayne atravessou mais dois becos e despistou-o.

Era uma festa. Sam Giancana chamou de farra para "comprar Nixon". Santo Trafficante riu e chiou para ele ficar quieto. Carlos assava um porco no terraço. Montes de puxa-sacos e garotas de programa. Idiotas barulhentos. Delegados da convenção com sobrenomes italianos. Três bares e um bufê de 1 quilômetro.

Wayne circulava. O apartamento era maior que um campo de futebol. Ele andou de cômodo em cômodo e se perdeu duas vezes. Era a semana do velho lar. Viu um mafioso que ele prendera por fraude por volta de 1961. Viu um ator veado que ele prendera num cubículo de felação. Viu um bando de putas transplantadas de Vegas.

Sam G. passou com uma mulher. Wayne captou "Celia" e "*hola*" em vez de "olá". Carlos passou e bateu no relógio. Wayne captou "escritório" e "cinco minutos".

Wayne circulou. Uma agitação ocorreu. Chamas saltaram da churrasqueira no terraço e acenderam-se algumas cortinas. Um otário apagou o fogo com um sifão de soda e conquistou uma grande salva de palmas.

Uma garota de programa chamou Wayne ao escritório. Carlos, Sam e Santo já estavam lá. As paredes eram forradas com painéis de compensado. Um friso de fotos mostrava Carlos jogando golfe com o papa Pio.

A garota de programa se mandou. Wayne sentou-se.

— Ele disse "obrigado"? — perguntou Sam.

Wayne sorriu.

— Não, mas chamou Hubert Humphrey de chupador boca-mole.

Santo gargalhou.

— Nisso ele tem toda a razão.

— Humphrey não pode ganhar. Ele é linha-mole com relação ao caos social — disse Carlos.

— É simpatizante dos comunas. Saiu do movimento rural-trabalhista em Minnesota. Eles são cem por cento vermelhos — disse Sam.

Santo bebericou Galliano.

— Howard Hughes. Conte as últimas e melhores.

— Ele quer comprar o Stardust e o Landmark. Eu garanti que estão à venda. Farlan Brown acha que ele pode estar violando leis anticartel, o que pode adiar as compras até o ano que vem — disse Wayne.

Carlos tomou um gole de XO.

— O escroto do Departamento de Justiça.

Santo bebericou Galliano.

— É, mas não vai conseguir nada. E devo dizer que nosso garoto, o Dick, não vai deixar que esse tipo de merda impeça a gente.

Sam bebericou anisete.

— O pessoal interno é que me preocupa. Temos que manter nosso pessoal do lado de dentro.

Wayne assentiu.

— O Sr. Hughes concorda. Eu o convenci de que a transição vai ser muito mais tranquila desse modo.

Carlos mudou para Drambuie.

— Os livros do Fundo dos Caminhoneiros. O que está acontecendo nessa área?

— Quero comprar bancos e empresas de empréstimos, para que possam obter pequenos lucros e servir de fachada para lavar dinheiro. Há um banco de propriedade de negros em Los Angeles que me interessa. A Hughes Air fica em L.A., e precisamos de uma empresa perto da fronteira.

Sam balançou a cabeça.

— Não gosto de negociar com crioulos.

Carlos balançou a cabeça.

— Eles são impetuosos e se agitam com muita facilidade.

Santo balançou a cabeça.

— Eles foram desmoralizados pela previdência social.

Sam bebericou anisete.

— Na qual nosso garoto, o Dick, vai dar meia-trava.

Wayne se eriçou. Sua pele pinicava. Seus ouvidos latejavam.

— Wayne está tendo uma reação adversa a esta conversa — disse Santo.

— Em certos aspectos Wayne é um livro aberto — disse Sam.

Santo bebericou Galliano.

— Qual é o livro? *Os neguinhos que eu matei?*

— Wayne é caçador de crioulos há muito tempo — disse Carlos.

Sam deu um risinho.

— Então talvez aí esteja o ataque de pelanca, não é?

— Que negócio é esse de "ataque de pelanca"? Falando desse jeito você parece veado — disse Santo.

Carlos olhou para Wayne. Carlos levantou as mãos e virou as palmas para baixo: *Calma, calma aí, calma.*

Santo tossiu.

— Tudo bem, vamos mudar de assunto.

Sam tossiu.

— Certo, que tal política? Eu vou votar no Dick.

Carlos tossiu.

— Que tal sua viagem de pesquisa? Vamos ouvir isso.

Sam mudou para XO.

— Estive nos três lugares. Para mim não há como comparar. O Panamá tem a porra do canal, a Nicarágua tem a porra da selva e a República Dominicana tem a porra da brisa da ilha. Todos têm cara de direita com as mãos esticadas mexendo os pauzinhos, o que é a coisa mais importante. Minha amiga Celia é da RD, por isso está fazendo lobby para lá.

Carlos fez o gesto de punheta.

— Sam está levando surra de boceta.

Santo fez o gesto de punheta.

— Celia isso, Celia aquilo. Sam teve insolação com aquela boceta da ilha.

Sam ficou vermelho. Carlos levantou as mãos e virou as palmas para baixo. *Calma, calma aí, calma.*

Santo mudou para Drambuie.

— A equipe da linha de frente. Vamos falar disso. Assim que escolhermos o lugar, vamos ter que mandar uns caras.

Wayne tossiu.

— Quero trazer Jean-Philippe Mesplede.

Carlos engoliu. Santo engoliu. Sam engoliu. Olhares viajaram em três direções. Mesplede sacaneou Carlos no negócio de heroína em Saigon. Era um mercenário corso-francês. Era militante antiCastro. Estava em Dallas naquele fim de semana. Atirou do morrinho gramado.

Sam suspirou.

— Vou admitir que ele é uma boa opção, mas temos problemas com ele.

— Ouvi dizer que ele está aqui em Miami. Onde você encontrar essas merdas antiFidel, vai encontrar Jean-Philippe — disse Santo.

— É aqui que todos dizemos "o que passou, passou"? — perguntou Sam.

Carlos bebericou Drambuie.

— Três nomes ficam aparecendo na minha cabeça. Um passarinho fica me dizendo que Mesplede quer apagá-los.

Bob Relyea. Gaspar Fuentes. Miguel Díaz Arredondo.

Um atirador caipira e dois exilados cubanos. Parte do grupo de Saigon. Relyea se bandeou para a facção de Carlos e sacaneou Wayne e Mesplede. Relyea entrou para a equipe de Memphis e apagou o Dr. King. Fuentes e Arredondo eram antiWayne e anti-Mesplede. Simplesmente desapareceram na primavera passada.

Santo suspirou.

— Vou admitir que ele é uma boa escolha.

Sam suspirou.

— Sei que ele fala espanhol. "O que passou, passou?" Não sei, diga você.

— Eu quero ele — disse Wayne.

Santo bebericou Drambuie.

— Ele vai querer apagar aqueles caras.

— Você que decide, Wayne — disse Carlos.

Wayne percorreu a Pequena Havana. Era um calor do tipo que dura a noite inteira, gênero brigada de insetos. Enxames de insetos, bombardeio de insetos. Insetos maiores que Rodan e Godzilla. Insetos no para-brisa. Ele ligou os limpadores e transformou-os em mingau de inseto. A Pequena Havana estava *QUENTE*.

Percorreu. Olhava a ação nas calçadas. Bodegas, barracas de frutas, vendedores apregoando raspadinha de gelo. Distribuição de panfletos. Vagabundos com panfletos e camisetas escrito "Mate Fidel". Escritórios políticos: Alfa 66, Venceremos, Batalhão para 17 de Abril. Saiu da Flager Street e viu fileiras de casas. Verificava o retrovisor a intervalos de segundos. É — lá está o sedã azul de novo, dois carros atrás.

Pisou no acelerador, fez quatro curvas malucas e encontrou uma vaga de estacionamento na Flager. Nenhum sedã azul. Certo.

Wayne foi andando. Seu terno ferveu de novo instantaneamente. Otários de rua trombavam nele. Recebeu olhares estranhos — ustê não é cubano, ustê é branco. O céu explodiu. Olha só aquelas luzes! Wayne identificou a fonte: fogos de artifício da convenção.

As pessoas ficaram de pé, boquiabertas. Pais levantaram os filhos. Uma briga de esquina se congelou no meio de um soco.

Wayne olhou. Um cara distribuindo panfletos balançava uma bandeirinha. Wayne olhou para dentro de um bar-café e viu Jean-Philippe Mesplede.

O olhar voou nos dois sentidos. Mesplede se levantou e fez uma reverência. *Le grenouille sauvage — habille tout en noir*. Camisa preta, paletó preto, calça preta — *le grand plus noir.*

Wayne entrou. Jean-Philippe abraçou-o. Wayne sentiu *pelo menos* três pistolas embaixo da roupa dele.

Sentaram-se. Mesplede estava na metade de uma garrafinha de Pernod. Um garçom trouxe um copo novo.

— *Ça va*, Wayne?

— *Ça va bien*, Jean-Philippe.

— Qual é o seu negócio em Miami?

— Político.

— *Par example, s'il vous plaît?*

— Por exemplo, eu estava procurando você.

Mesplede flexionou as mãos. Seus pit bulls tatuados cresceram em rosnados e ereções. Ele era um ex-paraquedista francês. Voltou para a Guerra da Argélia e Dien Bien Phu. Traficava heroína aonde quer que fosse.

Mudaram para o francês. Tomaram Pernod. Fogos de artifício iluminavam janelas ao redor. Repassaram o Vietnã e seus negócios. Mesplede xingou Carlos, *le petit cochon*. Wayne soltou um papo sobre estranhos casais. O que passou, passou. Carlos tinha trabalho para eles. Deixe eu te contar.

Ça va, Wayne. Certo.

Wayne descreveu o plano dos cassinos e apresentou as opções territoriais. Mesplede falou da geopolítica do Panamá, da Nicarágua e da R.D. Comércio e Agricultura. Déspotas atuais para afastar a dissensão e os contramovimentos vermelhos. Wayne bebericou Pernod e ficou com linguagem de *liqueur*. Mesplede mudou o papo para Cuba. Continuava comprometido com a causa. LBJ, Nixon, Humphrey — todos *cochons* castristas. A eleição significava *merde*. A política de mãos fora de Cuba continuaria. Eles discutiram isso, *un peu*. Mesplede sabia que *la Causa* irritava

Wayne. Ele odiava tráfico de drogas. O trabalho dos dois juntos o tinha virado contra isso. Estranho casal — *oui, oui*.

Chegaram ao estágio do sim ou não. Mesplede disse talvez. Tinha negócios prementes primeiro. Wayne levantou três dedos. Mesplede assentiu. Wayne disse que tinha falado com Carlos. Agora sou *eu* que decido. Vou deixar você matar dois dos três.

Os fogos de artifício terminaram com um floreio. *Bam* — meio-dia a meia-noite. A luz nas janelas morreu. Mesplede passou para o inglês.

— Quem tem permissão de viver?

— Bob Relyea.

— Sei por que, mas por favor me informe exatamente.

— Ele participou de um serviço grande em abril. É muito chegado a pessoas com quem estou.

— Memphis.

— É.

— Você também estava lá.

Wayne se eriçou.

— É, estava.

Mesplede cuspiu no chão.

— Uma vergonha. Um golpe horrível contra o Negro Americano. Eu simpatizo com eles porque reverencio a arte do jazz.

Arrepios, calombos de calor, insolação chegan...

— Você pode apagar Fuentes e Arredondo. É só até aí que posso deixar.

Mesplede deu de ombros e fez uma reverência.

— Eles podem estar aqui em Miami.

— Vamos procurá-los.

Pegaram o carro alugado de Wayne. Mesplede o empesteou com cigarros franceses. Circularam. Entraram e saíram de bares e bodegas que funcionavam a noite toda. Distribuíram gorjetas e perguntaram sobre Fuentes e Arredondo. Não conseguiram xongas.

Wayne estava num barato de Pernod. Ficava olhando o retrovisor. Não viu o sedã azul. *Pensou* ter visto um cupê marrom aproximando-se aos borbotões. Chegava perto, ficava para trás, chegava perto de novo. O motorista: um garoto com cabelo à escovinha, 20 e poucos anos.

Isso o deixou esquizofrênico. Fez curvas evasivas, deixando Mesplede enjoado. O cupê marrom sumiu. Voltaram para a Flager e a percorreram novamente. Os escritórios de beira de calçada ficavam abertos até tarde. Comitê de Ação pela Liberdade Cubana, União pela Liberdade Cubana, Conselho pela Liberdade Cubana. Mesplede adorou. Falava espanhol e cativou um bando de vadios noturnos. Eles filavam cigarro. Mesplede pressionou com suas perguntas. Conseguiu três pistas no total.

Dica nº 1: Fuentes e Arredondo se hospedaram no Midwest. Dica nº 2: Podiam estar roubando lojas de departamentos. Dica nº 3: Podiam estar roubando postos de gasolina em Chicago.

Eram 4 da madrugada. Mesplede caiu no sono dentro do carro. Wayne acordou-o e deixou-o em sua pensão. Voltou ao hotel, quase tonto. Elefantes e Dick Nixon. Cuba, carros seguindo-o, chefões da máfia, insetos iguais ao Rodan.

Abriu a porta. A luz do quarto estava acesa. O homem do sedã azul estava sentado na única poltrona. Segurava um Smith .38. Um distintivo da Advocacia Geral de Nevada estava preso no paletó.

Wayne fechou a porta e se encostou nela. O cara apontou para o volume de sua arma. Wayne jogou sua .45 na cama.

O cara disse:

— Chuck Woodrell.

Wayne *bocejou.*

— Diga o que é isso. Eu sei, mas diga mesmo assim.

Woodrell *bocejou.*

— Você e sua madrasta mataram seu pai. O advogado geral sabe que foi homicídio e gostaria de abrir o processo. Sabe que você trabalha para o tio Carlos e para Hughes, e *mesmo assim* não se importa, porque é um cara que tem colhões. Temos uma impressão digital de Janice em sangue. Oito pontos de comparação, coisa certa. Não queremos processar uma mulher agonizante, mas negócios são negócios.

Wayne esfregou os olhos.

— Quanto?

Woodrell bocejou e se espreguiçou.

— Por que você e Buddy Fritsch não encontram um suspeito para mim? Isso e 5 mil resolvem.

CAPÍTULO 10

(Los Angeles, 6/8/68)

O sobrado vinha com móveis: três cômodos em curvim e chenile puído. Os aparelhos de ar-condicionado funcionavam. O sofá se desdobrava e virava cama. Era um espaço amplo. Dwight achou que poderia viver ali em tempo integral.

Silver Lake. Uma suíte de escritórios na esquina da Sunset com a Mohawk. Uma escola para barbeiros, um bar de veados e uma livraria pornô embaixo.

Karen morava a 1 quilômetro a noroeste. Era um bom local para trepadas espontâneas durante o dia. Ele pôs o escritório na lista como "Empresas Cove". Era adequadamente inócuo. Dava para ver a casa de Karen na esquina da Baxter com a Cove.

Dwight ocupou o local, se mudou de vez. Pôs as roupas no armário e armou uma chapa quente e uma geringonça para fazer café. Conectou duas linhas telefônicas comuns e uma linha segura com misturador. Descarregou o equipamento de vigilância. Trancou no cofre uma caixa de armas emprestadas.

Estava cansado pra caralho. Tinha pegado o voo noturno de Washington. Sua poltrona era tamanho de anão. As pernas ficaram dobradas no peito. Seu drinque único e seu comprimido único lhe garantiram uma hora de sono cheia de pesadelos.

O Sr. Hoover concordou com uma transferência de dinheiro: 60 mil para um banco no centro da cidade. Era seu orçamento para seis meses. Manutenção pessoal, pagamento a informantes e gastos extras. OPERAÇÃO IRMÃO MAAAU indo em frente.

Dwight ligou os aparelhos de ar-condicionado e produziu aquele efeito de iglu. *Aaah*, L.A. em agosto — quente, sem dar folga. Tinha três vistas de janelas, todas viradas para o norte. Biroscas de tacos, *cucarachas*, poluição em CinemaScope.

Hoover estava montando nele com esporas. O veado velho vinha num frenesi de picuinhas. Boatos em estéreo: a Grapevine e Wayne Jr.. Ele disse ao Sr. Hoover que os dois casos estavam abafados. Era uma mentira deslavada e uma tentativa de ganhar tempo. O Bureau de Álcool, Tabaco e Armas de Fogo estava cercando a Grapevine. Ele mandou Fred Otash verificar em St. Louis. O negócio de Wayne Jr. poderia estourar a qualquer momento. Wayne se recusava a liberar as listas racistas de Wayne Sênior. O mesmo acontecia com o Dr. Fred Hiltz.

Wayne disse que estava fora do ramo racista. O Dr. Fred queria dinheiro demais. Dwight recebeu um telefonema do AEC de L.A. na noite anterior. Jack Leahy foi cáustico com relação ao

Sr. Hoover, quase imprudente. Jack chamou o veado velho de "Annie Anfetamina". Dwight deu um risinho e se lembrou do último telefonema entre os dois. O Sr. Hoover ficou enfurecido, fez beicinho e cabriolou. Agora o Sr. Hoover estava dois níveis abaixo do normal. O Sr. Hoover listou o pessoal de Memphis só para dizer EU SEI.

Dwight se arrepiou. O iglu estava frio *demais*.

Vamos dar uma checada no bairro negro.

Cartazes de malte-uísque marcavam a fronteira. Em seguida vieram cigarros mentolados. Schlitz, Colt .45, *Nig*ports e Kools. Consumismo crioulo. Orgulho afro. Negões magros com feições brancas e cabelos negroides.

Dwight foi para o sul. Seu carro federal amedrontava curiosos. Estava quente. A névoa de poluição era baixa. Um monte de irmãos *maaaaus* na rua. Sessões de música negra e jogos de carteado em estacionamentos. Um monte de redes de cabelo. Um monte de chapéus de copa baixa em cima de cabelos desfiados. Um monte de arrochos do DPLA nas ruas.

Passou pelo QG dos Panteras. O mural do lado de fora ia até o céu. Dois gatos pretos estripavam um porco cor-de-rosa que sangrava. O porco tinha um crachá onde estava escrito OPRESSOR FASCISTA. A imagem de fundo era a Última Ceia. Huey Newton fazia o papel de Jesus. Eldridge Cleaver e Bobby Seale faziam os discípulos mais importantes. Os outros discípulos usavam camiseta com os dizeres "Libertem Huey".

O QG do EU ficava perto. Os guardas na porta usavam óculos escuros e bonés pretos. Flanqueavam uma aparelhagem de som na calçada. Brotava algaravia. Bongôs batucavam com balanço. Dwight ouviu "Instilar o Inseto Branco com Inseticida".

Chega. Dwight virou para o oeste. A Aliança da Tribo Negra tinha uma sede de beira de rua na 43 com a Vernon. Em cima da porta havia punhos pretos, armas e porcos policiais brancos de pau pequeno. A Frente de Libertação Mau-Mau — quatro quarteirões ao sul. Arte mural canibal — policiais brancos gritando dentro de panelas de cozido enquanto negros temperavam e mexiam.

Chega. Era o próprio Camarada Mao misturado com o Menestrel Mike e borrifado com Ramar da Selva. Dwight virou para o oeste. Passou pelo Banco Popular do Sul de Los Angeles. Lembrou-se das anotações de seus dossiês. Supostamente aquele era um lugar de lavagem de dinheiro.

Karen trabalhava como professora convidada na USC. Ele passou pela frente do campus, numa intuição temporal, e pegou a turma dela saindo. A garotada era cabeluda e desarrumada. Eles viram seu terno cinza, o cinto da arma e fizeram *eeeca*. A sala de aula era grande. Karen se demorou no tablado. Dwight subiu no palco com um pulo, criando ondas de som. Karen levantou os olhos e sorriu.

Eles se beijaram no tablado. Alguns alunos viram e fizeram *hein*? Karen levantou um slide para a luz. Dwight olhou-o. Era o Sr. Hoover por volta de 1952.

— Não diga. Você está ensinando a lista negra de novo.

— Não diga que você acha que aquilo foi justificado.

— Não diga que eu não ajudei alguns dos seus coleguinhas comunas a conseguir o emprego de volta.

— Não diga que eu não retribuí os favores.

Dwight sorriu.

— O Fulano está na cidade?

— Está.

— Quando ele vai embora?

— Amanhã de manhã.

— Amanhã à noite, então?

— É, parece ótimo.

Sentaram-se no tablado e deixaram as pernas balançando. Eram altos. Os pés roçavam o chão. Karen pegou os cigarros dele e acendeu.

— Um por dia, certo?

— É, e só quando estamos juntos.

— Não sei se acredito.

— Tudo bem: ocasionalmente, depois do café da manhã.

Dwight tocou a barriga dela.

— Está aparecendo mais.

Karen tocou-se.

— É Eleanora.

— E se for um menino?

— Então é Fulano ou Dwight.

— E você tem certeza de que não é meu?

— Queridinho, não é uma concepção imaculada, e você não estava nem perto do receptáculo.

Dwight puxou as pernas para cima e se espreguiçou no tablado. Bocejou. Teve meio segundo de tontura. Karen disse:

— Como anda seu sono?

— Uma merda.

— Pesadelos?

— É.

— Algum ato horrível, sancionado pelo Bureau, que você gostaria de confessar?

— Agora, não.

Karen jogou o cigarro fora e se esticou ao lado dele. Dwight tocou seu cabelo. Contou as pintas pretas nos olhos dela.

— Alguma nova?

— Não.

— Os olhos mudam à medida que a pessoa envelhece. É perfeitamente normal, você não deve se incomodar.

— Eu me incomodo com tudo.

Karen tocou o cabelo dele.

— Eu não estava acusando você. Só comentando.

Dwight chegou mais perto. Suas cabeças se tocaram. Ele cheirava a xampu de amêndoas.

— Encontre o informante para mim. Uma mulher. Vou operá-la e ao meu infiltrador, e vou mantê-los separados.

— Vou pensar nisso.

— Você poderia fazer algum bem. Esses dois grupos não têm nenhum infiltrado dentro, o que significa que têm ampla latitude para fazer merda.

Karen se aconchegou um pouco.

— Uma mão lava a outra?

— Claro.

— Vai haver um comício na semana que vem.

— Contra a guerra?

— É.

— Não me diga. Você quer que eu dê um jeito no sistema de vigilância eletrônica.

— Você faria isso?

— Claro. Vou ligar para Jack Leahy.

Karen rolou de costas e se espreguiçou. Dwight tocou sua barriga. Achou que sentiu Eleanora chutar. Perguntou:

— Você me ama?

— Vou pensar — respondeu Karen.

Sentaram-se no escritório. Dwight insistiu. Era livre de arte racista. O resto da Casa do Ódio o incomodava.

— Cem mil. Isso e um favorzinho lhe garantem um exame completo das minhas listas — disse o Dr. Fred.

Dwight bocejou.

— Qual é o favor?

— Me ajude a encontrar uma mulher. Ela me afanou 14 mil e deu no pé.

Dwight deu de ombros.

— Ligue para Clyde Duber. Ele vai dar um jeito para você.

— Já deu. Tem com um garoto idiota trabalhando para mim. Agora está em Miami, mas não sei se vale uma titica. Qual é, Dwight? A grana e um favorzinho.

Dwight balançou a cabeça.

— Dez mil e meio quilo de cocaína que estou guardando. Material insuperável. Você vai ter a melhor experiência da sua vida, até ela te matar.

O telefone tocou. O Dr. Fred atendeu, murmurou e ouviu. Dwight escutou barulho arranhado. Parecia um telefonema seguro do Bureau.

O Dr. Fred assentiu. Dwight pegou o telefone. Os chiados sumiram até virar um sotaque de Oklahoma. A pessoa disse:

— Dwight, é Buddy Fritsch. Estou na maior suruba aqui, e é melhor você vir.

Um voo com milhões de paradas intermediárias levou-o até o McCarran. Ele pegou um táxi para o DPLV no centro da cidade. Encontrou Buddy entocado em sua sala. Estava meio bebum. Andava de um lado para o outro. Três cigarros queimavam num cinzeiro.

Dwight trancou a porta. Buddy parou de andar e notou sua presença.

— Estou com um cara da Advocacia Geral me pressionando. Ele tem uma digital de Janice e está jogando os dados. Certo, ele me ofereceu dinheiro, mas mesmo assim não consigo ver uma saída, a não ser entregar Wayne e...

Dwight agarrou-o. Dwight jogou-o sobre a mesa e lançou sobre ele uma gaveta de arquivo. Dwight arrancou o ar-condicionado da parede e jogou nas costas dele. Dwight chutou-o no saco três vezes.

— Me arranje um otário para entregar pela morte de Wayne Sênior, e faça isso agora.

CAPÍTULO 11

(Miami, 8/8/68)

Trabalho de grampo:

Os fios, os alicates, as chaves de fenda. Os furos, os encaixes, a poeira no rodapé. Dedos escorregadios: mãos suadas segurando instrumentos do tamanho de formigas.

Hotel Eden Roc. Trabalho de perfuração; da suíte 1206 para a 1207. Crutch trabalhava com Freddy Turentine. Freddy era o "Rei do Grampo". O número de grampos no currículo de Freddy era espantoso. Estava emprestado à Clyde Duber Associates. Geralmente trabalhava para Fred Otash, o "Rei do Arrocho".

Furaram. A 1206 era o posto de audição. Farlan Brown chegaria em breve à 1207. Tempo correndo: o servicinho de encontrar Gretchen Farr estava subindo para os cinco dígitos.

Furaram. Chegaram ao 1207 e passaram os fios. Crutch abriu a porta com as gazuas. Tiveram acesso total à suíte. Fizeram um gato a partir dos abajures do quarto. Grampearam os dois telefones. Encobriram os fios nas paredes com massa e retocaram com tinta. Taparam os buracos e lixaram as partes ásperas até ficarem lisas. Varreram toda a poeira dos rodapés e voltaram correndo à 1206.

Trabalho duro, de dar cãibras nos dedos — quatro horas inteiras. Crutch estava incrustado de pó. Seus dedos doíam. Tinha pó de massa nos ouvidos, nos olhos e nas narinas. Tomou um banho e se limpou. Freddy foi ao quarto dele para tirar um cochilo. Crutch ligou a TV da sala e deixou o som baixo. A tela era virada para o receptor do grampo. Pegou uma poltrona, colocou os fones de ouvido e escutou o silêncio na suíte ao lado.

A TV meio que o absorveu. Nixon conseguiu a indicação, primeira votação, bocejo/ronco/soporífero. Nixon emitia vibração estupefaciente. Fez aquele V da vitória e parecia um robô simplório. O noticiário passou para imagens de tumulto. O Congo de Miami pegava fogo. Era resultado de uma confusão num conjunto residencial da negrada. Crioulos jogavam pedras e atiravam em motoristas brancos. Turbas pretas, incêndio criminoso, saques. Ação em tempo quente. Imagens maneiras.

Crutch bocejou. Estava com seis semanas de déficit de sono, tudo por causa de **SEU CASO**.

SEU caso. Não de Clyde ou de Buzz Duber. ***SEU*** caso secreto com o Dr. Fred. ***SUA*** tentativa no negócio de 1 milhão de dólares com Hughes. ***SEU*** caso secreto no caso secreto: Gretchen Farr como Celia Reyes. Acrescente a mulher da cicatriz de faca. Acrescente a casa com as marcas na porta e os pedaços de corpo humano na cozinha.

SEU CASO.

Farlan Brown vinha para Miami. Wayne Tedrow Jr. já estava ali. Junior tinha o arquivo da mala direta racista de W. Sênior. O Dr. Fred o queria. Junior trabalhava para Farlan Brown e Drácula Hughes. O Dr. Fred queria vender a Drácula seu plano de pureza racial. Uma merda maluca — claro. Mas uma merda maluca com cifrões acoplados.

$$$$$$$...

Guardou sua informação secreta. Escondeu-o de Clyde, Buzz e do Dr. Fred. Eles não sabem sobre Gretchen ser Celia. Não sabem sobre a mulher com a cicatriz de faca nem sobre a Casa do Horror na North Tamarind.

SEU CASO — agora com seis semanas.

Seu cafofo já estava entulhado de pastas. O dossiê de sua mãe ocupava quase todo o chão e as prateleiras. Ele alugou um quarto no centro da cidade para guardar os arquivos. No hotel Elm — 12 pratas por semana. Um barraco para aposentados falidos. Do tipo que os hóspedes mijam na pia. Colocou algumas caixas de dossiês e resmas de papel para dossiês. Está se dedicando em tempo integral.

Trabalho de arquivo: arquivo de pistas, arquivo de carro, arquivo forense, arquivo sobre a casa da North Tamarind 2216.

Pesquisou a Casa do Horror. *Não* era um cafofo de Arnie Moffet, de aluguel para festas. Ficava *perto* da casa alugada por Gretchen/Celia e das outras casas de festas. A proximidade não equivalia a estarem relacionadas. É, mas... o impulso louco daquela noite fazia *tudo* parecer conectado. Era como um estado onírico. Gretchen/Celia e o beijo na mulher da cicatriz — e seu mundo se re-situa.

Busca na casa. Resultado: a Câmara de Comércio de Hollywood era dona da Casa do Horror e a usava para festas de levantamento de verbas. Estava desocupada desde meados de 1967. Ele entrou de novo e examinou cada porcaria de cômodo em busca de digitais.

Não conseguiu nada a não ser manchas e indícios que não serviam para nada. A Câmara deixou que ele olhasse o arquivo de levantamento de verbas. Havia grupos listados, não havia listas de convidados. *Não havia como saber quem tinha estado na casa.* A garota na Câmara disse uma coisa de fazer ferver o sangue: hippies imundos às vezes invadiam a casa e dormiam lá. Pergunta: o que Gretchen/Celia e a mulher da cicatriz de faca *ainda* estavam fazendo na casa de Moffett? Resposta fácil: ocupando-a sem pagar aluguel depois que o aluguel de verdade expirou. Pergunta: quem pagou a Phil Irwin para interromper a busca por Gretchen? Resposta possível: Farlan Brown, por intermédio da Hughes Tool Company. Brown ficou sabendo do servicinho. Brown queria que Gretchen fosse des-sacaneada. O motivo? Quem é que sabe, porra?

Do dossiê da casa para o dossiê do carro.

Ele subornou um funcionário da locadora Hertz. Gretchen/Celia devolveu o Comet 66 com o radiador estourado. Isso a obrigava a um período sem aluguel. Assim, o Comet estava intocado desde a noite da entrega. Crutch re-subornou o cara da Hertz e pôde ficar duas horas sozinho com o Comet. Procurou digitais e encontrou uma latente. Passou cinco semanas examinando fichas de digitais de mulheres no Departamento de Polícia do Condado de LA. e no DP local. Até agora, nada.

Do dossiê do carro para o dossiê forense.

Clyde sabia sujeiras sobre o legista do condado, Tom Takahashi, o "Tojo". Tom Tojo gostava de garotinhas e tinha uma queda por bocetas japas adolescentes. Crutch pegou pesado com ele e disse para ficar de bico calado com Clyde quanto a tudo isso. Tom Tojo concordou. Crutch valsou com ele até a Casa do Horror duas noites depois de entrar pela primeira vez. Eles racharam uma garrafa de Jim Beam e aplacaram os nervos. Trabalharam à luz de lanterna. Crutch tirou fotos. Tom Tojo examinou e ensacou os pedaços de corpos e pegou amostras de sangue e tecidos.

Crutch tirou fotos da tatuagem no braço e das marcas geométricas na parede. Tom Tojo tirou as pedras verdes quebradas do talho no braço e guardou-as em um saco separado.

Demorou horas. O cheiro era insuportável. Crutch segurou a lanterna enquanto Tom Tojo espantava vermes. Tom Tojo disse que foi uma "morte com evisceração". A vítima era uma jovem latina. Mandou o sangue dela para ser analisado e ligou para Crutch com os resultados. Era tipo O+, muito comum, sem características especiais. Encontrou estranhos fragmentos de pó no tecido lacerado e mandou que fossem analisados. Muito estranho: não houve identificação toxicológica. Crutch mandou um gemólogo analisar os fragmentos de pedras verdes. Esmeraldas? Não, só vidro verde.

Do dossiê forense para o dossiê da tatuagem. Pesquisando a partir daí.

Crutch foi a um total de 47 estúdios de tatuagem em L.A. e nos arredores. Mostrou sua foto do pedaço do desenho a incontáveis fanáticos por tatuagens. Até aquele momento, nada. Do dossiê da tatuagem para o dossiê das pistas. Procurou de novo os setores de registros e identificação do DPLA e do condado. Verificou livros de fotos, teletipos e arquivos de interrogatórios de ocorrências em busca de menções a Gretchen/Celia e obteve zero. Das fichas policiais para o serviço de imigração. Examinou fotos de cada imigrante do sexo feminino de cada país latino-americano e obteve zero sobre Gretchen/Celia. Lembrou-se da Central Bev's. Gretchen/Celia recebeu telefonemas de três consulados estrangeiros: Panamá, Nicarágua e República Dominicana. Ligou para os três e obteve mais três zeros: nenhum registro de telefonemas para Gretchen/Celia. Sua carteira de motorista dominicana era falsa. O departamento de trânsito dominicano não tinha nada listado. Aquela ligação de um telefone com número ilegal para a Central Bev's? Nada, ainda.

De $$$ para ??? e de volta — símbolos de dólar, pontos de interrogação e zeros.

O beijo. As sombras entrando e saindo de sua visão. O cabelo com fios grisalhos da mulher com cicatriz de faca. Ela não tinha nome. Gretchen/Celia tinha dois. *Ele queria saber o nome daquela mulher*. Desenhou imagens dela e cobriu as paredes com eles. Deu-lhe suas feições reais, não de Dana Lund.

As falas delas — "Grapevine", "Tommy", "infiltrado" —, o que significavam? Verificou catálogos telefônicos do país afora. Encontrou 216 restaurantes, hotéis e bares com o nome "Grapevine". Não sabia onde deveria começar a procurar nem *se* deveria começar a procurar nem se isso significava alguma coisa.

Bom, então, Gretchen/Celia dava para vários homens e roubava o dinheiro deles. "Al", "Chuck", "Lew", o Dr. Fred, Farlan Brown potencialmente. Sal Mineo desembuchou tudo o que sabia. Gretchen/Celia era supostamente de esquerda. O que *isso* significava? Ela queria "chegar perto" de Farlan Brown... E daí? A mulher da cicatriz de faca — *onde* ela se encaixava na história? A mulher morta na Casa do Horror — será que *ela* também estava envolvida?

O cérebro de Crutch dava cambalhotas cerebrais enquanto ele via TV. Captou cenas de tumulto de crioulos e um zumbido como o de fones de ouvido na suíte ao lado. *Silêncio* — a suíte de Farlan Brown continuava quieta.

Joalheria Avco. Gretchen/Celia recebe conselhos sobre re-lapidar esmeraldas. Os cacos de vidro verde no braço da morta.

Pontos de interrogação, cifrões...

Passou por Las Vegas seis vezes. Seguiu Farlan Brown e Wayne Tedrow Jr. Viu-os no D.I. Eles pegaram o elevador particular para o covil de Drácula. Brown *não* viu Gretchen/Celia em Las Vegas. Ele tem certeza disso. Talvez ela não tenha chegado a se encontrar com ele. Talvez o tenha esfolado em L.A. e dado no pé. Verificou o catálogo de telefone e as linhas aéreas de Miami em busca dos nomes Gretchen Farr e Celia Reyes. Obteve zero Gretchen. Obteve nove Celias e verificou a carteira de motorista de todas. Nenhuma era *ela*.

Verificou as linhas aéreas de Miami em busca do nome de Wayne Tedrow Jr. e o resultado foi positivo. Fez uma verificação de hotéis e localizou-o no Doral. Seguiu Wayne Jr. três vezes. Wayne Jr. pode tê-lo visto. A promotoria do condado de Clark espalhou um boato de Vegas para Clyde Duber: Wayne Jr. podia ter apagado Wayne Sênior em junho.

Tudo isso o deixava tonto. Era uma merda para se re-situar, religar todos os circuitos.

Deu resultado segui-lo. Wayne Jr. se encontrou duas vezes com um cara vestido de preto, jeitão de estrangeiro. Crutch descobriu a pensão onde ele estava hospedado e verificou os registros. Jean-Philipe Mesplede, mercenário francês, 45 anos. Mesplede e Wayne Jr. percorreram a Pequena Havana duas vezes. Crutch os seguiu. O lance: eles estavam procurando dois cubanos chamados Gaspar Fuentes e Miguel Díaz Arredondo.

O tumulto de crioulos esquentou. A tela da TV quase latejava. Negões jogavam coquetéis molotov. Negões perseguiam branquelos com pedaços de pau. Crutch ouviu movimento na suíte ao lado.

É, era a voz de Farlan Brown dando gorjeta ao mensageiro. O som da porta de novo. O mensageiro foi embora. Som do disco do telefone. Bocejo — lá estava Brown falando com a mulher.

Blá, blá — as crianças estão bem, o cachorro está com pulgas, também te amo. Telefone sendo desligado. Porta abrindo. Voz de uma jovem.

É, ouve só essa...

Os dois negociaram... 50 para boquete, 100 para boquete e trepada. Brown escolheu a segunda opção. A cama ficava perto do ar-condicionado. O zumbido do aparelho abafou a maior parte da ação. O clímax chegou indistinto à suíte ao lado.

Brown gabou-se depois do coito: sou unha e carne com Howard Hughes. A garota de programa disse:

— É mesmo?

Brown cantou vantagem. Estou por cima, sou maneiro, sou importante. Comando a Hughes Airways. Vou cuidar dos voos charter de Hughes para uns balneários novos da Máfia.

A garota de programa conteve um bocejo. As molas da cama rangeram. Um zíper se fechou. Tchauzinho, querido — ela saiu do quarto.

Brown voltou ao telefone. Crutch apertou botões do console e ativou a linha de grampo. Ouviu ruídos e um som de telefone tocando. Ouviu um "alô" carrancudo.

Brown disse:

— Freddy, é o Farlan.

Um homem perguntou:

— O que está acontecendo, *paisan*?

Crutch identificou a voz: Fred O., o Arrocho.

Apertou o botão do gravador. A fita girou. Captou ruídos e vozes nítidas.

Brown: ... Miami. Você sabe, para a convenção.

Otash: Nixon. Meu Deus, aquele pneu recauchutado tem nove vidas, cacete.

Brown: Essa tá no papo. Ele vai ganhar.

Otash: Eu tenho umas apostas no Cavern. Esse cara diz que a disputa é meio a meio.

Brown: Vou aceitar esses números.

Otash: Então aposta, seu escroto mórmon pão-duro.

Brown: Mil no Nixon. De verdade, Freddy. Sinto cheiro de vitória.

Otash: Sinto cheiro de você tentando pechinchar comigo no preço de um quarto. É isso, não é? Seu velho amigo Freddy é um dono de hotel agora, então vamos dar uma pressionada nele.
Risos. Seis segundos.
Brown: ... Freddy, você é um jumento.
Otash: Sou *mesmo* um jumento. Sou um norte-americano bem-dotado, de ascendência libanesa.
Risos. Nove segundos.
Brown: Certo. Preciso de uma suíte grande no Cavern. É uma festa para uns delegados democratas, logo antes da convenção. Birita e mulheres, Freddy. Você conhece meu modus operandi.
Otash: Quando?
Brown: Vinte e três de agosto.
Otash: Vou te dar a 308. É meu local particular, cuide bem, senão eu deduro você para o Drácula.
Brown: Uuuu! Não quero isso!
Otash: Você *tem* isso, seu mórmon chupador.
Brown: Quer dizer: chupado.
Otash: Então me confirma um boato.
Brown: Claro.
Otash: Diga a verdade. Wayne Jr. está trabalhando para o Conde?
Brown: Está. E em alto nível.
Otash: O porra do Jr. sempre cai de pé.
Brown: Poderia ser mais específico?
Otash: Sem comentários.
Brown: Por falar nisso...
Otash: É. Vejo você no dia 23. Obrigado, foda-se e tchau.

Dois estalos de telefone desligando — Miami e Vegas. Crutch trocou para a linha do grampo. Ali: bocejos, rangidos de cama, silêncio e roncos.

Apertou botões e desligou as linhas. Era 1h14. Seu estômago roncava. Tinha feito vigilância durante a hora do jantar e mais ainda. Ligou para o quarto de Freddy Turentine e acordou Freddy. Disse que tinham um serviço de grampo em Vegas — uma suíte de hotel em 22 de agosto.

— Me lembre amanhã. — Freddy disse e desligou.

A TV continuava ligada. Nixon fez o V da vitória. Que panaca. Estava sempre precisando fazer a barba.

Crutch bocejou e ficou irritado ao mesmo tempo. Engoliu quatro comprimidos de Dex e pegou as chaves do carro alugado.

Viradas erradas e retornos o des-situaram. O Doral ficava perto do Eden Roc. O hotel de Wayne Jr. — só a dois minutos dali. Ruas de mão única deram num elevado. Na água da baía flutuava um monte de confete e cartazes de Nixon. As placas de saída o confundiram. Ruas secundárias o tiraram do rumo. Sentiu cheiro de fumaça. Ouviu tiros. Bairros se transformaram em favelas. Viu dois crioulos incendiando um Plymouth 59.

Os crioulos o viram:

— Branquelo! Branquelo! Branquelo!

Crutch pisou fundo e fez um retorno. Os crioulos o perseguiram. Um negão alto jogou um bloco de concreto já em cinzas e acertou a janela de trás do carro. O bloco se decompôs. A janela ficou intacta. Os crioulos gritavam slogans de ultraje crioulo e voltaram ao Plymouth.

Crutch se orientou. Acelerou e se afastou do cheiro de fumaça e das chamas. O quociente de crioulos ensandecidos se elevou para crioulos bebuns e crioulos dormindo na calçada. Crutch chegou a uma zona livre de crioulos e conseguiu voltar ao elevado e a Miami Beach propriamente dita. O desvio o deixou *vivo* e estalando os dedos. Ligou o rádio e achou uma estação de soul. Curtiu Archie Bell and the Drells com "The Tighten Up".

Parou do lado de fora do Doral. Olhou a porta e ouviu a estação de soul. O locutor falava merda pró-tumulto comuna com música maneira de crioulo misturada. Wayne Tedrow Jr. saiu às 2h49. Entrou em *seu* carro alugado. Crutch seguiu-o.

O tráfego da convenção continuava firme. A cobertura para seguir era boa. Crutch ficou dois carros atrás. Wayne Jr. se manteve em áreas livres de crioulos e partiu para a Pequena Havana. Passou na pensão de Jean-Philipe Mesplede e pegou o francês. Crutch sacou: outra busca a Gaspar Fuentes e Miguel Díaz Arredondo.

A Flager Street na maior agitação. Os bares abertos até tarde. Um cara de rádio fazia entrevistas na rua. Incêndio perto do Conselho pela Liberdade Cubana: uns *cucarachas* queimando um Fidel de palha.

Mesplede e Wayne Jr. cumpriam sua tarefa. Agora Crutch sabia. Saíram do carro e foram de loja em loja fazendo perguntas. Crutch permaneceu no carro. Andou devagar pela Flager e *observou*. Mesplede e Wayne Jr. andaram por uma hora e então voltaram para o carro. O tráfego estava ralo. Crutch ficou a uma distância de quatro carros atrás.

Wayne Jr. parou junto ao meio-fio e foi até um telefone público. Mesplede ficou no carro. Crutch pisou no freio e parou à distância de *oito* carros, atrás.

Pegou o binóculo e deu um zoom. Wayne Jr. inseriu diversas moedas no telefone — interurbano, com certeza. Crutch chegou *peeeeerto*. Wayne Jr. movia os lábios. Dois segundos e *parou* — Wayne Jr. só ouviu.

E tremeu. E ficou pálido. E desligou, voltou ao carro e se inclinou junto à janela de Mesplede.

Mais movimentos de lábios. Crutch deu zoom *très* perto. A conversa parecia infiltrada por pânico. Mesplede foi para trás do volante e saiu queimando pneu. Wayne andou até um táxi estacionado e sentou no banco de trás.

O táxi partiu. Crutch foi atrás. O tráfego era esparso demais para chegar perto. Crutch apagou os faróis e seguiu as luzes de ré do táxi. Eles atravessaram um *graaande* trecho de Miami.

O terreno ficou rural. As estradas esburacadas e cheias de curvas. O táxi se adiantou mais. Crutch ligou os faróis só para *ver.* Estradas de terra subiam até um campo de aviação chinfrim. Crutch viu um aviãozinho de dois lugares na pista.

Parou o carro. Não podia ver o táxi. Saiu e forçou a vista no escuro. Estava atarantado. Não conseguia enxergar merda nenhuma.

Holofotes se acenderam. Crutch ficou cego com a claridade. Piscou. Esfregou os olhos. Recuperou parte da visão. Viu Wayne Jr., parado junto ao avião, olhando diretamente para ele.

CAPÍTULO 12

(Las Vegas, 9/8/68)

Buddy Fritsch disse:

— Tenho um suspeito.

Sua sala estava um frio polar. Ele serviu uísque com refrigerante e Fritos. Chuck Woodrell estava com gripe e ficava fungando. Dwight ficava mexendo no anel da faculdade de direito. Wayne estava exausto — aquele voo chacoalhado e 36 horas sem dormir.

Eram 21 horas. Miami parecia um sonho febril. Seus fusos horários estavam esticados de modo desproporcional.

Fritsch passou uma tira de fotos de identificação na polícia: um negro visto de três perspectivas. Sylvester Dawkins, o "Pappy", 48 anos. Um cara magro com pose de foda-se. Escrito no fundo: fichamentos por roubo a residências desde 1942.

Woodrell assobiou:

— Uuuu, rapaz.

— Esconda as crianças — comentou Dwight.

— É um ladrão de residências com tendências a estuprador. Estava preso perto de Barstow na noite em que Wayne Sênior morreu, o que não faz diferença para nós. Não tem álibi para aquela noite, e é uma delegacia pequena, com apenas dois homens. Posso comprar os dois — disse Fritsch.

A sequência de fotos re-circulou.

— Condenação certa — comentou Woodrell.

— Cadeira elétrica, queridinho — complementou Dwight.

Wayne fechou os olhos e devolveu a sequência de fotos.

Fritsh tomou um gole do uísque.

— O condado de Washoe o prendeu duas vezes por roubo a residências, de modo que ele não parece um indivíduo que contribui para a sociedade. Ele costuma invadir as casas doidão de ácido; vai ser uma grande merda como testemunha.

Woodrell mordiscou Fritos.

— Gosto dele. Parece que só conheceu a civilização há cinco segundos.

— Tenho uma transparência de digital. Podemos sobrepor a uma amostra de sangue e pré-datar — disse Fritsch.

Dwight coçou o pescoço.

— Quanto?

— Cinquenta na minha ponta — respondeu Woodrell.

Fritsch se remexeu, desconfortável.

— Hã... vinte pra mim? E eu cuido dos caras de Barstow com isso?

— Vou pedir grana a vocês sabem quem. Ele quer que isso seja encoberto — assentiu Dwight.

— Não — disse Wayne.

Fritsch congelou no meio do gole. Woodrell congelou no meio da mordida.

— Chega — continuou Wayne.

Woodrell suspirou.

— Esse é praticamente o maior favor que você vai receber na vida.

Fritsch suspirou.

— Não seja um bolchevique, filho.

Woodrell gargalhou.

— Sr. Sensível. Com os crioulos que ele tem no currículo!

Wayne olhou-o:

— Pode parar. Não me obrigue a levar isso mais longe.

Woodrell ficou vermelho e seus joelhos começaram a tremer.

— Santo Deus — disse Fritsch.

Dwight apontou para os dois e para a porta. Eles pegaram a deixa e saíram. Dwight se levantou e puxou Wayne, erguendo-o. Dwight agarrou-o pela camisa e lhe deu um tapa.

Ardeu. Quase sangrou em alguns pontos. Wayne deixou escapar lágrimas de dor. Pelos padrões de Dwight Holly foi um tapa afetuoso.

— Isso é por Janice. É por nós dois e por tudo em que você pôs as mãos. É por esse buraco fodido em que nós dois estamos.

Wayne enxugou o nariz. O sangue empoçou na boca. As lágrimas secaram depressa.

— Isso tem que acontecer, então deixe acontecer, *e não me deixe na mão*. Eu preciso que você faça isso, e talvez possa precisar de você para a Grapevine. Otash foi para St. Louis, vamos ter que falar com ele sobre isso, e talvez tenhamos que ir até lá em algum momento.

O gosto do sangue era engraçado. Dwight continuava segurando Wayne. Suas pernas haviam sumido.

— Preciso que fique nessa. Preciso das listas de mala direta do seu pai, e, dependendo de como acontecer com a Grapevine, preciso de você lá.

Wayne assentiu. Dwight soltou-o. Wayne cambaleou mas ficou de pé.

Os lençóis estavam úmidos. A camisola dela estava úmida. A pulsação era fraca mas firme. Wayne girou o botão e fez a droga entrar no tubo.

Heroína. Sua mistura. Uma droga sintética à base de morfina.

Janice se destravou. Wayne enxugou a testa dela e meio que secou os lençóis com a toalha. A enfermeira da noite dormia na sala. Janice era toda suor e arrepios.

Wayne segurou as mãos dela.

— Tem uma coisa que precisa ser feita para termos certa segurança. Quando você ouvir falar, vai saber. Não foi ideia minha e não tem como evitar.

Janice fechou os olhos. Lágrimas caíram. Ela soltou as mãos. Pareciam sem peso, só veias e ossos.

Wayne girou o botão. A droga fluiu do saco para o tubo para a veia. Janice apagou com um estremecimento.

Sua pulsação estava fraca mas normal. Wayne arrumou os cabelos dela no travesseiro. Pegou o telefone ao lado da cama e ligou para Mesplede em Miami.

Três toques. Um "*Oui*" sonolento.

— É o Wayne.

— É, claro. Meu amigo norte-americano no sufoco.

— Faça uma coisa por mim.

— Claro.

— Tinha um garoto me seguindo em Miami. Não sei o que é, mas é encrenca.

— Sei. E o seu desejo é...?

— Vinte e poucos anos, estatura mediana, cabelo à escovinha. Está dirigindo um carro da Avis. O número da placa é GQV-881.

— Sei. E o seu desejo é...?

— Descubra qual é a dele e apague o garoto.

O depósito ficava 20 quilômetros a leste de Vegas. Wayne Sênior o chamava de "*bunker* do *Führer*". Era um quadrado de cimento coberto de arbustos e afundado numa pequena duna. Ficava perto da I-15.

Wayne levou uma lanterna, uma lata de gasolina e um isqueiro Zippo. O local ficava a 1 quilômetro da interestadual. O depósito tinha cópias de todos os panfletos racistas de Wayne Sênior e suas listas de assinantes.

Wayne parou num retorno perto de um posto Chevron e penetrou a pé no deserto. Fazia 41 graus, meia-noite. A areia sugava seus pés e deixava seus passos vagarosos. Tudo em lenta câmera lenta. Pensava o tempo todo em Dallas.

Chegou. Tirou os galhos de arbustos, destrancou a porta e carregou a literatura racista para fora. Títulos saltavam das capas. Viu *Geração miscigenação* e *Cozido judeu: um livro de receitas.* Viu *Papa Pôncio: como os papistas governam as Nações Judeunidas.* Viu fotos manipuladas do Dr. King e de criancinhas negras. Viu edições em fac-símile de antigos livros de kódigo da Klan.

Esvaziou as estantes. Carregou papéis e sujou os braços de tinta preta. Viu manchetes de ódio. Viu charges de ódio pornográficas. Viu fotos de linchamento com legendas debochadas.

Construiu uma pilha de ódio. Tinha 2,5m de altura. Embebeu de gasolina. Acendeu o Zippo e encostou a chama.

A pilha se incendiou imediatamente. O grande céu negro ficou vermelho.

CAPÍTULO 13

(Las Vegas, 10/8/68)

O céu passou de vermelho a laranja. Dwight ficou olhando, parado junto às bombas do posto.

As chamas iluminavam o chão do deserto e a estrada. Viu o carro de Wayne no retorno. Seu trabalhinho-de-perseguição-baseado-em-instinto o levara a *isso*.

Dois frentistas estavam ali perto, observando. Um vento quente soprou fumaça na direção deles. Dwight foi até um telefone público, depositou algumas moedas e fez uma chamada para L.A.

A fumaça estava cheia de pedacinhos de papel. Dwight sentiu a ardência. Karen atendeu imediatamente:

— Alô?

— Sou eu.

— Você não deveria ligar quando ele está na cidade, droga.

— Fale devagar comigo. Só um minuto, por favor.

Karen disse algo em resposta. Ele não escutou. Seus olhos estavam molhados e fodidos. Não sabia se era da fumaça ou de seu amor louco por Wayne.

CAPÍTULO 14

(Miami, 10/8/68)

Fumaça e fogo. O criouléu se recusava a desistir. Tiros, sirenes e um show de luzes às 4 da manhã.

Crutch entrou no estacionamento da Avis. A embreagem de seu carro alugado estourou. As engrenagens estavam ferradas. O carro estremecia e se arrastava. Ele ligou antes. O cara da recepção disse: Dane-se o tumulto. Vem logo.

Caminhões semilagartas rolavam pelo Biscayne Boulevard. O governador ligou pedindo a Guarda. Tem uma fila de carros da polícia e um jipe de seis lugares. Porra, o motorista está fumando um baseado.

Fumaça e fogo. Calor de pântano. Um céu laranja virando malva.

O carro estremeceu e morreu perto das bombas de gasolina. Crutch saiu e se espreguiçou. O calor e a fumaça o atingiram. Sua cabeça doía. Ele andava trabalhando no posto de grampo em tempo integral. Estava acordado desde Deus sabe...

Alguém/alguma coisa o empurrou. Ele trombou de volta no carro. Sua cabeça bateu na alavanca de câmbio. O braço bateu no painel. O alguém/alguma coisa prendeu-o contra o banco. Ele/aquilo estava todo de preto.

Em seguida sentiu um joelho em suas costas. Depois a arma em sua cara. Com o silenciador no cano e o cão meio recuado.

— Por que estava vigiando Wayne Tedrow? Seja honesto. A evasiva decretará uma morte mais horrível ainda.

O sotaque francês. *Couture* francesa toda em preto.

— Repito. Por que estava vigiando Wayne Tedrow?

Crutch tentou rezar. As palavras se embolaram no cérebro. Seus tubos de mijo incharam. Ele se segurou. O peso em cima ajudava. Lembrou-se de seu pé de coelho da sorte e de um obscuro folclore de Igreja Luterana.

— Repito.

Seus canais de merda incharam. Ele se segurou. O peso ajudava. Abriu a boca. Guinchou e soltou alguns sons. Deus ou algum escroto invisível lhe deu na boca uma sopa de letrinhas. Viu a mãe. Ouviu "Dr. Fred", "Howard Hughes", "infiltrado na Grapevine", "milhão de dólares". Ouviu "mulher morta", "mulher desaparecida", "mulher com cicatriz de faca", "pedras verdes". Ouviu "por favor não me mate" 6 bilhões de vezes em seis segundos.

Fechou os olhos. Os dutos lacrimais incharam. Ele se segurou. Morder a língua ajudou. Seis bilhões de anos se passaram em seis segundos. Viu a mãe e Dana Lund 6 bilhões de vezes. Procurou mentalmente orações e invocou hinos.

O peso aliviou. Ele travou os tubos, canais e dutos e permaneceu seco. Sentiu cheiro de conhaque. O cheiro atingiu seus lábios com força. Abriu a boca. Inclinou a cabeça e recebeu o líquido que ia sendo derramado. A garganta se apertou. Abriu mais e deixou a coisa descer. Abriu os olhos e viu o francês.

— Já tive propensão a lapsos de compaixão antes. Você precisa confirmar minha percepção de que há em você disponibilidade juvenil e capacidade para aquiescência.

Crutch se arrastou para o banco do carona. Seus batimentos cardíacos ficavam se multiplicando. Era suor da cabeça aos pés. O francês se espreguiçou no banco do motorista. Tomou um gole da garrafinha e passou-a de volta para ele. Crutch engoliu conhaque e olhou pela janela. Tem mais fumaça, mais sirenes e policiais antimotim... o criouléu simplesmente não desistia.

— Eu talvez te peça para me repassar informações — disse Mesplede.

Crutch assentiu: sim senhor, sim senhor, sim senhor.

A garrafinha foi e voltou repetidas vezes. Um sincronismo se estabeleceu. Os olhos dos dois ficaram vidrados um no outro enquanto o francês monologava. Era tudo CUBA. Era *le grand putain* Fidel Castro e a Causa da Liberdade Cubana. A traição de JFK na Baía dos Porcos. A conversa de paz de LBJ. A acomodação efeminada dos Estados Unidos, e o Caribe como um Lago Vermelho que vinha se espalhando. Homens corajosos dispostos a morrer para deter a Maré Vermelha.

A garrafinha ia e vinha. O discurso continuava. Crutch teve o maior barato do mundo.

CAPÍTULO 15

(Las Vegas, 10/8/68)

A enfermeira da noite fez um intervalo para jogar nos caça-níqueis lá de baixo. Wayne trombou com ela no cassino. Ela disse:

— O senhor parece doente... Vou lhe trazer alguma coisa.

Ele pegou a escada e queimou o excesso de nervosismo. Ainda cheirava a papel torrado. A suíte estava com a porta destrancada. Entrou no quarto de Janice.

As luzes estavam acesas. O suporte e o saquinho de soro, no chão. O tubo continuava preso ao braço de Janice. A agulha, meio dentro, meio fora.

Dois frascos vazios na mesinha de cabeceira. Seconal e Dilaudid. Um bilhete curto: "Qualquer que seja seu plano, por favor não o faça por mim."

Wayne sentou-se com ela. A camisola continuava úmida. A cena estava turva com flashes de 1964. Ele chegava em casa e encontrava Lynette. Wendell Durfee chegava e fora embora. Uma tempestade de inverno se abatia sobre Vegas. Ele sentava-se com Lynete e ficavam ouvindo a chuva.

Janice morreu apertando os lençóis com força. Wayne soltou os dedos dela e dobrou suas mãos no peito.

A maior parte de Vegas estava agitada às 2 da madrugada. Os bares, com o ar-condicionado ligado. Os pardieiros não. As pessoas ficavam do lado de fora para se refrescar.

Wayne circulava de carro. Passou pelo Wild Goose, o Colony Club e o Sugar Hill Lounge. Memory Lane. Cartazes de ALÁ É O SENHOR. Seres notívagos fazendo churrasco em enormes barris de 50 litros. Ruas com nomes de presidentes e designadas por letras.

Tinha o endereço de Pappy Dawkins. Devia ser perto da Monroe com a J. Examinou rostos. Todo mundo era negro. Carros estacionados com os faróis acesos. Carros fodidos, mas com ar-condicionado. Combater o calor. Deixar ligado a noite toda e ir dormir.

Ali o lugar: um pardieiro de blocos de concreto pintado de fúcsia sobre as estruturas de compensado.

Wayne parou o carro e foi até lá. As luzes estavam acesas. A porta estava aberta. A sala era mobiliada com bancos de carro rapinados. Uma dúzia de ventiladores fazia o ar circular.

Dois negros estavam sentados ali. Lado a lado em couro de Chevy. Pappy parecia mais velho do que nas fotos do fichamento na polícia. O outro homem tinha mais de 50 anos e usava um terno clerical.

Notaram-no. Identificaram-no. Wayne sacou as piscadelas deles. Os ventiladores circulavam um fedor: mijo de gato e maconha rançosa.

Wayne fechou a porta. O cheiro ficou mais forte. Pappy disse:

— Sargento Wayne Tedrow Jr.

Wayne tossiu.

— Não mais.

— Quer dizer que não é mais da polícia ou que é o único Wayne Tedrow que resta?

— As duas coisas.

O outro homem disse:

— Ele quer alguma coisa. Deixe-o chegar lá.

Pappy girou um cinzeiro.

— O reverendo Hazzard está tentando me consertar. Ele me visita uma vez por mês, peça eu ou não. Se eu disser a ele: "Esse branco filho da puta aqui matou três irmãos meus há um tempo", ele provavelmente vai dizer: "Dê a outra face."

Wayne falou com Hazzard:

— Isso só vai demorar um minuto.

Pappy jogou o cinzeiro. Derrubou um ventilador. A brisa enlouqueceu. Algumas mariposas fazendo ninho se agitaram.

— O reverendo Hazzard acredita em dar a outra face, mas eu não acredito, mas não mesmo, a não ser que você queira se abaixar e lamber o meu pau preto.

Hazzard tocou o braço de Pappy. Pappy pegou um sapato largado no chão e jogou-o. Um ventilador tombou. Uma brisa acertou a parede dos fundos. Uma foto de Malcolm X grudada com fita adesiva voou.

— O reverendo Hazzard diz: "O perdão aproxima-se da santidade", mas eu não acredito, mas não mesmo, a não ser que você comece pedindo perdão por ter matado Leroy Williams e os irmãos Swasey e qualquer outro crioulo estranho que você também possa ter matado pelo caminho.

— Pappy, por favor — pediu Hazzard

— Senhor, eu peço perdão — disse Wayne.

Pappy pegou outro sapato.

— E isso é tudo que você tem a dizer?

— Não, tem mais.

— Tipo o quê?

As pernas de Wayne estremeceram.

— Alguns policiais estão tentando acusá-lo de um negócio. Não quero que isso aconteça. Eu te dou um dinheiro, mas você tem que sair de Vegas.

Pappy uivou.

— Deixar tudo *isso*? Só porque o escroto do filho da puta branco mandou?

— Pappy, deixe ele falar — suplicou Hazzard

Pappy uivou em falsete.

— Não até que eu tenha me divertido e dado a minha mordida na carne dele, começando com "Ei, Junior, pode pedir perdão de novo".

— Senhor, eu peço perdão — pediu Wayne.

— *Uuuu*. Mais uma vez agora. Estou começando a gostar disso.

Wayne balançou a cabeça: *não*. Suas pernas quase se dobraram. Pappy jogou o sapato *contra* ele. Ele se desviou. Pappy enfiou a mão no bolso. Wayne se jogou no chão.

Brilho de metal. Wayne comeu sujeira de tapete e sacou seu revólver do tornozelo. Pappy pegou uma automática de cano curto. O reverendo Hazzard congelou. Pappy rolou para fora do banco de carro e apontou para Wayne.

Dispararam simultaneamente. O chão explodiu perto do rosto de Wayne. Ele mirou através da poeira de reboco e *apertou* o gatilho *devagar*. Acertou Pappy no meio do peito. Pappy girou o corpo e pressionou o gatilho. Suas mãos entraram em espasmos. Ele atirou para tudo que foi lado.

Acertaram os ventiladores. Eram de ponta mole — as pás as cortaram e as fizeram ricochetear. Lascas de projéteis se tornaram estilhaços de morteiro. Espalharam-se e rasgaram a garganta de Hazzard. Ele ofegou e tombou do banco do carro. Wayne apontou para cima e *apertou devagar*. O tiro acertou Pappy no meio da cara. Ele caiu para trás. A cabeça bateu num ventilador ligado e foi vermelho para cima e para a frente.

CAPÍTULO 16

(Las Vegas, 10/8/68)

A sala da delegacia estava deserta. O DPLV ficava com uma equipe reduzida a partir da meia-noite. Quatro detetives recebiam denúncias de toda a cidade. Eram pagos para cochilar na mesa ou coçar o saco.

Dormiam. Dwight não conseguia dormir. A fogueira no deserto ainda o incendiava. Passou pelo Golden Cavern uma hora antes. Fred Otash ainda estava acordado. Discutiram sua viagem a St. Louis. Freddy passou um tempo na Grapevine. Os boatos do atentado: ainda começando a escalada. Os patrocinadores:

seis escrotos de direita. A vigilância do Bureau de Álcool, Tabaco e Armas de Fogo: intermitente porém mantida. Conclusão: não podemos ir se o ATF estiver pairando por perto. Vamos nos segurar por enquanto.

Dwight bocejou. Delegacias em fim de noite o consolavam. Eram quadros de natureza viva com policiais. O agente especial encarregado de St. Louis prometeu mandar um teletipo no fim da noite. Dwight ficou empoleirado na cadeira perto da máquina.

A delegacia estava silenciosa. Os policiais cochilavam. Os bebuns presos roncavam. A máquina de teletipo chacoalhou. Dwight puxou um papel.

Notícia curta, merdinha de nada. Fique sabendo: o ATF está com a Grapevine Tavern sob vigilância rígida.

Dwight rasgou o papel e o jogou na lata de lixo. Um patrulheiro entrou correndo. Era um recruta comprido e magro, todo suado. Gritou suas boas-novas, acordando o pessoal:

Contagem de corpos! Alguém apagou aquele escroto do Pappy Dawkins e um pastor crioulo!

A rua estava isolada. Dwight mostrou o distintivo ao tira do perímetro e parou perto da fita. Do lado de dentro dela: três radiopatrulhas, um carro do legista e dois pretos mortos, em macas.

Pretos vivos do lado de fora da fita: otários de roupão, camisetas e pijamas. Um gordão comia asas de frango às 4 da madruga. Cacete.

Dois patrulheiros perto da casa. Buddy Fritsch em roupas civis, parecendo justificavelmente pirado.

Dwight deu um assobio comprido e agudo. Fritsch ouviu e olhou. Dwight apontou para seu carro federal. Fritsch dispensou os patrulheiros e foi direto até ele.

Dwight abriu a porta de trás. Fritsch entrou. Estava com tremedeira. Pegou uma garrafinha na cintura e tomou dois goles de manutenção. Dwight entrou e fechou a porta. Dois homens altos — os joelhos se roçavam.

— E aí?

— E aí, o que você acha? Tenho quatro testemunhas. Um branco entra, uns tiros são disparados, o branco sai. Mede 1,85m, claro de cabelo escuro. Parece alguém que a gente conhece?

A garrafinha de birita cheirava bem — bourbon forte e doce. Fritsch tomou mais dois goles.

— Wayne pirou de novo. Quando aquele garoto não sabe o que fazer, simplesmente sai para caçar crioulos.

Agitação mais adiante. Dwight olhou. O gordão comandava alguns zulus em comemoração ao *black power*.

Fritsch mamou na garrafinha.

— Para completar, me ligaram do necrotério. Janice Tedrow tomou uns comprimidos e bateu as botas.

— Quanto? — perguntou Dwight.

— Não, senhor. Desculpe, mas nesse aqui não rola suborno.

— *Quanto*, Buddy? Você, Woodrell, o advogado geral e mais qualquer um que a gente precise para resolver isso.

Fritsch balançou a cabeça.

— Hã-hã. Não tem negócio. Dessa o seu garoto não se livra.

Dwight repuxou seu anel da faculdade de direito.

— Me dê um valor. Seja generoso com você. Eu consigo o dinheiro e te deixo molhar a mão de todo mundo.

Fritsch balançou a cabeça.

— Hã-hã. Não tem negócio. Desculpa, Wayne, mas você passou do limite de crioulos. Estamos em 1968, cara. "The times, they are a-changin."

Dwight gargalhou. Fritsch gargalhou.

— Um valor — disse Dwight.

— Hã-hã. Não tem negócio. Dessa você e Hoover não podem livrar o Jr.

— Tem certeza?

— Claro que tenho. Tenho plena e total certeza de que essa bosta aí não tem etiqueta de preço.

— Uma última vez, então. Só para constar.

Fritsch deu um soco no peito de Dwight.

— Só para constar? *Não.* Só para constar, você me fez passar apertado há um tempinho, e é só isso que eu vou admitir da sua parte. Você pode ser o capanga número um do Hoover, mas eu sou um policial graduado e veterano condecorado da Segunda Guerra Mundial, e não vou engolir mais merda só porque quem trouxe a merda foi um cara de Indiana que acha que é grande merda só porque estudou em Yale.

Dwight sorriu e apontou para a garrafinha. Fritsch sorriu e entregou-a. Dwight tomou um longo gole e a devolveu. Fritsch riu e se espreguiçou. O paletó de seu terno se abriu. Dwight tirou o cinturão da arma dele e pôs embaixo do banco. Fritsch engoliu em seco. Seu pomo de adão subiu e desceu, subiu e desceu.

Dwight sacou sua Magnum, abriu o tambor e tirou cinco cartuchos. Fritsch revirou os olhos — não tente sacanear um sacana. Dwight girou o tambor e fechou.

— Você está blefando — disse Fritsch.

Dwight encostou a arma na cabeça dele e puxou o gatilho. O percussor bateu numa câmara vazia.

— Quanto?

— Vai se foder. Você blefa, eu pago pra ver. Sou um policial graduado e esta é a minha cena de crime.

Dwight encostou o revólver na cabeça dele e puxou o gatilho. O percussor bateu numa câmara vazia. Buddy Fritsch cagou nas calças. Dwight sentiu o fedor.

— Quanto?

— Vai se foder.

Dwight encostou o revólver na cabeça dele e puxou o gatilho. O percussor bateu numa câmara vazia. Buddy Fritsch mijou nas calças. Dwight viu a mancha úmida se espalhar.

— Quanto?

— *Vai se foder vai se foder vai se foder.*

Dwight encostou o revólver na cabeça dele e puxou o gatilho. O percussor bateu numa câmara vazia. Buddy Fritsch soluçou.

— Quanto? — perguntou Dwight.

Fritsch continuou soluçando. Dwight baixou a janela. Ouviu cantos de *black power* e viu punhos pretos levantados.

— Duzentos — respondeu Fritsch.

— São seus — disse Dwight.

Isso exigia um telefonema pró-ativo. Fazia lembrar janeiro de 1957. Quando ele deixou dois mortos na Merritt Parkway e Hoover o resgatou.

Dwight ligou de sua suíte de hotel. Ouviu dois toques e:

— Sim?

— É Dwight Holly, senhor.

— Sim? E qual é a emergência premente que você quer discutir?

— Wayne Tedrow matou dois pretos. Preciso de uma boa quantia em dinheiro para encobrir isso, e agradeceria sua ajuda.

Hoover tossiu.

— E qual é a quantia?

— Duzentos mil.

— Jr. está preso?

— Não, senhor.

— E onde ele está?

— Imagino que no chalé de Wayne Sênior em Lake Tahoe.

— Ele costuma dar uma descansada lá depois de matar pretos?

— Sim, senhor.

— Ele assiste ao programa de TV *Soul Train* para dar uma alegrada e expiar a culpa?

— Imagino que prepare compostos narcóticos com o objetivo de obter sedação e sono.

Hoover se esforçou para respirar.

— Você não me liga há muito tempo, Dwight. Foi em janeiro de 1958, creio.

— Chegou perto, senhor. Foi em 1957.

— Está questionando minha memória, Dwight?

— Não, senhor.

— Foi em janeiro de 1958. Aquele dia estava razoavelmente quente na Cross Country Parkway

Naquela *noite*, estradas geladas, a Merritt...

— Isso mesmo, senhor. Eu tinha esquecido. Foi há muito tempo.

— Vou transferir a verba, Dwight. Sou tão mole com você quanto você é com o Junior.

— Obrigado, senhor.

— A Grapevine Tavern, Dwight. Está circulando uma conversa absurda. O ATF não pode vigiar o lugar para sempre. Essa conversa ultrajante vai ter que ser abafada em algum momento.

— Entendo, senhor.

— Boa-noite, Dwight.

Ele começou a dizer "Boa-noite, senhor". Tosses e um estalo do telefonema sendo desligado o interromperam.

O garoto tinha perdido peso. O cabelo rareara. Havia um pouco de grisalho novo junto com o castanho. Em uma semana foi de "em forma" para descarnado.

A funerária cheirava a hortelã. Dwight identificou, no aroma de segundo plano, líquido de embalsamamento. Wayne estava sentado junto ao caixão de Janice. A tampa estava fechada. Era de mogno lustroso.

Dwight puxou uma cadeira para perto. Wayne olhou-o.

— Os tacos de golfe dela estão ali dentro.

Dwight sorriu.

— Ela agradeceria esse toque a mais.

— Eu tentei avisá-lo.

— Achei que fosse isso.

— Ela estava com 46 anos, 9 meses e 16 dias.

— Você é químico. Deveria saber algo assim.

— Você é advogado. Me diga de que se trata.

— A coisa está abafada. Falei com o Sr. Hoover. Se eu fosse procurar o Carlos, ele acharia que você perdeu a cabeça. Todo mundo vai saber, cedo ou tarde, portanto é melhor voltar ao jogo.

Wayne se levantou e flanqueou o caixão. Ficou parado e passou os dedos pelo veio da madeira.

— Ainda temos a Grapevine — disse Dwight.

— Entendo — disse Wayne.

CAPÍTULO 17

(Los Angeles, 19/8/68)

— Gostei da sua gravata e do seu cabelo — disse Scotty Bennett.

Crutch ficou vermelho. O xadrez e o corte à escovinha eram seus talismãs. Começou a usá-los no dia em que viu a Casa do Horror. Eles profetizavam toda a sua merda mágica.

Scotty se agigantou. Estavam na sala das digitais. Crutch verificava cartões de digitais. Estava nisso havia dois meses.

— Explique de novo. Você viu uma garota no Woody's Smorgasburger. Ela tomou um 7UP e deixou as digitais num vidro, e desde então você está tentando descobrir a identidade dela.

Crutch se ruborizou.

— Isso mesmo. Estou fazendo um serviço para o Clyde, e sempre que tenho chance dou um pulo aqui.

Scotty rugiu — garoto, você me mata. Ele enfiou uma nota de 10 no bolso de Crutch. Ajeitou a gravata dele e esfregou o cabelo à escovinha.

— Estou com 47 anos, você tem 23. Sou policial, você não é. Afrouxe a gravata e deixe o cabelo crescer. Você pode arranjar alguma coisa.

A nota de 10 ficou balançando ali. Scotty disse:

— Ligue para Laurel. Webster-64882. Diga a ela que mandei ser gentil.

Crutch re-ruborizou-se. Scotty piscou e foi até a cela da delegacia de roubos. Cartões de digitais pulavam e gritavam *Me analise!*

De volta ao trabalho.

Colocar a ampliação da foto. Pegar a lente de aumento. Colocar o cartão de digitais seguinte e marcar pontos de comparação. Tinha memorizada a digital do carro alugado. Conhecia cada curva e redemoinho. Havia examinado 6 zilhões de cartões de digitais desde 21 de junho.

Estudou, jogou cartões, bocejou, espreguiçou-se, piscou. Gosma de tensão ocular empoçava nas órbitas. Bateu num trecho rápido — um cartão por minuto e...

Então:

Um cartão novo. Curvas e redemoinhos familiares. 1, 2, 3, 4, 5, 6, 7, 8, 9, 10 pontos de comparação — uma contagem válida para tribunal.

Crutch examinou o cartão e a foto ampliada. Enxugou os olhos, franziu a vista, *olhou*. 11, 12, 13, 14 — encaixava perfeitamente.

Virou o cartão. Leu os dados:

"Klein, Joan Rosen/Branca/DN 31/10/26, Nova York. 1,62m, 54 Kg, olhos castanhos, cabelos castanho-escuros e grisalhos. Marcas características: cicatriz de faca na parte superior do braço direito."

Ela, aquela mulher. Tinha um nome: JOAN.

E 41 anos. Nascera no Halloween. Sua ficha parecia leve. Crutch viu prisões sem condenação. Fichada como comunista. Sedição e violações de leis para estrangeiros, nos idos de 1944. Duas prisões por assalto à mão armada — 1951 e 1953 —, nenhuma condenação registrada.

Fichada como comunista. Assaltos. Nenhuma foto anexa. Crutch correu até o laboratório fotográfico...

Sua nova sala de arquivo já estava entulhada. Caixas de fichas, pilhas de fichas, o grande gráfico na parede. Tinha dois cafofos numa cidade. Dormia nos dois. Mantinha o arquivo da mãe no Vivian Apartments e o arquivo de seu caso no hotel Elm. Mantinha comida semipronta e kit de barbear nos dois locais.

Crutch se mandou para o Elm. O gráfico o atraiu primeiro. Tinha prendido papel transparente com fita adesiva ao nível dos olhos. Rabiscava nele. Desenhava linhas e setas e escrevia o progresso diário e resumos de relatórios.

Pegou o lápis de cera e encontrou uma área vazia. Escreveu "Joan" e circulou. Desenhou algumas setas com pontinhas afiadas, apontando para:

"As pistas de Farlan Brown não levaram a nada até hoje (10/8/68). Brown tem encontro no Golden Cavern (23/8/68). Falar c/ F.T. para grampear suíte."

"Gretchen Farr/Celia Reyes: todas as verificações de registros negativas até hoje (10/8/68)."

"'Grapevine', 'Tommy' e 'infiltrado': o que significa?"

"Tatuagem, marcas na parede e pó nos pedaços de corpo: nada até hoje (10/8/68)."

"Número de telefone ilegal: companhia telefônica, rastreando."

Crutch examinou o gráfico. Crutch desenhou setas apontando para "Joan". Crutch fez um círculo em volta do nome e acrescentou grandes pontos de interrogação.

Caiu na cama. Examinou o que havia conseguido no laboratório fotográfico. Uma única tira de fotos de fichamento na polícia. Um rosto de frente, dois perfis. Joan Rosen Klein com uma placa pendurada no pescoço.

Os números na placa forneciam uma data: 12/7/63. Ele conhecia o prefixo do número do fichamento. Significava "detida por suspeita". Isso provavelmente significava arrocho na rua ou algum problema por estar no lugar errado na hora errada. Joan era comuna e fora suspeita de roubo por duas vezes — atraía encrenca.

Na época tinha 36 anos. Agora parecia igual. Usava óculos. Sorria para a claridade do flash. O cabelo quase preto com fios grisalhos. O maxilar largo e duro. Aquela expressão composta.

Crutch fechou os olhos, abriu os olhos e examinou as fotos de novo. Viu fios grisalhos que tinha deixado de notar nas primeiras vezes.

A cama estava coberta de livros de biblioteca. Pegara-os emprestado no pós-Miami. Um tópico: Cuba.

Mantinha contato com Jean-Philippe Mesplede. Agora o francês era seu amigo. Falavam por interurbano, L.A. para Miami. O francês gostava dele. O francês achava que ele era um garoto malandro metido a besta e se recusava a levar seu caso a sério. Foda-se, ele que pense isso. O francês achava que era só caso de mulher que rouba o amante. Crutch deixou de contar as dimensões mais alucinadas.

Wayne Tedrow Jr. queria Donald Liscott Crutchfield morto, mas Jean-Philippe Mesplede se condoeu. O francês chamou

Wayne Jr. de "instável e politicamente suspeito". Wayne Jr. mantinha alianças de direita e suprimia suas tendências de esquerda. O francês não podia cometer assassinato para um homem tão comprometido.

Assim Crutch pôde continuar vivo, trabalhar em seu caso e magnetizar toda a sua merda mágica.

Os telefonemas entre os dois eram todos sobre Cuba. Uma ilha estupenda. Uma Meca turística. Um paraíso estuprado pelos vermelhos. Jack Kennedy traiu a invasão na Baía dos Porcos. LBJ aplacava Castro. O próximo presidente confirmaria suas políticas traiçoeiras. O francês era louco para devastar os vermelhos e reivindicar a cornucópia caribenha. Areias brancas. Cassinos chiques "nacionalizados" e transformados em cochos do Terceiro Mundo. Mulatas de biquínis vermelhos.

Crutch folheava livros de biblioteca e arrancava fotos importantes. Se liga: Fulgêncio Batista todo dobrado em cima de Jane Russell. Se liga: a piscina da cobertura no Capri. Se liga: peões puxando homens gordos em riquixás.

Grudou a foto na parede. Rasgou uma foto de Fidel Castro incitando o povo. O francês chamava Castro de "O Barba". Seus pelos faciais abrigavam ninhos de piolhos Vermelhos.

Crutch grudou a foto de Castro na parede e jogou o canivete nela. Acertou o Barba quatro vezes em seis. A foto começou a se retalhar.

O telefone tocou. Crutch jogou o fone para o alto e pegou-o. disse: "*¿Hola? ¿Qué tal?*" A pessoa disse: "Hein?"

A faca caiu da parede. Fidel agora estava *mucho* rasgado. A pessoa disse:

— É o Larry, da P.C. Bell. Buzz Duber disse para ligar para você. Consegui rastrear aquele número ilegal.

Crutch pegou seu bloco.

— Manda.

— É uma casa na Carmina Perdido, em Santa Barbara. O nome de quem aluga é Sam Flood. É só isso que eu tenho.

Era o suficiente. "Sam Flood" era o nome de honesto de Sam Giancana. Clyde lhe disse isso. *Sam G. deixou recado para Gretchen/Celia na Central Bev's.*

— Ei, otário, cadê a minha grana? — tagarelou Larry.

Crutch desligou e escreveu "Número ilegal/Giancana" no gráfico da parede.

As palavras vibravam. Crutch desenhou pequenos pontos de interrogação em volta. Sentiu uma ânsia de atrair Joan. Grudou a tira de fotos no papel do gráfico e mandou ver com papel e caneta.

Conseguiu a dureza e a suavidade dela em retratos alternados. Nunca a conseguiu inteira num só. Deu-lhe penteados diferentes. Des-cacheou e re-cacheou aqueles lindos fios grisalhos todas as vezes.

CAPÍTULO 18

(Las Vegas, 19/8/68)

O serviço fúnebre foi breve. O pastor se apressou. Nuvens de tempestade significavam chuva a qualquer momento. O sermão incluía metáforas do céu como um campo de golfe.

Janice Hartnett Lukens Tedrow: 1921-1968.

Carlos Marcello e Dwight Holly compareceram. Farlan Brown estava lá. Drácula mandou 5 mil em flores. Metade das turmas de *caddies* do Dunes e do Sands apareceu.

Wayne ficou nos fundos. O ar seco começou a escorrer. O cemitério era segregado. Uma rua dividia as seções para negros e brancos. Coveiros brancos trabalhavam do lado branco. Coveiros negros trabalhavam do lado negro. Os coveiros do serviço de Tedrow eram crupiês blackjack fora do horário de serviço. Usavam coletes vermelhos, gravatas-borboletas e viseiras. A ameaça da chuva os fazia se remexer, inquietos.

O papo de "céu = campo de golfe" se prolongava. Wayne olhou para o outro lado da rua. Um grande enterro estava começando. Limusines, um carro fúnebre, um caminhão cheio de rosas. Um monte de gente preta vestida de preto.

Wayne foi até lá. As pessoas não lhe deram atenção. Ele viu um cartaz fixo num cavalete. Mostrava a data e o nome do falecido: Reverendo Cedric D. Hazzard.

O carro fúnebre estava parado ali perto. Quatro homens tiraram de lá um caixão. Um pastor foi e abriu a porta do carona. Uma negra saiu. O pastor fez rapapés para ela. Ela o descartou com pequenos sorrisos e gestos.

Ela usava um vestido de crepe preto, um chapéu redondo sem véu. Olhou para a rua e viu Wayne. Trocaram um olhar por um segundo.

DOCUMENTO ANEXO: 20/8/68. Manchete e subtítulo do *Seattle Post-Intelligencer*:

NIXON CRESCE EM PESQUISAS PÓS-CONVENÇÃO

EX-VICE-PRESIDENTE AVANÇA À FRENTE DO PROVÁVEL CANDIDATO DEMOCRATA HUMPHREY.

DOCUMENTO ANEXO: 20/8/68. Manchete e subtítulo do *Milwaukee Sentinel*:

PRIMEIRA VOTAÇÃO CONFIRMA A PREVISÃO PARA HUMPHREY

"ESPERAM-SE PROBLEMAS COM HIPPIES NA CONVENÇÃO" DIZ IMPORTANTE POLICIAL DE CHICAGO.

DOCUMENTO ANEXO: 21/8/68. Manchete do *Des Moines Register:*

"HIPPIES", "YIPPIES", "SCHMIPPIES": POLICIAIS DIZEM QUE ESTÃO PREPARADOS.

DOCUMENTO ANEXO: 21/8/68. Artigo no *Las Vegas Sun*:

GRANDE GOLFISTA, GRANDE DAMA

Janice Tedrow foi levada para descansar em paz no cemitério Wisteria, na manhã de segunda-feira. As bandeiras de todos os clubes campestres de Las Vegas foram postas a meio mastro em honra à mulher que fora nove vezes campeã feminina do clube Thunderbird, seis vezes campeã feminina do clube Sands, 14 vezes campeã feminina do clube Riviera e vencedora do Campeonato Contra a Pólio do Condado de Clark em todos os anos a partir de 1954.

"Janice Tedrow praticava golfe de alta qualidade mesmo sofrendo de câncer terminal", disse seu médico, o Dr. Steve Mandel. "Isso é talento e força de vontade." E quando o número de presentes ao seu enterro cresce a ponto de lotar o cemitério com *caddies* da região, é aí que você sabe que eles compareceram porque a mulher era uma verdadeira campeã para as pessoas comuns.

Janice Lukens veio de uma cidade pequena de Indiana. Casou-se com o investidor/empreendedor imobiliário Wayne Tedrow, em 1947, e logo foi para a Cidade Rainha do Deserto, onde atuou em vários comitês de caridade. Jogava o melhor golfe feminino que o estado de Nevada já viu. O ano de 1968 foi trágico para o clã Tedrow. Wayne Tedrow morreu de ataque cardíaco em junho, e agora acontece a morte prematura de Janice, aos 46 anos.

"Deus age por meios misteriosos", disse o reverendo G. Davis Kaltenborn a este repórter depois da cerimônia. "Por isso escolhi o golfe como tema central de meu tributo. A vida é um caminho imprevisível em direção a uma conclusão incerta. Compartilhei essa ideia com o enteado da Sra. Tedrow depois do culto, e ele me disse que entendia isso muito bem."

Descanse em paz, Janice. O *starter* do Dunes me disse que você fez seis *birdies* na última vez em que jogou golfe nesta terra. Vejo também um monte de partidas vitoriosas para você lá nas nuvens.

<u>DOCUMENTO ANEXO</u>: 21/8/68. Artigo no *Las Vegas Sun*

ASSASSINATO-SUICÍDIO CHOCA COMUNIDADE NEGRA

Silvester "Pappy" Dawkins tinha 48 anos, era ladrão de residências condenado duas vezes e supostamente viciado em drogas. O reverendo Cedric D. Hazzard tinha 52 anos e era pastor da igreja batista Nova Betel, no norte de Las Vegas. Baluarte da comunidade negra na Cidade Rainha do Deserto, era tão respeitado quanto Pappy Dawkins era desprezado.

No entanto, os dois homens tinham uma espécie de amizade. Frequentemente encontravam-se na casa pequena e desarrumada de Dawkins, no oeste de Las Vegas, e conversavam até altas horas sobre todo tipo de coisas. Agora, em seu sofrimento, os negros de Las Vegas se perguntam qual teria sido o tema da conversa antes que tudo desse tão terrivelmente errado na noite de 10 de agosto.

"Não sabemos de fato o que precipitou essa tragédia horrível", disse aos repórteres o tenente Byron Fritsch, do Departamento de Polícia de Las Vegas. "Só sabemos que Pappy atirou no reverendo Hazzard e depois virou a arma contra si mesmo."

Tragédia horrível, de fato. Muitos membros da congregação do reverendo Hazzard descreveram de modo comovedor os esforços diligentes do falecido pastor para levar a palavra de Deus a Pappy Dawkins e ajudá-lo a restaurar o equilíbrio moral. "Ced era esse tipo de homem", disse Kenneth S. Wilson, diácono da igreja batista Nova Betel. "Pode perguntar a qualquer um que o conhecesse."

"Meu falecido esposo era um homem corajoso e sincero que liderava com o coração", disse Mary Beth, viúva de Hazzard. "Era comprometido com a bondade e a justiça social." A Sra. Hazzard, 44 anos, é a administradora-chefe do Sindicato dos Trabalhadores de Hotéis de Las Vegas, e comandou vários eventos de caridade na comunidade negra local. Agora está duplamente desamparada. Em dezembro de 1963 seu filho Reginald, na época com 19 anos, desapareceu e nunca mais foi visto. Reginald, ex-aluno do colégio Seminole, só tirava notas máximas e ganhou prêmios de química em feiras de ciências. Os sofrimentos de Jó baixaram sobre a Sra. Hazzad, mas ela continua otimista: "Sim, meu filho está desaparecido há muito tempo e meu marido está morto", disse. "Eu considerava a missão de Cedric para reformar Pappy Dawkins impensada e imprudente, ainda que sincera, mas ele morreu enquanto distribuía compaixão. Eu o reverencio por isso. Quanto a mim, não, não sucumbirei à derrota ou ao desespero. Tenho deveres a cumprir e não serei impedida."

O enterro do reverendo Hazzard atraiu mais de trezentas pessoas. Estimou-se um gasto de 10 mil dólares em tributos florais no cemitério Wisteria. A Sra. Hazzard e membros da congregação Nova Betel as distribuíram a pacientes de hospitais da região.

Reverendo Cedric Douglass Hazzard: 1916-1968. Descanse em paz.

DOCUMENTO ANEXO: 22/8/68. Manchete e subtítulo do *Las Vegas Sun:*

HUGHES DE OLHO NO STARDUST
SERÁ QUE AS LEIS ANTICARTEL IMPEDIRÃO O REI DA STRIP?

DOCUMENTO ANEXO: 23/8/68. Manchete e subtítulo do *Las Vegas Sun:*

BILIONÁRIO RECLUSO DIZ AO CONDADO DE CLARK: "QUERO COMPRAR VOCÊ!"
HUGHES TENTA CONTINUAR A FARRA DE AQUISIÇÃO DE HOTÉIS-CASSINOS.

DOCUMENTO ANEXO: 23/8/68. Comunicado por Telex. De: Unidade Supervisora, Escritório de St. Louis, Bureau Federal de

Álcool, Tabaco e Armas de Fogo. Para: Unidade de Campo nº 112, todo o pessoal. Assunto: vigilância da Grapevine Tavern.

Senhores,

Continuar com a vigilância do local 24 horas por dia, conforme todas as diretrizes determinadas anteriormente.

Thomas T. Wiltsie, Agente Encarregado.

DOCUMENTO ANEXO: 24/8/68. Memorando preenchido no escritório. De: Fred Turentine. Para: Clyde Duber Associados (A/C: Clyde Duber, Buzz Duber, Don Crutchfield). Assunto: Vigilância eletrônica da suíte 308, hotel-cassino Golden Cavern, Las Vegas (Ref: investigação Dr. F. Hiltz-Gretchen Farr).

C.D., B.D., D.C.,

Não consegui quase nada no grampo do Cavern ontem. Vou ser franco: não passavam de mórmons ricos, prostitutas e conversa fiada sobre a convenção democrata em Chicago. Farlan Brown estava falando sobre seus planos de estar lá (a org. Hughes está cobrindo as apostas deles puxando o saco da org. Humphrey). Nada pertinente ao Dr. Hiltz e G. Farr foi discutido. Captei parte de um dos lados de uma conversa telefônica de Fred Otash sobre um encontro em 30/8/68 com Wayne Tedrow e "talvez outros", mas foi só isso. No total, um fracasso. D.C. vai estar em Chicago para a convenção, de modo que ele pode seguir por lá. Agora o grampo está desativado, mas ainda no lugar. Vou tirá-lo quando conseguir entrar na suíte vazia.

Atenciosamente,

F.T.

DOCUMENTO ANEXO: 25/8/68. Transcrição literal de telefonema do FBI: Gravado a pedido do diretor/Classificado como Confidencial 1-A: a ser lido exclusivamente pelo diretor." Vozes: diretor Hoover, agente especial Dwight C. Holly.

JEH: Bom-dia, Dwight.

DH: Bom-dia, senhor.

JEH: Há quanto tempo.

DH: É verdade, senhor.

JEH: Wayne Tedrow Jr. Qual a conclusão de sua última desventura congolesa?

DH: Foi abafada, senhor. O inquérito do legista determinou homicídio-suicídio, e os jornais noticiaram como tal.

JEH: Fico gratificado. E a Grapevine Tavern? Ainda é uma caixa de Pandora de fofocas antiBureau?

DH: Sim, senhor.

JEH: E o ATF? Ainda está empoleirado?

DH: Por enquanto, senhor.

JEH: Eles não podem ficar empoleirados para sempre.

DH: Tenho consciência disso, senhor.

JEH: Vamos discutir a OPERAÇÃO IRMÃO MAAAU. Os negros mortos por Wayne Jr. abriram meu apetite.

DH: Consegui uma cópia das listas de assinantes de Fred Hiltz. Estou examinando-as em busca de possíveis infiltradores.

JEH: E você pagou a ele com as verbas frias que lhe forneci para resgatar o Jr.

DH: Sim, senhor. Dez mil e meio quilo de cocaína.

JEH: Coitadas das narinas dele. Estremeço só de pensar.

DH: Sim, senhor.

JEH: E você ainda está procurando um informante? De preferência mulher?

DH: Sim, senhor.

JEH: E a informante número 4361 está pensando em referências?

DH: Ela está, senhor.

JEH: Aah, Dwight. Sua inflexão desejosa da palavra *ela* indica tons pueris.

DH: Algumas coisas não podem ser disfarçadas, senhor.

JEH: O filho do homem da Klan e a pacifista *quacre*. O próprio Deus deve se maravilhar com a conversa de travesseiro de vocês dois.

DH: É bem animada, senhor.

JEH: Algumas vezes eu sou citado?

DH: Litigiosamente, senhor.

JEH: Você se perturba com a possibilidade de ela poder registrar sua ligação dúbia para a posteridade? O curriculum vitae dela diz que ela tem um diário. Pode ter feito anotações sobre um certo amante seu que tem uma queda pela supressão.

DH: Eu invadi a casa dela secretamente, senhor. As anotações até hoje foram elogiosas.

JEH: E com justiça, tenho certeza.

DH: Obrigado, senhor.

JEH: Estou de partida, Dwight. Sei disso e sei que você sabe. Sou um boxeador que está no ringue há muito tempo, mas continuo perigoso por causa disso, e não a despeito disso.

DH: Entendo totalmente, senhor.

JEH: Tenha um bom dia, Dwight.

DH: Tenha um bom dia, senhor.

DOCUMENTO ANEXO: 25/8/68. Trecho do diário particular de Karen Sifakis.

Los Angeles
25 de agosto de 1968

Eu deveria estar em Chicago. Fulano está de passagem, a caminho da Filadélfia, e vai me ligar para dar notícias. Vai ser ruim; todo mundo sabe; todo mundo sabe que Nixon X Humphrey não é uma opção e que a guerra vai continuar, independentemente do resultado em novembro. Esta anotação e qualquer outra que eu possa fazer durante a convenção será escrita aqui neste segundo diário, o que escondo na escola e que Dwight nunca deve ver. São os nomes que posso registrar. Hoover (e por extensão Dwight) adora um arquivo e acha que todo mundo no movimento conhece todo mundo e portanto está ligado num amplo espectro de atividade política. Claro que não é verdade. Os casos amorosos — geralmente breves, passionais e condenados por questões faccionárias — podem ocorrer de modo muito disseminado, mas não a conspiração política passível de processo. A paranoia define a Direita (ainda que Dwight tenda a descartá-la e ocasionalmente a critique com humor irônico) e também a Esquerda. Todo mundo conhece todo mundo, suspeita de todo mundo e *precisa* de todo mundo também. As agendas políticas e pessoais mudam ao longo dessas linhas, que certamente definem as visões de mundo inimigas, as agendas de conluio e a camaradagem profunda entre mim e Dwight.

Meu Deus, Dwight Chalfont Holly e "camarada" numa mesma frase!

Chicago vai ser ruim. Danny T. e Sid F. ligaram com notícias antecipadas. São nixonitas marxistas em sua determinação de foder com Hubert Humphrey e eleger o homem que provocará maior repressão e proporcionará uma chance mais clara de revolução em algum momento posterior percebido de modo ambíguo. Claro, vidas serão despedaçadas e perdidas no processo, e só utilitários como eu (e, ouso dizer, DH) entendem essa loucura puramente destrutiva. Dwight pode me convencer a praticamente qualquer coisa se me convencer de que isso vai desviar a destruição e a morte no momento. Chicago parece um momento amplamente desejado de ultraje sincero e ódio horrível determinado política e espiritualmente, para além de qualquer consideração utilitária, coisa que me apavora.

A cerca em volta do salão de convenções é encimada por arame farpado, e 5 mil policiais antimotim foram trazidos de avião, com mais 5 mil a postos para intervir. W.H.N. (que ama as armas de modo secreto e maligno) disse que Maury W. viu caixas de lançadores de foguetes sendo descarregados no aeroporto O'Hare. Está acontecendo uma greve de taxistas; um grande sindicato local de motoristas de ônibus está preparado para a greve; a Irmandade Internacional dos Trabalhadores do Setor Elétrico entrou em greve em 8 de maio, de modo que o serviço telefônico na cidade e nos arredores está uma bagunça completa. W.H.N. prevê o comparecimento de 100 mil radicais ou pessoas alinhadas aos radicais (principalmente idiotas arruaceiros da contracultura e da Esquerda fátua). Vai ser ruim porque já era para ter sido ruim e deve ser marcada presença a um custo horrível e horrivelmente capaz de atrair atenção, o que para mim torna toda a coisa muito mais complexamente deplorável.

Assim rezo pela paz, sinto Eleanora crescer por dentro e faço amor com Dwight, que sabe de muitas coisas que eu sei mas não pode confrontá-las porque o momento de explicação moral o deixaria insano.

Como sempre, vou me maravilhar depois de minhas orações e ponderar que quantidade de bem quantificável nossa estranha camaradagem de ideologia conflitante dá ao mundo. Benefício mútuo. Parece malignamente capitalista, mas é totalmente igualitário dentro desse contexto comprometido.

Dwight precisa de um informante para trabalhar na ATN e na FLMM. Meio que conseguiu me convencer de que os dois grupos servem a si próprios de modo perverso, que são ideologicamente indignos e destrutivos. Será que devo apresentá-lo a Joan?

DOCUMENTO ANEXO: 25/8/68. Manchete e subtítulo do *Los Angeles Times*:

CONVENÇÃO DEMOCRÁTICA PRONTA PARA COMEÇAR
PROBLEMAS COM PROTESTOS PODEM ACONTECER NA CIDADE DOS VENTOS.

DOCUMENTO ANEXO: 25/8/68. Manchete e subtítulo do *San Francisco Examiner*:

TROPAS CHEGAM A CHICAGO
A TENSÃO AUMENTA À MEDIDA QUE JOVENS MANIFESTANTES SE MOBILIZAM.

DOCUMENTO ANEXO: 25/8/68. Comunicado por telex. De: Unidade supervisora, escritório de St. Louis, Bureau Federal de Álcool, Tabaco e Armas de Fogo. Para: Unidade de campo nº 112, todo o pessoal. Assunto: vigilância à Grapevine Tavern.

Senhores,

A investigação na Grapevine será encerrada em 1/9/68. Nessa data deverá ser interrompida toda a vigilância. O advogado geral dos EUA considerou que existem bases insuficientes para um processo.

Thomas T. Wiltsie, agente encarregado.

CAPÍTULO 19

(Los Angeles, 25/8/68)

Listas:

Assinantes de panfletos racistas, frequentadores de reuniões racistas, fãs de quadrinhos racistas.

Cruzando as informações com:

Listas de fichas policiais, listas do Departamento de Veículos, listas de grupos subversivos.

Cruzando as informações com:

A própria literatura racista. Amostras de exemplares. Toda essa merda de ódio-contra-o-homem-branco. Buscando nomes de destinatários negros em todas as porras das listas brancas.

Dwight trabalhava no sobrado. Montou pilhas de papéis a partir do material do Dr. Fred e cópias a carbono do DPLA e do DMV da Califórnia. Ódio, ódio, ódio. Grandes pilhas de papel — o Himalaia do Ódio.

Estava nisso desde o passeio a Vegas. Começou com arquivos de inteligência do DP municipal. Procurava policiais negros com experiência de infiltração. Não conseguiu nomes. Voltou então às listas de assinantes. Prendeu papel, amontoou papel e construiu estantes para organizar papéis. Era uma caçada a um nome negro. Encontre um negro ligado ao ódio. Recrute-o, coaja-o ou coloque-o numa armadilha — e ensine-o a *re*-odiar.

A superabundância de nomes era sufocante. A literatura racista e as imagens racistas provocavam ânsias de vômito. Os brancos tinham pau pequeno, os negros tinham pau grande, a diáspora do tamanho do pau definia a história dos negros. Médicos judeus espalhavam anemia falciforme. Audrey Hepburn teve um bebê preto com Jim Brown. Lawrence Welk era na verdade preto. Count Basie era na verdade branco. John Glenn era o primeiro astronauta crioulo do mundo.

Dwight caçava nomes. De *A* a *Z* e depois tudo de novo. Agulha no palheiro. *U, V, W, X, Y, Z* e de volta ao *A*.

Arthur Atkinson era um nazista negro. Willis Barrett assinava a revista *Caçador Bem-Dotado*. Ricky Tom Belforth assinava: *Putas Brancas Imploram por Homens de Verdade!* Bistrip, Blair, Blake, Bledsoe — espera aí, o que é isso?

Marshall E. Bowen/South Denker 5652, Los Angeles, assinante de publicação antijudia entre 1965 e 1966.

O nome parecia familiar. Dwight pegou as listas do DMV e foi até os *Bs*. Ali: Marshal *Edward* Bowen/negro, 1,78m, 79kg, DN 18/5/44. Carteira de motorista profissional nº 08466. Endereço anterior: South Budlong 8418. Anotação na ficha do DMV: verificação de histórico pessoal para entrada na Academia do DPLA, 11/3/67. Endereço atual, bingo: South Denker 5652 de novo.

Anomalia. Incongruência. Assinante de publicação racista antibrancos, potencial policial de L.A.

É, e o nome *re*-bateu como familiar.

Dwight pegou a lista de grupos subversivos. Bingo nº 2. Ali está Marshall E. Bowen de novo.

Em reuniões de muçulmanos negros. Em agitações do Bando Serpente Negra. *Ooooo, Irmão Maaaaau!*

Dwight ligou para o DPLA. Conhecia um cara do setor de recursos humanos. O cara liberava dados confidenciais na moita. Dwight falou com ele e deu o nome de Marshall Bowen. Ele se candidatou para o Departamento em 3/67. Conseguiu entrar?

O cara disse que ia verificar. Dwight ficou esperando seis minutos na linha. O cara voltou todo empolgado. Bingo nº 3: Marshall E. Bowen entrou para o DPLA.

Formado na Academia em junho de 1967. Designado para a Patrulha Wilshire. Ainda na Wilshire. Relatórios de forma física Classe A.

Marshall, você é *maaau*.

Porque:

Você assinava literatura racista. *Você* ia a reuniões de comunas. Irmão, isso tá sendo comportamento de cara *maaaau*. Eles podem chutar seu rabo preto para fora do DPLA.

Tu é *maaaaaaau*. Tu é passível de exploração, passível de coação e de perder o emprego. Teu rabo preto me pertence.

Dwight ligou para Freddy Otash em Vegas. Freddy era ex-DPLA. Freddy sabia das merdas do DPLA.

O telefone tocou nove vezes. Otash atendeu, de maneira grosseira:

— Quem é?

— Dwight, Freddy.

— Ah, merda. Não diz nada. A Grapevine.

Dwight gargalhou.

— O ATF vai sair no dia 1º. Acho que aí a gente vai ter que ir.

— E vamos nos encontrar com Wayne no dia 13?

— Isso, e acho que antes disso você e eu devemos nos encontrar.

Otash suspirou.

— Wayne está pronto para isso?

— Acho que sim.

— Meu Deus, Wayne Jr. Não se pode contar com ele, você *nunca* deveria ter contado com ele.

Dwight acendeu um cigarro.

— Eu tinha uma pergunta sobre o DPLA.

— Estou ouvindo.

— O processo de verificação de histórico pessoal. Estou procurando um garotão escuro chamado Marshall Bowen. Ele ia a reuniões de comunistas e entrou para o DPLA no ano passado. Me diz como essa merda comuna passou despercebida.

Otash bocejou.

— Eu *conheço* o garoto Bowen. Ele serviu como infiltrado para Clyde Duber. Clyde fez uma lavagem nele e colocou o cara com uns grupos de Vermelhos.

— Freddy, você é um branco — disse Dwight.

— Sou não. Sou libanês, porra — negou Otash.

Marshall Bowen, tu é *maaaaau*.

Clyde apontou para o friso na sua parede. Dwight acompanhou as fotos. Mostravam aquele serviço do carro blindado. Corpos queimados, notas sujas de tinta, esmeraldas. Um policial grande arrochando dois negros.

Dwight espirrou. A sala de Clyde era subpolar. A espreguiçadeira induzia pontadas de sono.

— Esse caso. É um hobby meu, e foi assim que conheci o Marsh — disse Clyde.

— Sei um pouco sobre isso. Jack Leahy cuidou da parte do Bureau durante dez segundos.

— Certo. Continua não solucionado, e desde então vêm aparecendo notas sujas de tinta no gueto. Às vezes o DPLA arrocha as pessoas que passam as notas, só para manter a mão na coisa. Foi o que aconteceu com o Marsh. Ele passou na inocência uma nota de 20 e... opa, lá está o Scotty Bennett.

Dwight bocejou. Seu traseiro pesava. A porra da poltrona era uma nuvem de sono.

— Continue.

Clyde soprou anéis de fumaça.

— Aí o Scotty pegou o Marsh e arrochou, e Scotty B. arrochando alguém é uma visão bem feia de se ver. Marsh ligou para um amigo dele, que me ligou. Eu tirei o Marsh da merda com o Scotty e transformei ele em infiltrador. Coloquei em meia dúzia de grupos vermelhos malucos e grupos de cor, e Marsh foi um espião bom pra caralho. Ele adora ação, por isso se inscreveu no DPLA e entrou, mesmo contra os protestos de Scotty.

Dwight bocejou.

— Fale sobre a política dele. Ele não pode ser de esquerda ou do tipo que alardeia racismo, senão o DPLA não aceitaria.

Clyde fumava um cigarro atrás do outro.

— Que política? Ele é um jogador. Vive pro jogo, e é tudo um jogo, e os únicos escrotos que não sabem que é um jogo são aqueles malucos ricos de direita que me pagam para infiltrar os espiões. *É uma mina de ouro.* Eu tiro 75 mil por ano de Fred Hiltz e Charlie Toron.

Dwight esfregou os olhos.

— Acabo de fazer um negócio com o Dr. Fred.

— Don Crutchfield, que trabalha para mim, está rastreando um comedor mórmon para ele em Chicago agora.

— Mórmon de esquerda?

— Mórmon comedor de direita que estava afogando o ganso na mesma xota que o Fred. Cacete, nem pergunta. A coisa está demorando o verão inteiro, e estou ganhando 32 mil só nisso.

Dwight pegou o telefone da mesa. Clyde assentiu, vá em frente. Dwight ligou para o cara do departamento pessoal do DPLA. O cara ainda estava com a ficha de Marsh Bowen. Dwight perguntou qual era a programação atual de serviços dele. O cara disse que Bowen estava em Chicago, visitando o pai doente.

Clyde soprou anéis de fumaça que subiram ao céu. Dwight desligou.

— Ele está em Chicago, e eu não posso sair. Você pode pedir ao seu cara, o Crutchfield, para segui-lo? Quero ter uma boa ideia sobre ele antes de abordar o cara.

— Claro, mas não faria mal eu saber do que se trata tudo isso.

— Hoover quer remexer uma merda com os crioulos.

Jantaram diante do aparelho de TV. A cobertura pré-convenção cobria todos os canais. Era um show de horrores. O prefeito Daley parecia cosmicamente puto. Hubert Humphrey parecia preemptivamente condenado. A câmera cortou para garotos cabeludos do lado de fora do salão. Pareciam malévolos. Gritavam para os flancos de policiais antimotim. Os policiais pareciam gárgulas empoleiradas.

Karen assistia, atenta. Dwight remexia a comida. Dina desenhava num livro de colorir. Sempre desenhava helicópteros e carros de polícia. Isso deixava Karen maluca.

As imagens zumbiam. Os cânticos medonhos pareciam liquidificadores fritando. A câmera girou para um montão de negros. Uma mulher engolia batata frita.

Wayne estava em Tahoe, a caminho de Chicago. Ele era o Sr. Truques. Drácula e Farlan Brown eram elfos maliciosos. O Sr. Truques fazia parte de uma trupe. O show precisa continuar. Ele superaria sua última encrenca crioula e faria o que tinha que fazer.

As imagens zumbiam. Dina coloriu um cachorro sorridente e desenhou presas nele. Karen apertou o joelho dele e tentou não fumar.

Um negro gordo fez elogios ao Dr. King. A plateia irrompeu em aplausos. As luzes diminuíram para uma apresentação de slides. A foto de King bateu na tela. Dwight fechou os olhos. Sua pulsação se acelerou. Ele respirou fundo algumas vezes e tentou se religar. Karen se encostou nele.

— Você anda ansioso ultimamente.

— Meu sono está uma merda.

— Quando você fica ansioso, eu fico ansiosa.

Dwight abriu os olhos.

— Não fique, está bem?

Karen sorriu.

— Diga como consigo isso.

Dwight apertou o botão do controle remoto. A TV desligou. Dina não notou. Karen subiu com a mão pela perna dele.

— Eu deveria estar em Chicago.

— Meu Deus.

— Estou a fim de explodir umas estátuas fascistas.

— Não me deixe impedi-la.

— Talvez eu tenha uma informante para você. Uma mulher chamada Joan.

CAPÍTULO 20

(Chicago, 25/8/68)

O Centro Histórico estava quente. Uma brisa vinda do agitado lago cutucava o termômetro. Os policiais usavam capacetes e camisas de manga curta. Seguravam cassetetes grandes e pequenos. Os hippies usavam roupas do tipo vamos-vilipendiar-a-bandeira. Seguravam garrafas de Coca e pedras.

Tumulto em potencial. Os dois grupos estavam doidos por isso. O calor da noite dizia VÃO — vocês sabem que querem isso.

Crutch olhava. Segurava seu saco de compras e ficava fora do alcance. Seu cabelo à escovinha e a roupa de careta o camuflavam. Os cabeludos iriam ignorá-lo. Os tiras o considerariam simpático.

Puta que o pariu. De Miami para *isso*.

Enfrentamento. Os tiras andaram 5 centímetros. Os hippies se moveram 8. O espaço entre eles encolheu e ficou claustrofóbico.

Crutch olhava. Dexedrine e café o deixavam psicodelizado. Estava acordado havia 36 horas. Ficou no posto de escuta do Ambassador East. Farlan Brown estava ao lado com uma suíte para festas. Álcool, mulheres e papo furado sobre política. Brown comia as mulheres e subornava os delegados. Brown lhes prometia charters na Hughes Air. Brown pressionava-os por detalhes sobre as viagens de campanha de Humphrey, de modo que Wayne Tedrow e companhia pudessem foder com Hubert.

Os tiras se moveram 5 centímetros. Os hippies se moveram 8. O espaço entre eles encolheu. O ódio se intensificou.

Crutch olhava. O enfrentamento o deixava nervoso. Clyde o atolou de serviço. Ele tinha o servicinho do posto de escuta e um outro adjunto: seguir um tira de L.A. na cidade. Buzz estava nesse serviço agora.

Os tiras avançaram. Os hippies avançaram. Um maluco gordo gritou: "Porco!" Os tiras atacaram. Os hippies hesitaram. Um cara de cabelo crespo jogou uma pedra. Ricocheteou no capacete de um policial magricelo. Os tiras acertaram a fileira, primeiro com cassetetes grandes. Os hippies não tinham espaço para dar meia-volta ou jogar pedras. Porrada generalizada: os tiras pisoteavam, chutavam e derrubavam cabeças na calçada com os cassetetes.

Um carro se aproximou da balbúrdia. Algo chamejou em vermelho. Dois negões jogaram uma bomba incendiária com bosta de cachorro contra os policiais. Ela caiu antes deles. O saco se rompeu e espalhou bosta, queimando alguns garotos pisoteados. Os negões fizeram aquele sinal do punho fechado e se mandaram.

Crutch voltou correndo ao hotel e se ligou no posto de escuta. Tinha uma visão para o sul, de carros pegando fogo e brilho de chamas junto ao lago. O console do aparelho de grampo ficava virado para a parede norte. Ouviu sons de gente trepando e chupando pelos alto-falantes. Colocou os fones de ouvido. Ouviu os sons de gente trepando e chupando mais alto. Essa parte do serviço do Dr. Fred era pura babaquice.

Ficava por conta do tempo de trabalho para Clyde Duber. Rendia xongas sobre Gretchen/Celia e Joan Rosen Klein. Clyde estava mamando nesse tempo. Clyde lhe disse para não abordar Farlan Brown pessoalmente. Todo esse servicinho era tangencial ao das mulheres.

Era 1 da madrugada. Crutch comeu dois cupcakes para baixar o barato das bolas. Pôs a fita de fotos de Joan no console. Ficava olhando para Joan e vendo coisas novas.

Seu caso estava parado. Sam Giancana ou alguém próximo a ele ligou para Gretchen/Celia. Essa era uma pista enorme e capaz de travar tudo. Você não vai enfrentar um peso-pesado que nem Sam G.

Ele havia invadido o escritório imobiliário de Arnie Moffett a caminho do aeroporto. Não encontrou mais anotações sobre Gretchen/Celia. Verificou as fichas de pessoas desaparecidas em busca de anotações sobre mulheres latinas tatuadas. Não obteve nada. Passou o nome e os dados de Joan Rosen Klein para contatos na polícia por todo o país. Quatorze DPs, 14 tiras. Tiras de unidades antirroubo, esquadrões antissubversivos, esquadrão de inteligência. Ninguém sabia merda nenhuma sobre Joan Vermelha.

Ela poderia ter uma ficha com os federais. Essa abordagem era perigosa. Ele teria que pedir a Clyde para pedir aos seus contatos federais. Joan era toda dele por enquanto. Segurava a pista como exclusiva.

O barulho de gente trepando e chupando morreu. O ruído de me paga, me paga, substituiu. Crutch folheou um livro de biblioteca. Era tudo sobre Cuba. Ataques rebeldes, plantações de cana queimadas, o fracasso na Baía dos Porcos. Ficava lendo livros. Ficava fazendo interurbanos para o francês. Mesplede ainda estava procurando os exilados vira-casacas Fuentes e Arredondo. Eles traíram *le sacré la Causa*. Eram ladrões. Podiam estar roubando lojas de departamentos em Des Moines ou Duluth. O francês era seu mentor de verdade. O francês trabalhava com Wayne Tedrow, mas se mantinha suspeitando dele. O francês e Wayne estavam trabalhando para o Conde Drácula. Sua função: fazer truques na convenção e sodomizar a campanha de Hubert Humphrey no outono.

Freddy Turentine fez um relatório sobre o trabalho de grampo no Golden Cavern. Foi um fracasso — só putas e mórmons. *Mas*, Fred T. ouviu Fred O. mencionar um encontro em 30/8 com Wayne Tedrow e "talvez outros". Isso poderia ser bom. Wayne poderia dizer alguma coisa ou dar uma pista sobre o covil de Drácula. Uma foto/1 milhão de pratas — a oferta da revista *Life* continuava de pé. O francês disse que *ele* poderia requisitar histórias quentes sobre Wayne. Crutch disse que forneceria. Ideia: ligar para Fred T. e dizer para ele manter o equipamento de grampo no lugar.

O telefone tocou na suíte ao lado. Crutch mudou para os fones de ouvido do gravador. A estática e o misturador de vozes turvaram a linha. Ele mexeu nos botões e sintonizou Farlan Brown.

— ... Wayne, oi. Meu Deus, que horas são? Não abro as cortinas desde que Coolidge estava no cargo.

— É 1h20.

— Da madrugada ou da tarde? — perguntou Brown.

— Madrugada. Estou no O'Hare. Esperando aquele homem de quem te falei. Ele vem de Sioux Falls.

— Um mercenário francês em Sioux Falls, Dakota do Sul. Essa é nova para mim.

— Ele está tentando localizar uns colegas sumidos há um tempo.

— Não vai encontrá-los em Chicago. Tudo que temos aqui é guerra de classes.

— O aeroporto está uma confusão. Só tem garotos agitados e repórteres. Parece uma área de reunião de tropas.

— Hubert está fodido. Dick vai vencer essa fácil — disse Brown.

Buzz entrou na suíte. Crutch fez sinal para ele se aproximar.

— Vamos precisar dormir um pouco. Vejo você daqui a cinco ou seis horas — disse Tedrow.

Brown disse alguma coisa. A estática atrapalhou a linha. Crutch tirou os fones de ouvido.

— Bowen é um saco. Não bebe nem corre atrás de boceta. Deve ser o crioulo mais metido a besta do mundo. Visita umas porras de museus e lojas de queijo — comentou Buzz.

Crutch engoliu um cupcake.

— Vou assumir agora.

— Assumir o *quê*? É 1h30 da madruga. Bowen está em casa com o pai, e a porra da cidade inteira está pirando de vez.

— Estou agitado.

— Você está sempre agitado.

Crutch comeu o cupcake nº 4.

— Volto em cinco ou seis horas.

Buzz verificou seu caderno.

— Esse escroto é metido demais. 23h16. Passa direto na frente de duas churrascarias e um bar de topless chamado Honey Bunny. Aonde ele vai? Ao Mundo dos Livros do Sr. Sid, aberto 24 horas por dia.

Crutch riu. Buzz baixou a cabeça no peito e fez ZZZ-ZZZ-ZZZ. Alguma coisa explodiu lá fora. Crutch olhou pela janela e viu um carro da polícia pegando fogo.

Chicago chacoalhava tarde da noite. Legiões cabeludas agitavam. A brisa do lago fazia as bandeiras vermelhas deles balançarem. Os policiais se agitavam em movimentos de flanco. Tudo parecia sincronizado. Policiais montados brotaram de becos. Os cavalos cagavam na calçada. Pessoas jogavam coisas pelas janelas. Choviam frutas e bricabraques. Sempre erravam os tiras *e* os hippies. Parecia uma declaração geral. Não dava para saber quem eram os alvos.

Crutch passou no carro alugado. O trânsito tinha velocidade de lesma. Pequenas colisões abundavam. O papai de Marshall Bowen morava na 59 com a Stony Island. Era classe média de cor — casas de dois andares perto da rua.

Hora: 2h41.

Crutch parou diante da casa. Uma luz estava acesa no andar de cima. Pôs as fotos de Joan no painel e apertou os olhos para elas.

Esperou. Ficou meio agitado. Seu cérebro dizia *Vá* enquanto o corpo dizia *Durma*. Marshall Bowen saiu pela porta às 3h09.

Andou até a esquina e chegou a uma rua principal. Crutch lhe deu uma folga de dez segundos. Fez um retorno com o carro e chegou à esquina. Bowen estava à distância de três lojas, à esquerda.

Crutch deixou o carro em ponto morto e olhou. O tráfego de pedestres era intenso. Bowen enfiava a cabeça em portas de bares e continuava andando. Alguns policiais estavam do lado de fora, fumando e matando tempo. Alguns cabeludos viraram a outra esquina e viram-nos. Crutch teve uma boa visão de tudo.

Bowen olhava vitrines e caminhava devagar. Um cabeludo levantou uma garrafa de Coca. Um cabeludo enfiou um trapo nela e acendeu. Todos os cabeludos viajaram com a chama. Um cabeludo jogou a garrafa direto nos tiras.

Estourou bem antes deles. A explosão falhou. Os cabeludos gritaram aquele jargão de "Fora, Porcos!" e saíram correndo rindo. Marshall Bowen se virou.

— Ei, que negócio é esse?

Os policiais partiram para cima dele. Ele levantou as mãos.

— *Não, por favor.* Os policiais o acertaram e provocaram um grande borrão.

CAPÍTULO 21

(Chicago, 26/8/68)

Instrumentos de química.

Wayne estava no banheiro de Farlan Brown. Paredes espelhadas refletiam sua imagem de volta para ele próprio. Você está velho demais, magro demais, ferrado demais.

Pegou um copo na pia. Misturou uísque do avião com pedaços de ópio e um Valium esmagado. Mexeu com uma escova de dentes e engoliu depressa.

O efeito o acertou no meio do corpo e subiu até a cabeça. O zumbido necessário aconteceu. Ele se apoiou na bancada da pia e olhou os espelhos. A reversão necessária ocorreu.

Entrou na sala. Todos os elfos do Drácula estavam lá. Contagem de cabeças: Brown e Mesplede. Seis capangas de Sam Giancana e oito policiais fora de serviço. No chão, bem no centro: um grande baú de viagem cheio de dor.

Os capangas e os tiras sentavam-se misturados. Brown e Mesplede estavam de pé atrás do bar. Tomavam Bloody Marys com palitos de aipo como café da manhã. Mesplede havia distribuído cigarros franceses. Toda a suíte estava repleta de redemoinhos de fumaça.

Brown assentiu — o show é seu, Wayne.

— Anfetaminas, alucinógenos e haxixe. Levem aos garotos e verifiquem que não haja repórteres perto na hora. Há algumas provas infiltradas. Literatura subversiva e diagramas de bombas. Há pelo menos cinquenta acusações de crimes Classe A nesse baú, cada garoto que vocês pegarem vai cair em mais duas dúzias, e vocês todos vão se vingar dos democratas por terem feito o show deles na sua cidade.

Alguns tiras bateram palmas. Alguns mafiosos assobiaram. Um dos tiras entregou um dossiê a Mesplede e murmurou as palavras "Eles estão aqui". Um capanga obeso estalou os nós dos dedos.

Brown deu um tapa nos joelhos. Mesplede balançou seu palito de aipo.

Instrumentos de química — Wayne fez uma mistura de um coquetel para dormir. Nembutal e Jack Daniel's — uma dose garantidamente segura, de químico profissional.

Desceu quente e ficou acomodada. Ele se espreguiçou para esperar a cortina baixar. Era sua 16ª dose calculada desde a zona oeste de Las Vegas.

Ia parar logo. Os compostos que tinha preparado em Lake Tahoe durariam a semana seguinte. Agora estava diminuindo seus períodos de sono. Tahoe chegou ao máximo de mais de vinte horas. Ele mantinha contato com Carlos e o grupo de Hughes por telefone com misturador. Estou me recuperando na floresta. Estou com a coluna ruim.

Eles engoliram. Atribuíram suas faltas à doença. Dwight abafou as mortes. Com o tempo a notícia iria vazar. Mais dois crioulos mortos — ninguém se importaria.

A cortina começou a se fechar. Ele viu a mulher negra vestida de preto enquanto a luz ia se apagando.

CAPÍTULO 22

(Las Vegas, 26/8/68)

Freddy O. descreveu a situação da Grapevine.

Era um antro de caipiras com ambientação de floresta do norte cheia de detalhes de extrema direita. Cartazes luminosos de cerveja Hamm's. Pinheiros com flocos de poliéster. Fotos de mulher pelada acima dos mictórios. Revistas de armas empilhadas em toda parte. Guardanapos com charges racistas: Pai Tomás, fique fora daqui.

Dwight e Freddy boiavam na piscina do Golden Cavern. A água estava frio-fiorde. Tinham a parte funda só para si. Freddy descreveu a situação dos boatos.

Vinham de seis pés-rapados: Brundage, Kling, DeJohn, Currie, Pierce, Luce. Eram assaltantes à mão armada e traficantes de bolinha com tendências a farras de direita. Eram bebuns e viciados. Ficavam em seu grupo. Fechavam a Grapevine toda noite e ficavam até tarde para falar merda. Tinham as chaves da espelunca. Os proprietários confiavam em que eles deixariam a grana da birita e trancariam ao sair. *Não* eram alvos de vigilância do ATF. Isso era bom. O ATF não investigaria o homicídio em massa que eles causassem.

Um garçom trouxe Cuba Libre para Freddy e um chá gelado para Dwight. Eles boiavam e conversavam. Freddy disse que era um serviço para três homens. Dwight disse não, quatro. Wayne conhece um mercenário corso-francês. O cara parece perfeito. Vamos trazê-lo.

Freddy concordou. Uma loura gostosa passou felinamente e causou distração. Dwight passou mais óleo de bronzear. Eles discutiram o encontro no dia 13. Teremos Wayne e o mercenário até lá. Vamos finalizar.

— Tem que ser fechado. Aqueles seis idiotas e mais ninguém. Tarde da noite, eles estão sozinhos, falando merda política maluca, e tudo explode — disse Dwight.

— Concordo. O DP de St. Louis aparece, faz seu trabalho na cena do crime, faz os testes e diz: "É isso." Todos os números batem — disse Freddy.

— Temos que disparar para fazer barulho. Queremos um tiroteio que seja ouvido e notado. Não podemos usar silenciadores, porque vão deixar fragmentos de tubo nas cápsulas — informou Dwight.

— Concordo. Todos eles andam armados rotineiramente, mas não teremos tempo de desarmá-los e matá-los com suas próprias armas. Temos que trazer armas com origem de St. Louis e rastreáveis — disse Freddy.

— Concordo, e isso é trabalho seu. Você é o cara de St. Louis nisso, por isso invada algumas lojas de armas ou de penhores e roube algumas armas que os investigadores possam rastrear. E revólveres, Freddy. Não quero nenhuma automática emperrando na nossa mão.

Freddy bebericou seu Cuba Libre.

— Concordo. Matamos eles, colocamos as armas com as quais eles atiraram uns nos outros, pegamos as armas deles e mudamos os corpos de lugar para combinar com o sangue derramado. Essa parte está cristalina.

Dwight bebericou chá gelado.

— Entramos e saímos em menos de quatro minutos. Você disse que eles sempre ligam a vitrola automática no último volume, não é?

— Isso. A pior música de caipira do mundo, e alta.

— Isso é bom. É uma cobertura parcial para os tiros, e os vizinhos estão acostumados ao barulho o tempo todo. A gente aumenta mais o volume na saída, o que cria mais chances de algum morador ligar reclamando e algum patrulheiro otário atender e encontrar os corpos.

Freddy ficou embaixo do trampolim.

— Precisamos de mais um detalhe fundamental.

— Cocaína. Eles conseguiram uma pura e ficaram completamente doidões. Deixamos umas carreirinhas no balcão. Mandamos Wayne liquefazer uma parte. Levamos umas agulhas de insulina, de pequeno calibre, e seringas, e enchemos os caras de coca post mortem. Podemos injetar entre os dedos dos pés, e as marcas serão pequenas demais para serem notadas durante a necropsia — disse Dwight.

— Está bem apertado e localizado. É categorizável como homicídio múltiplo cometido por caipiras vagabundos e é "caso encerrado" em 12 horas no máximo — concluiu Freddy.

Dwight assentiu.

— Vamos fazer com que seja convincente. E não se preocupe com Wayne, ele é firme.

Freddy gargalhou.

— Estamos preocupados com ele, mas ele é o matador de crioulos.

Dwight riu.

— Por sorte os merdas são brancos.

Um garçom veio com um telefone piscando. Freddy saiu da piscina e se embaralhou com o fio e o aparelho. Dwight fechou os olhos e desligou o sol.

— É para você. O seu cara, o Bowen, está preso em Chicago — informou Freddy.

CAPÍTULO 23

(Chicago, 26/8/68)

O francês passou um brownie de haxixe para Crutch. O motorista deles era um tira *a* serviço. O passeio pela zona de tumultos de Chicago pressagiava uma explosão total.

Foi ideia de Mesplede. Ele encontrou Crutch no saguão. Crutch estava a fim. Bowen estava em cana. Buzz estava trabalhando no posto de escuta. Observava a História, claro.

Mesplede disse para ele ficar longe de Wayne Tedrow.

— Você deveria estar morto, *mon ami*.

Crutch concordou. Mesplede reafirmou:

— Talvez um dia eu lhe peça as merdas que ficou sabendo grampeando Wayne.

Crutch *re*-concordou. A história vivia encontrando-o: Miami, agora *isso*.

Os garotos com bandeiras vermelhas. As garotas sem sutiã. Os tiras com charutos apagados. As ninfetas jogando buquês para os homens da Guarda Nacional.

O tira motorista engolia Old Crow. Sua radiopatrulha tinha ar-condicionado. Eles captaram o show de imagens desprovido de calor noturno.

As brigas de rua. A ação de pedras atiradas/cassetetes. Os cabeludos todos ensanguentados. O garoto faltando um olho. O garoto segurando os dentes.

— Posso admitir que a guerra é impopular. Posso admitir sua natureza prolongada, mas nunca vou deixar de admitir sua necessidade absoluta — disse Mesplede.

Crutch olhou pela janela. Um garoto hippie fez um sinal obsceno para ele. Uma garota hippie mostrou os peitos.

— Donald, você acredita numa Cuba livre? — indagou Mesplede.

— Sim, chefe. Acredito.

— Acredita que a perfídia da Baía dos Porcos exige uma resposta contínua?

— Sim, chefe. Acredito.

— Acredita que Fidel Castro deve ser derrubado, e que os quinta-colunistas que apoiaram o regime dele devem sofrer as penalidades mais severas?

— O senhor sabe que sim, chefe.

O tira motorista trouxe um rádio portátil. Mesplede estendeu a mão por cima do banco e apertou o botão de Play. O tira motorista girou o botão e encontrou uma estação de música country. Um tenor caipira cantou: "Adoro bandeiras e birita de milho. Fanáticos pela paz e maconha não são para mim."

Mesplede fez cara de *argh* e girou o botão. Jazz dissonante — aaah, *oui*. Crutch fez cara de *argh*. Parecia uma sinfonia de embreagem quebrada. O brownie de haxixe acertou sua cabeça. As cores lá fora mudaram. Fiapos e imagens duplas apareceram.

O tira motorista virou numa rua lateral. A ação das ruas principais sumiu. Pequenas casas de um andar, todas no escuro e sonolentas.

Mesplede desligou o rádio. O tira motorista freou e parou. Crutch estava vendo coisas se duplicarem ou triplicarem. Mesplede saiu e fez sinal para Crutch segui-lo. Crutch saiu e testou a calçada. Os duplos e triplos voltaram a ser uns. A calçada firmou suas pernas bambas.

Acompanhou Mesplede. Foram até a porta de um pardieiro sujo. Mesplede abriu-a usando gazuas. Crutch gostou da habilidade dele — duas sacudidas com uma gazua nº 4.

Entraram na casa. Estava tudo escuro. O barulho do ar-condicionado cobria os passos deles. Em sua cabeça, Crutch foi direto para MULHERES.

Seguiu Mesplede. O zumbido do ar-condicionado aumentou. Chegaram a uma parede e andaram junto a ela. Pararam junto a uma porta. Mesplede apertou um interruptor. A luz bateu em dois *cucarachas* que dormiam, cada um em uma cama.

Eles se remexeram um pouco. Um cara resmungou.

— Comunistas e traidores cubanos. Por favor, mate-os por mim — pediu Mesplede.

A música de engrenagem explodiu. Cores explodiram e recuaram. Crutch sentiu algo frio na mão. Crutch viu os *cucarachas* cheios de fiapos transformados em duplos e triplos.

O outro *cucaracha* resmungou. Os dois *cucarachas* abriram os olhos e olharam para a porta. Os dois *cucarachas* se viraram atabalhoadamente para as mesinhas de cabeceira.

Crutch levantou a arma e apontou. Imagens únicas se coadunaram. Disparou com os olhos fechados. O pente chutou totalmente automático. Espirrou na cama. Ouviu estalos de silenciador. Sentiu o cheiro de sangue com os olhos fechados. Abriu os olhos e viu dois homens sem os rostos tentando gritar.

CAPÍTULO 24

(Chicago, 27/8/68)

Na cela só dava para ficar em pé. Radicais e malucos apinhados até o topo. Em geral na cadeia só tinha crioulos. O tumulto havia invertido as cotas raciais.

Um carcereiro levou Dwight pela passarela. Ele inspirou um monte de punhos fechados e daquela lenga-lenga de "Fora, Porcos!". A sala de interrogatório ficava duas portas adiante, num corredor perpendicular. Marshall Bowen o esperava.

Nada mau. Em forma, aparência pensativa. Um bom pseudoagitador.

O carcereiro deixou-os a sós. Dwight jogou um maço de cigarros na mesa. Bowen balançou a cabeça e deslizou a cadeira para trás.

Dwight virou a outra cadeira ao contrário e montou nela. A pose teve o efeito inverso. Bowen puxou sua cadeira para mais perto.

— Você não é advogado. É policial.

Dwight acendeu um cigarro.

— Sou os dois.

— FBI?

— Isso mesmo. Meu nome é Dwight Holly, por sinal.

Bowen fez uma reverência fingindo humildade.

— É de Chicago?

— Não. Sou agente de campo nacional.

— Está preocupado porque um policial de Los Angeles foi espancado severamente sem motivo justificável?

Dwight sorriu.

— Não vejo nenhum ferimento visível. "Severamente" é exagero e você sabe. Também sabe que não pode processar o DP de Chicago e vencer, e que se processar, vai danificar *severamente* sua reputação no DPLA.

Bowen sorriu.

— O policial encarregado do fichamento viu meu distintivo. Se essa loucura toda não tivesse atrapalhado as coisas, eu já teria dado o fora.

Dwight jogou um saco de maconha na mesa.

— Ele viu isso?

Bowen fechou os punhos com força. Bowen deu um risinho para dizer *saquei*. A reação teve níveis de profundidade.

— Uma ameaça. Isso significa que tem uma oferta vindo por aí.

Dwight apagou o cigarro.

— Clyde Duber mandou lembranças.

— Então é um serviço de infiltração?

Dwight balançou a cabeça.

— Responda a umas perguntas.

— Certo.

— Diga qual é a sua reação a toda essa loucura.

— Foi inconveniente para mim. Pessoalmente me sinto mais do que politicamente afrontado.

— E a barra pesada que o povo negro deste país vem sofrendo? Pode descrever o que acha disso?

— Não penso muito no povo negro. E você?

— Penso nele mais do que deveria.

Bowen gargalhou.

— E por quê?

Dwight balançou a cabeça.

— Militância negra. Você deve ter algumas opiniões sobre isso.

Bowen deu de ombros.

— É compreensível, é justificada historicamente, mesmo que não legalmente, é ambiguamente elogiável, dá oportunidades para ideólogos dúbios e empreendedores criminosos.

Dwight fez uma reverência.

— Por que você virou policial?

— Pela empolgação.

— Está gostando de seu serviço na patrulha de Wilshire?

— Fico meio entediado.

— Quem você odeia mais? Policiais brancos que pegam pesado, como eu, ou os crioulos desprezíveis que são o grosso do seu povo e em relação aos quais você sempre se sentiu tão superior?

— É pau a pau.

Dwight agarrou duas ripas da cadeira e quebrou-as com facilidade. Bowen não piscou.

— Quero fazer uma transformação em você. Quero criar uma situação para a sua expulsão do DPLA e colocá-lo na Aliança da Tribo Negra e/ou na Frente de Libertação Mau-Mau, com o objetivo de criar uma dissensão política e criminosa. Você vai trabalhar na missão sob o meu comando, durante o tempo que eu determinar. No fim, vai ter a opção de entrar para o FBI num nível de salário G-4 ou retornar ao DPLA no posto de sargento, com status de salário equivalente e uma avaliação triplo-A de possibilidade de promoção a tenente. Uma mulher quacre muito inteligente me disse uma vez: "Veja bem o que você está procurando, porque a mesma coisa está procurando você." Se o que você procura é empolgação, esse serviço vai proporcionar toda a empolgação que você aguenta.

— Eu faço — disse Bowen.

Em seguida piscou, estremeceu e se encolheu.

CAPÍTULO 25

(Chicago, 28/8/68)

O aeroporto O'Hare estava ruim. Grande número de chegadas, enorme volume de entrada e saída na cidade. Os terminais eram campos de refugiados. As filas para o check-in e para despacho de bagagem eram sentenças de esperar 24 horas. Chiliques explodiam. Xingamentos voavam. Pequenos empurrões viravam bola de neve e se transformavam em trocas de socos.

As bancas de jornais se davam bem. Todo mundo lia o *Trib*. Saca só o tumulto no Park. Saca só o próximo tumulto no Grant Park. Fotos de jornais capturavam bocas prontas para gritar.

Wayne lia o *Trib*. Repórteres e pastores de esquerda o empurravam. Eram camaradas da fila de bagagem. Tinham passado duas horas juntos. Nem me fale de ultraje — vamos ficar aqui mais nove horas.

O *Trib*, página 6: "Radicais capturados com diagramas de bombas. Acusações de sedição são discutidas."

Wayne amassou o jornal e jogou a bola de papel fora. Uma freira sapatona com *button* da pomba da paz fez uma careta para ele. Ele estava exausto. Faltavam dois dias para a reunião no Golden Cavern. A Grapevine parecia iminente.

Táxis largavam passageiros e pegavam carne nova. Wayne olhou em volta. Um garoto parecia familiar — a gravata-borboleta de idiota e o cabelo à escovinha.

Wayne sacou. O garoto que o seguira em Miami, agora parecendo exausto. Tinha mandado Mesplede apagá-lo.

Ele não viu Wayne. A freira sapata ficou agressiva. Deixou duas freiras negras entrarem na frente dele.

Wayne deixou pra lá.

CAPÍTULO 26

(Las Vegas, 29/8/68)

Dedos moles. Os fios ficavam escorregando e errando os buracos. Suas mãos estavam trêmulas demais. O cérebro, frito demais.

— Você está mal, filho — comentou Fred Turrentine.

Crutch tentou se re-concentrar. Trabalho de grampo: suíte 307 do hotel Golden Cavern. A reunião de Otash/Tedrow era no dia seguinte. Essa era a última verificação deles.

Empurrou fios pela base do abajur e apertou. O alicate escorregou. O abajur balançou e quase caiu. Fred T. fez booooa, filho.

Ele matara dois homens. Não se sentia muito bem com isso. O francês estava de volta a Miami. Ficava ligando para ele. O telefone só tocava e tocava. Os *cucarachas* mortos eram comunas e traidores da causa cubana. Tiraram vidas e ele tirara a deles, e essa parte não doía. Reprisar a imagem doía. Na hora ele estava completamente chapado. E a reprise era em VistaVision e Cinerama. Seu mundo era composto de imagens duplas. As imagens reprisavam com clareza dupla e metade da velocidade.

Fred pegou um fio solto e grudou de novo. Crutch se atrapalhou com a caixa de ferramentas.

Não conseguia dormir. Não conseguia pensar em seu caso. Ficava olhando as fotos de Joan.

CAPÍTULO 27

(Los Angeles, 29/8/68)

O ventilador de teto agitava os lençóis. O ar frio provocava arrepios. Dwight sentiu uma contração. Sabia por que — Eleanora tinha acabado de chutar.

— Eu deveria estar em Chicago. Não numa cama dobrável de um escritório de fachada do FBI — disse Karen.

Agora ela estava mais cheia. Os mamilos, maiores. Os ossos dos quadris não estavam mais visíveis.

— Foi ruim. Fico feliz por você não ter ido.

— O Fulano esteve no Lincoln Park. Disse que foi um massacre.

Dwight pegou seus cigarros. Karen pareceu tentada. Dwight guardou-os de volta.

— Não me deixe com ciúme, ou eu acuso o cara de subversão.

Karen riu.

— A coisa pareceu inevitável para você?

— Se você quer dizer pré-organizada e combinada mutuamente, sim.

— Você é muito religioso, e sabe disso. Você entende sua responsabilidade pessoal para com Deus, mas é preguiçoso e completamente negligente em sua prática secular.

Dwight sorriu.

— Conto com você para essas percepções. E mencionei você a um homem em Chicago há dois dias.

— Como me descreveu?

— Como muito inteligente.

— Não como agente dupla e comprometida nos meus afetos.

— Não chegamos tão longe assim.

Karen beijou seu ombro.

— Encontrou o tal infiltrador?

— Encontrei.

— Então tem alguma coisa errada.

— Por quê?

— Você está tenso, mas está tentando não parecer tenso. Você sempre faz coisinhas com as mãos quando está tentando me convencer de que as coisas vão bem.

Dwight flexionou as mãos. Seu anel da faculdade de direito estava frouxo. Ele vinha pulando refeições e vivendo à base de café.

— É, você tem razão.

— É alguma coisa ruim que você fez ou uma coisa ruim que está planejando?

Dwight lançou aquele olhar a Karen — não se fala nisso. Ela rolou de costas e pôs as mãos dele sobre o volume de Eleanora.

— Consegui meu infiltrador. Ele é brilhante, mas é só isso que posso dizer por enquanto.

— Entendo. E agora precisa de uma informante.

— Isso. E você conhece a tal de Joan.

Karen se espreguiçou.

— Vou ter que perguntar por aí. Não a conheço pessoalmente. Alguém vai ter que encontrá-la para mim.

Ele sentiu uma pulsação nas mãos. Fraca — como se Eleanora tivesse se movido, mais do que chutado.

Karen estendeu a mão para os cigarros dele. Dwight pegou-os e jogou-os no chão. Karen riu e fez a barriga tremelicar. *Então* Eleanora chutou.

— Você me ama? — perguntou Dwight.

— Vou pensar — respondeu Karen.

CAPÍTULO 28

(Las Vegas, 29/8/68)

Era ela. Ele sabia que seria. Pegou a foto só para vê-la de novo.

Era uma foto do departamento de veículos de Nevada. Mary Beth Hazzard posava para a foto da carteira de motorista. Nascera em 4/6/24. Era dez anos, um mês e 14 dias mais velha do que ele.

Wayne ficou sentado no carro, do lado de fora do DV. Havia subornado o funcionário para pegar uma cópia das informações dela. Tinha carteira desde 4/6/40. Nenhuma violação de trânsito. "Deve usar lentes corretivas para dirigir."

Leu aquela matéria de jornal. Viu-a no enterro. A viúva Hazzard. O filho desaparecido. Eu fiz com que o seu marido...

Ela comandava o Sindicato dos Trabalhadores de Hotéis. O sindicato estava brigando com o Conselho dos Proprietários de Hotéis. O motivo: segregação. Drácula possuía alguns dos hotéis que estavam na mira da organização. Aconteciam piquetes em uma dúzia de locais. O DPLV estava monitorando.

Wayne olhou a foto. Não conseguia afastar os olhos. Gostava da forma do rosto e do movimento dos cabelos.

CAPÍTULO 29

(Las Vegas, 30/8/68)

Os fios funcionavam. O grampo da 307 para a 308 estava firme. No dia anterior, Crutch fez um minúsculo buraco pela parede e pôs um olho mágico. Acesso por visão e som, confirmados.

O console ficava de frente para a parede que as duas suítes dividiam. Crutch se instalou com os fones de ouvido. Fred T. estava em L.A. Esse servicinho era um solo seu.

O francês ligou ontem à noite. A conversa o acalmou. Fuentes e Arredondo eram bandidos e Vermelhos demais. O DP de

Chicago fecharia a investigação rapidinho. O francês elogiou os bagos dele e descreveu um plano que estava bolando.

Sabotagens. Idas rápidas à ilha com lança-chamas e explosivos C-4. Ataques contra os campos de milícia de Castro. Distribuição de panfletos de propaganda. Um servicinho de heroína para financiar a operação.

O francês expôs os feitos malignos de Fuentes e Arredondo. Eram piolhos Vermelhos fazendo ninho na barba do *putain* Fidel. Crutch começou a curtir suas mortes de comunas. Foi até uma costureira e pediu para bordar pequenos 2s na gravata-borboleta xadrez.

A porta do 308 se abriu. *Clique/tump* — é o som. Crutch espiou pelo olho mágico. Bem na hora: Fred Otash e Wayne Tedrow.

Sentaram-se. Jogaram conversa fora. Sentaram-se longe do microfone do abajur. As vozes estavam fracas.

Clique/tump — a porta de novo. Desta vez: um homem alto, de terno cinza. Crutch ouviu algaravias e leu lábios. Fred O. e Wayne chamaram o homem de Dwight.

O fio estava esticado do console até o olho mágico. Crutch puxou uma cadeira e se ajeitou. Lembrar de tapar o buraco do olho mágico amanhã.

A campainha da porta soou. Fred O. abriu. *Sacre français* — lá está Jean-Philippe Mesplede.

Confluência. Palavra de Clyde Duber. É quem você conhece e quem você estoura e como estão todos ligados.

Wayne apresentou Fred O. ao francês. Eles bateram um papo cheio de estática. Fred O. apresentou Dwight ao francês e disse que o sobrenome dele era Holly.

Confluência. Dwight Holly conhecia Clyde. Dwight Holly contratara Clyde para seguir Marsh Bowen em Chicago.

Crutch se situou. Os fones de ouvido estavam apertados e o olho mágico estava ali, ao nível do olho. O pessoal da 308 puxou cadeiras para perto do microfone do abajur. Fred O. foi ao bar e voltou com uísques e batatas fritas. Dwight Holly recusou a bebida. Os outros caras aceitaram. Crutch teve uma sacação: isso não tem nada a ver com o caso.

Marcar a hora: 15h18. Ligar o gravador, ao vivo.

Os caras se acomodaram. Fragmentos de frases se sobrepuseram. Dwight e o francês acenderam cigarros. Fred O. parecia gorducho e elegante, de volta ao volume corporal normal. Wayne parecia ferrado e magro demais.

— Chega de babaquice — disse Fred O. em tom perfeito para microfone.

— Serão seis homens. Eles sempre ficam até tarde. São sempre eles e só eles, e acredito que não vão variar a rotina na nossa noite — comentou Dwight Holly.

— Quando? — perguntou Wayne.

— Do meu lado estamos prontos. Tenho as armas para plantar, Dwight tem o bagulho. Acho que podemos entrar e sair em cinco minutos — disse Fred O.

— Quatro. Vai ser fácil apagá-los. Eles vão estar cheios de birita e serão surpreendidos. O negócio é preparar o material para a perícia. O DP de St. Louis tem um laboratório criminológico de merda, mas mesmo assim quero que o sangue e as trajetórias façam algum sentido — disse Dwight Holly.

Crutch começou a suar. Os fones se molharam e produziram estalos e chiados. "Seis homens", "armas plantadas", "sangue"...

— "Grapevine". Isso é um coloquialismo norte-americano, não é? Significa "fonte de informação". Portanto é uma expressão idiomática. E desse modo se transforma no nome de um ponto de encontro de bandidos — comentou Mesplede.

Fred O. deu um risinho. Dwight também. Wayne se encolheu. Crutch captou tarde.

20 de junho. AQUELA NOITE. Fragmentos de conversas — grapevine/Tommy/infiltrado — Joan e Gretchen/Celia.

Nos fones de ouvido tinha *poças* de suor. Crutch tirou-os, enxugou-os e pôs de volta. Pegou algaravias multiplicadas por quatro, zumbidos, bips, pops, chiados de linha. O suor atrapalhava o grampo, *merda*.

Mais bipes e chiados. Ruído de comida — Fred O. e o francês comiam batata frita. Crutch tirou os fones de ouvido, sacudiu-os para secar e pôs de novo. Encostou a cara no olho mágico. Forçou a vista. Tentou ler lábios e gestos e sincronizá-los com os chiados. Captou guinchos, captou estalos, captou palavras aqui e ali na confusão.

Ouviu "Memphis". Viu Wayne se retorcer. Ouviu "bode expiatório", "King", "Ray". Dwight Holly e Wayne trocavam olhares de incômodo. Ouviu ruído de comida. Forçou mais a vista. Respirou com mais intensidade. Enevoou o olho mágico. Perdeu um minuto inteiro com *bipe-bipe-bipes*.

Ouviu "testemunha".

Ouviu "grapevine" de novo.

COMEÇOU A SACAR.

Fred O. fez um monólogo. Sua voz de baixo atravessou o chiado da linha. Crutch ouviu "Sirhan". Crutch ouviu "Bobby K.". Fred O. fez mímica de tiroteio — bam, bam, você está morto. Wayne e Dwight H. compartilharam um olhar *très* incômodo.

SACOU MAIS. Sua bexiga quase estourou. Segurou, sugou o ar e continuou firme.

O olho mágico estava enevoado. A linha do grampo estava entupida. A porra da batata frita — o barulho de mastigação fodia a coisa ainda mais. Crutch tirou os fones de ouvido, sacudiu-os e pôs de volta. Crutch cuspiu no vidro do olho mágico e limpou com a camisa.

Conseguiu mais visão. Conseguiu mais som. Viu os lábios do francês se moverem. Ouviu papo incoerente e "Dallas". Ouviu palavras em tom de *cuisine* francesa, "Cuba", "vingança".

O som morreu totalmente. Crutch balançou a cabeça. O som nos fones ficou limpo e a linha do grampo se realimentou. Captou chiados, estalos, pops, zumbidos, bips. Ouviu "*Le grain putain* Jack". Viu Jean-Philippe Mesplede assumir pose de atirador com fuzil.

E mijou nas calças.

E cagou nas calças.

E vomitou e engasgou.

Tirou os fones. Correu ao console, puxou o fio principal e arrancou massa de reboco da parede. Fez um buraquinho. Chegava ao 308 livre de fios. O reboco foi soprado de volta em sua suíte. Franziu a vista e encostou o ouvido no buraco — Deus, por favor por favor por favor.

A reunião estava terminada.

— Sem mulheres. Se tiver mulher a gente cancela — disse Dwight Holly.

Fred O. assentiu relutante. Mesplede revirou os olhos. Wayne Tedrow apertou o pulso de Dwight Holly.

CAPÍTULO 30

(St. Louis, 3/9/68)

Armas para serem abandonadas — confere. Agulhas de insulina — confere. Cocaína líquida — confere. Uma última olhada de memorização nas fotos.

Brundage, Currie, Pierce. Kling, DeJohn, Luce.

Estavam todos dentro. Estavam todos armados. Estavam todos chapados de álcool. Entraram entre 22h41 e 0h49. Dwight fez o papel de homem de dentro e observou-os. Bateu papo com Pierce e fez um trabalho básico. Sou representante de vendas da Schenley's. Faço as entregas. Às vezes o trabalho vai até tarde.

Agora eram 3h10. Ainda estavam lá dentro. No dia anterior, Otash fez um molde de cera da fechadura dos fundos. Era fácil entrar. O homem da Schenley's e seus colegas enchiam a cara. Ei, Tommy Pierce — não vejo você há um tempo.

Estacionaram atrás da Grapevine. Usavam calça jeans e agasalhos de caçar patos — material de caça de caipiras de Oklahoma. Carregavam quatro caixas de Schenley's.

Dwight tinha um .45 com aberturas de ventilação. Wayne tinha um .38 cano curto. Otash tinha um Colt Phyton. Mesplede tinha um .32 de cano longo.

O furgão era roubado. Mesplede deu uma remendada nele. Estavam de luvas para o serviço. Dwight sentia-se calmo. Otash e Mesplede pareciam calmos. Wayne parecia calmo *demais* — Dwight achou que ele estava ligado em alguma coisa.

Música lá dentro — uma bosta de caipiras. Uma rabeca berrava e guinchava.

Dwight bateu no relógio. Eles saíram do furgão. Mesplede se dobrou para dentro e distribuiu as caixas. Otash foi abrir a porta dos fundos e deixou-a escancarada. Havia uma luz acesa no depósito. Dwight viu mercadorias enlatadas sobre prateleiras. Acordes agudos de rabeca soavam ásperos.

Dwight bateu no relógio — *agora*.

Sacaram as armas e seguraram-nas embaixo das caixas. Juntaram-se, fizeram grunhidos de macho e entraram com ar indiferente.

O depósito dava na taverna propriamente dita. Os sons das botas grandes e os grunhidos de macho pré-anunciaram-nos. Os seis babacas estavam sentados em dois sofás de couro posicionados um de frente para o outro. Havia uma mesa de tábuas entre eles. Estava coberta de garrafas, copos e restos de comida.

— E aí, Tommy? — gritou Dwight.

Cabeças se viraram na sua direção. Dwight contou as cabeças e deu com sete, não seis.

Um homem extra. Cerca de 40 anos e cabelo cacheado. Intrometido/desculpe, meu chapa/ tarde demais.

Olhares viajaram rápido. Tommy Pierce deu a dica aos caras — está tudo bem. Dwight bufou e foi andando. Otash, Mesplede e Wayne estavam amontoados atrás dele. Era uma abordagem pela esquerda, com ferimentos de entrada pela frente, apertada. *Os sete babacas só ficaram ali sentados*. Dwight soltou a deixa:

— É, eu sei que é tarde.

Naquela última sílab...

Eles largaram as caixas. Miraram e dispararam. Esvaziaram as armas contra os alvos pré-designados, em massa nos corpos e nas caras. *Os babacas só ficaram ali sentados*. Os tiros os engoliram. Eles se sacudiram, estremeceram, chacoalharam e ficaram sentados.

O barulho era sobreposição e reverberação alta. O fedor de pólvora era ruim e a fumaça dos canos, densa. A música ficou inaudível. Sangue explodiu das costas e empoçou nos sofás num jorro contínuo.

Gorgolejos, arrotos, tosses de ferimento no pescoço, tremores e engasgos. Sete mortos num jorro de tremeliques.

Dwight bateu no relógio — *Vamos*.

Colocaram luvas de borracha.

Tiraram as armas escondidas na cintura dos mortos e puseram em sacos de papel. Dwight verificou o sétimo homem. Estava desarmado. Dwight examinou a carteira dele. Quatorze pratas e uma carteira de motorista de Nova York: Thomas Frank Narduno, quase 46 anos.

Pôs a carteira de volta. Wayne pegou a coca líquida e as seringas. Vazava sangue para o chão. Todos olharam para baixo e se afastaram das poças.

Dwight virou a mesa. A birita e os restos de comida se misturaram com o sangue derramado.

Otash arrumou os corpos: três no chão, quatro nos sofás.

Mesplede plantou as armas. Três nas mãos, três perto dos corpos.

O sangue derramado se espalhou. Todos ficavam olhando para baixo e se mantendo longe.

Dwight tirou os sapatos e as meias deles.

Wayne injetou a droga entre os dedos dos pés e limpou com algodão as gotas de sangue.

Otash botou as meias deles de volta. Mesplede calçou os sapatos de novo.

A música de rabeca berrava e guinchava. As paredes absorveram o barulho dos tiros — Dwight sabia.

Recuaram para beeeem longe do sangue derramado. Dwight examinou a cena. Molas de sofás expostas. O dedo de Kling faltando. Birita, cocaína, uma fúria grupal. A dentadura cuspida de Pierce. Os óculos despedaçados de DeJohn.

Dwight bateu no relógio — *sair*. Wayne olhou-o. Dwight não pôde detectar nada.

Otash riu. Wayne derramou cocaína no balcão.

Mesplede pegou umas batatas fritas livres de sangue.

CAPÍTULO 31

(Las Vegas, 6/9/68)

Você olha *através* dele.

Isso reduz o choque e ameniza a agitação. Desvia a insanidade. Era seu sexto encontro cara a cara com Drácula. Wayne tinha acabado de descobrir o truque.

— É um prazer vê-lo, senhor.

— Humphrey está muito atrás nas pesquisas. Os hippies e yippies acabaram com ele — disse Drácula.

Farlan Brown tossiu.

— Wayne e eu estávamos lá, senhor. Demos uma boa ajuda a eles.

O truque funcionava com o próprio Drácula. Já os detalhes do Castelo do Drácula permaneciam. As maçanetas enroladas com camisinhas, as pilhas de caixas de lenços de papel, a foto dos peitos de Jane Russell na parede.

— Passando para novembro. Todo ponto de parada na campanha de Humphrey deve ser uma Chicago em miniatura. Posso ter sua garantia, Sr. Tedrow? — perguntou Drácula.

— Tentarei, senhor.

Brown tossiu.

— Wayne está sendo modesto, senhor. Quando ele diz "tentarei", quer dizer "conseguirei".

— Não tussa de novo, Sr. Brown. O senhor está criando um ambiente insalubre. Se tossir de novo, encerro sua contratação e te indenizo a 5 centavos por dólar — disse Drácula.

Brown se levantou e saiu da sala, balançando um lenço. Wayne olhou através de Drácula. Novos detalhes: pratos cobertos de sobras de comida. Insetos espalhados em bordas de pizza.

— O senhor perdeu peso, Sr. Tedrow. Andou doente?

— Fiz uma cirurgia complicada no dente, senhor. Não pude comer nada sólido durante três semanas.

— A cirurgia foi realizada em condições ideais de higiene?

— Sim, senhor.

— Quantos anos o senhor tem?

— Trinta e quatro, senhor.

— Eu tenho 61, 62 ou 63. Tive ferimentos na cabeça devido a vários acidentes com aviões e perdi algumas lembranças.

Wayne sorriu.

— O senhor nasceu em 1905. Tem 62 anos.

Drácula tossiu.

— Andou me procurando no *Almanaque do Fazendeiro*?

— Na *Enciclopédia Britânica*, senhor.

— Lá diz quantas mulheres eu comi?

— Esse detalhe foi omitido, senhor.

— Comi inúmeras mulheres. Ava Gardner me passou sífilis terciária e peste bubônica. Com os ferimentos na cabeça e essas outras enfermidades, sofro dores constantes. Por isso sou grato por sua grande habilidade como químico.

Wayne fingiu felicidade.

— Fico muito satisfeito em saber que o senhor sente isso.

— Mas engorde um pouco. Me dói ver um jovem tão magro.

— Amanhã volto a comer coisas sólidas, senhor.

— Bom.

Wayne se inclinou e olhou *para* Drácula. Os olhos remelentos e as feridas de cancro ficaram visíveis desta vez.

— Sr. Hughes, posso lhe pedir um favor?

— Sim. Raramente concedo favores, mas vou permitir que você peça.

— Eu gostaria de recolocar o Sindicato dos Trabalhadores de Hotel em todos os empreendimentos do senhor em Vegas. Também peço que o senhor diga, com ênfase, ao Conselho dos Proprietários de Hotéis que devem suspender as barreiras de cor impostas implicitamente às quais eles aderiram há muito tempo.

Novos detalhes: tremores e placas de cuspe seco.

— Isto é um pedido categórico?

— É um pedido educado, senhor.

— É um ultimato?

— Não, mas é uma garantia de meu futuro como seu intermediário de negócios e químico.

Drácula estremeceu. Seu queixo caiu. Ele tinha presas de vampiro de verdade.

— Muito bem. Vou conceder seu pedido.

* * *

Pelo menos eles eram malignos. *Pelo menos eram brancos.*

Era seu mantra pós-Grapevine. Ele o usava junto com os compostos opiáceos. Isso o sustentou durante o voo de volta e a reunião com Hughes.

Estava afinando. Estava dormindo melhor. Dwight ligou na véspera à noite. O DP de St. Louis entendeu a Grapevine de um modo favorável a eles.

Combustão espontânea. Foram citados níveis tóxicos de birita/drogas. Um rápido inquérito do legista carimbou como caso encerrado.

Estava se sentindo melhor. O apetite vinha retornando. Os latejamentos e as sensações esquisitas por todo o corpo começavam a diminuir.

Wayne percorria a Strip de carro. Era hora do crepúsculo e estava quente demais para viver. Viu piqueteiros atordoados pelo calor do lado de fora do Dunes e do Sands. Viu piqueteiros balançando cartazes diante do Frontier. Na maioria pretos, alguns brancos, todos claramente empolgados.

Parou e foi até o piquete. Captou trechos de papo pretensioso e alegre.

O Conselho de Hotéis cedeu. Era súbito — ninguém sabia por quê — ter supostamente vindo de Howard Hughes.

Wayne ficou ali parado. Os piqueteiros o ignoraram. Um esquadrão do DPLV estava parado junto ao meio-fio. Usavam capacetes e giravam os cassetetes. Fumegavam explicitamente. Buddy Fritsch chutava guimbas de cigarro e fumegava mais do que todo mundo.

Os piqueteiros uivavam, pulavam e rasgavam a parte de cima das placas. Wayne viu Mary Beth Hazzard levantar um punho.

Buddy Fritsch viu-o e se aproximou. Fedia a vodca vespertina e hortelã para o hálito.

— Ei, matador. Quer apagar uns macacos beiçudos enquanto está aqui?

Wayne piscou para ele. Buddy piscou também. Os piqueteiros olharam. Começaram a cutucar uns aos outros. Wayne sorriu para Buddy e deixou o ímpeto aumentar.

— Em horas assim me dá uma vontade de voltar ao velho DPLV. A gente podia apagar uns crioulos pra curtir...

Wayne deu-lhe um soco na barriga. Buddy ofegou, dobrou-se e ficou com a cara verde. Os outros policiais ficaram imóveis. Os piqueteiros ficaram imóveis. Wayne agarrou a gravata de Buddy, puxou-o para perto e deu-lhe uma cotovelada na cara. Wayne arrancou o distintivo da camisa dele e jogou longe.

Buddy bamboleou e ficou de pé. Sua cara era puro sangue. Wayne soltou a gravata. Buddy deu de cara na calçada. Alguns piqueteiros aplaudiram.

Os policiais continuaram imóveis. Wayne olhou os piqueteiros. Mary Beth Hazzard o encarava. Wayne jogou um beijo para ela.

CAPÍTULO 32

(Los Angeles, 8/9/68)

Crutch Sênior morava atrás de Santa Anita. Líder de um acampamento de barracos de papelão. Bebuns e mendigos de estrada de ferro. Versão atualizada das favelas da época da Depressão. Jogatina o dia todo, bebida a noite toda. O Auge do Estilo de Vida Californiano.

Crutch chegou com presentes: uma nota de 100 e um sanduíche Reuben para a despedida. Ei, pai — sou um homem morto. Sei um monte de bosta supersecreta.

Fred Turentine ligou para ele na véspera. Fred Otash encontrou entulho de grampo na suíte 307 e chegou até ele. Fred O.

pegou pesado com Fred T. Fred T. entregou Crutch pelo grampo. Fred T. convenceu Fred O. de que *ele* não estava lá, era só o mané do Crutchfield. Fred T. mostrou os dedos quebrados a Crutch. “Garoto, não sei *o que* você ouviu, mas é melhor dar no pé.”

Ele leu os jornais de St. Louis. Sete mortos na Grapevine. “Briga de bandidos explode” na taverna. Verificou algumas coisas. O irmão de James Earl Ray era dono de uma parte. Matadores. Seu colega francês participando da conspiração. Trechos do grampo: Sirhan e King, Memphis e Dallas.

O acampamento ficava atrás do estacionamento. Os mendigos velhotes moravam em caixas de aparelhos de som tratadas com laca para aguentar a chuva. Uma lona grande cobria umas vinte Mansões Magnavox. Garrafas vazias cobriam o terreno de uso geral.

Crutch bateu na caixa de Crutch Sênior. Este se arrastou para fora com um formulário de apostas de cavalos e uma garrafa de birita. Crutch lhe deu espaço. Crutch Sênior se levantou e deu uma longa mijada. Apontou direto para os sapatos de Crutch.

— Olá, pai.

O pai apertou os olhos para ver melhor.

— É o Donald, né?

— Isso.

— O garoto que eu tive com Maggie Woodard.

— Sou eu mesmo.

— Eu me lembro da Maggie. Ela nasceu no Cu do Mundo, Wisconsin.

— É, ela mesma.

— Era uma boa trepada.

— Qual é, pai. Isso não é legal.

Crutch Sênior fechou a braguilha. Tinha 54 anos. Usava um terno dos Beatles encharcado de suor e uma peruca dos Beatles. Estava já meio morto de tantas feridas de câncer abertas.

— Você está na merda e precisa de uma grana. Desculpe, mas eu estou duro.

Crutch apresentou a nota de 100 e o Reuben. Crutch Sênior pegou a nota e ignorou o sanduíche. Matou a garrafa e jogou-a na pilha das vazias. Brandiu o formulário de corridas e acertou Crutch na cara.

— Você nunca encontrou a Maggie. Disse que ia encontrar e não encontrou. Eu trepei a primeira vez com ela no Dia de Pearl Harbor, e você nunca achou ela.

Blefe.

Ele trabalhara no plano na véspera. Preveu a batida na porta e a sentença de morte. É, ele deduziu tudo. Mas foi só instinto. Estalos, guinchos e estática de grampo, com algumas palavras misturadas. Ele sabia. Eles sabiam que ele sabia. Fred O. contaria aos outros. Wayne ficaria puto com o francês. O francês o deixou viver. A partir daí a coisa iria estourar.

Era grande demais e absurdo demais. Clyde não acreditaria nele. Scotty Bennett não acreditaria nele. Ele poderia ir ao *The Joe Pyne Show* e pôr no ar suas informações secretas. Joe Pyne zombaria dele. Alguns judeus de esquerda e hippies paranoicos *talvez* acreditassem nele. Os judeus iriam partir para cima dele como uns carrapatos doidos. Ele era pró Causa da Liberdade de Cuba. Os hippies iriam zombar de seu cabelo à escovinha e da gravata Scotty Bennett. Nenhuma garota hippie mostraria a boceta para ele.

Blefe.

Arrumou as garantias na véspera. Bolou o plano a partir de seu único raio de esperança. *Eles não sabiam que o equipamento de grampo estava ruim. Sabiam que tinham falado de assassinato. Não se lembrariam exatamente do que tinham dito. Não sabiam até que ponto o testemunho dele seria digno de crédito.*

Crutch esperou no Vivian. O cafofo estava quase vazio. No dia anterior, levara o dossiê de sua mãe e todas as coisas pessoais para o hotel Elm. O dossiê de seu caso estava lá. Buzz sabia onde era o lugar. Encontraria os dossiês e seguiria ou não todas as pistas relevantes.

Esperou. Folheou edições velhas de *Car Crafts* e *Playboys*. Na véspera foi à I. Magnin's. Comprou um lindo suéter de cashmere para Dana Lund. Mandou embrulhar para presente e pôs junto na caixa um cartão de Dia dos Namorados. Não assinou. Disse a Dana que sempre a amara. Agora tinha que fugir. Tinha matado dois homens e sabia coisas que não deveria saber.

A Magnin entregou o presente. Ele parou do outro lado da rua. Observou Dana abrir a caixa e ler o cartão. O suéter deixou-a deliciada. O bilhete pareceu amedrontá-la. Ela olhou em volta e bateu a porta correndo.

Joan Rosen Klein estava no éter. Ele não conseguiu lhe dar um presente de despedida. Isso partiu a porra do seu coração.

Crutch folheou a *Playboy* de novembro de 1967. Kaya Christian sorriu da foto de página central. Era sua namorada com nome adequado. Ele a conhecia da Igreja Luterana Trinity havia 1 milhão de anos.

A vista para o sul o chamava. Crutch foi até a janela e olhou. Viu a casa de Sandy Danner, a de Barb Cathcart e Gail Miller na varanda da frente de Lon Ecklund.

Todos aqueles arbustos que serviam como pontos de onde espiar. Novos arbustos bloqueando janelas que ele havia espiado.

Inclinou-se para fora da janela. Captou névoa de poluição no ar. Inclinou-se demais. Começou a cair. Ouviu barulho atrás de si. Uma força trombou em cima dele e puxou-o de volta.

Estava no chão. Esmagado por um pé. Os olhos turvos, meio lá e meio cá. Sentiu cheiro de óleo em metal e soube que eles haviam lubrificado a fechadura da porta.

O meio lá cresceu. A turvação decresceu. Um totalmente lá chegou. Viu Wayne Tedrow com uma arma com silenciador e o francês segurando um travesseiro. Apertou sua medalha de São Cristóvão e rezou o Glória ao Pai.

Os pés deles o comprimiam. O francês exsudava nicotina no suor.

— Seu babaca chupa-rola — disse Wayne.

O francês enfiou o travesseiro em sua cabeça. Crutch se sacudiu, afastando-o, e engoliu ar para dizer:

— Tenho quatro cópias das fitas, além das transcrições. Em quatro cofres de bancos. Tenho que aparecer pessoalmente, a intervalos de seis meses. Eles vão me verificar no local com fotos e digitais. Se eu não aparecer, vocês sabem o que acontece.

Wayne olhou para Mesplede. Mesplede olhou para Wayne. Wayne pegou o travesseiro e o apertou na cabeça dele com o pé. Crutch não podia enxergar. Não podia ouvir. Nada de vozes, nem tiros, nem dor ou nuvens brancas. Tentativas de respirar e batidas do coração — santo Deus, estou morto?

Então luz, ar e o aeromodelo pendurado no teto. Depois um pouco de respiração. Depois a arma de Wayne sem o silenciador.

Um triplano Fokker vermelho. Historicamente maneiro. Ele o montou e cheirou a cola no dia em que JFK foi apagado.

— Quero entrar. Topo tudo que vocês quiserem — disse Crutch.

CAPÍTULO 33

(Los Angeles, 10/9/68)

— Você estava falando enquanto dormia.

— O que eu disse?

— Pensei ter ouvido "pelo menos" e "malignos".

Dwight esfregou o pescoço. Sempre ficava com nós no mesmo ponto. Teve um tremor retardado: Memphis de volta e sangue espirrando.

Karen sentou-se e se inclinou sobre ele. Estava inchada de sono e magnífica. Sentou de pernas cruzadas. Ele se curvou e beijou o joelho dela. Ouviu Dina no outro quarto, falando com seu sapo de pelúcia.

— Me diga de novo para eu me convencer: minha simples presença aqui não está acabando com a vida daquela menininha para sempre.

Karen segurou suas mãos.

— Só se ela entrar para o FBI quando crescer.

— Tem uma coisa de mãe esquerdista, aqui, que me escapa.

— Ela gosta mais de você que do Fulano. Vamos deixar as coisas assim.

— Não entendo essa porra desse mundo em que você vive.

Karen beijou seus dedos.

— Você entende bem demais. Suas acomodações reconhecem meu mundo e lhe concedem um respeito descuidado.

Dwight estendeu a mão para os cigarros. Karen agarrou o maço e o jogou na penteadeira.

— Não me tente.

— Está bem.

— E explique-se. Conecte "pelo menos" e "malignos".

Aquele nó de novo — Dwight massageou e esfregou.

— Foi um amigo que disse. A citação inteira era "Pelo menos eles eram malignos".

— A quem estava se referindo?

— Baby, por favor.

— A Hoover e sua turma? Aos tiras de Chicago?

Dwight gargalhou. Isso fez seu pescoço latejar. Karen fez cócegas nas pernas dele, aumentou a gargalhada e fez a dor parar.

— Tá bom, eu conto. Ele estava se referindo a um bando dissoluto de bandidos de direita.

Karen riu.

— Gosto do seu amigo. Qual é o nome dele?

— Sem comentários.

— É tira?

— Era.

— É alto e bonito que nem você?

Dwight riu.

— Definitivamente não.

Dina deu boa-noite ao sapo. O som passou com clareza pela parede. Dwight soube que ela queria que eles ouvissem. Karen fez uma reverência e pôs a mão no coração.

— Acho que tenho uma pista de Joan.

— Uma mão lava a outra, então. Exploda um monumento extra e tente não ser pega.

Karen se enrolou nele. Dwight tirou o prendedor de cabelo dela e deixou os fios se soltarem.

— Você me ama? — perguntou ele.

— Vou pensar — respondeu ela.

CAPÍTULO 34

(Las Vegas, 11/8/68)

O pessoal do sindicato se reunia no Sills Tip-Top. Wayne estudou o modus operandi deles. Ela apareceria lá, mais cedo ou mais tarde. Ele passou quatro vezes de carro.

O Sills estava apinhado — hora de almoço e sem mesas vagas. Ficava num lugar de merda, no norte de Vegas. Ali a fronteira de cor era turva. A espelunca era quase des-segregada. Brancos comiam de um lado, pretos do outro.

Wayne entrou. Mary Beth Hazzard estava no lado dos pretos. Sentada com quatro amigos do sindicato. Eram todos pretos. Wayne reconheceu-os do show que dera no piquete.

Duas pessoas o notaram. Um homem cutucou Mary Beth. Ela o notou e sussurrou algo para as pessoas na mesa. Elas se levantaram e saíram. Passaram por Wayne. Baixaram os olhos.

Wayne foi até lá e estendeu a mão. A mão dela era firme e seca.

— Sra. Hazzard — disse ele.

— Sr. Tedrow — disse ela.

Os olhos dela piscaram na direção do assento oposto. Wayne captou a deixa e sentou.

Olharam-se. Foi um olhar quieto. Fez o barulho do restaurante diminuir. Pessoas começaram a olhar para eles. *O olhar* continuava quieto. Os olhos simplesmente se viravam na direção deles.

Mary Beth tocou sua xícara de café.

— Li sobre o seu pai. Meus pêsames.

O pessoal do sindicato havia deixado as xícaras de café e os pires para trás. Wayne abriu um espaço para pousar as mãos.

— Obrigado. Meu pai tratava pessimamente o pessoal dos sindicatos, portanto seus pêsames afirmam muito bem suas boas maneiras.

— Eu não estava querendo ganhar elogios, Sr. Tedrow.

— Eu sei. Só estou esperando que a senhora aceite o elogio que fiz e não o considere condescendente.

Mary Beth sorriu. Wayne sentiu 1 milhão de olhares sobre si.

— E meus pêsames pelo seu marido.

— Obrigada. Mas, já que estamos no espírito da honestidade, eu acrescentaria que Cedric era imprudentemente fervoroso e não tinha nada que ficar sozinho com Pappy Dawkins às 2 da manhã.

Wayne olhou em volta, procurando uma garçonete. Duas delas perceberam e olharam para outro lado. Um garotinho preto se dobrou por cima da cadeira e olhou para eles. Duas menininhas brancas apontaram.

— O senhor está muito nervoso, Sr. Tedrow. Se está pensando em pedir café, acho que deve reconsiderar.

Wayne sorriu.

— Além do quê, elas não vão me servir.

— Vão, se o senhor fizer alarde suficiente.

— Ou se der um show de proporção suficiente.

Mary Beth sorriu.

— O seu show no piquete foi memorável. Nos leva a querer saber o que o senhor estava tentando dizer, mas não vou pressioná-lo.

Wayne se remexeu, inquieto. Mary Beth empurrou sua xícara de café. Wayne esquentou as mãos em volta da porcelana.

— Quero agradecer por sua ajuda na resolução da greve, Sr. Tedrow. O boato é de que o senhor convenceu o Sr. Hughes.

— É, convenci.

— E qual a motivação?

— Você quer dizer minha motivação dada a minha história de vida?

Mary Beth tocou a xícara de café.

— Não julgo sua história tão asperamente quanto a maioria das pessoas negras daqui.

Wayne tocou a xícara de café. Suas mãos quase tocaram as dela. Ela deixou as mãos ali. Ele puxou as suas de volta.

— E por que isso?

— O senhor matou aqueles homens enquanto procurava Wendell Durfee, então, por mim, nesse aí tem passe livre.

O pessoal olhava para eles. Um preto grande e gordo e um branco alto e magricelo encaravam descaradamente.

— Por quê, Sra. Hazzard?

— Porque Leroy Williams e os irmãos Swasey forneceram a droga que matou minha irmã. Porque Wendell Durfee me estuprou em 19 de abril de 1951, o que me deixa inclinada a perdoar seu comportamento temerário e gostar do senhor.

Wayne fitou as próprias mãos. Tremeram e giraram a xícara. Um pouco de café se derramou nas mãos de Mary Beth. Ela pareceu não notar. Manteve as mãos ali.

— Li sobre o seu filho. Quer dizer, sobre ele ter desaparecido.

— Era um garoto brilhante. Sabia muito de química.

— Eu sou químico.

— É, me disseram.

— A senhora andou me investigando?

— Sim, andei.

— Por quê?

Mary Beth puxou as mãos de volta.

— O senhor está me pressionando. Não peça para dizer coisas que não estou pronta para dizer.

Wayne olhou o restaurante ao redor. A porra do salão todo olhava para eles.

— A senhora descreveu seu filho no passado. Acha que ele está morto?

Mary Beth balançou a cabeça.

— Às vezes sim, às vezes não. Às vezes estar morto é mais fácil, às vezes não.

— Sente falta dele?

— Terrivelmente.

— Vou encontrá-lo para a senhora.

SEGUNDA PARTE
ÍMÃ PARA MERDAS

12 de setembro de 1968 a 20 de janeiro de 1969

DOCUMENTO ANEXO: 12/9/68. Memorando interno do FBI. Classificado como: "Secreto Nível 1" / "A ser lido exclusivamente pelo diretor" / "Destruir depois de ler". Para: diretor Hoover. De: AE Dwight C. Holly.

Senhor,

Agora a OPERAÇÃO IRMÃO MAAAU chegou ao estágio de partida: o escritório de fachada e as verbas operacionais preliminares estão garantidos, a papelada das agências policiais sobre os nossos grupos-alvos e seus membros foram avaliados e nosso infiltrado foi selecionado e será posto num contexto operacional plausível e provocativo. A informante do Bureau nº 4361 me deu o nome de uma possível informante confidencial e eu requisitei o dossiê dela no setor central de registros do Bureau e vou estudá-lo meticulosamente antes de qualquer tentativa de marcar um encontro. A ALIANÇA DA TRIBO NEGRA (ATN) e a FRENTE DE LIBERTAÇÃO MAU-MAU (FLMM) ocupam o mesmo universo político e criminoso, que resumirei junto com resumos criminosos/políticos dos "líderes" dos grupos. Como foi declarado anteriormente, esses grupos têm inclinações criminosas, têm criminosos de carreira em suas fileiras e estão decididos a alcançar seus objetivos por meios criminosos. São rivais políticos e, como tal, nosso objetivo deve permanecer fixo: criar dissensão entre os grupos, que resultem em acusações de crimes e sirvam para desacreditar todo o aparato nacionalista negro.

1. — Os dois grupos atuam em linhas quase idênticas. Empregam escritórios de beira de calçada que servem como locais de recrutamento, clubes sociais e pontos de encontro para negros das redondezas e radicais de visita, de modo que a vigilância fotográfica deve se mostrar útil em algum momento. Os dois grupos distribuem literatura contra os brancos, contra o Departamento de Polícia de Los Angeles e literatura racista denegrindo grupos negros militantes rivais, com frequência panfletos vulgares no estilo de quadrinhos. As duas organizações recrutam em escolas de ensino médio. As duas organizações extorquem comerciantes das redondezas com o objetivo de ganhar comida para distribuir em seus programas de alimentação infantil e bebida para suas "reuniões políticas" semanais com entrada paga, na verdade ocasiões para bebedeiras que costumam resultar em brigas. As duas organizações têm membros mulheres — isto é, "fãs" que agem como prostitutas e doam a maior parte dos ganhos para a "causa". As duas organizações teriam, segundo boatos, "esconderijos" onde radicais visitantes e membros que estejam fugindo de processos criminais têm permissão para ficar. Diferentemente dos PANTERAS NEGRAS e do EU, não há situações conhecidas de violência cometida pela ATN e a FLMM contra policiais. Vou direcionar nosso infiltrador e nossa informante para me notificarem imediatamente caso fiquem sabendo de planos de alguma provocação desse tipo. As duas organizações estariam planejando incursões no comércio de drogas, mas duvido seriamente

de que tenham a especialização exigida para obter sucesso nisso. Até hoje ambas são pequenas em seus desígnios criminosos *organizados*, se bem que seus "líderes" e seguidores frequentemente possuam grandes fichas criminais. Membros da ATN são suspeitos de uma série de assaltos a livrarias de conteúdo pornográfico na área da Divisão de Wilshire do DPLA; membros da FLMM são suspeitos de participação numa série de roubos forjados a lanchonetes drive-in, com a ajuda de funcionários dos estabelecimentos. Os lucros dessas ações criminosas são supostamente depositados em contas operacionais da ATN e da FLMM. Um membro da ATN supostamente vende ingressos falsos nos jogos locais do Los Angeles Dodgers e do Los Angeles Rams. Mais uma vez, esses empreendimentos criminosos criam verbas operacionais para a ATN e a FLMM e enfatizam a criminalidade inerente de seus membros. A exposição da atividade criminosa endêmica é essencial para nosso perfil difamatório dos grupos e fornecerá comentários vigorosos nos tribunais quando nossa operação terminar e começarem os procedimentos legais amplamente divulgados.

2. — Quanto aos "líderes", alguns detalhes-chave:

A - EZZARD DONNELL JONES, negro, DN 24/8/37. Duas condenações por posse de drogas (1957, 1961). Tem diploma de teologia por correspondência e solicita verbas em igrejas na zona sul de Los Angeles. JONES é o "Elevado Alto Comissário" da ATN.

B. CORNELIUS "BENNY" BOLES, negro, DN 11/1/40. Uma condenação por assalto à mão armada (1964). Trabalha como garçom no Delores Drive-In em Beverly Hills. Supostamente homossexual e suspeito da morte não solucionada de um prostituto em 1958 na zona oeste de Los Angeles. BOLES é o "Alto Comissário Assistente" da ATN.

C. LEANDER JAMES JACKSON, negro, DN 4/5/38. Sem ficha criminal conhecida. Supostamente nascido no Haiti e praticante de vodu haitiano. Supostamente fraudador (venda de assinaturas falsas de revistas, venda de terrenos inexistentes e contratos falsos de construção), falsário (cheques da previdência, ordens de pagamento e ingressos para jogos de basquete) e contrabandista de armas (boatos não confirmados de ligações com grupos violentos de esquerda no Caribe). JACKSON é o "Armeiro" da ATN.

D. JOSEPH TIDWELL McCARVER, negro, DN 16/7/37. Supostamente ladrão de residências e farmácias, teria cometido mais de cem roubos desde 1955. Jogador inveterado, com 26 prisões, sem condenações, por fraudar e bancar apostas. Comanda um jogo de dados semanal em uma igreja separatista negra, cujos lucros vão para a FLMM. McCARVER é o "Governante Pan-Africano" da FLMM.

E. JOMO KENYATTA CLARKSON, negro DN 4/3/29. Sem ficha criminal, mas supostamente seria um assaltante hábil, armado, que escolhe os serviços que faz. Desenhista de quadrinhos e autor dos gibis antibrancos e antiATN vendidos pela FLMM. Trabalha como despachante para a empresa de táxis Black Cat na zona sul de Los Angeles. Supostamente teria cometido numerosos estupros "politicamente motivados" como "expressão de solidariedade" pelo "irmão" Eldridge Cleaver do PARTIDO PANTERAS NEGRAS. CLARKSON é o "Ministro da Propaganda" da FLMM.

F. CLAUDE CANTRELL TORRANCE, negro, DN 29/11/46. Numerosas prisões por pequenos delitos: dirigir bêbado, criar desordens bêbado, pequenos roubos, não pagamento de pensão alimentícia, fraudar um senhorio, vadiagem, fingir ser policial e vários delitos relacionados ao jogo. É o principal ator no programa de alimentação infantil da FLMM. TORRANCE é "Ministro das Finanças" e "Ministro da Extorsão" da FLMM.

3. Dentre os pontos de encontro conhecidos da ATN e da FLMM estão a cabine de despachos da EMPRESA DE TÁXIS BLACK CAT, originalmente financiada por um empréstimo (supostamente em atraso) do Fundo de Pensão do Sindicato dos Caminhoneiros dos Estados Centrais, o que a classifica como uma empresa definida criminalmente; a BARBEARIA SULTAN SAM; a SULTAN SAM'S SANDBOX (uma boate de coquetéis, financiada por empréstimo dos caminhoneiros); o PARAÍSO DO FLIPERAMA DO SULTAN SAM (uma mistura de fliperama com livraria pornográfica); a CALVIN' ADULT EXTRAVAGANZA (uma livraria pornográfica); e os seguintes bares e boates: NAT'S NEST; MR. MITCH'S ANOTHER WORLD; RAE'S RUGBURN ROOM, um bar de lésbicas de propriedade da irmã de JOSEPH TIDWELL McCARVER, RAE CHANTAT McCARVER (financiada pelo fundo dos caminhoneiros); THE SNOOTY FOX; THE SCORPIO LOUNGE;

TOMMY TUCKER'S PLAYROOM; e a cafeteria CAROLINA PINES, na Imperial Highway. Deve ser observado que o pessoal-chave da ATN e da FLMM supostamente teria ligações com o BANCO POPULAR DO SUL DE LOS ANGELES, que parece ter sido financiado inicialmente por um empréstimo do Fundo de Pensões dos Caminhoneiros (supostamente em atraso) e há muito é suspeito de lavar dinheiro para criminosos negros. O presidente do banco por longo tempo, LIONEL DARIUS THORNTON, negro, DN 8/12/19, não tem ficha criminal, é um conhecido incrementador cívico na comunidade negra de Los Angeles e há muito é suspeito de ligações com o crime organizado.

4. – Como detalhei em meu telex confidencial anterior, nosso infiltrador será o POLICIAL DO DPLA MARSHALL E. BOWEN, talentoso em representar papéis, com penetrações anteriores em grupos subversivos financiadas pela CLYDE DUBER ASSOCIATES. No momento estou criando um cenário para a expulsão cosmética do POLICIAL BOWENS do DPLA, talvez a ser moldada pelo relacionamento hostil do POLICIAL BOWENS com o SARGENTO ROBERT S. BENNETT, um detetive da divisão de roubos do DPLA muito temido e desprezado na zona sul de Los Angeles. Pesquisei o SARGENTO BENNETT e considero que é perfeito para esse cenário. Marquei uma reunião com TOM REDDIN, CHEFE DO DPLA, e com o AEC DE LOS ANGELES, JACK LEAHY, para falar da expulsão/imersão do POLICIAL BOWENS. Além de nós, eles serão os únicos agentes da lei a ter conhecimento dessas informações.

Agora a OPERAÇÃO IRMÃO MAAAU se encontra em status de lançamento. Espero seus comentários.

Respeitosamente,

AE Dwight C. Holly

CAPÍTULO 35

(Los Angeles, 13/9/68)

Dwight lia dossiês. Um rádio espirrava as notícias. Nixon e Humphrey ralavam para ganhar votos e ficavam na gangorra das pesquisas. Jimmy Ray e Sirhan Sirhan fomentavam na prisão. Problema local: dois crioulos com máscaras de esqui roubaram dinheiro e joias numa casa em Brentwood.

O sobrado estava cheio de dossiês. Saturado de dossiês e fodido de dossiês. Ele precisava de mais quatro arquivos para guardar aquilo tudo. Estava fodido de tantos dossiês.

Leu cópias a carbono do ATF e do DP de St. Louis. Confirmado mais uma vez: "A chacina da Grapevine Tavern", caso encerrado. Algo que não encaixava: aquela vítima surpresa.

Thomas Frank Narduno, 45 anos, de Nova York. O extra. Equipamento de grampo encontrado em seu corpo.

Dwight verificou a ficha de Narduno no FBI. Era superficial. Narduno vivia em círculos esquerdistas. Era suspeito de dois roubos: em Ohio e Nova York. Sem prisões, sem condenações. Parecia um idiota indo na onda ou um Vermelho reincidente. Agora sua conexão com a Grapevine era supérflua.

Alívio.

Ele estava aliviado. Hoover estava aliviado. Hoover no fundo continuava puto. Ficava falando da licença de Dwight para se recuperar. Silver Hill, 1957. Agora o veado velho estava *três* tons abaixo da sanidade mental. Chamava aquilo de "Happy Hills, 1958)". Não importava. O veado velho tinha um dossiê sobre aquilo — arquivado, indexado e pronto para extorsão.

Ele estava esperando um dossiê: Joan Rosen Klein, informante potencial. A Central de Registros ia mandar por telex. As páginas estavam tremendamente adulteradas. Gordas marcas de tinta borravam nomes, datas e locais. Karen deu a entender que Joan podia ser difícil. Um homem prevenido vale por dois: ver o dossiê antes de se encontrar com ela.

Dwight bocejou. Seu sono estava ferrado, os nervos em frangalhos, revivia pesadelos como vinhetas diurnas. Invadiu uma sala de provas do Bureau e pegou alguns sedativos. Eles incrementaram seu drinque único da noite e o comprimido único da noite. Ajudou pra caralho.

O chefe estava atrasado. Dwight bateu papo com Jack Leahy. Jack fazia as merdas para Hoover. A bicha velha estava comprando antiguidades com o garoto amante Lance. Jack era o vigia.

Tinha o passinho miúdo e desmunhecava. Era uma porra superarriscada. Jack era difícil de ler. Era meio pistoleiro e meio Mort Sahl.

Dwight riu.

— Humor de guerrilha. Merda engraçada nos shows de improvisação, merda arriscada no escritório de L.A.

Jack limpou os óculos.

— Vinte anos no serviço público. Sou à prova de deduragem.

— Vi você imitar Hoover como Oscar Wilde quando você era recruta.

— Então acho que eu só tenho sorte.

Dwight sorriu.

— Ou você tem um objetivo oculto ou é só uma porra de um camicase.

O escritório era típico de tira: paredes cinza e flâmulas até no rabo. Reddin se pré-anunciou com vapores de Aqua Velva. Era um cara grande. Deu tapas nas costas e se deixou cair na cadeira atrás da mesa.

— Jack, quanto tempo! Sr. Holly, ouço falar no senhor há anos.

Jack acendeu um cigarro.

— Dwight Holly, "o Solucionador". Um homem durão que tem uma namorada politicamente dúbia.

Reddin deu um risinho e limpou um veneno imaginário no canto da boca. Jack piscou. Dwight achou que *el jefe* era bom durante cinco minutos.

— Queremos fazer uma transformação num dos nossos policiais negros, chefe. Um jovem patrulheiro da Divisão de Wilshire chamado Marshall Bowen. Minha intenção é colocá-lo na Aliança da Tribo Negra e/ou na Frente de Libertação Mau-Mau. É um Programa de Contrainformação de longo prazo destinado a desacreditar o movimento negro militante. Eu vou comandá-lo de modo autônomo. Peço desculpas antecipadamente, mas o Sr. Hoover não quer que o senhor receba os resumos de relatórios e os memorandos.

Reddin ficou vermelho.

— Eu gosto de saber o que está acontecendo com meus homens.

Dwight acendeu um cigarro.

— O Sr. Hoover insiste.

— Ele vai estar trabalhando fora da minha jurisdição. Isso é de certa forma um tapa na minha cara — disse Jack.

Reddin tamborilou na mesa.

— Nós temos infiltrados nos Panteras e no EU. Dividimos nossas informações com agências externas quando isso é requisitado, o que me leva a dizer que não gosto do aspecto unilateral disso.

— Mais uma vez, o Sr. Hoover insiste.

Jack se fez de efeminado:

— Se o Sr. Hoover insiste, o Sr. Hoover insiste.

Reddin deu um risinho.

— Já li relatórios de espionagem sobre a ATN e a FLMM. Eles são uns palhaços.

Dwight riu.

— Vamos representá-los com pinceladas largas. Os Panteras e o EU vão se manchar também.

Reddin acendeu um cigarro.

— Eles são todos uns bonecos de piche otários.

Dwight riu. Jack ficou remexendo no cinzeiro. Reddin disse:

— Então o que você quer é uma expulsão pública, que, esperamos, vai encharcar o seu garoto em bosta de gueto.

Dwight assentiu.

— Isso. E estou pensando que poderia resultar de uma rixa pessoal, preexistente, entre o policial Bowen e o sargento Robert S. Bennett.

Reddin revirou os olhos.

— Ah, meu Deus, o Scotty.

— Aquele psicopata escroto — disse Jack.

Reddin deu um tapa no joelho dele.

— Jack não gosta de Scotty. Scotty deu uma de querer mandar naquele caso do carro blindado que tivemos alguns anos atrás, e Jack ficou puto com isso.

Dwight jogou fora o cigarro.

— Ah vamos, Jack. Você já fez isso antes.

— Com Scotty, pode levar uma eternidade — retrucou Reddin.

Jack esfregou os olhos.

— Por que Bennett e esse tal policial Bowen? Que tipo de "rixa preexistente"?

Dwight inclinou a cadeira para trás.

— Algumas notas manchadas de tinta do assalto ao carro blindado estavam circulando no gueto. Marsh Bowen passou uma, na inocência, por isso Bennett pegou pesado com ele. Mas Bowen conseguiu entrar no DPLA mesmo contra as objeções de Bennett.

— Meu Deus, Scotty e aquele caso — disse Reddin.

— Está bem, vou admitir que esse contexto seja viável. O elenco é ótimo e as opções de roteiro são atraentes — disse Jack.

Dwight sorriu.

— E o mais interessante: não quero que Bennett seja informado. A situação tem que se desenvolver sem o conhecimento dele.

O telefone tocou na mesa. Reddin atendeu em voz baixa.

— Você vai me mandar as cópias, não vai, Dwight? Em nome dos velhos tempos? — perguntou Jack.

— Não.

Seguindo carro — por todos os Bairros Negros.

Dwight dirigia um carro alugado. Scotty Bennett dirigia uma viatura da polícia não caracterizada. Dando uma incerta. Scotty se achava o cara. Pura pose de opressor branco.

O filho da puta era enorme. A gravata-borboleta e o cabelo à escovinha eram um belo toque de homem das cavernas. Dwight se manteve quatro carros atrás. Scotty examinava lojas de bebidas e ganhava birita grátis. Scotty acenava para putas e jogava Tootsie Rolls para criancinhas negras. Scotty passou pelo QG dos Panteras e subiu na calçada. O crioléu entrou correndo.

Scotty encontrou uma partida de baralho num estacionamento e jogou conversa fora com os irmãos. Scotty ouvia fofocas do gueto. Scotty jogava trocados para os bebuns. Scotty molhava a mão de seus dedos-duros com notas de 10 e deu porrada com o revólver num crioulo maluco que incomodava uma velha. Scotty doou uma caixa de gim para a Igreja do Supremo Redentor. Scotty revistou um informante, encontrou um kit hipodérmico e bateu no rabo preto dele com um cassetete pequeno.

A Pretolândia fervilhava. Calor de meados de setembro. Os crioulos usavam plumagem de tempo quente. Muitas miniblusas, chapéus de copa baixa e bonés largos. Vagabundos distraídos tomando Schlitz Malt Liquor.

Scotty passou pelo Banco Popular do Sul de Los Angeles. Dwight viu o diretor: Lionel Darius Thornton. Scotty passou pela frente da ATN e da FLMM. Os seguranças caras-de-mau fumegaram.

O escroto atraía medo e ódio por atacado. Era um ímã para merda.

O passeio terminou às 16 horas. Scotty chegou à Harbor Freeway: a saída da 101 para a Western Avenue. Parou em fila dupla ao lado de um inferninho de topless chamado Rabbit's Foot Club. Dwight parou em fila simples e seguiu-o a pé.

Uma ruiva gostosa girava no palco. Aposentados e garotos hippies babavam para ela. Scotty a cumprimentou com a cabeça e acenou. A ruiva saiu do palco. Uma loura gostosa a substituiu.

Scotty foi para os bastidores. Dwight foi para os fundos e parou perto de umas cortinas. Ouviu conversa fiada e inconfundivelmente um boquete. Voltou para seu carro alugado e esperou. Scotty saiu do Rabbit's Foot Club nove minutos depois. Entrou no carro e fez um retorno em direção ao leste.

Dwight seguiu-o. Scotty pegou o Hollywood Boulevard até a Sunset e daí à Alvarado. Bam — para leste pela 7th Street. Próxima parada: Vince & Paul Steak House, na 7th com a Union.

Scotty parou e entrou. Dwight lhe deu oito minutos de vantagem. O bar estava apinhado: tiras de parede a parede, em roupas civis, enchendo a cara.

Dwight ficou acalentando um 7UP e tentou parecer que não era tira. Scotty bancou o cordial, jogou conversa mole e passou a mão numa morena gostosa.

Scotty bebeu. Scotty comeu o camarão frito rumaki grátis. Scotty levou a morena para uma sala de depósito. Dwight parou perto da porta. Ouviu papo furado e inconfundivelmente um boquete.

Chega.

Dwight voltou ao seu carro alugado e esperou. Scotty saiu do Vince & Paul's 83 minutos depois. Dwight seguiu-o até em casa, em Pasadena. Sua família recebeu-o na varanda. A Sra. Scotty era uma loura gostosa chegando aos 50. Scotty tinha dois filhos adolescentes e duas filhas adolescentes. As crianças eram *très* altas e iguaizinhas a Scotty.

— Você costuma ir ao Vince & Paul's?

— Policiais pretos não são bem-vindos lá.

— O que aconteceu com "negros"?

— Ficou no ano passado. "Preto" é mais ousado. Tem aquela qualidade de "dizer o que é", que meu povo reverencia.

Dwight empurrou seu prato. A Ollie Hammond's Steak House era muito melhor do que a Vince & Paul's. A mesa dos dois era discreta. Marsh Bowen beliscava uma salada.

— É o lugar que Scotty Bennett frequenta. Foi por isso que você perguntou?

Dwight engoliu um antiácido e acendeu um cigarro. Sua comida havia esfriado.

— Eu sei ler as pessoas, Sr. Holly. Sei que esteve pensando no Scotty.

— Não tente ganhar elogios. Se eu não o considerasse inteligente e perceptivo, você não estaria aqui.

— Mas está se perguntando até que ponto sou adaptável.

— Isso mesmo.

— Então vou considerar isso um elogio e ir em frente.

Dwight remexeu no anel da faculdade de direito.

— O negócio do dinheiro com tinta. Ele foi muito brutal?

Marsh ficou brincando com o garfo.

— Fazia perguntas com cortesia exagerada e me acertava com um catálogo telefônico quando desaprovava minhas respostas.

— Ele odeia os negros?

— É "pretos", Sr. Holly.

— Não me corrija, policial.

Nenhum tremor nem recuo. Arrepios se espalhando e uma veia na testa latejando.

— *Ele odeia os negros?*

— Mais do que o senhor, só que de modo menos volúvel. E tenho certeza de que matou alguns a mais do que o senhor também.

Dwight se encolheu.

— Ele parece que gosta do tempo que passa nos bairros negros.

— Gosta, sim. Ele é o "Sr. Scotty" ao sul do Washington Boulevard.

— E o ódio dele, expresso de modo decoroso: ele é bem conhecido por isso?

— Ah, é.

Dwight estalou os dedos.

— Scotty é a isca na trama da sua expulsão. Diga como acha que deveríamos fazer isso.

Marsh fez uma pantomima. Franziu os olhos através de um visor de máquina fotográfica. Emoldurou a foto. Falou através de um megafone.

— Vince & Paul's Steak House. O bar lotado. O policial Marshal E. Bowen dá em cima da tórrida garçonete namorada do sargento Robert S. Bennett com o cara bem ali.

Dwight estendeu a mão. Marsh deixou-a pairando ali. O momento ganhou força e murchou. Os dois viram como aquilo parecia idiota. Gargalharam ao mesmo tempo.

CAPÍTULO 36

(Las Vegas, 14/9/68)

É tudo suíte.

Seus colegas matadores viviam em suítes de hotéis. Freddy O. tinha o Cavern. O francês tinha novos esconderijos no Fontainebleau. Wayne Tedrow, aquele espaço enorme no Stardust. Dwight Holly ficava em suítes por todo o país.

Crutch esperava por Wayne T. A suíte *dele* tinha quatro cômodos e um laboratório de química. Seus colegas matadores tinham diplomas de faculdade. *Ele* foi expulso do ensino médio. Tirou aquela foto dos pentelhos de Gail Miller e acabou com as próprias chances de uma formação superior.

Crutch esperou. O foyer era cheio de veludo flocado e espelhos dourados. Vapores cáusticos saíam da sala ao lado. O jornal de Vegas estava sobre a mesa. Wayne estava na manchete, em segunda mão.

O DPLV fazia uma acusação póstuma a um crioulo chamado Pappy Dawkins. A acusação: a morte de Wayne Sênior. "Ataque cardíaco", papo furado. Foi uma mentira para tranquilizar a família.

Seus colegas matadores recebiam manchetes. Seus colegas matadores *forjavam* manchetes. O boato interno: *Wayne* apagou o próprio velho.

Crutch se encostou na parede. O veludo flocado o fez espirrar. Wayne e o francês o deixaram viver. É, ele blefou. É, ele montou as defesas. Mas teve que *abrir o bico.*

Abriu o bico *parcialmente.* Contou que o Dr. Fred Hiltz o contratou. Vá, garoto — vigie Farlan Brown e o Conde Drácula. Questão de namorada ladra. Eles engoliram essa parte e acreditaram nele. Não abriu o bico sobre Gretchen Farr como Celia Reyes ou sobre Joan Rosen Klein. Não revelou os passaportes estrangeiros nem os telefonemas de Sam G. para Gretchen/Celia ou a mulher morta na Casa do Horror.

Wayne abriu a porta e passou por ele. Sem cumprimento de cabeça, foda-se, você é um inseto que eu não vejo. Crutch perseguiu a sombra dele. Um fedor anunciou o laboratório de química. Diversos frascos e béqueres em prateleiras.

Cructh esperou junto à porta. Wayne encostou um béquer no alto da testa. Do tipo *Merda, que dor de cabeça.*

— Você quis entrar. Tudo bem, está dentro. Se fizer o que Mesplede e eu mandarmos, *talvez* sobreviva. Se mentir para nós, roubar de nós, bancar o agente duplo ou esconder informações de nós, matamos você e blefamos para sair da encrenca em que você nos colocou.

Crutch engoliu em seco. Seu pomo de adão saltou. Ele ajeitou a gravata.

— Matei dois homens. Estou comprometido com a Causa da Libertação de Cuba.

Wayne lhe lançou Aquele Olhar.

— A "Causa da Libertação de Cuba" é babaquice de direita. Mesplede é um fanático iludido, eu não sou, e aconselharia você a não virar um. Se você matou mesmo dois homens, foi por causa do seu desejo infantil de puxar o saco de Mesplede ou por causa do medo de que *ele* matasse *você* caso o desobedecesse. Não me pressione com sua babaquice infantil. Não *me* dê motivo para matar *você*.

— Certo — disse Crutch. E deu um risinho igual ao de Scotty B. Forçou a voz a descer algumas oitavas.

— Você trabalha com Mesplede. Sua função é atrapalhar os comícios de campanha de Hubert Humphrey, ganha 300 dólares por semana. A programação de viagens de Humphrey está chegando, então fale com Clyde Duber, arranje uma lista de gente de esquerda e encontre alguns idiotas politicamente motivados para ajudá-lo. Não faça suas atividades infantis extracurriculares no tempo em que eu te pago. Entendeu?

Vapores de pólvora em redemoinhos. O laboratório parecia tóxico. Crutch limpou o nariz. Wayne riu dele.

— Falei com Farlan Brown hoje cedo. Ele está disposto a perdoá-lo por qualquer merda infantil que você possa ter feito enquanto trabalhava para Fred Hiltz. Disse para eu lhe dizer que Gretchen Farr pegou 25 mil dele e que você pode ficar com metade se encontrá-la e fizer a restituição. Disse que num determinado momento ele subornou um colega seu, um alcoólatra, para sair do caso, com dinheiro anônimo, pra evitar publicidade desfavorável, mas agora que você está trabalhando para mim, pode ficar com o serviço, numa base contingencial.

Crutch riu. Wayne retomou Aquele Olhar. Crutch ficou sério e engoliu o riso rapidinho.

Wayne tomou três aspirinas.

— Brown me disse para passar uma informação a você. Disse que ficou com suspeitas de Gretchen uma vez e revistou o armário dela. Viu um uniforme de aeromoça, sem designação da companhia aérea, e um crachá com o nome Janet. Foi só isso que me disse, e agora eu digo a você. Faça o que quiser com isso no seu tempo livre. Não negligencie os deveres para comigo e diga ao Dr. Fred e a Clyde Duber que você está se retirando desse "caso" idiota agora mesmo.

Crutch conteve um espirro.

— Saia daqui. O bom-senso fica toda hora me dizendo para matar você — disse Wayne.

"Trabalhar na pista de F.B., o negócio da aeromoça."

"O número ilegal de Giancana...???"

"Até agora: nenhuma papelada viável sobre GF. Não posso perguntar a Scotty B. sobre as prisões de JRK por assalto à mão armada (1951 e 1953) (nem números que indiquem condenações) sem alertar Clyde. Do mesmo modo, não posso requisitar o dossiê federal de JRK. Quanto a GF/CR: verificar certidões de nascimento de todo o país ou presumir nascimento no estrangeiro?"

"GF/CR e vítima: verificar informações de DPs locais, dossiês das delegacias de costumes e pessoas desaparecidas enquanto estiver viajando pela campanha."

Crutch desenhava em seu gráfico de parede. Sua cabeça ricocheteava — de L.A. a Vegas e de volta em quatro horas. O nariz ainda coçava. Wayne o dispensou com "Tchau, Merdinha".

Precisava de mais papel milimetrado. Precisava de mais caixas de arquivo. Talvez precisasse de um *terceiro* cafofo para arquivo. Wayne o alertou: não esconda informações. Agora seu caso era de alto risco.

Crutch examinou o gráfico. Palavras nadavam. Linhas e pequenas pistas se coadunavam. Estudou as fotos policiais de Joan. Pegou um abajur e fez os fios grisalhos dela brilharem.

Pense.

Pegou o bloco de desenho. Desenhou um rosto semelhante a Gretchen Farr/Celia Reyes. Acrescentou uma roupa de aeromoça com o crachá de Janet.

Páginas Amarelas — ali, perto do telefone.

Companhias aéreas. Compilar uma lista. Trabalho de pesquisa.

Tinha alguma coisa fodida. Era Beverly Hills, 14 horas, e cheirava a uma tremenda encrenca.

Um engarrafamento no Bairro da Grana. Radiopatrulhas do DPBH queimando pneus, luzes e sirenes. Dois veículos não caracterizados, duas ambulâncias, dois furgões de noticiários de TV.

Crutch seguiu os carros da polícia. Corriam a toda pelo distrito comercial e chegaram à zona de ar rarefeito. O cheiro de encrenca aumentou: mais veículos não caracterizados, motos, policiais com cães nas coleiras. Virou à esquerda na Elevado. O tráfego estava parado. Viu um grande enxame de uniformes azuis do lado de fora da Casa do Ódio.

Largou o carro e correu para lá. Desviou de carros parados e atravessou quintais. Correu pelas entradas de veículos de vizinhos e pulou a cerca. O enxame de uniformes azuis se expandiu. Lá estão as estátuas, o abrigo antibombas e o Dr. Fred. Está numa maca encharcada de sangue. Tem bolas de chumbo de espingarda e osso queimado no lugar da cara.

Os policiais o viram. Ele reconheceu alguns caras. Alguém gritou:

— Crutchfield, vá para a delegacia!

* * *

Clyde estava lá. Phil Irwin também. Também o advogado judeu de Phil e Clyde, Chick Weiss.

O corredor do bureau de detetives estava apinhado. Os assassinatos no DPBH eram um por década. Era um arrebanhamento geral. Os tiras estavam trazendo os conhecidos do Dr. Fred.

— É só rotina. Eles viram o meu nome, o nome do Phil e o nome do Crutch na agenda do Dr. Fred — disse Clyde.

— Só pode ser uma das ex-mulheres dele. Ele foi casado sete vezes. Eu fiz todos os divórcios. Ele era o cara que mais deixava de pagar pensões no planeta — disse Chick.

— Viver pela espada, morrer pela espada. Acho que são militantes negros. Ele escrevia todos aqueles panfletos contra os crioulos, por isso os crioulos arrebentaram o rabo racista dele — disse Phil.

Crutch pensou em Gretchen/Celia. Crutch pensou em Joan. Crutch pensou no baú cheio de grana.

— Não foram os militantes, mas parece coisa de crioulo. Falei com o oficial de plantão. Ele acha que foi uma quadrilha de ladrões pretos que roubaram aquelas pessoas em Brentwood — informou Clyde.

— Eu sou um conhecedor de arte preta. Gosto de estatuária caribenha. Isso não significa que goste de pretos fazendo o 211 do Código Penal — disse Chick.

Phil disse:

— Viver pela espada, morrer pela espada — disse Phil.

Clyde revirou os olhos.

— Como seu advogado, meu conselho é não revelar porra nenhuma. O Dr. Fred era sujo em incontáveis sentidos. Você não vai querer ser culpado por associação — orientou Chick.

O interfone soou:

— Donald Crutchfield. Vá à sala do capitão, por favor.

Crutch foi. Encontrou a porta escancarada. Entrou. Dwight Holly estava ali parado.

— Oi, merdinha.

Crutch fechou a porta. *Confluência*, nas palavras de Clyde, *é quem você conhece, quem você ferra e como vocês todos estão ligados.*

— Vivem me chamando disso. Vivo tentando mostrar que não é bem assim.

— É a gravata-borboleta com a camisa polo. É difícil enxergar o seu eu verdadeiro, dinâmico.

Crutch recostou na porta. Seu peito latejava. A bile subia devagar. Sentiu que parecia verde. Dwight Holly jogou-lhe uma pastilha antiácida. Ele pegou-a e engoliu. Dwight Holly piscou.

— Wayne explicou o impasse que você criou. Eu disse: "Vamos matá-lo assim mesmo", mas os corações moles prevaleceram. Se você quiser procurar a tal mulher que roubou Farlan Brown, tudo bem. Se obedecer às ordens, você vive. Se desobedecer, *c'est la guerre*.

Crutch fechou os olhos e viu o Dr. Fred sem rosto. Tiro de espingarda de caça. Carga para animais grandes. Sentiu gosto de sangue. Tinha mordido o canto interno da boca.

Dwight Holly disse:

— Hoover quer que esse homicídio seja resolvido logo. Alguns crioulos armaram um roubo e a coisa desandou. O Dr. Fred era informante do Bureau, distribuidor de panfletos racistas, drogado e mulherengo compulsivo. Era um estilo de vida de alto risco e o mundo não vai lamentar. Está começando a ver seu papel nisso?

Crutch abriu os olhos.

— Ele tinha um abrigo antibombas. Havia um baú grande cheio de...

— O abrigo foi saqueado e o dinheiro sumiu. *Alguns crioulos armaram um roubo e a coisa desandou*. Eles vão torrar a grana com drogas, Cadillacs e casacos de vison para as putas, vão continuar a fazer roubos até que alguns tiras brancos matem todos a tiros. Agora, você está começando a ver seu...

— Não contar ao DPBH sobre Gretchen Farr. Não mencionar Drácula ou Farlan Brown. Mentir. Esconder. Prevaricar. Não falar de você, Wayne, Freddy O., Mesplede ou qualquer outro amigo matador de merdinhas que você possa ter. Não envergonhar o seu chefe mariquinha, o Sr. Hoover.

Dwight Holly riu.

— Achei que tinha detectado um cérebro aí.

Crutch engoliu um pouco de sangue. Dwight Holly jogou-lhe mais uma pastilha. Ela caiu antes, no chão.

— Posso fazer uma pergunta sobre a gravata e o corte de cabelo?

— Claro.

— Você tem uma paixonite esquisita pelo sargento Robert S. Bennett?

— Vai se foder.

Dwight Holly gargalhou.

CAPÍTULO 37

(Las Vegas, 15/9/68)

Dossiês, gráficos, listas. A suíte era um laboratório de química/fábrica de papel.

Empréstimos do Fundo dos Caminhoneiros com pagamento atrasado. Devedores e fraudadores. Arquivos de transações e fichas de crédito. Fichas de projeções de dívidas e estudos de análise de custos.

Wayne lia dossiês e anotava números. Usava um bloco de rascunho e três canetas diferentes. Suas costas doíam de tanto ficar encurvado e os dedos doíam de tanto escrever.

Os olhos doíam de tanto ler dossiês e examinar colunas de números.

Vamos cooptar a cadeia do Steve's Kingburger em Akron, Ohio. Vamos comprar um local para um shopping center em Leawood, Kansas. Vamos cooptar a rede do Pizza Pit e usar para lavar dinheiro dos cassinos. Vamos anexar três boates vagabundas do sul de L.A.: a Scorpio Lounge, a Sultan Sam's Sandbox e um antro de sapatões chamado Rae's Rugburn Room. Vamos pegar o Banco Popular do Sul de Los Angeles, que tem potencial para lavagem de dinheiro. Vamos usurpar a Black Cat. É um negócio só de grana viva, fica perto do Banco Popular, fica perto da fronteira e dos nossos cassinos no estrangeiro.

Wayne pousou a caneta. Estava exausto. Tinha se livrado da droga que o ajudara atravessar a fase de Las Vegas e a Grapevine. Tinha superado as crises de choro por causa de Janice. Estava entrando em forma de novo. Estava ficando impermeável, porque...

Estava trabalhando.

Estava mediando e fazendo conluios. Estava trabalhando para Carlos Marcello e para e contra Howard Hughes. A farra de hotéis do Drácula empacara devido a um decreto do Departamento de Justiça. Nixon acabaria com isso, caso vencesse a eleição. Seus esquadrões de truques sujos dariam apoio.

Ele estava despachando. Jean-Philipe Mesplede fora posto para pesquisar países para os cassinos. Mesplede era um *grand plus* variegado. Era incansável, competente e dado a gafes sentimentais. Tinha deixado o garoto imbecil viver. As salvaguardas do garoto estavam na fronteira da validade. As fronteiras eram tênues. Wayne calculava o tempo de vida do merdinha em aproximadamente seis meses.

O garoto era um ímã para merdas. Ele também. Dwight Holly também.

Dwight ligara para ele na véspera. A notícia: o homicídio de Fred Hiltz. O Sr. Hoover queria que o caso fosse encerrado. Isso era bom: Drácula e Farlan Brown poderiam receber publicidade de rebarba. Ele contou a Dwight sua história sobre Don Crutchfield. Dwight perguntou: "Devo matá-lo?" Wayne respondeu: "Ainda não."

Bocejou e pegou *O Dossiê*. Tinha quatro páginas. Dwight mexera os pauzinhos e mandara para ele.

DPLV e Xerife do Condado de Clark: Caso de Pessoa Desaparecida nº 38992. Reginald James Hazzard/negro/DN 17/10/44.

Dossiê pequeno e sem graça. Pró-forma: jovens negros desaparecidos tinham valor zero.

Reginald Hazzard era formado com honras no ensino médio. Frequentava as aulas na faculdade, trabalhava num lava a jato, mantinha o focinho limpo. Os tiras entrevistaram alguns vizinhos, descobriram zero, caso encerrado.

A pasta não estava gasta. O papel cheirava a novo. Era um documento não visitado e não lamentado.

Ele havia ligado três vezes para Mary Beth. Ela não atendera. Ligara a intervalos de um dia e deixara o telefone tocar vinte vezes a cada tentativa.

Pousou a pasta. Hesitou. Discou o número dela de novo. Ouviu quatro toques e o alô quase brusco.

— Aqui é Wayne Tedrow, Sra. Hazzard.

Ela quase gargalhou.

— Ora, é bom ter notícias suas, mas não posso dizer que esteja surpresa.

— Podemos tomar um café?

— Tudo bem, mas eu levo.

— Onde?

— Naquela primeira parada da I-15. Não devo ser vista com você.

***

O espaço do naquele tempo até o agora ficou turvo. Aquela parada de estrada e a parada perto de Dallas. Muita areia soprada pelo vento e vestígios de arbustos voando, naquele tempo. Terra de deserto agora. Wendell D. com beca de cafetão. Banheiros de posto de gasolina semelhantes turvavam-se e viravam uma imagem só.

Wayne parou. Mary Beth estava num Valiant 62. Era meio-dia e o lugar estava apinhado. Ela havia parado longe dos outros veículos. Wayne entrou no carro dela. Ela sorriu e bateu no volante. A buzina soou. Wayne bateu os joelhos no painel.

— Não somos fugitivos.

— Pode-se dizer que não — comentou Wayne.

Ela lhe entregou um copo de papel com guardanapo junto. O fundo estava vazando.

— Esqueci de pedir leite e açúcar.

— Está bom para mim.

— O senhor é sempre tão fácil de agradar?

— Não. Costumo ser meio peremptório.

Mary Beth sorriu.

— Eu sei. Vi Buddy Fritsch na Fremont Street ontem. Ele estava usando uma tala no nariz.

Wayne segurou o copo com as duas mãos. O café estava quente demais. Foi tomando devagar. Era só para ganhar tempo.

— Meus amigos acham que o senhor é maluco.

— O que a senhora diz a eles?

— Que os homens que querem coisas da gente em geral dão coisas ou mostram coisas, o que é o mesmo que dizer as coisas na cara. Eu digo: "O Sr. Tedrow tem algo para me contar, e não tem as palavras, mas sem dúvida sabe fazer gestos."

Wayne pôs o copo no painel. Ele balançou e ficou parado. Virou-se para Mary Beth e cruzou as mãos sobre um dos joelhos.

— Fale sobre o seu filho.

— Ele me fazia desejar que houvesse mais dois ou três dele, o que, vindo de uma pessoa ocupada como eu, diz muita coisa.

— Isso é apenas o seu sentimento por ele. Eu estava pensando em sua avaliação dele como rapaz.

Mary Beth tomou um gole de café.

— Ele gostava de ler e mexia com química. Fazia farras com livros e jogos de química. Estava tentando medir o mundo com a mente, o que eu respeitava.

Um carro parou perto deles. Um casal branco olhou-os.

— E a investigação da polícia? — perguntou Wayne.

— O que seria de se esperar. Começou e acabou em mais ou menos a metade de um dia, de modo que Cedric e eu contratamos um detetive particular. O nome dele era Morty Sidwell, e acho que fez um bom trabalho. Verificou registros de morte, da polícia e de hospitais em todo o país, e se convenceu de que Reginald ainda estava vivo. Depois de um tempo ficamos sem dinheiro, portanto tivemos que deixar a coisa de lado.

Os brancos continuavam olhando. Wayne continuou olhando.

— Deixa pra lá. Acho que não aguento outro show da sua parte — disse Mary Beth.

Wayne empurrou o banco para trás. As pernas ficaram livres. Mary Beth pôs seu copo no painel.

— O presidente Kennedy foi morto algumas semanas antes de Reginald sumir. Ele estava muito perturbado.

Os brancos foram embora. O homem fez uma mudança brusca de marcha, jogando cascalho na direção deles.

— O senhor se lembra de onde estava naquele fim de semana?

Wayne encarou-a.

— Em Dallas.

— Por quê?

— Estava tentando encontrar Wendell Durfee.

— E?

— E encontrei, e o deixei ir embora.

Mais carros pararam. A coisa ficou claustrofóbica. Wayne estremeceu e começou a suar. Mary Beth pôs a mão no joelho dele.

DOCUMENTO ANEXO: 16/9/68. Relatório resumido sobre "PESSOAS SUBVERSIVAS". Classificado como: "Cronologia/Fatos Conhecidos/Observações/Pessoas Ligadas/Membros e Organizações." Nome: KLEIN, JOAN ROSEN/Numerosas Alcunhas Desconhecidas/mulher branca/DN 31/10/26, cidade de Nova York. Compilado em: 14/3/67.

1. — Resumo: JOAN ROSEN KLEIN deve ser vista como uma figura sediciosamente antiamericana com amplas conexões com perigosas organizações radicais num amplo espectro ideológico de esquerda remontando a mais de vinte anos. Tem sido "organizadora comunitária", planejadora de "passeatas de protesto" para numerosas causas subversivas, instrutora em dúbias "Escolas de Liberdade" que esposam doutrinas na linha do Partido Comunista e, de modo mais pertinente, forte aliada de grupos de esquerda radical que defenderam a derrubada violenta do governo dos Estados Unidos — i.e., o PARTIDO SOCIALISTA DOS TRABALHADORES, o ESTUDANTES POR UMA SOCIEDADE DEMOCRÁTICA e o MOVIMENTO DE AÇÃO REVOLUCIONÁRIA. Essas organizações anunciaram sua solidariedade a violentas organizações nacionalistas negras, o PARTIDO PANTERAS NEGRAS e o EU, o que as caracteriza como de risco de segurança Nível 4. JOAN ROSEN KLEIN também é suspeita (sem provas) de participação em assaltos à mão armada em Los Angeles em 1951 e 1953/sem mais informações disponíveis, e dois assaltos à mão armada em 1954 em Ohio e Nova York/ sem mais informações disponíveis.

O avô de JOAN ROSEN KLEIN, ISIDORE HERSCHEL KLEIN (1874-1937), era um rico comerciante de esmeraldas e polemista de esquerda que doava grandes quantias em dinheiro para grupos anarquistas, grupos radicais pró-operariado e causas comunistas. Seu filho, JOSEPH LEON KLEIN (1902-1940), era um conhecido fanático radical, assim como a mulher dele, HELEN HERSCHFIELD ROSEN KLEIN (1904-1940). A morte dos dois em 1940 deixou JOAN ROSEN KLEIN órfã. Ela surgiu de novo nos anos de guerra e foi detida por violações da Lei de Estrangeiros e Sedição, comportamento desordeiro em comícios de protestos organizados pelos comunistas e foi fotografada em encontros nacionais do PARTIDO COMUNISTA DOS EUA, PARTIDO OPERÁRIO SOCIALISTA, UNIÃO DE PAZ DOS ESTUDANTES, LIGA PARA A DEMOCRACIA INDUSTRIAL, LIGA DA UNIDADE DOS SINDICATOS PROFISSIONAIS, e em vários comícios em favor do simpatizante comunista exilado Paul Robeson. JOAN ROSEN KLEIN teria sido autora da literatura antiamericana mais virulenta distribuída pelas organizações acima citadas.

2. JOAN ROSEN KLEIN se considera acadêmica itinerante por profissão e recentemente (1962) deu aulas na "Escola da Liberdade", mantida por grupos radicais, adjunta à Universidade do Sul da Califórnia, onde supostamente ensinava química e física a alunos negros. Tem relacionamentos bastante ocultos e correspondências enviadas em mãos para numerosos professores universitários de esquerda que servem para facilitar seus encontros com outros subversivos de pensamento semelhante que habitam a clandestinidade comunista/socialista/radical. JOAN ROSEN KLEIN viaja bastante para o estrangeiro (provavelmente usando passaportes falsos), supostamente passou tempo na Cuba comunista (violando os decretos de proibição de viagens) e supostamente tem ligações com o movimento 14 de Junho, apoiado pelos comunistas na República Dominicana, e escreveu polêmicas antiamericanas e antidominicanas condenando os supostos maus-tratos a camponeses haitianos por parte de "interesses fascistas apoiados pelos EUA em conluio com déspotas dominicanos na guerra de genocídio contra o Haiti." Essas polêmicas eram supostamente de coautoria de uma mulher dominicana conhecida somente pelo primeiro nome, "Celia".

3. — Sabe-se que JOAN ROSEN KLEIN viajou bastante dentro dos Estados Unidos e foi muitas vezes (com passagens aéreas pagas por ricos simpatizantes de esquerda) a pontos de insurreição conferenciar com líderes radicais

e aconselhá-los quanto ao modo de melhor alcançar seus objetivos. Sua subespecialidade é o recrutamento dos ingênuos estudantes universitários que frequentam suas aulas na "Escola de Liberdade", e segundo boatos ajudou muitos jovens a "largar tudo" e assumir "identidades clandestinas". Investigações em encontros subversivos e fotos afirmam o comparecimento de JOAN ROSEN KLEIN a reuniões de protesto e juramento de lealdade em Los Angeles em 30/8/50; Comícios pela liberdade do casal Rosenberg na cidade de Nova York em 6/52; comícios do PARTIDO PROGRESSISTA INDEPENDENTE em Boston em 11/51. JOAN ROSEN KLEIN também foi vista em comícios apoiados pelos comunistas em favor da Petição de Paz de Estocolmo em 14 cidades dos EUA em 1950.

4. — Mais recentemente, JOAN ROSEN KLEIN mediou "pactos de paz" entre facções rancorosas de esquerda e grupos (primariamente brancos) aliados a grupos negros militantes. Supostamente foi autora de um manifesto de duzentas páginas aconselhando a ALIANÇA SOCALISTA JOVEM em sua "Guerra Violenta dos Operários para Derrubar o Estado de Indiana". JOAN ROSEN KLEIN trabalhou (1966) como "disc-jóquei" na estação de rádio de esquerda Radio-Free Dixie e recentemente foi vista (vigilância fotográfica) com membros do grupo radical violento TEMPO CLANDESTINO. Quatro números de seu boletim influenciado pelo comunismo, "A previsão do tempo", têm o estilo dela. JOAN ROSEN KLEIN também seria adepta de manter "aparelhos" — i.e., esconderijos para radicais violentos fugitivos.

5. — Pessoas ligadas a ela:

6. — JOAN ROSEN KLEIN (paradeiro atual desconhecido) deve ser considerada um risco de segurança Nível-4 e deve ser posta no alerta geral para interceptações frequentes de correspondência, vigilância fotográfica e possíveis períodos regulares de detenção por 48 horas. (Atualizações periódicas serão feitas à medida que surgirem novas informações.) Encaminhamento nº 1499684/Central de Registros/ Washington, D.C. SA Holly: por favor, devolver por malote interBureau.

CAPÍTULO 38

(Los Angeles, 19/9/68)

É o cabelo dela.

Os fios grisalhos. Sem concessões aos 41 anos. Os braços nus para mostrar a cicatriz de faca. Tinha a aparência da idade, vestia-se de forma madura, descartava a estética juvenil. A cicatriz era um foda-se suficiente.

Acenderam cigarros. A mesa era grande e bem isolada. O Ollie Hammond's estava numa lentidão pré-almoço.

— Você não mencionou o pagamento — disse Joan Klein.

Dwight tomou um gole de café.

— Mil por mês, dinheiro vivo. Gaste 100 por semana para chegar perto dos nossos alvos. Compre comida para as tramoias do Alimentem as Crianças, para os irmãos poderem investir mais em armas e drogas.

— E minhas funções, além disso?

— Informar com detalhes, ser discreta, não dar informações que só poderiam vir de você. *Proteger seu status de informante.* Me avisar antecipadamente sobre qualquer crime violento e qualquer conversa específica sobre ações contra policiais.

Joan sorriu.

— Mesmo aquele papinho de sempre de "matem os porcos"?

Dwight sorriu.

— Se forem porcos específicos, me conte. Se for coisa vaga, do tipo porco-escroto-filho-da-puta, dispenso.

São os óculos dela.

A armação preta, meio frouxos, meio caídos no nariz.

— Você conhece Karen Sifakis — disse Dwight.

— Sei *sobre* uma mulher que chamam de "Rainha das Bombas". Ela conhece pessoas que conhecem pessoas que me conhecem. *Você* é quem sabe tudo sobre intermediários, pontos de entrega de material e endereços falsos.

Azia — Dwight engoliu duas pastilhas. Um garçom persistente pairava ali perto. Dwight espantou-o com um olhar.

— Li a sua ficha.

— Imaginei.

— É batida e cheia de incoerências. Não sei se você é uma pacifista de fralda vermelha ou uma assaltante fracassada.

Joan soprou anéis de fumaça.

— Fique com as duas coisas e terá menos surpresas.

Dwight apagou o cigarro.

— Nenhum documento de tribunal, nenhuma papelada. Quatro prisões por suspeita, sem números de fichamento para indicar dispos...

— Houve quatro assaltos em cidades onde estava tendo greves de trabalhadores. A polícia arrebanhou gente que violava a Lei Smith, nomes em boletins de Alerta Vermelho, policiais saindo para se divertir um pouco.

Dwight serviu mais café para os dois.

— Você entregou algum dos seus camaradas?

— Não.

— Por quanto tempo ficou detida?

— Variava.

— Foi fisicamente ameaçada?

— Um policial em Dayton, Ohio, me acertou com um catálogo telefônico.

— Sua reação?

— Um comentário deselegante sobre a mãe dele.

Dwight gargalhou.

— E aí?

— Eles me puseram numa cela com algumas fanchonas. Uma delas era bonita. Eu gostei dos beijos, mas ela se mexia um pouco rápido demais, não me agradou.

Ela falava com precisão. Nova York espreitava nas vogais. Ela mudava o contorno de voz — característica de uma enganadora hábil.

— Nunca rejeitei uma fanchona apaixonada numa cela — comentou Dwight.

— Eu enfiei um garfo nela. Os dentes atravessaram a bochecha e se cravaram no céu da boca — retrucou Joan.

Dwight conteve um riso. Joan tomou um gole de café. Tinha uma expressão macilenta de quem virou a noite.

— Como vamos nos comunicar?

— Por enquanto, por telefone. Terças-feiras às 10. O telefone público da esquina do Silver Lake com a Effie.

— Tenho um telef...

— Está sendo dissimulada, Srta. Klein. Não quero saber onde você mora, e vou encontrá-la quando precisar.

— Você me garante que não vou sofrer detenções aleatórias nem ser incomodada por vigilância fotográfica?

Dwight balançou a cabeça.

— Não. Se eu pedir esse favor, os outros agentes de L.A. vão saber que você está trabalhando para mim. Já consegui a sua ficha com um pedido falso. Na semana passada você estava criando tumulto com uns escrotos militantes na UC Davis.

Ela não sorriu. Ele queria que ela sorrisse. Os sorrisos lhe amenizavam a aspereza.

— Posso dizer o que não vou fazer?

— Estou ouvindo.

— Não vou entregar jovens que vêm para se divertir e caem fora quando a coisa fica feia.

— Está imaginando que as coisas vão ficar feias?

— Estou, você não?

— Não como você talvez queira. Não vejo uma revolução armada acontecendo nos Estados Unidos, não vejo vagabundos de esquina, como o pessoal da ATN e da FLMM, sendo vanguarda de nada mais do que algumas brigas e prisões por cafetinagem.

Joan sorriu. Sua aspereza se *nivelou*.

— Então por que está se esforçando tanto para suprimi-los?

— Porque eles são impulsionados por um objetivo criminoso, porque odeio a desordem, porque o Sr. Hoover me mandou fazer isso.

— Porque as estrepulias deles vão desacreditar o movimento do poder negro em geral. Porque os grupos mais conhecidos representam mais ameaça, mas caíram nas boas graças da imprensa. Porque a militância negra alcançou um certo grau de aceitação por parte da sociedade e vocês estão tentando levá-la de volta para a sarjeta.

Dwight olhou-a. Ela sorriu. Seus dentes estavam manchados de batom.

— Não perguntei por que você está fazendo isso.

— Pelo dinheiro? Porque, no fim das contas, a supressão nunca funciona? Porque vou conhecer algumas pessoas e moldar a visão delas de um modo que você jamais poderá imaginar, e o Sr. Hoover vai estar me pagando para criar a revolução num nível indetectável que jamais vai aparecer em nenhum dossiê que ele possa ficar olhando às 3 da manhã, quando o leite quente, os biscoitos e o Seconal não funcionam.

Dwight sorriu.

— Você é muito bem informada.

Joan sorriu.

— Uma das antigas empregadas do Sr. Hoover tem um filho que faz parte dos Panteras. É um cartunista talentoso, fez quatro painéis mostrando o Sr. Hoover na hora de dormir. O Sr. Hoover examina fotos de vigilância de rapazes negros cobertos de óleo tomando sol, e a tia Jemima tem que bater na porta antes de levar a ele as comidinhas.

Dwight bateu nos joelhos. Seus cotovelos acertaram a mesa e derrubaram o copo. Um garçom surgiu num átimo de segundo e enxugou o líquido derramado.

— Não foi tão engraçado assim — disse Joan.

— Discordo.

— Você é muito pouco político.

— O Sr. Hoover e eu temos uma história juntos. Às vezes o humor ajuda.

— Fale sobre isso.

Dwight balançou a cabeça.

— Fale sobre essa cicatriz no seu braço e por que você tem tanto orgulho dela.

Joan balançou a cabeça.

— Estou pensando numa versão nova. Algo sutil e inspirado pelo racismo. Algo que a ATN e a FLMM adorem.

— Você poderia me contar a verdade.

— Ficções utilitárias fazem mais meu estilo.

O estômago de Dwight borbulhou. Ele engoliu duas pastilhas com café.

— Quem redigiu sua ficha? A parte de "pessoas ligadas" foi riscada, ou seja, você deve ter prestado informações em nível federal.

Joan acendeu um cigarro.

— Informei sim. Nunca informei em nível federal, portanto deve haver alguns nomes ali que algum outro federal quis que fossem apagados.

— Não sei se engulo isso.

— Não me importa o que engole, Sr. Holly. Nós dois estamos aqui para comprar e vender, e tenho certeza de que vamos criar uma repressão e revolução fodida, mas de certa forma complementar.

Era o cheiro dela. Ela estava suando. Seu cheiro de sabonete havia sumido. As axilas estavam úmidas.

— Tenho algumas perguntas específicas, Srta. Klein.

— Tudo bem.

— Como vai se aproximar da ATN e da FLMM?

— Eu tenho uma casa-aparelho. Já arranjei para a ATN guardar algumas armas lá.

— E não vai me dizer o endereço?

— Não.

— Aí está o seu primeiro teste. Você pega as armas emprestadas, dispara-as contra abafadores acústicos e me traz os projéteis disparados. Bota as armas de volta no lugar, e eu fico com as balas para fazer comparações.

— Não.

— Então não tem trato. Assim, vou emitir um boletim de detenção para você em cinquenta estados.

Ela apertou a beirada da mesa. Seus dedos latejaram. A mesa inteira tremeu.

— Não vou revelar o local da casa, mas pego o que você quer.

— Como vou saber se são os projéteis certos?

Joan sorriu.

— Vai saber porque confia em mim, não?

Dwight pôs um bloco de cocaína enrolado em plástico sobre a mesa. Um sopro de pó saiu por um buraco.

— Faça alguns crioulos comunas felizes como acaba de me fazer.

— Nunca a encontrei pessoalmente, mas ouvi falar da cicatriz — disse Karen.

Estavam na cama. Karen mostrava toda a gravidez. Dwight pôs a mão em sua barriga. Eleanora chutou duas vezes.

— Conte.

— Foi aquele tumulto no show do Paul Robeson em Peekskill. Acho que foi em 1949. Joan se envolveu com alguns Legionários.

Dwight ligou o ventilador de mesa. O ar do quarto se mexeu mas continuou quente.

— Vi uma notícia sobre o Dr. Hiltz. Lembra? Você disse que o conhecia — disse Karen.

Dwight assentiu.

— O Bureau abafou a investigação.

— Por quê?

— Ele era um informante pago.

— Como eu?

— Menos eficaz, mais volátil e mais caprichoso, e menos esperto politicamente.

Karen sorriu.

— Essa foi uma das coisas mais bonitas que você já me disse.

— Então você deve me amar.

— Bom, vou pensar.

Caíram um na direção do outro e encontraram o encaixe. Dwight voou com aquele cheiro, o sorriso áspero, o cabelo grisalho.

CAPÍTULO 39

(Minneapolis, 22/9/68)

HHH em 68! HHH em 68! HHH em 68!

As Cidades Gêmeas eram área de Hubert. Figuras com pinta de escandinavos lotavam o estacionamento do Berglund's Bazaar. Quatrocentos caipiras. Um bom número para o meio-dia.

Cinquenta hippies fazendo merda. Eram recrutas de Clyde Duber. Sacudiam cartazes de horror. Repara só: orientais pegando fogo, crianças napalmizadas e jatos norte-americanos com rastro de sangue.

Aplausos e vaias: HHH! e ódio hippie. Pombas da paz e garotos desviados com penteados salpicados de chamas.

Crutch e o francês assistiam. Arranjaram os vagabundos do protesto na lista de esquerda de Clyde. Pagaram com maconha e notas de 10. Tinham feito uma festa de cartazes na noite anterior. O francês serviu pizza, cerveja e baseados. Crutch era o diretor de arte. Cortou revistas e encontrou algumas fotos fascistas.

O comício estrondeava. O rugido se acelerava: HHH! HHH! HHH!

Caras da segurança abriram caminho até o coreto. Humphrey e uns gordões bamboleavam entre eles. Crutch deu um risinho. O francês riu. Saca só: colocamos THC no café da manhã deles.

Humphrey subiu os degraus e prendeu o pé na plataforma. Um cara da segurança o resgatou. O vice-presidente recuperou as pernas. Tinha olhos viajandões. Sua braguilha estava aberta. A cueca aparecia. Risinhos circularam. Hubert se dirigiu à turba. Engrolou as palavras. Disse algo tipo: "Meus caros abissínios."

Tinham uma suíte de dois quartos em St. Paul. Era totalmente bancada por Howard Hughes. O serviço de quarto funcionava 24 horas por dia. Comiam filé-mignon, cogumelos recheados e sorvete de hortelã. O francês servia Pernod e biscoitinhos temperados com THC. Eles sempre ficavam doidões e falavam de CUBA.

Mesplede era um disco rachado. É, mas o disco *girava*.

LBJ, Nixon, Hubert — todos maricas molengos. *Heroína*. A gente vende, a gente compra armas, a gente depõe Fidel. Funcionou no Vietnã. Traições ferraram o Grupo Tigre. Agora teriam um grupo menor. O francês era o homem da linha de frente de

Wayne Tedrow para os cassinos. Estava procurando o país de direita certo. Os locais seriam perto de Cuba.

A gente vende a Grande “H”. A gente forma uma clientela na ilha. A gente ganha grana para armas e faz missões em lanchas. A gente estupra o litoral e mata Vermelhos.

— Quero participar — disse Crutch.

— Meu amigo, eu te garanto isso — disse o francês.

Crutch apontou para sua gravata-borboleta.

— Seus números vão crescer assim que decidirmos a localização dos cassinos — disse o francês.

Então Crutch engoliu Pernod. Sua visão periférica se incinerou. O francês mostrou sua faca de escalpelar. Tinha escalpelado 31 escrotos castristas.

Alojamento de viagem. Crutch enfeitava as paredes do quarto para a estada de duas noites. Guardava a foto de Joan Klein na carteira. Grudou um grande mapa de Cuba na parede e ficou jogando dardos contra bases da milícia.

Jogava e errava, jogava e acertava. As paredes ao redor ficaram furadas. Tinha decorado a maior parte dos nomes dos povoados e de todas as estradas que iam até Havana. Lembrete: comprar uma faca de escalpelar, igualzinha à do francês.

Crutch olhou para a foto de Joan. Seu barato de Pernod/coca o deixara vendo coisas novas. Tinha falado com Clyde. A opinião de Clyde: a morte do Dr. Fred não tinha a ver com o negócio de Gretchen Farr. Os federais usurparam o inquérito. Jack Leahy o estava comandando. A opinião de Jack: foi aquela gangue de ladrões crioulos. Eles roubaram aquela casa em Brentwood e em seguida atacaram o Dr. Fred.

Crutch sentia pontadas de pânico. Dwight Holly disse: “Tem alguma coisa que você não está me contando?” Crutch mentiu: “Não.” *Ninguém sabe sobre a Casa do Horror. Ninguém sabe sobre*

Gretchen Farr como Celia Reyes ou sobre Joan Rosen Klein. Ele deu a dica de uma pista para Buzz Duber: a revelação de Farlan Brown sobre a aeromoça. Buzz estava investigando essa pista, em L.A. Indo a escritórios de empresas aéreas para mostrar o desenho de Crutch.

Pernod e THC. As paredes do quarto passando de pêssego para magenta. Ainda nenhuma ideia sobre a tatuagem da mulher morta. Ainda nenhuma ideia sobre as marcas nas paredes. Invadiu de novo o escritório de Arnie Moffett, a caminho do aeroporto. Re-saqueou as fichas de aluguéis de casas. Obteve mais zero sobre Gretchen/Celia e Joan. Tinha pegado *pesaaaaado* com Arnie. O escroto provavelmente jogou fora as fichas delas depois da surra.

Seu trabalho de foder com Hubert já acontecera em três cidades. Ele havia verificado fichas de informações e de roubos em três DP locais — nenhuma menção a Joan Rosen Klein.

Crutch bombardeou com dardos a Baía dos Porcos e Havana. Seu barato estranho o deixou todo inchado e tonto. Grudou as fotos de Joan acima da cama. As cores das paredes mudaram — de magenta para alvorecer tropical.

Outro estacionamento de shopping hoje. Notícias da véspera à noite: "Humphrey, exausto, comete gafes políticas." Esse era aquele serviço re-psicodelizado. O francês disse que ficou sabendo umas merdas em Chicago.

A multidão era de uns trezentos. Gordões e louros-estilo-Minnesota. Eram barulhentos. Papo liberal. HHH fingia emoção em frentes de cartazes. Tentava parecer estudioso. Não conseguia. Parecia aquele técnico de futebol pedófilo que você teve na adolescência.

Crutch e o francês estavam ao lado da plataforma dos oradores. Um grito de comemoração começou: *Ele vem! Ele vem! Ele vem!* Crutch viu Humphrey e alguns capachos se aproximando, à esquerda cênica. Quatro policiais os acompanhavam quatro passos atrás. Mesplede balançou três dedos. Três caminhoneiros fazendo um bico acenaram de volta.

Abriram latas disfarçadamente. Agacharam-se disfarçadamente. Derramaram cera líquida no chão ao lado da plataforma. A porra era de cor neutra. Escorreu e se espalhou.

Quatro passos, três, dois, um...

Humphrey e seus lacaios escorregaram, deslizaram e esquiaram em zigue-zague pelos degraus da plataforma. Hubert fez movimentos de dança só para conseguir ficar de pé. A multidão deu risinhos. Dois policiais caíram de bunda. A multidão riu mais ainda. Um gordão abraçou Hubert. A expressão de Hubert dizia: "Que *merda* é essa?" O gordão falou ao microfone. Mais risos encobriram sua fala. Crutch sinalizou para um cara perto da plataforma. O cara tombou e fingiu entrar em convulsões. O escroto tinha juntas moles. Sacudia os braços e as pernas em ângulos retos. Espuma de Alka-Seltzer pingava da sua boca.

Os fãs de Hubert gritaram pedindo ajuda. O Zé Ataque fez seu número. Uma dona gorda enfiou uma barra de chocolate gelada na língua dele. Alguns otários gritaram: "Chamem um médico!" e "Tem um homem caído!". A multidão se dispersou. Hubert fumegou e tentou exprimir compaixão. O gordo mexeu no microfone da plataforma. A microfonia fez *piiiiii*.

Crutch sinalizou para três grupos no meio daquela gente toda. Três rodinhas de briga se abriram. A multidão se dispersou novamente. Duas freiras magricelas bateram nos brigões com seus cartazes de QUEREMOS PAZ!

Hubert bateu os pés. Os policiais escorregavam na cera líquida. A gordura deles balançava. Pareciam porcos nas charges racistas. Hubert fez aquela coisa do V da vitória.

O francês sinalizou para uma loura com botas de cano altíssimo e calça jeans justa. Crutch lhe entregou um cartaz de Nixon e empurrou-a para o palco. O francês acenou para três grupos de homens. Eles começaram a assobiar e cantar: "Tira tudo!"

Hubert ficou ali parado. O gordão engoliu comprimidos de Digitalis. Alguns novos policiais atacaram os brigões. As freiras pacifistas foram pisoteadas. Policiais invadiram a plataforma. A cera líquida os fez se esparramar no chão. A loura balançava seu cartaz de Nixon. A multidão enlouqueceu. "TIRA TUDO!" virou epidemia. A loura tirou a blusa e o sutiã e dançou o Swim, o Fish e o Mashed Potato com os peitos de fora. Crutch ligou um equipamento de som embaixo do palco. Saca só: Archie Bell e the Drells cantando "The Tighten Up".

Uma porrada de tiras invadiu a plataforma. Mesplede se afastou. Crutch pegou o sutiã largado e deu no pé.

De volta a L.A.

Crutch matava o tempo no aeroporto. O francês se mandou para Miami num voo anterior. O portão de embarque tinha uma porção de telefones públicos. Crutch ligou a cobrar para a Clyde Duber Associates.

A secretária passou a ligação para Buzz.

— Temos uma pista — disse Buzz.

— O que você está...

— O desenho que você fez. Consegui identificar. Linhas Aéreas PSA, o quarto lugar aonde fui. O diretor de pessoal disse: "Bingo, essa é Janet Joyce Sherbourne, e ela não prestava pra nada."

Crutch pegou o bloco de anotações.

— Devagar, agora. Conte a história.

— É uma tremenda história, e tem a ver com a República Dominicana. Lembra? Gretchen Farr recebeu uns recados telefônicos do consulado dominicano.

Buzz sabia *dessa* parte. Buzz não sabia xongas sobre Gretchen como Celia ou a ligação de Celia com a República Domini...

— Ei, você está aí?

— Estou. Anda, conta...

— Então: a tal de Sherbourne era uma aeromoça bilíngue. Trabalhava exclusivamente na rota L.A. Santo Domingo, até aquela guerrinha fodida em 1965, quando LBJ mandou os fuzileiros. Bom, aí houve uma escala na Cidade do México, e a tal de Sherbourne foi pega com uma arma e meia dúzia de passaportes falsos. Aí, ela conseguiu se livrar da cadeia e ninguém sabe *como*, e *depois* ela sumiu da face da terra. *Bom*, agora vem a parte boa, a parte que é tão perfeitamente Gretchie. Por acaso a ficha de inscrição dela para o trabalho era completamente falsa, a porra do endereço era uma espécie de casa-aparelho comunista, e a ficha pessoal foi roubada do escritório da PSA.

Crutch deixou o telefone cair. Buzz falou com o ar. As coisas enlouqueceram. Ele viu Joan beijar Gretchen/Celia em câmera lenta.

A biblioteca do centro da cidade era perto do seu cafofo de arquivo. Os livros eram grandes demais para roubar. República Dominicana: mapas, fotos, história.

Lembrete: a R.D. ficava perto de Cuba. Lembrete: a máfia estava a fim da R.D. como possível local de jogatina.

Crutch levou alguns livros para uma mesa. Bebuns cochilando competiam por espaço. Ele examinou as páginas com mapas. Sacou a geografia. A ilha de Hispaniola. A R.D. e o Haiti num pedaço de terra. O Mar do Caribe, perto de Cuba e Porto Rico. Perto da Jamaica e das ilhas Turks e Caicos. *A porra da conexão dominicana: tudo a ver com o seu caso.*

A R.D. fazia fronteira com o Haiti a leste. O Rio do Massacre formava a linha divisória. Enseadas salpicavam o litoral dos dois países. Todos os nomes das cidades eram *cucarachas* e franceses.

Crutch folheou os capítulos curtos. Aquela porra de questão racial o acertou rapidinho. Os dominicanos eram *cucarachas* de pele clara. Gostavam de suas raízes espanholas. Dominicanos de pele escura eram *déclassé*. Era que nem nos EUA: *Branco é que é legal!*

Rafael Trujillo tinha longas pernas políticas. Governou de 1930 a 1961. Esmagou a dissensão. Oprimiu os haitianos e trucidou os escrotos em massa. Era pró-EUA e antiVermelho. Comeu um monte de mulheres e torturou e suprimiu seus rivais políticos. Um grupo comuna chamado Movimento 14 de Junho tentou derrubá-lo em 1959. Sua "revolução" fez *pfff*. Trujillo pirou de vez e saiu da linha. Estava saqueando o país muito descaradamente. JFK e a CIA acharam que ele poderia virar Vermelho. A CIA o apagou em 1961. Supostamente, o francês ajudou. Um déspota menos espalhafatoso chamado Juan Bosch assumiu. "Eleições livres" e toda a babaquice padrão de reforma *cucaracha*. Parecia que Bosch estava tendendo para o Vermelho. LBJ mandou uns fuzileiros e cortou a merda pela raiz. O déspota atual era um vagabundo miúdo chamado Joaquín Balaguer. A R.D. não passava de golpes, revoltas, tramas, intrigas, chacinas.

Crutch chegou a um trecho sobre o Haiti. *Uuuu! — feitiço crioulo ruiiiiim!* Criouléu de fala francesa. Ditador "Papa Doc" Duvalier — o Godzilla para o Rodan de Trujillo. Mais opressão, golpes, revoltas, tramas, intrigas, chacinas. Vodu — é isso aí!

Ritos vodus, rituais vodus, maldições vodus, sacerdotes vodus. Bebida vodu e ervas vodus que explodem a mente. Os crioulos norte-americanos *comiam* galinha frita. Os crioulos haitianos fodiam galinhas e bebiam o sangue quente delas.

Uuuuu!

Crutch folheou. Aquela porra de vodu era um barato. Chegou a uma parte com fotos. Crioulos cabriolavam e sacolejavam usando chapéus com penas de galinhas. *Uuuu, e tem uma...*

Uma foto. Um negro de pele clara. Uma tatuagem esquisita no braço direito.

Padrões geométricos. Entrecruzados. Igual à tatuagem da morta da Casa do Horror...

CAPÍTULO 40

(Las Vegas, 26/9/68)

Os Rapazes usavam bermudas de golfe com meias pretas de cano alto. Usavam dentro de casa os sapatos de golfe com solado de tração.

Carlos lançou a moda. Era *sua* suíte em falso estilo romano. Andava de um lado para o outro e furava os tapetes. Sam G. tinha travas rombudas. Causou poucos estragos. Santo T. tinha travas afiadas. As pontas estupravam os tapetes.

Wayne estava perto de um cavalete coberto. Os Rapazes estavam sentados segurando Kahlúas às 10 da matina. Carlos girava um taco número 5. Wayne captou o subtexto de Wayne Sênior.

— Temos um horário no campo às 10h40 — disse Sam.

— Carlos, larga esse taco. Não vá arrastar Wayne para a lama da memória de modo que possa atormentá-lo — retruca Santo.

— Não tenho essa intenção. Só estou relaxando os ossos da fíbula — completou Carlos.

— Tome mais dois drinques. Vai deixar seu giro fantástico e um buraco de mil no meu bolso — disse Sam.

— Anda logo, Wayne. Você tem mania de ficar empoleirado, como se tivesse uma nuvem preta em cima da sua cabeça o tempo todo — disse Santo.

— E tem. Por mais que eu admire sua acidez, Wayne é um ímã, só atrai merda — opinou Sam.

Carlos girou seu taco.

— Anda, Wayne. Nós viemos para ouvir.

Wayne pigarreou.

— O outono está acontecendo como a gente queria. Nixon está na frente nas pesquisas, nosso esquadrão de truques sujos está fazendo um bom trabalho, o Sr. Hughes está satisfeito com suas compras de hotéis e espera que o Departamento de Justiça de Nixon afrouxe alguns estatutos anticartel, de modo que ele possa comprar mais alguns. Jean-Philippe Mesplede está pronto para começar a pesquisar locais para os cassinos, ou seja, nesse aspecto podemos ir em frente.

— Minha amiga Celia fica fazendo lobby pela R.D. Ela é implacável nesse tópico — Sam disse.

— Sam é implacável no tópico daquela xereca de ilha — comentou Carlos.

— Sam é implacavelmente atraído por boceta. É uma doença da mente fraca e do espírito fraco — retrucou Santo.

Sam segurou o pau.

— Olha 25 centímetros de doença aqui.

Wayne descobriu o cavalete. O gráfico era cheio de colunas entrecruzadas. Listava negócios para comprar ligados a projeções de lucro.

— Três redes de supermercados, todas no Centro-Oeste, todas de propriedade de parentes de mafiosos e gente do Sindicato dos Caminhoneiros. Compramos a 5 centavos por dólar e vendemos a empresários de shoppings. Acho que vamos ter 15 milhões de lucro.

Sam bateu palmas. Santo bateu palmas. Carlos girou seu taco de golfe.

— O Banco Popular do Sul de Los Angeles — disse Wayne. — Está totalmente endividado, mas acho que devemos deixá-lo continuar a operar, enquanto aproveitamos uma alta porcentagem de lucros. Primeiro: é fachada para lavagem de dinheiro. Segundo: eles podem lavar o *nosso* dinheiro. Terceiro: Lionel Thornton, o presidente, é todo enrolado com a máfia, e acho que podemos controlá-lo. Quarto: fica próximo do centro do qual partem os voos de Hughes para os locais dos cassinos, ou seja, podemos mandar a grana direto, sem obstáculos.

— Gostei — disse Carlos.

— Gostei — disse Santo —, mas parece coisa de crioulo.

— Gostei, mas com uma ressalva — disse Sam. — Wayne não aparece por lá, para ele não sair matando os clientes.

Wayne ficou vermelho de raiva. Santo e Sam riram. Carlos girou seu taco de golfe.

Wayne bateu no cavalete.

— Mais dois negócios na zona sul de L.A., com jogo ilegal no local, que podemos pegar a *pelo menos* cinquenta por cento, ao mesmo tempo que retomamos a propriedade dos dois empreendimentos. O primeiro é uma boate chamada Sultan Sam's Sandbox. O segundo é um bar de lésbicas chamado Rae's Rugburn Room.

Sam deu risinhos. Santo deu risinhos com algo do tipo "coisa de crioulo" soando junto. Carlos cutucou-o com o taco de golfe. Santo calou a boca.

Wayne pegou um ponteiro e bateu nas linhas de colunas. Um otário de toga trouxe mais três Kahlúas. Os Rapazes beberam. Carlos cutucou o otário de toga com seu taco de golfe. O otário de toga deu no pé.

O cheiro de álcool deixou Wayne tonto. Sua camisa ficou encharcada.

— Táxis Black Cat. Zona sul de L.A. também. A Tiger Kab nos serviu muito bem em Miami e Vegas, e Pete B. vendeu a parte de Vegas a Milt Chargin no verão passado. Vamos usar para fluxo de caixa, fraudar os livros e lavar a percentagem merreca. Acho que posso convencer o Milt a vir para L.A. e administrar o lugar. Além disso, tenho um amigo entre os federais que está comandando um programa de espionagem na área, e vamos mandar Milt juntar umas dicas e passar para ele, o que vai manter o Sr. Hoover do nosso lado.

— Conheço o seu amigo — disse Sam.

Santo estremeceu.

— Dwight Holly, "o Executor".

Carlos tomou um gole de Kahlúa.

— Um homem com suas próprias credenciais de caçador de crioulos.

— É, o que não quer dizer que esteja no mesmo nível do Wayne — comentou Sam.

Santo tomou um gole de Kahlúa.

— *Ninguém* está no mesmo nível do Wayne.

— Dwight é um cara branco — disse Carlos.

Sam tomou um gole de Kahlúa.

— Assim como Milt Chargin. Para um judeuzinho de merda...

Carlos tomou um gole de Kahlúa.

— Milt é um comediante amador. Vai se misturar com os crioulos e se divertir de montão.

— Milt me contou uma boa. "Como se chama um crioulo gordo sentado numa árvore?" — Sam perguntou.

Santo tomou um gole de Kahlúa.

— Diz aí, seu escroto.

— Um bom quebra-galho — disse Sam.

Santo uivou.

Carlos girou seu taco de golfe.

— Qual é o problema, Wayne? Não está rindo.

Morty Sidwell tinha um escritório na esquina da 2nd com a Fremont. Cuidava de fianças, divórcios, pessoas desaparecidas. O DPLV o considerava razoável.

Wayne foi até lá. Agora estava rastreando Reginald Hazzard em meio expediente. Um colega tira fez uma verificação de defuntos em cinquenta estados. Nada. O mesmo com relação a fichas de prisão. O mesmo com relação a negros sem identificação no fim de 1963.

Reginald era estudioso. Mary Beth lhe disse isso. Wayne passou pente fino nos registros de empréstimos de todas as bibliotecas de Vegas. *Bam* — o garoto pegou 29 livros no outono de 1963.

Textos avançados de química. Livros sobre teoria política de esquerda. Livros estranhos sobre ervas de vodu haitiano.

O escritório de Sidwell ficava em cima de uma espelunca de topless. Wayne parou nos fundos e pegou a escada externa. O barulho da boate era brutal. O zumbido dos amplificadores sacudia as paredes. As pancadas do baixo faziam pulsar as tábuas do piso.

Avistou Morty esparramado no sofá. O escritório estava quente. Morty tinha uma toalha molhada na testa. Viu Wayne e disse *oy vey*. As paredes exibiam arte de Morty-e-amigos. Lá está Morty com Dino, Morty com Lawrence Welk, Morty com o falecido JFK.

Wayne montou numa cadeira. A reverberação estremecia as ripas do encosto. Era uma música de protesto social com batida de dança sensual.

Morty ajeitou a toalha molhada.

— Tampões de ouvido não adiantam, por isso tentei abafamento acústico. O dono e eu fizemos um acordo. Uma vez por semana ele manda uma das garotas para cima. Eu ganho um banho de esponja e um boquete. Faz bem para minha saúde geral.

— Meu nome é... — começou Wayne.

— Sei quem você é. Seu pai me contratou para expulsar da cidade um tocador de bongô *schwartze* em 1958. O cara teve um sucesso. "Bongô no Congo" e mais nada. Ele estava *schtupindo* sua madrasta, Janice, no hotel Golden Gorge.

Wayne riu.

— Mas meus pêsames. Sei que os dois faleceram no verão passado.

Wayne fechou os olhos e engoliu duas aspirinas. As ripas da cadeira vibravam. As tábuas do piso pulavam.

— Normalmente eu perguntaria: "Como vão as tramoias?", mas com você sei que sempre existem tramoias. Isso me leva a perguntar: "O que você quer?"

Wayne abriu os olhos.

— Reginald Hazzard. Faz quase cinco anos. O garoto sumiu, os pais contrataram você para encontrá-lo.

Morty bocejou.

— É, lembro. Boas pessoas de cor. Cedric e Mary Beth. Cedric foi apagado por um escroto *shvoogie* chamado Pappy Dawkins. Devo dizer que é um verdadeiro jorro de alegria que você me traz.

— O que aconteceu com a investigação?

— Não deu em nada e meus clientes ficaram sem dinheiro. Fiz umas verificações e contei a eles que, pelo que eu sabia, o garoto ainda estava vivo. Só isso, câmbio e desligo.

Tic, tic, tic. Seu velho detector de merdas da época de policial.

— Tem mais — disse Wayne.

— Não — respondeu Morty.

— Tem mais, e você sabe que tem mais, eu sei, e não vou sair enquanto você não me disser.

Morty puxou a toalha por cima dos olhos e levantou três dedos. Wayne largou três notas de 100 em seu peito. O zumbido do amplificador se acelerou. A foto de JFK tremeu.

— O garoto Hazzard saiu de Vegas de carona. Foi entre o Natal de 1963 e o Ano-Novo. Foi preso por vadiagem em alguma cidadezinha de merda na fronteira da Califórnia, e não pergunte o nome porque tem 1 zilhão de cidades escrotas que nem aquela e eu não lembro. Entãããão, o Reggie tinha uma arma. Entãããão, o ficharam por vadiagem e porte de arma e encheram ele de porrada. Entããão apareceu uma branca e pagou a fiança dele, e Reggie e a branca sumiram, e nunca mais foram vistos. O pagamento foi em dinheiro vivo e usando identidade falsa, e o caso esfriou, e Cedric e Mary Beth ficaram sem grana. Eu contei isso ao Cedric, mas ele disse: "Não conte a Mary Beth, porque isso poderia matá-la."

— Mais detalhes — pediu Wayne.

Morty levantou dois dedos. Wayne largou duas notas de 100 no peito dele.

Morty mordeu a cutícula.

— Entããão: era uma porra de uma DPzinha caipira. Eles não guardam registros. Os tiras vêm e vão e controlam grupos de imigrantes ilegais que colhem frutas. Eles vivem para tomar bebida feita em casa e espancar *cucarachas* e pretos, e qualquer papelada que tenham acaba sumindo, sendo perdida ou roubada. Os tiras foram uma péssima experiência para mim, e é só isso que vale a pena saber.

Wayne se levantou.

— Você conseguiu uma descrição da branca?

— Isso posso dar. Supostamente clara, 30 e muitos anos, usava óculos, tinha cabelo escuro com alguns fios grisalhos, e um tira disse alguma coisa sobre uma cicatriz feia num braço.

CAPÍTULO 41

(Los Angeles, 1/10/68)

Show negro.

Marsh Bowen trabalhava. *Tomou conta* do Vince & Paul's. O bar de tiras brancos recebeu um IRMÃO MAAAAU.

Marsh estava indo havia sete noites. Gerava encrenca racial com pose sincera. Os tiras brancos sabiam que *ele* era tira. Isso permitiu-lhe entrar. Isso não desculpava seu comportamento de garanhão *black power*.

Marsh com a blusa curta para mostrar os músculos. Marsh com o penteado afro modesto. Marsh dando em cima das gatas brancas — mas por enquanto sem pegar pesado.

Dwight olhava.

Era sua sétima noite. Estava empoleirado perto do balcão e bancava o turista de Des Moines. Nenhum tira o reconheceu. Quem é aquele otário grandão? Pelo jeito ele gosta daqui. Usa sandália e calça pescando siri.

O ódio aumentava. Dwight rastreava. *Quem é aquele negão com calça boca de sino?* Scotty Bennett aparecia toda noite. Scotty enchia a cara, Scotty espiava Marsh, Scotty agia de modo cobiçoso e pueril. Scotty mantinha Marsh e sua namorada garçonete no radar em todo o tempo livre.

Dwight mordiscava um salgadinho de queijo. Marsh batia papo com duas bêbadas que adoravam sair com policiais. Pegava tira-gostos dos pratos delas e tomava suas bebidas sem elas oferecerem. As garotas *adoraaaavam*.

Dwight assistia a tudo. A gesta Marsh Bowen se intensificava. Marsh era bonitão e sabia jogar. Marsh podia ser dúplice. Marsh deveria ser seguido preventivamente. Provável seguidor: aquele garoto semiesperto, o Crutchfield.

Dwight bocejou. Seu estômago resmungou de volta. A comida fodia com a capacidade mental. Os bairros negros fervilhavam. Jack Leahy lhe repassava fofocas. Toda aquela merda militante estimulava as gônadas do DPLA. Policiais fora de serviço curtiam farras estilo Klan. Preparativos nas delegacias. Panteras se aprontavam para emboscadas e faziam merda. Batidas forjadas contra drogas. Batidas forjadas contra bebuns, batidas forjadas para verificação de mandados e...

Uma mulher entrou no bar. Dwight viu fios grisalhos e óculos e se retesou. Aquilo vivia acontecendo. Sussurros, estalos — e nunca é *Ela*.

Marsh foi em direção à namorada de Scotty. Tocou o queixo — *o sinal: é agora*. Scotty estava com os olhos fixos: para um lado e para o outro, sua gata/o escravo machão.

Dwight se levantou e chegou mais perto. Marsh partiu para cima da namorada. Ali, está focinhando o pescoço dela. Ali, está lambendo a orelha dela. Ali, está puxando o brinco com seus dentes brilhantes demais.

Scotty correu atrás dele e agarrou seu cabelo. Scotty deu-lhe um soco nos rins, com as duas mãos. Marsh se dobrou e girou com um braço levantado. Pegou Scotty no meio do movimento. A pancada jogou-o contra o balcão. Scotty segurou o pescoço e tentou respirar. Chutou. Errou Marsh. Balançou os braços em cima do balcão e agarrou uma faca de cortar carne. Marsh entrou bem na frente dele. Marsh esmagou o nariz dele com a palma da mão e fez sangue voar. Dwight ouviu ossos quebrando. Scotty largou a faca, enxugou os olhos e partiu para cima de Marsh para morder. Uma dúzia de tiras brancos o pegou antes disso.

DOCUMENTO ANEXO: 16/10/68. Extraído do diário de Marshall E. Bowen

Los Angeles
16 de outubro de 1968

Provei o sangue de Scotty Bennett. Foi uma vingança muito atrasada pela surra que Scotty me fez levar em abril de 1966, um ano antes de eu entrar para o DPLA. Provoquei aquela surra ao passar várias notas manchadas de tinta, do assalto, e provoquei uma surra no Scotty e uma subsequente em mim por seus colegas do DPLA sob a bandeira do agente especial Dwight C. Holly. Nas duas ocasiões assumi o papel duplo de vítima e provocador. Dois eventos, separados por dois anos e meio. O evento decisivo do roubo seguido de assassinatos, agora quatro anos e oito meses no passado. Os confrontos foram alimentados por um motivo: quero resolver anonimamente o caso do roubo/assassinatos e guardar para mim o que resta do dinheiro e das esmeraldas.

Nunca contei a ninguém sobre minha intenção e adiei deliberadamente o compromisso de escrever um diário. Estava esperando o momento fortuito em que minha busca pudesse parecer realmente viável. Esse momento é agora. Eu poderia ter descrito minhas imersões em organizações de esquerda para Clyde Duber, onde aprendi as habilidades de interpretação, as habilidades de disfarce e pose que me fizeram chegar a esse ponto, mas fico satisfeito por não ter cedido a esse nível de autocongratulação. Sempre gostei de ser um homem negro subestimado, e agora sou um negro localmente famoso e um tanto superestimado e superinvestigado. Esta é a aventura que quero descrever e dissecar à medida que a vivo; essa atual confluência de eventos é certamente uma história que preciso contar.

Fui espancado seriamente por um número entre 12 e 16 dos meus colegas policiais do DPLA e passei quatro dias no Hospital de Recepção Central. Meu nariz quebrado, as lacerações no rosto e as orelhas dobradas de modo assimétrico incrementaram minha aparência um tanto afável e acrescentei isso ao meu incipiente valor de militante negro. Devo agradecer ao Sr. Holly. O Sr. Holly sentiu minha disposição e capacidade de jogar, e vou recompensá-lo com muito trabalho e um desempenho muito impressionante enquanto sigo meus próprios objetivos no contexto desta operação.

Os jornais, as rádios e as televisões locais contaram a história da horrível confusão entre um policial negro e um branco num "bar de boa convivência frequentado pelo pessoal do DPLA". O Sr. Holly serviu como diretor de publicidade invisível para esse evento. O DPLA iniciou uma investigação interna, e — claro — todas as testemunhas mentiram, declarando que eu assediei sexualmente a garçonete e ataquei proativamente o sargento Robert S. Bennett. Scotty teve o nariz quebrado e uma semana de "licença compassiva"; eu fui mandado para uma junta de investigação interdepartamental — isto é, um julgamento forjado. O Sr. Holly contratou para mim um advogado negro agressivo e espalhafatoso que lembrava Algonquin J. Calhoun do *Amos 'n Andy*. O advogado cuspiu mais impropriedades racistas do que o pior pastor negro que já subiu num púlpito em busca de poder e lucro. Fui louvado como o "Jesus Negro"; Scotty Bennett foi denegrido como o "Judas Iscariotes Branco". Claro, fui sumariamente expulso do Departamento de Polícia de Los Angeles. Depois o Sr. Holly me disse que o advogado era um ex-pastor que tinha uma sinecura como defensor público no condado de Visalia. Maravilhoso conluio branco e preto: juízes e promotores brancos contratam esse homem para garantir a condenação de clientes negros que eles precisam tirar das ruas.

Então me tornei um oráculo do preconceito racial, memorizando os roteiros ofuscantemente articulados que o Sr. Holly escreveu para mim, críticas violentas contra o racismo institucional e a mentalidade autoritária — cheios de indignação, rigor social e fúria indignada, tudo isso escrito por um tira advogado branco com raízes na Ku Klux Klan. O Sr. Holly lia os roteiros para mim, bem antes de eu dizê-los. Eu ficava atônito e quase desmaiava. O Sr. Holly é um homem grande e bonito, e um orador excelente. Enquanto ele falava eu tinha a sensação estranha de que ele acreditava nas palavras que escrevia.

O Sr. Holly é um homem muito difícil de ser decifrado. Ele entende o preconceito racial e diz “macaco crioulo” rotineiramente.

Fui convidado para uma festa de levantamento de verbas para o senador Hubert H. Humphrey numa casa grande em Beverly Hills. O Sr. Holly disse para eu ir, por isso fui. Fui praticamente o centro das atenções, até que chegaram umas estrelas de cinema e me eclipsaram. Natalie Wood fez um estardalhaço com meus ferimentos no rosto e me passou disfarçadamente seu número de telefone; Harry Belafonte apertou minha mão; numerosos liberais lamentaram o recente falecimento do senador Kennedy e do Dr. King. As pessoas me olhavam buscando expressões de ultraje político. Eu não tinha nenhuma para dar, porque agora preciso dos serviços de roteirista do Sr. Holly para parecer adequadamente furioso. Logo serei um militante negro convertido, maravilhosamente apostatado, porque o filho de um homem da Klan vai alimentar minha raiva com suas percepções radicais, fazendo com que eu me pergunte quais serão as origens delas e me maravilhe repetidamente com o sujeito.

O Sr. Holly me deu 8 mil dólares em grana viva do FBI e disse para eu me mudar mais para o sul, em direção ao “Congo”. Eu deveria começar a frequentar as “espeluncas de crioulos" onde meus "irmãos de alma" se congregam, para ver que tipo de "ação de macaco" atraio.

O Sr. Holly me chama de "ímã de merdas", e acho que ele suspeita bastante de mim. Eu gostaria de ceder à "Tendência" agora, mas não posso. O Sr. Holly pode estar mandando alguém me seguir. Preciso conter meus prazeres pessoais até me sentir mais seguro em meu papel.

Agora tenho uma vida totalmente nova. Minha mãe está morta; meu pai é velho e mora em Chicago. Não tenho amigos de verdade e meu relacionamento com o Sr. Holly é mutuamente usurário. Agora tenho um inimigo intrépido e implacável em Scotty Bennett. Tenho certeza de que sei mais sobre Scotty do que Scotty sabe sobre mim. Li os relatórios oficiais higienizados sobre os 18 assaltantes que Scotty matou no cumprimento do dever. Todos eram negros. Todos foram executados sumariamente, segundo a diretriz não verbalizada do DPLA de que assaltantes à mão armada devem morrer. O policial que há em mim concorda com essa sanção; há uma grande quantidade de dados empíricos que mostram que a maioria dos assaltantes à mão armada tira vidas inocentes e deve ser interditada preventivamente. São os assaltantes à mão armada malignamente escolhidos, "negros do sexo masculino", que tornam Scotty tão especial. Outros policiais violentos têm um relativo equilíbrio de mortes provocadas em brancos e mexicanos, do tipo demos "oportunidades iguais". Não o nosso Scotty. Ah, não.

Em 5 de agosto, dois policiais da Divisão de Universidade começaram uma troca de tiros com quatro Panteras Negras. Os policiais sobreviveram, mas os Panteras não. Dois dias depois o chefe Reddin mandou Scotty ao quartel-general dos Panteras com pizza, cerveja e meio quilo de maconha confiscada. Segundo todos os relatos, Scotty foi cortês. Os Panteras o receberam com apreensão e pareceram perplexos com seus presentes. Scotty aconselhou-os a não atirar de novo contra policiais de Los Angeles. Caso fizessem isso, as represálias seriam instantâneas e brutais. Para cada policial de L.A. ferido ou morto a tiros, o DPLA mataria seis Panteras Negras.

Então Scotty saiu. Não ouviu perguntas nem ficou para uma fatia de pizza e cerveja gelada.

Minha admiração e meu ódio por Scotty Bennett são praticamente iguais. Ele estava presente em 24 de fevereiro de 1964. Não faz ideia de que eu também estava lá.

Eu tinha 19 anos. Havia me formado na escola Dorsey dois anos antes e morava com meus pais na 84 com a Budlong. O céu foi a primeira coisa que vi. Havia estranhos prismas de cor e um cheiro ruim de gás no ar. Fiquei no telhado da minha casa e vi filas de carros da polícia se aproximando. O barulho das sirenes era quase ensurdecedor. Vi um carro blindado batido com um caminhão de leite e formas escuras emitindo vapores no chão. Vi um homem muito alto de terno de tweed e gravata-borboleta chegar de carro e examinar a cena.

Meu pai me fez abandonar o ponto de observação. Três dúzias de policiais fizeram interrogatórios na rua. Logo os boatos inundaram o bairro: os ladrões mortos eram brancos; os ladrões mortos eram pretos; os corpos estavam queimados a ponto de não poderem ser reconhecidos e eram não identificáveis racialmente. A ausência do veículo dos ladrões significava que ao menos um homem tinha fugido.

Dois homens fugiram. Sei disso com certeza. Scotty Bennett pode saber, também. Não posso provar o que Scotty sabe. Simplesmente sinto.

O DPLA estava na rua em força maciça. Scotty arrebanhava indiscriminada e malignamente "suspeitos" locais na delegacia da 77th Street. Os cidadãos do bairro ficaram ultrajados. *Eu* fiquei ultrajado. Andava pelos becos atrás da minha casa, um garoto procurando aventura, encobrindo minha proximidade com a história. Foi então que vi o segundo homem.

Estava escondido atrás de uma fileira de latas de lixo. Era jovem, por volta dos 20 anos, e negro. Seu rosto estava quimicamente escaldado, mas a gaze extra, levada por precaução, o protetor para a boca e o colete à prova de balas haviam salvado sua vida. Levei o homem a um velho médico do bairro; ele estava em choque e se recusava a falar do roubo e dos assassinatos. O médico tratou das queimaduras, deu-lhe morfina e deixou-o descansar. Scotty continuou sua investigação. "Suspeitos" detidos e liberados chegavam em casa com ferimentos e cuspindo sangue. O médico decidiu não entregar o ferido. Tinha salvado a vida do homem e agora não podia admitir abusos físicos que resultassem em sua morte.

O homem saiu da casa do médico depois de dois dias de cuidados e jamais revelou sua identidade. Deixou o médico com 20 mil dólares em notas sujas de tinta. O médico depositou-as no Banco Popular do Sul de Los Angeles e disse ao gerente, Lionel Thornton, para deixa-las vazar para a comunidade em forma de doações de caridade, se isso pudesse ser feito com segurança, sem causar mal a quem recebesse. De algum modo Thornton encontrou um jeito de obscurecer parcialmente as marcas de tinta; as notas apareceram esporadicamente na zona sul de Los Angeles. Scotty Bennett rastreava esse dinheiro assiduamente. Detinha e pegava pesado com as pessoas inocentes que passavam as notas, ao seu modo especial e cheio de persistência. O caso permaneceu sem solução. A identidade racial do líder da quadrilha e dos outros ladrões mortos nunca foi determinada. Scotty ficou obcecado com o caso, assim como eu.

O médico morreu em 1965. As notas manchadas de tinta continuaram a circular pela zona sul de L.A. Eu manobrei para conseguir um emprego subalterno no Banco Popular, não fiquei sabendo de nada substantivo e saí. Scotty Bennett me fascinava. Eu queria testar minha coragem indo contra ele e ver se ele revelaria alguma informação dentro do contexto brutal de uma sala de interrogatórios nos fundos de uma delegacia. Eu havia afanado do banco uma pilha de notas de 20 manchadas de tinta e comecei a passá-las. Scotty me encontrou, numa boa.

A sala tinha 3 por 3 metros e era forrada com material de isolamento acústico, para manter os gritos como um rugido baixo. Protestei inocência. Scotty era afável quando não estava me espancando. Usou um catálogo telefônico e uma mangueira de borracha; afrouxou meus dentes e dizimou meus rins. Reafirmei estoicamente minha inocência. Scotty não revelou nenhum conhecimento especial do caso. Recusei-me a gritar. Depois de duas horas consegui meu telefonema pró-forma. Liguei para um amigo; o amigo ligou para um amigo seu, Clyde Duber; Clyde deu uns telefonemas e me tirou de lá.

Clyde gostava de mim. Clyde tinha sua própria fixação no “Caso”. Para ele é um hobby, nada mais. Para Scotty e para mim é uma busca que consome tudo.

Entrei no mundo de garotos detetives de Clyde e comecei a me infiltrar em grupos de esquerda para seus clientes de direita ricos e ricamente paranoicos. Tornei-me um bom ator, prevaricador, dissimulador, espião e dedo-duro. Aprendi a improvisar, extrapolar e trabalhar a partir dos roteiros superficiais do Clyde. Nunca tive um papel tão exigente quanto o que Dwight Holly preparou para mim, e nunca tive um roteirista tão brilhante quanto o Sr. Holly.

Entrei para o Departamento de Polícia de Los Angeles em 1967. Scotty tentou prejudicar minha inscrição, mas não conseguiu. "O Caso" permanece sem solução. Eu continuo decidido. Estou convencido de que a resposta reside na zona sul de L.A. Quero acreditar numa lenda persistente do gueto: aqui e ali, pessoas negras com problemas recebem anonimamente, pelo correio, uma esmeralda muito valiosa.

Acho que Scotty sabe mais sobre os acontecimentos de 24/2/64 do que todo o resto do DPLA. Acho que ele quer o dinheiro e as lindas pedras verdes. Eu vejo a OPERAÇÃO IRMÃO MAAAU como nada menos do que algo mandado por Deus, apesar da intenção draconiana do Sr. Hoover. Agora tenho o disfarce perfeito para andar na zona sul. As pessoas contarão a um militante negro radicalmente reconfigurado coisas que jamais diriam a um policial. Preciso ser muito ousado e muito cauteloso, e me aproximar do Sr. Holly com total circunspecção.

CAPÍTULO 42

(Los Angeles, 18/10/68)

Vigilância:

Cafofo de Marsh Bowen, 54th com Denker, cortina de renda em bairro negro.

Era a noite nº 6. Dwight Holly o contratou por intermédio de Clyde Duber. Clyde não sabia bem qual era a motivação do Grande Dwight. Talvez Bowen tivesse cara de simpatizante comuna ou risco à segurança.

O carango de Bowen estava na frente. Um Dodge 62. Carro de gente tímida. Bowen era um idiota. Ia a festas de panacas e bancava o chefe zulu. Bowen fodeu com Scott Bennett e foi expulso do DPLA. Isso lhe deu passagem com os liberais fracassados e judeus do showbiz.

Crutch bocejou. Tinha começado à meia-noite. Agora eram 2h06. Inclinou o banco do carro para trás e examinou o friso do painel. Pegou a ideia de Scotty.

Scotty tinha suas fotos do assalto todas coladas. Crutch fez sua própria versão. Ali está Joan, ali está uma praia maneira na R.D., ali estão negões voduzados no Haiti.

O trabalho com Bowen o estimulava e distraía. Afastava do trabalho em seu caso e de seus trampos sujos nas viagens com Mesplede. Bowen era meio desconfiado de vigilância. Era como se sentisse um carro seguindo-o.

Crutch ouvia o rádio em volume baixo. As músicas o incomodavam. Era tudo papo pacifista e som de crioulo. Ideia: colocar uma caixa de voz e uma luz noturna no carro de Bowen.

Pegou sua caixa de ferramentas, agachou-se e correu até lá. Pegou uma chave de fenda e abriu um buraco na lanterna traseira direita. Colocou uma caixa de voz com bateria de 9 volts acima da roda direita e ajustou na frequência 3. Correu de volta ao seu carro e pegou o receptor. Clique — ali está o canal 3 e os sons ambientes do momento.

Crutch se re-acomodou e re-conectou a cabeça. Apontou a minilanterna para a foto de Joan. Agora tinha pegado o jeito. Sabia como fazer aqueles fios grisalhos brilharem.

Bowen saiu e entrou no carro. Coruja noturna — 2h42.

Saiu. Crutch seguiu-o a longa distância. Aquele buraco na luz traseira fornecia alcance e direção.

Seguiram. Crutch se mantinha à distância de seis carros atrás. O bairro crioulo na maior agitação. Bowen circulou devagar por espeluncas que ficavam abertas a noite toda e bares fechando. O DPLA estava na rua com TUDO. Jogos de dados em calçadas se vaporizavam enquanto O Homem passava. Bowen passou por duas sedes do *black power*: ATN e FLMM. *Tá fazendo compras? Quê que tem de errado contigo?*

O barulho de rua vinha pelo canal 3. Som alto da selva noturna. Bowen fez um retorno e se mandou para o oeste na Slauson e para o norte na Crenshaw.

Agora é mais branco. Agora é mais civilizado. O canal 3 está diminuindo o volume. Ele está virando para o oeste na Pico, para o norte na Queen Anne Place, perto do parque.

Bowen passou por cima do meio-fio e pegou o caminho do centro. Porra — não tem como seguir de perto.

Crutch apagou as luzes e se empoleirou no meio-fio no lado leste. O parque era todo grama alta, arbustos e árvores. Seguiu com os olhos o buraco na luz traseira e viu Bowen costurando devagar.

A luz se apagou. Os sons do carro morreram. Grilos cricrilaram no canal 3.

Silêncio. A porta do carro de Bowen se abrindo e fechando. Estava escuro. Agora era tudo áudio.

Mais silêncio. Depois duas vozes masculinas. Depois zíperes se abrindo, fivelas chacoalhando e todos aqueles gemidos apavorantes.

DOCUMENTO ANEXO: 19/10/68. Transcrição literal de telefonema do FBI. Classificado como: "Gravado a pedido do diretor" / "Classificado como Confidencial 1-A: A ser lido exclusivamente pelo diretor." Vozes: diretor Hoover, agente especial Dwight C. Holly.

JEH: Bom-dia, Dwight.

DH: Bom-dia, senhor.

JEH: Está a fim de um papo de campanha? Nos estados indefinidos o negócio está apertado, mas nosso garoto, o Dick, parece que está crescendo.

DH: Acho que ele vai ganhar, senhor.

JEH: Ele se candidatou ao Bureau em 1939. Eu vi a foto na ficha de inscrição e pensei: esse jovem advogado não se barbeou direito hoje de manhã.

DH: E nesse processo o senhor alterou o rumo da história dos Estados Unidos.

JEH: Eu altero o curso da história todo dia, Dwight.

DH: Certamente, senhor.

JEH: Ponha-me em dia sobre as estripulias do nosso criminoso bombom francês J. P. Mesplede e do pupilo de Clyde Duber em ascensão, Crutchfield.

DH: Eles são eficazes de um modo incômodo, senhor. Deverão ir para Miami em seguida, e tenho certeza de que Mesplede não vai conseguir resistir à atração daquela ilha de merda a 150 quilômetros do litoral.

JEH: Você considera que a Causa Cubana está completamente moribunda e é existencialmente fútil, não é, Dwight?

DH: Sim, senhor, considero.

JEH: Pois eu não, definitivamente. Castro está no poder desde 1926 e é um tirano pior do que seus predecessores Chiang Kaishek e o cardeal Mindszenty.

DH: Ah, sim, senhor.

JEH: Você parece em dúvida, Dwight. Normalmente não hesita durante nossa discussão animada.

DH: Estou bem, senhor.

JEH: Você subsiste à base de café e cigarros. Eles embotaram sua memória para fatos históricos estabelecidos.

DH: Sim, senhor.

JEH: Outra licença para uma cura no Silver Hill seria bom para você? Talvez você se lembre da primeira. Eu o tirei do caso Dillinger em 1934. Você estava bêbado e matou aqueles turistas negros de Indiana.

DH: Ah, sim, senhor.

JEH: "Ah" duas vezes numa conversa? Acho que você realmente precisa de uma licença.

DH: Estou bem, senhor.

JEH: Então vamos em frente. Por favor me coloque em dia sobre o caso do Dr. Fred Hiltz.

DH: Foi abafado, senhor. Jack Leahy está supervisionando a investigação para o DP de Beverly Hills. De jeito nenhum haverá problemas para o Bureau.

JEH: Acho que os assassinos-ladrões são militantes negros em fúria. Podem muito bem ser consortes de um cartel criminoso chamado Archie Bell and the Drells.

DH: Não creio, senhor. Archie Bell and the Drells é um conjunto musical, e Jack Leahy acha...

JEH: Jack Leahy é um agente duplo com um senso de humor sedicioso reminiscente do falecido comediante viciado em heroína Lenny Bruce. Eu rastreio conversas fiadas de festas, você sabe. Quando fui fazer minha operação de vesícula biliar, Jack Leahy disse a um agente de Chicago que eu ia fazer histerectomia. Isso foi em 1908, e eu me lembro bem.

DH: Eu também, senhor.

JEH: Sei que você lembra. Você trabalhava no escritório de Cleveland, na época.

DH: Sim, senhor.

JEH: E a OPERAÇÃO IRMÃO MAAAU? Involuntariamente facilitada pelo temível sargento Robert S. Bennett?

DH: Meu infiltrador e minha informante estão situados, senhor. Tenho certeza de que serão abordados em breve. Não creio que meu infiltrador seja totalmente digno de confiança, por isso mandei Don Crutchfield segui-lo. Bowen não fez nada irregular, por isso vou parar com a vigilância esta noite.

JEH: Ah, o jovem Crutchfield. O adotado mais persistentemente voyeurista de Clyde Duber.

DH: Ele é isso, senhor.

JEH: E Wayne Jr.? Persistentemente homicida e racialmente azarado? Como está indo?

DH: Vou vê-lo amanhã, senhor. Imagino que tenha superado esse infortúnio mais recente e tenha ido em frente.

JEH: Todos devemos ir em frente. No fim, a persistência e a tenacidade curam todos os males.

DH: Sim, senhor.

JEH: Bom-dia, Dwight.

DH: Bom-dia, senhor.

CAPÍTULO 43

(Las Vegas, 20/10/68)

Ela olhou através de você e mesmo assim o viu. Fez você olhar de volta.

Contou a ela sua história de Morty Sidwell. Enfatizou a cadeia caipira, o pagamento da fiança, a mulher com cicatriz. A acusação de porte de arma. Os livros de Reginald. A troika do filho dela: química, textos de esquerda, ervas de vodu haitiano.

Estavam na parada de estrada. Ficaram sentados no carro de Wayne para ter mais espaço para as pernas. Mary Beth levou sanduíches e café. Estava chovendo canivetes. A chuva os encobria — ninguém lançava olhares baratos.

— O que o senhor vai fazer agora? — quis saber Mary Beth.

— Continuar. Montar um dossiê. Descobrir o que puder sobre essa vida secundária do seu filho.

— O senhor quer dizer "vida secreta".

— É, isso.

— Por que o senhor também tem uma?

Wayne tomou um gole de café. O copo queimava em suas mãos. Mary Beth havia trazido quente, direto do inferno.

— Eu estava reparando na senhora o tempo todo. A história toda era novidade para a senhora.

— Nós nunca falamos sobre sua ocupação. O senhor falou com Howard Hughes e rompeu a fronteira de raças, mas não sei o que faz no resto do tempo.

Um pé-d'água os atingiu. O carro balançou. Mary Beth agarrou o painel.

— Facilito as coisas para o Sr. Hughes e alguns cavalheiros com interesses semelhantes. Passo uma boa parte do tempo com policiais e agentes políticos. — Wayne respondeu.

Mary Beth suspirou.

— "Vida secreta" é eufemismo. Estou vendo aí um mundo secreto.

— Não posso lhe contar muito mais do que isso.

— O senhor lida com pessoas que eu desaprovaria. Vamos deixar a coisa por aí.

Wayne mexeu no desembaçador. Era uma tarefa para mãos nervosas. O carro ficava frio demais ou quente demais. Mary Beth bateu no botão de desligar e segurou a mão dele ali.

— Sabe o verão passado?

— Sim.

— Três dos nossos entes queridos morreram. O homem que matou meu marido foi postumamente indiciado por matar seu pai.

Wayne puxou a mão de volta. Mary Beth prendeu-a ali.

— Nós nunca falamos disso. O senhor sempre puxa o assunto do Reginald. Não me permitiu ficar de luto e também não teve muito luto.

Wayne tossiu. Mary Beth cruzou os dedos da mão com os dele. As pernas dele tremiam.

— Não quero que a gente viva com todos esses mortos. Já tivemos muito disso. Em breve vou passar algum tempo na zona sul de L.A. e tentarei descobrir coisas sobre seu filho. Ele tinha 19 anos, estava armado, foi preso numa cidade na fronteira entre a Califórnia e Nevada. Meus instintos me dizem L.A.

O carro foi atingido por granizo. Wayne deu um pulo.

— Por que tem tanto medo de mim? — perguntou Mary Beth.

— Hoover está escorregando. A bicha velha está numa porra de um declínio, um precipício. Nessa época, no ano que vem, vai estar morando junto com Liberace — disse Dwight.

Wayne sorriu.

— Você poderia se aposentar e entrar para o direito corporativo.

Dwight sorriu.

— Você poderia se aposentar e ensinar química básica na BYU.

O salão do Dunes era falsamente tranquilizador. A decoração de oásis falso combinava. Dunas falsas, camelos falsos numa fonte de água com cloro.

Wayne disse:

— O serviço do Dr. Fred. Qual é o status? — perguntou Wayne.

Dwight acendeu um cigarro.

— Os mesmos crioulos roubaram uma casa na praia de Newport. Sem fatalidades, mas deixaram as mesmas impressões de luvas e fibras idênticas no local. Acho que viram a porra anticrioulos do Dr. Fred. A partir daí foi simplesmente escalada.

Wayne tomou um gole de club soda.

— Eu queria ter alguma ajuda na parte do meu negócio em L.A. O Banco Popular e a Black Cat não pagaram os empréstimos do Sindicato dos Caminhoneiros, por isso vamos tomá-los. Acho que a Black Cat seria uma boa central de informantes para você. Estava pensando que você poderia conseguir que o Sr. Hoover congelasse qualquer encrenca potencial por lá.

Dwight se levantou. Estava perdendo peso. O cinturão da arma tombava num dos lados.

— Nada de papo racial perto de mim, Dwight. Eu agradeceria muito — disse Wayne.

— Claro, garoto, não quero magoar você.

O lar era o Stardust. Wayne tinha sua suíte/laboratório lá em cima. Logo precisaria de espaço para um dossiê de pessoa desaparecida. Na maioria das noites comia na cafeteria do térreo. Isso trazia de volta Janice e seus dias de policial em serviço noturno.

Wayne trabalhava num cheesebúrguer. A cafeteria agora era integrada. Coagiu Drácula a ceder. Drácula estava degenerando à la Sr. Hoover. Digamos que eram droga e loucura antiga se misturando. Farlan Brown confirmava o prognóstico. LBJ atrapalhou os desígnios de Drácula em Vegas. Nixon cederia. Farlan repassava boatos: o Conde tinha acabado de subornar alguns importantes auxiliares de Humphrey. Isso o cobria nas urnas.

O cheeseburguer estava superpassado. Os negros a duas mesas dali recebiam serviço grosseiro.

Mesplede e Crutchfield vinham aprontando em Miami. Os advogados de Sam G. estavam comprando a cadeia de supermercados em dívida. Ele ligou para o patrão da Black Cat pela manhã. Um papo de compra foi marcado para a semana seguinte.

Uma família negra entrou. Duas garçonetes brancas desapareceram. A recepcionista fingiu que aquelas pessoas não estavam ali.

Wayne subiu para sua suíte. A porta estava aberta. Sacou seu revólver do tornozelo e empurrou a porta devagar.

As luzes da sala estavam acesas. Mary Beth estava no sofá. Usava um lindo vestido bege.

— Habilidades de gueto e conexões sindicais. Subornei uma camareira.

Wayne recolocou o revólver no coldre.

— Seu laboratório tem cheiro mais tóxico que o de Reginald — comentou Mary Beth.

Wayne fechou a porta e puxou uma cadeira. Os joelhos dos dois estavam próximos. Ele empurrou a cadeira para trás. Mary Beth moveu-se para mais perto.

— Por que anda armado?

— Eu queria não precisar.

Mary Beth abriu a bolsa.

— Recebi uma coisa muito estranha pelo correio hoje. Remetente anônimo. A coisa mais estranha do mundo. Estava enrolada num recorte de jornal sobre meu marido e Pappy Dawkins.

Os nomes queimaram por um segundo. Wayne sustentou o olhar dela. Mary Beth puxou um pedaço de jornal e desembrulhou. Havia uma pedra verde no meio. Parecia uma esmeralda.

Ela brilhava e reluzia. Wayne olhou. Inclinou-se para olhar mais de perto. Mary Beth levou o rosto para perto do dele.

— Não podemos nos dar as mãos em lugar aberto nem fazer coisas públicas. Não quero saber sobre as coisas ruins que você faz.

Estavam perto. Ele perdeu os olhos dela se aproximando. Ela tocou suas pálpebras e fechou-as para ele. Os narizes bateram enquanto ela o puxava para um beijo.

CAPÍTULO 44

(Los Angeles, 22/10/68)

NEGRIFICAÇÃO:

Ramo de vestimentas da OPERAÇÃO IRMÃO MAAAU. Marsh Bowen precisava de dicas de moda. Suas cores se chocavam. Ele parecia um pirulito sépia. Os negros maus se vestiam todos de *Preto*. Isso os encobria ao anoitecer e destacava os dentes brilhantes.

Dwight passou três notas de 100 para Marsh.

— Becas novas. Quero ver você com aquela aparência de Eldridge Cleaver. Você vai sair das sombras que nem a porra do Drácula para anunciar suas intenções malignas.

Marsh embolsou o dinheiro. Os dois estavam do lado de fora do observatório. Uma fileira de telescópios olhava para o sul. L.A. estava enfumaçada e muito iluminada. O Griffith Park fervilhava.

— O senhor é um ótimo mímico.

— O seu pessoal torna isso fácil.

— Vou tomar isso como um elogio pesso...

— Aqui vai o elogio que você tem se mostrado tão ansioso para receber. Você se portou de modo brilhante até este ponto, acima de tudo porque sua altercação com Scotty Bennett tinha mais pique do que eu poderia esperar, e assim você é o negro heroico do gueto de L.A. no momento, o que nos permite um intervalo muito curto para que você seja recrutado pela ATN ou a FLMM. Você não pode pedir para entrar, policial. Suas ações devem atraí-los, caso contrário atrairia um nível de suspeita inadequado. *Você é um ator*, policial. Tem a necessidade instintiva do ator de se insinuar, por isso precisa de uma direção séria que molde seu desempenho. Duvido que possua um cerne moral, por isso me deixe passar ao largo da ideia desse tipo de bússola para guiá-lo. Deve parecer ousado e usar de grande cautela. Deve dedurar seus novos amigos e benfeitores de modo judicioso e garantir que haja outros suspeitos de deduragem para a informação que você passou. Use seu discernimento relativo a qualquer dica que tenha sobre algum grande crime iminente. Nada de homicídio, nada de assalto à mão armada, nada de porcaria sexual com mulheres ou crianças. E não dê aos seus ex-irmãos do DPLA um contexto para chutar seu rabo preto, porque eles com certeza vão fazer isso.

Marsh girou um telescópio e olhou para o sul. Sempre deixava o rosto vazio e evitava confrontos. Sempre fazia merdas improvisadas para esconder o medo.

Dwight empurrou o telescópio. A ocular bateu em Marsh. Ele se reestruturou e ficou instantaneamente de rosto vazio.

— Aqui está sua lista de alvos. Aproxime-se de Ezzard Donnel Jones, Benny Boles, Leander Jackson, J. T. McCarver, Jomo Kenyatta Clarkson e Claude Torrance. Ligue para mim a cada quatro dias, para aquele telefone público, até eu arranjar um contato direto. Comece a frequentar a Black Cat e a Sultan Sam's Sandbox, comece a ir ao jogo de baralho das sextas à noite na barbearia da 58th com a Florence.

Marsh sorriu. À beira da afetação. Estou acima disso tudo.

— Mais alguma coisa?

— Sim.

— E é...?

— O seguinte. Você é sem dúvida o crioulo mais sortudo nesta terra verde de Deus.

— Porque é você quem me dirige?

— Porque você é publicamente notável demais para Scotty Bennett matar.

Joan lhe entregou os cartuchos. Seis disparados, junto com os projéteis. Ela dirigia um Karmann Ghia 61. As placas pareciam falsas. O forro do teto estava arrebentado por falta de manutenção ou por trepadas no banco de trás.

O caminho que cortava o Elysian Park. Perto da Academia do DPLA. Uma bela vista e uma ameaça implícita.

— Como vou saber que são os projéteis e cartuchos certos? — perguntou Dwight.

— Vai saber porque confia em mim.

Agora estava frio. Joan usava uma blusa de mangas compridas. A cicatriz de faca estava coberta. Dwight sentiu falta do estímulo.

— Foi mais rápida do que eu pensei.

Joan acendeu um cigarro.

— Achei que fosse gostar disso.

— E gostei.

— Estou dormindo com a namorada do Ezzard Jones. Ela é cética com relação à ATN. Você vai ficar sabendo de tudo.

Um cassetete com mola estava enfiado entre os bancos da frente. O banco de trás estava entulhado de ladainhas esquerdistas. Ele sentiu o cheiro do xampu de Joan e de maconha rançosa.

Joan disse:

— Entreguei a cocaína a Leander Jackson. É um haitiano bacana com uma fixação estranha por vodu. Já vendeu alguns gramas. Dei minha parte para o programa de café da manhã da FLMM. Claude Torrance agradeceu. Me convidou para uma série de festas para levantamento de verbas.

Dwight sorriu.

— Vai haver brigas.

— Eu sei.

— Você vai ser apalpada de um modo degradante.

— Conto com isso.

— Por quê?

— Vou esfaquear o cara que me apalpar, com mulheres como testemunhas. Elas vão me adorar e contar histórias sobre os homens. É uma festa da FLMM. Agora Leander está me devendo. Vai ficar puto quando souber que estive associada à FLMM, mas não vai me dar o fora, porque serei a única mulher dali a conseguir droga.

Dwight pegou seus cigarros. O maço estava vazio. Joan acendeu um dos dela e o entregou a ele. Dwight sentiu o cheiro do creme para mãos que ela usava.

Ela estava de botas pretas. O vestido era abotoado até a bainha. O carro estava quente. Suor se juntava no pescoço.

— Para quem mais você já foi informante? — perguntou ele.

— Não vou contar.

— Por que seu dossiê é tão adulterado?

— Não vou contar.

— Aquelas prisões foram simplesmente pró-forma ou você já foi mesmo suspeita de assalto à mão armada?

— Não vou contar.

— Me dê o nome de alguma pessoa ligada a você. Não vou partir para cima dela. Só estou tentando sacar sua história.

— De jeito nenhum.

Dwight engoliu duas aspirinas. Joan empurrou o banco para trás e descansou as pernas na beira da janela. Uma tornozeleira subia pela perna, até o topo da bota. Uma bandeirinha vermelha numa corrente de ouro.

Dwight sorriu. Joan sorriu. Os dois sopraram anéis de fumaça malfeitos e enfumaçaram o carro. Dois carangos do DPLA passaram a toda. Havia pretos algemados no banco de trás.

— Tem um professor de ginástica no ginásio Manual Arts. O nome dele é Berkowitz. Ele é pedófilo. Acho que você deveria dar uma reprimenda nesse cara — disse Joan.

— Isso tem a ver com nossa operação?

— Tem.

— Preciso de uma explicação melhor.

— As pessoas me contam coisas que exigem que eu reaja. Em parte é por isso que estou trabalhando para você. Espero que seja receptivo.

— Vou cuidar disso — disse Dwight.

— Eu gostaria de ver provas — pediu Joan.

Dwight assentiu. Joan dobrou as pernas e bateu na buzina por engano. O barulho os assustou. Os dois riram.

Encontraram-se num café na Hillhurst. Ficava perto do cafofo de Karen e do sobrado. Tinha uma alcova para crianças brincarem. Dwight sacou. Aquilo fazia com que ele se sentisse quase casado.

Dina ficou na alcova. As crianças traziam seus bichos de pelúcia. Karen reclamou de seu destino como a mãe mais velha do mundo. Dwight mascava chiclete. Parou de fumar perto de Karen. Fumar a tentava. Ele não queria prejudicar Eleanora.

Karen segurou a barriga. Parecia incongruente — uma mulher esguia com um volume enorme.

Dwight amassou duas aspirinas e jogou no café. Uma nova forma de lidar com dores de cabeça por estresse. Jack Leahy explicou. Constrição vascular, blá, blá.

— Nixon vai vencer. Não vai instituir a repressão instantânea nem fazer muito de qualquer coisa, o que vai enfurecer meus camaradas que estão fodendo com a campanha de Humphrey — disse Karen.

— Isso tudo é um pouco tortuoso demais para mim.

Karen mordiscou um bolinho doce.

— É inteiramente compreensível para você, o que significa que você tem alguma coisa em mente, ou não faria esses comentários tão suavemente dissimulados.

Dwight gargalhou.

— Meu infiltrador está ficando presunçoso. Vou ter que fazer com que ele baixe um ou dois tons.

Karen fez o sinal da cruz. Fé híbrida. A garota ortodoxa grega que virou quacre. Um garçom trouxe mais café. Dwight amassou mais aspirinas.

— Por que o dossiê de Joan é tão adulterado?

— Não sei. Perguntou a ela?

— Ela não quer dizer.

— Então deixa pra lá.

— Toda a parte de pessoas ligadas a ela foi riscada.

— Então algum "chefe" dela no passado fez esse favor.

— Ela disse que nunca foi informante federal. Tem coisas que ela não me conta, alguma coisa a ver com...

Karen derrubou a xícara dele. As mãos dele se encharcaram de café. O potinho de aspirinas saiu voando.

— Você está caído por aquela mulher. Conheço você. Estou te observando há meses. Todos os meus instintos dizem que você fez alguma merda muito ruim ultimamente, mesmo para a bosta dos seus padrões fascis...

Dwight ouviu Dina chorando. Ela ouvira Karen gritar. Dina chutou um monte de brinquedos e correu para longe das outras crianças. Karen foi atrás dela.

CAPÍTULO 45

(Miami, 23/10/68)

Hubert Humphrey falava espanglês. Colégios eleitorais bilíngues o obrigavam a isso. O público era meio branco, meio *cucaracha* e totalmente perplexo. Estavam tontos de calor. O estacionamento era esmagado pelo sol, e Hubert era um cochilo ao meio-dia. Eles ansiavam por cerveja gelada e umas risadas.

Mesplede estava no meio da multidão. Crutch, na parte de trás. Acenaram para o motorista de um caminhão coberto com lona.

O caminhão parou na entrada do estacionamento. Crutch deu a dica ao motorista. Três, dois, um — a força de invasão desembarca.

Duas dúzias de atores desempregados. Mais infiltrados de Clyde Duber. Canastrões "Trupe de Guerrilha" fantasiados de Fidel.

A barba, as botas, o uniforme verde, os charutos gordos...

"Fidel ama Hubert! Fidel ama Hubert! Hubert ama Fidel"

Hubert ficou ali parado com o polegar enfiado no cu. Oito caras com camisas de Nixon pularam do caminhão e distribuíram cerveja grátis. Os fidéis circulavam e distribuíam charutos grátis. A multidão pirou de vez. Crutch e Mesplede uivaram.

CUBA, CUBA, CUBA — o francês falava trilíngue e *très grande* sem parar. Crutch não parava de pensar: *R.D.* Eles percorreram a Pequena Havana num carro alugado. Dividiram um baseado. O francês ficava dizendo "Cessna" e "ataque ao litoral". Crutch ficava vendo aquela foto do livro da biblioteca.

O cara do vodu. A tatuagem. O desenho igual ao da mulher morta na Casa do Horror.

Mesplede passou o baseado de volta. Crutch deu um último tapa e comeu a ponta. Chegaram à Flager Street. As lojas dos exilados tinham bandeiras cubanas. Castros de palha pendurados em postes de rua. Crianças corriam e enfiavam canivetes nos bonecos.

Crutch ficou de boca fechada. Estava falando da R.D. como o francês falava de Cuba. "Fique de boca fechada." Dwight Holly lhe disse isso. Ele tinha obedecido, até agora. Marsh Bowen era veado. Ele manteve a boca fechada sobre *isso*. Na véspera, à noite, passou pelo DP de Miami-Dade. Verificou as fichas de Gretchen/Celia e Joan Rosen Klein. O francês perguntou aonde ele tinha ido. Ele ficou de boca fechada.

Estava aprendendo. Seus colegas matadores respeitariam isso.

Foram até um campo de aviação chinfrim perto de Miami. O pessoal era todo cubano. Todos ferrados e decepados no trabalho da cana-de-açúcar. Mesplede assinou uns papéis e alugou um avião de dois lugares. Decolaram e acenderam um baseado a mais de 3 mil pés.

Cructh ficou apavorado. A altitude aumentou seu barato até dimensões de viagem de ácido. Ficava vendo pessoas que não estavam ali. Sua mãe dançava o twist com Dana Lund. Bev Boquete Shoftel chupava Sal Mineo.

Voaram baixo acima da Pequena Havana. Mesplede apertou uma alavanca e despejou 5 mil filipetas do Nixon. Crianças pegavam no ar e acenavam para o avião. Mesplede fez uma curva marota para o sul. Voavam por cima de uma fiada de pontes e ilhotas. Mesplede serviu Dexedrine e schnapps temperado com haxixe para ajudar a engolir. Repara só nos cubos marrons flutuando no líquido branco.

Crutch bebeu. O coquetel o deixou coerente de novo. Voaram por cima do Caribe. Passaram por duas jangadas de refugiados e jogaram filipetas do Nixon em cima delas. O coquetel mantinha Crutch sem enjoar. Mesplede apontou para trás dos bancos. Crutch viu uma metralhadora Thompson com um tambor de cem tiros. Tirou um projétil. A ponta tinha sido furada, tipo dundum, e preenchida com veneno de rato.

Crutch sentiu tremores. O coquetel o deixou anestesiado, abaixo do medo de verdade. Aquela grande forma marrom pairava. O francês riu para ele. Crutch piscou. Agora a forma é uma ilha chata que nem panqueca.

O francês puxou o manche e os levou para baixo. Roçaram ondas e bateram as rodas na água. Crutch viu a praia e uns cucarachas de camisa marrom cercados por sacos de areia. Os *cucarachas* estavam encurvados em cima de uma metralhadora calibre .50. Aquela coisa tinha um cano ventilado, cintos de cartucheiras e um giro de 360 graus.

O francês manobrou para distraí-los e mergulhou direto para eles. Os *cucarachas* atiraram por cima, por baixo e pelos lados. O francês veio ultrabaixo. Os cucarachas giraram, tornaram a girar e mandaram tiros de pânico. O barulho era uma mistura de máquina de escrever com bomba atômica.

Crutch pousou a Thompson na borda da janela. O francês ficou baixo tipo veja os olhos deles. Crutch contou oito cabeças. Estavam se abaixando e tentando girar a metralhadora num ângulo apertado.

Crutch disparou. Viu duas cabeças explodirem. Viu as costelas de um cara estourar para fora do peito e o sangue espirrar num saco de areia. O francês passou entre algumas árvores baixas. As copas protegiam o avião e bloqueavam a visão frontal. Crutch atirou para trás. Tiros de costura, muito precisos. Pegou quatro caras de pé juntos. Viu os óculos de um cara alto se despedaçando enquanto a cabeça pulava fora.

O francês puxou o manche para trás. Crutch viu Cuba de cabeça para baixo e segurou os biscoitos no estômago. Voltaram por sobre o oceano. Ele viu suas oito novas mortes e a cabeça de um cara rolando para as ondas.

Ressaca.

Blecaute.

Não se lembrava do voo de volta nem da ida de carro para o hotel. Acordou na cama. Mesplede ainda dormia. Desceu ao restaurante e sentou do lado de fora. Pediu panquecas e um Bloody Mary e engoliu tudo. Re-ligou a cabeça e curtiu o espanto daquilo. Matou dois Vermelhos cubanos em Chicago. Tinha acabado de matar mais oito. Dois mais oito eram dez. Estava a caminho de alcançar Scotty Bennett.

Uma árvore erguia-se acima de sua mesa, fazendo sombra. Amantes haviam gravado iniciais e datas de lua de mel no tronco. Crutch pegou seu canivete e entalhou "D.C." e "10".

Voltou para cima. A porta de seu quarto estava aberta. Mesplede estava sentado na cama. Sua mala fora escancarada. O resumo de seu caso se encontrava à vista. Mesplede tinha parado na página 43.

O francês estava com a arma na mão. Crutch engoliu em seco e o cérebro tentou buscar algumas mentiras, mas tinha empacado. O francês disse:

— Você escondeu informações duas vezes. Sua fixação pela República Dominicana era uma coisa aleatória que levantou minha suspeita, então agora você vai me contar tudo.

E ele contou.

Começou com a tramoia da namorada/ladra do Dr. Fred. Acrescentou Farlan Brown, Gretchen/Celia e Joan. Acrescentou a Casa do Horror. Acrescentou todo o seu trabalho inútil de policial. Acrescentou as raízes dominicanas de Celia e o Haiti. Acrescentou a tatuagem da morta e o cara do vodu no livro com fotos.

Mesplede pegou o atlas de bolso de Crutch. Estava aberto na página do Caribe. Disse "Nossas agendas combinam". Desenhou uma linha reta entre a R.D. e Cuba.

CAPÍTULO 46

(Los Angeles, 25/10/68)

A Black Cat tinha paredes de veludo preto e um tributo à história negra. A linha de tempo ia desde o Jesus Negro até o LBJ Negro. Os ícones flocados estavam descascando. O ar-condicionado funcionava 24 horas por dia e estragava a decoração. O patrão pesava 194 quilos. O escritório era de um frio de estalactite, segundo as ordens dele.

Cordell Jefferson "Junior": empresário, devedor do fundo dos caminhoneiros.

— Os Rapazes estão cobrando, Sr. Jefferson. Nesse ponto há uma notícia boa — disse Wayne.

Jefferson se remexeu na cadeira. A largura era tripla. A sala estava a 10 graus. Ele suava.

— Está dizendo que porque eu estou dois meses atrasado tenho que aguentar isso?

Wayne estremeceu.

— O senhor está três anos atrasado. Três anos, mas a minha notícia não é totalmente ruim.

Jefferson pegou sorvete de um pote de 2 litros. Alguns Panteras passaram pelo escritório e lançaram mau-olhado para Wayne. Um branco grande os seguiu. Ele irradiava ***Tira***. Usava terno cinza e gravata-borboleta xadrez.

Jefferson balançou a colher.

— Que porra de notícia boa é essa que você tá falando enquanto tenta puxar a porra do meu tapete?

Wayne abriu a pasta e jogou 10 mil no colo de Jefferson. Jefferson acariciou-os, cheirou-os e esfregou o rosto nas notas.

Estalou o elástico que prendia o maço. Espremendo-o, enrolou e formou o rolo mais gordo do mundo.

— O senhor mantém a escritura do negócio. Nós trazemos um branco chamado Milt Chargin para ajudá-lo a cuidar das coisas, o senhor ajuda uns tiras amigos meus com informações e lava uma grana, e para isso ganha 7 por cento — disse Wayne.

— E se eu recusar?

— O senhor é mais inteligente do que isso.

Jefferson tomou sorvete e brincou com o rolo de dinheiro. Wayne olhou os ícones de parede. Reconheceu o FDR negro e mais ninguém. Um homem com um penteado afro da largura de um elefante entrou. Fez cara de desprezo para Wayne e foi até a mesa telefônica. Wayne pegou uma foto de Reginald Hazzard e mostrou para o gordão. O gordão balançou a cabeça: não.

O cara do afro jogou uma piscina nova de sorvete para o gordão.

— A Big Boy está atrapalhando o *meu* negócio. Se o *meu* negócio é o *seu* negócio, seria bom ter um pouco da *sua* ajuda — disse o gordão.

Wayne sorriu.

Mary Beth dormia. Cobertas até o alto das costas. Uma perna exposta.

Wayne olhou-a. Ela sempre dormia antes dele. Beijava-o e se entocava sozinha e lhe dava algo para ver.

Ele puxou uma cadeira para perto da cama e tocou o joelho dela. Esperou. Gostava de vê-la virar a cabeça no travesseiro.

O telefone do laboratório tocou. Wayne se levantou e foi atender. Pegou depois de dois toques.

— Sim?

— É o Dwight, Wayne.

— É, e é meia-noite.

— Tenho uma pergunta de química.

— Droga.

— É possível limpar papel de dossiê adulterado para ver as palavras digitadas por baixo?

Wayne se encostou numa prateleira. Estava entulhada de componentes de heroína.

— Talvez. Vou tentar, se você me conseguir um pouco de explosivo C-4.

CAPÍTULO 47

(Los Angeles, 26/10/68)

Bairro negro — esquina da 85th com a Central. Área de orgulho afro. Uma boate, um cabeleireiro, uma mesquita. Gente na rua às 2h14.

Dentre eles: Jomo Kenyatta Clarkson.

Negro, 39 anos. Baluarte da FLMM. Despachante da Black Cat. "Ministro da Propaganda". Escriba de literatura racista. Suspeito de estupro/assalto à mão armada.

Jomo está batendo papo com três negros. Estão engolindo licor de pêssego e fumando cigarros Kool. Acabaram de ter o cabelo frisado no salão da Irmã Simba.

Dwight estava três andares acima, bem do outro lado da Central. O prédio estava vazio. Subiu a escada de incêndio e se agachou atrás de um letreiro. Segurava um binóculo e uma foto Polaroid.

A foto era a prova de Joan. Ele pegou de surpresa o professor de ginástica pedófilo e fez trabalho de sapa. A vingança de Joan ou a dissuasão de Joan. Não se importava — era a Zona de Joan. Mulheres desgarradas começavam a se parecer com Joan. Ela era sempre Joan. Nunca era a Informante Confidencial nº 1189.

Dwight olhou para o sul. Lá está Marsh Bowen em seu passeio noturno obrigatório. Dwight olhou para o norte. Lá está a unidade 4-Adam-29, percorrendo a rua devagar.

Dois tiras brancos. Idólatras de Scotty Bennett. Uma nota de 100 para cada.

Bem na hora:

Os tiras farejam a área de orgulho afro. Jomo e os negões escondem a garrafa. Os tiras percorrem a rua. A garrafa reaparece. Jomo e o criouléu se re-silvicolizam.

Os tiras veem o negro solitário. Merda, é Marsh Bowen. *Taí um bom cara pra gente foder.*

Os tiras fazem o retorno e se aproximam. A faixa de orgulho afro se anima. Festa! Festa! Vamos curtir um ultraje social e odiar O Homem!

O salão da Irmã Simba se esvazia. O mesmo acontece com o Scorpio Lounge. Jomo e a Cachorrada do Quintal se eletrizam. Seus cabelos Bombril soltam fagulhas.

Os tiras saem do carro. Marsh vai passando. Um tira assobia, outro grita:

— Volta aqui!

Os espectadores começam a fazer sons de porco.

A visão de Dwight era boa. A trilha sonora era ruim. Era tanto ronco de porco que atrapalhava a compreensão.

Marsh voltou. Dwight viu os tiras fazerem uma revista nele. Pensou ter ouvido "crioulo" e "Scotty Bennett manda lembranças". Ouviu oincs, fungadas e balidos. Os tiras esvaziaram os bolsos de Marsh, sacanearam seu pente afro. Os espectadores começaram a entoar "Vai fundo, irmão!". Um tira empurrou Marsh e deu um soco em seu peito. Outro gritou em seu ouvido. Os espectadores incrementaram o show de porcos. O tira que falava espirrou cuspe e aumentou o volume. Dwight ouviu "crioulo", "traidor", "crioulo filho da puta" e "veado".

Marsh perdeu as estribeiras. Deu uma chave de cabeça no tira que falava e bateu-o contra um poste. Os espectadores aplaudiram e gritaram "Vai fundo, irmão". O som de porcos ficou hi-fi. O tira que falava girou Marsh e jogou-o contra a radiopatrulha. O outro tira sacou seu cassetete e começou a bater na cabeça e nas rótulas dele. Marsh levou uma surra de *IRMÃO MAAAU*. Jomo e a negrada viram a coisa toda.

CAPÍTULO 48

(Los Angeles, 28/10/68)

Duas dúzias de táxis. Todos grudados para-choque com para-choque, em fileiras. Todos com o logotipo do Big Boy: um preto com chapéu *fez*, como daquele cara ditador, Sukarno.

O escritório de despacho era do lado de fora. O estacionamento era meio quarteirão. Uma equipe de segurança patrulhava o lugar a noite toda. Ele sempre bebia seu jantar na Sultan Sam's Sandbox. O francês jogou dois Nembutal no último copo de uísque dele. Agora o cara estava cochilando numa lixeira atrás da Sultan Sam's.

Wayne e o francês davam as ordens. Crutch fazia o trabalho sujo e obedecia.

Wayne moldou o C-4 e colocou sob os para-lamas. O francês montou o detonador. Crutch levou os fios de táxi em táxi.

A arrumação levou horas. Trabalharam da meia-noite às quatro da madrugada. Crutch ficou com cãibras de tanto se agachar e andar imitando pato. Todos suavam tremendamente e levavam toalhas para se secar um pouco. O C-4 parecia massinha de brincar e cheirava a óleo queimado. Os fios arranhavam as mãos.

Tudo pronto: 4h11.

Saíram para a rua e se enxugaram. Wayne parecia sério, como sempre. O francês sorria. Crutch sentia uma tontura de baile de debutante.

Wayne apertou o detonador. A porra dos táxis explodiu e pulou do chão. O barulho foi imenso. Uma dúzia de sombras em vermelho e cor-de-rosa irromperam. Vidro voou pelo céu.

DOCUMENTO ANEXO: 29/10/68. Manchete e subtítulo do *Los Angeles Herald Express*:

CORRIDA ENTRE NIXON E HUMPHREY APERTA

EX-VICE-PRESIDENTE TOMA A DIANTEIRA EM ESTADOS-CHAVE.

DOCUMENTO ANEXO: 30/10/68. Manchete e subtítulo do *San Francisco Chronicle*:

NIXON X HUMPHREY: QUASE EMPATE EM POTENCIAL?

ARRUACEIROS ATRAPALHAM COMÍCIOS DE HUMPHREY;
ASSESSORES ACUSAM CAMPANHA DE NIXON.

DOCUMENTO ANEXO: 1/11/68. Artigo do *Los Angeles Times*:

ASSASSINATO DE MERCADOR DO
ÓDIO AINDA SEM SOLUÇÃO

A própria vítima chamava seu palacete em Beverly Hills de "A Casa que o Ódio Construiu", portanto não é surpresa para muitos que o Dr. Fred Hiltz, 53 anos, ex-dentista, ex-profissional do golfe e suposto informante do FBI, chegasse a um fim horrível naquele mesmo lugar.

Em 14 de setembro deste ano o Dr. Hiltz foi morto a tiros de espingarda em seu abrigo antibombas no quintal dos fundos, e o crime continua sem solução. Há suspeitos: uma quadrilha de ladrões que manteve famílias ricas como reféns em Brentwood e Newport Beach. Mas alguns jornalistas locais e muitos especialistas em assassinatos têm dúvidas. O Dr. Hiltz era um conhecido distribuidor de panfletos racistas escritos de modo maldoso, que atacavam tanto caucasianos quanto minorias raciais. Ele supostamente tinha um esconderijo cheio de dinheiro no quintal, fora casado várias vezes e supostamente passou por incontáveis ligações com mulheres provocantes. O capitão Mike Gustodas, da polícia de Beverly Hill, disse aos repórteres: "O Dr. Hiltz tinha relacionamentos voláteis, participava de um negócio sujo e nos dava muito trabalho, isso é certo."

No entanto, é o escritório do FBI em Los Angeles que está fazendo o grosso da investigação sobre o Dr. Hiltz, e é esse fato que tanto intriga certos jornalistas e teóricos da conspiração. O capitão Gustodas não teve resposta para essa questão; declarou simplesmente que o FBI tinha usurpado o caso do DPBH por "questões de segurança nacional".

John Leahy, agente especial encarregado do escritório do FBI em Los Angeles, disse aos repórteres: "Sim, é um caso politicamente delicado, e há um aspecto de segurança nacional, ainda que pequeno. Não tenho autorização para divulgar os detalhes por enquanto, mas haverá um relato integral quando e se esta agência fizer uma prisão."

Um boato especialmente persistente é de que o Dr. Hiltz foi assassinado por membros de um grupo militante negro, como uma forma de declaração política. O agente especial encarregado Leahy não teve tempo para essa teoria. "Acho ridícula", disse ele. "Nenhum grupo militante negro reivindicou o crédito, e além disso acho que o perigo da militância negra foi supervalorizado pela imprensa."

Enquanto isso, prossegue a investigação sobre o Dr. Hiltz.

<u>DOCUMENTO ANEXO</u>: 2/11/68. Manchete do *Dallas Morning News*:

DISPUTA ENTRE NIXON E HUMPHREY
VAI ATÉ O ÚLTIMO INSTANTE

<u>DOCUMENTO ANEXO</u>: 3/11/68. Manchete do *Hartford Courant*:

NIXON E HUMPHREY EM ÚLTIMO ESFORÇO NO INTERIOR

<u>DOCUMENTO ANEXO</u>: 4/11/68. Extraído do diário pessoal de Karen Sifakis.

Los Angeles,
4 de novembro de 1968

Nixon vai vencer. Humphrey está sobrecarregado com os ataques violentos contra a guerra de LBJ, e o povo dos Estados Unidos quer um diálogo digno de crédito sobre o fim da guerra misturado com um papo reacionário que o faça sentir-se bem em abandonar (e, de fato, perder) a guerra, e Nixon está dizendo exatamente o que as pessoas querem ouvir. Chicago foi um desastre, não porque garantiu a vitória de Nixon, mas porque fez com que a esquerda parecesse rancorosa, mesquinha, maligna, dividida e risível. *O pecado da autoindulgência.* Devo observar minhas tendências autoindulgentes e devo começar classificando-as como erro de conduta e, assim, riscar uma linha moral para interditar sua prática.

Dina começou a me fazer as inevitáveis perguntas de menininha inteligente sobre Dwight e Fulano e sobre meu relacionamento com os dois. Claro, não posso dizer a ela que Fulano e eu somos politicamente compatíveis, mas não camaradas, e que nunca tivemos um relacionamento totalmente passional mas somos amigos em determinados ideais compartilhados e nos negócios da paternidade. Fulano sabe sobre Dwight, mas nunca fala sobre ele; a presciente e exageradamente esperta Dina jamais fala de Dwight com Fulano porque sabe que isso o magoaria e porque entende que pode afetar de modo adverso meu relacionamento com Dwight. Dina vai se tornar uma compartimentalizadora (como eu) e pode/vai herdar minha queda por homens dramáticos e dúbios. Dina gosta mais de Dwight do que do pai, porque ele é feroz com o mundo mas muito doce com ela, porque anda armado e porque eu sou demonstrativa com Dwight de um modo que não sou com o pai dela, e isso a faz sentir-se adequadamente amada como filha e, assim, segura. E — garota brilhante — ela entende algo que acabei de deduzir: que Dwight e eu somos de fato camaradas.

É a nossa paixão e o terno embate de nossos papéis e ideais antitéticos. É que nós dois queremos alguma coisa (além de um ao outro) muito profunda e pura, só que eu tenho uma linguagem para isso e ele não.

Fico pensando em troikas. Dwight, meu marido quase sempre ausente e eu somos uma. E agora eu formo a ponta de fagulha entre Dwight e Joan Klein. Não sinto ciúme, mas Dwight é poderosamente compelido por ela. Tenho sido menos do que sincera sobre meu relacionamento com Joan, porque não sabia o quanto das várias histórias verdadeiras e espalhadas como boatos sobre Joan devo revelar a um homem que, no fim das contas, é um policial e capanga de direita. Dwight me disse logo no início: informantes e controladores escondem informações para garantir sua segurança e a segurança das pessoas próximas. Essa ideia me guia em minhas mentiras por omissão. Joan já *foi* informante do FBI, mas não sei o nome do controlador dela nem se ele adulterou sua ficha. Conheço Joan profundamente há muitos anos. Politicamente não confio nela mais do que em Dwight.

Estou um tanto preocupada com Dwight. Ele está perdendo peso, dormindo cada vez menos, e murmura durante o sono. Fico perguntando, de brincadeira, se posso explodir o monte Rushmore, e ele fica dizendo *meio* de brincadeira: "Pode." Ele está me dando espaço demais. Será por culpa? Fico pensando que deve haver algum feito imensuravelmente horrível pesando sobre ele, e sobre o qual nunca devo saber, para não destruir meu amor por ele ou fazer com que eu o ame muito mais. Fico imaginando quantos anos Dina (e Ella, que está dentro de mim) terão quando descobrirem a verdade sobre homens e mulheres.

Dwight e eu temos nossas barganhas. Imagino que forma as barganhas de Dwight assumirão com Joan. Nosso mundo compartilhado é humanamente impossível de ser quantificado, e ideologicamente confuso. Qual dessas barganhas é capaz de implementar o mal ou o bem mais reconhecível?

DOCUMENTO ANEXO: 5/11/68. Extraído do diário de Marshall E. Bowen.

Sul de Los Angeles
5 de novembro de 1968

Foi minha segunda surra nas mãos de meus ex- — e futuros, assim que esta operação estiver terminada — irmãos do DPLA. Eu me saí melhor do que da primeira, porque o roteiro do Sr. Holly havia me preparado. O Sr. Holly não testemunhou esse segundo encontro, e meus ferimentos estarão curados na próxima vez que nos virmos cara a cara. Posso contar o incidente ou não, criticar meu desempenho espontâneo e pedir que ele não discipline os policiais envolvidos. Ou posso ou não contar que o incidente resultou de eu ter feito alguns novos amigos maravilhosos.

Meu improvável salvador foi Jomo Kenyatta Clarkson, ministro da Propaganda daquela organização de nome absurdo, a Frente de Libertação Mau-Mau, junto com seus amigos Shondell e Bobby. Jomo é falastrão e reconhecivelmente psicopata, e continua a quebrar o recorde de velocidade mundial na terra para o uso da palavra "escroto" numa única frase. Seus braços têm cicatrizes de machadinha infligidas por ele próprio como tributo à chacina do Jomo Kenyatta original por colonos ingleses no Quênia, por volta de 1947. Jomo e os amigos me levaram ao hospital Morningside, onde um médico branco amigável, que tratou o ferimento a tiro mais recente de Jomo, cuidou dos meus ferimentos e me deu uma injeção de Demerol. A injeção embotou a dor, levantou meu ânimo e me permitiu parar de ficar repassando as palavras "Scotty Bennett manda lembranças" num círculo quase contínuo. Queria ir para casa e descansar. Jomo não quis saber disso. Decidiu que deveríamos fazer uma aparição pública.

Visitamos uma série de boates tarde da noite. Conheci vários negros. Fui com a roupa toda preta que o Sr. Holly insistiu que eu comprasse; descobri que ela era atraente para eles, mas decidi que não era de fato meu estilo. Testemunhei um show de lésbicas ao vivo na Rae's Rugburn Room e fui exibido por Jomo na Sultan Sam's Sandbox, na Mr. Mitch's Another World e na Nat's Nest. Peguei pique e representei; o Sr. Holly teria orgulho de mim. Descrevi repetidamente a surra dada pelos "porcos do DPLA" e nunca tive que mencionar meu status de ex-porco porque sou uma celebridade local e minha ex-ocupação preexiste implicitamente no *spiritus mundi* do gueto. Ficava dizendo coisas ridículas como "Falei e disse" e "Vamo fundo nessa, irmão" e nenhuma vez explodi numa gargalhada. O resto da noite, do dia e da noite seguintes estão enevoados. Jomo me levou ao seu local de trabalho, a empresa de táxis Black Cat, onde vi o dono muito gordo comer uma bacia inteira de sorvete. Num determinado ponto comecei a cair no sono. Jomo me obrigou a tomar várias colheradas de cocaína, o que me fez falar. Sentia-me como numa experiência extracorpórea estimulada por álcool, drogas, choque e muitas semanas de estresse mal controlado, empolgação e espanto, tudo filtrado pelo que o Sr. Holly descreveu como meu "instinto e talento inatos de ator". Critiquei o racismo institucional do DPLA especificamente e da América branca racista em geral, e tive consciência de que estava embromando Jomo e seus amigos, pois ao mesmo tempo eu acreditava e não acreditava naquilo, já que outra parte de mim estava em outro nível de bifurcação, dirigindo meu desempenho e me atrapalhando todo. Não lembro exatamente o que disse, mas sei que estava falando nos limites de minha capacidade mental e dos meus poderes de articulação. Em retrospecto parece papo demagógico, análise social e fervor apóstata, tudo misturado numa coisa só. E o espantoso para mim — que o Sr. Holly não vai achar nem um pouco espantoso — é que não sei se acredito ou não em uma palavra daquilo.

A Black Cat foi seguida por uma visita ao "cafofo" de Jomo na 89th Street. Muitas pessoas, todas negras, estavam lá. Ouvi seis dúzias de histórias de "odeio os porcos escrotos do DPLA", contei um número equivalente e conheci dois homens cujos irmãos assaltantes foram mortos a tiros pelo "rei porco" Scotty Bennett. Jomo tentou me passar uma garota bonita, cor de caramelo com afro tingido, mas eu usei a desculpa da minha "nega principal". Jomo me colocou num quarto enfeitado com cartazes revolucionários nas paredes e cheio de pilhas de publicações polêmicas fúteis, e caí no sono por um tempo enorme.

Meus sonhos foram os de sempre e podem ser explicados facilmente, dada a fixação principal da minha vida. Lá estavam as ondas amorfas de verde representando as esmeraldas e as estranhas duplicações e triplicações de formas deitadas, minha ânsia persistentemente inconsciente de descobrir o que aconteceu de verdade na esquina da 84th com a Budlong naquele dia. Num determinado ponto acho que vi uma mulher branca de cabelos escuros com fios grisalhos me olhando, mas ela/aquilo foi só um fiapo de nada.

Duas dúzias de pessoas estavam sentadas na sala de Jomo quando saí cambaleando, não sei quantas horas depois. Elas me aplaudiram de pé. Foi uma recompensa superlativa por meu desempenho.

Mudei-me para um cafofo lúgubre na fronteira de Watts.

Comecei a passar o tempo na Black Cat.

Meu recrutamento pela FLMM e/ou ATN é iminente, mas não estou correndo para nada.

Quero que esse desempenho dure. É meu circuito de volta a 24 de fevereiro de 1964. Cada parte minha, privada de privilégios, sabe que isso é verdade.

CAPÍTULO 49

(Las Vegas, 5/11/68)

Dick Trapaceiro venceu. Por pouco, mas não *tão* pouco. A vitória foi por mais do que um pentelho de ratazana.

Carlos deu uma festa de arromba. Sua suíte em falso estilo romano, mafiosos e mórmons, reprises da eleição na TV. Garotas de programa contavam histórias de "fiz boquete em JFK". Farlan Brown disse que Nixon não era homem de frente. Era mais como um escravo de sadomasoquismo. Iria ficar mau e bombardear algum buraco de merda no Terceiro Mundo. Iria fritar algumas criancinhas e ficaria todo choroso depois. Arranjaria uma dona tarada com um chicote para colocá-lo no lugar.

Convidados sóbrios balançavam bandeirinhas. Convidados bêbados usavam chapéus de elefante. Os hotéis de Hughes disparavam fogos de artifício Viva Nixon! em vermelho, branco e azul.

Wayne circulava. Farlan Brown lhe mostrou o bilhete de agradecimento de Drácula. Drácula elogiava o trabalho e o auxílio químico de Wayne. Mencionou os voos charter de Hughes para os locais de cassinos no estrangeiro — vamos começar logo.

Mais fogos de artifício. O Landmark tinha um rosto de Nixon em néon na marquise. Farlan disse:

— O escroto ainda precisa fazer a barba.

— Os locais dos cassinos. Temos que mandar Mesplede logo — disse Sam G.

— A Nicarágua tem uma tendência a virar Vermelha — comentou Santo T..

— Dick vai colocar uma marionete pró-EUA no cargo. Ele sabe que é preciso um homem forte para calar os Vermelhos — observou Carlos.

— O negócio é a R.D. Eles têm um governo estável desde a guerra de 1965. O novo *jefe* é um anão veado. Só quer um pouco de ouro dos EUA e um belo par de sapatos plataforma — completou Sam.

— Sam tem uma namorada dominicana que fica puxando ele de um lado para o outro pelo *schvantz*. Fez ele pensar que os dominicanos são brancos — disse Santo.

— Celia é um fogareiro a carvão. Ela atravessa para o Haiti e agarra a vara preta — disse Carlos.

Sam segurou o pau.

— Os italianos são mais bem-dotados que os crioulos.

Carlos perguntou:

— Onde você ficou sabendo disso?

Santo gargalhou.

— O papa João XXIII contou a ele. Os dois estavam dando um tempo num convento com umas freiras crioulas.

Carlos entregou a Wayne uma caixa de donuts.

— Obrigado por tudo, *paisan*. Hughes, Nixon, a coisa toda.

A volta demorou uma eternidade. Os hotéis ficaram loucos com Nixon e colocaram cartazes idiotas. A consequência foi engarrafamentos. Dick Trapaceiro foi mormonizado e mafianizado. Ele era bom para os negócios. Os Rapazes compraram quatro anos de vacas gordas.

O Stardust estava atordoado com Nixon. Legisladores contavam histórias de "eu conheço o Dick" e vomitavam em copinhos de plástico de máquinas caça-níqueis. Wayne subiu pela escada. Ouviu o telefone tocando no corredor. Ligações às três da madruga. Merda.

Correu e atendeu. Ouviu Mary Beth no quarto.

— Wayne Tedrow. Quem é?

— Interurbano, senhor. Pode atender o presidente eleito Nixon?

Wayne engoliu em seco. A linha estalou duas vezes. Wayne ouviu burburinhos de fundo e a voz do Cara.

— Obrigado por todo o seu trabalho. Pode ter certeza da minha cooperação.

Clique. O quê? Isso foi real?

Wayne entrou no quarto. Mary Beth estava vendo TV. O Cara fazia o V da vitória. Um botão da camisa se abriu.

Ela tirou o som.

— Quem ligou tão tarde?

— Você não vai acreditar.

Ela sorriu e apontou para a caixa de donuts. Wayne jogou-a na cama. Cinquenta mil dólares caíram. Mary Beth uivou e cobriu a boca.

— É a minha verba para achar seu filho.

Aquela esmeralda linda estava ali no travesseiro. Mary Beth jogou-a junto com a grana.

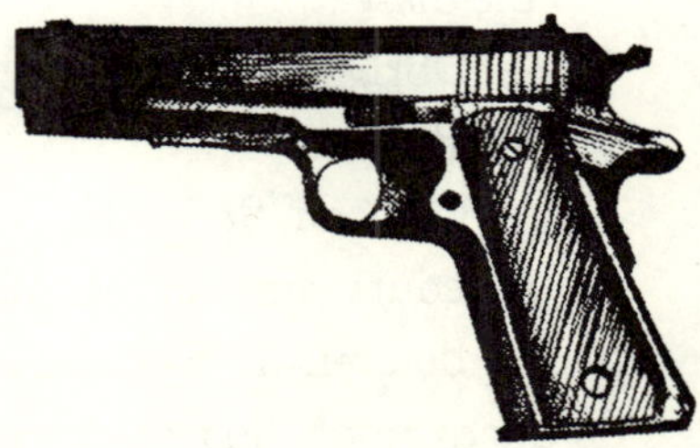

CAPÍTULO 50

(Los Angeles, Las Vegas, Washington, D.C., de 6/11/68 a 24/12/68)

Nervosismo, giros cerebrais, dormir e acordar. Caleidoscópio de Memphis misturado.

Uma bebida e um comprimido eram esporadicamente insuficientes. O motel Lorraine mudava de forma. Charges racistas se transmutavam. Gárgulas negras usando capuzes da Klan.

Karen estava preocupada. Via-o se esgarçando e não conseguia impedir. O Fulano ficava aparecendo e estourando o tempo deles. Sua gravidez avançava, ela tinha mais consultas médicas, ela levou a família para o leste no Natal, estava ligada na ligação dele com Joan Klein.

Wayne trabalhava nas adulterações da ficha de Joan. O garoto era um gênio — talvez *ele* conseguisse tirar a tinta preta. Mostrou a Joan a foto do pedófilo espancado. Joan retribuiu o favor à la Karen Sifakis. Entregou uma gangue que mandava cartas-bomba em Cleveland, um indiciamento múltiplo de primeira.

Ele disse:

— Obrigado, Srta. Klein.

Ela disse:

— De nada, Sr. Holly.

A deduragem empolgou o Sr. Hoover por seis segundos. Seu tempo de atenção havia se encolhido a dimensões de uma tira de quadrinhos. Sua monomania crescera a um tamanho de romance russo. Ele odiava os militantes negros como odiara os Vermelhos em 1919. Falava de problemas da militância negra verdadeiros e amplamente imaginados. Tinha ataques de tosse e chiliques nervosos. No céu o Dr. King ria a ponto de rasgar seu santo cu preto. O crioulo-chefe ressuscitava na forma de todos os crioulos reais e imaginados, e a bicha velha estava impotente.

Mas ele ainda era perigoso. Ainda tinha fichas sujas sobre a porra do mundo inteiro — inclusive Dwight Holly, "o Executor".

O Sr. Hoover estava satisfeito com a OPERAÇÃO IRMÃO MAAAU. Dwight lhe disse que Marsh Bowen estava sendo cortejado pela ATN e a FLMM. Não contou ao Sr. Hoover que tinha pagado a dois tiras para encher de porrada a bunda preta de Bowen. Este não contou a *ele* sobre a surra e evitou encontros cara a cara até que os ferimentos estivessem curados. *Vaidade* era a palavra-chave para o irmão Marshall E. Bowen. *Desprezo* definia o irmão Bowen secundariamente. Ele era a diva com necessidade abjeta de plateia e uma desconsideração proporcional.

Era um ator brilhante e brilhantemente complexo. Era capaz de seduzir, trair e colocar armadilhas com insolência e savoir-faire estilo "o show tem que continuar".

A surra pareceu fraturar seu ego e instilar uma circunspecção maior. A surra trouxe ao irmão Bowen um pouco de estrutura de negritude da zona sul. Agora era necessário: um ponto de contato para trabalhar o irmão Bowen numa base diária. Ele tirou Don Crutchfield do trabalho de vigilância — o irmão Bowen estava puxando a linha. A questão de presságio atual: será que o irmão Bowen vai cruzar o caminho da camarada Joan Klein?

Ele a chamava de "Srta. Klein". Pensava nela como "Joan". Ela possuía uma qualidade epônima. As lacunas em sua ficha e sua relutância em falar do passado aumentavam a curiosidade. Ela viajara muito. Facilitava bochicho esquerdista pelo mundo afora. Organizadora, facilitadora, suspeita de assalto à mão armada. Panfletista, informante, acadêmica renegada.

Conte o que eu quero saber.

Não sei por que preciso.

Deu a Joan um telefone com misturador. Isso permitia ligar para ele sem ser rastreada. Ela telefonava quase toda noite. Eles observavam o protocolo informante-controlador enquanto falavam da vida pessoal. Ele não descrevia toda a extensão de seu relacionamento com Karen Sifakis. Joan simplesmente não mencionava Karen. Eles não falavam de negócios, guardavam tais discussões para os horários marcados para isso. Joan contou que tinha um dinheiro para ele. Ele perguntou:

— Que dinheiro?

Ela contou que Leander Jackson tinha obtido lucro com a cocaína do agente Holly. A camarada Klein achava que deveria devolver sua percentagem. Ele disse para ela ficar com o dinheiro. Ela agradeceu. Tudo era lindamente decoroso pra caralho.

Altercavam e falavam de política. Ele pavimentava indagações tortuosas sobre a vida passada e as associações dela. Joan as repelia com brusquidão ocasional e um humor áspero. O lado policial dele estava totalmente em cima dela. O resto estava hesitando meio passo atrás. Joan havia controlado aparelhos. Tinham que ser de classe alta e bem camuflados. Ela evitara a prisão. Deveria haver mais papelada sobre ela na polícia. Ele procurou feito louco qualquer papelada sobre seus ancestrais esquerdistas e não achou nada.

Karen compartilhava seu pouco conhecimento sobre Joan com um ressentimento distanciado. Holly tinha certeza de que Joan sabia mais sobre ele do que ele sobre ela. A disparidade o deixava ofegante.

Estava fazendo incursões nos bairros negros. Wayne trouxe Milt Chargin para ajudar o gordão a administrar a Black Cat. O trambiqueiro branco e o mastodonte negro deram certo como equipe empresarial. O DPLA abafou o atentado a bombas na Táxis Big Boy — o dono era um receptador de carros roubados que eles queriam anular. A morte do Dr. Fred se esvaiu até o status das últimas páginas. Jack Leahy molhou a mão de alguns repórteres com grana do Bureau e disse: "Deixem isso pra lá, certo?" Aquela matéria do *L.A. Times* foi a última grande menção. Wayne marcou um encontro com o presidente do Banco Popular. A coisa poderia ficar feia. Os Rapazes queriam seu banco de volta. Os federais queriam informações.

Em algumas noites ele percorria os bairros negros. Isso o estimulava e induzia a exaustão e um ocasional sono pré-amanhecer. A vida tarde da noite no gueto era tremendamente sedutora. Policiais de costumes calçavam luvas de borracha para manipular travestis putas. Lojas de discos tocavam música zulu e vendiam bonequinhos de porcos do DPLA. Os policiais compravam a maior parte e prendiam nas antenas dos carros. Ele ouvia rádio revolucionária. Estações piratas transmitiam a partir de bares e mesquitas muçulmanas. Disse a Joan que sua música predileta era "Genocídio Azul", de Mao Maomé e os Caçadores de Porcos. Joan disse:

— Camarada Dwight, *você está aprendendo.*

Às vezes via Scotty Bennett percorrendo a região. Scotty adorava a comida dos negros do sul. O Sister Sylvia's Kitchen o alimentava de graça. Scotty sempre dava gorjetas generosas.

Deve haver uma guerra entre a ATN e a FLMM. Marsh Bowen deverá facilitá-la. As drogas devem figurar de modo proeminente. Isso precisa ficar abaixo da catástrofe, caso contrário Karen não vai perdoá-lo. Precisa ser algo feroz. Precisa render os resultados necessários para ele e servir à agenda da camarada Joan. Precisa levar os dois ao local idêntico — para que ela conte onde esteve e o que sabe.

CAPÍTULO 51

(Los Angeles, 24/12/68)

Feliz Natal.

Recebeu de sua mãe o cartão de sempre e os 5 dólares. Este: carimbo da cidade de Racine, no Wisconsin. Levou ao pai a nota de 100 de sempre e um sanduíche Reuben. Papai fez seu número do foda-se e mijou nos sapatos dele.

Lembrete: trabalhe no dossiê de sua mãe. Indague no DP de Racine. Lembrete: o dossiê de seu caso está atualizado. Seu caso está empacado-morto. Lembrete: arrastar o rabo até a sacudida R.D. e ao voduzado Haiti.

Véspera de Natal, o estacionamento dos motoristas, a festança de Clyde Duber. Comida de delicatéssen e chope. Coquetéis perto das bombas de gasolina, bolas grátis da farmácia de prescrição rápida.

Crutch circulava. Estava anfetaminizado e solitário no feriado. Wayne mandou o francês ao Panamá. Foda-se aquele lugar. Todas as estradas levavam à R.D. Todos os relatórios dos homens de frente apontariam para lá.

Phil Irwin estava comendo uma preta no elevador de serviço. Scotty Bennett tinha levado umas dançarinas para fazer boquete. O carro de Buzz Duber era uma Zona de Boquetes do Papai Noel. Fred Otash distribuía fichas grátis para seu cassino em Vegas. Bobby Gallard jogava baralho com Clyde e Chick Weiss. Usavam como toalha de mesa a bandeira vietcongue mijada, de Scotty.

Crutch re-circulou e re-deprimiu. Estava entediado. Dwight Holly tirou-o do serviço de Marsh Bowen. Ele escondeu a veadice de Bowen e guardou a informação como um trunfo. Mesmo assim continuou com as vigilâncias de carro — poderiam dar em alguma coisa. Clyde o fez trabalhar em divórcios em tempo integral. Buzz desistiu do "caso". Nunca teve conhecimento integral nem bagos integrais para o serviço. Buzz era um cara de risinhos e trepadas. Donald Linscott Crutchfield matou dez comunistas. Arland "Buzz" Duber extorquia putas para o chuparem.

Scotty apareceu. Bobby Gallard chamou-o. Ei, chefe — aquele tal de Bowen ficou famoso com aquela merda que aprontou com você.

Scotty sorriu e piscou.

Scotty apontou para os 18 bordados na gravata.

Scotty desenhou 19 no ar.

* * *

Natal de voyeur.

Crutch passou pela casa de Julie, pela casa de Peggy e pela casa de Kay. As garotas eram da sua idade. Sempre trocavam presentes depois do jantar. Papai montava as mesmas luzes do lado de fora todo ano. Crutch conhecia a rotina.

A vista da janela de Julie estava melhor do que no ano anterior. O pessoal de Julie deu ao namorado CDF dela uma meia de CDF, com renas. Ele ficou com aquele olhar de "Ah, merda". Julie cutucou-o — seja bonzinho.

A família tomou coquetéis fracos. Papai ficou com as escleróticas vermelhas. O CDF arrastou os pés e mostrou um anel de noivado. Mamãe e papai abriram o berreiro. Todo mundo se abraçou. O irmão de Julie, Kenny, morreu na esquina da 1st com a Arden. Dois carros estraçalhados, fim de 1962. Kenny cafungava cola e gostava de mostrar o pau. Mostrou para a namorada de Buzz, Jane Hayes. Buzz e Crutch encheram-no de porrada por volta de 1961.

O Show da Julie foi sucesso total. Você vai ser tão feliz, buáááá! Crutch passou pela casa de Peggy e pela de Kay. As cortinas estavam fechadas. Próxima parada: esquina da 2nd com a Plymouth.

Janelas iluminadas. Sem manjedoura no quintal — Dana Lund tinha bom gosto. Ele apagou as luzes e esperou. Apontou a lanterna miniatura para o painel e deu iluminação natalina a Joan. Tropeçou no cérebro: o rosto de Joan e a história de Dana.

O marido dela, Bob, tinha morrido na Coreia. Na época Chrissie tinha 4 anos. Dana voltou a trabalhar como enfermeira e vendia imóveis em meio expediente. Ela nasceu em 1915. Faria 54 em março. Namorava velhos ricos intermitentemente. Começou a retocar o cabelo grisalho em meados de 1964. Crutch notou na época.

Chrissie caminhou pela sala de estar. Dana foi atrás. Crutch conteve as lágrimas. Dana usava o suéter que ele comprou para ela no dia em que pensou que iria morrer.

Opções: Igreja Luterana da Trindade ou o novo cafofo de Marsh Bowen. Às vezes os cultos da meia-noite o des-deprimiam. Corta essa: o pastor sabia de seu voyeurismo e o odiava. Ainda estava ligado. Isso significava os bairros negros, por falta de outra opção.

Marsh Bowen estava regredindo racialmente. Seu cafofo na Denker era negro de classe. O cafofo na 86th era uma caverna de crioulo. Estrutura de blocos de concreto, grades nas janelas, pintura crioulodélica.

A hora: 0h51.

Crutch estacionou e esperou. O rádio servia como distração. Ouviu corais natalinos e o irmão Bobby X, ao vivo na Rae's Rugburn Room. O irmão Bobby arengava contra os judeus e desejava ao povo negro um ano-novo livre dos porcos. Marsh Bowen saiu à 1h14. Visual novo: cabelo curtinho e tudo *preeeeto*.

Bowen passou pelo carro dele e pegou a Imperial Highway. Luzes fortes lá: postos de gasolina e cafés abertos a noite toda.

Dê uma folga, ele está perto demais, vai ver você.

Crutch esperou dois minutos e foi para o sul. Chegou à esquina e olhou para os dois lados. Nenhum pedestre. Passou lentamente pelo Goody-Goody's e pelo Carolina Pines, grandes vitrines nos dois lugares. Lá estava Bowen no Pines, tomando café sozinho.

O lugar estava semideserto. Crutch parou e foi andando devagar. Radar Gay: Bowen acompanhava com os olhos todos os homens desacompanhados.

Entrar, chegar perto, uma distância que dê para ouvir.

Crutch sentou-se duas mesas depois de Bowen. Via-o de costas. Uma garçonete trouxe café. *Aaaaah*, bom — mais combustível para os seus jatos.

Bowen se remexia e olhava o relógio. Radar Gay: um mexicano gordo riu para ele. Bowen estremeceu e baixou os olhos.

Crutch verificou a porta. Ela se abriu. Ele piscou. Não pode ser. Esfregou os olhos — sim, não, *sim*.

Joan Klein entrou e sentou-se com Bowen. Ela tirou o sobretudo. Sorriu. Tirou a boina e sacudiu os cabelos.

Limpou os óculos num guardanapo. Parecia mais velha sem eles. Usava um vestido de tricô preto. A cicatriz de faca estava coberta. Crutch ficou quente/frio/quente/frio/quente/frio.

Joan e Bowen conversaram. Era *sotto voce*. Crutch forçava e reforçava os ouvidos e não conseguia escutar porra nenhuma. Bowen tomava golinhos de café. Joan tomava golinhos café e fumava. Um casal branco lançou para os dois um olhar puto, tipo, casal miscigenado. Joan tocou o braço de Bowen — uma vez, duas vezes, três. Bowen se encolheu três vezes. Crutch captou ondas sonoras. Captou a voz rouca de Joan. Aquilo o queimou todo por dentro.

Manteve a cabeça baixa. Os olhos deles jamais se encontraram. Joan está falando mais, Joan está dando em cima, Bowen é homorrelutante. Joan beijou Gretchen/Celia na casa alugada aquela noite.

Crutch se inclinou mais para perto. Seus ouvidos latejavam. Não conseguia ler os lábios de Joan. Bowen tossiu e disse:

— Sonho estranho, o seu.

Joan falou, um pouco mais alto:

— Aparelho.

Só isso, não mais, de volta ao papo baixinho e...

Crutch ficou *des*-ligado, *re*-circuitado e *re*-ligado.

Aparelho, casa alugada, falsa aeromoça Gretchen/Celia. Endereço falso: "***Um aparelho comuna.***"

Crutch pôs 1 dólar na mesa e saiu ***devagaaaar***.

Aparelho, casa alugada, casa da morte. Confluência, proximidade...

Suas ferramentas lhe permitiram entrar: o terceiro passeio.

Sem hippies nem mendigos morando. Sem mudança desde a última vez. Mais umidade, novo fedor de inverno, decadência acelerada. O som das tábuas do piso estalando estava mais alto, o ar ardia mais.

Seu último passeio. Tinha que causar danos visíveis. Não poderia voltar. A presença dela era uma possibilidade remota. Precisava tentar.

Gazuas, alavanca, pé de cabra, lanterna, minilanterna. Estetoscópio preparado de ladrão, faltando três horas para o amanhecer.

Percorreu a casa de cima a baixo. Abriu cada gaveta e examinou cada prateleira. Cortou cada peça de mobília estofada. Olhou atrás de cada foto emoldurada e puxou cada tapete.

A casa estava fria. Um suor frio o encharcava. Largou as ferramentas, enxugou as mãos e continuou.

Subiu escadas e verificou cada parede e trave de teto. Matou ratos a porrada com uma pá no sótão e passou pente fino em cada centímetro. Arrancou as tábuas do piso do térreo e espiou através de teias de aranha, ninhos de inseto e terra.

Estava chovendo. O amanhecer vinha devagar. Isso lhe deu mais tempo. Estava coberto de sujeira. O suor se transformava numa lama fina.

Bateu em cada painel de parede. Encostou o ouvido no estetoscópio e tentou ouvir pancadas ocas.

Era manhã de Natal, ouviu sinos de igreja, quase chorou.

Nuvens passavam lá fora. Um pouco de luz do dia vazava para dentro. Viu um degrau solto perto do topo da escada.

Foi até lá. Era a parte de cima do degrau. Os pregos estavam frouxos. As duas peças, bambas.

Uma abertura de 2 centímetros apareceu. Ele arrancou o pedaço de madeira e viu um esconderijo. Tinha 60 centímetros de comprimento e 15 de altura. Dentro:

Um .38 cano curto enferrujado. Munição de revólver enferrujada. Quatro panfletos pró-Castro mofados. Nove panfletos pró-imigrantes ilegais. Um cartaz E.U.A. FORA DO VIETNÃ. Um caderno pequeno — páginas grampeadas, tinta manchada e texto erodido em toda parte. Uma data visível: 6/12/62.

Crutch apontou a minilanterna para as páginas e forçou a vista. Não conseguia discernir palavras. Viu números e teve um instinto: taxas de câmbio para moedas estrangeiras. Captou o formato geral: minutas de reuniões de algum grupo comuna.

O texto página por página foi virando borrões. A última página tinha três assinaturas claras na parte de baixo.

Terry Bergeron, Thomas F. Narduno, Joan R. Klein.

ELA.

Crutch tocou o nome dela. Suava e pingava lama. A página se despedaçou em sua mão.

Outra coisa o cutucou. "Thomas F. Narduno", provocação cerebral.

Demorou um tempo só ali parado. A coisa chegou num jorro.

Os jornais de St. Louis. A matéria sobre os assassinatos na Grapevine. A vítima estranha, de esquerda: Thomas F. Narduno.

Limpou o buraco-esconderijo. Pôs tudo em sua caixa de ferramentas. Ouviu os sinos das igrejas de novo. Saiu e ficou ofegando na chuva.

CAPÍTULO 52

(Los Angeles, 26/12/68)

— O senhor tem opções dentro do ultimato. Estamos lhe permitindo autonomia considerável — disse Wayne.

Dwight revirou os olhos.

— Você é um baluarte da comunidade negra local e coletor de dinheiro para o Partido Democrata, admito. ***Além disso***? Você lava dinheiro para a máfia e está devendo aos Rapazes, e tudo que estamos pedindo é mais do mesmo.

O escritório era forrado de lambris de carvalho. As poltronas eram de couro verde. O retrato a óleo de MLK dominava a sala. Wayne forçou os olhos a se desviarem.

— Os irmãos por aqui chamam você de "Lionel, o Lavador". É que nem aquele cara da caixa de sabão em pó. Eles o chamam de "Sr. Limpo" — disse Dwight.

Lionel Thornton deu um risinho. Tinha 53 anos. Sua escrivaninha media 2,20m. Wayne e Dwight tinham poltronas pequenas. Ele tinha um trono. Wayne e Dwight eram brancos grandes. Ele era um negro pequeno. Usava o terno de risca de giz mais elegante do mundo.

— O senhor lava dinheiro de construções e cassinos no exterior. Permanece como presidente do banco. Ajuda o Sr. Hoover e o agente Holly com as informações requisitadas, o que lhe permite manter pessoalmente três por cento de cada dólar que lavar — continuou Wayne.

Thornton sorriu. Dwight cantarolou o jingle do Sr. Limpo. Wayne afastou o olhar do Dr. King.

Dwight pegou seus cigarros. Thornton balançou a cabeça. Dwight começou a acender. Wayne o impediu.

— Eu chego a 3,5 por cento, um aumento de cinco por cento para seus empregados e um aumento de salário de 15 por cento para o senhor. Tem 20 mil dólares na minha pasta. É o seu bônus por cooperar.

Thornton acendeu um cigarro e soprou fumaça na direção de Dwight. Dwight se levantou. Wayne cutucou o pé dele. Dwight voltou a sentar e cruzou as mãos.

Dr. King em óleo lustroso — mais bonito do que na vida real.

Thornton disse:

— Me dá a pasta também.

Wayne fez uma reverência. Dwight sorriu. Um tiro espocou lá fora. Dwight estremeceu e tocou o cinturão da arma. Aquela porcaria de retrato. Lambris de carvalho num pardieiro negro.

Thornton disse:

— O Sr. Hoover está fazendo uma operação. A presença do Sr. Holly hoje atesta isso. Imagino que estejam assediando alguns militantes negros iludidos. Desejo tudo de bom e deixo-o nisso, mas não posso dar informações nem oferecer ideias, nem manter livros separados para os senhores.

Wayne assentiu. O peito de Dwight martelava — Wayne viu a camisa dele se mexer. Thornton se levantou e oscilou em sapatos de plataforma.

— Um último favor. Para o Sr. Holly, acho. Notei o cassetete pequeno em sua cintura.

Tiros se sobrepuseram — desta vez mais perto.

— O ex-marido da minha mulher a está incomodando. Eu gostaria que ele desistisse.

Um interfone soou. Wayne e Dwight se levantaram. Thornton apontou para o retrato.

— Brancos escrotos como vocês o mataram, mas sua voz prevalecerá no final.

— Espero que sim, senhor — disse Wayne.

Reformou o laboratório. Jogou fora o material de heroína e acrescentou uma colagem. Fotos de Reginald Hazzard cercavam-no em quatro paredes.

Divisórias estabeleciam um espaço de arquivo. Trouxe caixas de arquivo e resmas de papel. Tinha trabalhado para o serviço de inteligência do DPLA. Sabia montar dossiês e juntar informações. Mary Beth lhe comprou um suéter de cashmere de Natal. Ele disse a ela que queria *mesmo* era uma máquina de teletipo.

Mary Beth comentou:

— Você tem todas essas fotos do meu filho e nenhuma foto minha.

Ele disse que queria encontrar seu filho porque já a havia encontrado. Ela disse a ele para continuar. Ele disse que ela parecia diferente a cada vez que a via, de modo que as fotos estragariam a surpresa. Ela disse para continuar. Ele disse que os dois nunca se encontravam fora de sua suíte de hotel. Ele gostava de imaginar como ela se parecia no mundo.

O espaço de arquivo tinha potencial. O laboratório era pequeno e bem equipado. Tinha um espectroscópio, um fluoroscópio e os produtos químicos para trabalhar nas páginas de Dwight.

Wayne desconectou o telefone e sentou-se para trabalhar. Falou antes com Carlos e Farlan Brown. Suas novidades: Lionel Thornton cedeu. A novidade de Farlan: o presidente eleito estava mandando cartas de permissão para a equipe de pesquisa para os cassinos. Também incluídos: passes para a cerimônia de posse. Engraçado, mas: Mesplede queria o Merdinha Crutchfield na equipe. Wayne cedeu. O Merdinha era barato e talvez tivesse que ser apagado para evitar incômodo em algum momento. Manter o vagabundo sob rédeas curtas.

O serviço de química para Dwight era improvável e exaustivo. As páginas do dossiê eram de papel ácido e queimavam sob aplicações cáusticas. Ele trabalhava naquilo em parte do tempo havia dois meses. Tinha destruído dois terços da ficha de Joan Rosen Klein e não conseguira espiar através de uma única linha. Uma ideia lhe veio de manhã. Jogar luz de espectroscópio e fluoroscópio nas marcas da máquina de escrever. Bombardear as linhas cobertas de tinta com raios contrastantes. Passar levemente hidroxiácido nas formas de letras percebidas e ver o que aparece e o que se desfaz.

Montou as barras de luz, os documentos, o ácido e os cotonetes. Usava óculos com lentes escuras. Enfiou uma folha adulterada sobre um mata-borrão. Mandou ver com as luzes. Forçou a vista e *pensou* ter visto letras maiúsculas, *N*, *J*, *R* e *K* delineadas quase microscopicamente. Ele *pensou* que conseguira "<u>NOME: JOAN ROSEN KLEIN</u>" e nada mais.

PORÉM:

Podia sacrificar aquela linha coberta de tinta. Poderia procurar as outras letras maiúsculas que se seguiam logicamente. Desse modo poderia refinar a luz e a técnica aplicada.

Mais luz agora. Diferentes ângulos. Mais hidroxiácido, mais/menos/mais/menos...

Queimou o possível "Joan Rosen Kl" — chiando direto até o mata-borrão.

O ácido empoçou e borbulhou.

Uma linha de tinta ficou turva e se desbotou.

As marcas de máquina de escrever mostrando "EIN" apareceram fracas na página.

Wayne tremeu. Tirou a página de teste e enfiou a página marcada com "Aliados". Contou 14 linhas com tinta preta e baixou as luzes. Passou de leve o hidroxiácido. Queimou linhas de tinta, desbotou linhas de tinta, turvou linhas de tinta e conseguiu marcas de máquina de escrever puramente ilegíveis. Forçou a vista. Refocalizou as luzes e chamuscou o papel. Refocalizou e conseguiu manchas. Refocalizou, remolhou e conseguiu os números visíveis "7412". Mais queimaduras, mais turvação, um *U*, um *L*, um *T*. Refocalizou e molhou de novo. Conseguiu um nome desbotado, borrado, marcado, datilografado: "Thomas Frank Narduno".

CAPÍTULO 53

(Los Angeles, 27/12/68)

As luvas com ferro na área dos nós dos dedos quebravam ossos e poupavam sua mão. Maximizavam o ferimento e minimizavam o estrago para o agressor.

Dwight esmurrava um negro peso-galo chamado Durward Johnson. Lionel Thornton assistia. Johnson parecia Billy Eckstine sem o bigode. O serviço acontecia atrás da casa de Johnson. Baldwin Hills era um bairro negro de alto nível. O beco era asfaltado. Luzes de Natal seguiam ao longo da cerca.

Dwight controlava os socos, pegava leve e mesmo assim quebrava ossos. Thornton estipulou trabalho facial. Johnson agarrou um elo da cerca e se manteve de pé. Thornton ficava longe dos espirros de sangue.

Jabs e cruzados. Nas bochechas e no queixo — só não fode com os olhos e com o cérebro dele.

O nariz se partiu audivelmente. Os dentes escorriam da língua partida. As costuras da luva de Dwight estouraram e vazaram bilhas. O topete de Johnson voou para longe da cabeça.

Ele ficou de pé. Cuspiu uma ponte quebrada e acertou os sapatos de Thornton. Thornton deu um risinho.

— Eu comi sua mulher, crioulo — disse Johnson.

Dwight mandou um de direita. Johnson agarrou a cerca com as duas mãos. Dwight tropeçou e foi caindo junto com o soco. Acertou com força total. Derrubou Johnson e um pedaço da cerca de aramado. Dwight caiu junto com eles.

O mundo ficou de cabeça para baixo. Luzes de Natal piscavam acima dele. Levantou-se e ajudou Johnson a ficar de pé. Thornton havia sumido. Johnson cambaleou até o quintal dos fundos de um vizinho e se deixou cair numa cadeira de piscina.

Dwight tirou as luvas e voltou ao carro. Havia um cartão de visitas enfiado embaixo do limpador de para-brisa.

Sargento Robert W. Bennett/Divisão de Roubos/DPLA. Abaixo disso: "No Vince & Paul's, 1 hora".

O pedófilo não era nada. O cara comia crianças e Joan queria que acabassem com ele. Ele mostrou a Polaroid a Joan. O pervertido estava totalmente arrebentado. Então ela tocou seu braço. Ele se inclinou e deixou que as mãos dos dois roçassem. Mantiveram a pose para dizer algo um ao outro.

Durwald Johnson era serviço de merda. Thornton era um anão inábil. A coisa foi feia. Suas mãos doíam. Deu-lhe aquela sede do tipo "se esconde e enche a cara de novo".

Dwight flexionou as mãos. Tinha dois dedos luxados. As cutículas sangravam. Havia bilhas sob as unhas.

Ligou para Joan antes do serviço com Johnson. Falaram da posse de Nixon. Ela disse que alguns Vermelhos desgarrados estavam indo de avião para Washington. Tinham armas que haviam sido usadas num assalto a banco na Flórida. Planejavam usar máscaras de Nixon e roubar três bancos na véspera do dia da posse. Joan forneceu os nomes e endereços.

Ele ligou para o escritório de Miami. A equipe de bancos pegou os escrotos no aeroporto. Estavam a caminho de Austin, Texas. Planejavam assaltar três bancos vestidos como LBJ.

Então ele ligou para Karen. Ofereceu-lhe um bombardeio a monumento para comemorar a prisão. Karen estava indo para o hospital. Eleanora queria sair *agora*. Dwight ouviu Fulano ao fundo.

O Vince & Paul's estava devagar. As garçonetes usavam roupas de Mamãe Noel versão puta. Dwight espremeu três bilhas para fora das mãos e ensanguentou a toalha de mesa. Pediu "só essa bebida e mais nada".

A garçonete levou um uísque duplo para ele. O primeiro gole aqueceu-o, o segundo disparou um alarme. Sentiu as pernas retornando. Scotty Bennett deslizou para dentro do reservado.

— Você deveria ter me contado.

Dwight remexeu a bebida.

— Quem contou a você?

— Os tiras que você pagou para encher o Bowen de porrada.

— Então vou pedir desculpas antecipadamente. É uma operação do Sr. Hoover. Ele queria passar por cima de você.

Scotty tomou um gole de seu bourbon com gelo.

— Você está preparando o Bowen. Os Panteras e o EU estão muito bem infiltrados; você vai mandar o Bowen para trabalhar com a ATN ou a FLMM.

— Extraoficialmente, sim. Oficialmente, nossa maior chance de sucesso decorre da altercação de Bowen com você.

Scotty mastigou um cubo de gelo.

— Vamos colocar isso de novo no pé em que deveria estar. Quero ver todos os relatórios de Bowen e toda a papelada mandada para o Bureau.

— Não.

Scotty terminou a bebida. Sua namorada garçonete lhe trouxe mais uma.

— A ATN e a FLMM são uma palhaçada. Não valem o trabalho. Não conseguem nem encontrar o próprio rabo numa privada.

Dwight balançou a cabeça.

— Discordo.

— Por quê?

— Eles são criminosos de carreira cheios de ressentimento. Um fragmento razoável desta sociedade concorda com as ações deles. Há uma regra básica em organizações assim. O psicopata mais enfático assume a liderança e cria os objetivos, e a ATN e a FLMM têm algumas figuras fantásticas.

Scotty sorriu.

— Você fala que nem um advogado.

— Eu sou advogado.

— E sabe sobre psicopatas porque passou vinte anos fazendo serviço de capanga para o Hoover.

Dwight levantou sua bebida.

— *Touché*.

— É esse papo de "ressentimento" que não estou engolindo.

— Ora, sargento. Nós dois somos policiais brancos. Não criamos o mundo, mas ambos sabemos como ele funciona e ambos sabemos que não é possível deixar negros emputecidos pegarem pesado e foderem com o mundo só porque o povo deles passou aperto e alguns garotos brancos doidões acham que eles são maneiros.

Scotty estalou os dedos.

— Se Bowen fizer coisa ruim, por conta própria ou num contexto em que você o tenha colocado, não vou pensar duas vezes antes de cair em cima dele. Isso significa qualquer ação criminosa. Isso significa que vou entrar unilateralmente, sem medo de você, do Hoover, do chefe Reddin ou de qualquer outro envolvido nessa operação.

Dwight estalou os dedos. Os punhos das mangas estavam expostos. Encharcados de sangue.

— Você vai ficar de bico calado com relação a essa operação?

— Vou.

— Vai se conter para não colocar uma armadilha para Marsh Bowen e se segurar para não ir atrás dele?

— Vou.

— Vai me informar sobre qualquer dica que possa ter descoberto sobre a ATN e a FLMM?

— Não.

— Vai manter uma política de ficar longe da ATN e da FLMM durante essa operação?

— Não.

— E se eu passar por cima da sua cabeça e falar com o chefe Reddin?

Scotty sorriu.

— Você não vai fazer isso. Nós dois sabemos aonde isso nos levaria.

Dwight sorriu.

— Vamos dar um passo atrás e fazer uma concessão um ao outro.

— Eu primeiro. Você vai me informar sobre qualquer assalto a mão armada que os membros da ATN e da FLMM estejam para fazer?

— Vou. Meus parâmetros operacionais são muito rígidos com relação a isso. Bowen vai me informar sobre futuros assaltos e eu informo a você.

— E se Bowen não tiver conhecimento e eu souber sobre futuros roubos por conta própria?

Dwight levantou os óculos.

— Então melhore sua reputação e mate os escrotos com todo o meu apoio.

Scotty levantou os óculos.

— Qual é a minha concessão?

— Fale sobre seu ódio contra Bowen a policiais, aos seus informantes, a qualquer um que queira ouvir. Quanto mais você o odiar, mais ele vai ter entrada com os irmãos.

Scotty deu de ombros.

— Isso não é exatamente uma concessão. Já estou fazendo mesmo sem você pedir.

A vitrola automática foi ligada. A música ficou *ALTA*. Dwight puxou o fio da parede. A música ralentou e morreu. Dwight recebeu uma variedade de olhares esquizoides.

Scotty se espreguiçou. Seus podres ficaram expostos: arma no cinturão, arma no coldre de sovaco, minicassetete, soco-inglês.

— É Natal. Peça outra concessão a Papai Noel.

— Tente não matar Marsh Bowen. Isso vai contra sua natureza, mas é a coisa branca a ser feita.

— Combinado.

A namorada garçonete se aproximou. Scotty fez sinal para ela se afastar.

— Sabe, eu tenho um bom número de informantes na zona sul.

— É, tem.

— Soube de uma dica legal hoje.

— Estou ouvindo.

— Marsh Bowen é veado.

O hospital mandou um telegrama para o escritório de fachada. Eleanora Sifakis, 4 quilos e 18 gramas, saudável. "Mamãe vai ligar logo."

Dwight serviu-se de "só mais uma" e cobriu as mãos com gelo. Sua cabeça girava — Karen/Joan, Karen/Joan, Karen/Joan.

Tomou um gole. Passou pomada nos dedos. Girava com Eleanora na terra e Marsh Bowen como bicha. O telefone tocou às 23h14.

Atendeu.

— Queimei a maioria das páginas do dossiê, mas só consegui o nome de um conhecido dela. Thomas Frank Narduno. Pareceu familiar, mas não consegui situar de onde era. Faz alguma ideia? — perguntou Wayne.

Faço muita ideia:

A vítima esquerdista da Grapevine. Suspeito de assalto: Nova York e Ohio. Material de grampo encontrado no corpo.

Wayne disse algo sobre fluoroscópios e hidroxiácido. Dwight desligou e serviu "só mais uma".

O álcool queimou e provocou tremores. Dwight ligou pela linha com misturador.

Com os misturadores não tem toque. Só um sibilo fraco e:

— Sr. Holly.

— Posso dormir com você esta noite?

— Pode — disse Joan.

CAPÍTULO 54

(Águas cubanas, 27/12/68)

Barbatanas e água remexida. Mesplede jogou iscas. Tubarões vinham à superfície e mordiam no alto para pegá-las. O luar brilhante os fazia reluzir. A lancha saiu de Boca Chico Rey. Destino: praia de Varadero, Cuba.

Mesplede havia ligado para ele em L.A. Wayne o aprovou para as viagens à Nicarágua e à R.D. no mês seguinte. O francês fez um relatório negativo sobre o Panamá. O Panamá estava fora. Em seguida a Nicarágua seria recusada. A R.D. ganharia aprovação. Cuba ficava perto. Seu caso estava todo lá.

Crutch tomou Dramamine. Estava verde de enjoo. Queria se fortificar: birita, bolas, haxixe. O francês disse ***nyet***.

— Isso vai ser íntimo, Donald. Quero ver como você se sai.

Tinham percorrido 60 quilômetros. Usavam fuligem e roupas esgarçadas. Carregavam facas de combate e Magnums com silenciador enroladas em plástico.

A escolta de tubarões pulava e mordia. Mesplede falava tatibitate com eles. As iscas eram tripas de gato. Mesplede tinha um colega que tinha um pit bull matador de gatos, chamado Batista. Batista era veterano do Korpo Kanino da Baía dos Porcos. Era louco para matar gatos numa Cuba livre.

A lancha voava e esmagava ondas. Crutch lutava contra lampejos de memória: a Casa do Horror, a lista da reunião, Joan Klein e Thomas Frank Narduno.

Um tubarão roçou no barco. Mesplede *fez carinho* nele. A isca tinha um cheiro dez vezes pior que bosta de gato. O cheiro alcançava 10 quilômetros. A isca acabou. Mesplede desligou o motor e deixou as ondas empurrarem.

As ondulações levaram-nos para a praia. Eram pancadas, sacolejos e água até os joelhos no barco. Crutch tomou mais Dramamine e respirou fundo.

Viram o litoral. Baixaram a âncora perto de uns bancos de areia a 60 metros da praia. Tinham binóculos infravermelhos. Viram cinco caras da milícia jogando baralho numa mesa de piquenique.

Informação de exilado. Um cara do Conselho Pela Liberdade de Cuba deu a dica ao francês. Os jogadores de cartas: todos torturadores da prisão de La Cabana. Castravam direitistas insurgentes. Saíam dos alojamentos e jogavam cartas nas noites de terça-feira.

O barco estava ancorado. O barulho das gaivotas encobria o som do casco raspando nas pedras. Crutch colocou os óculos de mergulho. Mesplede usava uma máscara. As armas estavam enroladas em camadas triplas de plástico.

Rolaram para a água. Estava gelada. Nadaram diagonalmente. Uma fila de árvores na praia encobria a lua. Os jogadores de baralho fumavam. Pontas de cigarros luziam — pequenos instrumentos de orientação.

Chegaram à praia e ***rolaram***. Areia escura e areia branca os cobriram. Tiraram os bonés. Respiraram mais. Crutch engoliu areia e se esforçou para conter a dor de estômago.

Três metros até a mesa. Duas formas ***rolando*** cobertas de areia. Cinco alvos, 12 balas, de perto.

Mesplede deu o sinal. Eles se posicionaram de barriga para baixo, miraram com as duas mãos e atiraram. Os canos das armas relampejaram, os silenciadores estalaram, eles ouviram o impacto nos corpos. Lascas da mesa se despedaçaram. Viram cigarros cair. Ouviram o impacto de crânios rachando e viram dois homens tombar.

Três homens se levantaram — grandes alvos com massa corporal. Três homens se sacudindo e abrindo coldres.

Mesplede atirou. Crutch atirou. Acertaram nas pernas, derrubaram-nos e acertaram nas tripas. Crutch enterrou a cabeça e sugou areia.

Eco de silenciador e barulho de ondas. Gaivotas guinchando e nenhum tiro de volta.

Crutch levantou a cabeça. Mesplede estava de pé junto à mesa. Sua lanterna estava apagada. Crutch cambaleou até lá.

Cinco mortos. Três pontas de cigarro ainda luzindo.

— Arranque o escalpo deles — ordenou o francês.

Crutch balançou a cabeça. O francês agarrou seu cabelo e puxou-o para a mesa. Crutch bateu com os joelhos e caiu na areia. Estava quase beijando um homem sem cara. Os cabelos do sujeito estavam chamuscados de pólvora. Uma aba de pele pendia.

O francês olhou. Crutch sacou a faca. Fez algum tipo de oração idiota e baixou a faca com força. Errou a aba e puxou a lâmina para fora da órbita do olho.

CAPÍTULO 55

(Las Vegas, 27/12/68)

Mary Beth usava o suéter que ele lhe dera de Natal para dormir. Era grande demais. Enfiou o queixo por baixo da gola rulê e fez palhaçadas para ele. Puxou os punhos por cima das mãos.

— Não tem garantias de que você vá encontrar meu filho, mas mesmo assim está decidido a gastar todo esse tempo e dinheiro.

As cortinas do quarto estavam abertas. Os cartazes de Nixon tinham sido retirados. Os hotéis estavam mostrando a animação de fim de ano. As lâmpadas verdes o faziam se lembrar daquela esmeralda. Era como um sonho revivido.

— Não há garantia de que eu vá encontrá-lo, mas meus instintos ficam me dizendo: L.A. Estou montando uma rede de informantes lá, portanto sempre pode surgir alguma coisa.

— Já fez algo assim antes?

Wayne rolou para longe dela. Sentiu o cheiro de seu xampu no travesseiro. Inspirou.

— Você encontrou Wendell Durfee, não foi? — perguntou ela.

Wayne olhou-a.

— É, encontrei.

— E o matou?

— Matei.

Ela puxou o travesseiro e aproximou muito os olhos dos dois. Adorava fazer isso. Dizia que os dois tinham pintinhas verdes nos olhos.

— Querido, eu já imaginava isso.

CAPÍTULO 56

(Los Angeles, 27/12/68)

O Bureau tinha uma suíte no Statler do centro. O bebê de Karen acabara de nascer, a quatro quarteirões dali. Joan usava um vestido vermelho. Dwight usava seu federalíssimo terno cinza.

As luzes de Natal piscavam no Wilshire Boulevard. O ocupante anterior deixou uma garrafa de Ten High. Joan viu as mãos machucadas de Dwight e passou bourbon com uma toalha de mão. Ardeu. Dwight conteve as lágrimas. Pensou em Thomas F. Narduno e se perguntou o quanto Joan saberia sobre tudo. Pensou em Karen e Eleanora. Joan disse:

— Economize as mãos. Você tem 52 anos.

— Como sabe disso?

— Não vou dizer.

— O que você quer disso tudo?

— O que significa "isso tudo"?

— O serviço. A oper...

Joan tocou os lábios dele.

— Estou aqui porque quero. Teria pedido, se não tivesse me chamado.

As mãos dele queimavam. Algumas lágrimas escorreram. Joan ficou nas pontas dos pés e beijou suas bochechas para enxugá-las. As luzes lá fora os cobriam de cores estranhas.

Caíram na cama. Joan segurou a cabeça dele e beijou-o. Seu hálito tinha gosto de cigarro e vinho seco. Ela enxugou as lágrimas dele com os polegares.

Ele segurou-a nos braços. Suas mãos estavam inúteis. Queria segurar o cabelo dela. Sabia que isso destruiria suas mãos. Não conseguia suportar esse negócio de olhos molhados. Se tocasse o cabelo dela, ia se machucar e nunca ia querer que acabasse.

Ela empurrou a cabeça dele para trás. Beijou-o. Inclinou-se sobre ele, prendeu seus pulsos e deixou o cabelo cair sobre ele. Ele aninhou-se nas partes escuras, mordeu os fios grisalhos e usou os joelhos para forçar as pernas dela a se separar. Ela puxou os braços dele para cima e prendeu os pulsos acima da cabeça. Luzes brincaram sob os pelos raspados nas axilas e na cicatriz de faca. Ela viu que ele queria. Soltou os punhos dele e deixou que ele a rolasse de lado. Manteve os braços para cima e deixou que ele beijasse ali. Ele se ouviu ofegando, viu os dois nus e soube que havia perdido a noção do tempo. Ela disse coisas. Não eram exatamente palavras. Pode ter dito o nome dele. Segurou-o suavemente. Pegou as mãos dele suavemente e deixou-as roçar aqui,

aqui e aqui. Ele beijou todos os lugares que suas mãos tocavam. Ela segurou as mãos dele e segurou a cabeça dele ali em cada momento. Abriu as pernas para ele tocar, provar e ficar seguro ali. Ofegou enquanto ele ofegava, e os olhos dele ardiam por todas as lágrimas e suas mãos não doíam nem um pouco.

DOCUMENTO ANEXO: 12/1/69. Extraído do diário de Marshal E. Bowen.

12 de janeiro de 1969

Estou sendo cortejado. O ritmo é mais lento do que o Sr. Holly gostaria. Tanto a ATN quanto a FLMM me encontraram, junto com os Panteras e o EU. Eldridge Cleaver me convidou para almoçar. Trouxe um agente literário dúbio, que queria que eu escrevesse um livro de memórias intitulado *Irmão porco: um ex-policial conta como é fazer parte do genocida DPLA*. Recusei. O Sr. Cleaver me olhou com suspeitas. O boato no gueto é de que o Sr. Cleaver também é um informante muito bem situado e que presta contas a várias comissões federais que não confiam mais no Sr. Hoover para avaliar racionalmente as informações. O irmão Cleaver tinha cara de informante/arrivista, e acho que ele pode ter visto isso em mim.

Recusei os Panteras e o EU. Meu relacionamento com Jomo Clarkson faz com que eu tenda em direção à FLMM. Segundo boatos, Jomo estaria roubando lojas de bebidas; se eu descobrir algo mais específico a respeito, vou informar ao Sr. Holly.

As boates da zona sul são os principais braços de recrutamento das duas organizações. Se alguém passa tempo na Sultan Sam's Sandbox, na Rae's Rugburn Room, na Nat's Nest, na Mr. Mitch's Another World, na Snooty Fox, na Tommy Tucker's Playroom e na Carolina Pines na Imperial Highway, será abordado por irmãos da ATN/FLMM, que falarão de modo pouco judicioso, lisonjearão e insistirão para você comparecer a comícios e outras atividades planejadas.

Esses homens adoram falar e descrever seus atos criminosos. Conheci cafetões, falsificadores de ingressos, ladrões de livrarias pornográficas. Um membro da ATN me deu uma bebida com noventa por cento de álcool do seu alambique de porão e me levou a um jogo dos Lakers com ingressos falsos. O chefão da ATN, Ezzard Jones — com seu diploma falso de teologia —, solicita verbas com sucesso limitado em igrejas da zona sul e reclama que sua namorada está saindo com aquela branca insistente, Joan. Benny Boles me levou a um churrasco da ATN e acionou todos os meus botões de alerta de perigo. Ele tem uma condenação por assalto à mão armada (1964) e supostamente matou um amante prostituto em 1958. Leander Jackson é charmoso com seu sotaque haitiano, incomoda com seu papo de vodu e é difícil de ser visualizado como traficante de armas, ex-membro da polícia secreta haitiana Tonton Macoute e grande contato com grupos esquerdistas do Caribe. J. T. McCarver controla jogos de dados para a FLMM, é famoso ladrão de farmácias e vende bolinha para alunos na escola Jordan, ao passo que Claude Cantrell Torrance, o ministro das Finanças e ministro da Extorsão da FLMM, lida com o corpo estudantil da Escola de Artes Manuais. (Nota: os membros da FLMM são fãs do time de futebol da Escola de Artes Manuais; os membros da ATN são fãs do time da escola Jordan, e os dois grupos distribuem panfletos de ódio aos brancos e morte aos porcos nas duas escolas.)

Os dois grupos têm programas de distribuição de café da manhã saudável às crianças pobres do gueto. Os liberais brancos acham isso sedutor e doam dinheiro, que a FLMM e a ATN gastam em material para literatura racista, armas e drogas. Os cafés da manhã são ocasiões afáveis, frequentemente divulgadas e fotografadas por uma mídia solícita. A comida do café da manhã é extorquida de comerciantes locais e as crianças são alimentadas com produtos cheios de açúcar como Fruit Loops, Cocoa Puffs, Trix, Crispy Critters e porcarias desse tipo. Os cafés da manhã dos domingos são frequentemente seguidos por "encontros de mídia" com Bloody Marys, comida sulista e baseados. São hilariantes momentos de mensagem misturada e raças misturadas. É, a gente tamos a fim de apagar tudo que é porco e destruir a estrutura de poder dos branco, mas a gente achamos *vocês* maneiros.

E esses brancos idiotas e escrotos acham que eles *são* maneiros. E esses brancos idiotas e escrotos se sentem exaltados na presença de militantes negros cheios de balanço.

Assim, a ATN e a FLMM são rivais, e eu salto entre os dois grupos e fico de olhos abertos. Os indivíduos dos dois grupos são perigosamente maus, mas não vejo uma crescente malignidade grupal se formando ou lentamente assertiva. Os dois grupos têm armas guardadas em aparelhos (Joan Klein supostamente guarda armas para membros da ATN), mas os dois grupos estão primariamente apaixonados por armas devido à implícita declaração de masculinidade que elas representam, e raramente as portam, por medo de batidas de rua do DPLA. Fala-se muito em venda de heroína para financiar a revolução, mas, para essas pessoas, a "revolução" é um sonho de história em quadrinhos, racista-polêmico, e duvido que conseguissem juntar o dinheiro necessário para comprar heroína em quantidade suficiente.

Portanto são vendas de panfletos, festas, reuniões públicas, comícios e conversa em grande quantidade. Os dois grupos vendem edições piratas do *Pequeno livro vermelho* de Mao e *Os condenados da terra*, de Franz Fanon. Li os dois livros. Ambos contêm sabedoria. Dada a minha vida em Los Angeles, as horríveis histórias contadas pelos meus pais sobre a vida no Sul, minha experiência no DPLA e minhas duas auspiciosas surras recebidas do DPLA, sinto o máximo de empatia que minha psique e minha alma compartimentadas permitem. Mas *revolução? Alcançando alguma coisa que não um bem social efêmero e superficial?* Essas pessoas estão perdidas no jogo pueril e egoísta de aproveitar o *zeitgeist* da situação; no fim as coisas vão dar errado, e meus esforços de supressão e interdição podem fornecer meu próprio tipo de bem social efêmero e superficial.

Só posso gastar um tiquinho de tinta com o "bem social". Estou aqui pela aventura, para resolver o caso do assalto ao carro blindado e ficar com o ganho financeiro.

Estou sendo cortejado. Estou escutando, estou aprendendo. Acho que em pouco tempo vou ser especificamente recrutado para empreendimentos criminosos — convites baseados em leituras equivocadas de meu status de ex-tira.

Vejo Scotty Bennett rodando de carro algumas vezes. Sempre piscamos e acenamos um para o outro, porque somos estimulados pela noção de estoicismo e de bancarmos os tranquilos enquanto abrigamos grandes emoções e ódio. Scotty me comprou a chave para o gueto, e sou grato por isso.

Agora tenho as duas surras em perspectiva, acho. Sinto que elas estão me levando mais para perto do dinheiro, das esmeraldas e dos segredos de 24/2/64.

O Sr. Holly e eu continuamos a falar por telefone a cada três ou quatro dias. Ele está procurando um elemento de contato para trabalhar comigo numa base mais regular, ao mesmo tempo que continua a comandar a operação. Cedi à Tendência no parque Queen Anne algumas vezes desde o Natal, e devo me lembrar de ser mais cauteloso e discreto. Tomei café com Joan na véspera do Natal. Ela pareceu que estava dando em cima de mim — desculpe, não dá — e me trabalhando em algum nível. Sonhei com ela ou a vi naquela noite em que dormi no cafofo do Jomo, o que é estranho. Em grande parte as mulheres são difíceis para mim, e acho Joan inquietante e um tanto amedrontadora. Talvez eu escreva sobre minhas percepções e as entregue ao Sr. Holly.

O Sr. Holly continua a me perturbar. Eu me pego pensando nele muito mais do que deveria.

<u>DOCUMENTO ANEXO</u>: 16/1/69. Extraído do diário pessoal de Karen Sifakis.

16 de janeiro de 1969

Eleanora está berrando e me deixando acordada a noite toda, e estou percebendo que a alegria de Dina como criança crescida e criatura moral em desenvolvimento havia me cegado para o regime debilitante da maternidade recente, desta vez aos 43 anos. Não estou dormindo, Fulano está em L.A. em tempo integral para ajudar, e sua presença constante atrapalha minha vida interna e não compensa de modo algum a assistência que ele me dá com Ella. Não vejo Dwight desde que Ella nasceu; a presença do Fulano impediu totalmente. Dina sente falta de Dwight e pergunta sobre ele quando Fulano não pode ouvir; sempre garanto a ela que ele vai voltar logo para contar as histórias de suas aventuras maravilhosamente higienizadas do FBI.

Ontem à noite ela me fez perguntas sobre J. Edgar Hoover. Seu pai lhe havia contado histórias (vívidas demais) sobre os atos de covardia de Hoover durante o Pavor Vermelho, de 1919-1920. Dina me perguntou (de novo longe do Fulano) por que seu pai odiava tanto Hoover enquanto Dwight falava tão bem dele. Não contei a ela que Dwight e Hoover compartilham uma história moral complexa, que seu pai é um ideólogo intratavelmente ressentido e que Dwight é maluco devido a pancadas na cabeça, além de todas as suas ideias conflitantes de autoridade, e considera melhor contar histórias reconfortantes a crianças pequenas. Dina não entenderia, e eu não a culparia por isso. Fico imaginando até que ponto Dwight se esforçou para aplacar o Sr. Hoover como pagamento pelas dívidas que ele tem com o sujeito.

Eu trouxe Eleanora para um casamento casto e dúplice e para um mundo perturbado, com Richard Nixon em vias de assumir a Casa Branca. Logo Dwight vai lhe comprar estranhos animais de pelúcia, como os jacarés que comprou para Dina, e ela vai crescer pensando que os predadores (como Dwight) são macios e aconchegantes. Em algum ponto ela vai me procurar para confirmar isso. Se eu for minimamente honesta, vou admitir meu grande amor pelo sujeito, o que de algum modo pequeno explicará por que os ursinhos que o pai comprou para ela não têm grande apelo emocional.

Sinto falta de Dwight. Vou chutar Fulano da cidade em breve, para podermos passar tempo juntos e Dwight poder ver Ella. Ele está obcecado por Joan — posso sentir. Como sempre, rezo para que minhas manobras e os contatos que facilito causem mais bem do que mal.

CAPÍTULO 57

(Washington, D.C., 20/1/69)

— Suportamos uma longa noite do espírito norte-americano. Mas enquanto nossos olhos captam a claridade fraca dos primeiros raios do alvorecer, não vamos amaldiçoar a escuridão que resta. Vamos buscar luz.

Eles tinham lugares em camarotes para o grande discurso. Tinham preferido passes para a rota do desfile. Tinham ingressos para seis bailes de posse.

O novo presidente se maravilhava com os aplausos.

— Ele é um homem afável. Devemos passar ao largo de sua falta de comprometimento com a Causa Cubana — decretou o francês.

Crutch tocou o alfinete de lapela — um 15 em ouro maciço. Tirou os escalpos e manteve o almoço no estômago. O francês tinha lhe comprado o alfinete. Honrava seu status de matador de curta distância. Ainda tinha pesadelos por causa daquela órbita de olho.

— Nosso destino oferece não a taça do desespero, mas o cálice da oportunidade. Então vamos tomá-lo, não com medo, mas com satisfação...

Lá está o LBJ — exausto e maligno. Lá está Earl Warren, lá está a *frau* de Dick Nixon, Pat, lá está o ex-vice-presidente Humphrey. Ei, Carequinha, o francês e eu comemos seu rabo!

Nixon fechou a boca sob gritos e aplausos de pé. O francês fez mímica de roncos. O senador Charles H. Percy fez um muxoxo para ele.

Todo mundo ficou de pé e aproveitou o momento. Crutch memorizou detalhes. As filhas feias de LBJ. Alguns Kennedy desgarrados. Ei, babacas — o francês matou o seu tio Jack!

Crutch ficou ali de pé, batendo palmas. Pessoas passavam por ele. Pensou em sua mãe e em Diana Lund. Tocou o alfinete de lapela. Pensou em Joan. Pensou em seu caso e na futura R.D. Nixou passou. Havia se barbeado bem, naquele dia. Nixon ficou longe da Segunda Guerra Mundial em algum atol livre de japas. *Ele* matou comunas à queima-roupa. Jack K. matou japas no PT-109. Assim não tem graça. Barcos não contavam. Jack não era matador à queima-roupa.

A multidão foi se esvaindo. Crutch re-memorizou.

— Aproveite seu papel extremamente pequeno nisto, Donald. Mas lembre-se de que nosso destino está ao sul daqui — disse Mesplede.

— Fale de novo, francês. Adoro a repetição.

— De quê?

— Diga como vamos ganhar a grana para comprar as armas para matar os caras do Castro.

— Vamos vender heroína.

Foram de baile em baile. Washington era toda limusines e monumentos iluminados, o ar estava cheio de pólvora. A maior parte era dos fogos de artifício. O resto era de crioulos disparando armas no bairro criculo.

Yippies usando máscaras de Nixon entravam e saíam do tráfego. Crutch viu uma porrada rolando perto do Monumento a Lincoln. Eles dividiam uma limusine com uns caras do Partido Republicano e Ronald Reagan. Crutch contou a Reagan que adorava *Conflitos do destino*. O governador Reagan adorou Crutch e chamou-o de "meu jovem".

A ação de baile em baile foi nebulosa. Crutch viu 1 milhão de rostos famosos. Mickey Mantle, Floyd Patterson, uns brotos de programas de TV. O múmia J. Edgar Hoover.

Receberam a dica de uma farra no Hay-Adams. Pegaram um táxi pirata e passaram duas horas para percorrer seis quarteirões. O motorista era um jamaicano com cabelo trançado e boina de crochê. Disse que era amante de Pat Nixon. Tinha um pouco de *ganga* que plantava em casa. Eles fumaram e ouviram um papo longo. O cara exaltou as belas bocetas dominicanas e alertou sobre o Haiti. Vodu é negócio de verdade. Você tem que trazer *gregre* bom. Bota um pentelho de virgem num medalhão e pendura no pau. Jura fidelidade ao Barão Samedi.

Chegaram ao Hay-Adams. A corrida custou duas notas de 100. O hotel parecia familiar. Crutch sacou: o jamaicano andou em círculos com eles.

O saguão era luxuoso. Mesplede saudou o general Curtis LeMay. LeMay acenou de volta com o charuto. Crutch *re*-rememorizou. Portas abertas/música alta/Lucy Baines Johnson e um ator veado doidão dançando o twist cheio de sacanagem.

A farra era na 1014. A porta estava aberta, o barulho era enorme, o censo era de mafiosos e políticos. Crutch olhou à esquerda e viu Bill Scranton e Carlos Marcello. Crutch olhou à direita e viu Sam Giancana embolado com uma morena alta.

Ela se virou na direção deles. Puta que o pariu, era Gretchen Farr/Celia Reyes.

TERCEIRA PARTE
ZONA DE ZUMBIS

24 de janeiro de 1969 a 4 de dezembro de 1970

CAPÍTULO 58

(Los Angeles, 24/1/69)

A Black Cat estava um barato. Agora redecorada e birracial. Empregados pretos, cochefe branco Milt Chargin. Saem as paredes de veludo. Repara só nas listras laranja e pretas.

Foi ideia de Sam G: vamos reviver a Tiger Kab. Miami e Vegas, os dias antiCastro. Wayne, o trabalho é seu. Tigrefique esses táxis e faça os crioulos gostarem disso.

Junior Jefferson mandava ver no sorvete.

— Os tigres são legais, mas as panteras têm mais *energia*.

— Estou detectando uma declaração política aí — declarou Milt Chargin.

— Não é política. Só estou vendo dois brancos a mais do que vejo normalmente, o que contribui para a dor de cabeça que consegui com esse papel de parede bunda-listrada.

O escritório não tinha lugares decentes para sentar. Os co-chefes estavam sentados em espreguiçadeiras. Wayne se empoleirava na janela. Dois homens estavam de pé ao lado da mesa telefônica. Wayne os identificou pelas fotos do dossiê: Marshall Bowen e Jomo Kenyatta Clarkson.

— Os caras vêm pintar os carros hoje. Vocês vão curtir o visual novo. Eles vão colar rabos de tigres nos para-choques traseiros — disse Milt.

— Isso é babaquice metida a crioula. Vocês estão se apropriando da identidade racial desta empresa. Os tigres são animais veados que agradam os vagabundos. As panteras são mais mortais, mas têm uma distinção que faz vocês, brancos escrotos, se contorcerem todos — disse Jomo.

Wayne bocejou. Estava com sono atrasado. Dois telefonemas o agitaram ontem à noite. Sam disse: "Você é o supervisor da Tiger Kab." Dwight disse: "Tenho um serviço para você."

— Identidade racial é uma coisa, Sr. Clarkson. Conforto é outra. Eu encomendei ar-condicionado para toda a frota.

Jomo passou a mão nas cicatrizes de machadinha. Cicatrizes políticas, autoinfligidas. Marsh Bowen usava roupa toda preta. Não conseguia parecer sinistro. Parecia um modelo tentando parecer favelado.

— Gosto disso aí. Os gordos suam mais — disse Junior.

Milt acendeu um cigarro.

— Você tem que emagrecer, *schmuck*. A obesidade volta para assombrar mais tarde, na vida.

— Para mim não vai ter "mais tarde na vida". Uma guerra racial vem aí, e eu só espero não estar gorducho demais para sair correndo.

Milt suspirou.

— Se uma guerra racial vem aí, por que você está se divertindo tanto comigo?

— Porque você é um judeu filho da puta divertido, e me faz rir.

Jomo olhou irritado para Wayne. Junior lhe passou uma charge de página inteira. Era uma folha mimeografada, borrada de tanto ser reproduzida. Porcos do DPLA comiam o rabo de líderes Panteras Negras enquanto Richard Nixon assistia tocando punheta.

Junior mandava brasa no sorvete.

— Talvez os irmãos do EU estejam distribuindo essa merda para desacreditar os Panteras.

— O mundo não precisa de mais ódio. O mundo precisa de mais amor. Trepadas e boquetes inter-raciais revitalizariam nossa grande nação e poupariam um bocado de sofrimento para todos nós — disse Milt.

Junior deu um risinho, Wayne gargalhou, Marsh Bowen riu. Jomo *olhou irritaaaado* de novo. Uma ligação surgiu na mesa telefônica. Jomo ignorou. Lá fora, pneus cantaram. Seguiu-se um tiro de espingarda e uma explosão de vidros. Wayne calculou a distância: meio quarteirão.

— Novos donos significam novas regras. Isso não quer dizer que eu esteja aqui para cortar tudo que vocês fazem por fora. Crimes pequenos, tudo bem. Política, claro. Vender erva e bolinha, por mim tudo bem. Nada de heroína, nada de crimes violentos, nada de assalto à mão armada. Os Rapazes não querem e não vão tolerar. Sou ex-policial, por isso vocês têm que se acostumar com o modo como as coisas são feitas agora.

Junior deu de ombros. Milt engoliu em seco. Marsh ficou com o rosto em branco. Jomo pegou uma faca e gravou FLMM na parede.

A lâmina cortou até a tábua. O reboco se soltou. A flocagem com listras de tigre se descolou.

Wayne sorriu para Jomo.

— Fico feliz por você ter lembrado. A partir de hoje, dois por cento dos lucros da Tiger Kab vão para o programa de alimentação infantil da FLMM.

Milt e Junior foram para fora. Marsh ficou de lado. A faca estava cravada na parede. O cabo balançava devido ao golpe. Jomo palitou os dentes com um palito incrustado com diamante.

Wayne foi até lá e arrancou a faca. Limpou a lâmina na perna da calça e pôs em cima da mesa telefônica.

Jomo palitou os dentes. O palito pulou e tirou sangue. Ele fez um giro lento e saiu.

Wayne entregou um bilhete a Marsh. Dizia: "Sou o seu contato. No France's Drive-In em uma hora."

Dwight mostrou as cartas: Bowen era uma armadilha do FBI. Seu serviço: derrubar a ATN e a FLMM. Dwight forneceu o dossiê do caso e descreveu a incursão até aquela data. O plano específico de Dwight: *heroína.*

Wayne ficou pasmo. Ele preparava "H" e vendia "H". Viu a droga foder o gueto de Vegas e as tropas norte-americanas em Saigon. Dwight usou a expressão "guerra de drogas não letal". Era papo triplo do FBI. Sanção passiva do FBI para o tráfico localizado de narcóticos. Interdição e processo eram para efeito de mídia.

— Está certo, você odeia drogas. Mas isso paga todas as suas dívidas antigas — disse Dwight.

"Você é um ex-tira barra pesada. Aposto que os irmãos vão ter orgasmos por sua causa. Diga ao Bowen para espalhar o papo sobre sua merda em Vegas. Quero criar uma reação ambivalente. E, a propósito: Bowen é efeminado — completou Dwight.

* * *

Wayne circulava pela zona sul. Havia névoa de poluição. Cartazes de rua o magnetizavam. Modelos negras em publicidade. Seja negro e fume cigarro, seja negro e dirija carros espalhafatosos, seja negro e tome birita de primeira. Dirigia devagar. Pedestres o encaravam. Tentava ler rostos em fração de segundo.

Seu lugar era aqui. Tinha negócios aqui. Reginald poderia ter passado por aqui. Estava montando um dossiê. No departamento de segurança pública do condado de Clark fez uma requisição e encontrou mais papelada. Eles mandariam cópias a carbono dos relatórios em breve.

Tinha trabalho em L.A. e trabalho em Vegas. Os Rapazes mantinham suítes nos hotéis do Conde. Agora Nixon era presidente. Derrubou depressa as injunções anticartel de LBJ. Os Rapazes venderam o hotel Landmark ao Drácula e 800 hectares de primeira em Vegas. A nova fixação de Drácula era o lixo atômico. Os testes subterrâneos o faziam se cagar de medo. Ele chamou Wayne para explicar a fissão nuclear. Drácula acreditava que os raios da bomba atômica aumentavam o ímpeto sexual dos negros.

Trabalho era delegação. Mandou Mesplede com o Merdinha para o sul. Mesplede descartou o Panamá como local para os cassinos. Próxima parada: Nicarágua. O trabalho era exasperante. Mary Beth ficava pressionando por detalhes. Ele a descartava e pressionava com o trabalho *dela*. Ela descrevia os salários parcos, as pressões das gerências e os planos de saúde inescrupulosos. Ouvia durante curtos jorros de tempo e ficava todo confuso. Era o mundo dele versus o mundo dela. Isso fazia sua cabeça disparar.

Encontrou-se de novo com Lionel Thornton. Discutiram transferências de dinheiro e a lavagem final de bens. Foi tenso. Thornton sentou-o cara a cara com o retrato do Dr. King. Isso resultou numa coisa de colisão de mundos.

Thornton estava puto e tratava seus empregados como lixo. Wayne lhe disse para trazer uma equipe de manutenção sindicalizada e mandar embora a equipe ruim. Thornton fumegou. Wayne disse para ele saldar a dívida com a união de crédito de seus empregados. Thornton bateu na mesa. Wayne lhe disse que os tubos da sala de correspondência estavam soltando fibras de amianto. Isso constituía risco à saúde. Por favor, resolva o problema agora. Thornton chutou a mesa e arranhou os sapatos. Wayne fez uma saudação ao retrato.

— O que você sabe sobre mim?

— Sei que matou três viciados negros sob circunstâncias dúbias quando trabalhava no DPLV.

— E o que mais?

— Que andou procurando um homem chamado Wendell Durfee, que tinha estuprado e assassinado sua mulher.

— Até agora está certo. Sabe o que aconteceu com Wendell Durfee?

— Foi assassinado aqui, há cerca de um ano. É um caso não resolvido da Divisão Central. Eu não ficaria surpreso se me dissessem que foi você.

O drive-in era um lugar Negresco: na fronteira racial. Nos fundos ficava um bar de jazz. As garçonetes que atendiam aos carros eram negras *e* brancas, garotas bonitas de patins.

Estavam sentados no carro alugado de Wayne. As bandejas aparafusadas comprimiam o espaço e os obrigavam a se sentar de lado.

— Fui eu.

— Foi o que pensei. Tem alguma coisa que você gostaria que eu fizesse com a informação?

Wayne mexeu o café.

— Espalhe a notícia judiciosamente. Você estava no DPLA na época. Descreva sua presença na cena do crime. Foi brutal além de qualquer palavra. Os investigadores descobriram que fui eu, mas meu pai tinha pistolão demais.

Marsh mexeu seu café.

— O que você sabe sobre mim?

— Dwight Holly me fez um relatório e mandou o dossiê principal por telex. Sei sobre Scotty Bennett, seu trabalho com Clyde Duber e a operação até hoje.

— E sua avaliação?

— Desaprovo a coisa da heroína, mas é viável dentro do contexto geral.

— *Dramaticamente* viável? Como sua bagagem racial em plena vista para os irmãos enxergarem?

Wayne sorriu.

— Conte umas coisas. Boatos, percepções, como você vê a situação até agora.

Marsh tentou cruzar as pernas. A bandeja do carro impediu. Ele quase pareceu bobão.

— Os dois grupos estão me cortejando. Duvido que eles possam traficar drogas, de modo que minha estratégia pode se mostrar problemática. Houve uma série de roubos em lojas de bebidas com boatos de suspeitos militantes negros, mas nada mais substantivo do que isso. Você sabe sobre aqueles quadrinhos racistas. São os Panteras versus o EU ou vice-versa, se bem que meus irmãos de pensamento mais conspiratório acham que é o FBI. O Sr. Holly me garantiu que não é.

Uma garçonete passou patinando e acenou para Marsh. Parecia uma Mary Beth mais nova.

— Vai haver um agito esta noite. Digamos que é uma festa de confraternização para o pessoal da Tiger Kab. Convença o Jomo e pelo menos um homem da ATN a vir. Tem algumas boates que eu quero comprar. Eu não me incomodaria em remexer alguma merda política com testemunhas por perto — disse Wayne.

Aquela garçonete passou patinando de novo. Marsh lançou-lhe um riso de falsa luxúria. Wayne pegou a foto de Reginald Hazzard. Marsh examinou-a e piscou.

— Você o viu?

— Não. Quem é?

— Um rapaz que estou tentando achar. Na foto estava com 17 anos, mas deve ter uns 24 agora.

Marsh deu um risinho. Gafe de ator, bandeira vermelha — Wayne captou.

— Diga o que você estava pensando. Seja honesto ou esse nosso negócio não vai funcionar.

— Eu estava pensando se você planejava matá-lo.

Wayne olhou para a garçonete. Ela tinha os olhos de Mary Beth.

— Atualmente estou fora dessa linha de trabalho.

— Fico feliz em saber.

— Já ouviu falar de pessoas negras no noticiário recentemente por ter recebido esmeraldas anonimamente pelo correio?

Marsh piscou e disse:

— Não.

Os pintores fizeram listras numa limusine Lincoln 63. O Mortemóvel de JFK transformado em barca da selva. A zona sul de L.A. transformada no rio Estige.

Os bancos de trás eram virados um para o outro. Os caras sentavam-se joelho com joelho. Wayne, Marsh, Junior, Milt. Jomo e o armeiro da ATN, Leander James Jackson.

Janelas de vidro fumê. Aparelho de som no banco de trás. Archie Bell and the Drells em seis alto-falantes. Rum 151 e cigarro Kool com filtro e temperado com haxixe.

A barca desatracou do estacionamento da Tiger Kab. O irmão magricelo de Junior, Roscoe X, dirigia. Wayne ficou sóbrio.

Os outros caras beberam e fumaram. Milt falava bobagem. Nixon cafetinava suas filhas feias para cobrir os gastos de campanha. Gay Edgar Hoover adora jebas pretas. Junior devorava um picolé de chocolate e bananas com calda de chocolate. Jomo e Leander armaram um olhar de "eu odeio você". Marsh sacava Wayne de esguelha.

Passaram por arrochos do DPLA. Jomo baixou sua janela e fez barulho de porco. Chegaram à Snooty Fox. Uma dona imitando a comediante Moms Mabley falava gírias ridículas e insultava a plateia. Ela escolheu Milt e Wayne. Eles eram brancos xexelentos filhos da puta a fim de comer e chupar as pretas em cima do tapete. Um tal vampiro foi mais rápido do que ele. Cunilinguou a zona sul até secar e está cochilando no caixão enquanto a gente fala.

Wayne sacou Marsh de esguelha. Marsh emitiu risos de gueto de modo convincente. Rostos do dossiê saltaram à vida. Ali está Benny Boles. É veado. Está fazendo pegação. Está sacando Roscoe X. Ali está Joseph Tidwell McCarver. É o "Governante Pan-Africano" da FLMM. Está com três putas. Está trocando cumprimentos de punho fechado com Jomo.

Um conjunto de drogados substituiu a comediante. O cara do piano apagou e bateu de cara nas teclas. O pessoal se mandou. A barca deixou-os no Rae's Rugburn Room. O show mostrava mulheres encapuzadas, com consolos. Luzes estroboscópicas brincavam sobre pontos de inserção. A trilha sonora era dos Beatles, com "All You Need Is Love".

Milt e Jomo curtiram. Leander e Junior desviaram o olhar. Wayne decidiu comprar o local. Estava apinhado. Tinha potencial para lavagem de dinheiro.

Próxima parada: Scorpio Lounge. Um bufê de comida sulista e jogo de dados com apostas baixas. A crupiê era uma dona com os peitos de fora e um penteado afro de 60 centímetros. Cabeças afro bamboleavam nos reservados dos fundos. Os boquetes custavam 10 dólares.

Jomo e Leander incrementaram Aquele Olhar. Marsh e Wayne olhavam. Trocavam pequenos movimentos de cabeça. Trocavam ondas telepáticas — Marsh, é com você.

Vamos comprar esse lugar. É uma caverna de grana. O Sr. Limpo vai fazer aquele brilho verde.

O pessoal se mandou para a Sultan Sam's Sandbox. Wayne teve um barato de contato com a fumaça de haxixe. Comprar o lugar — moleza — está apinhado à 1 da madruga. A espelunca tinha um tema Extremo Oriente. As garçonetes usavam turbantes e sáris transparentes. As paredes eram cravejadas com grandes pedras coloridas. As verdes fizeram Wayne se lembrar daquela esmeralda. Era como um sonho revivido.

Procurou rostos do dossiê. Viu um de perto. Ezzard Donnell Jones, chefão da ATN. Estava com uma branca. Wayne captou uma visão de costas. A mulher tinha cabelos escuros com fios grisalhos. Anéis de fumaça perfeitos se dispersavam acima dela.

O pessoal ocupou três mesas. Wayne viu Marsh pôr as mãos em concha e trabalhar depressa. Amassou dois pacotes de Benzedrine até virar pó. Pegou, foi andando de mesa em mesa e fez uns rapapés amigáveis. Jogou pó no uísque com leite de Leander. Sacudiu o copo e foi até Jomo. Jomo tomava bourbon acompanhado por um copo de malte-uísque. Marsh distraiu-o e jogou pó nas duas bebidas.

Wayne assentiu. Marsh assentiu de volta. Wayne pôs o dedo no relógio de pulso. Marsh mostrou dez dedos.

Eram 2 da madrugada. O pessoal estava bocejando. Milt falou em comida. Junior disse "ouvi *isso*". A gestalt circulou: o Pines, na Imperial Highway.

O consenso do rango cresceu. Partiram para a barca. Milt e Junior entraram primeiro. Wayne e Marsh esperaram. Jomo e Leander se espremeram juntos. Irritaram-se com o contato.

A barca desatracou. Jomo e Leander ficaram apertados. Espremeram-se para se separar. Rolaram os ombros e conseguiram alguns centímetros. Wayne e Marsh estavam sentados de frente para eles. Milt e Junior cochilavam. Jomo parecia carrancudo e turvo. Leander começou a entrar no barato da bolinha.

Sua boca se remexia. As mãos falavam. Pequenos puxões na calça, pequenos franzidos e risos. Esbarrou em Jomo. Jomo se afastou. Os pés dos dois esbarraram. Roçaram os sapatos um no outro. Babaca, não invade meu espaço.

Jomo começou a ficar com os olhos grandes. Diga aí, o que é *isso*? Ele se coçou, se espreguiçou, esbarrou no pé de Leander. Wayne cutucou Marsh — *é isso aí.*

— Ei, Leander. Não sei bem se engulo aquela merda de Tonton e vodu que você anda falando. Explique de novo — disse Marsh.

— Essa merda não bate para mim. Todas as formas de papo místico mantêm o negro como escravo. O Haiti é um lugar aveadado, que só tem vagabundo. O vodu foi inventado pelo francês branco para manter o preto algemado e fodendo galinhas mortas — comentou Jomo.

Leander acendeu um Kool king-size. Inalou e acabou com o cigarro em uma tragada. Exalou pelas narinas. Todo o banco de trás ficou enfumaçado.

— O vodu me dá poder para fazer isso. Bafo de dragão. Papa Doc consegue fazer isso, e metade dos meus amigos da Tonton. Acha que rum 151 é forte? Experimente klerin. Experimente ervas e toxina de baiacu. Quer foder com o homem branco? Arranje um *bokur* para zumbificá-lo. O *bokur* pôs um feitiço naquele escroto dominicano, o Trujillo. Atentado da CIA porra nenhuma. Se você matar haitianos, os zumbis vêm pegá-lo. Essa é a pura verdade, garotinho.

Jomo acendeu um Kool king-size. Inalou, tossiu e largou o cigarro no colo. Queimou as calças. Soltou um *puta que o pariu* e deu tapas na chama.

— A FLMM fode galinha morta. A ATN fode irmãs pretas lindas — debochou Leander.

Jomo puxou sua faca. Leander puxou sua faca. Os dois se inclinaram para trás, querendo mais espaço para esfaquear. Os braços dos dois se chocaram. Eles se retorceram para ficar longe. Golpearam simultaneamente, no alto do peito, com força total.

Tecido rasgou. As lâminas cortaram coletes, paletós e acertaram rombudas. A lâmina de Jomo se partiu. A de Leander se torceu de lado. Cortou o braço de Jomo e se cravou no encosto do banco.

Os dois continuaram gadanhando e rasgando. Leander mostrou os dentes e mordeu o pescoço de Jomo. Wayne deu mais dois segundos. Marsh saltou, telepático. Milt e Junior cochilavam. Roscoe X levou a barca para fora da estrada.

CAPÍTULO 59

(Los Angeles, 26/1/69)

Jorro de imagens:

Wayne Tedrow beijando uma negra. Uma foto instantânea do FBI. Um agente de Vegas tirou, do lado de fora da suíte de hotel de Wayne.

Foto nº 2: Eleanora Sifakis com 1 mês. Uma futura fabricante de bombas envolta em cueiros. Ela se parece com Karen — não com o marido de pau pequeno.

O Sr. Hoover *adorou* a foto de Wayne. Uma briga de faca intergrupos em seu primeiro dia.

Dwight empurrou a cadeira para trás. O sobrado estava com cheiro de mofo. L.A. estava chuvosa e quente. O ar, denso. Ele vinha fumando mais. Sua mesa estava entulhada. O dossiê de Thomas Frank Narduno a cobria inteira.

O dossiê era inócuo. Prisões por suspeitas, tendências esquerdistas, nenhuma lista de "conhecidos". Narduno — morto na Grapevine. Narduno — o único nome *visível* na lista dos conhecidos de Joan.

Thomas Frank Narduno: suspeito de assalto em Nova York e Ohio. Sem condenações, sem papelada em Ohio ou Nova York. Joan Klein: suspeita de roubo em Nova York e Ohio. Sem condenações, sem papelada restante em Ohio ou Nova York. Nenhuma data citada no dossiê de Narduno. Datas em Ohio citadas no dossiê de Joan: ambas 1954. Também citadas: duas averiguações por roubo em L.A., 1951 e 1953. Nenhuma morte nem outros registros.

Dwight pôs o dossiê de Joan ao lado do dossiê de Narduno e leu os dois outra vez. Nada fez *Buuu*! Tinha mandado telex para todos os DPs de cidades grandes e médias nos estados de Nova York e Ohio. Não obteve nada sobre Joan Rosen Klein e Thomas Frank Narduno. Joan lhe disse que um policial bateu nela em Dayton, Ohio. Dwight havia indagado ao DP de Dayton sobre roubos não solucionados por volta de 1954. Havia dois roubos a folhas de pagamentos, totalizando 60 mil dólares. Homens mascarados, nenhuma mulher, caso encerrado. Ele pedira que a ficha fosse mandada por telex. Não havia nenhuma menção a Narduno, Joan ou suspeitos de esquerda. A declaração de Joan sobre "batidas aleatórias"? Talvez verdadeira.

Dwight acendeu um cigarro e entreabriu a janela. O vento e a chuva bagunçaram suas folhas. A foto de Eleanora grudou na luminária da mesa.

Porra — Joan Rosen Klein e Dwight Chalfont Holly.

Um mês agora. O Statler, o Ambassador, o Hollywood Roosevelt. Locais neutros. O sobrado era de Karen.

Conversam e fazem amor. Discutem a operação e evitam *O que você quer?* É protocolo de informante e pacto implícito de amantes.

Joan estava ficando íntima da ATN. Marsh era amigo da ATN *e* da FLMM. Os dois estavam ligados naqueles quadrinhos que inundavam o Congo. Joan achava que eram do FBI, adjuntos à *IRMÃO MAAAU*. Estava errada. A maior parte dos quadrinhos difamava os Panteras e o EU. Alguns difamavam a ATN e a FLMM. Ele achava que era arte amadora de rua. Não parecia provocação planejada.

Ódio.

O negócio do Dr. Fred — ainda não solucionado e isolado por Jack Leahy. Ódio e *droga* — a selva estava seca de heroína. Marsh Bowen creditava *secamente* à consciência do *black power*.

O vento derrubou a foto de Eleanora. Dwight fechou a janela e colocou a foto em pé de novo. Sentia falta de Karen. Eleanora devorava o tempo dela. O Fulano estava de volta a L.A. para ajudar. Karen não sabia toda a história de Joan. Talvez pressentisse. Ele não sentia culpa. Sentia-se esticado. Era mais um compartimento vazando.

Pegou o cesto de lixo e tirou dali a foto de Wayne. Fez algumas pesquisas no departamento de veículos e na semana anterior identificou a mulher. Mary Beth Hazzard. A bizarrice de Wayne na zona oeste de Vegas. A viúva do pastor negro.

Pegou a ficha dela no DV. Comparou a foto da carteira de motorista com a foto do beijo. Era um momento incrível. Levou-o de volta a Joan, num só jorro.

— Em que você está pensando?

— Num amigo meu e numa mulher com quem ele está.

— Fale dele.

— Está no crime organizado com relutância. É tremendamente capaz e competente e com tendências à catástrofe.

— Onde ele está agora?

— Não sei.

— Acha que pode me contar mais?

— Não.

— Em geral é você que faz todas as perguntas.

— Sei, é verdade.

Uma convenção havia reservado o Statler inteiro. Portas batiam no corredor. Comemorações ruidosas persistiam.

Chovia forte. Eles mantinham as janelas abertas por causa da brisa. O aquecimento no quarto se ligava a intervalos estranhos. Eles colocavam e tiravam os lençóis.

— Leander Jackson e Jomo Clarkson tiveram uma briga.

— Eu sei. Peguei Leander no hospital.

— Ele ligou para você?

— Ligou.

— Agora você é estritamente ATN.

— Não totalmente.

— Fale disso.

— Não vou falar.

— *Por enquanto?*

— É, por enquanto. Preciso de um momento para deduzir uma coisa. Conto quando isso estiver resolvido.

Dwight bocejou. Sua quota de comprimido/bebida bateu cedo.

— Você deveria tentar dormir — disse Joan.

Ele desligou as luzes. Chutou os pés para fora dos lençóis para pegar um pouco de ar fresco. Joan sacudiu o cabelo e passou uma perna por cima dele. A cabeça dela se aconchegava bem em seu ombro. Ele estendeu a mão em volta e acariciou a cicatriz de faca.

Quatro horas, sem sonhos. Um recorde ultimamente.

Joan tinha ido embora. Nunca deixava bilhetes de despedida — só impressões de batom. Esta: no travesseiro extra.

Ele pegou o telefone da mesinha de cabeceira. Precisava de um café no quarto e uma linha para Washington.

Ouviu estalidos no fone. Apertou o botão de desligar e captou mais três, fracos.

Dwight sorriu. Habilidades de grampo. Seu curriculum vitae expandido.

Foi até a janela e olhou para baixo. A portaria estava movimentada. Viu uma sombra se dissolver. Viu anéis de fumaça pairar acima do toldo.

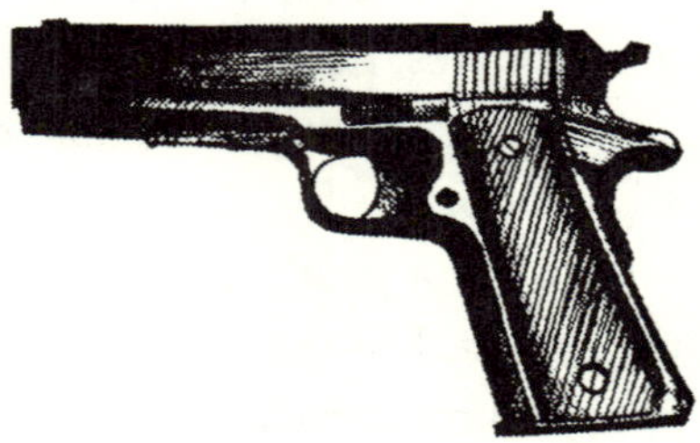

CAPÍTULO 60

(Manágua, 28/1/69)

Um favelão de *cucarachas* na beira de um lago. Estátuas de *führers* notáveis. Camponeses, chicanos urbanos e tiras com submetralhadoras Sten. Pobreza generalizada.

Nenhum voo da Hughes para ali. Viajaram pela Nica Air até o aeroporto de Xolotlán. Estava um mormaço de inverno. Crianças cercavam o táxi e tentavam vender cartões de beisebol. Papagaios voavam e bombardeavam monumentos com merda.

O tráfego era lento. A fumaça de escapamento, densa. Os carros tinham escapamento pré-1960. A maioria das ruas tinha nomes que eram datas: da calle 27 de Mayo à calle 15 de Septiembre. O francês disse que tudo tinha a ver com revoluções sufocadas.

Show secundário, dar no pé, respirar. A Nicarágua não era vendável, era uma parada estéril. A próxima era a R.D.

Um ponto positivo surgiu. O francês tinha contato com um ex-coronel dos fuzileiros. O cara estava ali agora. Morava na R.D. em tempo integral. Estava em Santo Domingo desde a guerra de 1965. A rede mercenária do francês marcou um encontro para mais tarde.

O nome do cara era Ivar Smith. Ele concordou em escrever o relatório pró-R.D. para Wayne e os italianos. Smith ligou para o francês ontem. Ele disse que conhecia quatro cubanos antiCastro. Eram do *maaaaaaaaaau*. Iam *adorar* fazer trabalho mau fora da R.D.

O táxi rodeou um peão com um carro de boi. O francês tirou meleca do nariz e jogou trocados para os mendigos. Crutch passou os dedos no alfinete de lapela e repassou algumas gravações mentais recentes.

Washington, noite da posse, o Hay-Adams. Lá está Sam G. e Gretchen/Celia. Mesplede conhece Sam. Mesplede *não* a conhece. Apresentações de dois segundos, *auf wiedersehen.*

Mais tarde contou ao francês: *É o broto do roubo.* O francês deu de ombros e disse a única palavra: “Cuba”.

Um papagaio voou baixo e pousou na beira da janela. Crutch lhe deu Fritos tirados do saco. Apertou de novo o botão de reprise e girou a fita de volta para a véspera do Natal.

Casa do Horror, o esconderijo, o livro de reuniões comunas. A data: 6/12/62. Os nomes: Bergeron, Narduno, *Joan.*

Na época a Câmara de Comércio de Hollywood era dona da casa. Três comunistas tinham acesso. Ele foi até a Câmara e papeou com um funcionário. Novidade: a casa não estava alugada no outono/inverno de 1962.

O papagaio comeu todos os Fritos e grasnou pedindo mais. Crutch tentou acariciá-lo. O escroto bicou sua mão e saiu voando.

Seguiu Sam e Gretchen/Celia a pé até o hotel Willard. Os dois tinham suítes separadas, lá. No dia seguinte ele invadiu a suíte de Gretchen/Celia. Localizou sua agenda de endereços. Trouxe um kit de provas e empoou a capa bem ali. Conseguiu uma digital de Joan Rosen Klein.

As páginas do caderno eram em código: letras estranhas, números e símbolos. Fotografou com uma Minox cada página e guardou o caderno de volta. Correu um risco *graaaande* e contou ao francês o que tinha feito. O francês ligou para um colega da CIA na Virgínia. Um manual para decifrar códigos deveria chegar a Manágua aquela semana. Ele verificou os voos de partida de Washington. Sam voltou a Vegas. Celia Reyes: foi para Santo Domingo.

— Donald, sua mão está sangrando.

— Um papagaio me bicou.

— Ele era vermelho?

— Era.

— Então você deveria ter matado o bicho.

O hotel Lido Palace ficava perto do lago. Um pessoal da United Fruit ocupava o bar e falava sobre golfe e opressão. A vitrola automática tocava sem parar a música Chiquita Bacana. A UF comandava a Nicarágua e deixava à vista as marionetes da família Somoza. A dissensão era um incômodo persistente como bosta de papagaio. A UF tinha uma rede de dedos-duros e uma força policial. Seu objetivo: sufocar revoltas Vermelhas.

Crutch e o francês se hospedaram e foram para o bar. As garçonetes usavam saias-balão e penteados com cachos de banana. O francês disse que o país estava em Alerta Vermelho. Os comunas estavam bombardeando as plantações de banana com insetos. A marionete Somoza tinha prometido represálias para breve.

Pegaram um reservado do lado de fora, perto de um lago ornamental. Gatos se empoleiravam e babavam por jantares de peixe. Batiam as patas, tentavam morder e nunca chegavam perto. Os peixes japoneses tinham sonar e radar.

Ivar Smith era um cara alto vestido com roupas de golfe. Era um direitista falastrão alimentado a coquetéis Singapore Slings pré-meio-dia. Era o alardeador geral e banda de boas-vindas da R.D. Tinha uma firma de segurança, que ajudava os esquadrões de capangas do chefe Balaguer. Balaguer estava doido por aqueles cassinos dos EUA e ansiava por um gordo comércio de turistas. É, vou escrever o relatório. A R.D. é fruta madura. *Yanqui, sí, comuna, no.* Queremos o seu negócio.

Pague-me. Eu sou o contato. Vou molhar a mão de Balaguer. O contingente da CIA — tudo biriteiro a fim de uma xota. Balaguer era um *fascisto* sutil. Estuprava meninas púberes em particular e manifestava decoro em público. Era antiTrujillo desse modo. A R.D. prometia bonanza turística. Os rapazes de Smith e os capangas de La Banda mandavam os crioulos incômodos rotineiramente de volta para o Haiti. Balaguer tinha uma agenda dupla: passar ao largo do processo legal e eugenicamente tornar o país três tons mais claro. Os cassinos atrairiam os ricos. Os rapazes de Smith e La Banda serviriam como varredores de rua e caminhões de lixo.

É, o Haiti ficava perto. O Rio do Massacre formava o que era chamado, apropriadamente, de linha divisória. Smith era contra o Haiti e o vodu. Papa Doc Duvalier estuprava o Haiti como Trujillo estuprava a R.D. Eles chamavam Trujillo de "o Bode". Ele fazia *blitzkrieg* contra os povoados haitianos dentro da R.D. Era uma merda racial. Os dominicanos de pele clara têm raízes espanholas. Odeiam os haitianos pretos, com sua religião de foder galinhas e a afetação francesa. Os haitianos têm aliados de esquerda. Há um grupo comuna chamado Movimento 14 de Junho. Smith e La Banda o suprimem em troca de emoção e risos.

Uuuuuu — seis Singapore Slings e ainda em pé!

Há uma cidadezinha no litoral norte da R.D./Haiti. Um Tonton Macoute corrupto a governa. É um bom ponto para montar operações cubanas. Com enseadas discretas até o rabo.

Smith foi em frente falando daqueles cubanos *maaaaus*. Agora estavam em Manágua. Todos eram matadores empedernidos. Têm um montão de heroína. Transportam drogas farmacológicas roubadas através de um grupo de acionistas da UF em Miami. Há uns ex-CIA no grupo. Um grande membro: o coleguinha de Nixon, Bebe Rebozo.

Maçãs podres. Roubam farmácias de simpatizantes do comunismo. Fizeram serviços na Guatemala e em Honduras. Supostamente vão roubar uma farmácia ali à noite.

Smith foi desbotando no quesito fala. Seu rosto ficou vermelho besteirão. Mesplede assumiu.

Quero conhecer os cubanos. Quero conseguir serviços de chefe de construção. Tenho credenciais de heroína. Quero montar operações antiCastro.

Smith saiu cambaleando do bar. Arrancou uma banana da cabeça de uma garçonete e mordeu, com casca e tudo.

O catálogo de telefones era *en español*. Crutch arrancou a página que listava farmácias. O tamanho de Manágua era ridículo. Seis farmácias, *no más*. O plano da cidade era no estilo papel quadriculado. *Calles* e avenidas se entrecruzando. Ele nunca vira um roubo a farmácia. O francês estava cochilando. Vamos verificar os cubanos no trabalho.

O recepcionista lhe deu um mapa das ruas. O centro de Manágua era pequeno e dava para percorrer rapidinho a pé. Era apinhado de peões. *Mamacitas* preparavam tortas de carne em churrasqueiras feitas de telas de arame e latas de lixo. Era carne de pombo. Havia pombos empoleirados em toda parte. As crianças atiravam neles com espingardas de chumbinho e jogavam em sacos de papel.

Algumas árvores legais, uma brisa do lago, construções de cores espalhafatosas. Policiais com coturnos e cassetetes com arame farpado enrolado.

A grade de ruas facilitou. Crutch encontrou quatro farmácias depressa. Pareciam inócuas: paredes claras, corredores estreitos, chicanos de jaleco branco nos balcões dos fundos. Grandes anúncios de Listerine e Pepsondent feitos de papelão. Nenhum ar de me rouba.

Crutch foi pela calle Central até a avenida Bolívar. Pequenos chicaninhos balançavam pombos mortos. Crutch jogou moedas norte-americanas para eles e viu as brigas que se seguiram.

Número 5: um lugar com uma cruz vermelha grande e uma máquina de Coca enorme. Nenhum ar de me rouba. Eram quase 18 horas, hora de fechar — *trabajo finito*.

Crutch virou num beco. Ímã para o olhar: Farmacia Gonzalvo. Um lugarzinho calmo com um cartaz grande, espalhafatoso.

Crianças doentes mendigando. Nixon com presas na boca. Slogans comunas em vermelho. *Muchos* pontos de exclamação.

Quatro *cholos* do outro lado da rua, num Merc 55. É, parecem *maaaaus*. O carango parece *satânico*. Escapamento cromado, saiotes de para-lamas, escalpos na antena.

Escalpos *reaaaais*. Cabelos latinos escuros, curtidos, esticando-se das abas de pele.

Crutch voltou para a rua principal. Reorientou-se e encontrou um caminho por trás da fila de prédios. Quatro prédios até a farmácia, talvez uma janela lateral frouxa.

Abaixou-se e andou agachado. Chegou aos fundos da farmácia e espiou por janelas. As do fundo eram gradeadas. Viu as prateleiras de medicamentos e três farmacêuticos trabalhando. As janelas laterais eram sem barras. Uma estava entreaberta para o ar. Um grande cartaz de papelão num cavalete a cobria.

Espaço para se arrastar, espaço para se esconder.

Crutch entreabriu a janela mais 5 centímetros e pulou dentro. Seus joelhos bateram no cartaz. Segurou a parte do cavalete e o manteve de pé.

Espiou em volta. O cartaz era de creme Noxzema para a pele. Uma chiquita bonita passava creme nos braços nus e fazia u-la-lá. Um homem com cara de patrão levou dois fregueses para fora. Os três farmacêuticos estavam junto ao balcão e aviavam receitas.

Visão de primeira. Lá está o relógio, são 17h58, os quatro bandidos entram.

O homem com cara de patrão parece emputecido. Os caras se espalham. Um cara pega o Brylcreem, três caras vão até o fundo. O homem com cara de patrão dá as costas e arruma a prateleira de balas. O homem do Brylcreem pega um revólver com silenciador e vai direto. O homem com cara de patrão gira e faz "Ah". O cara do Brylcreem enfia o cano na boca dele e explode o topo da cabeça. Estalo de silenciador, espirro de cérebro e crânio. Sem estrondo — o homem com cara de patrão simplesmente escorrega pela fileira de prateleiras e morre.

Os farmacêuticos continuam trabalhando. Um cara vem com pasta de dentes Ipana. Um cara vem com Clearasil. Um cara vem com Vick VapoRub. Os farmacêuticos sacam a transa. Um cara segura sua medalha de santo. Um cara tenta fugir.

O cara da Ipana sacou a arma e atirou em todos duas vezes. Eles caíram amontoados. Os gritos e gorgolejos se misturaram. O cara do Clearasil pulou o balcão e foi para o depósito das drogas pesadas.

Pingava sangue de uma prateleira de produtos para asma. O cara do Vick mergulhou o dedo. Encontrou um trecho de parede branca. Escreveu "*MATAR TODOS LOS PUTOS ROJOS*".

Crutch voltou andando ao Lido Palace. Pernas bambas o levaram. Os caras do roubo entraram e saíram rapidinho. Ele deixou seu esconderijo trêmulo e soluçando. Roubou uma Coca e um pouco de Bromo e engoliu para manter a bile no lugar. Bamboleou até o bar, tomou três uísques e cambaleou até o quarto.

Alguém havia posto uma caixa embrulhada em papel pardo na cama. O carimbo de correio era de Langley, Virgínia. Ele desembrulhou. O francês tinha entregado: ali estava o livro de códigos.

Pegou as fotos da agenda de endereços de Gretchen/Celia. Arrumou-as na mesa. Folheou o livro de códigos e se virou para o conteúdo da mesa. Viu um "índice de símbolos" listado. Foi para lá. Uma porrada de símbolos descritos alfabeticamente. A distinção geográfica e política em textos entre colchetes.

Crutch examinou as fotos da Minox. Símbolos de Gretchen/Celia: bonequinhos circulados com marcas de X e fundos de riscos artísticos. Examinou o livro de códigos. Nenhum número ou letra correspondia aos números e às letras de Gretchen/Celia. Voltou ao "índice de símbolos" e começou no *A*.

Chegou ao *F* e ao *H*. Viu "Feitiços" e "Haiti-vodu". Viu números ligados a desenhos ligados a letras. Alguns números e letras combinavam com a merda de Gretchen/Celia. Viu variações de seus bonequinhos e marcas com *X*. Leu o texto: "A representação do caos espiritual por um sacerdote vodu enquanto uma vítima é enfeitiçada."

Casa do Horror, verão passado. As marcas de lá, os símbolos aqui, a derivação expressa.

Digamos: as páginas de Gretchen/Celia eram uma maldição em papel e um livro dos mortos vodu.

<u>DOCUMENTO ANEXO</u>: 29/1/69 a 8/2/69. Extraído do diário de Marshall E. Bowen.

Los Angeles

Foi uma briguinha de faca com grandes implicações políticas para dois grupos políticos extremamente pequenos. Mas eu a facilitei, e aconteceu no primeiro dia de Wayne Tedrow como meu contato.

Jomo teve pequenas lacerações e Leander sofreu arranhões no peito quando a faca de Jomo se partiu. Wayne levou Jomo ao hospital Daniel Freeman; ele levou pontos e foi liberado em poucas horas. Levei Leander ao hospital Morningside. Ele confundiu os médicos engolindo vários comprimidos de ervas haitianas na emergência. Os placebos o acalmaram um pouco. Jomo é da FLMM; Leander, da ATN. Para que lado eu vou? Meu dilema pessoal, certamente. Como sempre confino essa desconexão enlouquecedora: a construção viável da identidade negra e a construção dúbia da revolução, implementadas por uma corja criminosa que se aproveita do ressentimento social legítimo e da moda cultural.

Agora sinto isto: o Sr. Holly sabia que eu teria sucesso como seu infiltrado porque sou inteligente demais para ceder à retórica da revolução e transado demais para comprar a reação reacionária simplória. O Sr. Holly sabe que a ambivalência molda o desempenho e que os atores, no fim, são autocentrados e preocupados somente com seu contexto de atuação. Ele vai me deixar caminhar numa fina linha ideológica e me arriscar a uma conversão para a militância negra porque sabe como sou motivado pelo egoísmo. Brilhante Sr. Holly. Um talento sem par de caçador de talentos, com olho soberbo para elencos. Colocar Wayne Tedrow como meu contato é uma estratégia que aproveita meus pontos fortes e os pontos fortes de Wayne, e deu resultado imediatamente. Um ex-policial com enorme bagagem racial está supervisionando a Tiger Kab; os irmãos acham que ele é um patife e o curtem bastante. E ninguém suspeita de que é ligado ao FBI.

Os dois estão me pressionando: Wayne quer que eu me alinhe unilateralmente com a ATN ou a FLMM; o Sr. Holly quer que de algum modo eu facilite o braço do tráfico de drogas da OPERAÇÃO IRMÃO MAAAU, um aspecto dos meus deveres que Wayne desaprova com fervor quase calvinista. A heroína é rara por aqui; credito essa escassez a alguma espécie de consciência negra, se é que não à própria militância negra. Assim, tão cedo não posso dedurar membros da ATN ou da FLMM por compra ou venda. Tem havido mais assaltos em lojas de bebidas da zona sul, junto com boatos de suspeitos militantes negros, mas minhas indagações sutis sobre o tema ainda não produziram nomes. Espero que o entrevero Jomo-Leander se infeccione na liderança da ATN e da FLMM e produza algum descontentamento explorável. Enquanto isso estou montando a cena.

Entrei de penetra numa confusão de gente fazendo pose política. Estão recriando uma forma chinfrim do café *society* de Nova York nos anos 1930. El Morocco, o Stork Club e a "21" na época; a Sultan Sam's Sandbox, a Scorpio Lounge e a Rae's Rugburn Room agora. O tom de pele escureceu, as modas mudaram, o bar cultural foi vulgarizado e revitalizado. Essas pessoas adoram ver e ser vistas. Ezzard Donnel Jones, Joan Klein, Benny Boles, Joe McCarver e Claude Torrance pulam de boate em boate quase toda noite. Eu sempre ganho um "E aí?" ou um "Ei, irmão" porque sou celebridade, mártir e mercadoria valiosa num pacote só. Eles sentem que quero ser um deles, e acho que eles veem minha falta de aliança com um grupo específico como sinal de timidez e relutância compreensível. *A gente precisa deixar o irmão escolher. Porra, o irmão era um escroto de um porco uns meses atrás.*

Nas últimas semanas tem havido um jorro inquietante de quadrinhos racistas inundando a zona sul. Os alvos principais são os Panteras e o EU, junto com tiroteios de arte de rua dirigidos contra a ATN e a FLMM. Meu amigo cartunista e escritor de panfletos racistas, Jomo, ridiculariza a arte daquilo e me convenceu de que não saiu de sua mão — "Não é o meu estilo, irmão. Isso é trabalho do Hoover, com certeza." O Sr. Holly refuta isso — de modo convincente — porque é dado a confirmações ou negativas diretas, me vê como um irmão policial do seu lado e não tentaria afirmar com falsidade que o Bureau está acima desse tipo de tática. Dwight Chalfont Holly, realista social, um homem que chama branco de branco e preto de preto e às vezes de crioulo, tiziu, carvão, macaco, negão ou picolé de asfalto. É o mestre da inconsistência. Crítico da conduta malignamente abusiva do DPLA na zona sul. Um homem que admite, com tristeza, que a supressão nunca funciona, exprime um respeito um tanto assombrado por Martin Luther King e gosta de me obrigar a fazer o papel do hétero em improvisos imitando *Amos 'n Andy.* Odeio a velha expressão "ave rara", mas isso define o Sr. Holly. A mesma expressão se aplica a seu torturado ajudante de campo e quase irmão mais novo, Wayne Tedrow — talvez mais ainda. Que estranho Wayne ser o verdadeiro assassino dos dois; que estranho que ele pareça muito menos impelido pela animosidade racial e pareça ser mais capaz de manter relações de igualdade com os negros. Gosto de Wayne; gostei das várias reuniões de contato/agente que tivemos. Espalhei a notícia sobre como ele matou três viciados pretos e o estuprador psicopata Wendell Durfee. Claro, os irmãos *adoraram.* Wayne já virou tema de folclore ambíguo do gueto. Uuuu, aquele tal de Wayne T. ... ele é *maaaau.*

E outra coisa.

Cheguei cedo a uma das nossas reuniões. Wayne foi pego desprevenido. Eu o vi olhando a foto de uma negra. Wayne ficou nitidamente sem graça. Pousou a foto e me deu um olhar que declarava bruscamente *Não pergunte.* Não perguntei a Wayne. Perguntei ao Sr. Holly, que respondeu: "Wayne vai fundo com vocês, seus escrotos escuros", e cortou o assunto aí.

Fiz algumas pesquisas de jornal em Las Vegas e identifiquei a mulher como uma líder sindical chamada Mary Beth Hazzard. É uma década mais velha do que Wayne e é mãe de um rapaz desaparecido há muito tempo, chamado Reginald. Reginald Hazzard é o rapaz da foto que Wayne me mostrou no dia em que nos conhecemos; Wayne anda mostrando a foto a quase todo mundo que encontra na zona sul e parece decidido a achar o rapaz, custe o que custar. Minha pesquisa de jornal também revelou o seguinte: um viciado na zona oeste de Las Vegas matou o marido da Sra. Hazzard, um pastor, no ano passado. Depois se matou. Espantosamente, o viciado foi indiciado postumamente pelo assassinato do pai de Wayne em junho de 1968. Mais espantosamente: o boato em Vegas é de que Wayne e sua falecida madrasta/amante mataram Wayne Sênior.

Wayne e o Sr. Holly me absorvem em vários níveis. Não são policiais desgarrados à la Scotty Bennett — são autoritários desgarrados. E Wayne entrou milagrosamente na minha vida no momento em que todas as minhas indagações sutis sobre o assalto ao carro forte se mostravam infrutíferas e eu me peguei de novo no ponto de partida. Nesse momento conheci Wayne. Ele me pergunta casualmente se já ouvi histórias sobre pessoas negras recebendo esmeraldas anonimamente. Mostra uma foto do rapaz que está procurando. O rapaz se parece vagamente com o homem de rosto queimado que conheci em 24/2/64. Sinto-me entrando num estado de sonho sortudo. O que isso tudo significa?

DOCUMENTO ANEXO: 11/2/69. Transcrição literal de telefonema do FBI. Classificado como: "Gravado a pedido do diretor"/ "Classificado como Confidencial 1-A: a ser lido exclusivamente pelo diretor." Vozes: Diretor Hoover, agente especial Dwight C. Holly.

JEH: Bom-dia, Dwight.

DH: Bom-dia, senhor.

JEH: Wayne Tedrow e a negra carrancuda Mary Beth Hazzard. Eu seria negligente se não expressasse meu horror e meu deleite.

DH: Sim, senhor.

JEH: A culpa assume muitas formas. A Sra. Hazzard não é uma negra graciosa ao estilo de Lena Horne. Sem dúvida é dada a expressões como "poder para o povo" e é predisposta à música de Archie Bell and the Drells.

DH: Sim, senhor.

JEH: Você está sendo deliberadamente obtuso nesta manhã, Dwight. Passou por um período assim quando deportei Emma Goldman, em 1919.

DH: Sim, senhor.

JEH: Sirhan Sirhan está sendo julgado, e os procedimentos formais para James Earl Ray devem começar em abril. Você diria que o Bureau está coberto nessa frente?

DH: Sim, senhor.

JEH: E o homicídio do Dr. Fred Hiltz?

DH: De novo, senhor. Estamos cobertos. Jack Leahy enterrou o caso.

JEH: Jack Leahy é o Alger Hiss do meu HUAC e o Costello do meu Abbott. É um traidor e um comediante de boates sem graça que ridicularizou meu gosto por antiguidades.

DH: Sim, senhor. Ninguém jamais entendeu o Jack.

JEH: Ele foi seu parceiro em 1923. Você trabalhou com ele em Milwaukee.

DH: Sim, senhor. Lembro.

JEH: Estou pasmo com esses quadrinhos racistas que circulam na zona sul de Los Angeles. Quero que você determine imediatamente a origem deles e me mande exemplares de todas essas obras imundas que ainda existem.

DH: Farei isso, senhor.

JEH: Wayne Tedrow como contato de Marshall Bowen. Você ainda defende a escolha?

DH: Veementemente, senhor.

JEH: Por quê? Diga, por favor. Por que a viúva escura do pastor que ele matou imbuiu o jovem Wayne de um excesso de *soul*?

DH: Sim, senhor. Em parte.

JEH: E nossos bonitinhos congoleses da ATN e da FLMM? Vão cooperar com nossa agenda e traficar heroína cedo ou tarde?

DH: Acho que vão, senhor.

JEH: E a filha bebê da informante 4361?

DH: Está animada e saudável, senhor.

JEH: E sua nova informante/namorada?

DH: Está em meus pensamentos, senhor.

JEH: Assim como você nos meus, Dwight.

DH: Obrigado, senhor.

JEH: Bom-dia, Dwight.

DH: Bom-dia, senhor.

<u>DOCUMENTO ANEXO</u>: 13/2/69. Comunicado por malote. Para: Wayne Tedrow. De: coronel Ivar S. Smith, USMC (aposentado). Presidente da ISS Security Limited, Santo Domingo,

República Dominicana. Classificado como: "Entrega apenas por malote, em mãos" / "Destruir depois de ler."

Caro Sr. Tedrow,

Esta carta se deve à viagem recente de seu colega Jean-Philippe Mesplede à R.D. para examinar locais destinados a cassinos e discutir a possibilidade da construção de hotéis-cassinos neste país. Tenho o prazer de dizer que o presidente Joaquín Balaguer está ansioso para ter suas empresas aqui e prometeu recursos consideráveis num esforço de convencê-lo a vir. Uma breve história lhe dará uma percepção da R.D. e de nosso vizinho ilhéu, o Haiti, e vai, acima de tudo, convencê-lo de que este é um lugar seguro para turistas norte-americanos, supervisores do senhor e para o pessoal que trabalhará nos hotéis-cassinos.

A R.D. ocupa os dois terços orientais da ilha de Hispaniola, e Santo Domingo, descoberta por Colombo em 1492, é considerada a cidade mais antiga do mundo ocidental. Inúmeros golpes envolvendo a Espanha, a França e a Holanda levaram à atual secessão dominicana com relação à Espanha; numerosas batalhas entre negros do local e os franceses resultaram na independência do Haiti. As relações entre a R.D. e o Haiti permaneceram tensas; e continuam assim até hoje. Mas o Haiti existe numa condição de tremenda pobreza, enquanto a R.D. está se desenvolvendo no próprio modelo de uma república segura e sadia, pró-EUA e anticomunista. A fronteira com o Haiti é fortemente patrulhada por forças dominicanas, ajudadas por agentes da unidade de inteligência pessoal do presidente Balaguer, chamada de La Banda, em colaboração com minha empresa de segurança. Redes de informantes foram recrutadas nas agências citadas acima; a população haitiana na R.D. e a imigração ilegal do Haiti para a R.D. têm sido interditadas e suprimidas. Os haitianos são uma raça primitiva, dependem tremendamente da prática do vodu e foram tornados tratáveis a partir do uso viciante da bebida alcoólica klerin e de ervas que alteram a consciência. O presidente do Haiti, François "Papa Doc" Duvalier, chegou ao poder como proponente do vodu e mantém o povo reprimido permitindo que o vodu prospere. Sua força policial particular, os Tonton Macoute, é recrutada a partir de sociedades praticantes de vodu e usa o vodu como o principal meio do presidente Duvalier para manter o status da sociedade e se sustentar no poder. Sob o governo do presidente dominicano Trujillo (1930-1961) houve vários massacres cometidos pelo exército dominicano contra emigrantes haitianos revoltosos; em 14 de junho de 1959 um grupo castrista chamado de Movimento 14 de Junho montou uma invasão fracassada ao litoral da R.D. A breve Guerra Civil de 1965 foi, de fato, uma farsa, resolvida de modo duro quando o presidente Johnson mandou um contingente de fuzileiros para restaurar a ordem numa nação que buscava estabelecer eleições livres. Um esquerdista chamado Juan Bosch foi eleito fraudulentamente e manteve o poder por breve tempo. Uma eleição realmente livre aconteceu em 1966. Bosch foi deposto e o presidente Balaguer, pró-EUA, foi eleito de modo honroso. A última unidade oficial de fuzileiros se retirou da R.D. em 19/8/68.

O presidente Balaguer não é o espalhafatoso Rafael Trujillo, mas o presidente Balaguer sabe manter a dissensão num nível baixo de rugidos e entende a importância de manter uma nação organizada que os turistas norte-americanos e europeus queiram visitar. Ele se relaciona em termos tremendamente bons com os militares, caso seja necessária uma atitude dura ou a limpeza de insurgentes haitianos ou de esquerda. E o presidente Balaguer está disposto a investir proativamente em sua incursão com os hotéis-cassinos oferecendo terrenos de graça para sedes de cassinos dentro de Santo Domingo e nos arredores da cidade (ver relatório anexo de estudos estruturais e composição de solo). Ele concederá à Hughes Air o direito exclusivo de voos para pistas de pouso VIPs, reservadas no aeroporto de Santo Domingo, construirá pistas extras para o aumento de tráfego aéreo, livre de cobrança, e fornecerá trabalhadores camponeses haitianos e dominicanos, sem formação, para a construção dos cassinos. Uma empresa de construção da qual ele é sócio fornecerá materiais de construção a preço reduzido, e minha firma de segurança e a La Banda estarão prontas para fornecer segurança 24 horas por dia nos canteiros de obras. Estou recomendando quatro cubanos — WILTON MORALES, FELIPE GÓMEZ-SLOAN, CHIC CANESTEL e CRUZ SALDÍVAR — como chefes para o trabalho nos canteiros de obras. Eles são mercenários cubanos, fluentes em espanhol e inglês, e têm relacionamentos profissionais preexistentes com o pessoal da minha empresa de segurança e os agentes na La Banda. De novo enfatizarei: a ameaça de revolta ou as estripulias dos incômodos grupos de esquerda não representarão ameaças à construção dos cassinos, e a presença de emigrados haitianos e camponeses dominicanos desobedientes será impedida antes que possa chegar ao ponto em que incomode os visitantes. No momento em que escrevo isso, o presidente Balaguer está preparando um pacote de incentivo a mais, como um modo de dizer "*¡Bienvenidos!*" ao senhor e ao seu grupo de investidores.

Resumindo, só posso declarar que o senhor e o seu pessoal fariam bem em dizer "*¡Sí!*" à nossa proposta. Os senhores terão as boas-vindas num país com clima político estável, economia sólida e uma liderança ansiosa para ajudar.

Sinceramente

Ivar S. Smith, USMC (aposentado)

CAPÍTULO 61

(Las Vegas, 16/1/69)

O Departamento de Segurança Pública do Condado de Clark mandou mais papelada. Wayne examinou a pasta e pregou documentos na parede.

Anotações de entrevistas — repetições do dossiê do DPLA. Relatórios de depoimentos repetidos, cópias a carbono manchadas.

O escaninho do dossiê estava superentulhado — vamos mudar de lugar o material de química para obter mais espaço nas prateleiras. Pare, aqui tem uma coisa...

Wayne pregou na parede. Um tíquete de estacionamento, 29/11/63. Obstrução de hidrante. Monroe Street 2082, zona norte de Vegas. Reginald Hazzard foi multado uma semana antes de desaparecer.

Era terreno trirracial. A base da Força Aérea em Nellis decretou isso. A rua comercial era cheia de espeluncas com caça-níqueis e bufês de 1 dólar. Eram estabelecimentos unirraciais. Os brancos tinham o Shamrock; os negros, o Monty's Mosque; os mexicanos, o Al's Alamo.

As ruas residenciais eram mistas e cortavam diagonalmente. Wayne parou na Monroe e foi andando. Tinha lido o relatório de Ivar Smith e resumido para os Rapazes. As análises de solo e os dados eram soberbos. Balaguer queria o negócio deles. Estava *pagando* para irem construir. Os Rapazes disseram vamos. Wayne ligou para Smith em Santo Domingo. Smith disse que Balaguer queria 50 mil por mês, só para ele. Wayne disse tudo bem. Os Rapazes disseram tudo bem. Wayne propôs uma declaração de não interferência de Dick Nixon. Farlan Brown disse que precisávamos de um elemento de ligação por telefone. O candidato de Wayne: Dwight Holly.

O presidente era fanático por policiais e puxava o saco do FBI. Adorava confraternizar com federais durões. Dwight "o Executor"? — não tem melhor.

As casas eram todas do tamanho de formiga e de blocos de concreto erodidos. Janelas tinham coberturas de zinco para vencer o calor. Wayne começou no 2082 e foi batendo. Eram 16h10. Pegou moradores trirraciais fora do horário de serviço na Nellis. Sorriu, disse olá, mostrou a foto de Reginald. Obteve quatro nãos e quatro nãos imediatos.

Continuou andando. Um carro da DP de Vegas Norte passou. Um policial reconheceu-o e fez Pou!

Recebeu mais três nãos e mais nove nãos. Passou por uma casa com uma garagem aberta ao lado. Viu um negro fervendo algo numa chapa quente. Sentiu cheiro de plantas tropicais e uma base de amônia.

O homem acenou para ele. Wayne se aproximou. Os vapores da fervura quase o derrubaram. O homem gargalhou e gargalhou.

Apertaram as mãos. O homem espremeu palavras entre as risadas. Tinha um sotaque de ilha francesa. Wayne olhou a garagem. Era o *seu* laboratório desarrumado — material barato e frascos marcados com fita adesiva.

Urera baccifera. Diodon holacantheus. Crapaud blanc. Theraphosidae E., Anolis colestinus, Zanthroxyllum matinicense.

Pós de plantas espinhosas, irritantes tropicais, tarântulas moídas, lagartos e sapos.

O homem sorriu.

— Envenenamento por tetrodoxina— disse Wayne.

O homem fez uma reverência.

— O senhor é químico?

— Sou.

— Tem outras coisas para me dizer?

Wayne examinou rótulos. ***Tremblador, Desmembres,*** baiacu, urtiga espinhenta. ***Diffenbachia seguine*** — uma tremenda planta espinhosa.

— Espero que o senhor use esses compostos com objetivo benéfico.

— Ah, sim. Se eliminar uma infestação de roedores hidrófobos do meu quintal dos fundos pode ser considerado isso.

Wayne sorriu.

— Então meu conselho seria acrescentar mais amônia e cozinhar o pó até formar uma emulsão.

O homem pegou uma caneta e escreveu em francês num bloco de rascunho. Wayne identificou cheiros: alcalinos misturados com resíduos de ervas.

Pegou sua foto. O homem colocou óculos e abaixou uma luminária de haste flexível.

— Sim, já encontrei esse rapaz.

— Quando?

— Lembro nitidamente. Foi logo depois que o presidente foi morto.

— E as circunstâncias?

O homem passou unguento num corte no dedo. A pele se franziu e se fechou num instante. Wayne sentiu cheiro de hidróxido cáustico e algo completamente novo. O efeito deixou-o totalmente pasmo.

— Era um rapaz agradável e um químico amador com bons conhecimentos. Tinha ouvido falar de mim. Estava curioso com relação às qualidades anestésicas das ervas haitianas, em particular o potencial analgésico e o de retardar chamas.

CAPÍTULO 62

(Los Angeles, 18/2/69)

Emma Goldman, Moscou, Archie Bell and the Drells. Veias entupidas acumpliciadas com a Turma do Pernalonga.

A bicha velha estava pra lá de Marrakesh. Quanto tempo ele poderia durar? Quanto trabalho de merda poderia designar?

Merda racial acumpliciada com merda de ódio. O Dr. King tinha um sonho. Hoover tinha vício em quadrinhos.

Quadrinhos de ódio e sonetos de ódio. "Um porquinho foi à feira. Outro ficou no quintal. Um foi comido por um Pantera, depois de chupar seu pau."

Dwight foi de gráfica em gráfica. Trabalhava com uma lista telefônica. Um profissional havia impresso aquela merda. Tinha qualidade de gráfica.

Estava chovendo. Tinha passado por 16 gráficas. Mostrava aquela porra racista e arruinava humores em massa. Seu distintivo e sua coragem produziam ataques de fricote. Funcionários idiotas faziam o sinal da paz.

O Sr. Hoover gostava do sinal da paz. Era o "rastro da galinha norte-americana".

Dwight foi para o nordeste. Fazia cinco horas que estava naquilo. A zona sul e a Miracle Mile eram kaput. Em seguida vinha Hollywood.

Entrou numa gráfica na Fountain e numa gráfica no Cahuen ga. Entre as paradas ouvia seu rádio da polícia. A faixa do DPLA fervia. Uma passeata contra a guerra no centro da cidade. Uma passeata de colhedores de frutas em Boyle Heights. Um monte de arruaças no sul.

Obteve "Não" e "Não, senhor". Foi para o leste. Chegou a uma gráfica na Vine e uma gráfica na Wilton. Um garoto com cara espinhenta riu dos quadrinhos de ódio. Uma garota hippie fez "Om".

Entrou numa gráfica na Vermont. Sentiu cheiro de maconha e incenso. Dois garotos no balcão oscilavam e riam feito patetas. Viram-no e sacaram sua profissão. Um baseado passou da garota para o garoto. O garoto comeu a ponta.

Dwight mostrou seus quadrinhos. O garoto disse:

"E daí? Não é ilegal." A garota se escangalhou de rir.

Eles se aproximaram para ver os quadrinhos. Dwight abriu-os para verem melhor. A garota se concentrou no crioulo bem-dotado. O garoto disse:

— Este é um país livre.

— Vocês imprimiram esse material?

— Claro. É um país livre.

A garota hesitou.

— Bom, mais ou menos.

— Quem trouxe isso? Como eles eram? Quem pegou? Como pagaram e/ou para onde foi mandado?

— Isto é censura — objetou a garota.

— Isso aqui é um país livre — completou o garoto.

Dwight foi até a porta, trancou-a e voltou para o balcão. A garota mordeu o lábio. Dwight flexionou as mãos.

O garoto murchou.

— Foi pago em dinheiro vivo e entregue num lugar em Eagle Rock. Uma mulher, de aparência forte, você sabe, do tipo que dá chute no saco e com quem a gente não quer se meter.

Dwight sorriu.

— Quarenta e poucos anos, cabelo com fios grisalhos, óculos. Cicatriz de faca no braço.

Os garotos olharam-no de queixo caído.

— Diga o nome dela — insistiu Dwight.

— Joan — disse a garota.

Era uma área cheia de morros e de aluguéis semibaixos. Tinha algumas vistas amplas e vistas de via expressa serpenteando. Brancos pobres e imigrantes ilegais coexistindo. Adesivos de para-choque com WALLACE PARA PRESIDENTE e carros cucarachas rebaixados.

O endereço era um bangalô com pintura variegada. Algum caipira havia raspado o estuque branco para provocar um efeito manchado. Oito apartamentos com caixas de correspondência embutidas. Silêncio de cochilo às 15 horas.

Dwight apertou a campainha da porta. Soou numa estridência de acordar os mortos. Encostou o ouvido na fresta da dobradiça e ouviu ar de cômodo vazio. Esperou 30 segundos e enfiou sua alavanca de bolso na maçaneta. A porta se abriu com facilidade.

Muito fácil, pouco Joan.

Entrou e fechou a porta com a corrente. Acendeu a luz do teto e captou todo o cafofo num olhar. Uma sala-quarto, um banheiro-quitinete. Uma cama dobrável desdobrada.

Era um poleiro temporário — não um aparelho. Um lugar de curto prazo — uma parada de fugitivo.

Dwight percorreu. Sabia que encontraria enlatados na cozinha. Sabia que encontraria material de toalete barato no banheiro. Sabia que encontraria roupas com as quais nunca a vira. Deixou a penteadeira para o final.

Jeans desbotados, botas, vestidos de verão destinados a destacar os braços nus.

Tocou tudo. Tinha invadido a casa de Karen uma dúzia de vezes. Nunca tocava suas coisas mais macias.

Sentou-se na cama. Dois travesseiros estavam encostados na cabeceira. A chuva recomeçou. O teto pingava a pouco mais de 1 metro dele. Jogou os travesseiros longe. Claro: uma Magnum e um diário embaixo.

A arma tinha o cabo com tiras de borracha, não mantinham digitais e firmavam o braço. O diário era de couro preto e quase sem peso. Isso implicava páginas novas.

Abriu. Uma foto Polaroid caiu. Era ele, dormindo. O fundo era o quarto deles no Statler. Ele estava enrolado contra o lado da cama que Joan ocupava.

Pousou a foto. Sua mão tremia. Segurou-se na cabeceira para fazê-la parar. Puxou uma folha. Era escrita à mão — a letra de forma, firme, dc Joan Klein.

ESTAMOS DECIDIDOS A ALCANÇAR OS MESMOS RESULTADOS E SOMOS IMPELIDOS POR UMA UTILIDADE QUASE IDÊNTICA. NOSSO OBJETIVO COMPARTILHADO É

PERPETRAR UM CAOS CONTIDO. DWIGHT ESTÁ COMPROMETIDO EM LEVAR ADIANTE OS FINS DE CURTO PRAZO DO FBI. EU QUERO CRIAR A ILUSÃO DE QUE A OPERAÇÃO ALCANÇOU SEU PONTO DE ENCERRAMENTO LÓGICO E BEM-SUCEDIDO. DWIGHT ACREDITA QUE ESSA CONCLUSÃO IRÁ DESCARRILAR O MOVIMENTO NEGRO NACIONALISTA. EU ACREDITO QUE O MOVIMENTO NEGRO NACIONALISTA SÓ SERÁ DESACREDITADO MOMENTANEAMENTE. DWIGHT TERÁ FEITO SEU TRABALHO E TERÁ LEVADO SUA TAREFA ATÉ UM FIM DETERMINADO COSMETICAMENTE. A RESPOSTA A ESSE NÃO FIM SERÁ UM NÍVEL CONTÍNUO E CONTINUAMENTE CRESCENTE DE DESCRENÇA, HORROR MORAL E CENSURA NÃO OFICIAL QUE, COM O TEMPO, LEVARÁ A UM PLANO DE LIBERTAÇÃO AINDA NÃO IMAGINADO. O FBI QUER QUE A ATN E A FLMM PASSEM A TRAFICAR HEROÍNA. ELES ACREDITAM QUE ISSO IRÁ EXPOR O NACIONALISMO NEGRO COMO INERENTEMENTE CRIMINOSO E REVELARÁ O POVO NEGRO, EM TERMOS GERAIS, COMO INERENTEMENTE DEPRAVADO. O OBJETIVO DE CURTO PRAZO DO FBI É SEDAR O POPULACHO NEGRO; O OBJETIVO DE LONGO PRAZO É A PERPETUAÇÃO DA SERVIDÃO RACIAL. QUERO QUE A ATN E A FLMM TRAFIQUEM HEROÍNA. VOU ARRISCAR A PROBABILIDADE DE SUJEIRA A CURTO PRAZO NA ESPERANÇA FERVOROSA DE QUE A DEPRAVAÇÃO SUSTENTADA DA HEROÍNA LEVE A UMA RICA EXPRESSÃO DE IDENTIDADE RACIAL E, EM ÚLTIMA INSTÂNCIA, À REVELAÇÃO E À REVOLTA POLÍTICAS. NESSE SENTIDO VEJO HONRA, ESPERANÇA E BELEZA ONDE DWIGHT NÃO VÊ. NOSSOS OBJETIVOS SÃO OPOSTOS E TOTALMENTE SINCRONIZADOS. DIVERGIMOS E CONVERGIMOS NA MESMA MEDIDA. SOMOS UNIÃO E DESUNIÃO DEVOTADAS. INICIEI UM CAMINHO PODEROSO COM UM PROVOCADOR RACISTA QUE ME DEU ALGO PRECIOSO E IMPOSSÍVEL DE SER MEDIDO. COLOCAREI MEUS OBJETIVOS ACIMA DOS DELE O TEMPO TODO E ADMITIREI QUE NÃO POSSO PREVER OS DETALHES ESPECÍFICOS DE NOSSA JORNADA.

Um sopro de vento bateu na janela. As páginas voaram de sua mão. A palavra *camarada* rugiu através da cabeça dele.

CAPÍTULO 63

(Santo Domingo, 26/2/69)

Drácula transportou-os de avião. El Jefe mandou uma limusine. As pistas eram de asfalto recém-derramado. Peões labutavam por todo o campo de pouso.

Aeropuerto de las Américas — estritamente matagal. *Bienvenidos*: recortes de papelão de Joaquin Balaguer ao lado do escritório da alfândega.

Crutch e o francês desembarcaram. Fazia um calor de arrebentar a cabeça. Dois policiais da Polícia Nacional colocaram a bagagem deles na limusine. Quatro Harleys rugiram. A limo era safra 1956. As motos eram anteriores. Os tiras usavam culotes fofos e coturnos. R.D., Tomada 1: Somos pobres, mas tentamos. Não sacaneiem a gente. Podemos matar vocês ou puxar o seu saco, segundo a veneta.

A escolta partiu. O banco de trás estava pré-refrigerado. Bandeiras tremulavam em antenas gigantes. Cruzes, fitas, *"Dios Patria Libertad"*. Coquetéis enlatados se projetavam de uma caixa cheia de gelo. Crutch e o francês engoliam daiquiris e ficavam doidões. Balaguer ia dar um almoço de arromba em homenagem a eles. O Palácio Presidencial, chegando.

Crutch olhou pela janela. Uma porra de uma ilha. A praia não era praia. Rochas nuas iam até a linha das ondas. O Malecón era um Palisades de terceira. Os morros eram rochosos e com capim marrom. O bulevar era meio pavimento meio cascalhos.

— Somos necessários aqui. Vamos incrementar nossa agenda pessoal e revitalizar a economia — disse o francês.

Favelas. Um monte de *cucarachas* e híbridos de *cucaracha*-crioulo. Construções com telhado de zinco: antigas e novas. Pinturas de estourar os olhos; cor-de-rosa quente, verde-lima, amarelo-canário.

Desembarcaram da limusine no El Embajador. Era um Fontainebleau de terceira em cima de uma Miami de quinta. Um campo de polo ficava ao lado. *Cucarachas* de pele mais clara montavam cavalos brancos e batiam em bolas brancas. Mulheres de pele clara sacavam a ação aboletadas em carrinhos de golfe. Usavam vestidos de verão e se lambuzavam de óleo de bronzear.

Escravos do hotel fizeram rapapés e levaram-nos aos quartos. Estavam equipados com bar completo e cestas de boas-vindas. Crutch teve uma visão: barracos em tons pastel, rios sujos, dilapidação. Estátuas e fios elétricos meio caídos.

Me belisque — estou aqui.

Trocou de roupa vestindo um terno de linho com listras finas. Queria aquele efeito estudante rico/chefão branco. Desceu de novo. Mesplede estava chique num terno preto. Ivar Smith recebeu-os no saguão. Estava tomando um sorvete temperado com bebida alcoólica. Cheirava a creme de menta.

Re-limusinizaram-se e partiram. Crutch e Mesplede mudaram para martínis em lata. As ruas eram estreitas e gastas até mostrar a terra. O tráfego de pedestres era dois terços *cucaracha*-claro e mulato. Os pretos de verdade tinham vibração de vodu. Crutch rebobinou a fita mental para Manágua.

Aquele livro de códigos, aquele caderno de endereços, os símbolos de vodu rabiscados. Uns vinte dias de trabalho de código. Não conseguiu nada com os números e letras de Gretchen/Celia.

Favelas com telhado de zinco e pobres murchos de calor. *Calles* e *avenidas* com nome de reis da cana-de-açúcar. Datas no lugar dos nomes de rua, à la Manágua.

Muchos terrenos baldios. Todos locais potenciais para cassinos. Dois na avenida Máximo Gómez, dois na calle 27 de Febrero. A escolta era uma demonstração de força. As motos não tinham silenciadores. Os motores giravam barulhentos.

— Estou montando as equipes de trabalho. Eles vão dormir em barracas nos canteiros de obra e trabalhar em turnos de 12 horas. Os cubanos vão se encontrar com vocês no hotel esta noite. Querem ir até o litoral norte e procurar pontos de montagem para seus outros negócios — declarou Smith.

Seguiram pela avenida San Carlos. A rua era totalmente pavimentada. O Palácio Nacional surgiu. Tinha uma cúpula alta e era construído com mármore rosado. Era uma miniCasa Branca, cor de sorvete de pêssego.

Alguns jovens esfarrapados estavam do outro lado da rua. Seguravam cartazes encimados por bandeiras vermelhas. Eram na maioria cruzamento de cucaracha com crioulos, à la Harry Belafonte.

O portão do palácio se abriu. A limusine freou e diminuiu a velocidade. Smith entreabriu a janela e apontou. Isso provocou uma balbúrdia.

Há um furgão estacionado perto. Bem na deixa: quatro rapazes durões saltaram. Todos de pele clara. Portavam cassetetes com cordas de piano.

Atacaram. Os jovens correram. Eles pegaram-nos, fizeram-nos tropeçar e deram cacetadas nas pernas, com força. Os jovens foram muito chicoteados com as cordas de piano e ficaram sangrando demais para ficar de pé. Andaram de joelhos e se arrastaram até um beco. Demorou dez segundos no máximo.

Smith lambeu seu sorvete.

— Os mocinhos são da La Banda. São o pessoal do Jefe, trabalham com o meu pessoal. Os bandidos são do 14 de Junho. Ainda precisam descobrir que a revolta tem um preço.

El Jefe era um anão. Tinha no máximo 1,55m. Deu uma de *mi casa es su casa* sem nenhuma sinceridade.

Balaguer sabia os nomes deles antecipadamente. Chamou-os de señor Mesplede e señor Crutchfield. Mandou lembranças ao señor Tedrow e seu grupo de investimentos. Não disse "os Rapazes", "a turma", ou "a Máfia". Smith chamou Balaguer de "Jefe". Balaguer dava *meeeeedo* nele. O Jefe cheirou seu hálito e deu um risinho. Smith engoliu pastilhas de hortelã, na moita.

Seguiu-se um passeio pelo palácio. Smith passou uma sacola para o Jefe pateta. Crutch sabia do conteúdo: 50 mil dólares. O passeio foi todo estátuas e óleos jingoístas. O Recente *Führer* Trujillo era omitido. O francês esteve no atentado contra Trujillo. O anão não fazia a mínima ideia. Crutch curtiu isso.

O almoço era salada de frutos do mar e paella. As mulheres de pele clara e o chefe local da CIA apareceram. As chiquitas eram cortesãs trazidas para deixar o negócio menos machão. Crutch sentou-se de um modo que pudesse ver. O cara da CIA e o anão o flanqueavam.

Manteve o bico calado e espiou decotes. Mesplede divertiu as mulheres com suas tatuagens de pit bull. O nome do cara da CIA era Terry Brundage. Ele biritava e falava no ritmo falastrão de Ivar Smith. Era um piadista. Brincou à custa de Mesplede. Seu colega quer comprar uma lancha-torpedeira. Ele serviu com JFK? Já esteve em Dallas? Vocês não são traficantes de drogas e bandoleiros antiCastro, são?

Crutch ficou de bico calado. A expressão *segredo de polichinelo* batia em sua cabeça. Uma mulher sacou seu número de voyeur. Ela balançou o guardanapo: xô, você aí.

O anão arengava em inglês. Anunciava suas falas com pequenas tosses que significavam *ACHTUNG!* Falou de seu Plano de Desenvolvimento Rural. Contou uma piada sobre o Papa Doc Duvalier e uma galinha. Exaltou seu Plano de Desenvolvimento Urbano. Vamos construir uns barracos pré-fabricados para abrigar os pobres e diminuir a taxa de criminalidade. Vamos construir edifícios para escondê-los das vistas.

A sobremesa era sorvete arco-íris. O anão falou diretamente com Crutch:

— Qual é o significado de seu alfinete de lapela?

— Matei 15 comunistas cubanos, senhor.

O anão balançou a mão — *comme ci, comme ça*. Crutch se imobilizou com a colher erguida. Pingou sorvete no terno.

— Há uma palavra para jovens como o senhor, Sr. Crutchfield. É *pariguayo*. O significado literal é "espia-festas". É da época em que os fuzileiros norte-americanos interditaram a disseminação do comunismo no meu país. Descreve a relutância dos jovens fuzileiros em chamar nossas moças para dançar.

O OLHO.

Ele ouve "Arranque o escalpo deles". Não consegue. Está jogado na areia. O rosto do morto está queimado de pólvora. Uma aba de pele está solta. A faca escorrega para a órbita do olho. Seu autocontrole vacila. A lâmina corta o globo ocular. Os olhos *dele* se fecham. Ele não consegue olhar. Um golpe com as duas mãos quebra os ossos oculares. Ele põe um pé no pescoço do morto e firma seu plano de trabalho. A lâmina da faca é serrilhada. Ele serra a aba do escalpo. A pressão do pé força o sangue a sair por um ferimento no pescoço. Encharca suas botas. Agora ele é uma estação de bombeamento. A remoção do escalpo leva dez minutos. A pressão do pé faz o sangue ir por outra rota, pelas narinas, pelas órbitas oculares e pelos ouvidos.

Em seguida, sons de estalos, fumaça e...

Está errado. Eu sempre pego o escalpo e o balanço. O francês sempre me aplaude.

Crutch acordou. Molhado como numa sauna. Saía fumaça do ar-condicionado. Pegou um sifão de soda e espirrou no fogo. Fagulhas estalaram e chiaram. A fumaça se dissipou e deixou um resíduo sujo.

O quarto estava fervendo. Abriu uma janela e deixou o ar entrar. Tirou a roupa de cama e encharcou os lençóis em água fria da banheira. Montou um varal de parede a parede com uma linha de pedreiro tirada de sua mala. Pendurou os lençóis e ligou um ventilador de mesa. Criou uma brisa fresca.

O Olho. O Sonho. Sua sexta ou sétima reprise.

Pegou o livro de códigos e as folhas do trabalho. Pegou o caderno de endereços de Gretchen/Celia. Começou a contar letras, números e os espaços entre palavras presumidas. Um mês de trabalho. Código de substituição. As letras *K* e *S* identificadas. Algaravia. Nada de palavras inteiras.

Crutch estudou e desenhou linhas teóricas. As folhas inchavam. O ventilador rearrumava a sujeira no ar.

O telefone tocou. Crutch atendeu.

— Os cubanos estão aqui — disse Mesplede.

Parceiros agora — os matadores da farmácia.

O cara do Brylcreem era Wilton Morales. O cara da Ipana era Chic Canestel. O cara do Clearasil — Cruz Saldívar. O do Vick VapoRub — Felipe Gómez-Sloan.

Todo mundo trocou apertos de mãos e tapas nas costas. Os caras pareciam semelhantes e ficavam soturnos, formando um único chicano. Quatro homens de estatura média. Todos por volta dos 40, todos em forma. Todos volumosos com o armamento escondido.

Eram 20 horas. A ordem era passeio noturno. Mesplede mencionou café. Canestel propôs anfetamina.

Saldívar pegou seis frascos. Morales disse que eles tinham assaltado uma Rexall em Miami. Olha só: metedrine líquida Mollencroft, uma poção para narcolepsia.

Tomaram no estacionamento. A droga era meio ácida. Ajudaram a descer com Pepsi. Gómez-Sloan tinha um Impala 62. O carro tinha pneus de jipe e um eixo transversal para terrenos ruins. Amontoaram-se dentro e foram para o norte.

Pegaram a autoestrada Duarte. Era de duas faixas sem divisão. A cidade se dissolveu rapidamente em terreno de arbustos e plantações de cana. Pretos cortavam cana sob luzes de arco-voltaico. Caras de pele clara, a cavalo, serviam de capatazes. As luzes faziam luzir a vastidão rural.

Placas anunciaram a Plaine du Massacre. O rio separava a R.D. do Haiti no noroeste. "Massacre" significava mais do que carnificina em puro francês. O francês sacou a ironia. Trujillo massacrou bocu de haitianos nos anos 1960.

A metanfetamina bateu. Crutch entrou em orgasmo da cabeça aos pés. Ela bateu nos outros caras. Falavam piração completa. Era tudo em francês e espanhol. Crutch desligou e examinou rostos de mulheres no cérebro. Círculo fechado: Dana Lund, Gretchen/Celia, Joan.

Não havia outros veículos. Era escuridão de selva. Gómez-Sloan usava o farol alto o tempo todo. O terreno mudou. Passaram por cima de morros. Montanhas espremiam-nos — a cordilheira Central e a cordilheira Oriental. Subiram com firmeza e força. O Chevy tinha um tanque gigante cheio de gasolina de alta octanagem. Atravessaram cidades: Bonao, Abajo, Jarabacoa. Viram catadores revirando montes de lixo. Eram todos negros. Mesplede chamou-os de "*arrivisites* haitianos". Tinham amuletos de vodu no pescoço. Um cara usava um enfeite de cabeça feito de asas de pássaro. Um cara tinha o rosto pintado de sangue. O francês passou para o inglês e contou sua história do atentado a Trujillo.

Era o início de 1961. O Bode estava bebendo no Cocho Vermelho e mordiscando a Teta Vermelha da Rússia. JFK disse basta. O mesmo disse o chefe do exército dominicano e a burguesia da R.D. Terry Brundage contratou a equipe. Dois carros de batida, um carro de fuga, quatro atiradores. Era um movimento de pinça/batida de carro fora de Santo Domingo. O Bode e seus guarda-costas saíram cuspindo fogo. Os atiradores de perto mataram os guarda-costas. Mesplede apagou o Bode atirando de um poleiro fora da estrada.

O Chevy subiu. O ar ficou rarefeito. Viraram para o oeste em Moca. O río Yaque del Norte estava a oeste. Trabalhadores haitianos atravessaram correndo a estrada com tênis espirrando água e calças encharcadas. Um cara estava algemado. Um policial a cavalo o perseguia. Mais policiais a cavalo saíram do mato.

O crioulo se desviou e correu direto para uma matilha de cães arrastando correias. Os cães saltaram e foram para sua cara. O Chevy chegou ao topo de um morro. Crutch ouviu uivos, gritos e nada mais.

Viraram de novo para o norte. O amanhecer chegou. Alcançaram o litoral perto de Puerto Plata. Ainda: nenhuma porra de praia, só pedras até a água. Mesplede disse que precisavam de uma enseada segura. Deixamos nosso barco lá. Deve ser perto do Haiti e, portanto, acessível a Cuba. O canal de Barlavento separa Cuba do Haiti. O canal da Mona Separa Porto Rico da R.D. Pegamos heroína em Porto Rico e vendemos no Haiti. Montamos ataques ao litoral de Cuba a partir do litoral norte. Estamos a sul das patrulhas da guarda costeira norte-americana. As marinhas haitiana e dominicana estão ancoradas no Caribe. Temos o Atlântico no litoral norte para usar.

Saíram, pararam nas pedras e mijaram no oceano. Estavam acelerados a 6 mil rpm. O papo trilíngue era guinchos de papagaio. Crutch ficou de bico calado.

— O garoto Crutchfield não fala nunca — disse Morales.

— Não, mas é competente e persistente — replicou Mesplede.

Canestel fechou a braguilha.

— Ele é um *pariguayo*.

Crutch gargalhou. Os outros caras gargalharam. Ficaram nas pedras falando merda. Os cubanos contaram histórias da Baía dos Porcos. Crutch falou sobre seus servicinhos com cônjuges traídos. Mesplede arengou sobre a Mística do Tigre.

A origem: A Tiger Kab em Miami. Táxis pintados de modo espalhafatoso e operações antiCastro. A rota de drogas da Máfia, Saigon a Vegas. Grupo Tigre/Ekipe Tigre, *arriba*! Ataques a Cuba a partir das Keys da Flórida na embarcação *Garra do Tigre*.

Agora a Tiger Kab ficava em L.A. Lavava dinheiro para a construção dos cassinos. Os tigres eram criaturas ferozes e lindas.

Devemos honrar sua dignidade impecável e nossa simbiose com eles.

Saldívar rosnou feito tigre e deu um tapa em Gómez-Sloan. Morales e Canestel sibilaram feito tigres.

Mesplede disse:

— Somos o novo Grupo Tigre. Nossa lancha-torpedeira será o novo *Garra do Tigre*. Vamos pintar listras de tigre no casco e pendurar escalpos de castristas na antena do rádio. A designação numérica será PT-109, para difamar ironicamente o homem que eu matei em Dallas.

CAPÍTULO 64

(Las Vegas, 3/3/69)

Wayne preparava ervas. Glândulas de rãs arbóreas e soluções alcalinas. *Ocimum basilicum*. Venenos de tetrodoxina — todas cepas haitianas. Pó de lagarto e um verme poliqueta.

Fazia malabarismos com cubas e fervia pó para fazer pasta. O haitiano lhe deu pacotes de ervas. Ele caçou alguns lagartos no deserto e dissecou-os. Tirou as vesículas biliares e as glândulas salivares.

Estava retraçando Reginald Hazzard. Reginald procurou o haitiano no fim de 1963. Tinha um pequeno conhecimento sobre ervas haitianas. Tinha perguntas sobre seu potencial analgésico e retardador de chamas. O homem deu a Wayne o mesmo conselho que deu a Reginald. Wayne seguiu as instruções dele, com resultados nulos.

Criou a pasta. Ela *aumentava* a dor e *provocava* pequenos incêndios. Queimava rapidamente através de tecido tratado. Isso poderia significar conselho errado e conhecimento ilusório geral. Reginald podia ter trabalhado com o mesmo objetivo químico ou poderia ter tido sucesso completo. O haitiano podia ser maluco. Era um místico. Acreditava na zumbificação. Afirmava que o vodu aumentava a eficácia química.

Wayne derramou a pasta num frasco e voltou a ler. Apanhou os livros de biblioteca que Reginald pegou no outono de 1963.

Química haitiana: bebida klerin, ervas, toxina de baiacu. Teoria esquerdista: Marx, Franz Fanon, Herbert Marcuse. A ciência parecia fraca. Não havia resultados controlados. Os resultados descritos pareciam uma forma de loucura religiosa. Os pensadores de esquerda eram fartos em teoria e escassos em precedentes. O caso deles era a revolução. Todas as teorias saltavam de volta à sua necessidade concreta. Reginald tinha 19 anos e procurava respostas. Encontrou a política e a química mágica.

Uma fixação no Haiti. Estranha coincidência. A equipe de frente estava na R.D., agora.

Wayne foi até seu espaço de arquivo e folheou papéis com anotações. Sua linha temporal estava incompleta e terminava abruptamente.

"Mulher branca paga fiança para tirar RH da cadeia e não é vista desde então."

Olhou para a linha temporal. Rabiscou pontos de interrogação ao lado. Escreveu: *"Marsh Bowen piscou diante da foto de RH? Muito improvável."*

Levantou-se e lavou as mãos na pia do laboratório. Partículas de rã ardiam em sua pele.

— Você está de sacanagem.

— Não estou não. Farlan Brown foi quem armou.

— Jesus Cristo, caralho.

— Não, Richard Milhous Nixon.

Dwight jantava à base de Bromo-Seltzer e aspirina. O Dunes Lounge era um túmulo. Jody and the Misfits tocavam músicas velhas. Fregueses voltavam para os caça-níqueis.

— É um acordo pró-forma. Você tranquiliza o presidente, eu tranquilizo os Rapazes. A R.D. é um local ótimo, estamos numa boa — disse Wayne.

— O Sr. Hoover vai querer que eu informe a ele. Vou deixar tudo numa boa e dizer o que ele quer ouvir.

— E o que é?

Dwight acendeu um cigarro.

— Que Nixon está tão absorvido com os militantes negros quanto ele. Que ele entende a ameaça de Archie Bell and the Drells à segurança nacional.

Um bêbado passou cambaleando pela mesa deles. Wayne puxou sua cadeira mais para perto.

— A briga de faca. Sua informante contou alguma coisa?

Dwight deu de ombros.

— Disse que agora os irmãos da ATN odeiam os irmãos da FLMM muito mais. Não mencionou nosso garoto Marsh no meio.

— Conheço Clarkson, mas mal me encontrei com Jackson. Ele e haitiano, não é?

— É. Não tem ficha policial, mas supostamente fez parte dos Tonton Macoute no Haiti. Emigrou, mudou de nome e virou um escroto militante negro. Por que está perguntando? Ele não é tão mau quanto a maioria desses sacanas.

Wayne deu de ombros.

— Coincidência. Curiosidade à toa.

Dwight estalou os nós dos dedos.

— "À toa" porra nenhuma. O cara à toa é o Marsh. Quero que você puxe as rédeas dele. Diga que ele tem que entrar para a ATN ou a FLMM e dedurar os grupos colaterais para manter a bicha velha molhando as calças.

Wayne sorriu.

— Vou dizer a ele.

— E diga para comprar um pouco de heroína, já que está com a mão na massa.

Wayne apertou seu copo d'água. A borda quase quebrou:

— Desça desse pedestal, filho. Não é como se você tivesse preparado a droga, transportado e vendido para os negros — disse Dwight.

Ele precisava de ar. Andou pela Strip no meio de uma chuvarada.

Dwight segurava seu rabo. Dwight sabia como fazê-lo trabalhar e como baixar seu facho.

Estava frio. A chuva carregava lascas de gelo. As marquises dos hotéis fritavam e perdiam letras.

Os Rapazes o encheram demais de trabalho. A compra das empresas feitas com empréstimo dos caminhoneiros devorava seu tempo. Ele havia comprado 34 empresas em dificuldades desde o ano-novo. A lavagem de dinheiro em L.A. seguia com força total. O Banco Popular era a principal lavanderia. A Tiger Kab e as boates barra-pesada lavavam as verdinhas residuais. Mesplede e o Merdinha estavam na R.D. A Hughes Air levou-os.

Drácula degringolava ao mesmo ritmo de Gay Edgar. Wayne encontrava-se com ele em quartos de hospital particulares e aplacava seu medo da Bomba. Drácula queria acabar com a reprodução dos negros. Sua solução: colocar material radiativo na comida dos restaurantes de comida negra sulista. Drácula recebia duas transfusões de sangue diariamente. Drácula tinha comprado oito minas de ouro, duas minas de prata e um campo de golfe desde o ano-novo. Seus advogados estavam abrindo processos contra o estado de Nevada. Drácula queria proibir todos os testes nucleares. Farlan Brown disse que suas contas advocatícias chegavam a 50 mil por mês. Farlan perguntou sobre o Merdinha — ainda está procurando a tal ladra? Wayne respondeu que provavelmente sim. O Merdinha segue mulheres quando não sabe o que fazer.

A chuva virou granizo. Wayne se enfiou no Top O' the Strip. Art e Dottie Todd cantavam "Chanson d'Amour" pela décima milésima vez. O bar girava e dava aos presentes uma visão de 360 graus. O gelo caía aos montes.

Sonny Liston desfigurava fotos de publicidade de Muhammad Ali. O preço atual era 10 dólares cada. Otários brancos compravam e expunham em suas salas. Sonny escrevia "desertor" e desenhava chifres de diabo em Ali. Drácula tinha meia dúzia. Farlan Brown mandou uma obra especial de Liston ao Presidente: Muhammad Ali chupando o pau de LBJ.

Wayne acenou. Sonny descartou os otários e veio. Um garçom trouxe uma Coca para Wayne e um uísque com gelo para Sonny. Os dois falaram dos velhos tempos.

Sonny era formado pela Tiger Kab. Wayne contou que o negócio tinha acabado de se mudar para a zona sul. Sonny disse que iria bater pernas e dar apoio aos irmãos. Wayne agradeceu. Sonny disse que ouviu um boato: você e uma negra.

Wayne admitiu. Sonny falou de Wendell Durfee. Wayne disse que estava procurando o filho desaparecido da mulher. Sonny riu durante dois minutos seguidos. Isso galvanizou todo o salão.

Pessoas olharam. Wayne espantou-as encarando de volta. Sonny prendeu o fôlego e engoliu o resto da bebida.

— Terminou? — perguntou Wayne.

— Você e suas sagas crioulas — comentou Sonny.

Quadrados nos gráficos, setas. Linhas conectando para lá e para cá.

Um quadrado marcado com "Livros de Biblioteca". Pontos de conexão: os quadrados marcados com "Textos políticos" e "Ervas haitianas". Um quadrado marcado com "Tíquete de estacionamento". Ponto de conexão: o quadrado marcado com "Haitiano das ervas". Um quadrado marcado com "Cadeia". Ponto de conexão: o quadrado marcado com "Mulher branca/fiança".

O gráfico o ajudava a pensar. A colocação na parede o deixava pensar sentado e em pé. Suplantava e reduzia seu trabalho de arquivo.

Wayne examinava caixas. O resumo do DPLA dizia *me leia*. Sentou-se e folheou-o de novo. Resumia a solidão de Reginald. Escola de ensino médio, o básico da faculdade, o trabalho lavando carros. Ninguém realmente conhecia o garoto. Pouquíssimos conhecidos e nenhum amigo.

— Antes que você me pergunte pela décima vez. Não, nós nunca falamos de ervas haitianas e textos políticos de esquerda.

Wayne girou sua cadeira. Mary Beth pôs as mãos nos ombros dele e montou em seu colo.

— Eu não teria lhe dado uma chave se soubesse que você iria usá-la para me atormentar.

— Você tem tendência a se atormentar, por isso só estou verificando, como sempre.

Wayne puxou a blusa dela para fora do cós.

— A gente podia se deitar um pouco.

Ela tocou seus lábios.

— A gente podia e devia, dado que você está com aquela cara de "policial com perguntas de rotina".

— Não são de rotina.

— Eu sei, queridinho. Só estou provocando. É só meu jeito de cortar minha tendência a ser brusca.

— O que significa que...

— O que significa que estou aqui neste momento, e Reginald não está.

Ele a beijou. Ela acompanhou a linha do maxilar dele com o dedo. Ali estão os olhos dela. Como sempre, aquelas pintas verdes.

— A esmeralda. Lembra, você disse que...

Ela cobriu sua boca. Isso sempre significava *fica quieto.*

— É, eu perguntei por aí. Não fiquei sabendo nada de valor específico, o que não me surpreendeu. O que *fiquei* sabendo é que há um mito persistente e persistentemente amorfo de que pessoas negras em dificuldades recebem esmeraldas anonimamente pelo correio.

Wayne se levantou. Mary Beth se segurou e ficou no colo dele. Ela riu. Ele carregou-a para o quarto e largou-a na cama.

Ela ricocheteou um pouco. Chutou os sapatos para longe e tirou as meias.

— Não quero estragar o clima, mas me lembrei de uma coisa.

Wayne tirou a camisa.

— Sobre o Reginald?

— É.

— Diga. Não estrague o clima, mas...

— Achei umas roupas antigas dele, da escola, e isso me fez lembrar. Foi na primavera de 1962. Reginald fez um passeio a Los Angeles com a escola. Era uma feira de ciências na USC. Ele disse que assistiu a algumas aulas numa "Escola de Liberdade". Tinham um pequeno escritório improvisado no campus.

Algo fez *clique*. Ele não conseguiu situar. Teve um branco de sincronização. Mary Beth jogou um sapato nele.

— *Eu estou aqui. Meu filho não está.*

CAPÍTULO 65

(Washington, D.C., 17/3/69)

— Olhe o tapete. São os detalhes que me atraem. A porcaria do pássaro tem um monte de flechas e folhas nas garras — disse Nixon.

Dwight olhou para o tapete. Bebe Rebozo também. Salão Oval, bebidas às 18 horas. Nixon no seu terceiro *old fashioned*.

— O Sr. Hoover tinha um programa de rádio na década de 1930. Na época eu era garoto em Havana. Havia uma estação de 200 mil watts que transmitia de Miami — disse Bebe.

Nixon tirou a cereja de seu copo.

— O agente Holly está cagando e andando para tapetes ou para os velhos tempos do Sr. Hoover. Ele quer silenciar toda essa porcaria absurda de militância negra que anda acontecendo.

— Correto, senhor presidente — disse Dwight.

— E ele quer minha palavra de que não vou tramar nenhum levante na República Dominicana.

Dwight assentiu. Bebe fez u-lá-lá. O presidente e o primeiro-amigo pareciam fraternos. Eram morenos. Usavam suéteres de alpaca cor de malva com o selo presidencial. Fusão do Rotary com o Rat Pack.

Bebe acendeu um cigarro.

— A R.D. e eu somos ligados há muito tempo. Fui dono de alguns canaviais por lá nos anos 1940. Há um grupo de exilados para quem joguei alguns *shekels*. Agora eles estão operando a partir de lá.

Nixon tossiu. Bebe apagou o cigarro e espanou o ar. Estava nevando. As janelas mostravam uma varanda e um gramado gigantesco.

— Meu pessoal costumava vender heroína. Dá um retorno rápido para o investimento. Se você quiser lutar contra o comunismo, tem de ir ao âmago da coisa — disse Bebe.

Nixon mexeu sua bebida.

— Vamos falar a verdade. A heroína financiou cada golpe no Terceiro Mundo desde que Deus era um filhotinho. Certo, Sr. Holly?

— Correto, senhor presidente.

— Farlan Brown disse que você estudou em Yale. Por que você é que tem o distintivo e eu tenho todas as dores de cabeça e essa porcaria de suéter idiota?

Dwight sorriu.

— São as vicissitudes do destino, senhor.

— "Vicissitudes" é o caralho. Aquele escroto irlandês do Jack Kennedy me roubou a eleição de 1960. *Isso* é que é "vicissitude". O que eu tenho agora é a porcaria da chance de rir por último.

Bebe comeu sua cereja.

— Gosto do Dwight, senhor presidente. O senhor deveria nomeá-lo advogado geral.

Nixon deu um risinho.

— Hoover sabe muita sujeira a meu respeito. Ele nunca admitiria que um encarregado dos trabalhos sujos, como Dwight, desse as ordens.

— Você é um encarregado de trabalhos sujos, Dwight? — perguntou Bebe.

— Sim, senhor. Sou.

Nixon puxou um pedaço de cutícula.

— Onde Hoover guarda seus dossiês secretos? Eu tive um auxiliar que disse que ele mantinha um cofre no Willard.

— No porão da casa dele, senhor presidente. É protegido de umidade e à prova de fogo.

Bebe fungou.

— Ele não sabe nada sobre o presidente que o próprio cara não tenha revelado voluntariamente ao público.

Nixon revirou os olhos. Bebe gaguejou. Dwight examinou seu descanso de copo. Tinha o mesmo pássaro emputecido.

— A R.D. é um esgoto. Seus investidores vão ter que melhorar a aparência do lugar se quiserem atrair turistas. Acabo de visitar meu grupo de exilados e dei uma olhadinha. Balaguer é solidamente pró-EUA, mas os caras da CIA são todos bêbados e mulherengos. Há um coronel fuzileiro aposentado, chamado Smith, que faz a maior parte do trabalho sujo para Balaguer — comentou Bebe.

— Necessidade de prestar contas. Ponha um espantalho na sua frente. Quando a merda bater no ventilador, você está fora do alcance. *Já eu?* Estava num jogo dos Red Sox ou comendo a patroa — disse Nixon.

Dwight gargalhou. Bebe remexeu o anel de esmeralda acima da aliança de casamento.

— Meu grupo tem dois novos durões. Um mercenário francês e um garoto colega dele. Os dois podem não apagar Fidel, mas vão morrer tentando.

Nixon bocejou.

— Castro é resistente. O eleitorado norte-americano está até aqui com Cuba. Vou deixar os exilados fazerem as estripulias deles desde que isso não volte para me assombrar nas urnas.

Bebe fingiu-se de magoado. Querido, como você pôde? Dwight desviou o olhar.

— Dwight, vamos falar do que interessa — disse Nixon.

— Sou todo ouvidos, senhor.

— Descreva o estado mental de Hoover. Presuma que sou alguém de dentro, com algum conhecimento prévio, e que nada vai sair desta sala, fique certo de que a sinceridade vai lhe servir a longo prazo e conte como a coisa está.

Dwight puxou os punhos da camisa.

— Ele está com saúde física e mental tremendamente ruim. Está obcecado com a criminalidade dos negros, com os hábitos de acasalamento dos negros, com a atividade política dos negros e com a higiene dos negros. Sua capacidade de julgamento é questionável em todos os níveis. Está muito obviamente deteriorado. Está com uma hemorragia de prestígio na comunidade policial. Tende a cometer gafes embaraçosas. Faz observações destemperadas rotineiramente e muitíssimo pouco políticas. É extremamente ofensivo. Está se sustentando por vontade bruta, pelo ódio e por injeções diárias de anfetamina na bunda. Apesar da grande riqueza de enfermidade, permanece com uma lucidez tênue e deve ser considerado um adversário mortífero, e portanto um amigo significativo e absolutamente essencial.

Bebe assobiou.

— É isso aí, neném.

Nixon assobiou.

— Amém, irmão.

Dwight sentiu a pulsação se acelerar. Nixon piscou. Ficou parecendo algo como "você é dos meus".

— Mantenha-me atualizado a respeito. Está bem, Dwight?

— Sim, senhor. Farei isso.

Bebe mostrou seu anel de esmeralda.

— Bonito, hein? Ganhei na R.D.

O Echo Park estava inundado. Os barcos de aluguel ancorados e cobertos de lona. A chuva era incessante. Os patos se escondiam em algum lugar. Ele comprou pipoca por nada.

Estava morto. Pegou o voo noturno de Washington para L.A., espremido entre sacerdotes budistas. Eles viram sua arma e fizeram uma limpeza "om" em sua aura. Seus comprimidos e bebidas o des-limparam. Conseguiu uma hora de sono.

Ligou para o Sr. Hoover e informou sobre a reunião com Nixon. Descreveu-a como "perfunctória". A bicha velha ficou furiosa. Dwight aplacou-a. Hoover lançou uma arenga de 14 minutos contra Nixon. Queria novidades sobre os quadrinhos racistas. Dwight disse que suas pistas chegaram a um beco sem saída.

Duas noites, três horas de sono. Um pesadelo com MLK atrás do outro. O Dr. King fazendo sermões. Dwight olhando de um banco nos fundos.

Karen apareceu. Trazia Eleanora envolta em panos. Os dois ficaram embaixo do toldo da casa de barcos. A neném estava triplamente enrolada, quente e segura.

— Ela se parece comigo — disse Dwight.

Karen sorriu.

— Foi um procedimento científico, e você nem chegou perto do receptáculo.

Eleanora tinha o cabelo e a forma dos ossos de Karen. Dormia no meio do barulho da tempestade.

— Já faz um tempo — comentou Dwight.

— Faz. Eu tive Ella e você teve a operação.

— O Fulano vai embora logo, não é?

— É.

— Então podemos passar um tempo juntos. Eu lhe dei uma chave para o sobrado.

Karen se afastou.

— Isso é um gesto do tipo "não tenho nada a esconder".

— Pois é, mas é verdade.

— Você está fugindo do assunto.

— Diga o nome dela, então. Me acuse de alguma coisa. Me dê a chance de confirmar ou negar.

Karen acendeu um cigarro. Sua mão tremia. Dwight segurou Eleanora enquanto ela fumava.

— O Sr. Hoover chamou Bayard Rustin de "criatura noturna de cauda preênsil" na Legião Americana.

— Eu sei — disse Dwight.

— A partir daí as observações dele regrediram.

— Eu sei. Jack Leahy me mostrou uma cópia do discurso.

Eleanora chutou. Dwight balançou-a para dormir de novo. O toldo vazava. A água pingava perto dos pés deles.

— Há um aparelho perto da Cal Riverside. Estive lá. Há um armário com quatro espingardas e uma caixa de granadas de mão. Um homem com máscara de Mao Tse-tung e uma espingarda roubou quatro mercados em San Bernardino — avisou Karen.

Dwight estudou Eleanora. Seus pés chutavam enquanto ela dormia.

— Sempre aceito assaltos à mão armada. O que posso fazer por...

— O escritório de Filadélfia está revisando o dossiê do meu marido. Uns agentes andam pegando no pé do reitor. Um homem ficou bastante ousado e arriscado. "Vocês, pessoal de faculdade, circulam muito. Ouvi dizer que sua mulher andou se enroscando com o rapaz número 1 do Sr. Hoover."

Dwight chutou a parede. O impacto perturbou Eleanora. Karen jogou o cigarro fora e pegou a trouxa de novo. Ella arrulhou e fechou os olhos.

— O Sr. Hoover contou àquele agente sobre nós, Dwight. Isso viola o acordo que temos desde o início.

— Eu sei.

— O Sr. Hoover chamou Coretta Scott King de "dançarina de boate doente" pela TV em rede nacional.

— Eu sei.

— Por favor, pode dizer alguma coisa a mais do que isso?

— O Sr. Hoover está ficando caduco. Está velho e doente. Ninguém tem coragem de tirá-lo do cargo porque ele tem dossiês de sujeira sobre a porra do mundo inteiro.

— Inclusive você?

— É.

Karen balançou Eleanora. As nuvens ficaram duplamente escuras e soltaram um aguaceiro.

— Às vezes não consigo fugir disso, Dwight.

— De *quê*?

— Das coisas que você nunca fala. De até que ponto você foi por aquele homem. De cada coisa horrível que você já fez.

Dwight estendeu as mãos para Eleanora. Karen puxou-a de volta. Dwight foi andando pela chuva.

* * *

Três comprimidos e bebidas não deram resultado. Seus circuitos soltavam fagulhas e o mantinham desperto. A adrenalina comia a sedação. Ele se vestiu e foi de carro até Eagle Rock.

Era meia-noite. O quintal estava quieto. A chuva trazia clarões vermelhos e trovões. Dwight abriu a porta usando gazuas e entrou.

Acendeu as luzes. O lugar parecia idêntico. Foi até a cama e tirou os travesseiros. Encontrou a mesma arma e o diário. Abriu-o e encontrou folhas novas.

MEUS OBJETIVOS DE CURTO PRAZO E OS OBJETIVOS DE CURTO PRAZO DE DWIGHT FICARAM TURVOS. PASSEI A COMPARTILHAR A VISÃO DE DWIGHT SOBRE A ATN E A FUMM. SÃO CRIMINOSOS IMPELIDOS POR METAS PESSOAIS À CUSTA DA CONSCIÊNCIA POLÍTICA. DWIGHT NÃO CREDITA CONSCIÊNCIA A ELES; EU CREDITO A ELES UM INÍCIO DE CONSCIÊNCIA EMBOTADA PELA PATOLOGIA EGOÍSTA DE HOMENS FURIOSOS ANDANDO EM GRUPOS. ESSES HOMENS DEVEM TRAFICAR HEROÍNA E FACILITAR UMA IMUNDÍCIE DEFINÍVEL. DEVE ACONTECER O CAOS CONTIDO QUE DWIGHT E EU DESEJAMOS. O SURGIMENTO DA CONSCIÊNCIA DEVE SER PROVOCADO ATRAVÉS DA APLICAÇÃO DO TERROR MORAL. DWIGHT E O SR. HOOVER ACREDITAM QUE O ESTÍMULO DA HEROÍNA IRÁ SE MOSTRAR PODEROSO DEMAIS PARA OS MILITANTES NEGROS, SEUS SEGUIDORES E AS INCONTÁVEIS PESSOAS NEGRAS TOCADAS POR SUA RETÓRICA. SUA CAPITULAÇÃO EM MASSA CONFIRMARÁ A MALIGNA CARICATURA RACISTA, DESACREDITARÁ O RADICALISMO NEGRO E SUPRIMIRÁ SUA ATRATIVIDADE EMERGENTE PARA A SOCIEDADE EM GERAL. ACREDITO QUE O NASCIMENTO DA CONSCIÊNCIA POLÍTICA SERVIRÁ PARA CONFRONTAR E TRANSCENDER ESSE OBSTÁCULO, REINVENTAR OS ANTERIORMENTE CRIMINOSOS E COLOCÁ-LOS NO PAPEL DE HERÓIS QUE AGORA ELES BUSCAM DE MODO TÃO EGOÍSTA E FÚTIL. ESSE CAOS CONTROLADO NÃO RESULTARÁ EM DISSOLUÇÃO POLÍTICA. O CAOS ESTÁ MUITO SITUADO NO CONTEXTO HORRENDO DA NEGLIGÊNCIA E INJUSTIÇA BRANCAS PARA SER QUALQUER COISA QUE NÃO LIBERTADOR. VI E FIZ COISAS HORRÍVEIS EM MINHA LONGA LUTA REVOLUCIONÁRIA; O USO QUE FIZ DA HEROÍNA NA ARGÉLIA EM 1956 PROVOU-SE

AMBÍGUO. CONFIO SERIAMENTE QUE QUALQUER CONFLITO NESTA JORNADA SE RESOLVERÁ A MEU FAVOR, E NÃO NO DE DWIGHT, E QUE NENHUM SER HUMANO MORRERÁ.

Dwight releu as páginas. Folheou, pulou e jogou amarelinha com o texto. As letras ficavam borradas. A birita e os comprimidos bateram atrasados. Ele viu manchas e fiapos de tinta. O chão rodou. Ele se deitou e fechou os olhos.

A cama girava. O chão mergulhava. Ele não sabia se estava acordado, dormindo ou se estava em algum lugar intermediário. Pairou. Era apavorante e pacífico. Sua cabeça e seus membros estavam esquisitos. Ficou num vazio por um tempo. Abriu os olhos e viu Joan.

Ela estava sentada na cama. Uma perna dobrada. O joelho roçava no quadril dele. Ela usava botas por cima de meias de náilon cheias de fios puxados. O cabelo estava amarrado atrás

— Como você achou?

— Os quadrinhos que você mandou imprimir. Deixou uma trilha fácil.

— Os quadrinhos foram uma besteira. Não vai acontecer de novo.

— Quem desenhou?

— Um ex-aluno meu da Escola da Liberdade.

Dwight sentou-se. A tontura o fez cair de novo. Joan apertou o joelho dele. Dwight acompanhou os fios puxados nas meias e achou um pouco de perna nua para tocar.

— Heroína — disse ela.

— Eles não vão conseguir. Não vão traficar nem dez segundos sem ser pegos.

— Eu poderia ajudar.

— Vou pensar nisso

Joan cruzou os dedos dos dois. Dwight rasgou uma meia e segurou a perna inteira.

— Quantos lugares desses você tem?

— Não vou contar.

— Você deixou o diário para eu achar. Copiou a ideia de Karen Sifakis?

— Karen é uma amiga por correspondência. Não a conheço de verdade.

— Você deixou o diário para eu achar?

Joan assentiu.

— Ninguém morre — disse Dwight.

Joan segurou o rosto dele.

A tontura foi sumindo. Ele sentiu o corpo de novo. As mãos dela o firmaram.

— O que você quer? — disse Joan.

— Quero cair. E quero que você me segure na queda.

CAPÍTULO 66

(Santo Domingo, 20/3/69)

Seus olhos doíam. Ele ficava vendo prismas de palavras. Seus dedos tinham cortes de papel.

Um mês de trabalho com o código. Talvez algum progresso. Criando palavras a partir de números, letras e espaços.

A Ekipe Tigre bombardeou a autoestrada Duarte. Ivar Smith vendeu a eles uma viatura semilagarta do exército dominicano. Saldívar e Canestel pintaram listras de tigre nele. Morales pintou uma grande pata de tigre. Foram para Piedra Blanca e Jarabacoa. Equipes de escravos estavam limpando o terreno no local escolhido por eles. O Anão lhes vendeu os dois lotes rurais e dois lotes em Santo Domingo. La Banda recrutou grupos de trabalho na prisão La Victoria. Os presos receberiam redução de sentença se os prazos de construção fossem cumpridos.

A firma de construção de Balaguer estava preparada. La Banda expulsou os miseráveis dos locais fora da cidade. A construção dos cassinos estava acontecendo. A lancha torpedeira foi encomendada. Mais tarde iriam encontrar um cara da Tonton Macoute para discutir o negócio da droga.

Crutch pingou colírio nos olhos. Os rastros da viatura semilagarta comiam o pavimento. O francês dirigia. Os cubanos se empoleiravam em cima dos para-lamas. Crutch estava sentado no ninho da metralhadora. Passavam por canaviais e clareiras. Crutch estourava troncos de árvores só de curtição.

Trabalhadores haitianos se abaixavam do outro lado da estrada. Morales atirava nos pés deles. Crutch bocejou e se espreguiçou. O trabalho com o código induzia *bocu* de déficit de sono.

Vodu. O provável livro dos mortos. Letras, números, símbolos e matemática. É uma pista para o assassinato na Casa do Horror. Os símbolos do caderno combinam com os símbolos da Casa do Horror. É o caderno de Gretchen/Celia. Porra — ele *ainda* não consegue ver Joan e Gretchen/Celia como assassinas.

Estava tonto com isso. Pensar que Gretchen/Celia estava no país. Passou pente-fino em cada fonte de verificação de registros e não conseguiu achá-la. Mesplede lhe disse para não abordar Sam G. "Seu caso é totalmente frívolo. Estamos aqui para traficar heroína e depor Fidel Castro."

O terreno era íngreme. A viatura semilagarta esmagava cascas de árvores caídas. Crutch treinava tiros. Apontava para árvores e mutilava galhos com fogo calibre .30.

Wayne Tedrow viria logo. Os Rapazes lhe disseram para fechar o negócio com o Anão. Geólogos ensacavam amostras de solo em todos os quatro locais. Diziam que ele suportaria prédios pesados. Mesplede encontrou um local na costa perto da fronteira com o Haiti. Ficava próximo de Cap-Haitïen. O cara da Tonton era um figurão por lá.

O Kartigre entrou em Piedra Blanca. Peões do local viram a fera e deram no pé. O local estava agitado. Retroescavadeiras derrubavam barracos. Caras da Polícia Nacional detinham os despossuídos. Falavam espanhol. Morales traduzia para Crutch. Era domínio eminente. El Jefe precisa de sua casa. Você ganha quarenta pratas e um vale-refeição.

Alguns expulsos choravam e olhavam furiosos. Caras da La Banda flanqueavam as escavadeiras. Mantinham-se em posição de descanso e carregavam carabinas diante do peito.

O chefe do canteiro de obras se aproximou. Disse a Gómez-Sloan que a terra estava segura. La Banda traria alguns prisioneiros para tirar os arbustos. Sua equipe faria um dormitório pré-fabricado. Os prisioneiros dormiriam algemados. Equipes de policiais com chicotes supervisionariam o trabalho.

Indo para Jarabacoa.

Crutch ficou enjoado. O Kartigre esmagava tudo no caminho. Eram 14 horas e fazia um calor do inferno. O óleo de bronzear escorria por seu pescoço. Sua cabeça estava de volta em Santo Domingo. A fixação em Joan e Gretchen/Celia era forte. Ele as via como comunistas. Não as via como assassinas. Os símbolos que combinavam poderiam não significar assassinato em primeiro grau.

No todo, Santo Domingo era um lugar de merda. A área de Gazcue era o Hancock Park dos cucarachas. Era uma zona de pele clara. Ele tinha começado a espiar casas lá na semana anterior. Procurava Gretchen/Celia. Acabou se contentando com mulheres aleatórias. Acompanhava-as a parques e restaurantes. Seguia-as até em casa. Espiava por janelas de banheiros e quartos.

O Kartigre entrou em Jarabacoa. A cidade era cheia de barracos com teto de zinco e plumagem de selva. O local de construção ficava duas ruas adiante. Crutch ouviu retroescavadeiras esmagando. Três garotos saíram correndo do mato. Usavam máscaras e camisas do Tio Ho e carregavam garrafas com chamas no topo. Sacou? *Coquetéis molotov.*

Jogaram-nos. As bombas acertaram o Kartigre e causaram explosões chinfrins. Crutch girou sua metralhadora e atirou na direção deles. Cortou alguns pés de cana e errou os escrotos.

Os garotos sumiram. O mato da selva os escondeu. O Kartigre prosseguiu até o canteiro de obras. Trabalhadores algemados carregavam entulho. Retroescavadeiras arrebentavam alicerces. Quatro prisioneiros carregavam pedaços de telhados e cortavam as mãos. Um policial a cavalo chicoteou um sujeito vagaroso.

O capataz acenou. A Ekipe respondeu com rosnados de tigre. Crutch ouviu três tiros na autoestrada.

O Kartigre voltou e seguiu para o norte. Viram os garotos dos molotov, mortos numa vala. Tinham tiros na cabeça, à queima-roupa. Suas camisas do Tio Ho estavam cortadas. As mãos e os pés decepados.

Um cara da La Banda saiu do mato e acenou.

Ivar Smith preparou um jipe para eles. O Kartigre era grande demais para travessias no rio da fronteira. A Planie du Massacre ficava perto. Morales farejou o ar. Disse que sentia cheiro do Bode e das almas dos haitianos trucidados. Crutch viu desenhos em sangue nos troncos das árvores. Captou uma voraz vibração vodu.

O jipe estava com tanque cheio. Um teto de lona afastava o sol. Estradas de terra levaram-nos até o rio. Caras da Tonton se empoleiravam na ponte. Usavam ternos justos, óculos escuros de haste larga e chapéus de palha. Acenaram para o jipe passar. Exsudavam savoir-faire francês e maneirice negra.

O rio era lamacento e tinha 80 metros de largura. Crioulos brotavam da água segurando caranguejos. Atravessavam e pegavam estradas de terra em direção à Cordillera Central. A viagem era toda de curvas e buracos em meio ao mato derrubado. Morales vomitou num saco de papel. O francês pôs o carro em marcha baixa, no máximo 60 quilômetros por hora.

Casebres miseráveis passavam. Barracões com teto de zinco enfeitados com enormes pedras preciosas falsas. Barracos de madeira com fotos de sacerdotes de vodu na porta. Galhos de árvores se curvavam sobre a estrada. Galinhas linchadas pendiam deles. Algumas pingavam sangue fresco.

Chegaram ao pico e desceram. Estradas planas levavam ao litoral norte. Um crioulo com chapéu feito de pássaro morto jogou feitiço neles. Gómez-Sloan atirou no sujeito e errou.

O terreno era floresta tropical. O ar cheirava a água salgada e sujeira. Cada árvore era marcada com sangue. Cuidado com a Zona Zumbi.

Chegaram ao litoral. O ar salgado esquentou. O francês consultou um mapa e fez zigue-zague na areia com pedras espalhadas. Crutch viu uma enseada. Um negão maluco pulou de lugar nenhum e entrou na frente do jipe.

Media 2 metros. Pesava 60 quilos. Tinha bigode de Fu Manchu. Usava um chapéu de palha roxo e um terno de madras. Duas .45, dois anéis de esmeralda, um pendente de cristal no pescoço, cheio de sangue.

O francês freou. O negão sorriu de orelha a orelha e jogou pétalas de rosa no jipe. Eram perfumadas. Caíram e perfumaram a Ekipe.

— Sou Luc Duhamel. Bem-vindos ao meu reino, menininhos.

* * *

Seu palácio era uma cabana de pedra com um ninho de fuzil BAR e cerca de arame farpado. Havia uma lancha ancorada na água. Um carrinho de golfe estava amarrado a um mastro de bandeira. Três bandeiras de seitas vodus balançavam. O quintal estava cheio de roedores mortos. Aves carnívoras voavam e se refestelavam.

Luc fez com que se sentassem. As paredes eram cheias de lantejoulas. Todo mundo pegou sua poltrona de vison falso. Luc serviu bebida klerin em taças enfeitadas com strass. Todo mundo bebericou hesitante e engoliu intacto.

Luc tirou seu casaco. Os braços magros eram cheios de marcas de pico. Crutch ficou de olhos arregalados. Mesplede e os cubanos olharam na maior cara de pau.

— *En français?* — perguntou Mesplede.

Luc balançou a cabeça.

— Inglês, menininho. Não há desafio em falar a língua nativa.

— Heroína — disse Saldívar.

— Pico — disse Gómez-Solan.

— O bagulho do Oriente — disse Morales.

Canestel coçou uma barba invisível: o código para matar Castro.

— É, o coronel Smith me informou. Ele disse: esses homens vão virar seus *bons frères* — disse Luc.

O francês bebericou klerin.

— Estamos comprando uma lancha torpedeira. Faz 40 nós.

Saldívar bebericou klerin.

— O coronel Smith disse que você tem uma fonte de heroína em Porto Rico.

Morales engasgou com o klerin.

— É um protetorado dos Estados Unidos, mas a *Garra do Tigre* será muito rápida.

— Sabemos que o presidente Duvalier deve ser compensado — disse Gómez-Sloan.

Canestel *cheirou* seu klerin.

— É uma aposta de três ilhas. Nós vamos lucrar e os comunistas cubanos vão morrer.

Luc olhou para Crutch e apontou para a taça dele. Crutch engoliu o negócio todo e viu estrelas.

— E você, menininho? Tem alguma coisa a dizer?

— Senhor, eu me sinto feliz só por estar aqui.

A Ekipe jantou em Gazcue. Ivar Smith e Terry Brundage se juntaram a eles. Os dominicanos jantavam tarde. Passava da meia-noite. Crutch estava dolorido da viagem de volta. Estava anfetaminizado. Ficava repassando no cérebro os garotos mortos. Três tiros, sem mãos e pés.

O restaurante era ao ar livre e dava no Malecón. O ar salgado fazia o papel de parede se soltar em tiras. Os outros caras falavam merda de morte e comiam com prazer. Crutch remexia numa lula e espiava as mulheres.

Estavam jantando em alto nível. Era área de pele clara. Ele tinha uma boa variedade de senhoras de terras hispânicas. Sua voltagem diária era incessante. Os estimulantes tarde da noite religavam a voltagem e colocavam certas mulheres em câmera lenta. Sua câmera cerebral clicava tirando fotos e fazia panorâmicas em busca de movimentos sensuais. Mulheres comiam, falavam, riam e tocavam os amigos ou acompanhantes. Ele sabia quando olhar e como seguir o redemoinho.

Um cara da La Banda parou junto à mesa. Ivar Smith empalmou um envelope.

— Do Bebe Rebozo — disse o cara.

Smith coçou a barba invisível. Crutch tirou-os da zona mental. Morales cutucou Gómez-Sloan. Eles disseram "*Pariguayo*" em sincronia.

Crutch sorriu e brincou com a comida. O redemoinho se reajustou perifericamente. Uma mulher apagou um cigarro, jogou a cabeça para trás e exalou a fumaça. Seu cabelo voou. Um ventilador de teto agitou a fumaça. Ela usava sapatos altos com fivelas e um vestido verde-claro. Levantou os braços e prendeu o cabelo. Pelos curtos, escuros, suor em gotas. Era clara com sardas marrons. Usava um relógio masculino.

Crutch foi ao banheiro. A mulher deu *adiós* às amigas e saiu pela porta da frente. Crutch se esgueirou pela cozinha, atravessou um beco e chegou à rua 10 metros atrás dela.

Ela pegou a calle Pasteur até a avenida Independencia. Pegou a Máximo Gómez até os penhascos do Malecón. Uma brisa do mar levantava seu vestido. Ela empurrou-o para baixo como se fosse engraçado. Crutch se deixou ficar 20 metros atrás e reenquadrou a foto. Ela andava *rápido*. A cabeça dele processava *devagar*.

Ela virou numa rua sem nome. A brisa do mar evaporou. A área era residencial. Ela fumava. Luzes das janelas captavam a fumaça que subia.

Crutch se manteve 20 metros atrás. O bairro era chique — casas antigas, branco casca de ovo, sem cores chamativas. Ela virou à esquerda na avenida Bolívar. Destrancou a porta de uma elegante casa de dois andares.

Crutch ficou do outro lado da rua e enquadrou luzes nas janelas. Uma loura arrumava livros numa estante. A mulher chegou atrás dela. A loura se virou. Elas sorriram ao mesmo tempo e se beijaram.

O momento ficou fluido e se manteve. Crutch olhava. Os corpos das duas se fundiram e preencheram a moldura da janela. As mãos iam aqui e ali e enfatizavam o abraço. O beijo *se manteve*. Elas fizeram a coisa ir mais *depressa*, ele fez com que fosse *devagar*.

A luz se apagou. A mulher apertou um interruptor. Ele se esforçou para escutar vozes e não ouviu nenhuma.

Disse que estava doente. O francês disse "*Ça va*" e "péssima hora".

— A *Garra do Tigre* está na doca seca da baía de St. Ann's, Jamaica. Você vai perder a chegada dela.

Arrumou suprimentos: bolinhas estimulantes, café, blocos de rascunho e canetas. Trouxe três ventiladores auxiliares. Atacou o código.

Começou com as letras *S* e *K*. Descobriu-as com o estudo do código de substituição da CIA. Designações de três números anunciavam cada *S* e *K*. Cada número exigia contagens de subtração e multiplicação. Os cálculos designavam letras do alfabeto. Era arbitrário. Os estágios dos cálculos variavam em diferentes pontos de tabulação. O serviço do decifrador de código: formar palavras e letras a partir da algaravia de números.

Números, letras, *símbolos*. Vamos atacar os símbolos primeiro.

Eram rabiscos, figuras humanas e marcas de *X*. Apareciam no caderno de endereços de Gretchen/Celia a intervalos irregulares. O livro de códigos da CIA indicava que eles eram derivados do vodu. "A representação do sacerdote do vodu para o caos espiritual enquanto uma vítima é enfeitiçada."

Símbolos — vá. Não passe para letras e números enquanto não souber.

Tomou bolinhas, bebeu café, ligou três ventiladores e o ar-condicionado. Ficou olhando para os 49 símbolos do caderno de Gretchen/Celia. Pingava suor num iglu.

Três símbolos se repetiam: rabisco, figura humana, *X*. Tinham de ter o mesmo significado *repetido*. Olhou para o livro durante nove horas seguidas. Seu cérebro saltou para o seguinte:

Repetição significava banalidade. Significava tédio da parte de Gretchen/Celia. Ela temperava a narrativa para se divertir e confundir leitores em potencial. Os símbolos não indicavam portento. Eram inócuos.

Seu segundo salto: eram abreviações. O terceiro salto: o texto explicado seria coerente, mas taquigrafado. A escrita cursiva de Gretchen/Celia era febril. Ela estava ansiosa, compôs o texto com pressa, o trabalho de código absorvia sua energia. O quarto salto: os símbolos eram substitutos para *e, o* e *para*.

Riscou os símbolos e acrescentou essas palavras à sua cópia. Parecia coerente. A localização parecia correta.

Seu peito doía. O coração dava pancadas de sangue nas costelas. Ele escutava vozes na cabeça. Via *O OLHO* e as *MÃOS E OS PÉS DECEPADOS* sem conjurá-los. Perdia peso como uma hemorragia e sentia a calça ficando frouxa.

Dois dias. Adições, subtrações e multiplicações fervendo o cérebro. Apagou, apesar dos estimulantes. Acordou vendo números. Ficou com tremores na mão com que escrevia. Não sabia direito o que tinha. Decidiu chamar as somas repetidas de vogais. Pensou ter descoberto o *L* e o *T*. Ficava chegando ao resultado 14. Seu mundo ganhou pique.

O Movimento 14 de Junho. Comunistas apoiados por Castro invadem a R.D.

E:

O vinha antes de cada 14. Até agora sua quebra de código era válida.

Isso lhe deu o *D* e o *E*. isso lhe deu o *J*, o *U*, o *N* e o *H*. Repique: a vogal *O* estava sempre no lugar certo.

Engoliu mais bolinhas, tomou mais café, seu mijo ficou quase marrom. A pele agarrava os ossos igual à de um viciado. Conseguiu mais seis cálculos resultando em letras que pareciam certas.

Apagou durante cinco horas. Acordou tonto e *rezou*. Obrigou-se a comer uma maçã. Acompanhou com um punhado de bolinhas. Ficou re-re-re-re-re-re-vitalizado e começou a montar palavras a partir do trabalho de código e do instinto.

Demorou 11 horas. Confirmou Manágua. É, é uma maldição de papel e um livro dos mortos. Não, é muito mais.

Abreviações, palavras omitidas, texto fraturado. Totalmente coerente apesar disso. A história de 14/6/59 de dentro para fora.

É 13/6/59. O movimento é apoiado por Castro e tem como base a Cuba cativa pelo Barbudo. Dois iates modificados navegam pelo canal de Barlavento até o litoral norte da R.D. Duzentos rebeldes a bordo. Têm M1 Garands, bazucas e metralhadoras. É tudo homem, menos duas: Joan Klein e Celia Reyes.

A força desembarca em Estero Hondo e Maimón. Atiradores de elite do exército dominicano estão esperando. Todos os rebeldes são capturados ou mortos.

É 14/6/59. Um DC-3 parte do Litoral Vermelho de Cuba. Oitenta homens armados estão a postos. Usam as braçadeiras da Unión Patriótica Dominicana. O avião voa abaixo do alcance dos radares e pousa perto de Constanza. Os rebeldes matam soldados que vigiam o campo de aviação e roubam seus veículos. Correm para a cidade, matam mais soldados, correm para ravinas nas montanhas próximas e se escondem.

Patrulhas do exército reviraram os morros e capturaram ou mataram os rebeldes. Os rebeldes trazidos por mar e ar foram mantidos na Base Aérea de San Isidro e na câmara de torturas de Trujillo, La Cuarenta. O esquadrão de capangas pessoais de Trujillo golpeou-os com machadinhas e fritou-os em cadeiras elétricas. Em 14/6 o Bode ordenou enormes arrebanhamentos de suspeitos de ser simpatizantes. Figuras simpatizantes no governo foram assassinadas. Simpatizantes do comunismo foram torturados e mortos ou soltos com relutância. O Movimento 14 de Junho nasceu realmente nas prisões do Bode. O Barbudo ficou pensativo com a invasão fracassada. O sentimento antiFidel varreu a direita da R.D. O Bode foi apagado em 1961. O Barbudo montou uma segunda invasão em 29/11/63. Esse grupo se chamava formalmente de Agrupación Política Catorce de Junio. Desta vez o número de rebeldes era 125. Pousaram em seis locais no litoral norte, atiraram em alguns soldados e fugiram para os morros. O presidente interino Juan Bosch ordenou uma "caça aos coelhos". Soldados subiram os morros e varreram os rebeldes. Uns poucos sobreviveram. Infiltraram-se na esquerda da R.D. e fizeram bochicho revolucionário anonimamente.

Crutch leu as páginas de Gretchen/Celia. Ficava pulando adiante do texto decodificado. Estava voduzado e anfetaminizado. A cabeça fazia o sangue bater contra as costelas.

A narrativa básica parou. Seguiu-se uma "Expressão de Solidariedade" para com haitianos trucidados. O Bode e o Anão eram acusados de genocídio.

Listas: os haitianos mortos por Trujillo, os haitianos mortos por Balaguer, simpatizantes do 14 de Junho sequestrados e mortos por La Banda. Lista: "Traidores do 14 de Junho 'excomungados' e mortos pelos próprios membros. Listas: nomes, datas e locais de mortes."

Há um único nome na parte de baixo: María Rodríguez Fontonette.

Sua alcunha/apelido/nome de guerra político é "Tatuagem".

Sua data de *desaparecimento* é junho de 1968. Ela *desapareceu* em Los Angeles.

A tatuagem, a cor da pele, o local/data.

É aquela noite.
É a Casa do Horror.
É a noite em que viu Joan e Gretchen/Celia se beijando.

DOCUMENTO ANEXO: 29/3/69. Extraído do diário particular de Karen Sifakis

29 de março de 1969

Meus dias giram em torno de Eleanora. É uma poderosa imperatriz e governante imperiosa de meu coração, além de uma trouxa exaustiva de energia e necessidade incessantes. Concentra-me e deflete minhas ações e os pensamentos que não sejam relacionados diretamente a ela. Meu marido está de volta à Filadélfia; sua presença de meses aqui implicou servidão oficial, além de me ajudar nas tarefas prosaicas da nova maternidade e me manter longe de Dwight. Agora estou sozinha com Eleanora — e, de fato, sitiada por ela —, e Dwight voltou com uma força sitiante.

Nossa briga no Echo Park foi horrível; não tenho o direito de questionar suas ações com Joan, já que nossa própria união é dúplice e um erro grave em si mesma e fora de si mesma. Uma diferença entre mim e Dwight: o adultério nem de longe é tão oneroso quanto provocar o caos político. Outra diferença: eu gostaria de passar ao largo com meus malfeitos, ao passo que Dwight abriga a ânsia enterrada de ser castigado pelos dele. Esse é um instigador sucinto de meu amor por ele.

Vejo malfeitos políticos cada vez maiores e me pego por reflexo atribuindo-os ao FBI, ao Sr. Hoover e, por extensão, ao Dwight. Dois Panteras foram mortos a tiros na UCLA em janeiro. As mortes decorreram supostamente de um antigo ressentimento entre os Panteras e o EU e aconteceram por causa da criação de um Centro de Estudos Afro-Americanos no campus. Sei que o Bureau tem agentes duplos nas duas organizações e está comprometido em espalhar a discordância entre os grupos. Um porta-voz dos Panteras disse que as mortes foram "assassinatos políticos realizados pelo EU seguindo ordens da estrutura de poder dos porcos". Passei a odiar a palavra *porco* tanto quanto odeio a palavra *crioulo*, e me pego condenando Dwight por sua percepção da criminalidade entranhada no movimento nacionalista negro. Em Nova York estão pendentes indiciamentos contra numerosos Panteras devido a uma suposta trama para dinamitar os trilhos da Penn Central na hora do rush. Será que eles estão loucos? Não sabem que *pessoas negras* seriam mortas? Eu bombardeio monumentos e nunca prejudiquei fisicamente nenhum ser humano. Será que *eu* sou insana em fazer isso sob a sanção de Dwight? Que preço horrível pagarei por meu papel em aplacar a culpa desse homem, e de onde vem essa culpa, especificamente?

O Sr. Hoover parece decidido a partir deste mundo numa explosão de glória psicoticamente cheia de ódio, e encontrou em Dwight um lacaio implacável, que agora tem Joan Klein para ajudar, incitar e talvez confortá-lo. Tenho medo de que Dwight permita passivamente ou suborne ativamente a ATN e a FLMM para a venda de drogas e que tenha encontrado em Joan uma cúmplice disposta. Joan entende o conceito das drogas como instrumento da revolução e já o usou antes. Temo que Joan e Dwight busquem o mesmo fim físico para motivos políticos opostos. Eles querem levar a ATN e a FLMM a um ponto de censura pública e subestimam jubilosos o custo humano.

Contei a Joan coisas íntimas sobre Dwight. Ela sabe que Dwight invadiu minha casa ocasionalmente e que eu deixei um diário bastante simples e controvertido para ele espiar. Tenho medo de que as expressões de meu amor perturbado por Dwight tenham empurrado Joan para ele, num esforço de levar adiante seus próprios objetivos políticos.

Joan esteve em lugares tremendamente perigosos de revolução e cometeu feitos — e, sim, malfeitos — dos quais me sinto ao mesmo tempo grata e lamentando ser incapaz. Não duvido de sua sinceridade nem do comprometimento absoluto, e já a vi em momentos de franca bondade — nossa tarefa compartilhada como professoras na Escola da Liberdade em 1962 foi uma dessas instâncias —, mas temo completamente sua fúria e sua vontade. Ela e Dwight possuem uma semelhança mental e uma fome emocional ofuscantes. Rezo para que isso não suplante seus instintos utilitários e não cause um mal horrível.

DOCUMENTO ANEXO: 2/4/69. Extraído do diário de Marshall E. Bowen.

Los Angeles
2/4/69

Estou encrencado. O incidente de ontem à noite pode chegar ao conhecimento de Scotty Bennett. As consequências podem foder com o equilíbrio entre minha vida pessoal e a operação, e com isso minha busca pelo dinheiro e as esmeraldas do carro blindado. O Sr. Holly vem me pressionando para dedurar e Wayne vem me pressionando para me ligar exclusivamente à ATN ou à FLMM. Quando pressionado, vacilo e penso nas opções. Raramente vacilo ao ponto da inação atordoada. Ontem à noite isso aconteceu.

Wayne se tornou frequentador da zona sul. Anda comprando bares e boates e marcando presença na Tiger Kab. Dentre todas as pessoas possíveis, Wayne trouxe o ex-campeão dos pesos-pesados e autodescrito como "panaca" Sonny Liston para o aprisco da Tiger Kab. Sonny é um idiota biriteiro, viciado em bolinhas, comedor de putas. Os irmãos têm medo dele e têm medo de admitir que o curtem. Sonny é muito de direita. Odeia os muçulmanos e os militantes e adora Richard Nixon e a Guerra do Vietnã. Suas duas lutas perdidas para Muhammad Ali, combinadas com sua absorção de substâncias químicas, esgarçaram as células cerebrais. No entanto ele é divertido, diferente do kokapitão da Tiger Kab, Milt Chargin, que é capaz de qualquer degradação para fazer as pessoas negras rirem e parecer maneiro. Agora a Tiger Kab está *très* au kourant. O pessoal está trabalhando picarescamente com combustível. Estamos surfando no *zeitgeist* negro-nacionalista. Os Panteras chegam às manchetes enquanto a ATN e a FLMM fazem figura com o fervor dos zés-ninguéns do Stork Club procurando Walter Winchell. Por favor, notem-nos: somos pretos, somos violentos, estamos tentando vender droga e somos *maneiros*.

Vacilo e visito os quartéis-generais da ATN e da FLMM; suporto a vigilância constante do DPLA e três ou quatro arrochos de rua por semana. Meu status de ex-DPLA enfurece os policiais da zona sul. Passaram a me chamar de "moleque" e me deter durante vinte minutos enquanto fazem verificações de mandados pelo rádio. Sempre acabo limpo; eles sempre me soltam com socos no peito e xingamentos de despedida. Fico silenciosamente furioso e não digo nada.

Não posso exercer a Tendência. Tenho medo, agora sou capciosamente famoso, e qualquer encontro clandestino pode resultar numa batida ou num telefonema para o DPLA. Preciso conter minhas necessidades íntimas enquanto avalio, enquanto o Sr. Holly e Wayne me pressionam, enquanto os irmãos da ATN e da FLMM batem os pés de botas pretas impacientes e me instigam a escolher o lado.

Sutilmente pressionei cada conhecido, idiota e companheiro que conheço e encontro espontaneamente na zona sul em busca de informações sobre o roubo e não fiquei sabendo de nada. Vejo Scotty Bennett constantemente na zona sul. Ele sempre tira seu chapéu de copa baixa, estilo negro, e *pisca* para mim.

Scotty sabe muita coisa sobre o roubo. Sei disso. Ele é o brilhante detetive com cinco anos de conhecimento armazenado. Sinto intensamente que ele está escondendo informações do DPLA.

É como se Scotty estivesse me provocando e me pressionando enquanto o Sr. Holly e Wayne me provocam e me pressionam com suas vontades poderosamente masculinas e obstinadamente circunscritas. Fico pensando no Sr. Holly com mulheres e em como isso seria, até que as imagens começam a me incomodar e machucar. Wayne está numa viagem de culpa com uma negra e me fornecendo um show de imagens de erotismo semelhante. Está procurando o filho desaparecido da mulher, que tem uma pequena semelhança com o ladrão sobrevivente do roubo. Não considero que essa seja uma pista de verdade; o rosto do ladrão foi muito queimado e Reginald Hazzard tinha meros 19 anos na época. É mais como uma afirmação do estado onírico da minha vida atual, com todas as figuras novas se entrelaçando e chamando.

Benny Boles vem dando em cima de mim com ousadia; ele é tão escancarado quanto eu sou eufemístico, e provavelmente vai arremeter se eu for para a ATN. Ele é assassino e reconhecidamente psicopata, o que pode explicar sua confiança em sua masculinidade. Vejo Joan Klein regularmente nas boates. Ela dá em cima de mim conscientemente. É uma dançarina vorazmente sensual, o tempo todo entrando e saindo de sintonia com seus parceiros do sexo masculino e feminino. Ela me vislumbra nas sombras, faz contato visual e me reconhece sem ao menos perder o ritmo da música. É como se estivesse me dizendo coisas sobre mim mesmo que vislumbrou em seu estado onírico. Eu me peguei criando fantasias em que Joan e o Sr. Holly estão na cama comigo. Eles não se conhecem no mundo real, mas eu conheço os dois ali e eles convergiram na minha psique.

E Jomo.

Ele certamente é ralé, mas fui encarregado de fraternizar com a ralé e criar armadilhas para ela, e de qualquer modo gosto dele. Temos passado tempo juntos na Tiger Kab, na FLMM e nas boates; Jomo ficou mais à vontade comigo desde a briga de faca com Leander Jackson. Vem falando de um número significativo de coisas que ficou sabendo, e venho muito cautelosamente pressionando-o por detalhes para dar ao Sr. Holly. Estava nessa tarefa até pouco antes do incidente de ontem à noite.

Estávamos numa tarefa de extorsão em mercearias. Era conivência e ameaça implícita: queríamos caixas de Cocoa Puffs para as crianças que iam às *soirées* do Alimentar as Criancinhas da FLMM. Dali fomos para um churrasco e distribuição de panfletos patrocinados pela FLMM no ginásio Foshay. Jomo foi legal com a garotada. Era uma coisa ao mesmo tempo medonha e de aquecer o coração, dada a natureza do sujeito. Tenho certeza de que seu equilíbrio de drogas tem algo a ver com isso: ele estivera cafungando coca e bolinhas de Seconal o dia todo.

Saímos do Foshay, fomos de carro para o cafofo de Jomo e paramos numa loja de bebidas no Florence Boulevard para comprar cigarro. Jomo cambaleou e trombou num mostruário de batatas fritas. O proprietário era negro e se ofendeu.

— Qual é a tua, crioulo?

Jomo pulou por cima do balcão e deu uma surra no cara usando o revólver, enquanto eu ficava congelado sem fazer nada. Então Jomo roubou duas garrafas de uísque J&B e três pacotes de cigarros Kool.

Não fiz nada. Jomo chutou o cara e gritou palavrões antiATN. Tenho certeza de que o proprietário me reconheceu. Sou ex-policial, irmão celebridade e figurinha notável na zona sul.

CAPÍTULO 67

(Los Angeles, 3/4/69)

Milt C. tinha uma marionete chamada Mico do Pico. Fazia esquetes pavorosos com ele. Isso regalava os irmãos. Sonny e Jomo uivavam na deixa.

A mesa telefônica estava inundada. Jomo fazia malabarismo com as chamadas. A Escola Jordan estava disputando uma partida com a Washington. Movimento na cidade inteira — o pessoal precisava de táxis.

O Mico do Pico usava chapéu de cafetão e terno xadrez. Uma seringa de droga pendia de um braço. Milt movia seus lábios de macaco.

— Esses tiras do DPLA fica tudo pegando no meu pé. Eu tô na minha, me aplicando na varanda e pinta a porra dos homi fazendo arrocho. E aí eu falo: "Seus fidaputa branquelo têm pau do tamanho de agulha, e eu tenho uma vara de piche de 1 metro, porra."

Junior ria. Jomo atendia aos telefonemas e ria.

— O Mico do Pico é veado de cadeia e desertor. Muhammad Ali comeu o rabo símio dele — comentou Sonny.

Wayne olhou o relógio. Marsh devia chegar ***naquele minuto***. Ele havia acabado de receber um recado secreto. Outro *clique* cerebral clicou. Mais perda e puxão de memória.

Há um mês. A briga com Mary Beth. Reginald, a "Escola da Liberdade", por que aquele *clique* baixinho?

Ele estava atolado. Drácula e os Rapazes o sobrecarregavam. Ainda por cima tinha o trabalho de contato com Marsh. Não podia trabalhar no *clique* por enquanto.

— Os Beatles baixaram na porra do gueto pra comer umas gata preta. Conheceram duas irmãs pouco saudável chamadas Carcinoma e Melanoma, e... — disse o Mico do Pico.

Wayne olhou pela janela. Marsh passou do lado de fora. Wayne se levantou e o acompanhou até o estacionamento da frota. Dezesseis Tiger Kabs reluziam.

Marsh suava em dia frio. Wayne ofereceu seu lenço.

— Diga.

— Eu estava com o Jomo há duas noites. Ele espancou um vendedor numa loja de bebidas e fez um roubo. Tenho quase certeza de que o cara me reconheceu.

— Por que esperou tanto para me contar?

— É a minha tendência. Eu tendo a dar um tempo nas coisas.

— O que você estava esperando?

— O Scotty. Todo proprietário de loja de bebida nesta terra verde de Deus o conhece e deve a ele.

O som da Motown berrava. Algum idiota aumentou o volume da aparelhagem no escritório de despachos. Wayne guiou Marsh até a cerca do beco.

— Ele não ligou para o Scotty. Você já saberia.

— É. É o que estou pensando.

— Me dê alguma coisa — disse Wayne.

Marsh enxugou a testa.

— Como assim?

— Me dê alguma dica para o Dwight. Conte alguma coisa para convencê-lo de que você está trabalhando.

Marsh suspirou.

— Roubos de lojas de bebidas. Tem havido alguns.

Wayne imitou o suspiro.

— Estamos de volta às lojas de bebidas?

— Não é isso que eu quero dizer. Estou dizendo que talvez tenha alguma coisa.

Wayne suspirou com mais força.

— Roubos a lojas de bebidas na zona sul de L.A. com *suspeitos negros*? Pode me dar algo mais original do que isso?

Marsh enxugou a testa.

— Jomo anda falando numa grana preta que ele arranjou, mas não quer revelar a fonte.

Wayne balançou a cabeça.

— Isso é insuficiente. Vou abafar o seu negócio de duas noites atrás, mas você tem que começar a se esforçar mais.

— *Meu Deus, Wayne.*

Wayne o empurrou contra a cerca.

— Você vai entrar para a ATN. Vai grudar no Leander Jackson e arranjar uma briga pública com o Jomo. Eu vou à República Dominicana. Vamos montar isso quando eu voltar. Você vai entregar o Jomo por causa do negócio da loja de bebidas. Vai chamá-lo de "crioulo escroto, maldoso e sem responsabilidade" e eu vou estar lá para ver.

— *Meu Deus, só me dê...*

Um táxi chegou. Wayne deu um passo atrás e abriu espaço.

— Você vai fazer isso. Se não fizer, eu conto ao mundo que você é veado.

A loja de bebidas ficava perto. O vendedor estava com bandagens das sobrancelhas para cima. Wayne entrou e comprou um saco de batata frita. O cara farejou polícia.

— DPLA?

— Ex-DPLA. Estou aposentado.

O homem abriu a caixa registradora.

— Por que se aposentou?

— Matei uns negros desarmados e a coisa se descontrolou.

— Eles mereciam?

Wayne lhe deu 1 dólar.

— Mereciam.

O homem lhe deu o troco.

— Você se sentiu mal com isso.

— É, me senti.

O homem sorriu. Wayne apontou para seu curativo e jogou um rolo de notas. Dois mil em notas de 50, enroladas com elástico.

— Você ligou para o Scotty?

— Estava pensando nisso.

— Aquele Scotty é um sacana.

— É mesmo. Uns irmãos me roubaram em seis ocasiões diferentes, por isso liguei para o Scotty, independente. Falei a ele que o DPLA normal não estava fazendo o serviço. Scotty disse que cuidaria, e cuidou.

— Deve ter sido uma visão incrível.

— Foi. Eles entraram com toucas ninjas e saíram cobertos por lençóis. O Scotty usou cartuchos duplos com uns negócios pontudos dentro. Não sobrou muita coisa deles.

Wayne comeu uma batata frita.

— Você tem uma certa lealdade para com o Scotty.

— É, e suspeito que você curte o tal de Marshall Bowen.

Wayne jogou o segundo rolo de grana. O homem abriu-o em leque.

— Bowen deve estar embolado com alguém de grana. "Informante de alto nível." Parece certo?

— Sua hipoteca está muito atrasada. Estou preparado para cobrir a dívida.

— Minha conta de luz também está atrasada.

— Mais alguma coisa?

— É, mais uma coisa. Quero uma daquelas limusines de tigre para o aniversário de 16 anos da minha filha.

A USC ficava perto. O horário dele estava apertado. Drácula havia requisitado um papo por telefone. Sim, senhor. A radiação nuclear mata. Não, senhor, nem tão cedo. É, devemos proibir a Bomba. Não, os poderes do mundo não vão ceder à sua palavra.

Wayne parou e caminhou pelo campus. O corpo estudantil era metade garotos caretas, metade cabeludos, todos ressentidos. Panfletos de esquerda e direita cobriam quadros de avisos. YAF x SDS, VIVA x SNCC. Garotos com violões, garotos usando suéteres com letras, alguns garotos negros usando batas afro.

Wayne andava e abordava passantes. A "Escola da Liberdade"? Não faço a mínima ideia. Verificou a lista do campus. Não, não havia nada assim.

Continuou. Ligou a cobrar para Farlan e adiou o papo com o Drácula. Viu alguns zeladores na pausa para fumar e chegou perto.

Eram negros. Farejaram tira. Wayne farejou trabalho de ex-presidiário. Distribuiu notas de 10 e comentou, sorrindo:

— Existia uma coisa chamada "Escola de Liberdade". Foi aqui no campus, há seis ou sete anos.

Três caras encararam sem expressão.

Um cara disse:

— Tá defunto, cara. Acabou antes do levante em Watts.

Um cara disse:

— Tem uns bangalôs na esquina do centro de recreação. Ninguém usa. Procure uma porta velha e empoeirada com um cartaz desbotado.

Wayne agradeceu e foi andando. Os caminhos eram ladeados por árvores. Fumaça de maconha clandestina subia em redemoinhos aqui e ali. Encontrou o centro de recreação e os bangalôs. Viu a porta com o cartaz.

Outono de 1964. *SALVE A LEI RUMFORD DE MORADIAS JUSTAS! "DIREITOS DE PROPRIEDADE" É O MESMO QUE "RACISMO"!!!!*

A porta parecia frágil. Wayne arrombou-a facilmente com o ombro. Entrou. Uma janela dos fundos fornecia luz. A sala tinha caixas de parede a parede.

Examinou-as. Tinham pilhas de panfletos e material polêmico. *¡Huelga!*, Tire as Mãos de Cuba!, greves de colhedores de frutas. Apoio à Al Fatah, à FLP, ao Movimento 14 de Junho. Lembrem-se de Leo Frank, Emmett Till e dos Rapazes de Scottsboro. Arengas pelos direitos civis, lenga-lengas do poder negro. Malcolm X, Franz Fanon, Liberdade para os Rosenberg. Argélia Livre! Palestina Livre! Abaixo Trujillo, o Bode maligno, inseto do Tio Sam. United Fruit: *Você sabe o que custou aquela banana que está no seu prato?*

Encontrou uma foto de grupo. Era datada de 22/9/62. Parecia uma foto do corpo docente.

Sete homens e mulheres do lado de fora do bangalô. Três são brancos, quatro são negros. Duas mulheres brancas na lateral. Uma mulher é alta e ruiva. A outra é mais baixa. Tem 30 e tantos anos, cabelo escuro com fios grisalhos e óculos de armação preta.

Clique. Blip. Talvez, provável, não totalmente.

O *clique* clicou e se desclicou antes do *Eureca!* O *blip* assumiu uma forma estranha. A boate Sultan Sam's Sandbox, há três meses. Anéis de fumaça e uma visão traseira de cabelos com fios grisalhos como aqueles.

Wayne forçou a vista para a foto. A mulher usava mangas compridas. Nenhuma cicatriz aparecia. Reginald frequentou essa escola. Reginald foi preso na cidade caipira. *Talvez, não totalmente provável* — a mulher pagou a fiança dele.

A Dracula Air levou-o. O avião pousou na pista particular de Hughes. Policiais com chicotes supervisionavam a construção da sala de espera VIP.

Joaquín Balaguer mandou uma limusine e quatro motos para flanquear. Os veículos eram da safra meados de Trujillo. Os cinco faziam barulho nível britadeira.

Entraram em Santo Domingo. As janelas eram de vidro fumê. Cores fortes se filtravam monocromaticamente. A limusine seguia espasmodicamente no tráfego. As imagens eram encharcadas em sépia. Era um cinejornal de nação pobre. Crianças puxavam riquixás, mendigos mendigavam, capangas perseguiam jovens com cartazes. Era uma apresentação de slides rápidos. Pisque e verá opressão. Pisque e ela sumiu.

Wayne tinha os olhos cansados. Apresentação de slides: ficava vendo o rosto daquela mulher. Os óculos, o cabelo com fios grisalhos — o slide ficou preso e repassou a imagem dela. No avião leu o panfleto do 14 de Junho. Denegria os déspotas dominicanos e falava dos haitianos inocentes trucidados. Profetizava déspotas futuros mais espertos do que o Bode. Previa o conluio EUA-dominicano no interesse de um turismo ianque.

Reginald conhece o haitiano. Falam sobre ervas de vodu. *Clique* — puxão e perda de memória. A mulher, a "Escola da Liberdade", engrenagens mentais com conexões arrancadas.

Wayne baixou sua janela. O cinejornal monocromático assumiu uma claridade de queimar os olhos. As cores agrediam. O ar salgado ardia. Policiais perseguiam manifestantes por um beco sem saída e os encostavam numa parede. Wayne viu um único cassetete ser erguido e escutou um único grito.

A limusine deixou-o no El Embajador. Um carregador abrigou-o numa suíte luxuosa. Tinha uma vista ampla. O rio Ozama ficava no oeste. Crianças negras mergulhavam e brigavam entre si para ganhar sobras de iscas dos barcos de pesca. O tom de pele mudava de bairro para bairro. Viu ocasionais bandeiras vermelhas tremulando.

Foi até a suíte de Mesplede, bateu e ninguém respondeu. Foi até a suíte do Merdinha e viu a porta escancarada.

Entrou. Era um refúgio de criança. Revistas jogadas por todo canto. O Merdinha curtia *Playboy* e *Armas & Munição*. O Merdinha era fanático por fotos. Tinha uma máquina Polaroid. Tinha fotos improvisadas de mulheres até não poder mais.

Frascos marrons numa mesinha de cabeceira. Rótulos brancos, o que...

Precipitante óxido de enxofre, amônia, anidrido acético.

— Oi, Wayne. O que é que manda?

O Merdinha usava um Colt Python com bermuda. O Merdinha lambia um sorvete. O Merdinha tinha espinhas.

Wayne sorriu e se aproximou. O Merdinha estendeu a mão. Wayne dobrou os dedos dele, fez com que se inclinasse para trás e chutou-lhe o saco. O Merdinha largou o sorvete e ficou azul.

— Nada de heroína. Você não faz, não compra, não vende. Eu mato qualquer um que fizer isso.

O Merdinha vomitou creme e pedaços da casquinha. Uma sombra acertou a parede.

— *Ça va,* Wayne. *C'est fini, l'héroïne.*

Balaguer negociou. Os subornos e os planos de contingência favoreciam o *Führer*. O negócio em termos gerais favorecia aos Rapazes. Balaguer regateou e concedeu. Wayne assumiu a mesma abordagem. Bateram papo numa sala no Palácio Nacional e trabalharam a partir de rascunhos. Mesplede e o Merdinha estavam fora, enchendo a cara. Smith e Brundage estavam fora jogando golfe. Os cubanos estavam fora comendo putas.

Custos de construção, custos de mão de obra, retorno de gastos de aeroporto. Taxas reduzidas de voos dos EUA para a R.D. Pagamentos de incentivos. Acordos de não interferência na alfândega. Detalhes de lavagem de dinheiro nos Estados Unidos. Viagens de inspeção de Dwight Holly, o elemento de ligação com o presidente Nixon.

O último ponto incomodou Balaguer. Wayne aplacou-o. Senhor, as viagens seriam em grande parte uma atividade cosmética.

Der Führer gostou disso. Wayne jogava a isca e puxava. O turismo só funciona em locais pacíficos. Provas demais de pobreza vão afastar os turistas. O presidente Nixon entende isso, senhor. Ele é como um turista típico, apenas mais astuto politicamente. Os visitantes vão considerar confusos seus esforços de manutenção da ordem. Esquadrões de capangas e dissidentes nas ruas são grego para eles. Eles não conseguem extrapolar. Ficarão chocados com o que virem.

Balaguer se eriçou durante o discurso. Wayne abriu mão de três pontos em dinheiro para abrandá-lo. O papo demorou seis horas. Balaguer se levantou para dar *adiós*.

Wayne disse:

— Nada de chicotes, senhor. Infelizmente preciso insistir.

Cosmético.

Ele viu logo: distribuição de comida e menos violência da La Banda. A apresentação de slides parecia afastada. As imagens eram mais rápidas. Ele via ou não via num ritmo acelerado. A visão monocromática ajudava: o carro de Mesplede tinha janelas de vidro fumê.

Os locais dos cassinos em Santo Domingo estavam limpos e prontos para a construção. Eram guardados pela polícia. Ficavam em áreas meio decentes. Os ônibus do aeroporto poderiam passar por bairros bons. Os pacotes de turismo incluiriam tudo. Os hóspedes seriam instados a permanecer nos cassinos e gastar.

Santo Domingo era discriminada. Gente de pele branca, gente de pele escura e uma mistura estratificada. Wayne se lembrou de Little Rock em 1957. O 82º Regimento Aéreo e a dessegregação forçada.

Mesplede dirigia e fumava um cigarro atrás do outro. O Merdinha, sentado no banco de trás, ficava mexendo em seu broche de lapela merdinha. A música do rádio impedia a conversa. Jazz caribenho, cheio de metais e repetitivo.

A autoestrada levou-os para o norte. A via era ruim. Os canaviais e as clareiras diminuíam a saturação do monocromatismo existente. Pessoas negras atravessavam a estrada correndo. Mesplede se desviava delas.

O local de Piedra Blanca estava preparado para a construção e vigiado. A vista dos andares altos abarcaria alguns casebres e um amplo verdor. O local parecia esvaziado às pressas. Wayne viu manchas de sangue num pedaço de caibro largado.

Ficaram alguns minutos e partiram para Jarabacoa. *C'est fini, l'héroïne* — ninguém falava.

A viagem levou três horas. Wayne baixou a janela e desenfumaçou e des-jazzificou o carro. As cores fortes doíam nos olhos. Sentiu cheiro de podridão da selva e pólvora.

Jarabacoa era idêntica. Os guardas eram servis e ofereceram *cervezas*. Wayne viu um chicote escondido atrás de um arbusto.

Um negro passou correndo por um canavial. Seu rosto era uma ferida aberta escorrendo sangue.

— Jean Phillipe, você vai voltar. Crutchfield, você vai me levar de carro ao Haiti — ordenou Wayne.

Mesplede jogou seu cigarro fora.

— Só temos um carro, Wayne.

— Há um ponto de ônibus 1 quilômetro atrás. Nós deixamos você.

O ar-condicionado pifou. Subiram a Cordillera Central numa sauna móvel. As janelas abertas rendiam ar quente e insetos iguais ao Godzilla. Atravessaram ao sul de Dajabón. Uma ponte bamba atravessava a Plaine du Massacre. Guardas de fronteira *fascistos* acenaram adeus e olá. Jacarés pegavam sol na margem haitiana, rodeados por ossos de pernas.

O tom de pele escureceu. As cores fortes se mantiveram enquanto o índice de pobreza crescia. Barracos com teto de zinco enferrujado e casebres de barro. Árvores marcadas com sangue e galos linchados com as entranhas pingando.

O Merdinha dirigia. As mãos tremiam na alavanca de câmbio. Wayne fechou os olhos e pôs o banco totalmente de pé. O estofamento estava escorregadio de suor. A umidade empoçava nos debruns.

— Sem mais sacanagem. Da próxima vez mato você.

— Certo — disse o Merdinha.

— Suas salvaguardas são de merda. Ninguém acreditaria em você. Você é um punheteiro. Toma sorvete de casquinha e gosta de espiar mulheres. Mesplede pega leve com você, mas eu não.

— Certo — disse o Merdinha. Sua voz guinchou e falhou.

— Só vou falar uma vez. Você não sai da Vida sem estar mutilado ou morto. Matar comunistas e trabalhar para gente como eu não lhe rende nada além do próximo pesadelo.

— Claro — disse o Merdinha, um sussurro-guincho.

Wayne abriu os olhos. Agora a estrada era de terra. Calhambeques, carros de boi e um povoado: tetos de palha e cubos cor de pastel com bandeiras de seitas vodu.

Paredes cheias de pedras falsas brilhantes. Murais em cartazes sobre cavaletes. Uma taverna chamada Port Afrique.

— Pare o carro — disse Wayne.

O Merdinha parou. Wayne saiu. Pessoas negras se amontoando em volta, magnetizadas.

— Volte para Santo Domingo. Eu volto sozinho.

O Merdinha deu de ombros e partiu cantando pneus. Wayne entrou na Port Afrique. Sentiu cheiro de base de amônia, substâncias semitóxicas e álcool não tratado. O lugar era retangular. Havia um balcão sem bancos, com garrafas em prateleiras atrás e nada além. Slogans em francês cobriam as paredes laterais. "Pelo poder da estrela santa, ande e encontre." "Durma sem saber e sem dormir."

O barman olhou para ele. Três outros homens acompanharam seu olhar. Seguravam taças enfeitadas com lantejoulas. Vapores subiam delas. Conteúdo de alta acidez, baixa alcalinidade. Klerin, certamente. Chances de compostos tirados de glândulas semivenenosas de répteis.

Wayne foi até o balcão e baixou a cabeça para demonstrar respeito. Os três homens se afastaram. As garrafas nas prateleiras eram transparentes e marcadas com fita adesiva, em francês.

Talco colorido, casca de árvore, pó de cobra farmacologicamente ativo.

O barman baixou a cabeça. Wayne apontou para uma taça vazia. O olhar do barman dizia: *Tem certeza?*

— *S'il vous plaît, monsieur. Je suis chimiste e voudrais essayer votre plus potion.*

O barman baixou a cabeça.

— *Comme vous voulez, monsieur. Mais vous comprenez q'il y a des risques.*

— *Oui* — disse Wayne.

O barman abriu garrafas e mergulhou uma colher. Plantas fungíveis, casca, fígado de baiacu. *Bufo marinus*: a glândula porotoide de uma cobra do mar. Licor de klerin de um sifão. Um líquido desconhecido que fez tudo aquilo espumar.

O chiado aumentou. Cheirava a um composto volátil. O barman serviu a taça com gestos de bênção. Wayne baixou a cabeça e pôs dinheiro norte-americano no balcão.

Os três homens se aproximaram. Um fez um brinde a ele, um abençoou-o, um lhe entregou um cartão de uma seita. A espuma queimou o ar ao redor. Wayne bebeu a poção num só gole.

Queimou a garganta e o fez estremecer enquanto descia.

— *De rien, monsieur. Bonne chance* — disse o barman.

Encontrou um local sombreado do lado de fora da aldeia. Ficou ali, de pé, e apagou os ruídos exteriores. Ouviu o ar respirar e soube que trouxe crença ao momento. Sentiu o solo embaixo redemoinhar.

A pulsação bateu e ligou seus membros às árvores ao redor. A visão periférica se expandiu e lhe permitiu ver com a nuca. Seus olhos lacrimejaram. Viu o Dr. King e o reverendo Hazzard nadando. O Dr. King tinha a cor de Mary Beth. O pastor tinha os olhos de Marsh Bowen. Pássaros se empoleiravam dentro dele.

Seus pios ressoavam como aqueles cliques mentais que ele ficava escutando lá no mundo. O sol se transformou na lua e caiu em seu bolso. Ele ficava vendo a mulher de cabelo escuro com fios grisalhos

CAPÍTULO 68

(Los Angeles, 10/4/69)

— Marsh fez merda. Testemunhou um assalto e não informou — disse Scotty.

Dwight acendeu um cigarro.

— Eu sei.

— Marsh contou?

— Contou ao contato dele.

— Quer dizer Wayne Tedrow?

— Isso mesmo.

Scotty gargalhou.

— Elenco inspirado. Os crioulos têm medo dele, por isso o adoram. Ninguém suspeita que ele é ligado ao FBI, porque está trabalhando para os Rapazes.

A Piper's Coffee Shop, na Western. Clientela da 1 da manhã: tiras e pega-defuntos da Schaeffer's Ambulance.

— Quem contou a você sobre o Wayne? — perguntou Dwight

— Um dos meus numerosos informantes na zona sul.

— O cara da loja de bebidas?

— Minha boca é um túmulo.

Dwight esfregou os olhos.

— Vamos falar do Jomo.

— Primeiro me dê uma concessão.

— Certo. Vou deixar Jomo se livrar se você deixar o Marsh numa boa.

— O que quer dizer...

— O que quer dizer que você pode ter o Jomo independentemente da minha operação. O que quer dizer que ele é meu melhor psicopata militante negro, mas posso ficar sem processá-lo. O que quer dizer que você está armando alguma coisa da qual não quer falar, porque não me ligou à meia-noite para um arrocho contra um crioulo.

Scotty pingou creme no café.

— Correto em todos os quesitos. Jomo tem muita grana, e acho que sei onde ele conseguiu.

— E se você precisar do Marsh como testemunha, vai convocá-lo.

— Correto.

Dwight acendeu um cigarro na guimba do outro.

— Promete não revelar o status de informante de Marsh?

Scotty filou um cigarro. Dwight acendeu-o para ele.

— Prometo. Você promete não pegar o Jomo por qualquer crime federal enquanto eu monto meu caso?

— Prometo.

Scotty deu uma tragada e apagou o cigarro. Dois policiais entraram e prestaram continência. Scotty piscou para eles.

— Obrigado por ter vindo. Sei que foi em cima da hora.

Dwight se espreguiçou.

— Tudo bem. Eu não conseguia dormir, mesmo.

— Sempre tem o álcool.

— Não funciona mais para mim.

— Sempre tem as mulheres.

— Nesse aspecto estou meio desgastado.

CAPÍTULO 69

(Passagem de Mona, 10/4/69)

— *C'est fini, l'héroïne.*

— Você é um escroto.

— *Allons-y, l'héroïne: oui!*

A *Garra do Tigre* furava ondas. Destino: Point Higuero, Porto Rico. Saldívar cuidava das turbinas. O francês cuidava do passadiço. Gómez-Sloan e Canestel cuidavam dos torpedos. Morales lia o manual do proprietário.

Crutch cuidava da metralhadora de proa. Luc Duhamel cuidava da de popa. Partiram da enseada particular de Luc. Rodearam o litoral norte e seguiram sem obstrução até a passagem. Era uma merda de desafiar a morte.

O pessoal dos bancos comprou a embarcação. Bebe Rebozo forneceu o grosso da grana. Luce conhecia uma quadrilha de traficantes em Point Higuero. A *Garra do Tigre* deslizava pela noite. O neném *maaau* deles fez quatro viagens de sabotagem até esta data.

Da enseada de Luc até a Passagem Windward e os Recifes Rubros de Cuba. Duas docas de lanchas da milícia destruídas e trinta fidelistas *mort*. "Você toma sorvete de casquinha e gosta de espiar mulheres." É, mas 19 comunistas estão apodrecendo.

Garra do Tigre: casco de madeira e safra da Segunda Guerra Mundial. Listrada de tigre, com patas de tigre, batizada de "109". *L'hommage à le grand putain Jack*.

Crutch tomou um Dramamine. A *Garra do Tigre* dançava o wahwatusi nas ondas revoltas. O crepúsculo apagou o sol e congelou a água em freon. A terra se aproximava a estibordo. Saldívar captou piscadas de semáforo. O francês guiou a *Garra do Tigre* para uma enseada pequena. Bancos de areia espremiam-nos. Luz de lanterna roçou a proa. Crutch viu quatro cucarachas com metralhadoras Thompson.

Os cucarachas jogaram ganchos na proa e amarraram bem a *Garra do Tigre*. O movimento parou: suportes de metralhadoras presos em fissuras da rocha. A Ekipe desembarcou. Areia sugou suas meias. Os cucarachas de P.R. pareciam os cubanos. Todos tinham aquela figura de macho-mutilado. Nomes circularam. Crutch ficou de bico calado. Os cucarachas fizeram reverência para Luc. Era seu pedigree. Sacerdote de vodu com 2 metros e policial Tonton. Luc era uma bosta rara de primeira.

A Ekipe seguiu os cucarachas. Os arbustos da selva iam até a praia. Insetos noturnos atacavam em bandos. A luz da lanterna matava a maioria no ar. Crutch viu uma cabana de pesca. Dois cucarachas vigiavam a porta. O interior media três por três. Havia tijolos de pó na mesa.

Saldívar trouxe o dinheiro numa mochila. Luc trouxe sacarina para misturar, uma gilete e uma seringa hipodérmica. Os cucarachas fizeram o sinal da cruz e abençoaram o teste de voo dele.

Gómez-Sloan cortou os tijolos. Saldívar pôs uma colherada de pó numa solução roxa. Ficou amarela. O francês fez *voilà!* Os cucarachas fizeram *¡arriba!* Luc passou algodão na agulha, esticou um torniquete e se aplicou.

Todos os olhares em Luc. Ele está em Cabo Canaveral. Está indo para uma decolagem.

Luc bateu no êmbolo. Entrou sangue na seringa. Luc ouviu, esperou, levitou e partiu para o sétimo céu.

A água estava fria. Ondas batiam no casco e espirravam no convés de proa. Crutch estava de vigia. Tinha de se molhar. Dava cambalhotas cerebrais. O beijo das dominicanas. Isso o levava de volta a Joan e Gretchen/Celia e o beijo no verão passado.

O livro da morte vodu. Tatuagem desaparece naquele verão. É uma traidora do 14 de Junho. Joan e Gretchen/Celia a *querem* morta. Homicídio violento — ou talvez outra coisa.

"*Você gosta de espiar mulheres.*"

Os cubanos não o amedrontavam. Luc não o amedrontava. O francês, Scotty e Dwight Holly — necas. Wayne o *apavorava*. Wayne não apavorava os outros caras. O francês desafiava Wayne. O francês dizia que eles podiam manter o negócio de drogas na clandestinidade. Wayne matou Martin Luther King e vários crioulos menos conhecidos. Wayne tinha uma namorada negra. Wayne era apavorante porque processava merda ruim e mandava de volta para você, sem ser convidado.

Ele largou Wayne num buraco do inferno no Haiti. Wayne voltou três dias depois, magro e chegando de uma viagem de cabeça. Autorizou uma transferência: grana dos Rapazes para o Anão. Agora os prisioneiros e os escravos estavam trabalhando. Os cubanos e La Banda estalavam o chicote. A Ekipe Tigre trabalhava sem parar. Supervisionava os canteiros de obra. Mantinha a *Garra do Tigre*. Bancava os capatazes num atracadouro. Os escravos de vodu de Luc abriam um espaço na enseada. O francês o chamou de "Kova do Tigre". Luc tinha conexões de drogas em Porto Príncipe. Crioulos Tonton entregariam a heroína aos traficantes. O chefão crioulo Papa Doc pegaria uma bela percentagem.

Wayne disse nada de heroína. A Ekipe o contradizia. Wayne o *apavorava*. Ele *odiava* Wayne. Ele tinha uma foto de Wayne apertando a mão do Anão. Luc ensinou um feitiço de vodu. Ele amaldiçoou Wayne com o feitiço. Enfiou alfinetes numa galinha morta. Tirou o próprio sangue e enfiou o alfinete na cara da foto de Wayne.

Uma onda molhou-o. Fodeu com sua imagem cerebral. Crutch disparou balas traçantes para o céu.

Os caras da CIA eram loucos por golfe. Terry Brundage jogava mal. Seus lacaios tinham pontuação baixa. O escritório deles era a ex-sala dos *caddies* no campo particular do Anão. La Banda tinha um *bunker* de tortura embaixo do buraco nove.

Crutch entrou. O piso era de grama sintética. Copos de coquetel serviam como buracos de golfe. Terry e seus lacaios usavam camisetas e calções de seda encalombada.

— *Hola, pariguayo* — cumprimentou Terry.

Crutch riu. Um lacaio estourou um buraco. Um lacaio acertou uma tacada *loooonga*. O lugar estava uma bagunça. Três mesas, rádio de ondas curtas, máquina de teletipo. Uma fileira de arquivos com as gavetas entulhadas.

O bebedouro tinha um suporte de copos e daiquiris pré-misturados. Crutch pegou um copo e tomou um gole curto.

Terry girou seu taco.

— Mesplede mandou você?

— Não, a ideia foi minha. Pensei em dar uma olhada no seu arquivo de dissidentes. Acho que uns comunistas andam xeretando nos canteiros de obra.

Os lacaios pegaram suas bolsas de golfe. Enfiaram espingardas dentro, junto com os tacos.

Terry encheu uma garrafa térmica com rum fedorento.

— Tem umas revistas de mulher pelada no banheiro. Se você quer espiar mulher, é melhor lá.

Os arquivos eram um caos. Quatro armários, 16 gavetas, nenhum sistema. Pastas largadas, fotos soltas, nenhum número de rastreamento ou de orientação. Nada em ordem alfabética.

Crutch trabalhou de gaveta em gaveta. Trancou-se no escritório. Tinha quatro horas. O golfe e a birita demoravam esse tempo. Esvaziou gavetas e folheou documentos. Procurou *qualquer coisa* relacionada a Joan Klein/Celia Reyes/14 de Junho. Conseguiu listas de nomes, listas de membros, listas de suspeitos, listas de interrogatórios e listas de pessoas supostamente mortas. Viu uma caralhada de acrônimos de comuna e listas em espanhol. Viu uma lista de *14 mil nomes* de inimigos de Rafael Trujillo, "o Bode". Viu uma lista de aparelhos suspeitos em Santo Domingo e meio que memorizou. Viu *fragmentos* de uma linha temporal de 14 de junho de 1959. A narrativa era fraturada. Faltava metade das páginas.

Já sabia dos fatos básicos. A merda nova era horrível. O Bode assassinou a machadinhas simpatizantes do 14 de Junho em massa. Apagou povoados de fronteira. Deu crianças para os jacarés comerem na Plaine du Massacre. Seguiu-se uma lista: membros do 14 de Junho capturados. Nada de Joan, nada de Gretchen/Celia, nada de María Rodríguez Fontonette.

A narrativa terminou. Seguiram-se páginas que não significavam grande coisa. Crutch esvaziou mais três gavetas e conseguiu o seguinte:

Uma fiada de parágrafos fraturados numa página sem numeração. O nome María Rodríguez Fontonette. Sua alcunha, "Tatuagem".

Ela é do 14 de Junho. É uma vira-casaca. Dedurou a invasão. La Banda sabia. Contramedidas foram preparadas e postas em ação rapidamente. Um traidor Tonton Macoute ajudou os rebeldes e escapou para local desconhecido. Seu nome: Laurent-Jean Jacqueau.

Crutch releu a página. Leu as páginas seguintes e anteriores e refolheou cada página que já havia lido. Nada revisava ou melhorava a narrativa fraturada. Três horas e meia para *isso*.

Esvaziou mais quatro gavetas. Conseguiu mais nomes, nomes e nomes. Esvaziou mais duas gavetas. Viu uma pasta. "Reyes, Celia" estava datilografado na frente. A pasta estava vazia.

Tomou rum direto da garrafa. Esvaziou outra gaveta. Viu milhões de fotos de cucarachas de aparência comunista. Viu uma foto marcada com 14/6/59. Ouviu gritos em algum lugar embaixo do campo de golfe. A luz da sala diminuiu por dois segundos e voltou forte.

Virou a foto. É uma imagem aérea. Uma praia rochosa. Soldados apontavam armas para rebeldes maltrapilhos.

Piscou e forçou a vista. Olhou bem de perto. Viu uma mulher junto com cerca de trinta homens. Era Joan Rosen Klein. Seu punho direito estava levantado.

Saiu fumaça por uma abertura de ventilação. Em seguida um fedor. A invasão foi há dez anos. O cabelo de Joan era todo escuro.

Mais fumaça e fedor. Outro grito — em puro francês crioulo, mais fedor — pura carne escaldada.

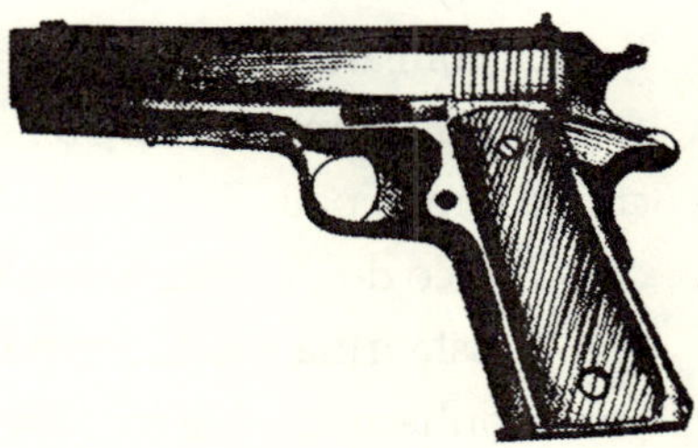

CAPÍTULO 70

(Los Angeles, 13/4/69)

O Mico do Pico sacaneava Sonny Liston. Apertava os botões de Sonny. Sonny esporrava em travestis e não tinha coragem diante de Ali. Sua hombridade ficou sem bagos.

Jomo recebia telefonemas. Junior comia bolinhos encharcados em conhaque. O esquete de Milt foi se alongando. Wayne e Marsh olhavam Sonny fumegar.

Chovia. O teto pingava. O papel de parede listrado descolava. Um médico que traficava devia 350 à Tiger Kab. Pagava com Desoxyn e Dilaudid. Sonny e Jomo estavam drogadamente putos.

Hoje o Mico do Pico estava tresloucado. O Mico do Pico ajeitava o penteado afro e franzia os lábios.

— Ali é tão *bonito!* Aquele rapaz sabe rimar e ofender como ninguém que essa garota já viu. "Liston vai fugir. No terceiro assalto ele vai cair." "Isso não é conversa mole. No quinto ele se demole." "No quarto ele vira sanfona porque anda por aí comendo marafona." "Ele não aguenta o meu aço porque tá cheio de pico no braço."

Sonny bebericava combustível de foguete — metanfetamina líquida com álcool 95. Sonny acendeu um Kool filtro king.

— Não é engraçado. Faz aquele em que Lady Bird Johnson chupa o meu pau.

O Mico do Pico fez beicinho.

— Esta irmã símia está *muuuuuito* cansada da sua relutância em reconhecer aquele rapaz que trouxe o povo de cor para a Era de Aquário enquanto você fica bancando o macaco puxa-saco da estrutura de poder dos porcos e a máfia.

Sonny fechou os punhos. Seu cigarro se amassou. Marsh olhou para Jomo. Wayne olhou para Marsh. Junior foi para o banheiro. Milt grudou um cigarro de plástico nos lábios do Mico do Pico.

— "Ele vai me fazer um boquete quando apagar no sete." "Se durar até o nono, faço ele cair no sono."

— Já chega. Essa merda está me enchendo o saco — bradou Jomo.

Wayne assentiu. Marsh captou: *estamos perto.*

O Mico do Pico bancou o coquete.

— E essa garota aqui está *tããããão* cansada de vocês, que vivem fazendo pose, que não sabem quem é Eldridge Cleaver e confundem Franz Fanon com "frango, faz não", seus idiotas...

— Cala a boca, velho. É a última vez que vou falar — ordenou Jomo.

Wayne sinalizou para Marsh: agora.

— Calma aí, irmão. Deixa o macaco fazer o negócio dele — falou Marsh.

Jomo estalou os nós dos dedos. Todos os oito, devagar e alto.

Wayne sinalizou para Marsh: mais.

Marsh foi até a mesa telefônica. Jomo estava perto. Marsh se encostou numa cadeira.

— O que dá a você o direito de falar assim com os mais velhos? Tô falando com você, crioulo. Tô falando sobre aquele coitado da loja de bebidas que você encheu de porrada, que não fez porra nenhuma pra você...

Jomo se levantou. Marsh moveu-se para perto. Os dois agarraram cadeiras. Jomo fez um arco amplo com a sua e errou. Marsh se abaixou. A cadeira acertou a mesa telefônica.

As pernas se partiram. O console se despedaçou. Plugues caíram no chão. Marsh girou num arco apertado. Acertou as costas de Jomo, acertou as pernas de Jomo, bateu de raspão na cabeça de Jomo e arrancou metade de uma orelha. Jomo cambaleou e bateu no console. Marsh lhe deu um *uppercut*. Mirou na altura da virilha e acertou uma perna de cadeira no seu saco.

Jomo gritou. Marsh correu para fora e gritou na chuva. Parecia uma única palavra repetida. Wayne abriu uma janela para ouvir.

Era *ATN! ATN! ATN!* Marsh brandia a cadeira no ar e ficava gritando aquilo. Pessoas jorraram para fora das lojas. Algumas aplaudiram.

Saiu circulando. Cheio de intenção. Tinha a ver com aquele *clique* recorrente.

Tinha discutido com Mary Beth. Ela lhe contou sobre a "Escola de Liberdade". Ele foi lá e viu a foto dos professores. A mulher de cabelo com fios grisalhos. O *clique* que ele não conseguia situar. O *semiclique* de volta àquele bar.

Há três meses. A primeira farra da Tiger Kab. As costas de uma mulher com o mesmo cabelo.

Sua viagem mental no Haiti. As ervas e a imagem mudando de forma.

Wayne percorreu a zona sul. Sua briga telefônica com Mary Beth ecoava. Ela pressionou para saber sobre a viagem. Ele mentiu — a R.D. e o Haiti não eram tão ruins. Meus investidores vão incrementar a economia. Balaguer não é Trujillo. Por favor acredite que as coisas vão melhorar. Mary Beth zombou. Eu sei das coisas, neném.

Wayne virou na Central Avenue. As boates estavam a toda. Viu aquela mulher na Sultan Sam's Sandbox. Ela poderia estar lá agora. Era uma chance pequena e remota.

Havia passado três dias no Haiti. Viajou com drogas sem parar. Viu a vida inteira num caleidoscópio. Rostos brotavam em árvores e nas águas dos riachos. As ervas queimavam em seu organismo. Era condição de zumbi. Ele precisava ficar sentado imóvel e prestar atenção. Não tinha vontade de criar pensamento ou de fugir. Caiu no sono depois de um milhão de horas viajando. O mundo real retornou, mudado.

Wayne virou para o leste na Slauson. Viu gente traficando drogas do lado de fora de uma barraca de comida sulista. A Ekipe Tigre queria vender heroína. Ele proibiu. Eles não iriam traí-lo. Temiam seu pistolão com os Rapazes. A Ekipe provavelmente faria incursões a Cuba: a *idée fixe* do maluco de direita.

Alguns membros da ATN passaram fazendo pose. Usavam chapéus de cossaco e ternos pretos de corte justo. Marsh cumpriu o prometido. Agora era o Senhor ATN.

Havia uma multidão do lado de fora da Sultan Sam's. Wayne parou em fila dupla e foi até a frente da fila. Os seguranças o chamaram de "chefe". Agora os Rapazes eram donos do lugar. Os negros atrás da corda o espiaram com olhos frios.

Abriu a porta e espiou. Todo mundo era negro. Nenhuma mulher branca com fios grisalhos no cabelo.

Foi até a Rae's Rugburn Room e bancou o grande chefe branco. Recebeu mais olhares frios e ouviu alguns ruídos de porco. Ela não estava lá. Foi à Snotty Fox, à Nat's Nest e à Klover Klub. O barulho de porco foi aumentando significativamente.

Cherchez la femme. La femme n'est pas là.

Wayne foi até a Mr. Mitch's. Ele não era dono do lugar. Molhou a mão de dois seguranças para conseguir uma entrada VIP. Um negro fez oinc espalhafatoso para ele.

O interior era escuridão de caverna. A recepcionista conduzia os clientes aos lugares com uma lanterna. Levou Wayne até uma mesa. Ele viu Sonny refestelado com Junior Jefferson. Dois reservados adiante: Ezzard Donnell Jones e a mulher.

Wayne se juntou a Sonny e Júnior. Eles estavam indo fundo com o combustível de jato do Mr. Mitch's. A garrafa irradiava.

— Jomo vai carregar os bagos por aí num carrinho de mão — comentou Sonny.

Junior comeu lichias desidratadas.

— É melhor avisar ao Marsh para dar um sumiço nos próximos dias.

Sonny bebericou a birita.

— Você é gordo demais e Wayne é magro demais. Toda vez que esticar a mão para pegar um bolinho, dê um a ele.

A mulher fumava. A mulher sacudia o cabelo. A mulher balançava ao som de uma música de vitrola.

Wayne apontou para ela.

— Quem é?

— Ela anda com o pessoal da ATN e dança tremendamente. Mas não gosto dos óculos — respondeu Sonny.

Junior disse:

— Acho que o nome dela é Joan.

Wayne olhou Joan. Sonny e Junior o ignoraram. Ele clareou as ideias. A boate ficou silenciosa. Wayne sincronizou a música com os movimentos dela. Pensou que sentia gosto de ervas vodu e birita klerin. Fiapos sensoriais — um flashback sem dúvida.

Joan limpou os óculos na bainha da blusa. Seus olhos ficaram suaves sem eles. Uma faca se projetava de uma bota.

Ela se afrouxou um pouco. Os movimentos eram fluidos. Soprava artísticos anéis de fumaça.

O tom da música mudou. Joan parou de oscilar. Pôs dinheiro na mesa, levantou-se e deu no pé.

Wayne se levantou. A escuridão o encobriu. Acompanhou Joan até o estacionamento dos fundos. Ela entrou num Chevy 59. As placas estavam sujas de lama. Ela era profissional em evitar perseguições.

Saiu e chegou à Manchester indo para o oeste. Wayne entrou em seu carro alugado e se manteve 40 metros atrás. Joan dirigia devagar na pista do meio. Usava as setas e bancava a boa cidadã. Entrou na Harbor Freeway indo para o norte. Wayne também entrou e se manteve atrás.

Era tarde. O tráfego era pouco. Wayne às vezes até a ultrapassava para não parecer que a estava seguindo. Passaram pelo centro e por Chinatown. A Pasadena Freeway levou-os para o norte. Joan entrou na Golden State em direção ao oeste. Wayne também entrou e se manteve atrás. Joan passou pela Atwater e ao largo das pistas de saída de Glendale. Virou à direita e pegou uma saída para Eagle Rock. Wayne se manteve atrás, olhando suas luzes de traseira. Ela parou do lado de fora de um conjunto de bangalôs num morro.

Wayne ficou na sua. Joan parou o Chevy junto ao meio-fio e destrancou o Dodge que estava ao lado. Os faróis se acenderam.

Ela fez o retorno e foi direto na direção dele. Ele viu o rosto dela no para-brisa. A placa da frente estava manchada de lama.

A seta dela se ligou. Ela virou para o leste no Colorado Boulevard. Wayne seguiu lentamente, alcançou-a e se manteve mais atrás. Atravessaram Pasadena. Joan virou para o norte na Lake Avenue. Pasadena se fundiu com Altadena. Foram em direção às Colinas de San Gabriel. Wayne deixou dois carros ficarem entre eles. Enfiou a cabeça pela janela e se fixou nas luzes de ré de Joan.

Ela virou à esquerda numa rua secundária. Wayne pisou fundo, virou e freou. Joan parou e foi até uma pequena casa de madeira. Alguém abriu a porta e deixou-a entrar. O local em Eagle Rock cheirava a *aparelho*. Essa casa também.

Wayne parou e correu até lá. As luzes da casa estavam acesas. Agachou-se e andou abaixado pela entrada de veículos. Captou sombras dentro. As persianas estavam meio levantadas. Ele se ergueu e olhou para dentro.

Uma sala pequena. Montes de fuzis e revólveres empilhados em móveis. Cobertores os encobriam.

Carabinas, M14s, Rugers com mira telescópica. Automáticas e revólveres numa caixa.

Jomo Clarkson entrou. Sua cabeça estava suturada e com gaze. Joan o acompanhou. Falaram sem som. Ele parecia agitado. Ela parecia calma. A janela fechada abafava o áudio.

Joan tirou o casaco. Wayne viu a cicatriz de faca no braço direito.

CLIQUE:

Aquele dossiê que Dwight lhe mandou. Nenhuma foto anexa. Ele queimou para encontrar as letras adulteradas. Encontrou o nome de um conhecido da pessoa e disse ao Dwight. Picotou o dossiê. Não conseguia se lembrar do nome. O *CLIQUE* pareceu sólido e *INCOMPLETO*.

Joan e Jomo conversaram. Wayne se encostou na janela. Captou zumbido de áudio, nenhuma palavra se formou, não conseguia ler lábios.

Viu um posto de gasolina mais adiante no quarteirão. Correu para a cabine telefônica...

Dwight tomou um gole de café.

— Telefonemas tarde da noite. Estou começando a me acostumar.

A Canter's Deli, na Fairfax. Clientela das 3 da madruga: policiais e hippies ultraimundos.

— Quem é Joan? — perguntou Wayne.

Dwight levantou as mãos: Não faço a mínima — soou falso, nem um pouco convincente.

— Ela é Joan Rosen Klein? Eu trabalhei nas rasuras do dossiê dela no ano passado, mas não vi nenhuma foto.

Dwight reprisou o não faço a mínima. Wayne bateu na mesa. O café dos dois balançou e derramou.

— Fale dela.

Dwight balançou a cabeça. Wayne bateu na mesa. O cesto de pão voou.

— Ela tem uma cicatriz de faca no braço direito.

Dwight sorriu, porra. Wayne fechou os punhos. Dwight tocou nas mãos dele — filho, não faça isso.

— Eu a vi com Jomo Clarkson. Na Avondale, 1864, em Altadena. É um aparelho. Tem uma porrada de armas.

Dwight remexeu no anel da faculdade. Ele escorregou e caiu em seu colo.

— Continue.

— Jomo andou falando num roubo fácil que ele fez. Ele é um pistoleiro e escritor de panfletos contra os brancos. Fred Hiltz, lembra? O rei dos panfletos racistas é apagado e o DPBH declara que foram “suspeitos negros não identificados”.

Dwight se levantou e correu. Wayne pegou o anel dele do chão.

CAPÍTULO 71

(Beverly Hills, 14/4/69)

O DPBH deixou que ele lesse o dossiê. O capanga de estimação de Hoover aparecendo às 4 da madrugada? O comandante do plantão acedeu.

Dwight sentou-se na sala de reuniões. O dossiê era abreviado. O Sr. Hoover cortou o caso no início. Jack Leahy o abortara por ordem dele.

Uma pasta, nove páginas, uma ficha principal de quatro páginas. Numerosos negros listados. Na maioria deduragem de informantes da polícia e entes amados emputecidos. Uma contagem geral de ladrões negros. Nada de Jomo Kenyatta Clarkson, nada de escrotos negros militantes e coisa e tal.

Dwight leu o relatório da cena do crime e o protocolo da necropsia. Testemunhas informaram sobre dois negros mascarados. Causa da morte: enormes ferimentos de espingarda. Também citado: quatro projéteis calibre .38 alojadas na cabeça.

Espera aí...

O protocolo incluía fotos dos projéteis. O perito disse que os quatro tiros saíram de uma única arma. Pontas macias, seis cheios, oito raias, projéteis semichatos.

Espera um pouco aí...

Joan disparou balas de armas do aparelho em material absorvente. *Ele* mandou. Cartuchos disparados — bem ali na sua pasta.

Dwight abriu-a. Os projéteis estavam enroladas em plástico. Encontrou uma .38 meio amassada. Pegou as fotos e foi pelo corredor até o laboratório de criminalística.

A porta estava aberta. Não havia ninguém. Os DPs onde não acontecia nada eram assim. Dwight olhou em volta. Perto da parede dos fundos: um microscópio de balística.

Foi até lá e pôs seu projétil no suporte. Pôs as fotos na bancada. Girou o botão e espiou. Aproximou. Pegou uma imagem com seios cheios, oito raias e uma ponta chata quase idêntica. Verificou as fotos. A mesma arma fez os dois disparos, com certeza total.

Ouviu sirenes do lado de fora. Ouviu um chamado por rádio em outra sala: *Código 3, todos os carros, Altad...*

Cena de multidão:

Pessoal do xerife de L.A., do DPBH, vinte radiopatrulhas e unidades à paisana. Policiais uniformizados tirando armas enroladas em cobertores.

Dwight foi até as barricadas. A rua estava num branco-rosado de arco voltaico. Caretas andavam por ali, de pijama. Policiais entravam e saíam do cafofo. Era um aparelho, sem sacanagem.

O guarda da barricada se aproximou. Era um otário do xerife com acne pós-adolescente. Dwight saiu do carro e deu-lhe uma carteirada.

— Anda, desembucha.

— Ah... senhor?

— Rebate o que está acontecendo.

O otário ficou em posição de sentido.

— Bom, a gente recebeu uma dica sobre um depósito de armas e o homicídio daquele cara que espalhava panfletos racistas, no ano passado. É um caso do DPBH, por isso a gente chamou...

— Jomo Clarkson. *Onde ele está?*

O otário deu um passo atrás.

— Bom, o DPLA o tirou da gente. Apareceu um figurão da Roubos com um mandado peremptório. Levou o cara para a delegacia da 77th Street.

Dwight ficou tonto.

— Há mais alguém preso? Uma mulher branca? O DPLA prendeu uma branca junto com o negro?

— Não, senhor. O tal detetive só levou o homem de cor rapidinho. Nós pegamos as armas, mas não sei nada sobre nenhuma mulher.

Dwight entrou no carro e cantou pneus dando marcha a ré. Bateu no meio-fio de um retorno e seguiu por ruas secundárias até a via expressa de Pasadena. Prendeu sua luz de teto e pisou fundo até fazer 180. A corrida para o centro levou seis minutos. A via expressa Harbor levou-o ao Congo. A delegacia ficava pertinho da saída da pista.

Parou no estacionamento das patrulhas e prendeu o distintivo no paletó. Passou pela recepção. O sargento de plantão cochilava. Ouviu crioulos embriagados uivando lá atrás na cadeia.

A sala do esquadrão era no andar de cima. Dwight subiu de três em três degraus. A sala tinha mesas de parede a parede com intervalos formando corredores. Os policiais do turno da manhã liam teletipos e datilografavam catando milho. Pareciam entediados. Um cara acenou. Dwight passou por um corredor. Salas de interrogatório se enfileiravam na parede da direita.

Ali está Scotty.

Está comendo uma maçã. Está usando terno marrom e gravata-borboleta xadrez. Está olhando por uma janela de vidro unidirecional.

Dwight foi até lá. Scotty piscou. Dwight olhou pela janela. Lá estava Jomo, algemado numa cadeira.

— Não diga. O Sr. Hoover quer que o negócio do Hiltz seja abafado — disse Scotty.

— Por que dizer a você? Não me faria bem nenhum.

Scotty gargalhou.

— Gostaria de olhar?

— Gostaria. Você me dá uma concessão primeiro?

— Dou.

Dwight pegou seus cigarros. Scott puxou dois e acendeu ambos.

— O que aconteceu? Diga por que estamos aqui parados.

Scotty jogou a maçã na lata de lixo.

— Seu garoto, o Marsh, ligou para mim e dedurou Jomo por causa de um 211 numa loja de bebidas. Eu o peguei antes que o DPBH pudesse indiciá-lo pelo serviço do Hiltz, que acho que foi ele que fez. Mas é engraçado. Falei com o Marsh pelo telefone e a voz não pareceu a dele. Mais escroto ainda, parecia que uma mulher estava sussurrando no ouvido do cara, ensinando a ele o que dizer.

Dwight tocou no anel. Havia sumido. Scotty apagou o cigarro na parede. Jomo cuspiu em direção ao espelho. O catarro bateu numa mesa aparafusada no chão. Jomo se remexeu em sua cadeira também aparafusada no chão.

Scotty abriu a porta. Dwight acompanhou-o. Puxaram cadeiras e se ergueram acima de Jomo. O escroto estava aparafusado no chão e com algemas apertadas.

— Quero falar com um advogado. Me arranjem um daqueles judeus de cabelo crespo que trabalham para os Panteras.

— O Sr. Holly é advogado. Ele vai aconselhar quanto aos seus direitos — disse Scotty.

— Você tem o direito de confessar e evitar castigo físico. Tem o direito de dizer ao sargento Bennett exatamente o que ele quer saber. Vou exigir respostas diretas às minhas perguntas também. Se você cooperar, vamos lhe dar um maço de cigarros e uma barra de chocolate. Se resistir, vamos arrancar o seu rabo e jogar você na cela das bichas — informou Dwight.

— Isso é uma porra de uma embromação! Eu conheço a lei! A *Miranda-Escobedo* foi aprovada em 1962!

— A *Miranda-Escobedo* não se aplica aqui. Isso aqui é um tribunal ilegal, e você é o réu — disse Scotty.

Jomo cuspiu na mesa. Scotty tirou da cintura um pedaço de mangueira de borracha. Tinha 25 centímetros e uma parte com fita adesiva áspera, para servir como cabo.

— Nos últimos sete meses, 14 lojas de bebidas foram roubadas na zona sul de Los Angeles. Você combina com a descrição geral do suspeito. Um informante confidencial da polícia ligou para mim hoje. Entregou você pelos crimes, e eu achei que era digno de crédito. Aconselharia você a confessar.

Se precisar de aconselhamento jurídico, pode falar com seu advogado.

— Confesse — ordenou Dwight.

— Marsh Bowen me dedurou. Primeiro ele me enche de porrada, depois me dedura. Estão vendo os pontos na minha cabeça? Aquele filho da puta ex-porco me fez isso. Acha que não vou me vingar quando sair daqui? — disse Jomo.

Scotty flexionou a mangueira.

— Filho, eu adoraria ver isso acontecer. Marsh me sacaneou um bocado, também, e eu adoraria vê-lo receber o que merece.

Jomo se remexeu. A corrente da algema chacoalhou. As algemas estavam muito apertadas. Seu pulso sangrava.

— Marsh me dedurou, não foi?

— Correto — disse Scotty.

— Então me deixe sair daqui. Me livre da acusação do assalto e eu apronto uma vingança pra nós dois.

— Confesse primeiro. Vamos lhe dar um passe de um dia para pôr suas merdas em ordem. Eu tenho um colega advogado judeu. Ele vai cuidar de você. Você vai pegar no máximo um ano na prisão rural — disse Dwight.

Jomo cuspiu na mesa.

— Vá foder sua mãe. Você é uma barata fascista e lacaio da estrutura de poder dos porcos. Sua mãe chupou meu pauzão preto.

Scotty piscou para Dwight. Scotty rodeou a mesa e ficou atrás de Jomo. Scotty acariciou o penteado afro de Jomo com o pedaço de mangueira.

— Confessa, filho. É pelo seu bem.

— Vai se foder.

Scotty fez zunir a mangueira. Jomo gritou. Golpe perfeito no rim.

— Confessa — ordenou Dwight.

Jomo cuspiu na mesa. Scotty fez zunir a mangueira. Jomo gritou mais alto. Golpe perfeito no rim.

— Confessa — continuou Dwight.

Jomo tentou respirar. Scotty pôs um pedaço de papel na mesa. Dwight examinou-o. Havia uma lista dos assaltos a lojas de bebidas.

— Olhe a lista e confirme com a cabeça. Vamos considerar como uma confissão — disse Scotty.

Jomo cuspiu na mesa.

— Vai se foder.

Scotty brandiu a mangueira. Jomo gritou. Golpe perfeito no rim.

— Ele olhou para a lista. Como seu advogado, declaro que foi uma confissão — determinou Dwight.

Scotty fez uma reverência.

— Concordo. Vou redigi-la mais tarde e o Sr. Clarkson poderá assinar quando estiver em condições de segurar uma caneta.

Jomo pingou bile. Havia sangue misturado. Sua cabeça bambeou. As algemas cortaram fundo. Seus olhos fizeram coisas engraçadas.

— Tenho uma boa ação em mente — disse Scotty.

— Conte — pediu Dwight.

Scotty acariciou o pedaço de mangueira.

— Poderíamos dar um esclarecimento ao DPBH sobre um antigo caso deles. Poderíamos dar a você um esclarecimento sobre aquele aparelho e aquelas armas.

Dwight pensou em Joan.

— Esqueça o aparelho. Meu pessoal poderia se comprometer. Vamos nos concentrar no serviço do Hiltz.

— Serviço do Hiltz — gemeu Jomo. — *O quê? Coméquié? Não tô sabendo de nenhum serviço do Hiltz.*

— Em 14 de setembro do ano passado, dois negros fizeram vários roubos a residências e, no processo, mataram um rico distribuidor de panfletos racistas chamado Dr. Fred Hiltz. Acredito que você era o Negro nº1. Acho que você deveria confessar esses crimes e revelar a identidade do Negro nº2. Sr. Holly, como aconselharia o seu cliente?

— Confessa — disse Dwight.

Jomo cuspiu sangue na mesa.

— Vai se foder.

Scotty brandiu a mangueira. Jomo gritou. Golpe perfeito no rim.

— Confessa — disse Dwight.

— Confessa — repetiu Scotty.

Jomo cuspiu sangue na mesa. Jomo *ofegou.*

— Vai se foder.

Scotty brandiu o pedaço de mangueira. Jomo gritou.

— Confessa — disse Dwight mais uma vez.

— Confessa — repetiu Scotty.

Jomo cuspiu sangue na mesa. Jomo *soluçou.*

— Vai se foder.

Scotty brandiu o pedaço de mangueira. Jomo gritou.

— Confessa — disse Dwight.

— Confessa — repetiu Scotty.

Jomo cuspiu sangue na mesa. Havia pedaços de tecido orgânico misturados. Jomo revirou a cabeça para cima e respirou fundo.

— Tá, eu fiz os serviços. Eu e um crioulo chamado Leotis Waddrell. Leotis me sacaneou. Foi pra Vegas e torrou nossa grana em pó e roleta. Eu apaguei ele. Ele tá lá no deserto. Se vocês me deixarem pegar homicídio culposo eu entrego a porra do corpo.

— Ele confessou — disse Scotty.

— Vou verificar — afirmou Dwight.

— Tenho mais algumas perguntas — continuou Scotty.

Dwight balançou a cabeça.

— Arranje uma ambulância para ele. Ele tentou escapar e você o pegou. Você pode pós-datar a confissão.

Scotty balançou a cabeça. Scotty fez cócegas no queixo de Jomo com a mangueira.

— Vinte e quatro de fevereiro de 1964. O assalto ao carro blindado na 84th com a Budlong. Tenho certeza de que você ouviu falar. Guardas mortos, assaltantes mortos, grande quantidade de dinheiro e esmeraldas. O assaltante principal matou os próprios colegas e queimou o corpo deles a ponto de não serem reconhecidos. Ele fugiu e estou meio convencido de que um segundo homem também pode ter escapado. Uma vez que estou com você aqui, será que posso perguntar se sabe alguma coisa a respeito?

Dwight piscou. Aquilo não batia, não fazia sentido, não tinha a ver...

Jomo piscou. Sangue pingou pelo queixo.

— Cara, por que tá me perguntando isso? Esse caso é coisa velha.

Scotty fez zunir o pedaço de mangueira. Jomo gritou. Golpe perfeito no rim.

Dwight se levantou. A cabeça de Jomo tombou contra a mesa. Scotty agarrou o cabelo dele e sacudiu. O tampo da mesa estava sujo de sangue.

— Boatos, papo furado, qualquer coisa que você tenha ouvido. Eu fiz uma pergunta civilizada e espero uma resposta civilizada.

Jomo afastou a cabeça. Seu afro se soltou. Era uma peruca colada. Scotty gargalhou e jogou-a no chão.

— Pela última vez. Os acontecimentos de 24 de fevereiro de 1964. Diga o que você sabe sobre...

— Cara, não sei merda nenhuma! Boato é boato! Pode ter sido a ATN antes de ser ATN. Podem ter sido brancos! Cara, não sei, porra!

Scotty acariciou o couro cabeludo de Jomo com a mangueira.

— Chega — ordenou Dwight.

Scotty enfiou a mangueira na cintura.

— Como quiser.

— Chame uma ambulância. Leve-o ao Morningside.

Scotty piscou.

— Claro, Dwight. Vou chamar uma ambulância e agora vamos dizer boa-noite.

Dwight foi para a porta. Seu anel havia sumido. Os pés estavam dormentes. Sentia cheiro de bile e sangue.

— Ainda estou devendo uma ao Marsh Bowen — comentou Scotty.

Dwight saiu e desceu. Seus pés não existiam mais. Chegou tremendo ao estacionamento. Joan estava encostada em seu carro.

Alvorecer na oficina dos policiais fascistas. Radiopatrulhas estacionadas ao redor dela. A Deusa Vermelha com casaco estilo marinheiro e botas gastas.

— Sou tão boa quanto você. Está convencido agora?

— Estou — disse Dwight.

Estava frio. Joan estremeceu e enfiou as mãos nos bolsos.

— A história vai se espalhar. Marsh entregou o Jomo. Nós certificamos o Marsh e tiramos Jomo da rua numa jogada só. Foi por isso que deixei a FLMM guardar armas num aparelho da ATN. A ATN e a FLMM vão agir a partir daí.

— Você sabia que o Marsh era o meu infiltrado.

Joan assentiu.

— *Aprontar uma briga com o Scotty Bennett?* Era tão ousado que só poderia ser você.

Dwight estremeceu.

— "Ninguém morre." Lembra?

— Tem umas armas que não vão machucar ninguém.

— Pode não ser tão simples assim.

— O que não deve impedir nossas ações.

Dois policiais passaram. Dwight foi na direção de Joan. Segurou as mãos dela à vista de seu mundo policial.

— Por que isso? E por que agora?

— Nós dois temos sangue nas mãos. Talvez eu mais do que você.

— Como assim?

— Tem umas coisas que eu sei sobre você —, respondeu Joan.

<u>DOCUMENTO ANEXO</u>: 21/4/69. Extraído do diário pessoal de Karen Sifakis.

Los Angeles,
21 de abril de 1969

O mundo lá fora interfere na calma vida doméstica que tentei criar para minhas filhas. O jornal chega todas as manhãs e eu não consigo deixar de olhar. Então Dwight bate à minha porta e conta o que os jornais omitiram.

Dois Panteras foram acusados de agressão não fatal contra dois policiais no Brooklyn; ações legais contra os Panteras estão acontecendo em uma dúzia de cidades. Dwight acha que os Panteras estão se autodestruindo. Estão lotados de informantes do FBI e das polícias municipais, que criam discórdia interna, que leva a violência entre os grupos, que obtém publicidade em larga escala, que leva à censura pública em larga escala, que leva a mais violência em busca de publicidade. Os Panteras, e ocasionalmente o EU, chegam às manchetes, enquanto Dwight continua a golpear as pequenas ATN e FLMM porque considera as cabriolas deles como um evento de mídia totalmente contido que ele pode orquestrar à vontade. Nesse sentido ele é a quintessência do "Homem com um Serviço", e "o Serviço" parece estar exaurindo-o.

Os jornais me dizem que o "agitador militante negro" Jomo Kenyatta Clarkson, que confessou uma atrevida série de assaltos a lojas de bebida, cometeu suicídio enquanto estava sob custódia na Cadeia do Condado de Los Angeles. O incidente provocou um ódio revitalizado entre a ATN e a FLMM. Ouvi conversas na rua sobre isso. É considerado verdade legítima: o ex-policial Marshall Bowen, agora ávido apoiador da ATN, dedurou Clarkson pelos roubos. Cheguei tardiamente a uma conclusão: Bowen deve ser o infiltrado de Dwight.

Dwight nunca disse quem era o sujeito. Ele protege a identidade de seus contatos, infiltradores e informantes. Fez isso comigo, se bem que o Sr. Hoover, em seu estado decadente, falou de modo pouco judicioso sobre meu relacionamento com Dwight. O Sr. Hoover é um homossexual celibatário que costuma ter paixonites por homens rudes e afirmativos. Meu acordo íntimo com Dwight, cheio de ideologias conflitantes, deve confundir e consternar tremendamente o velho.

O negócio com Clarkson pesa sobre Dwight. A maquinação — o que quer que tenha se passado entre Clarkson e Bowen — certamente aconteceu sob instigação de Dwight, talvez com o envolvimento de Joan Klein. Vi Dwight duas vezes recentemente. Fizemos amor, mas ele pareceu querer mais o consolo do que o sexo. Ficava puxando o assunto da heroína e de como os radicais de esquerda a enxergavam como um instrumento político. Senti cheiro de Joan em toda essa elaboração.

Agora Dwight está dormindo pior ainda. Posso senti-lo se remexendo através dos pesadelos. Quando acorda, me olha quase com suspeita. É como se estivesse imaginando o que eu sei sobre ele e o que contei a outras pessoas. Cada um de nós invadiu a casa do outro. Ele leu meu diário muito menos sincero. Eu vi seu kit de cheques anônimos e mencionei a ele evasivamente. Minhas invasões são um subtexto para o nosso relacionamento, um subtexto que Dwight aceita. Frequentemente me perguntei sobre a natureza da dívida de Dwight para com o Sr. Hoover. Na semana passada fiz algumas investigações e cheguei a uma espécie de resposta.

Lembrei-me da data inicial da caderneta de banco de Dwight: primavera de 1957. Eu sabia o nome de quem recebeu os cheques: Sr. e Sra. George Diskant, de Nyack, Nova York. Fiz pesquisas em microfilmes de jornais e fiquei sabendo da história.

Era janeiro de 1957. Um homem viajando para o norte pela Merritt Parkway bateu numa divisória central. Estava bêbado. A colisão matou as duas filhas adolescentes do Sr. e da Sra. Diskant. O nome do homem não era citado, e ele não foi acusado criminalmente.

Só posso presumir que o Sr. Hoover tenha mexido os pauzinhos. Também seria idiota se presumisse que a ligação horrível de Dwight com aquele homem foi moldada por um único incidente e nada mais.

Joan me disse que sabe coisas sobre Dwight. Ela deixou a coisa por aí. Imagino se ela saiba mais sobre ele do que eu, apesar de o relacionamento dos dois ser recente. Posso estar atribuindo a Joan uma qualidade de premonição que ela não possui de verdade. Mesmo assim juro que posso sentir o cheiro dela em Dwight.

<u>DOCUMENTO ANEXO</u>: 1/5/69. Extraído do diário de Marshal E. Bowen.

Los Angeles
1/5/69

Hoje é 1º de maio. Estou no telhado do meu prédio, observando engarrafamentos nas vias expressas de San Diego e Harbor e uma passeata contra a guerra no centro da cidade. A ATN e a FLMM estão distribuindo panfletos ao longo da rota da passeata. Recusei-me a participar. Acho que haverá escaramuças e acho que serei visto como a causa.

Estou muito amedrontado. É uma sensação crescente que me deixou quase fora de mim. Começou no mês passado, quando Wayne me mandou confrontar Jomo — "Se você não fizer isso eu conto ao mundo que você é veado." Ah, sim, a ameaça funcionou. Confrontei Jomo e Jomo está morto, e sou um elo direto na causa e efeito.

Se Wayne sabe, quem mais sabe e como descobriram? Será que o Sr. Holly sabe? Será que Scotty Bennett e o DPLA em geral sabem? Será que o FBI sabe? Será que os homens da ATN e da FLMM sabem?

Como foi que me revelei? Será que a ausência de mulheres na minha vida levou Wayne a uma suposição que acabou sendo correta? *Não sou nem um pouco efeminado e sempre me esforcei tremendamente para me livrar das afetações que os homens que têm a Tendência geralmente possuem. Será que desmunheco? Será que faço poses de mãos nos quadris inconscientemente? Será que falo com afetação? Será que meus maneirismos de negro macho que gosta de dar porrada denunciam veadagem de algum modo codificado? Será que algum michê anônimo de dois segundos, saindo de meu passado muito circunspecto, me dedurou em troca de favores da polícia? Será que as pessoas simplesmente sentem auras no mundo sexualmente carregado/onírico que eu habito?*

Tudo isso me apavora. O resultado da situação do Jomo é muito mais perigoso.

Scotty Bennett apagou Jomo por causa daquela farra de lojas de bebidas que me levou a suspeitar dele. O Sr. Holly, que pareceu estranhamente chocado com o incidente, me disse que Scotty espancou Jomo até deixá-lo quase morto na delegacia da 77th Street e mandou-o ao hospital Morningside com sérios danos nos rins. Jomo se enforcou em sua cela vários dias depois. Essa última parte da história chegou aos jornais e conseguiu uma breve cobertura na TV. O Sr. Holly me contou a história que não chegou a ser exposta ao público: que Jomo confessou uma série de roubos a residências ricas e o assassinato do Dr. Fred Hiltz no ano passado.

Os crimes renderam, segundo estimativas, 750 mil dólares e foram cometidos com um parceiro que não tinha nenhuma ligação com a ATN ou a FLMM. O homem torrou todo o dinheiro com cocaína, jogos e prostitutas em Las Vegas. Jomo ficou sabendo disso, matou o sujeito e desovou o corpo no deserto. O Sr. Holly interrogou Jomo na cadeia do condado de L.A. um dia antes de ele se matar. Jomo contou ao Sr. Holly que sua metade do roubo foi separada para um fundo de "compra de heroína" para a FLMM. Idiotas criminosos malignos e azarados: Jomo faz serviços ousados, de alto nível *e* rouba lojas de bebidas. Jomo confia em seu parceiro mulherengo e viciado. O dinheiro para comprar drogas para a FLMM traficar é esbanjado. Eu espanco Jomo, Jomo é preso tangencialmente e se mata. Eu deveria agradecer por Scotty ter apagado Jomo — porque Jomo viria atrás de mim mais cedo ou mais tarde. Jomo está *morto*? Tanto melhor. Infelizmente a coisa está tendo um resultado muito diferente.

A história se espalhou: eu dedurei Jomo a Scotty.

Não é verdade.

Mas todo mundo que importa acredita.

Meus novos irmãos da ATN estão felizes. É isso aí, irmão Marsh: aquele crioulo do Jomo era *maaaau* de montão e antiATN de montão. Eu estou coberto com eles e descoberto em todo o resto.

Falei a Wayne que não dedurei Jomo. Ele disse que acreditava em mim, mas não tenho certeza. Falei ao Sr. Holly que não fiz isso. O Sr. Holly disse que *não* acreditava em mim, mas sua descrença não foi totalmente convincente. Scotty sabe que não dei a informação, mas ontem passou na Tiger Kab e me *abraçou* em plena vista de todo o pessoal.

Scotty quer que as pessoas pensem isso. Não sei quem fez. Não creio que Scotty tenha simplesmente atribuído a duragem a mim como forma de vingar a surra armada pelo Sr. Holly. Alguém fez isso comigo. Não sei quem, mas tem de ser algo politicamente motivado. Ninguém sabe que sou um infiltrado, a não ser Wayne, o Sr. Holly e muito poucas pessoas no FBI e no DPLA.

Poderia ser qualquer idiota de rua, militante negro ou algum ideólogo idiota. Poderia ser algum idiota marginalizado ou dissidente da ATN ou da FLMM com instinto idiota.

Comecei a usar um colete à prova de balas. A FLMM supostamente pôs minha cabeça a prêmio. Alguns idiotas da FLMM me viram na Central Avenue e jogaram latas de malte-uísque contra mim.

Estou apavorado. Uso o colete e passo horas diante do espelho do quarto, aperfeiçoando maneirismos. *Será que traí inconscientemente a Tendência? Não sou nem um pouco efeminado. Será que alguém presciente em meu estado onírico geral simplesmente discerniu a Tendência em mim?*

Parei de fazer indagações sobre o assalto ao carro blindado. Minha luxúria pelo dinheiro e pelas esmeraldas foi suplantada por um instinto de sobrevivência. Por enquanto estou parado, mas Wayne e o Sr. Holly exigem resultados. O Sr. Holly vem falando da ATN como um meio de venda de heroína. Ele quer que eu passe a ideia aos meus irmãos da ATN que são uns filhos da puta imbecis demais para comprar heroína numa fazenda de papoulas na Tailândia, coisa que o Sr. Holly não consegue entender exatamente.

Estou apavorado. Estou travado. Estou esperando. Estou usando o colete. Estou estudando homens totalmente héteros e treinando os movimentos e as habilidades masculinas deles no meu espelho.

Por falar em totalmente hétero, agora há um ponto positivo na minha vida: meu louco amigo haitiano, Leander James Jackson. Leander me adora, mas é *totalmente* hétero, infelizmente. Ele teve aquela briga de faca com Jomo — que Wayne e eu provocamos —, por isso me *adora* devido à suposta deduragem, que resultou na morte de Jomo. Eu disse a Leander que não fiz isso. Leander riu e disse: “Menino, eu não acredito em você.”

Leander adora rum 151 e maconha, e gosta de contar seus dias na *la belle* Haiti. Ele torturava dissidentes para a Tonton Macoute, praticava vodu e fez uma curva fechada para a esquerda. Ajudou um grupo de rebeldes invasores e fugiu da ilha um passo à frente da forca. Eu gostaria de poder lhe dizer: “Menino, estou apavorado, por isso vou ficar na minha esses dias.”

Tenho um amigo, muitos inimigos anônimos e dois amigos inimigos pairando perto. Wayne sabe que tenho a

Tendência. Não quero que o Sr. Holly saiba, ou que saiba que imagens dele e daquela mulher estranha, Joan, assombram meu estado onírico. Se o Sr. Holly soubesse eu estaria morto.

CAPÍTULO 72

(Santo Domingo, 3/5/69)

CADEIRA ELÉTRICA.

Não conseguia afastar a imagem. Merdas continuavam lembrando-o. Ele encontrou aquele *bunker* no campo de golfe. La Banda deixou um negro amarrado. As palmas das mãos dele tinham derretido nos eletrodos. As braçadeiras o queimavam até os ossos.

Crutch esperava no aeroporto. O voo de Sam G. estava para chegar. A sala VIP estava funcionando. Os assentos eram como tronos. Tinham a aparência daquela *CADEIRA ELÉTRICA.*

O voo estava atrasado. A Drácula Air sempre chegava tarde. A sala tinha arte do *Führer*. Pinturas a óleo do Anão entulhavam as paredes.

Crutch estava inquieto. Wayne deveria voltar logo. Tinha dinheiro para a construção do cassino. Wayne determinou aquela lei de proibição de drogas. A Ekipe Tigre a desafiou quatro vezes. Quatro idas a Porto Rico. Quatro entregas para os caras do Luc em Porto Príncipe. Vendas subsequentes a viciados haitianos.

O voo de Sam estava atrasado. Sam podia estar rebocando Gretchen/Celia. Crutch se ofereceu para o trabalho de chofer. O francês achou isso suspeito.

Seu caso estava pegando pique. Ele identificou a vítima de assassinato: María Rodríguez Fontonette, vulgo "Tatuagem". Viu aquela lista de haitianos massacrados. Memorizou os nomes. Isso poderia fornecer pistas. Fez uma atualização para o francês. O francês zombou: "Isso é simplesmente sua fixação de voyeur saindo do controle. Mate mais comunistas e fique obcecado por menos mulheres."

O voo da Drácula Air desceu. Criancinhas foram correndo e jogaram colares de flores. Era ideia do Anão. Ele foi ao Havaí uma vez.

Um carrinho de bagagem passou zumbindo. Parecia uma *CADEIRA ELÉTRICA* móvel. Os eletrodos *liquefizeram* a pele do cara. Cucarachas ricos jogavam golfe em cima.

Seu caso era totalmente vodu. Esse troço é feitiço *ruuuuuim*. Cuidado com a Zona Zumbi.

— Apesar de toda a merda maluca com os crioulos, Wayne é uma porra de um homem branco. Fez o funil estadual funcionar maravilhosamente. Estamos tirando a percentagem dos nossos hotéis de Vegas através de um banco de crioulos em L.A. Temos a Tiger Kab e as boates do criouléu para a lavagem residual. Wayne vem metendo na bunda do Hughes e cuidando da compra dos devedores dos caminhoneiros como se fosse uma porra de um virtuose — comentou Sam G.

Nada de Gretchen/Celia — isso furou. O Sam cheio de cafeína era um pé no saco. Percorreram os canteiros de obras em Santo Domingo. Sam ficou impressionado. Os alicerces estavam cheios. Os primeiros dois andares estavam levantados. La Banda chicoteava os escravos e os alimentava com Kool-Aid batizado com anfetaminas. O trabalho andava *ráááápido*.

Foram até Jarabacoa. A autoestrada estava cheia de riquixás e refugiados haitianos. Sam ficou assustado. Os crioulos eram espancados com facões de cortar mato e usavam chapéus de cabeça de galinha. Luc e os cubanos esperavam em Jarabacoa. Crutch pré-avisou-os: não mencionem a Grande "H" ao Grande G.

— Vou jantar com Balaguer, e vou ter que castigá-lo por causa de todos esses crioulos malignos em plena vista do turismo. Nesse aspecto Batista era excelente. Os ferrados sabiam que não deviam se meter com a classe branca visitante e com os cucarachas claros que comandavam o show. Terei de fazer esse comentário preciso com El Jefe — disse Sam.

Galinhas sem cabeça empaladas em pés de cana. Árvores marcadas com sangue. Policiais da R.D. com mastins em coleiras. Crioulos ilegais correndo.

— Isso precisa ser cortado pela raiz. Se as pessoas quiserem uma diversão de dar medo, podem andar no brinquedo do Sr. Sapo na Disneylândia — disse Sam.

Um negão com chapéu de galinha pedindo carona. Tem olhos de zumbi. Está tocando punheta. Tem um pau de 60 centímetros.

Sam sacou a arma de Crutch e atirou nele. O tiro passou longe e acertou uma ave numa árvore.

Crutch ficou de bico calado.

— Esse país precisa de uma Cruzada do Billy Graham. Traga o reverendo Graham para criar um clima santificado, depois todos os convertidos vão ter recaída na mesa de dados. Merdas desse tipo podem prosperar num clima adequadamente reprimido — disse Sam.

Jarabacoa estava indo de vento em popa. Três andares de pé. Os escravos trabalhavam rapidamente. Os empreiteiros do Anão os pressionavam. Os cubanos distribuíam disciplina. Todo o grupo bebia Kool-Aid. Isso criava sociabilidade. Luc trouxe seus três pit bulls. Eles usavam coleiras com lantejoulas e chapéus de vodu, pontudos, presos com barbante.

Crutch tomou Kool-Aid. O barato bateu depressa. A Ekipe estava numa mesa de piquenique. Luc acarinhava seus cães. Sam apontou para o anel de esmeralda de Luc.

— Que negócio de esmeralda é esse?

— Qual é, meninão? Por favor diga o que quer dizer — pediu Luc.

Sam bocejou.

— Quero dizer que tem gente que curte pedras preciosas em geral, e gente que só curte esmeraldas, e quando curtem esmeraldas, curtem de montão.

Luc sorriu.

— Entendo. Há uma tradição de culto à esmeralda no Haiti e na R.D. As esmeraldas representam o "Fogo Verde" no texto vodu. Elas trazem luz a uma história sombria.

Sam bocejou.

— Minha namorada Celia é dominicana. Ela fala desse folclore de esmeralda até não poder mais.

Crutch se eletrizou no "Celia". Luc se eriçou esquisito.

— E qual é o sobrenome de Celia? *Je m'apelle* Celia de quê?

— Celia Reyes. Ela vai me encontrar no hotel mais tarde, o que significa que tenho de dar no pé — respondeu Sam.

Luc se *re*-eriçou. Crutch se *re*-eletrizou. Um pit bull fez aa-aa-uuuu!

O OLHO, AS MÃOS E OS PÉS.

A pele derretida, os cotocos sangrentos, a lâmina da faca. A praia cubana e os rostos dos garotos mortos. Os fios estalam. As luzes se apagam. O cara negro berra.

Acordou num local novo. Suor se empoçava nos fones de ouvido. Estava escuro lá fora. Olhou o relógio: 20h14.

Serviço de grampo — rápido e improvisado.

Levou Sam de volta a Santo Domingo. Havia-o hospedado no El Embajador. Sam pegou a suíte 810. Sam tomou um Seconal e foi para o quarto. Crutch pegou a suíte 809, alto risco.

Abriu um buraco através da sala da 810. Enfiou um fio. Abriu um segundo buraco e prendeu o fio na parede. Conectou um minimicrofone. O pó do rodapé foi soprado de volta para *sua* suíte. O fio/microfone era minúsculo. Parecia manutenção cucaracha malfeita.

Celia devia chegar logo. Luc ficou esquisito ao ouvir o nome dela. Esmeraldas. Vidro verde no corpo de María Rodríguez Fontonette.

Crutch bocejou. Estava agitado/chapado. Fez o trabalho e tomou Seconal com Kool-Aid para tirar um cochilo. Lembrete para Sam e Celia: se vocês conversarem no quarto, estou fodido.

Mexeu no amplificador. Obteve estática da suíte ao lado e dez minutos de xongas. Ali — *clique* — a porta do quarto se abre.

Sam bocejou. Sam fez aquele negócio do *ah minha cabeza/ estou tonto da viagem*. Clique, a TV está ligada. Arenga em espanhol, foda-se, ele desliga.

Crutch ajustou os fones. Sam bocejou — *ah, minha cabeza, os remédios para dormir têm um preço.*

Pop — uma porta se abre. Guinchos, sons tatibitate e de beijinhos e abraços. Palavras em espanhol — o mensageiro faz uma reverência e dá o fora. *Pop* — saiu pela porta. Vozes emboladas — Sam e Celia. *Xxxx/pop* — alguém abriu champanhe.

Taças tilintam. Sons de se aboletar no sofá. Dois minutos de tatibitate e beijos. A respiração *loooonga* de Celia.

Crutch reajustou os fones. Captou estática, guincho e Sam: "Esmeralda", "cara preto", "chamou de Fogo Ver..."

O som estava fritado. Merda — tudo baixinho. Crutch forçou os ouvidos e captou ruídos meio audíveis. Começou a captar um subtexto.

Sam está dominado pela boceta. É trinta anos mais velho, é um idiota carcamano, Celia o está manipulando.

Taças tilintam. Um fósforo raspa. Celia tosse e solta o ar. Sam emite ruídos meio audíveis.

— Seu negócio bobo de esmeralda — disse Sam com voz paternalista.

Celia emite sons *um terço* audíveis. Diz algo embolado e "intriga de esmeraldas".

Crutch tirou os fones e enfiou as pontas de fio nos ouvidos. Obteve uma carga de volts e mais volume.

— Os canteiros de obras. Como vão as coisas? — disse Celia.

Sam cantou vantagem e monologou. Nenhuma palavra inteira se formou. O tom de voz dizia com clareza.

O tom de Celia também. Ela está sondando, está amolecendo-o, está induzindo-o. Três palavras em seis minutos: "metragem", "acesso", "segurança".

O áudio morreu. Crutch encostou o olho no buraco do fio. Tinha de *ver*.

A *Garra do Tigre* estava parada na enseada de Luc. Os escravos do vodu construíram um belo atracadouro para ela. Luc descansava na coberta de proa. Os cães cochilavam sob o passadiço. Escalpos estavam pendurados na antena da frente. Tinham a marca da pata da Ekipe Tigre.

Crutch subiu a bordo. Luc foi efusivo. Cafungava pó e tomava bolinhas feitas de ervas de vodu. Crutch se empoleirou perto do ninho da metralhadora. Luc flexionou as narinas e alimentou a cabeça.

Crutch disse que não conseguia dormir. Estava nas vizinhanças, blá, blá.

— Você é *pariguayo*. Está sempre olhando e pensando. Isso significa que pensa nas perguntas para fazer. Você é um rapaz muito novo que não sabe o que fazer e está numa região horrível, onde suas perguntas frequentemente vão ter respostas desagradáveis. Não o invejo, tendo que fazer uma viagem longa numa hora muito tardia para falar comigo, menininho — disse Luc.

Um cachorro se aproximou bamboleando. Crutch coçou o pelo dele. O bicho focinhou-o.

— Sou meio fanático por história e sei que você está por aqui há um bom tempo.

Luc limpou o nariz.

— Estou aqui desde que o tempo começou. Tenho a visão de cães, galinhas e homens. Conheço a história dos dois países desta ilha e ficaria feliz em compartilhar meu conhecimento com você. Há algum conhecimento que você queira especificamente?

— Eu estava pensando na invasão de 14 de Junho. Sei que tem uma história aí.

— Eu conheço a história. Vamos dar uma volta de carro e eu conto.

Luc tinha um Lincoln 61. A pintura era um show de história haitiana. Demônios negros empalavam franceses brancos. Os cães de Luc estupravam as mulheres deles. A capa do Barão Samedi cobria o capô e os para-lamas. Papa Doc Duvalier sorria no porta-malas.

Estava quente. Luc baixou o teto conversível e ligou o ar-condicionado. Insetos bombardearam o carro. Luc os afastou com bomba de inseticida cheia de ervas de vodu. Uma soprada matou os escrotos. Duas sopradas os vaporizaram.

Foram para o interior do Haiti. Aldeias apareciam e sumiam. Negros com cara pintada de branco saíam bruscamente da neblina.

Luc acendeu os faróis altos. O Lincoln tinha pneus para terreno ruim. Eles chutavam pedras grandes para fora do caminho.

Crutch fechou os olhos. Ficava vendo fiapos de demônios nas sombras. Luc falava como um motor.

— Os insurgentes de 14 de Junho eram hábeis em vodu haitiano e tinham habilidades de química vodu. Uma ideóloga marxista chamada María Rodríguez Fontonette deveria batizar o suprimento de água perto dos locais da invasão ao longo da costa da R.D., na esperança de que isso induzisse uma consciência espiritual em massa nos camponeses dominicanos. Ervas e toxinas de baiacu em quantidades não letais, menininho. Ela queria levar o êxtase aos camponeses e criar o caos espiritual nos contingentes da polícia e do exército. Infelizmente traiu os rebeldes com os Tonton e a Polícia Nacional. Assim nós pudemos esmagar a invasão. A maior parte dos insurgentes foi morta. Alguns foram capturados, presos e executados, muito poucos escaparam.

Crutch abriu os olhos. Um bicho-papão de cara branca fazia cabriolas diante dos faróis. Crutch fechou os olhos depressa.

— Havia uma mulher chamada Celia Reyes, certo? Eu vi como você reagiu quando Sam falou dela. Celia tinha uma amiga. Uma norte-americana de cabelos escuros com fios grisalhos.

Luc acendeu um cigarro.

— Ah, elas escaparam, menininho. Estavam entre os poucos.

— Esmeraldas. Sam disse que Celia adora esmeraldas, e você disse que as esmeraldas têm um significado.

Luc ligou o rádio. Um canto baixo, em francês, foi aumentando.

— As esmeraldas fazem o que as esmeraldas fazem, menininho. Elas são uma força em si mesmas.

Crutch abriu os olhos. Iam a toda velocidade para o sul. O ar do litoral se evaporou. Os insetos ficaram maiores. Luc dirigia com os joelhos e bombeava inseticida com as duas mãos. Os insetos caíam mortos em cima de Crutch. Ele fez *eca* e jogou-os para fora do carro.

Entraram numa aldeia. Era pequena: dois casebres de barro, seis cemitérios, duas tavernas.

— A gente devia visitar um amigo meu. Ele é *bokur*. Vai gostar de conhecer você, menininho.

— Maneiro — disse Crutch.

Luc diminuiu a velocidade e parou diante de uma taverna. Havia uma luz acesa. Uma bandeira de seita vodu balançava na frente. Combinava com a bandeira do Lincoln de Luc. Luc parou e levou Crutch para dentro.

Um preto gordo estava parado junto a um balcão. Tinha dois liquidificadores remexendo gosma e quatro chapas quentes cozinhando alguma merda em panelas. Luc baixou a cabeça para o preto. O preto baixou a cabeça para Luc. Os dois falaram em francês. Tocaram anéis de esmeralda.

— *Il est "pariguayo"* — informou Luc.

O preto derramou um preparado fumegante numa taça. Crutch pegou-a e engoliu de uma vez.

Aquilo queimou. Tinha gosto de folhas mortas e fungos. Sua visão ficou turva e voltou perfeita. Ele arrotou odores das últimas dez refeições e foi cambaleando até uma cadeira.

A sala ficou redonda, quadrada e retangular. Espelhos de parque de diversão distorciam as paredes. Passavam imagens para ele. Crutch não conseguia discernir detalhes. Luc gargalhou.

— *Pariguayo, oui* — concordou o preto.

Crutch franziu a vista. Seus olhos emolduraram uma parede dos fundos. Tinha mapas anatômicos grudados. Os órgãos internos eram destacados. Alfinetes se projetavam deles.

Crutch re-franziu a vista. Uma caveira se transformou no rosto de Wayne Tedrow. Ele se levantou para enfiar alfinetes nos olhos de Wayne. Seus braços e suas pernas se recusavam a se mexer.

Luc gargalhou. O preto gargalhou.

— *Le pauvre pariguayo* — disse Luc.

Ele viu o rosto de sua mãe e o de Dana Lund. Viu Dana nua com os olhos de Chrissie Lund. Viu *A CADEIRA ELÉTRICA, AS MÃOS, OS PÉS E O OLHO*. Tentou falar. Suas cordas vocais congelaram. Tentou ficar de pé. Suas pernas andaram para longe do corpo e correram para fora. Tentou mexer as mãos. Os dedos se derreteram. Viu 10 mil fotos de Joan.

— *Pariguayo* — chamou Luc.

— *La poudre zombie* — disse o preto.

Crutch tentou gritar. Sua boca se dissolveu transformando-se no túnel da 3rd Street sob o Bunker Hill. Luc e o preto o agarraram e o arrastaram para um cômodo dos fundos. Ele tentou resistir. Seus braços viraram asas de pássaro. Eles o largaram lá. Trancaram a porta atrás dele. Ratos percorriam o chão. Ele tentou rolar para longe. Eles subiram em suas costas e prenderam-no deitado. Viu Joan. Começou a chorar. Suas lágrimas ficaram de várias cores. Os ratos correram para seu rosto e começaram a lamber. Ele viu as pulgas e as feridas abertas nos corpos deles. As caudas se enrolavam e sacudiam dentes de serrote para ele.

Não conseguia se mexer. *La poudre zombie*. Viu Joan. Ouviu murmúrios no cômodo ao lado. Palavras em francês se formaram. Viu as garotas na aula de francês da escola. Sua professora disse: "Donald, você é um garoto inteligente. Aprenda a ouvir, aprenda a falar."

Os ratos mordiscavam-no. Viu palavras impressas em francês e ouviu a Srta. Boudreau traduzir. Ouviu "esmeraldas", "suspeita", "mate-o". Ouviu "Laurent-Jean Jacqueau", "América", "mudou de nome".

"Trujillo e Duvalier." "Esmeraldas." "Perdido na América." "Celia." "1964." "O garoto quer as pedras."

As palavras pararam, os murmúrios recomeçaram, imagens em preto e branco apareceram. O escritório de Clyde Duber, o friso no painel do carro de Scotty Bennett. Fotos de crime — *O ASSALTO AO CARRO BLINDADO*.

Crutch ouviu passos. Crutch ouviu um revólver sendo engatilhado. Um rato andou em cima de seu rosto. Crutch forçou a boca a se abrir. O rato olhou dentro. Crutch pressionou e mordeu a cabeça dele.

O rato se sacudiu. Crutch continuou mordendo. O sangue e o gosto de pelos fez alguma coisa com ele. A porta se abriu. Luc e o preto entraram. O .38 de Luc estava encostado na perna dele.

Crutch ficou ali deitado. O rato se remexeu e morreu em sua boca. Luc e o preto chegaram perto. Crutch levantou a mão e agarrou a arma. Os ratos corriam feito loucos em volta deles. Luc e o preto se imobilizaram. Crutch mirou e estourou os miolos crioulos deles.

CAPÍTULO 73

(Santo Domingo, 6/5/69)

Joan

O avião taxiou.

O vento das hélices derrubou os cartazes de boas-vindas do Anão. Wayne acordou. Ainda estava com sua pasta — 400 mil algemados ao pulso.

O sonho era fragmentado.

Ele vira Joan há três semanas. Quase todas as noites desde então ele tinha esse mesmo sonho. Ruídos e música de boate — factual. Imagens de uma cicatriz de faca — fictício.

Devolveu o anel de Dwight.

Dwight se recusava a falar de Joan. Sua suposição: ela era informante dele. Joan dava aulas na "Escola da Liberdade". Reginald Hazzard a frequentou. Wayne voltou à Escola da Liberdade e reverificou os registros. Não havia nada sobre Reginald. Seu pequeno *clique* funcionou, finalmente.

A Escola da Liberdade era citada no dossiê federal de Joan. Ele havia estraçalhado o dossiê. Dwight se recusou a fornecer outra cópia. Outro *clique* estalou. Tinha outra coisa que ele havia esquecido ou deixado passar.

Wayne desembarcou. Sua limusine o esperava. As janelas de vidro fumê apagaram Tijuana-Junto-ao-Mar. Ele fez uma verificação nacional de registros sobre Joan Rosen Klein e não obteve nada. Fez indagações na zona sul. O consenso: ela curte andar com o pessoal da ATN e é uma dona durona, com passado.

A limusine se arrastava. O "Plano de Renovação Urbana" de Balaguer impedia o tráfego. Os cavadores de buracos usavam uniformes de presidiários. Davam passos miúdos. Os tornozelos algemados sangravam.

Mary Beth andava problemática. A carga de trabalho dele os mantinha afastados. Sua busca por Reginald a emputecia. Ela abria o jogo. Você trabalha para os Rapazes. Leva dinheiro para ditadores. Ele a adulava e aplacava. Soltava eufemismos e mentia. Ela simplesmente fumegava.

Dwight andava problemático. Jomo Clarkson se suicidou na cadeia. Marsh estava aterrorizado e negava tê-lo dedurado. Isso incomodava Dwight. A postura era estranhamente pouco Dwight.

A limusine seguiu pelo Malecón. Cartazes anunciavam a distribuição de comida do Anão. Havia um caminhão estacionado. Pobres escuros e claros faziam fila. Dois La Bandidos jogavam sacos de papel para eles. Os sacos se rasgaram. Um minitumulto racial começou. Os sacos continham sobras de carne e latas de comida para cachorro amassadas.

Marsh estava apavorado. Wayne e Dwight concordavam: ele é volátil e pode virar agente duplo. Vamos deixar o Merdinha circular pela zona sul e grampear o cafofo dele.

O Haiti o acertou de raspão. A viagem com as ervas refez os circuitos de sua memória. Ele viu através do chão e acompanhou as raízes das árvores. Viu criaturas mágicas atuando.

Buzinas berravam duplicadas e triplicadas. Uma perseguição a pé interrompeu o fluxo do trânsito. Moleques com panfletos. Correm pela rua e fazem zigue-zague. Os capangas da La Banda saíram correndo. Um grupo de moleques, dois flancos de capangas. Movimento em pinça, sem saída. Os moleques correm direto para uma linha de policiais: caras da Polícia Nacional com escudos de plástico e porretes.

A pinça foi se fechando. As camisas marrons absorveram os moleques. Os porretes tinham pontas com espetos. Golpes fracos rasgavam a carne.

Os moleques tentaram entrar em prédios. Guardas nas portarias os viam e trancavam as portas. Um garoto correu ao lado da limusine. Estava sem camisa. Um olho espirrava sangue.

Wayne abriu a porta. O garoto tentou pular por cima. Bateu o pé no estribo e saiu voando. Wayne agarrou-o e jogou-o no banco de trás. O garoto resistiu. Wayne prendeu-o e gritou com o motorista. O garoto sacou e gritou em espanhol. Wayne ouviu números e "calle Bolívar". O motorista fez um retorno e partiu por um beco.

Wayne abriu sua mala e pegou uma camisa. O garoto segurava o olho. Sangue escorria pelos dedos. Wayne inclinou a cabeça dele para trás e reverteu o fluxo.

A limusine chegou a um trecho livre. O motorista pisou fundo e apertou a buzina. As bandeiras nas antenas levaram-nos através de gargalos e sinais vermelhos. A calle Bolívar apareceu.

O motorista diminuiu a velocidade e foi até uma casinha no meio do quarteirão. O garoto estava desmaiado. Wayne pegou-o e o carregou para dentro.

O consultório era pequeno. A mobília, velha e descombinada. Parecia um centro médico comunista secreto. Uma enfermeira e um médico pegaram o garoto. Pareciam conhecê-lo. Levaram-no direto a uma sala dos fundos e fecharam a porta.

Wayne sentou-se na sala de espera. A algema da pasta machucava seu pulso. O telefone tocava a cada dez segundos. As paredes se apertavam um pouco. Ele pensou no Haiti e em Mary Beth.

O telefone continuava tocando. Uma hora se passou. O médico saiu. Seu jaleco estava sujo de sangue. As mãos tinham luvas de borracha.

— Salvei o olho do garoto.

— Fico feliz.

— O senhor é?

— Meu nome é Wayne Tedrow.

— Imagino que esteja no El Embajador.

— Isso mesmo.

— Muito obrigado. O senhor cometeu um ato de bravura.

Passou pelos canteiros de obras em Santo Domingo. Estava acontecimento um tratamento cosmético.

Mais dois andares haviam subido. Era rápido demais. Os trabalhadores cumprimentavam o Jefe Tedrow. Eram falsos. Pareciam atores de um roteiro camponês meloso. Nenhum chicote ou arma visível. Correntes de pés largadas aleatoriamente.

A limusine levou-o para o norte. As construções na área rural estavam idênticas. A de Jarabacoa incluía um bufê de almoço. Os trabalhadores gordos e elegantes jantavam com os chefes. Wayne subiu numa árvore e examinou a área. A 40 metros dali: os escrotos da La Banda e os trabalhadores de verdade estavam acorrentados.

Wayne cochilou a caminho da enseada da Ekipe Tigre. As janelas escuras proporcionavam uma visão que escondia a pobreza lá fora. Acordou e viu o Merdinha do lado de fora do acampamento. O escroto caçador de comunistas parecia meio distraído.

O motorista diminuiu a velocidade. Wayne deu um tapinha nele e sinalizou para parar. O Merdinha levantou a cabeça.

— Você vai voltar a L.A. comigo. Dwight e eu queremos que grampeie o cafofo de Marsh Bowen — disse Wayne.

O Merdinha assentiu. Estava meio ansioso, meio entorpecido. Wayne deu um tapinha no motorista. A limusine entrou numa clareira. Mesplede e os cubanos estavam lá. Os cubanos eram intercambiáveis. Ele nunca lembrava o nome deles. Uma ninhada, quatro filhotes maus.

Eles viram a limusine e acenaram. Wayne saiu e se aproximou. Estavam pendurando coisas num varal esticado entre duas árvores. Wayne sentiu cheiro de decomposição.

Mesplede se aproximou. Wayne o empurrou de lado. Ali: cinco escalpos, marcados com a pata do Tigre.

Os cubanos fizeram pose — pés firmes, risinhos, bandoleiras e cinturões de arma. Mesplede pairou. Usava sua faca de escalpos presa num barbante.

— Chega de ataques. Nada de babaquice política enquanto estiver trabalhando para mim. Mais uma infração e: *muerto* — disse Wayne.

Os cubanos se reajustaram: risinhos, polegares nos cintos, pés afastaaaados. Mesplede coçou o pescoço com a faca.

Wayne arrancou os escalpos do varal e foi andando de mercenário em mercenário. Wayne esmagou os escalpos contra o rosto deles.

— Viva Fidel, seus vagabundos escrotos.

* * *

O telefone da suíte tocou à meia-noite. Acordou com um susto. Ele caiu no sono com as luzes acesas. Santo Domingo era um borrão nas janelas. Pensou imediatamente no garoto com o olho rasgado.

— Alô.

— Acordei você?

— Sim e não.

— Você não estava dormindo, espero — disse Mary Beth.

— Bom, sim e não.

— Eu perguntaria como as coisas vão, mas não sei se quero saber.

Wayne esfregou os olhos.

— Consegui uma pista sobre a mulher que pagou a fiança para tirar seu filho da cadeia.

— Queridinho, eu não estava falando do Reginald.

Wayne olhou para sua pasta.

— Sei que não estava. Contei porque tem a ver comigo e com você, e não com o que faço para viver.

— Ou com as pessoas para quem você trabalha?

Wayne suspirou.

— Meu bem, por favor não faça isso. Não pelo telefone.

Mary Beth suspirou.

— Pessoalmente vai ser pior.

— Então vamos ser educados, porra, e não fazer isso de jeito nenhum.

— Deveríamos dizer boa-noite agora.

— É, acho que deveríamos.

A linha estalou e desligou. Wayne olhou pela janela. O céu era livre de néon. O Anão disse a Sam G. que queria *mucho* néon. Sam disse que eles forneceriam um pouco.

A campainha tocou. Wayne se levantou e abriu a porta. Era Celia Reyes. Ele a conheceu em Miami na época da convenção. Na época ela era consorte de Sam.

— Olá, Sr. Tedrow. — Usava vestido branco e blazer de linho. Estendeu a mão.

Ele ficou de lado e manteve a porta aberta. Celia sentou-se no sofá.

— Queria lhe agradecer pelo meu amigo Ramón. O médico disse que doou seu tempo generosamente.

Wayne puxou uma cadeira.

— Fico feliz em saber que ele vai ficar bom.

— O médico disse que foi uma visão incrível. Você carregando Ramón com uma pasta presa no pulso.

A pasta estava entre eles. Wayne apontou para ela.

— Foi incômodo, sim.

Celia sorriu.

— Não está questionando minha presença aqui.

— Eu meio que esperava algum tipo de abordagem.

— Por quê?

— Poderia argumentar que eu queria isso.

— Eu tenho uma amiga. Achamos que o senhor poderia ser simpático ao nosso trabalho.

Wayne sorriu.

— É, pode ser verdade.

— O senhor ficaria chateado se eu dissesse que sabemos de algumas coisas pessoais, anteriores a seus atos de hoje?

— As pessoas costumam saber coisas sobre mim. Isso em geral me faz mais mal do que bem.

— Posso lhe perguntar sobre suas crenças?

— Estou seguindo sinais. Estou começando a achar que talvez eu tenha um propósito que esteja além de minha vontade de compreendê-lo.

Celia apontou para a pasta.

— O conteúdo?

— Quatrocentos mil dólares.

— Posso ficar com eles?

— Pode.

— Vai ter mais?

— Sim.

Celia pegou a pasta e foi em direção à porta. Wayne abriu-a. Uma sombra tremeluziu no corredor. Um anel de fumaça se evaporou. Wayne soube que era *ela*.

— Celia disse que você foi bastante cortês.

— Ela me pegou no momento certo.

— Não vou pressionar quanto a isso.

— Mas poderia. Eu seria honesto. Iria pressioná-la com relação a alguns assuntos e esperaria que fosse honesta em troca.

— Pode me perguntar qualquer coisa. Eu respondo ou não.

— Eu ia perguntar sobre seu relacionamento com Dwight Holly e sobre um rapaz que conheceu na Escola de Liberdade e quase certamente salvou de problemas um ano depois.

— Não vou contar.

— Isso é uma resposta direta.

— Eu disse que seria.

— É, disse.

— Espero que minha brusquidão não encerre nosso trabalho juntos.

— Eu não permitiria isso. Sou um ex-policial muito brusco e costumo ter as respostas que desejo.

— Não perguntou o que Celia e eu sabemos sobre o senhor, o que é uma pergunta mais premente.

— Presumo que saibam tudo, e deixo por aí.

— Gostei de falar com o senhor, Sr. Tedrow.

— Obrigado por ter ligado, Srta. Klein.

Wayne acordou em cima do Texas. O uísque do avião e as ervas do vodu o apagaram logo na decolagem.

O Merdinha estava lendo a *Playboy*. O escrotinho parecia desgastado e apavorado.

Penhascos com fendas profundas surgiam abaixo. Árvores se projetavam inclinadas. Nuvens de tempestade fizeram-nos desaparecer.

Wayne pensou: *Tudo Isso É Mágico*.

Wayne pensou: *Virei Vermelho*.

DOCUMENTO ANEXO: 13/5/69. Transcrição literal de telefonema do FBI. Classificado como: "Gravado a pedido do diretor/Classificado como Confidencial 1-A: A ser lido exclusivamente pelo diretor." Vozes: diretor Hoover, agente especial Dwight C. Holly.

JEH: Bom-dia, Dwight.

DH: Bom-dia, senhor.

JEH: Seu telex deu a entender que você tem más notícias. "Diga como é", como costuma declarar o presidente Nixon em seus esforços débeis para parecer a par dos cabeludos e dos negros que buscam insurreição.

DH: Sim, senhor.

JEH: Também tem o "Dá pra sacar?" e "Você curte essa?"; são as novas prediletas das personalidades radiofônicas brancas que engrossam o coro de que estou velho demais para este cargo.

DH: Sim, senhor.

JEH: "É isso aí, irmão" é uma expressão considerada "por dentro" ultimamente. Eu me dirigi deste modo ao vice-presidente Agnew na semana passada. Ele me fez uma saudação com o punho fechado. Fiquei profundamente gratificado. Foi quase o mesmo que receber a Legião de Honra da França.

DH: Sim, senhor.

JEH: Você está embromando, Dwight.

DH: O chefe Reddin me ligou, senhor. Disse que tinha tirado Marsh Bowen da lista. Ele foi demitido do DPLA, de modo que o DPLA não é de modo algum responsável pelos atos dele. A demissão foi clandestina, o que nos protege pelo menos...

JEH: A OPERAÇÃO IRMÃO MAAAAU não deve sair dos trilhos nem ser desviada de modo algum. Bowen não deve saber que foi demitido. Por que isso ocorreu? Diga como é.

DH: Acho que Scotty Bennett procurou o Reddin e ofereceu um motivo racional para a demissão. Acredito que o ânimo pessoal de Bennett precipitou essa ação.

JEH: Bennett nos favoreceu pelo menos num aspecto. Não expôs o falecido Jomo Kenyatta Clarkson e seu falecido parceiro no crime como os matadores do mercador de ódio Dr. Fred Hiltz, o que poupou ao Bureau um bocado de escrutínio inspirado nos macacos.

DH: Sim, senhor.

JEH: Jomo Kenyatta Clarkson comeu Pat Nixon em numerosas ocasiões. Um informante confidencial na comunidade de Hollywood me informou sobre esse fato. Eles estavam sob influência da droga Quaalude, comumente conhecida como "lude".

DH: Sim, senhor. Eu estava pens...

JEH: O Bureau fará batidas em escritórios dos Panteras Negras em Denver, Chicago e Salt Lake City durante a primeira semana de junho. Sinto-me grato por isso, mas carece da audácia iluminadora da nossa operação, que é uma explicação totalmente formada da criminalidade e da frouxidão moral inerentes aos negros. Quero que a ATN e/ou a FLMM vendam heroína. O público foi entorpecido até a morte e enfeitiçado até o sono pelos Panteras. Eles precisam de macacos malignos em quem possam cravar os dentes. Garanto que estou dizendo como é.

DH: Sim, senhor.

JEH: O negro honorário Wayne Tedrow. Dá a dica aí, irmão.

DH: Continua no status exigido, senhor. Ele esteve na República Dominicana...

JEH: Dick Nixon está zangado com Wayne, o filho. Wayne acabou com a farra de um grupinho de bandoleiros antiCastro que Bebe Rebozo estava bancando. Bebe é decididamente anticomunista. Eu o respeito por isso.

DH: Eu falarei com o presidente amanhã à noite, senhor. Vou aconselhá-lo com relação a Wayne do modo como o senhor me aconselhar.

JEH: Faça como quiser. Diga como é, porque pra mim isso tá numa boa.

DH: Sim, senhor.

JEH: O garoto Nixon nunca aprendeu os rudimentos de obter uma barba bem-feita. Eu uso lâminas Wilkinson Sword. Meu dossiê pessoal sobre Nixon o arruinaria. Os arquivos que estão no meu porão causariam o Armagedom instantaneamente.

DH: Sim, senhor.

JEH: A ATN e/ou a FLMM devem traficar heroína. Devemos criar um caos devidamente controlado.

DH: Sim, senhor.

JEH: Sonho frequentemente com Martin Lúcifer King. Ele invariavelmente usa uma fantasia de diabo vermelho e carrega um tridente.

DH: Sim, senhor.

JEH: Você sonha com ele?

DH: Frequentemente, senhor.

JEH: E como ele se veste?

DH: Sempre tem uma auréola e asas.

JEH: (Comentário abrupto e abafado. A transcrição telefônica termina aqui.)

DOCUMENTO ANEXO: 14/5/69. Transcrição literal de telefonema ESTÁGIO-1/ CONTATO FECHADO/ENCAMINHAMENTO ACESSO DE NÍVEL SUPERIOR. Dossiê fechado nº 48297. Vozes: presidente Richard M. Nixon e agente especial Dwight C. Holly, FBI.

RMN: Dwight, boa-noite.

DH: Boa-noite, Sr. Presidente.

RMN: Você não está gravando isso, está?

DH: Não, senhor. E o senhor?

RMN: Estou. Tenho um equipamento que grava automaticamente meus telefonemas, mas um dos meus escravos vem e joga as fitas num cofre. Elas nunca verão a luz do dia e, se virem, até lá nós já estaremos sob sete palmos de terra.

DH: Pra mim tá numa boa, senhor.

RMN: Dá pra sacar. Você votou em mim, Dwight?

DH: Não tenho título de eleitor, senhor.

RMN: Você é um mau cidadão. É como seu amigo Tedrow, que se meteu com meu amigo Bebe. Ele é o Primeiro Amigo, Dwight. Gosto dessas nossas conversas, e Wayne tem sido fundamental para facilitar nossos acordos com os italianos, mas Bebe é Bebe e Wayne fodeu com ele.

DH: Posso fazer alguns comentários diretos, Sr. Presidente?

RMN: Diga como é.

DH: Wayne Tedrow é um homem muito competente dado a alguns gestos extravagantes ocasionais. A bobagem que ele interditou podia ser prejudicial para a construção dos cassinos na R.D. O grupo de exilados de estimação do Sr. Rebozo é composto por dúbios ideólogos de extrema direita, pingando com um tesão gigantesco para depor Fidel Castro, e como o senhor me disse uma vez, o escroto está aí para ficar. Eu descreveria os colegas exilados do Sr. Rebozo, na melhor hipótese, como imprudentes e, na pior, como gratuitamente psicopatas. Wayne fez a coisa prudente, senhor.

RMN: Você está absolutamente correto, Dwight. Além disso, a R.D. é um buraco de merda, os Rapazes podem tomar um banho nos hotéis deles, e Joaquín Balaguer é solidamente anticomunista e muitíssimo mais tratável do que Rafael Trujillo. Aquele escroto era um pesadelo. Você não acreditaria no dossiê da CIA sobre ele. A merda que ele fez com o suposto rival amargo Papa Doc Duvalier foi horrível. Eles saquearam terras, contrabandearam esmeraldas, fecharam bancos e racharam os lucros. Enquanto faziam isso, o Bode trucidava refugiados haitianos e Papa Doc comia metade das namoradas dele.

DH: Aqueles dois formam um estranho casal, senhor.

RMN: Por falar nisso, vamos conversar sobre você-sabe-quem. Estive escutando o rádio hoje. Um disc-jóquei chamou-o de "Gay Edgar".

DH: A mídia tem sido pouco gentil ultimamente, senhor.

RMN: Você acha que ele toma no rabo?

DH: Creio que ele acha o armário muito apertado para isso, senhor.

RMN: Um pouco de vara iria deixá-lo menos empinado.

DH: Sim, senhor.

RMN: Ele está ficando gagá. Certo, Dwight?

DH: Sim, senhor. Mas, de novo, ele é absolutamente perigoso e deve ser manobrado delicadamente.

RMN: E tem aquelas porcarias de dossiês.

DH: Sim, senhor.

RMN: E eles são loucamente reveladores e pouco políticos.

DH: Não tanto quanto esta conversa, senhor.

RMN: Dwight, você é um sacana. É divertido trocar golpes com caras maliciosos como você.

DH: Gosto muito das nossas conversas, senhor.

RMN: Aquele escroto irlandês do Jack Kennedy me roubou a eleição de 1960.

DH: Sim, senhor.

RMN: O escroto morreu e eu sou o presidente dos Estados Unidos.

DH: Sim, senhor.

RMN: Fique de olho em você-sabe-quem, para mim. Vai fazer isso, Dwight?

DH: Vou, senhor.

RMN: Boa-noite, Dwight.

DH: Boa-noite, Sr. Presidente.

CAPÍTULO 74

(Los Angeles, 16/5/69)

— Você está com medo de alguma coisa. Suas mãos estão tremendo — disse Dwight.

O Merdinha enfiou um fio num buraco. Seu alicate pulou. O cafofo de Marsh Bowen era receptivo a grampos. Os telefones eram grandes e antiquados. O reboco da parede era mole.

— Não me sacaneie. Não consigo me concentrar.

Dwight sorriu.

— É um grampo periódico. Wayne vai passar e verificar o ponto de escuta. Vai contabilizar os telefonemas.

O serviço necessitava de uma furadeira. O Merdinha era bom. Pôs um pano para recolher o pó e manteve o espaço arrumado. Marsh estava fazendo um trampo para a ATN. Eles tinham três horas.

— Quantos comunistas você já matou?

— Mais do que você.

— Continua espiando mulheres?

— Espiei sua mãe. Ela estava fazendo michê na zona.

Dwight riu e verificou a sala. Marsh usava o método Stanislavski. O cafofo combinava com o personagem. Cartazes do *black power*, fotos de negras gostosas com armas.

— Falei com o presidente Nixon sobre você.

O Merdinha cobriu um buraco com massa. Sua mão tremeu e ficou firme. Usava um cinto de ferramentas e uma lente de aumento. O moleque fracassado era um profissional dos grampos.

— Não me sacaneie. Estamos ficando atrasados.

— Você e Bowen são irmãos de alma. São medrosos, mas persistem mesmo.

— Bowen é o seu bofe crioulo. Qual é, me deixa trabalhar.

— Quantos comunistas você matou?

— Meu Deus, cara.

Dwight olhou o relógio. Era meia-noite. As *soirées* crioulas iam até altas horas. Baseados e discursos, falastrões e demagogos.

O Merdinha terminou. Grampeados: dois abajures, três painéis da parede, dois telefones. O Merdinha estava suando e coberto de pó. Dwight jogou uma toalha para ele.

— Como vão as coisas na R.D.? Você anda espiando mulher por lá?

O Merdinha se enxugou.

— Para de pegar no meu pé.

Dwight andou pelo cafofo — última olhada, sem pontas soltas. Marsh respirava o Método. Livros comunistas, costeletas na geladeira, nenhuma merda reveladora de policial ou de veado.

O serviço estava bom. Sem pó caído, sem encaixes ou fios soltos.

O Merdinha estava com os nervos em frangalhos. Sua respiração era entrecortada. As pernas bambeavam. O cinto de ferramentas chacoalhava nos quadris.

— Não faça merda. Wayne está doido para matar algum direitista imbecil — disse Dwight.

— Ele não chamou JFK de escroto. — Dwight fez o gesto das mãos no coração. — Não estou mentindo.

O Norm's, na Vermont. Clientela da 1 da tarde: garotos cheios de maconha comendo PF com bife.

Karen trouxe Eleanora. Ela dormia no carrinho de bebê. Dwight ficava olhando para ela.

— Ela se parece comigo.

— Não se parece não. Foi um procedimento médico e você nem estava perto do receptáculo.

Dwight deu um risinho e bebericou café. Karen acendeu um cigarro. Dwight levantou um menu e abrigou Ella da fumaça.

— Você gosta do Richard Nixon. Não acredito no que isso diz a seu respeito.

Dwight sorriu.

— Você me ama. O que isso diz a seu respeito?

Karen girou o cinzeiro.

— Tenho alguns amigos na cadeia do condado de San Mateo. Os habeas corpus deles estão sendo negados.

— Eu cuido disso.

— Como vai o Sr. Hoover?

— Meio tenso.

— Marshall Bowen é o seu infiltrado?

— Sem comentários.

— Joan é uma informante tão boa quanto eu?

— O tempo dirá.

Ella se remexeu. Dwight balançou o carrinho. Karen espiou o menu. Ella riu e voltou a dormir.

— Você está magro demais, Dwight.

— Já ouvi isso antes.

Karen sorriu.

— Pesadelos?

— Você sabe a resposta.

— Então vou ser mais específica. "Pesadelos resultantes de uma consciência culpada?"

Ella chutou a perna para fora do carrinho. Dwight a enfiou de volta.

— Eu amo essa menina, você sabe.

— É, eu sei.

Os dois cruzaram os dedos.

— Você me ama? — perguntou Dwight.

— Vou pensar. — respondeu Karen.

Ficou um tempo no Norm's. Os malucos eram uma piada, o sobrado estava cheio de mofo, ele não dormiria, mesmo.

Policiais e hippies. Fãs de sessões de cinema tarde da noite. Desgarrados da livraria pornô ao lado.

A garçonete ficava trazendo café. Dwight fumava em sincronia com ela. O tempo criava metástases.

Wayne entrou e sentou-se. Estava magro demais. Tinha novos cabelos grisalhos.

— Você é a maçã podre — comentou Dwight.

— Você sabe por que estou aqui.

— Já falamos disso. Vou admitir que ela trabalha para mim, mas é só até aí que irei.

Wayne dispensou a garçonete.

— Vi uma ruiva sair daqui com um bebê há uma hora. Verifiquei as placas do carro e consegui o nome dela, e estou presumindo que ela estava aqui com você.

Dwight acendeu um cigarro.

— Por que presume isso?

— Porque não acredito em coincidências.

Dwight ficou remexendo no anel da faculdade de direito. Ele rolou pela mesa. Wayne rolou-o de volta para ele.

— Vi uma foto do corpo docente de uma "Escola da Liberdade" de esquerda. Karen Sifakis e a mulher de quem estamos falando estavam juntas.

Karen disse que nunca se encontrou pessoalmente com Joan. Disse que mantinham contato por correspondência. Joan disse a mesma coisa.

Dwight deu de ombros.

— Conte — pediu Wayne.

— Não vou contar — respondeu Dwight.

Um bando de bêbados entrou. Dois policiais no balcão se eriçaram.

— Diga o nome dela, Wayne. Quero ouvir você dizer.

— Joan.

Dwight fez o gesto das mãos no coração.

CAPÍTULO 75

(República Dominicana, Haiti, Águas Caribenhas,
Los Angeles, 16/5/69 a 8/3/70)

Rodízios:

Da R.D. para L.A. e de volta. A construção do cassino, o negócio da heroína, ataques ao litoral de Cuba. Seu caso espremido no meio.

Ele apagou Luc Duhamel e o *bokur* e ficou de bico calado. Incendiou o casebre e o Lincoln de Luc e andou durante a noite de volta à R.D. Luc simplesmente sumiu. Alguns gorilas da Tonton arrocharam a Ekipe Tigre com perguntas de rotina. Crutch aguentou o tranco. Surgiu um boato: Luc foi apagado numa guerra de seitas do vodu. Represálias aconteceram: feitiços, massacres com machadinhas e zumbificações. Crutch ficou na moita e se livrou. Seus nervos o deixavam tonto e meio pirado. Tinha pesadelos em VistaVision Vodu.

Encontrou bons lares para os cachorros de Luc. O francês arranjou uns caras da Tonton para cuidar do lado haitiano do negócio. A enseada de Luc continuou sendo a Kova do Tigre. A *Garra do Tigre* estava atracada lá. As idas a Porto Rico e Cuba partiam do velho terreno de Luc.

O trabalho era em tempo integral. Seu caso era meio expediente. Tem a epifania do casebre vodu. Ele está zumbificado. Seu cérebro ferve enquanto o corpo fica atado pelo *bokur* e imóvel. Esmeraldas/1964/Celia. Laurent-Jean Jacqueau/EUA/mudou de nome. Sua mente derrete e se transforma no *ASSALTO AO CARRO BLINDADO*.

Rastreou a epifania e validou-a. Invadiu o escritório de operações da La Banda e encontrou alguns papéis. Era tudo cifrado e escrito em espanhol. Tirou fotos com a Minox, revelou o filme e traduziu porcamente para o inglês. Um carregamento de esmeraldas partiu de Santo Domingo em 10/2/64. Destino: L.A. O remetente e o destinatário: não citados. Nenhum modo de transporte citado. Nenhum nome ao qual se ligar. A trilha de papel terminava aí.

Tentou rastrear o Tonton vira-casaca Laurent-Jean Jacqueau. Tomou 14/6/59 como sua data de desaparecimento e extrapolou. Verificou registros de emigração. Não conseguiu nada. Verificou os emigrados dos EUA e não conseguiu nada. Começou com o nome verdadeiro de Jacqueau. Não deu certo. Experimentou as iniciais. Não deu certo. Expandiu a partir daí. Verificou as fichas de chegada de todos os negros caribenhos do sexo masculino e não obteve nada.

Tudo que tinha era papo furado e história oral. O Bode e Papa Doc estavam envolvidos com esmeraldas. Conseguiu isso e nada mais. A mesma relação entre esmeraldas e Laurent-Jean Jacqueau. A mesma relação entre esmeraldas, Celia Reyes e Joan Rosen Klein. Atacou três depósitos: da CIA, da La Banda e do grupo de Ivar Smith. Não viu nomes-alvos listados. Não conseguiu pistas sobre o Fogo Verde.

Rodízio.

Fez 16 incursões a Cuba e oito incursões de drogas, todas altamente secretas. Todas realizadas desafiando Wayne T. Wayne a pagar a Ivar Smith para supervisionar a Ekipe Tigre e informar a ele. Ivar contou isso ao francês. O francês e Ivar contrariaram Wayne. Ivar traiu Wayne em troca de uma parte no negócio de drogas. Eles desenvolveram um sistema de alerta. Ivar pré-anunciava as visitas de Wayne. Nessas ocasiões o negócio de drogas e as incursões a Cuba eram interrompidos. A Ekipe Tigre anticastroizava e traficava drogas quando Wayne ia embora. A *Garra do Tigre* zarpava do retiro. As incursões a Porto Rico eram clandestinas. Os gorilas da Tonton cuidavam do transporte até Porto Príncipe.

Sua contagem de comunas mortos estava em 24. As incursões litorâneas implicavam ataques com torpedo. A *Garra do Tigre* aparecia e bombardeava a costa. Barcos ancorados afundavam com Vermelhos queimados a bordo. As incursões para pegar escalpos o incomodavam mais. A contagem de corpos era mais baixa e resultava em alto quociente de pesadelos. Todas as incursões eram dilacerantes para os nervos. Ele ganhava pique com ervas de vodu. O francês e os cubanos não suspeitavam.

La poudre zombie quase o matou. A revelação do assalto resultou desse estado alterado. Ele confiou no momento e ficava tentando recapturá-lo. A maioria das ervas do vodu firmava o cérebro e era benigna. Ele raciocinou isso. Entrava disfarçadamente no Haiti e conseguia ervas para estimulá-lo *e* acalmá-lo. A merda funcionava. Dava firmeza aos seus bagos e o levava a Cuba e o trazia de volta. Nunca revivia revelações sobre seu caso. Ajudava com os pesadelos.

CADEIRA ELÉTRICA, AS MÃOS E OS PÉS, O OLHO.

Os pesadelos mantinham-no acordado. Ele tomava as ervas vodu e ia espiar mulheres. Isso o exauria. As imagens femininas subordinavam seus sonhos na maioria das noites.

Curtia vodu. Não acreditava. De qualquer modo fez 1 milhão de feitiços contra Wayne. Curtia o ritual. Wayne era grande demais para ser sacaneado. O vodu tinha um poder que ia além de sua vontade. Ele adorava esse aspecto da coisa.

Sua vida era trabalho. A construção dos cassinos estava indo, indo, indo. Doze andares de pé em todos os quatro canteiros de obras. Chuvas fortes diminuíram a velocidade. Escravos morriam por excesso de trabalho e exigiam substituição. O francês e os cubanos comandavam as turmas de trabalho. Os gorilas da La Banda ajudavam. Ivar Smith os alertava sobre as visitas de Wayne. O francês trazia turmas de trabalho falsas. Wayne trazia suborno e grana para as construções. Crutch ficava longe dele e jogava feitiços e ódio. O francês e os cubanos exsudavam inocência falsa. Odiavam Wayne. Wayne exigia complacência em grande estilo e luvas de pelica.

Rodízio.

Crutch trabalhava na R.D. e em L.A. Seu caso estava se bifurcando: a morte de María Rodrígues Fontonette e o assalto ao carro blindado. Celia entrava e saía de Santo Domingo. Ele não conseguia rastreá-la. Verificou mais documentos. Vigiava os esconderijos conhecidos na lista da La Banda. Seguia vagabundos comunas a partir da lista de dissidentes feita pela CIA na esperança vã de que eles a conhecessem. Inútil. Era distraído por mulheres ao acaso. Vislumbres em janelas o desviavam durante dias seguidos. Tinha de encontrar Celia. Ela era sua fagulha apontando para Joan.

Rodízio.

Crutch mentiu para o francês. Soltava papos de "Clyde Duber precisa de mim em L.A.". O francês dizia tudo bem. Ele ia para L.A. e fazia rondas. Leu uma dúzia de vezes o dossiê de Clyde sobre o assalto, captava o clima e nada mais. Ligou para a Wells Fargo. Tentou rastrear o transporte de esmeraldas e foi rechaçado. Voltou ao dossiê de Clyde. A obsessão de Scotty Bennett com o caso era confirmada. Isso era novidade velha. A novidade *nova*: os relatórios de campo de Scotty estavam incompletos.

Omissões. Uma carestia de papel. Ele *conhecia* Scotty. Os dois trocavam papo furado no estacionamento dos motoristas. Scotty mostrava relatórios de assaltos menores — sempre entulhados de detalhes. Seus relatórios sobre 24/2/64: precários, em comparação.

Tentou sondar Scotty. Chegou *sutiiiiiil*, mas Scotty não revelou merda nenhuma. Ele não disse a Scotty que tinha grampeado Marsh Bowen. Scotty pegaria Bowen na hora certa.

Um boato recente apareceu: Bowen dedurou um crioulo chamado Jomo por causa de uns assaltos a lojas de bebidas. Jomo se apagou na cadeia. Scotty disse a Crutch que estava espalhando o boato. Aposta segura: o cu veado de Bowen estava fodido.

Rodízio.

A ilha era uma Zona Zumbi. L.A. era uma zona segura. Ele passava no estacionamento dos motoristas e comprava cerveja e pizza. Passava em seu cafofo no Vivian e em seu cafofo de arquivo no centro da cidade. Lia o dossiê de pessoa desaparecida de sua mãe. Isso ajudava a aplacar os pesadelos.

A mãe lhe mandou cinco pratas e um cartão de Natal. Este tinha carimbo de Kansas City. Ela se mandara em 1955. Mandou o primeiro cartão naquele ano. Mandou um cartão no Natal de 1969. Agora era 1970.

Ela ainda estava viva. Como Celia e Joan. Como Dana Lund e todas as garotas nas janelas em Hancock Park. Seu caso estava empacado. Scotty certamente tinha outros documentos. Dana Lund tinha novos cabelos grisalhos. Usava o suéter de cashmere que ele havia comprado no Natal.

Os fios grisalhos de Dana se pareciam com os de Joan. Tudo aquilo era uma porra de uma faca no coração.

CAPÍTULO 76

(Las Vegas, Los Angeles, República Dominicana, Haiti, 16/5/69 a 8/3/70)

Estado onírico.

Era o conceito declarado por Bowen. Era sua vida agora. Era impossível de ser quantificado. Lembrava-o de seus primeiros estudos de química. Algumas experiências davam resultado garantido. Muitas não. Ele corria riscos maiores e ficava mais sintonizado na incerteza. Existia um mundo além de sua compreensão. A ideia o impelia e o consolava, naquela época e agora.

Suas viagens de ervas clarificavam esse estado onírico. Traziam-lhe uma esperança imprevisível. Embotavam seu sentimento de se arriscar mais.

Ele voa para a R.D. e faz desvios entrando no Haiti. Contrata gorilas da Tonton para protegê-lo enquanto vagueia quimicamente. Traz dinheiro para Celia e Joan. Diz a Celia para usar o dinheiro e lhe poupar os detalhes. Ela prometeu deixar os canteiros de obras em paz. Ele doou 1 milhão e 649 mil dólares. Os resultados são impossíveis de ser quantificados.

Estado onírico.

Liquidou o espólio do pai e reembolsou a firma de construção de Balaguer. Isso cobriu sua doação improvisada. Em seguida tornou-se malversador.

Os Rapazes lhe confiavam dinheiro conseguido rapidamente e não declarado. Sabiam que ele adorava o poder e pensava pouco em remuneração financeira. Ele tirava percentagens dos hotéis de Drácula. Desviava pagamentos das compras de firmas devedoras do Fundo dos Caminhoneiros. Alterava os livros da Tiger Kab e das boates da zona sul. Lavava e secava o dinheiro através do Banco Popular. Mandava estipêndios mensais a Balaguer e verbas quase iguais para Celia.

Pediu para falar com Joan. O assunto tinha a ver com um rapaz que ela havia conhecido. Celia disse: "Sob nenhuma circunstância" e "Por favor, não me peça isso de novo." Ele se conteve para não pedir outras vezes. Perseguiu Joan e o fantasma de Reginald Hazzard de volta a L.A.

Dwight se recusava a falar sobre Joan. Wayne submeteu um pedido de dossiê federal através de um amigo do DPLV. O dossiê de Joan havia desaparecido da Central de Registros. O Bureau não tinha dossiê sobre a colega de Joan, Karen Sifakis. Dwight pegou os dois dossiês. Ele tinha certeza disso. Fez uma verificação nacional nos DPs, sobre as duas mulheres e não obteve nada. Aquele segundo pequeno *clique* ficava *clicando* nele. Fez um trabalho de antirredação do dossiê de Joan. Sua memória *clicou* e empacou.

Percorria a zona sul de L.A. Não conseguia encontrar Joan. Montou uma linha de tempo parcial com Joan e Reginald. A Escola da Liberdade, 1962. O pagamento da fiança, 1963. Examinou documentos na R.D. Joan: ligada a Celia Reyes e envolvida na revolta dominicana. Joan: uma foto no arquivo. A invasão de 14 de Junho e uma mulher mais jovem com o punho levantado.

Final de 1963: Reginald estuda ervas haitianas e política de extrema esquerda. Joan é professora renegada. É uma tutela estranha. A conexão haitiana: pulando daquela época para agora.

Joan é unha e carne com a ATN. O "Armeiro" da ATN: o diabrete haitiano Leander James Jackson. O irmão Jackson teve uma briga de faca com o falecido Jomo Clarkson. Wayne e Marsh Bowen a provocaram. Jackson era supostamente ex-Tonton Macoute. Wayne tentou encontrar registros sobre ele na Tonton. A Tonton não mantinha registros escritos.

Mais verificações de arquivos, mais becos sem saída.

Nenhuma ficha sobre Leander James Jackson. Nenhum dossiê de imigração sobre homens com essas três iniciais. Nenhuma ficha federal ou de delegacias municipais.

Jackson: mais provavelmente sem relações com Reginald e Joan. Pensou em arrochar Bowen para falar sobre Jackson e decidiu não fazê-lo. Bowen provavelmente repassaria informações confidenciais.

Estado onírico.

Percorre a zona sul de L.A. Procura pessoas que não estão ali. Tem a Tiger Kab e as boates como centros de informações. Ninguém conhecia Reginald na época nem conhece Reginald agora. Ele anda verificando pessoalmente arquivos do DPLA e da delegacia do xerife. Está procurando um nome em meio a milhões de palavras.

Vou encontrar Reginald Hazzard assim como encontrei Wendell Durfee. Vou distribuir misericórdia como antes distribuí a morte.

Seu estado onírico impunha clareza. Unia de modo contínuo L.A. e a R.D. Os hotéis-cassinos estavam subindo. Era um experimento controlado com resultados quantificáveis. Ele estava financiando a revolução a uma taxa cada vez mais opositora. Ivar Smith vigiava a Ekipe Tigre. Os escrotos estavam se abstendo de incursões a Cuba e haviam interrompido o negócio com as drogas. *Isso* era quantificável. *Esse* experimento controlado funcionava. Ele visitava a Ekipe Tigre. Encharcava-se no ódio e no medo deles. As fronteiras VERMELHAS de seus piqueniques EUA-Caribe ficavam nebulosas.

Os Rapazes o amavam. Ele os odiava, sugava-os e os ordenhava. Os Rapazes sabiam que ele estava com uma negra. Ficavam quietos porque precisavam de suas habilidades. Ele passa tempo com eles. Confraterniza com militantes negros veados. Está cavalgando seu estado onírico através de um *zeitgeist* com uma bandeira VERMELHA tremulando.

Marsh Bowen estava grampeado em tempo integral. Wayne verificava o ponto de escuta a cada três dias. Marsh e seus colegas falavam de merda revolucionária e nunca faziam *merda nenhuma* para criar a revolução. Eles não conseguiam vender heroína. A metade deles *não queria* vender heroína. Alguns possuíam tênues dúvidas morais. A maioria simplesmente tem medo dos tiras. Os policiais de Chicago mataram dois Panteras em dezembro. Os Panteras tiveram um tiroteio com o DPLA no mesmo mês. Foi um momento não fatal/liberatório/podíamos-ter-sido-nós. *Uau! Heroína?* Ah, irmão, não tenho certeza.

Isso frustrava Dwight. Deliciava Wayne. Ele fumou maconha com Marsh uma vez. Os dois discutiram de novo o conceito de estado onírico. Marsh não sabia que estava grampeado. Marsh não sabia que o DPLA pôs no rabo dele. Estavam no estacionamento da Tiger Kab. Wayne teve uma ideia maluca: *Vou dizer a ele que matei Martin Luther King e ver como ele recebe.*

Dwight não confiava em Marsh. Dwight estava certo — ele estava tentando ganhar tempo e fazendo favores perdido em cálculos submissos. Marsh pagou a fiança para tirar Ezzard Donnell Jones da cadeia duas vezes — na delegacia da rua 77 e na da universidade. Marsh tinha medo da represália da FLMM e da chicotada da ATN. A paisagem mental de Marsh era toda imobilidade e circunspecção.

A paisagem mental de Dwight era totalmente maquinação. Ele estava perdendo peso. Estava enchendo a cara para suprimir o nervosismo e dormir um pouco. Dwight disse que o Sr. Hoover vinha pressionando-o por resultados. Wayne perguntou: "Como?" Dwight fez mímica de um viciado se aplicando.

A pantomima era de dar medo. Wayne se arrepiou.

— Filho, você não pode me sacanear nesse negócio — disse Dwight.

Estado onírico.

Não contou a Mary Beth sobre os desvios de grana. Ela consideraria roubo. Criticaria sua consciência culpada. Desaprovaria suas viagens de ervas. Veria sua teoria de experimento como um sinal ilusório dos tempos. O ressentimento dela era uma acusação. Ela o levava para a cama. Ele levava imagens de Joan para obter fogo e consolo. Ela considera a busca dele para encontrar seu filho grandiosa e com objetivos pessoais. Não pode compreender o alcance de sua dívida.

CAPÍTULO 77

(Los Angeles, República Dominicana, 16/5/69 a 8/3/70)

Ela sumiu.

Deixou-o com 19 fichas de dossiê e nenhum bilhete de despedida. Deixou uma mancha de batom no travesseiro.

As fichas listavam deduragens captadas na ATN. Joan entregou seis bandos de assalto à mão armada, duas quadrilhas de sequestradores e 11 esquerdistas que faziam atentados a bombas. Dwight atribuiu o trabalho a Marsh Bowen. Isso deu mais tempo ao sujeito que queria ganhar tempo e maravilhou o Sr. Hoover. A própria bicha velha ordenou as batidas federais.

Um breve retorno à velha forma, seguida por mais escorregadas.

— Dwight, aquelas criaturas de cauda preênsil devem vender heroína. Temo que não realizem isso durante minha vida que vai se esvaindo.

Ele aplacava a bicha velha, que respondia com um tiroteio de telex cotidiano. Rosnados racistas e quadrinhos de ódio, mandados através dos malotes do FBI.

Pat Nixon sente tesão por Archie Bell and the Drells. Escorregadas à beira do colapso total.

Ele se afastou. Tentou encontrar Joan.

Verificações telefônicas, verificações de registros — nada. Sondagens sutis com Karen — de jeito nenhum. Wayne conseguiu aquela pista da "Escola da Liberdade". Ela provava que Joan e Karen mentiram para ele. Wayne mexeu no dossiê de Joan. Disse a Dwight que um pequeno *clique* ficava lhe escapando. Dwight sabia o que era. Wayne limpou papel com tinta e conseguiu o nome Thomas Frank Narduno. O sujeito conhecia Joan. Eram camaradas. A gangue de Dwight e Wayne matou Narduno na taverna Grapevine. Isso provocava a maior pergunta da vida deles:

O que ela quer? O que ela sabe? Por que a deixamos entrar?

Dwight procurou digitais nas casas de Eagle Rock e Altadena. Nenhuma, nem anotações de diário, nem revólveres sob travesseiros.

Ela sumiu.

Seus nervos são engrenagens desgastadas. Ele olha para as paredes do sobrado e deixa o tempo se evaporar. Toma mais comprimidos com mais birita e dorme proporcionalmente pior.

Preencheu o vazio de Joan com Karen. Joan fez 19 dedu-ragens. Ele deu a Karen o benefício do uma-mão-lava-a-outra. Pagou fiança para tirar os amigos dela da cadeia em números recordes. Karen veio com mais papo quacre do que nunca. Ele tem pesadelos com o Dr. King. Karen teve um serviço de bombardear monumentos no dia seguinte. Ele ficou pensando em Silver Hill. Os médicos lhe diziam para não pensar. Ele olhava as paredes e pensava mesmo assim.

Ela sumiu.

Ele teve mais tempo para pensar, olhar paredes e esperar que as paredes falassem de volta. A OPERAÇÃO IRMÃO MAAAU estava num coma da alma. Os irmãos da ATN e da FLMM perdiam o fogo *depressa*. Dezoito de outubro de 1969. Os Panteras faziam emboscada para dois policiais de L.A. Um deles foi ferido, um Pantera também foi ferido, e um Pantera foi morto.

Oito de dezembro de 1969: O grande tiroteio entre porcos e Panteras no QG dos Panteras. Feridos, sem mortos. Represálias do DPLA? — provavelmente. Mais provavelmente implementadas por Scotty B.

Marsh Bowen era inútil. O grampo era inútil. O papo era introdução à revolução para imbecis e retardados. Sua nova impressão sobre Marsh: o escroto tinha algum objetivo. O escroto estava mentindo à espera. Ele deveria ter produzido mais ou simplesmente ter dado o fora depois do negócio de Jomo.

Scotty pegou pesado com ele. Scotty tinha um objetivo. Scotty conseguiu que o DPLA demitisse Marsh. Scotty espalhou a ordem: nenhuma represália contra Marsh. Ele dedurou Jomo, não me importa, não fodam com ele, senão eu fodo com vocês.

A sala de interrogatório, as pancadas com mangueira, as perguntas. *Por que ficar indagando sobre o assalto àquele carro blindado?*

Suspeita.

A suspeita mantinha os policiais mais velhos acordados durante as noites. Os compartimentos cerebrais deles vazavam.

Viam merda que não existia e deixavam de ver merda que existia. Ele batia papos telefônicos com o presidente Nixon e o Sr. Hoover. O presidente Nixon temia o arquivo do Sr. Hoover. O Sr. Hoover temia a linha mole do presidente Nixon com relação aos militantes negros e aos comunistas. O Sr. Hoover era obcecado pela namorada negra de Wayne e temia que aquele matador de crioulos tivesse virado Vermelho. Nixon mandou Dwight numa viagem de avaliação à R.D. Queria a opinião de Dwight sobre o Anão. Queria garantir que seu negócio com a máfia não virasse um bumerangue. Dwight foi a Santo Domingo. A construção dos cassinos ia com força total. O Anão dava bons almoços. La Banda dava boa opressão. Ele ligou para o presidente e disse que a R.D. parecia ir numa boa.

Suspeita.

Ligou para o Sr. Hoover e informou sobre a viagem. O Sr. Hoover tinha *suspeitas*.

— Dwight, Nixon falou sobre *mim*?

— Não, senhor. — O Sr. Hoover ficou consternado e aliviado. Contou uma piada de *14 minutos* sobre o Dr. King e Lassie. Contou uma piada de *16 minutos* sobre o presidente e Liberace.

Suspeita.

Teve tempo livre em Santo Domingo. Confraternizou com a Ekipe Tigre e sentiu merda se formando. Sua intuição: eles estavam traficando heroína pelas costas de Wayne. Não contou a Wayne. Por que promover o caos?

A R.D. parecia lenta e arrepiante. Em retrospecto, L.A. parecia boa.

Ela sumiu.

Seu aniversário tinha sido na semana anterior. Ele fez 53 anos. O presidente ligou e requisitou uma outra viagem à R.D. Karen lhe pagou um jantar no Perino's. Ele recebeu um envelope simples, pelo correio.

Foi entregue no sobrado. Seu nome e endereço estavam datilografados. Não havia endereço de remetente.

Abriu o envelope. Dentro: uma bandeirinha vermelha numa vareta.

DOCUMENTO ANEXO: 8/3/70. Extraído do diário particular de Karen Sifakis.

Los Angeles,
8/3/70

Minhas filhas estão brincando no quarto ao lado. Dina, de 4 anos, está vigiando Eleanora, de 15 meses, que se firma numa grande bola de praia, de borracha, e aprende a andar. Num determinado ponto ela ficará com ciúme do progresso rápido de Ella e vai empurrá-la no chão; Ella vai chorar, se levantar e continuar. Será a terceira ou quarta vez que isso acontece. Na primeira eu repreendi Dina. Ela culpou Dwight por seus atos. Tinha entreouvido Dwight me contando que Ella estava se tornando a menininha dominante, e que era melhor Dina "dar o troco enquanto pode".

Eu deveria ter repreendido Dwight por essa declaração. Ele disse essas palavras há alguns meses, e agora é tarde demais para repreensões. Estou olhando as páginas do diário do ano passado e sentindo que eventos disparatados ganham coerência. Dwight vem me dando espaço cada vez maior em minhas ações políticas e soltando meus amigos presos num ritmo cada vez mais acelerado. A combinação de datas torna tudo mais evidente ainda: a notável generosidade de Dwight começa no momento em que me diz que Joan desapareceu.

Claro, eles são amantes. Claro que eu não poderia contar a Dwight que os desaparecimentos de Joan são muito bem estabelecidos, porque menti para ele sobre o alcance de minha amizade com ela. Há vários meses Dwight me perguntou sobre Joan e a Escola de Liberdade da USC. Claro que menti; claro que Dwight sabia que eu estava mentindo. Estamos muito enfurnados um com o outro para fazer repreensões ou revisar as regras de uma união dúplice, usurária e compartimentada. O estranho? Eu me pego aprovando Dwight e Joan como amantes. Amo Dwight mais do que nunca, porque Joan serviu para instilar dúvida nele. Dwight está começando a se erodir. Rezo para que o processo se amplie e o mude suavemente, e não o leve ao sofrimento e à loucura. Um temor muito verdadeiro acompanha esta oração. Estou percebendo mais completamente que Joan me manipulou para ter um encontro com Dwight. Com que objetivo? Esta oração deve incluir todas as outras pessoas que habitam a órbita diabolicamente obstinada dos dois.

Almocei com Joan pouco antes de ela ir embora. Ela deu a entender um destino nos trópicos e me disse que havia deixado documentos para Dwight. Disse que esperava que a coisa não ficasse ruim como em 1951, 1956 e 1961. Não pedi para Joan ser mais específica. Mencionei Dwight e seu dinheiro de penitência e sugeri sua catástrofe pessoal em 1957. Joan me disse que conhecia a história, mas se recusou a dizer como sabia. E nesse momento eu soube que Joan amava Dwight sem todas as agendas políticas.

Chorei um pouco. Joan me abraçou e me deu uma linda esmeralda.

<u>DOCUMENTO ANEXO</u>: 8/3/70. Extraído do diário de Marshal E. Bowen.

Los Angeles
8/3/70

Tempo de medo.

Agora é tempo de medo, e já é tempo de medo há um tempo. Andei com medo por tanto tempo que a coisa se tornou quase banal. Agora estou hiperalerta aos sinais de pânico expressos por meu corpo. Meses de medo generalizado me deixaram mais sensível ao medo agudo e justificado. Estive sobrevivendo e comprando vantagem de momento em momento.

Um informante anônimo me ganhou tempo com o Sr. Hoover e o Sr. Holly. Um pacote de 19 deduragens, graciosamente atribuídas a mim. Isso comprou tempo para o Sr.

Holly com o Sr. Hoover, tenho certeza. Isso valida a OPERAÇÃO IRMÃO MAAAU, o que me dá mais tempo para seguir pistas do assalto ao carro blindado. Com o tempo a FLMM perdeu o interesse em mim. Os membros da FLMM me veem nas boates, sozinho ou com os irmãos da ATN. Desviam os olhos, cospem no chão ou fazem gestos obscenos. Há disputas de empurrões enquanto os dois grupos tentam ganhar espaço nas passeatas pela paz. Nesses contextos fico mais apreensivo do que com medo. Monitoro meu corpo em busca de sinais de pânico e percebo que ganhei tempo.

O tempo me libera e me restringe. Um amigo do DPLA disse que o DPLA me demitiu secretamente. O Sr. Holly e Wayne obviamente sabiam disso e não me contaram. Isso me torna um agente federal sem nenhuma sanção policial e sem cargo garantido na polícia quando minha missão terminar. Na semana passada encontrei fios de grampo no meu apartamento. Fiz o que era prudente: deixei-os onde estavam. Isso tem de ter sido instigado por Wayne e o Sr. Holly. Eles não confiam em mim. Sua desconfiança é totalmente justificada. Estive muito cuidadoso com relação às pessoas com quem converso em casa e sobre o que falo, pessoalmente ou pelo telefone. A descoberta do grampo confirmou minha paranoia justificada e me confirmou no papel de militante negro ex-policial apóstata. Assumi esse papel no instante em que aluguei este apartamento, e desde então enfeitei-o com espalhafato cada vez maior. Os homens que têm a Tendência precisam de cautela. Comporto-me como se não tivesse a Tendência e fiz isso desde que Wayne fez aquela observação sobre eu ser "veado". No meu coração sinto-me um ex-policial radicalizado, avaliando suas opções em todas as arenas. Meu sentido de tempo e de identidade, como ator, tornou-se valiosíssimo.

Wayne e eu fumamos maconha algumas vezes. Discutimos os estados metafísicos estranhamente diferentes e estranhamente semelhantes de nossas vidas. De muitos modos foi a conversa mais intrigante da minha vida.

O tempo me foi concedido. Provavelmente estou seguro no gueto porque Scotty Bennett quer que eu esteja seguro no gueto. O papo revisado no gueto é que eu posso ser informante da polícia. Esta é a vingança atrasada de Scotty contra mim, tenho certeza. O preocupante é que não vejo um desfecho vingativo ou alguma conclusão à vista. Scotty aumentou tremendamente seu status de lenda no gueto no final do ano passado. No processo, deu um golpe sério no nacionalismo negro em Los Angeles e ganhou mais tempo para mim, no fronte da venda de heroína. Houve entreveros entre porcos e Panteras em outubro e dezembro. Os dois incidentes receberam grande publicidade. O número de Panteras desaparecidos chega agora a 12, seis a cada incidente. Scotty cumpriu sua promessa de agosto de 1968. Represália, repressão, vingança exercida e tempo comprado para mim. O resultado? Mais perplexidade, medo e indecisão na ATN. A ideia crescente de que a heroína é um problema do qual a gente não precisa. Tenho a sensação de que a FLMM está reagindo de modo semelhante. E pepitas de ouro no meio da lama: mais e mais irmãos da base do movimento acham que traficar heroína é *errado.*

Com o presente de tempo que me foi dado incrementei as investigações sobre o assalto. Devo ter dito "E aí, malandro, tá lembrado daquele assalto ao carro blindado em 1964?" 1 milhão de vezes e recebido 1 milhão de olhares perplexos e respostas idiotas. Mencionei Reginald Hazzard e descrevi sua semelhança tênue com o ladrão de rosto queimado um número equivalente de vezes, com os mesmos resultados. Então duas coisas se encaixaram, independentemente.

Eu estava tendo uma conversa telefônica rotineira com o Sr. Holly. Ele mencionou casualmente o interrogatório brutal de Jomo Clarkson feito pelo Scotty. Scotty fez uma quantidade de perguntas obviamente sem nexo a Jomo, sobre o assalto. O Sr. Holly achou isso confuso.

Aquilo ficou comigo durante semanas. Aaah, Scotty — o que você sabe e não está contando à gente? Pouco depois disso paguei fiança para tirar Ezzard Jones da cadeia duas vezes. Na primeira foi uma prisão por dirigir embriagado. Tirei Ezz da delegacia da 77th Street e, saindo de lá, levei-o para beber. Uma semana depois Ezz foi preso por fazer arruaça bêbado. Preenchi a papelada na delegacia da universidade, fui deixado sozinho por pouco tempo e aproveitei.

Verifiquei o arquivo dos assaltos à mão armada não solucionados e encontrei uma ficha do assalto ao carro blindado. Memorizei o número do registro de divisão, liguei para o setor de registros do DPLA e fingi que era policial. A funcionária consultou o arquivo principal e voltou ao telefone. Disse:

— Sinto muito, policial, esse número de RD não existe.

E então eu soube:

Scotty tinha um arquivo particular. Estava tirando os relatórios de todas as divisões geográficas do DPLA e guardando as informações para si mesmo.

Tenho certeza. Não pode haver outra explicação.

CAPÍTULO 78

(Jarabacoa, 12/3/70)

A chuva forte empacou o trabalho. A montagem do 13º andar se arrastava. Todos os quatro canteiros de obras estavam atrasados na programação. Alguns escravos fugiram.

La Banda reagiu. Passou pente fino nas equipes e fez sessões de tortura. Chicotadas estilo "*happenings* de ódio" e escravos gritando na chuva.

Crutch viu essa última. Uma monção havia acabado de passar. O terreno era lama até os tornozelos. O canteiro estava cheio de madeira e equipamentos encharcados. Tudo era miasma e gosma.

O cara da La Banda usava um chicote com tiras. Bolinhas forneciam dor extra. Crutch espiava por trás de ervas de vodu. Isso o focalizava e apagava a merda feia.

O escravo estava amarrado numa retroescavadeira. Seus berros eram bumerangues. Os ecos das chicotadas se sobrepunham.

O cara do chicote era bom. As tiras com bolinhas cortavam até os ossos das costelas. Os escravos olhavam. Crutch fechou os olhos.

O escravo caiu. O cara da La Banda bombeou os ferimentos com inseticida para acrescentar dor e desinfetar. O escravo comeu lama. A lama abafou seus gritos.

Uma buzina soou. Crutch olhou. O francês tinha um Cadillac 59. Tinha as listas *de rigueur*. O francês o chamava de Karro Tigre.

Os cubanos estavam apinhados dentro, com metralhadoras Thompson. Canestel apontou para o norte — *para a Kova do Tigre agora.*

Crutch ficou enjoado. O Karro Tigre passava por estradas ruins com suspensão macia. Ele estava espremido entre Morales e Saldívar. Sua cabeça estalava. Ficava olhando os retrovisores. Tinha uma impressão de vigilância. Não conseguia validar. *O cão do inferno na minha trilha.*

Chegaram à Kova do Tigre no crepúsculo. A *Garra do Tigre* estava pronta para zarpar. A tempestade havia passado. Uma agitação residual empurrou-os para o leste. O litoral norte e a Passagem de Mona — enormes ondas com cristas brancas. Chegaram cedo a Point Higuero. Fumaram bagulho para passar o tempo. Naquele tempo os cucarachas porto-riquenhos já confiavam neles. O francês os chamava de *Kompañeros* do Tigre.

Crutch ouviu movimento em terra. Os cucarachas saíram do mato. Jogaram a mala da droga a bordo. Gómez-Sloan jogou a mala de grana para eles. Foi rápido e cheio de kamaradagem.

A Ekipe desatracou a *Garra* e zarpou, indo para a kova. Ondas com cristas brancas se chocavam contra eles. Crutch lançou um torpedo de curtição. Acertou um atol pintalgado de bosta e explodiu.

Atracaram e cobriram a *Garra do Tigre* com rede de camuflagem. Levaram o Karro Tigre de volta a Santo Domingo. Crutch cochilou no fim do barato da droga. Mosquitos zumbiam na sua boca e o acordavam periodicamente.

Amanhecia. A Ekipe baixou acampamento no El Embajador. O francês disse para Crutch segurar a mala. Os caras da Tonton iriam levá-la no dia seguinte a Porto Príncipe. Crutch bocejou e evaporou para sua suíte.

Abriu a porta. Re-captou o clima. Sentiu cheiro de cigarro. Viu uma ponta luzindo.

A luz se acendeu. Ali estava Dwight Holly no sofá. Tinha uma merda na mesinha de centro.

Uma lata de tinta e um pincel. Uma seringa e uma ampola de morfina.

Crutch fechou a porta e largou a mala. Dwight pegou um canivete.

— Quanto você está trazendo?

— Um quilo e meio.

— Vai servir.

Sua boca ficou seca. A bexiga inchou. As paredes giraram e pararam de girar.

— Tire a camisa — disse Dwight.

— Cara, você não pode...

— *Não vou repetir.* Vai tirar a camisa, eu vou pegar a mala. Não vou impedir você de sair correndo pela porta. Vou ligar para Wayne e entregar seu negócio de drogas no momento em que fizer isso.

Crutch tirou a camisa. Seu esfíncter quase se soltou. Dwight abriu a lata de tinta e mergulhou o pincel. A tinta era de um vermelho vivo.

Foi até as paredes e tirou as obras de arte. Pintou "14 de Junho" acima do sofá. Mergulhou de novo o pincel. Pintou "14 de Junho!!!!" acima do frigobar. Mergulhou de novo o pincel. Pintou "Morte aos ianques traficantes de drogas" ao lado da porta.

Crutch rezou e tentou não chorar. Dwight partiu a ampola e mergulhou a seringa. Crutch estendeu os braços. Dwight garroteou os bíceps dele e encontrou uma veia.

Crutch apertou sua medalha de São Cristóvão. O cordão se partiu no pescoço. Dwight cutucou a veia e aplicou.

Ele ficou bambo-ligado. Sua bexiga se soltou. Ele não se importou. Seus olhos se reviraram para trás.

Dwight acendeu o isqueiro e esquentou o canivete. Crutch firmou as mãos na porta. Dwight gravou "14/6" nas suas costas.

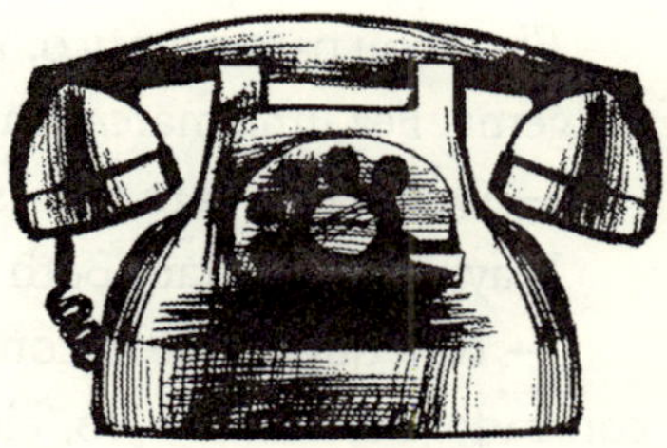

CAPÍTULO 79

(Las Vegas, 14/3/70)

Wayne conectava quadrados. Seu gráfico de parede era Op Art. Quadrados e setas em ângulos estranhos. Quadrados e setas. De Reginald para Joan para o haitiano das ervas.

Quadrados de gráficos e cópias a carbono — do DPLA e do xerife do condado. Seu contato no DPLA conseguira para ele. Chamemos de uma possibilidade bem remota. Relatórios de ocorrência, fichas de interrogatórios de campo. Os policiais de L.A. arrochavam garotos pretos rotineiramente. O nome de Reginald poderia estar ali.

Wayne olhou o relógio. Restava uma hora no máximo. Suas malas estavam feitas. Ele tinha dinheiro desviado, para Celia. Marcou um voo noturno para a R.D.

Setas e quadrados. "Livros de Biblioteca" ligado a "Solto com pagamento de fiança". Um novo quadrado: "Leander James Jackson/ATN/Tonton Macoute".

A porta do corredor rangeu. Ouviu Mary Beth na sala. As chaves dela chacoalharam. Ela largou bolsas numa cadeira. Exalou como se estivesse emputecida.

Ele olhou para o gráfico. Trancou a pasta executiva e prendeu a algema. Fez uma marca em "Leander James Jackson".

— Quero que pare com isso tudo.

Wayne girou. Mary Beth olhou para a pasta.

— Não quero que encontre meu filho. Ele não quer ser encontrado. Se estiver vivo, ele tomou essa decisão por vontade própria, e não vou desonrá-lo forçando um encontro.

Wayne enfiou as mãos nos bolsos. Os resíduos das ervas de vodu faziam seus olhos lacrimejar.

Mary Beth chegou perto.

— O que quer que você tenha feito no passado, eu perdoo. O que quer que esteja fazendo agora, eu perdoo. Perdoo por você não confiar em mim, porque não quer ser perdoado, você só quer criar mais riscos e intrigas e ganhar mais punição.

Wayne deu um gancho de esquerda na parede. Amassou o reboco, os nós dos dedos sangraram, o mostrador do relógio se despedaçou.

Mary Beth disse:

— *Quem você machucou? O que você fez?*

Foi a pé até o aparelho. Santo Domingo parecia diferente. A visita foi de improviso. Não ligou para Ivar Smith nem para os Rapazes. Só queria *ver*.

Parecia hi-fi em tela larga. Em geral ia de limusine. Isso lhe garantia alívio ocular e menos volume. Isso aqui era a merda. Os esgotos fediam, o barulho era altíssimo, os policiais se empoleiravam e davam porrada.

Fazia calor de inverno/ar noturno pegajoso. Wayne usava um paletó esporte por cima da corrente da algema. O endereço era em Borojol. O bairro era todo de boates de striptease e hotéis baratos. Vendedores haitianos vendiam sorvete batizado com *klerin*.

Wayne encontrou o endereço: um cubo cor-de-rosa perto da rua principal. Sua mão livre doía do soco na parede. Bateu com a pulseira na porta. Celia abriu.

Usava um jaleco ensanguentado. O espaço atrás dela estava entulhado de camas de campanha e suportes de soro. Quatro garotos e duas garotas tinham suturas na cabeça. Ferimentos de cassetete com arame farpado — Wayne viu os cortes soltando líquido.

Viu o médico que conhecera no ano anterior. Duas enfermeiras trocavam comadres. Um garoto tinha um cotoco no lugar do pé. Uma garota tinha um ferimento a bala no malar.

Uma janela dos fundos emoldurava um espaço de beco. Wayne viu Joan do lado de fora, fumando. Bisturis se projetavam do cano de suas botas.

Celia apontou para a pasta. Wayne destrancou-a. Sua mão latejava. Celia pegou o dinheiro.

— Quanto?

— Cento e quarenta e oito.

— Falei com Sam. Ele me disse que Balaguer concordou com mais quatro cassinos. Eles vão ter que incendiar ou inundar povoados haitianos para a construção começar.

Wayne fechou os olhos. Seus sentidos se recarregaram. Sentiu o cheiro de pele apodrecendo naquele cômodo.

Abriu os olhos. Celia pôs o dinheiro de volta na pasta e enfiou-a embaixo de uma cama. Um garoto gritou em espanhol. Uma garota gemeu em francês crioulo. Joan se virou e viu-o. Wayne se desviou de camas e foi até ela.

O cabelo dela estava amarrado atrás. Os óculos estavam tortos no rosto. As mãos dela eram pequenas, ásperas.

— Trouxe uma doação?

— Trouxe, mas não tanto quanto da última vez.

— Confio em que haverá uma próxima.

— É, haverá.

Joan acendeu um cigarro. Suas unhas estavam sujas de sangue.

— Até que ponto isso tudo é real para você?

— Diga o que sabe sobre mim. Diga como sabe.

— Não vou dizer.

Um tiro espocou em algum lugar. Um homem ganiu como cachorro.

— O médico deveria olhar sua mão — disse Joan.

Wayne balançou a cabeça.

— Tentei encontrar você em L.A.

— É.

— Eu não era o único procurando.

— Vou encontrar o homem de quem estamos falando quando for necessário.

O homem-cachorro ganiu. Mais dois homens-cachorros o acompanharam. Uma mulher-cadela ganiu na direção oposta.

— Você poderia me dizer algumas coisas — disse Wayne.

— Não vou dizer.

A matilha ganiu e jogou garrafas nas paredes. Vidro se despedaçou em estéreo.

— Você não respondeu à minha pergunta.

Wayne flexionou a mão.

— A gente espera a vida inteira por algumas pessoas. Elas mandam a gente para um lugar e a gente seria idiota se não fosse.

Joan enfiou a mão no bolso. Wayne notou tremores. Ela tirou uma bandeirinha vermelha numa vareta.

— Consiga um silenciador raiado para um revólver Magnum .357 — disse Wayne.

Os canteiros de obras em Santo Domingo ficavam afastados da rua e estavam guardados. Os guardas o conheciam. Os trabalhadores dormiam em barracas a 30 metros dali. Os barracões com material de demolição ficavam junto às estruturas dos alicerces. As paredes internas eram forradas com placas defletoras e não tinham chumbo. Dinamite, C-4, nitro. Tudo inflamável.

O terreno ao redor estava encharcado de chuva. Os chefes conversavam de um canteiro para o outro através de telefones públicos. Encharque um fio sintético apertado e envolva com plástico. Permita circunferência suficiente para alimentar a chama com ar. Manipule os telefones, ligue para os telefones e reze por uma simples ignição.

Os canteiros nas áreas rurais seriam mais difíceis. Ficavam separados por 100 quilômetros. Isso implicaria em um ardil para jogar bomba.

Wayne encontrou uma loja de autopeças que ficava aberta a noite toda. Comprou as ferramentas e dois forros de banco de acrílico, comprou uma mangueira de plástico grossa numa loja de ferramentas e voltou para o hotel.

Cortou os forros de banco até ficar com tiras de tecido e encharcou-os com gasolina. Mediu de memória. Cortou os pedaços de mangueira até um tamanho aproximado. Perfurou-os e criou alimentadores de chamas. Os telefones públicos ficavam sobre uma área de terra solta. Deveria ser fácil manipular os fios. As correntes geradas pelos telefonemas poderiam pegar fogo ou não.

Um garoto entregou o silenciador. Wayne trabalhou a noite toda. Transformou a suíte numa oficina. Ligou para a recepção e alugou um carro para a noite seguinte. Tomou ervas de vodu e dormiu o dia todo.

Seus sonhos foram na maioria pacíficos. O Dr. King fazendo sermões e rindo.

Levantou-se e se obrigou a comer. Pôs as coisas no Chevy alugado e foi para o primeiro canteiro. A mão não doía. Ele não podia ouvir os sons externos nem sentir os pés nos pedais. Sua mente estava calma.

23h26.

Parou do outro lado da rua. O guarda andava de um lado para o outro e fumava. A barraca de escravos estava escura.

Wayne enfiou uma torquês na cintura. O guarda andou até o portão e veio xeretar. Wayne baixou a janela do carro e gritou "*Hola*". O guarda reconheceu-o e destrancou o portão.

Wayne desceu e foi até lá. O guarda fez a baboseira do *Você é el jefe.* Wayne apontou para a lua. O guarda lhe deu as costas. Wayne encostou a Magnum na cabeça dele e disparou uma vez.

O silenciador funcionou. O projétil de ponta mole furou e se espalhou. O guarda caiu morto sem jorro de ferimento de saída.

Wayne foi até o carro e pegou os tubos. Voltou e cavou a vala na terra com as mãos. Tirou chaves do cinto do guarda e destrancou o barracão de explosivos. Desatarraxou a parte de trás do telefone público, desenrolou os fios e prendeu-os na beira do tubo.

Dezesseis minutos.

Desenrolou o tubo, de uma ponta à outra. Encheu a vala com ele, do telefone ao barracão. Correu até a barraca dos escravos e bateu no holofote que ficava perto da entrada.

Os escravos se remexeram. Estavam algemados de catre em catre. Na maioria eram pretos, alguns claros, a maioria parecia haitiana. Olharam-no. Viram a arma em seu cinto e se ajoelharam. As posturas os fizeram se prender nas correntes. Wayne puxou a torquês. Eles começaram a gritar. Wayne agarrou o homem mais próximo e libertou seus pulsos.

O homem apenas olhou-o. Wayne deu um passo atrás. O homem ficou pulando e balançando as mãos livres. Os outros olharam para Wayne e *sacaram*.

Levantaram as mãos ao mesmo tempo. Correntes de algemas mantinham-nos juntos. Wayne andou de um homem ao outro e soltou-os. Eles o cercaram em bando e o levantaram no alto. Ele memorizou seus rostos enquanto corriam.

O segundo canteiro ficava a 3 quilômetros dali. O portão estava destrancado. O guarda roncava num saco de dormir, perto do telefone público. Wayne atirou na cabeça dele e pegou suas ferramentas.

O terreno era mole, a vala era plana, o trabalho foi rápido. O serviço demorou nove minutos e pico.

A barraca dos escravos era feita de gaze quase transparente. Estava encharcada de chuva e absorvia chuva. Quatro holofotes acesos a noite toda iluminavam-na.

Os escravos estavam acordados. As camas, encharcadas de suor e afundadas até o chão. Eles viram Wayne e só ficaram ali parados. Murmúrios cresceram e chegaram à beira dos gritos. Wayne andou de cama em cama. O primeiro escravo puxou as mãos para trás. Wayne agarrou os pulsos dele e cortou a corrente. Os outros escravos entenderam. Levantaram os pulsos.

Wayne trabalhou de homem em homem. Eles se levantavam devagar. Cambaleavam e tropeçavam. Ninguém olhou para Wayne. Um homem fez bênção de vodu. Dois homens rasgaram a gaze e saíram correndo.

Wayne olhou-os. Eles correram até um barracão pequeno e derrubaram a porta. Ela caiu das dobradiças. Eles agarraram os fuzis e as submetralhadoras que estavam dentro.

A autoestrada corria direto para o norte. Ele precisava de um ponto de observação. Elevado e ao alcance da visão.

Um posto de gasolina apareceu em Reparado. Pés de montanhas e um horizonte baixando. Uma única cabine telefônica. Uma grande moldura de paisagem noturna.

Os telefonemas seriam praticamente interurbanos. Mas sem ter que passar pela telefonista. Poderia dar certo ou não.

Wayne botou moedas na fenda e ligou para o telefone do primeiro canteiro de obras. Ouviu 16 toques e nada. O toque 16 ecoou e trouxe um brilho rosado. O toque 18 provocou um enorme céu riscado de vermelho.

Botou moedas e discou o segundo número. A chama irrompeu no segundo toque. As manchas vermelhas se fundiram.

Os canteiros da área rural o incomodavam. Os telefones e os barracões eram mal espaçados. As barracas de escravos ficavam no nível dos alicerces. Isso significava baixas humanas.

Nesse ponto o Anão já sabia. La Banda sabia. Os canteiros na área rural receberiam reforço rápido.

Wayne parou num bosque perto de Jarabacoa. Comeu ervas e se obrigou a não pensar. Galhos de árvores levantaram seu carro. Viu 10 milhões de estrelas. Constelações moviam-se nas pontas de seus dedos. Ouviu sons que podiam ser tiroteio e podiam ser tambores.

Moedas caíam do céu. Abriu a boca para sentir o gosto delas. Toques de telefone soavam e provocavam shows de luzes. As cores o atraíam para algum lugar seguro.

* * *

O sol o acordou. A claridade do para-brisa o acertou. Seus olhos estavam turvos. Viu chamas e sentiu cheiro de fumaça.

Ligou o carro e pegou estradas secundárias. Passou por um caminhão de bombeiros e dois carros da Polícia Nacional. As chamas disparavam por cima de uma linha de árvores. Viu o canteiro de Jarabacoa ardendo.

Mostre-me mais...

Parou o carro. Saiu e subiu no teto. Viu dois guardas do canteiro linchados em galhos de árvores. Viu "14 de Junho" pintado a sangue num trecho de alicerce e uma submetralhadora descartada.

Mostre-me...

Pulou num galho de árvore e subiu num poleiro mais alto. O mundo se expandiu. A folhagem fazia redemoinhos em algum lugar perto. Viu garotos de pele clara e homens negros correndo com armas.

Mostre...

Olhou para o sul. O mundo se re-expandiu. Fez contas e geometria espontâneas. Moedas caíram. O céu explodiu onde o outro canteiro de obras deveria estar.

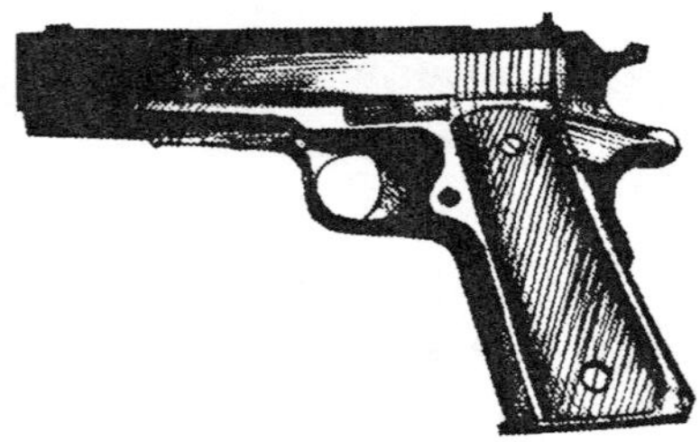

CAPÍTULO 80

(Los Angeles, 19/3/70)

Vagabundos saíram da Sultan Sam's. Sam trancou o lugar. Dwight se aboletou no estacionamento dos fundos.

Música afro pulsava lá dentro. Uma viatura policial percorreu a Central. Os vagabundos fizeram oinc-oinc. Os tiras deixaram para lá. Os crioulos estavam em maior número.

Dwight olhou o relógio. Joan fez um contato telefônico. No estacionamento às 2 da madruga. Estava oito minutos atrasada.

A música baixou o pique até um *bebop*. Dwight pôs sua arma na pasta. Passou pela alfândega com aquela merda. Saiu da R.D. bem a tempo.

Seu contato na Casa Branca ligou. Nixon estava agitado, à beira de emputecido. Alguns comunas sabotaram os canteiros de obras dos cassinos. La Banda acusou o 14 de Junho.

O Merdinha saiu antes, sincronizado. Dwight cortou-o, roubou-o e disse para ele mentir. Vá para L.A. e trabalhe o grampo de Bowen. Deixe Mesplede lamentar a droga. Diga a ele que Clyde Duber precisa de você.

Dwight levantou a janela e afastou o som *bebop*. Chegou a L.A. e estendeu as antenas. Diga a ela que estamos dentro, ela vai entender, vai saber. Ele arrochou cada cidadão esquerdista do planeta Terra. Demorou seis dias inteiros.

Faróis riscaram-no. Um Dodge 63 entrou no estacionamento. Dwight piscou seu farol alto. O Dodge piscou de volta. Dwight pegou sua merda e saiu do carro.

Joan parou ao lado. Apagou as luzes e manteve o motor ligado. Uma luz do beco a iluminava por trás. Ela parecia exausta, em frangalhos.

— Você não se despediu.

— Não pareceu necessário. Eu sabia que estávamos incompletos.

— Onde você esteve?

— Não vou contar.

— Diga o que há de errado.

— Não vou dizer.

Dwight tocou o cabelo dela. Joan se encostou em sua mão por um instante.

— Estamos dentro?

Dwight lhe entregou a pasta.

— Entregue à ATN por um intermediário. Deixe seu nome fora disso, se puder. Queremos que Bowen pense que caiu do céu. Garoto, tivemos sorte, isso acaba de cair na sua cabeça.

Uma buzina soou. Dwight mirou contra o som. Joan estendeu a mão e baixou a arma dele.

— Preciso que você diga.

Dwight se inclinou para dentro do carro. Joan apertou a mão dele na borda da janela.

— Devemos dizer. A crença funciona desse jeito.

— Ninguém morre — disse Dwight.

CAPÍTULO 81

(Los Angeles, 19/3/70)

Ar morto. Ar do amanhecer e insônia — uma bosta.

O posto do grampo era um barraco de crioulo no quarteirão de Marsh Bowen. Os fios passavam junto de cabos telefônicos aéreos. Telefonemas estranhos pipocavam. Ouvia-se uma cacofonia crioula.

Engraçada e capaz de distrair. Não letal. Um monte de papo de cafetão e religião.

Crutch bocejou. Estava com jet lag havia quatro dias. O Grande Dwight escreveu nele. O francês viu suas costas gravadas, o quarto todo fodido, e engoliu. Clyde precisa de mim, chefe. Vá, meu filho. Você será vingado.

Convergência: um falso roubo comuna e uma sabotagem real.

O francês ligou e deu a notícia. O pessoal do 14 de Junho incendiou os canteiros de obras. O Anão estava preparando um Grande Arrebanhamento Vermelho.

Crutch ajeitou os fones de ouvido. Um telefonema bateu no ar: a velha asmática da casa ao lado.

A dona chiou e meteu o pau no governador Reagan. Crutch afastou um ataque de nervosismo. Ele grampeou a suíte de Sam G. Ouviu Sam e Celia conversando. Ela ficou perguntando sobre os cassinos. Ele se lembrou do latim do ensino médio. *Post hoc, propter ergo hoc.* Depois disso, por causa disso.

É, mas:

Parecia idiota, parecia errado, parecia pouco Celia e pouco Joan.

A dona chiou: Reagan cortou meu pagamento da previdência. Crutch ficou nervoso. Tirou os fones e a camisa.

Havia um espelho de parede diante do console. Crutch se levantou e se esticou para olhar. O ferimento estava com a casca se soltando. Linhas de cicatriz se estendiam. Os números eram visíveis, talvez a marca ficasse.

Ficou olhando. Olhou para o console. Sua foto de Joan estava ali, na bancada.

A contagem lhe veio. Um ano, oito meses e 27 dias. Havia procurado Joan por todo esse tempo.

A luz vermelha piscou. Bowen — telefonema chegando.

Crutch pôs os fones. Ouviu Bowen, voz de bocejo. Ouviu:

— Marsh, é Leander James Jackson.

Um carinha feliz. Animado. Grande sotaque haitiano.

Cumprimentos pingue-pongaram e se transformaram no papo de fora porcos. Aquele som haitiano. "Menininho" — o tique verbal do falecido Luc.

Espera...

Leander James Jackson. Laurent-Jean Jacqueau. As mesmas iniciais.

Haitianos. Jacqueau, o Tonton traidor. Jacqueau, o convertido para o 14 de Junho. Jacqueau, impossível de ser encontrado nos EUA.

Estática na linha, chiados, reverberação e guinchos.

Bowen: inaudível / "Tem de vender heroína".

Jackson: guincho / "No meu país isso é conhecido como a fera do Oriente".

Guincho/chiado/estática. Uma linha se cruza. A dona com chiados voltou. Uuuu, aquele Reagan.

Grande Dwight. A droga roubada. O servicinho dos militantes negros...

Trabalho de arquivo.

Ler dossiês quando estiver no pique. Ler dossiês quando estiver entediado. Ler dossiês quando ficar acordado a noite inteira, exausto. "Ler dossiês" era seu mantra. Consolava seu rabo e lhe fornecia trabalho.

Eram 7h10. Crutch foi até a Clyde Duber Associates e entrou. Clyde e Buzz costumavam aparecer lá pelas 9. Isso lhe dava tempo.

O hobby de Clyde: o assalto ao carro blindado. Quatro arquivos.

Crutch puxou uma cadeira e pegou pastas. Já as tinha examinado. Conhecia o dossiê de trás para a frente. Fatos velhos vieram: nomes, datas, locais. Dados forenses, corpos queimados. Será que um segundo assaltante *ex*-capou? Fogos. Scotty B. fazendo muxoxo. Scotty pegando pesado com negros.

Uma folha solta caiu. Crutch desdobrou-a. Um mapa de ruas, desenhado à mão. Esquina da 84th com Budlong, 24/2/64. Marcas de *X* para a matança. Casinhas numeradas e desenhadas em escala.

Crutch examinou o mapa. Algo roçava seu cérebro. Algum outro dossiê, algum outro fato, algum número complemen...

Ah, sim. É isso. Dá para supor: Clyde não sabe.

Marsh Bowen morava naquele quarteirão na época. Tinha 19 anos. Havia acabado de sair da escola Dorsey. Morava com a mãe e o pai.

Trabalho de arquivo.

Ler dossiês quando estiver incomodado. Ler dossiês quando estiver chapado. Ler tipos diferentes de dossiês quando outros dossiês não mostrarem nada.

Crutch se entocou no Vivian. Estudou o dossiê da mãe. Arrancava cascas de ferida do 14 de Junho e curtia a cicatriz. Criaturas da Zona Zumbi fizeram aquilo com ele.

A CADEIRA ELÉTRICA, OS OLHOS, AS MÃOS E OS PÉS. Ações da La Banda e as mãos do negro derretidas.

Ficou apavorado. Engoliu duas anfetaminas e ajudou a descer com Old Crow. Isso o des-apavorou. Pegou o binóculo e praticou voyeurismo aéreo.

Barb Cathcart molhava o gramado da frente. Usava um vestido tubinho. Um vento frio lhe dava arrepios. A mãe de Gail Miller batia papo com o carteiro. A velha Miller o odiava. Ele voyeurizava Gail e tirou uma foto dos pentelhos dela. Foi expulso da escola Hollywood.

O telefone tocou. Crutch deu um pulo.

— Crutchfield.

— Donald, estou ultrajado.

Calma aí — *ele não sabe/ele não pode saber.*

— O que aconteceu, francês? Diga.

— Wayne fez a sabotagem. Foi visto comprando material explosivo. Ele violou os canteiros do norte para pôr a culpa no 14 de Junho. Muito obviamente arranjou comunistas para ajudá-lo. Acho que os camaradas *putain Rouge* dele é que roubaram você.

— Francês, diga...

— Balaguer tomou uma decisão bastante razoável. Decretou que não haveria represálias contra Wayne. Decidiu que o 14 de Junho deve pagar e que os futuros dissidentes devem aprender uma lição. A Ekipe Tigre fará parte disso, o que exige seu retorno imediato.

Ele ficou com as mãos suadas. O telefone escorregou. Bateu no chão. O fone rachou.

As anfetaminas bateram com tudo. Ele soltou feitiços de ódio contra Wayne, alfinetes nos olhos. Teve uma ideia vodu-vil.

Sabia o nome dela e onde ela trabalhava. Escreveu o bilhete no posto de gasolina da Barstow. Usou o capô do carro como mesa.

> Cara Sra. Hazzard,
>
> Trabalho para seu amigo Wayne Tedrow em várias atividades ilegais. Ele me subestima rotineiramente e se refere a mim como “Merdinha”. Suspeito de que Wayne tem sido pouco honesto com relação aos acontecimentos de seu passado recente e que a senhora pode ter dúvidas quanto à estabilidade e ao caráter moral dele.
>
> Suas dúvidas são totalmente justificadas. Wayne esteve envolvido no assassinato do Rev. Martin Luther King, em abril de 1968, e foi suspeito do assassinato do próprio pai, dois meses depois. É bem provável que tenha se envolvido na morte trágica de seu marido e de um criminoso na zona oeste de Las Vegas mais tarde, naquele verão. A senhora merece saber essas coisas. Não lhe desejo mal; só quero esclarecer os fatos.
>
> Sinceramente,
>
> Um amigo.

Batata quente.

O sindicato ficava perto da Fremont. Seu barato estava passando. Entregue, solte o feitiço, não amarele.

O pessoal do escritório estava saindo. Pessoas andavam rápido até os carros. Crutch parou em fila dupla e examinou rostos. Viu a mulher se aproximar de um Oldsmobile 88.

Saiu e correu até ela. As pessoas se desviaram e fizeram *O quê?* Ela se virou e viu-o. Ele leu rapidamente os olhos dela. *Quem é esse rapaz maluco*?

Ele largou o bilhete em cima dela e virou a esquina correndo. Enfiou-se num cassino de luxo e tomou três doses rápidas. Isso colocou sua merda no lugar. Sentiu um barato tipo foda-se.

A Fremont ia numa direção. A janela dava para a rua. Ela tinha que passar por ali. Cadê aquele Rocket 88?

Esperou vinte minutos e voltou andando ao seu carro. Deu uma olhada rápida no estacionamento.

Ela estava encostada no Olds, soluçando. Seus dedos sangravam. Ela estava agarrando a borda da janela para se manter de pé.

<u>DOCUMENTO ANEXO</u>: 21/3/70. Extraído do diário de Marshall E. Bowen.

Los Angeles,
21/3/70

Aconteceu hoje mesmo, pela manhã. Foi o evento mais chocante de toda a minha vida, ao mesmo tempo eclipsando e incrementando aquele dia de seis anos atrás. Memorizei-o de instante em instante e estenderei o processo de criar a paisagem mental, para jamais esquecer.

Acordei mais tarde do que o comum; fragmentos tardios de um sonho estavam passando na minha cabeça. O pano de fundo era um amálgama das boates da Central Avenue, cheio de militantes negros cheios de pose e frequentadores brancos. Benny Boles, Joan Klein e o falecido Jomo estavam em cena; não posso lembrar especificamente mais ninguém. Música tocava — *hard bop* — e foi se esvaindo até virar estalos da faixa de rádio da polícia. Sentei-me na cama e percebi que os porcos estavam empoleirados na entrada do meu prédio.

Vesti um roupão, fui até a porta e abri. Scotty Bennett estava ali parado. Usava um terno de popelina marrom, uma gravata-borboleta xadrez e um chapéu de palhinha. Entregou-me uma garrafa de Seagram's Crown Royal com uma fita vermelha amarrada no gargalo. Disse exatamente o seguinte:

— Não diga que nunca lhe dei nada além de encrenca.

Não foi horrível, nem intimidante, nem um pouco erótico. Scotty sorriu e disse:

— Vamos falar do assalto. Há o que você sabe e o que eu sei. Vamos juntar tudo e ganhar uma grana. Vamos colocar você de volta no DPLA.

A maçaneta da porta me manteve de pé enquanto eu ficava tonto. Scotty disse:

— Consegui uma dica. Uma comunista quer entregar um quilo e meio de heroína à ATN. Vejamos se podemos tornar você herói com relação a isso.

A palavra *herói* foi transformadora; o porco assassino mais maligno de sua era ganhou uma auréola e asas de anjo. Scotty piscou para mim. Hesitei em piscar de volta e estendi a mão. Em vez de apertá-la, Scotty me abraçou.

CAPÍTULO 82

(Las Vegas, 22/3/70)

Os Rapazes ficavam ligando. Ivar Smith fez uma barreira contra eles. Era tudo fúria antiVermelha.

O 14 de Junho incendiou os canteiros. Presciente: o Anão tinha acabado de autorizar mais quatro construções. Wayne recebeu os telefonemas: Carlos, Santo, Sam. Terry Brundage ligou. Mesplede ligou. O nível de fúria cresceu. Os telefonemas pararam dois dias antes.

Ele entrou no jogo. Expressou sua própria fúria *faux*.

Estado onírico.

Wayne estudava seu gráfico de parede. O quadrado de Leander James Jackson o atraiu. Olhou para lá. Desenhou linhas conectando. Lembrou-se de sua viagem.

Os arrebanhamentos estavam começando. Ligou para Celia. Ela disse que o trabalho dele inspirava o trabalho deles. Aparelhos estavam escondendo o pessoal dela. La Banda encontraria pessoas para interrogar e mutilar. Haveria um custo temível. Temos que dizer — a crença funciona desse modo.

A segurança no aeroporto era frágil. O pessoal da alfândega foi retirado para os ataques aos Vermelhos. Ele voou para o exterior facilmente.

Wayne desenhava linhas. O re-*clique* clicou. Puxão e perda na memória. Clicou no dossiê rasurado de Joan. Era um beliscão no cérebro. Ele teve aquele beliscão e nada mais.

Deu um passo atrás e re-emoldurou a parede. Captou dados amplos. Viu um bilhete grudado escorregar de lado. Sabia que não era seu.

"Cara Sra. Hazzard." Acusação do Merdinha. A resposta de Mary Beth rabiscada embaixo.

"Acho isso totalmente digno de crédito. Se você tivesse me contado eu poderia perdoar."

Assinou papéis no escritório de seu advogado. Passou pela Hughes Tool Company e fez uma retirada bancária. Voou a L.A. e foi até o Banco Popular. Lionel Thornton deixou que ele entrasse no cofre. Pegou 1,4 milhão em desfalques dos cassinos, receita da Tiger Kab e lucros das boates. Encheu três pastas. Ligou para a Hughes Charter e marcou um voo para Santo Domingo.

Árvores cresciam de cabeça para baixo. Joan jogava esmeraldas e semeava nuvens. Cada gota de chuva era um espelho.

Viu sua infância em Peru, Indiana. Viu Dwight, Wayne Sênior e a Klan desorganizada. Sua mãe entrou numa gota de chuva. Estudou química na BYU. Gráficos moleculares se desenhavam em verde. As raízes das árvores reverteram o crescimento. Sustentaram seu olhar e deixaram que ele olhasse. Viu Little Rock em 1957 e Dallas em 1963. JFK acenou dando adeus. Wendell Durfee gargalhou. Ele pediu desculpas a Reginald Hazzard por não encontrá-lo.

O ar se derreteu. Partículas de umidade produziram neve. O Dr. King sussurrou equações químicas. O mundo fez sentido por um instante, Joan esfregou pó de esmeralda em sua cicatriz de faca e viu-a ficar curada. Janice disse para ele não se preocupar. Os planetas se realinhavam e explicavam a física como um capricho. Ouviu "a crença funciona desse jeito" e deixou os olhos repousar no sol.

Um táxi levou-o a Borojol. O motorista estava assustado. Alerta vermelho — dava para ver.

As batidas nas portas, as interrupções no trânsito, os arrochos na rua. Os policiais em telhados, com binóculos. Os policiais examinando multidões e folhas com fotos.

O táxi deixou Wayne no aparelho. Uma janela estava entreaberta. Ele sentiu cheiro de sangue e desinfetante e ouviu meio grito.

Joan apareceu na janela. Os dois se olharam. Ela viu as malas e fez um gesto para alguém do lado de dentro. A porta se abriu. Wayne se virou naquela direção. Um rapaz pegou as malas e voltou correndo para dentro.

Wayne olhou para a janela. Joan pôs a mão no vidro do lado de dentro. Wayne pôs a mão por cima da dela. O vidro estava quente. Os olhares dos dois se sustentaram. Joan se afastou primeiro.

* * *

Um táxi deixou-o junto ao rio. Ele atravessou a ponte para o Haiti no crepúsculo. Um homem da Tonton o reconheceu — *ça va,* chefe.

Wayne entrou num povoado. Mascarados dançavam em festa no meio de um cemitério. Homens estavam sentados em lápides. Estavam imóveis. *Le poudre zombi* — taças rolavam de seus colos.

Os mascarados usavam facões em bainhas. As máscaras estavam manchadas de sangue. O ar era denso com o cheiro: pó de réptil e almíscar de aves domésticas.

Wayne entrou numa taverna. Estandartes da seita bizango criavam um clima. Ele atraiu uma variedade de olhares. Apontou para garrafas e criou uma mistura que nunca havia experimentado antes. O barman montou a bebida. Uma espuma verde queimou seus olhos enquanto ele bebia. Deixou muito, muito dinheiro no balcão.

Dois cemitérios dividiam a próxima área de tavernas. Wayne atravessou-os e leu lápides em francês. Seus ancestrais se re-enterraram sob seus pés. Viu um homem zumbificado entrar em convulsão. Sentiu o gosto de pólvora e fígado de rã arbórea na bebida.

Mascarados seguiram-no. Um cachorro usando chapéu pontudo mordeu-o e saiu correndo. Ele acompanhou constelações com os olhos. Tremulou as pálpebras e fez arcos de meteoros.

O *clique* se revelou. Thomas Frank Narduno, morto na Grapevine. Conhecido de Joan. Um tema Joan-para-Dwight que ainda faltava ser tocado.

Entrou numa taverna e pediu uma poção. Seis *bokurs* olharam-no beber. Dois homens ofereceram bênçãos. Quatro homens balançaram amuletos e jogaram feitiço nele. Ele deixou muito, muito dinheiro no balcão.

Saiu. O céu respirava. Sentiu a textura da lua. Crateras se tornaram minas de esmeraldas.

Um beco apareceu. Uma brisa carregou-o por ele. Folhas se mexiam e faziam arco-íris em redemoinho. Três homens saíram de um raio de luar. Usavam bainhas atravessadas diagonalmente. Tinham asas de pássaro onde o braço direito ficaria.

— Paz — disse Wayne.

Eles pegaram seus facões e o mataram ali mesmo.

CAPÍTULO 83

(Los Angeles, 25/3/70)

— A ATN arranjou um pouco de heroína. Foi um negócio de um antigo colega de prisão. Ezzard Jones fez o arranjo.

— Continue — disse Dwight.

— A coisa caiu de paraquedas. Um punhado de Panteras foi para Oakland depois do negócio de dezembro. Uma grande conexão empacou. Os caras deles estão dispostos a deixar o bagulho em consignação.

O Carolina Pines, na Sunset. Clientela das 8 da matina: putas sonolentas e professores da escola Hollywood.

Dwight acendeu um cigarro.

— Continue.

Marsh girou o garfo.

— A ATN tem 750 gramas. O engraçado é que o cara entregou uma quantidade igual à FLMM. Não sei como a coisa foi, mas houve algum tipo de consenso. "Vamos fazer um acordo para que a nossa merda não estrague, irmão." Eu devo mediar uma "conferência de cúpula" na semana que vem.

A porra da Joan. Totalmente brilhante. Espalhou a riqueza e duplicou a possibilidade de acusação.

Dwight soprou um anel de fumaça estilo Joan. Saiu enevoado e se dispersou depressa demais.

— Faça. Faça com que aconteça o mais rápido que puder.

Dwight voltou ao sobrado. Estava com cheiro de mofo. Abriu as cortinas e entreabriu as janelas. Tirou um telex da bandeja.

D.H.,

A embaixada dominicana me contatou há alguns instantes. Lamentavelmente devo informar que Wayne Tedrow foi assassinado no Haiti em algum momento da semana passada. O crime parece ter sido motivado por ressentimento político e racial. O corpo foi deixado do lado dominicano da Plaine du Massacre. Pedaços de papel rabiscado com símbolos extravagantes e slogans antiamericanos foram encontrados nos bolsos da vítima. Por favor, avalie essa situação com relação aos negócios da vítima com RMN, o Sr. Hughes e nossos amigos italianos, além de outras pessoas. Ligue-me depois de receber este comunicado.

JEH

A sala escura ajudava. As paredes o envolviam. O barulho da rua era constante. Ele ligou o ar-condicionado junto à janela e deixou o ruído do lado de fora.

Comprimiu-se em lugares pequenos. O espaço sob a escrivaninha e o armário pareciam seguros. Dobrou as pernas e curtiu as cãibras. Cobriu a cabeça para obter mais escuridão. Jogou a arma por um tubo de aquecimento para não atirar em si mesmo. Sua camisa estava encharcada de chorar todo enrolado.

O tempo abriu um buraco em algum lugar. Ele jogou sua birita e os comprimidos pelo tubo de aquecimento para não correr em direção ao sono. O telefone tocou e tocou. Eram tudo tiros. Cobriu os ouvidos. O telefone continuou tocando. Arrastou-se para fora do ninho e jogou o telefone no chão. O fone estava perto, a linha estalou, ele escutou a voz dela.

O buraco se expandiu. Ele pegou o telefone. Pôs para fora um “Sim?” e “Você nunca ligou para cá, antes”. Sua voz era a voz de Wayne.

A linha zumbiu. Ele perdeu a voz dela. A linha se limpou. Pegou-a de novo.

— Balaguer está arrebanhando e torturando pessoas. Wayne bombardeou os canteiros de obras. Balaguer está fazendo uma declaração.

Dwight tossiu. A linha fritou e morreu. Ele abriu as cortinas e recuperou a visão. Seus olhos giravam. Ligou para o contato em L.A. Uma mensagem gravada rolou. Ele pediu que ligassem de volta: um minuto com O Homem.

A luz doía. Fechou as cortinas de novo. Cortinas de blecaute e viagem no tempo: Wayne com seu primeiro conjunto de química e seu avô imigrante escocês.

Peru, Indiana. Primavera de 1948. Wayne mistura pós e cria um arco-íris.

O telefone tocou. Ele pegou o fone. Um panaca disse alguma coisa. Dwight enxugou os olhos. A linha estalou. Richard Nixon disse:

— Você tem coragem, para me ligar assim, do nada.

— Wayne Tedrow está morto. Balaguer pirou e está arrebanhando gente para pagar por uma merda que Wayne fez. Todos nós temos a ver com o Wayne, senhor. Com todo o respeito, isso precisa parar agora.

Nixon assobiou.

— Claro, Dwight. Vou ligar para o escrotinho. Meu Deus, aquelas porras dos mórmons de Nevada estão malucos.

CAPÍTULO 84

(Santo Domingo, 26/3/70)

Visão de rua, visão de espelho. Não conseguia parar de olhar.

Sua suíte tinha altura de cobertura. A vista era ampla. Os tiras davam porrada em comunistas num plano *graaaande*. O show estava acontecendo havia uma semana. Arrebanhamentos, arrochos, brigas. Escaramuças a dar com o pau.

O show da janela lhe dava nos nervos. Suas costas gravadas também. A marca do 14/6 estava ali para ficar. A cicatriz era permanente. Ele *meio* que curtia. Aquilo o deixava atônito e o fazia *olhar*.

Crutch andou do espelho à janela. Estava sem camisa, estava suando. Bips de coração — *bip, bip, bip.*

Ivar Smith acabou de ligar para ele. O feitiço de Crutchfield funcionou. Uns crioulos do vodu acabaram com o Wayne amante de crioulos.

Sua cabeça doía. Os vasos sanguíneos vibravam. Era uma ressaca nível dez na escala Richter. L.A. o apavorou mandando-o de volta para cá. L.A. era *pior*. Ele leu os sinais: Dwight Holly e Marsh Bowen tinham uma porra fodida de droga acontecendo.

Droga da Ekipe Tigre. *Sua* droga. Uma porra de uma conclusão óbvia.

Crutch olhou pela janela. Merda empoleirada perto e longe. Era um show de formigas. A rua era um formigueiro. Tiras e comunas correndo de um lado para o outro.

Sirenes berravam. Alto estilo dor de cabeça e estereofônico. O som parecia ocupar toda a cidade. Grupos de formigas cucarachas se imobilizaram.

Foi até o espelho. A cicatriz estava rosada e enrugada. 14/6, *por la vida*.

A pista do assalto o empurrava: Leander James Jackson como Laurent-Jean Jacqueau. Localizou Jackson no bairro negro e o seguiu. Descobriu *xongas*. Seguiu Marsh Bowen. Resultado: Marsh se encontra com Scotty Bennett no Tommy Tucker's Playroom.

Rivais cheios de ódio — *très* camaradinhas. *E daí?*

Crutch foi até a janela. Sua cabeça doía. Ele suava. Ofegou e embaçou o vidro.

Limpou-o. Piscou e forçou a vista. O show de formigas sumira.

Café parecia uma coisa boa. Dar um pulo na Gazcue e tomar uma xícara de café. Recalibrar e recogitar. Curtir o feitiço. Recapitular e reconsiderar o caso.

Crutch caminhou. Atravessou o campo de polo. Viu mulheres na área cercada. Chegou à calle Bolívar e foi para o Malecón.

Nada de tiras, nada de formigueiro. Aquele berro de sirene era algum tipo de barra limpa.

A cabeça ainda doía. A dor recirculou e ardeu. Ele ouviu um carro andando devagar atrás. Ouviu passos na calçada. Viu sombras adiante.

Bando:

Dois caras atrás dele, dois caras na frente. Têm lenços como máscaras, um está escorregando, é Felipe Gómez-Sloan.

Atacaram. Ele se sacudiu. Foi enrolado com corda de varal, levou socos, teve fita adesiva grudada na boca. Livrou um braço e arrancou a máscara de Canestel. A rua deu cambalhota, o céu o acertou, ele viu o Karro Tigre.

Jogaram-no no porta-malas e baixaram a tampa. Ele tirou a fita. Chutou a ponta da fechadura e engasgou no ar rançoso. O Karro Tigre saiu cantando pneus. Ouviu batidas no banco de trás. O forro do porta-malas se rasgou e deixou ar e luz entrar. Uma lâmina de faca golpeou e escavou espaço.

Tem mais luz. Tem uma mão. Tem as tatuagens dos pit bulls do francês.

O francês gritou. Era *bouillabaisse* de palavras. *Cochon, pédé, putain Rouge. "L'héroïne" en français,* "escroto" em inglês.

A lâmina continuava golpeando. Crutch se retorceu para ficar longe e chutou. Acertou a mão do francês. A lâmina raspou seu tênis. Ele se contorceu e puxou os pés de volta.

Fumaça encheu o porta-malas — cinco escrotos fumando. Crutch viu os olhos do francês no buraco do porta-malas.

— Não foi o 14 de Junho. Foi Dwight Holly. Havia uma câmera de segurança no saguão do hotel. A câmera era equipada com um temporizador. Não pode ser outra coisa.

Os cubanos soltaram sibilos de tigre. Saldívar soprou fumaça no porta-malas. Crutch engasgou e chutou a cara dele.

O francês gargalhou. Crutch se retorceu contra o fecho do porta-malas. Cigarros bombardearam-no. Ele bateu para espanar as brasas.

Rezou. Sua dor de cabeça se alojou atrás dos olhos e criou uma borda branca nas coisas. O francês disse:

— Os atentados chatearam muito Sam e Carlos. Sam e Carlos não sabem de sua participação nisso, mas eu disse que talvez você pegue leve com os comunistas. Duvido que o presidente Balaguer se arrisque a outra rodada de construções e sabotagem potencial. Sam e Carlos acham que você deveria melhorar suas credenciais anticomunistas.

O Karro Tigre ia à toda. Parecia a autoestrada em velocidade máxima. Crutch rezou. Fez um zoom pelos salmos e o Glória ao Pai. Sua cabeça martelava. Os olhos ardiam. Viu Jesus e Martin Luther em Wittenberg. A fumaça enchia o porta-malas. Guimbas de cigarro vieram em seguida. Sibilos de tigre, rosnados de tigre, caretas no buraco.

Pariguayo, pariguayo, pariguayo.

Crutch vomitou e engasgou. Calombos na estrada faziam o Karro Tigre balançar. Crutch encostou o rosto no buraco do porta-malas e sugou o ar. Gómez-Sloan apertou um cigarro em seu nariz.

Ele gritou e rolou para longe do buraco. Ouviu *pariguayo, pariguayo*. O Karro Tigre parou e foi desligado. As portas bateram. A tampa do porta-malas se abriu e deixou a luz do estou-vendo-Jesus entrar. Mãos agarraram-no e puseram seus pés no chão.

Era um lugar de merda. Um lixão com seis barracos adjacentes.

Restos de papel e palha. Cinquenta toneladas de *alguma coisa* moída. Ossos se projetando de um monte de cinzas. Coisas se remexendo dentro — rabos de jacaré se sacudindo.

Pariguayo, pariguayo, pariguayo.

O sol queimou sua dor de cabeça através dos olhos. As mãos o agarraram e o fizeram andar. Alguém prendeu uma coisa grande e pesada às suas costas. A coisa tinha uma mangueira, um bico e um gatilho. Alguém pôs em suas mãos uma coisa que pingava.

Pariguayo, pariguayo, pariguayo.

Era L.A. ou a R.D. Era o lixão de Boyle Heights ou o pântano de Watts ou algum negócio do 14 de Junho. O sol evaporou a coisa que pingava na sua mão. Outras mãos o empurraram até uma cabana com a frente aberta. Havia duas dúzias de pessoas amarradas e amordaçadas com fita adesiva.

Pessoas negras. Homens, mulheres e crianças — magérrimos e se retorcendo. Feridas purulentas. Olhos amarelos saltando e vitrificando.

A coisa que pingava parecia gasolina. Os olhos amarelos falaram com ele. Era L.A. ou o Haiti. As pessoas eram escória negra ou senhores do vodu. Os salmos ficavam repassando.

Mãos firmaram-no. Mãos flexionaram suas mãos na coisa que pingava. Nuvens cobriram o sol por um momento.

Ele avançou e girou. Viu os cinco e soube o nome deles certo pela primeira vez. O sol se reeclipsou e piscou para ele. Apertou o gatilho.

A chama saltou para cima e para fora. Eles gritaram e ficaram espasmódicos com o fogo.

A munição nos cintos explodiu. Pedaços deles explodiram.

DOCUMENTO ANEXO: 30/3/70. Extraído do diário de Marshall E. Bowen.

Los Angeles,
30/3/70

"Conferência de cúpula da militância negra": saborear o conceito.

Eu seria o agente facilitador. Leander James Jackson representaria a ATN e Joseph Tidwell McCarver e Claude Cantrell Torrance negociariam a favor da FLMM. Esse acontecimento augusto estava marcado como um churrasco à tarde na casa de Joe McCarver. Haveria costeletas, frango, verdura, birita, maconha e torta de batata-doce. O quintal de Joe seria decorado festivamente. Sua filha de 4 anos e o filho de 6 forneceriam distração e talvez servissem para aplacar o uso exagerado da palavra *caralho*.

Eu estava de posse da droga. Seria encarregado de negociar a percentagem para a ATN e FLMM e a divisão final dos lucros. Mais importante, era aí que eu mudaria minha aliança do Sr. Holly para Scotty.

O plano resultou da conferência de cúpula Bowen-Bennett no Tommy Tucker's Playroom. Decidimos que seria necessária ação imediata. A divisão da droga seria feita; os panacas da ATN e da FLMM deixariam o lugar levando uma bela carga; Scotty apareceria para a batida. Isso significava trair prematuramente meu status de infiltrado do FBI, assim sacaneando o Sr. Holly e o Sr. Hoover, com esperanças de voltar num átimo ao DPLA. Se o plano colasse, tanto a ATN quanto a FLMM seriam totalmente desacreditadas, os federais teriam suas acusações e eu seria reintegrado ao DPLA. O Sr. Hoover e o Sr. Holly ficariam furiosos. Eu havia encerrado unilateralmente a operação com a ajuda do Scotty. O ressentimento iria ferver e depois se dissipar. Scotty e eu estaríamos livres para juntar nossas informações sobre o assalto. Formaríamos uma poderosa dupla para ir atrás do dinheiro e das esmeraldas; a OPERAÇÃO IRMÃO MAAAU seria considerada um sucesso. Esse trecho louco da minha vida jovem, com todas as suas paisagens mentais, assumiria uma dimensão totalmente nova.

Perguntei a Scotty como ele sabia sobre minha fixação pelo assalto o suficiente para me arrochar sobre isso. Scotty disse que ficou sabendo que eu vinha fazendo indagações sutis havia meses. Por instinto fez uma verificação do passado a meu respeito. Bingo: meu endereço na 84 com Budlong apareceu numa antiga carteira de motorista.

Joe McCarver era dono de uma casinha de estuque na 68th com Slauson. O dia estava quente. O quintal dos fundos estava confortavelmente equipado com cadeiras de jardim; as crianças espadanavam numa piscina rasa. Scotty estava parado num carro não caracterizado a dois quarteirões de distância. Tinha um rádio de comunicação. Eu só precisava de quatro segundos com o telefone do quarto de Joe.

— Isso vai ser bom pra *caraaaaalho* — disse Claude Torrance enquanto nos sentávamos.

A droga estava no meio de uma comprida mesa de piquenique, como se fosse uma peça de altar. A tensão entre os grupos precisava ser quebrada antes de começarmos a negociação, por isso foi servido rum 151 e fumo. Eu me servi comedidamente. Os outros três homens consumiram uma garrafa inteira de rum e fumaram vários baseados. Joe atacou a comida; eu preparei as observações iniciais da minha mediação. Então Claude começou a foder com minha cabeça.

— Irmão, e eu te chamo de "irmão" com uma porra de um ceticismo do caralho, deixa eu perguntar, *irmão*, por que dedurou o irmão Jomo Kenyatta Clarkson para a porra dos porcos no ano passado?

Eu disse alguma coisa neutra. Fiz o negócio conciliador do "Ei, irmão, vamos ficar numa boa".

Leander interveio; tenho certeza de que ele considerou minha resposta coisa de veado. Ele disse:

— Escuta, menininho. Eu enfiei uma faca no Jomo e o vi sangrar sangue fraco. Ele era anêmico devido aos pensamentos fracos e ao forte apetite pelo mal. Pus um feitiço na alma crioula dele e ele morreu no dia seguinte. Tenho conexões com *bokurs* da seita bizango e com o fantasma do barão Samedi. Eles *fizeram* Jomo se apagar. Eles mandaram legiões de formigas vermelhas entrar pelo buraco do pau dele e comer os olhos e o cérebro dele. Essa é a pura verdade, menininho.

Prendi o fôlego.

Joe pousou uma asa de frango e estalou os nós dos dedos.

— O barão Samedi chupou meu pauzão preto — disse Claude e cuspiu nos sapatos de Leander.

Então:

Leander sacou uma arma. Joe sacou uma arma. Claude sacou uma arma. Houve uma pausa brevíssima em que eles poderiam ter recuado. Um vento forte soprou no quintal. Uma garrafa tombou. O barulho soou alto. Foi isso.

Os três homens tinham automáticas com pentes rápidos. Todos dispararam ao mesmo tempo, enquanto eu me enfiava embaixo da mesa.

Foi muito de perto. O barulho foi horrível. Leander atirou em Claude. Joe atirou em Leander. Leander atirou em Joe enquanto caía. Os três estavam no chão perto da mesa. Estavam tecnicamente mortos, mas ainda se retorcendo. Ficavam disparando e mandando bala. As crianças gritaram e tentaram correr. Balas perdidas e ricochetes as acertaram. Vi o cérebro da menininha estourar dentro da piscina.

Enrolei-me, cobri a cabeça e esperei mais tiros ou ruídos de morte. Não houve. Olhei em volta e vi os três homens mortos e as duas crianças mortas. A coisa acabou em menos de dez segundos. Tive uma revelação. Foi uma paisagem mental percebida instantaneamente. Preparei de imediato um quadro para minha redenção heroica de julgamento pelo fogo.

A casa e o quintal dos fundos estavam flanqueados por terrenos baldios de três lados, o que me deu privacidade e tempo para trabalhar. Com calma, saquei a arma e atirei na cabeça do morto Claude Cantrell Torrance. Com calma igual, atirei nos falecidos Joseph Tidwell McCarver e Leander James Jackson. Para terminar, tirei as três armas das mãos deles e disparei aleatoriamente. Limpei os cabos e pus calmamente as armas de volta nas mãos deles.

Claro — eles atiraram uns nos outros. Mas eu assumi o controle e apaguei todos. Uma pena o que aconteceu com as crianças. Tentei levá-las para a segurança, mas as balas perdidas as acertaram antes.

Atravessei o quintal e estiquei os corpos em posições convincentes de tiroteio cruzado. Apaguei com toalhas de papel as marcas dos corpos arrastados e examinei a cena. Corri até a casa e dei um telefonema em falso pânico para o Scotty.

Sua sirene soou instantaneamente; ouvi a dois quarteirões de distância. Voltei lentamente para o quintal.

DOCUMENTO ANEXO: 1/4/70. Artigo no *Los Angeles Herald Express.*

TIROTEIO ENTRE MILITANTES NEGROS

Há dois dias, um churrasco num quintal na zona sul de Los Angeles se transformou em violência, e três homens e duas crianças foram mortos. Os relatos iniciais da imprensa atribuíram a matança a uma transação de drogas de alto valor que acabou dando errado. Agora parece ter sido muito mais do que isso.

As três vítimas adultas — Leander James Jackson, 31 anos, Joseph Tidwell McCarver, 32, e Claude Cantrell Torrance, 23 — eram empedernidos ativistas negros, disse aos repórteres o sargento Robert S. Bennett, do DPLA, numa entrevista coletiva. As duas crianças assassinadas — Theodore e Darleen McCarver, de 6 e 4 anos, eram filhos de McCarver com sua esposa. O sargento Bennett revelou ainda que havia uma sexta pessoa no quintal de Joe McCarver: o ex-policial do DPLA Marshall E. Bowen.

"Talvez vocês se lembrem do policial Bowen de uma altercação que teve comigo em 1° de outubro de 1968", disse o sargento Bennett. "Os atos do policial Bowen resultaram em sua demissão do DPLA. Na realidade, a altercação e a subsequente demissão foram apenas um ardil para permitir que o policial Bowen se infiltrasse com sucesso na Aliança da Tribo Negra e na Frente de Libertação Mau-Mau, dois violentos grupos nacionalistas negros decididos a vender heroína para financiar suas atividades subversivas."

O policial Bowen assumiu o microfone. "Jackson, McCarver e Torrance tinham enormes fichas criminais e ligações com comunistas", disse ele. "Eu vinha juntando provas contra eles desde minha falsa demissão do DPLA há um ano e meio. O objetivo do churrasco era uma 'reunião de cúpula sobre drogas' e a culminação do meu trabalho como infiltrado do FBI. Lamentavelmente uma discussão verbal se transformou em tiroteio. Eu corri e tentei levar as duas crianças para um lugar seguro, mas balas perdidas as acertaram primeiro. Nesse ponto entrei no tiroteio com Jackson, McCarver e Torrance, enquanto um disparava contra o outro."

O diretor do FBI, J. Edgar Hoover, elogiou o "trabalho brilhante do policial Bowen jogando um balde de piche em duas organizações alinhadas com o comunismo". O recém-empossado chefe do DPLA, Ed Davis, anunciou que o policial Bowen retornará ao Departamento de Polícia de Los Angeles como sargento e receberá o maior prêmio do DPLA: a Medalha de Valor.

DOCUMENTO ANEXO: 2/4/70. Artigo no *Sentinel* de Milwaukee.

ESTRANHOS BOATOS VINDOS DA REPÚBLICA DOMINICANA

A República Dominicana tem estado comparativamente em paz desde a guerra civil de 1965, um breve confronto militar que terminou há quase cinco anos. Os fuzileiros navais dos EUA, satisfeitos com o esmagamento de uma potencial revolta comunista na ilha, haviam partido. Nesse ínterim, um ditador de esquerda foi deposto, e o reformador de centro, Joaquín Balaguer, está no poder desde 1966. Mas nas últimas semanas chegaram boatos terríveis da "R.D.", como é conhecida popularmente.

Nenhum dos boatos foi confirmado por fatos, mas são persistentemente semelhantes, levando alguns jornalistas norte-americanos a imaginar se os eventos estariam interconectados.

Houve um surto de manifestações de grupos de esquerda em Santo Domingo, mais particularmente do grupo castrista "Movimento 14 de Junho". Fontes do governo disseram que isso não é incomum; a livre expressão é encorajada na R.D., por isso as manifestações não são eventos anômalos. Os canteiros de obras de quatro hotéis-cassinos financiados por empresas dos EUA teriam sido sabotados há duas semanas, coisa que as fontes governamentais também negaram. Acrescente-se o assassinato de um norte-americano por membros de uma seita de vodu antidominicana e a descoberta dos corpos carbonizados de um francês com ligações com a direita radical e quatro exilados cubanos supostamente apoiados por norte-americanos ricos da comunidade de exilados em Miami, e com tudo isso temos material para grandes conversas sobre conspiração.

O chefe do posto da CIA, Terence Brundage, disse aos correspondentes: "É só isso. Conversa fiada, nada mais. Vocês têm um punhado de boatos sem relação uns com os outros, e só."

Essa avaliação foi reafirmada pelo porta-voz do presidente Balaguer. "É tudo balela", disse ele. "Os canteiros de obras dos cassinos não foram sabotados. Falhas estruturais os derrubaram, e estamos discutindo de novo com nosso grupo de investidores norte-americanos, que está ansioso para recomeçar a reconstrução."

DOCUMENTO ANEXO: 3/4/70. Transcrição literal de telefonema do FBI. Classificada como: "Gravado a pedido do diretor/ Classificado como Confidencial 1-A: A ser lido exclusivamente pelo diretor." Falando: Diretor Hoover, Agente Especial Dwight C. Holly.

JEH: Bom-dia, Dwight.

DH: Bom-dia, senhor.

JEH: Você parece macambúzio, ao passo que eu estou empolgado. Não me sinto num humor assim desde 1919. Você estava no cais comigo, Dwight. Nós demos adeus à truculenta Emma Goldman.

DH: Sim, senhor.

JEH: No fim o jovem Bowen ascendeu às alturas. E não o condeno por seu "encontro final" com o DPLA e o descomunal sargento Robert S. Bennett. Nosso sedutor sépia queria o emprego de volta, e quem pode culpá-lo?

DH: Sim, senhor.

JEH: A ATN e a FLMM eclipsaram momentaneamente os Panteras. O Bureau recebeu 1 milhão de matérias favoráveis. Os dois grupos estão indo em direção à acusação das massas.

É uma explicação vívida da torpeza negra, até com crioulinhos para puxar os fios do coração da gente.

DH: Sim, senhor.

JEH: Você parece macambúzio e terrivelmente tenso, Dwight. Você deveria...

DH: Preciso lançar um blefe sob a proteção do seu nome e do nome do presidente Nixon, senhor. Se a coisa retornar aos senhores, eu gostaria muito que o senhor desse a confirmação. E nunca mais lhe pedirei outro favor.

JEH: Carrancudo e impertinente. Um Dwight Chalfont Holly que nunca ouvi antes.

DH: Sim, senhor.

JEH: Estou exultante, Dwight. Em resultado, minha resposta é sim. Nós derrubamos a ATN e a FLMM como se fossem cães hidrófobos. Falei e disse.

DH: Obrigado, senhor.

JEH: Bom-dia, Dwight.

DH: Bom-dia, senhor.

CAPÍTULO 85

(Nova Orleans, 4/4/70)

Retornos e viradas erradas. Ruas sem saída com sinalização ruim. O mapa de ruas era de dez anos antes.

Placas mandavam-no pegar saídas e voltar para trevos rodoviários. Ele desviava de obstáculos na estrada e de operários de obras ociosos que surgissem no caminho.

Estava quente. Tudo florescia. O mundo se movia devagar, enquanto ele corria ofegante.

Dwight passou por uma estrada de acesso. Finalmente — placas para o Town & Country.

Estava totalmente ferrado. Ficou sozinho com isso. Karen estava de volta ao leste e Joan desaparecida. Era trabalho excessivo em tempo integral. Viu as fotos da cena do crime. Pareciam forjadas. O DPLA engoliu ou concordou com a versão de Marsh Bowen. O Merdinha lhe mandou um bilhete.

"Dwight, vi Marsh com Scotty B. duas noites antes do tiroteio. Eles pareciam cordiais. Isso me surpreendeu, então achei que iria gostar de saber."

A rua era cheia de buracos. Havia atoleiros dos dois lados. Dwight entrou numa clareira. O motel era em forma de L, cor-de-rosa desgastado. Três carrinhos de golfe estavam do lado de fora do escritório.

Dwight estacionou ao lado deles. A porta do escritório estava aberta. Uma bola de golfe saiu rolando pelos degraus. Era uma imagem parada. Corria numa lentidão solapada pelo calor. Tudo que viu parecia apavorante.

Trancou o carro e foi até lá. Seu terno sufocava. Viu Santo, Sam e Carlos com roupas de golfe.

O escritório era de pinho cheio de nós. Os Rapazes estavam sentados em pufes e tomavam licores servidos de jarras de vidro biselado. Carlos apontou para uma poltrona e para a porta. Dwight aquiesceu. Santo bateu num aparelho de ar-condicionado e diminuiu a temperatura.

— Dwight está magro demais — disse Sam.

— Este não é um homem que traz boas novidades — comentou Santo.

— Temos boas notícias. Esperemos que as notícias ruins dele não interfiram — disse Carlos.

Dwight se deixou afundar em sua poltrona. O ar saiu dela, chiando. Ele se sentiu sem peso.

Santo bebericou anisete.

— Dwight H. está sem palavras. O que é isso que estou vendo?

Sam bebericou Galliano.

— Ele andou engolindo sapos. Perdeu peso com essa dieta de engolir apenas sapo.

Carlos bebericou XO.

— Ele é um homem que sofreu uma perda. Wayne T. incendiou os canteiros de obras e nos roubou, Deus sabe por que motivo. Ele está tentando entender todo o sofrimento causado por aquele mórmon filho da puta.

— Sei que vocês têm planos. Só preciso de alguns minutos do seu tempo — disse Dwight.

Santo bebericou anisete.

— Nesse ponto você está certo. Tempo é uma mercadoria escassa no momento.

Sam bebericou Galliano.

— Estou escrevendo um livro sobre o Wayne. Chama-se *A morte de um caçador de crioulos.*

Carlos tomou um gole de XO.

— Uns Vermelhos fritaram a Ekipe Tigre. Aposto que andaram atirando por aí.

Santo mudou para Drambuie.

— Eles eram fanáticos demais para o meu gosto. Falei e disse. Eram malucos de direita.

Sam mudou para schnapps.

— O Merdinha é o último homem de pé. Ele estava espiando janelas quando a Ekipe virou churrasco.

Carlos bebericou XO.

— Por que lamentar a história recente? Balaguer voltou ao aprisco e está batendo nossas carteiras de novo. Desta vez não vamos contratar amantes de crioulos ou mercenários neonazistas com objetivos colaterais.

Santo bebericou Drambuie.

— Os bebuns brancos gostam de perder dinheiro em locais luxuosos nos trópicos. É a Era de Aquário, neném.

— Deixe o sol entrar — disse Sam.

— É isso aí, irmão. Vamos curtir — completou Carlos.

Dwight balançou a cabeça.

— Nada de cassinos no estrangeiro. A ordem vem direto do presidente Nixon. A R.D. foi uma cagada enorme. Não vai acontecer de novo. O presidente é enfático. Vocês vão descobrir que ele coopera em todos os outros sentidos, mas seu plano de cassinos está morto a partir de agora.

Eles o encararam. Hesitaram. A imagem parou e depois acelerou em velocidade tripla.

Carlos jogou um copo nele. Acertou na parede e se espatifou. Santo e Sam jogaram seus copos. Todos passaram longe da poltrona. Birita doce demais espirrou nele.

Dwight se levantou e saiu. Suas pernas bambearam. Ele caiu no carro. Viu uma cama e um gramado no fim de um túnel.

CAPÍTULO 86

(Los Angeles, 5/4/70)

O estacionamento.

Semana do velho lar.

De volta ao aprisco.

Merdinha, pariguayo. Você matou o cara que matou JFK. Você apagou uma porrada de Vermelhos e teve bocu de aventuras. Está com 25 anos. Tem cabelo riscado de grisalho e rugas na cara. Suas costas estão todas retalhadas.

Crutch estava sentado em seu carango. A velha turma circulava. Clyde e Buzz Duber, Phil Irwin e Chick Weiss. Bobby Gallard e Fred Otash.

Recebeu mais e-aí-meu-chapa e você-não-está-com-a-cara-boa. Fred O. lançou-lhe um mau-olhado. Freddy esteve nos atentados de King e Bobby. Freddy sabia que ele sabia. Agora eram tudo águas passadas.

Papo circulava. Chick mandou Bobby e Phil num serviço de marido pulando a cerca. Aquele produtor da Ravenswood era priápico. A mulher número 3 estava doida para dar no pé enquanto o marido estava doido por rabo.

Ei, cara. Você não estava metido em alguma merda maneira no Caribe?

Não era tão maneira. Eu deveria ter ficado em casa.

Crutch soltou os aldeãos. Eles fizeram um show de grande-buana-branco e correram para o mato. Ele incendiou o Karro Tigre e voltou a pé para Santo Domingo. Fez as malas e se mandou.

Os Rapazes não o arrocharam. Ele chegou a L.A. e desmantelou as salvaguardas. Re-clicou com Clyde e Buzz e voltou a fazer serviços de motorista. Buzz bombardeou-o com perguntas. Ele diminuiu a importância de tudo. Buzz perguntou sobre seu caso. Ele disse que havia desistido.

Uma tempestade caiu. Os caras se empoleiraram nos carros. Ele estava de volta havia oito dias. Clyde viu que ele estava fodido e lhe deu trabalho. Usava aquele filipino bem-dotado para todos os sexos. Chutava portas e tirava *muchas* fotos. Sal Mineo precisava de grana e consentiu em comer uma mulher. O trato morreu por causa do pau mole de Sal. Parecia errado. A coisa deveria ter lhe dado tesão. Em vez disso deu medo.

Tudo lhe dava medo.

Nada clicava como *seguro*. Ele tinha seu quarto no Vivian e o cafofo de arquivos no centro da cidade. Pareciam pouco seguros. Pegou o dossiê de sua mãe e do seu caso. O negócio parecia pouco seguro. Espiava em Hancock Park. Julie Smith estava casada, grávida e fora de casa. Dana Lund tinha um namorado panaca. Envelhecera tanto quanto ele.

Crutch virou a ignição e ligou o rádio. Ouviu um jorro de música. "Rostos saem da chuva." Isso o deixou assustado. Tinha a ver com o vodu. A música apontava para *ele*. Agora estava chovendo. Ele forçou a vista pelo para-brisa e tentou ler rostos. Xongas — só pedestres com guarda-chuvas.

Vê sinais em toda parte. Fica acordado a noite toda ou dorme demais. Tem ataques de choro de criança — *Merdinha, pariguayo*. Vê merdas involuntariamente. São refilmagens da Zona Zumbi com paisagem de L.A.

Seu caso estava desativado em algum lugar da cabeça. Estava lá, fervendo em fogo baixo. Leander James Jackson era Laurent-Jean Jacqueau, mas os dois estavam mortos. Gretchen/Celia estava em algum lugar. Doía pensar em Joan.

A chuva caía em zigue-zague. Crutch viu duas pequenas batidas de carros. O noticiário do rádio era blá-blá-blá: Hanói, Jane Fonda e James Earl Ray.

Baixou o volume. Uma garota preta andava pela Beverly. O feitiço saiu pela culatra: ele pensou em Wayne.

Você tentou me contar, eu não escutei, dedurei você. Você está morto dentro dos dias e eu estou aqui. Filho da puta, você me re-enfeitiçou. Não consigo manter a comida no estômago. Tenho medo de ficar sozinho e piro perto das pessoas. Hoje cedo fui à igreja. Queria revogar o feitiço. O pastor chutou meu rabo de voyeur para fora do banco.

Pariguayo em inglês: "espia-festas".

Clyde levou-o a um grande rega-bofe do DPLA. Jack Webb foi o mestre de cerimônias. Marsh Bowen recebeu a Medalha de Valor.

Marsh era veado. Quem sabia e quem não sabia? Quem sabia e não se importava? Marsh posou para fotos com Scotty Bennett. Agora eram amigos do peito. O "Estouro da Militância Negra"? — uma grande trapalhada federal. A operação do Grande Dwight sai pela culatra e os tiras se dão bem. Dwight estava fora, em algum lugar. Crutch ligou para o sobrado algumas vezes e ninguém atendeu.

Trovões e raios estalaram. O céu ficou num vermelho lança-chamas. Crutch sentiu um ataque de medo. Correu até a baia de serviço e ficou embaixo do telheiro.

Dois mecânicos trabalhavam num Olds 62. Crutch viu-os tirar o volante e reajustar a embreagem. Um jornal estava aberto em cima da bancada. Crutch olhou.

O *Vegas Sun*. Uma matéria sobre o enterro de Wayne. Uma foto de Mary Beth Hazzard com o véu preto.

Ela chorava. *Ela acreditou no que ele contou e mesmo assim chorava.*

O Stardust ficava no meio da Strip. A suíte de Wayne tinha uma porta fácil de ser arrombada. Ele tinha lido um livro sobre vodu. Retirar feitiço era moleza. Você tocava os pertences da vítima e recolhia seus pensamentos. Ele não acreditava. Era texto luterano afastado 1 milhão de batidas de coração. Achava que devia a Wayne.

A viagem de carro levou seis horas. A chuva não parava. Rostos vinham e iam com a música do rádio. Parou no subsolo e subiu de elevador até o andar de Wayne. Ninguém atendeu à batida na porta. Ele abriu a fechadura com gazuas e entrou.

A suíte parecia a mesma de sempre. A mesma mobília, o mesmo fedor cáustico. O lugar parecia preservado.

Foi até o laboratório. Um espaço de arquivo fora montado bem ao lado. Pilhas de papéis, caixas, gráfico na parede. Uma reprise do recanto de *seu* arquivo.

As setas, as linhas conectando. As anotações bem escritas à mão.

Seguiu linhas e setas. Fatos, lógica, conjectura. Tudo fazia todo o sentido.

O filho desaparecido de Mary Beth. Esmeraldas. Haiti e Leander James Jackson. A mulher de cabelo escuro com fios grisalhos.

Celia, agitadora esquerdista. Uma sugestão de Joan e Dwight Holly apaixonados.

Seu caso e o de Wayne: indivisíveis.

Santo Deus, aquela bandeirinha vermelha.

CAPÍTULO 87

(Silver Hill, 5/4/70 a 4/12/70)

A cama, o gramado. As construções brancas, o sono injetado.

A coerção o levou para lá. Passou trinta dias naquela época. Depois ficou oito meses. Treze anos de dízimo de penitência formaram seu tempo entre as estadas. A primeira visita foi por acaso. O contexto era a negligência bêbada. As questões levantadas eram pagamentos de culpa e abstinência. Esta estada resultava de intenção imprudente e pensamento político cruel. O número de mortos era incontável. A condição mental que criou as ações exigia uma abordagem consciente.

Estava ali. Ela se achava aonde quer que fosse quando sumia. Ela sabia que era cúmplice. A imprudência dela havia gerado o caos em outras ocasiões. Ela ia embora para criar a vontade de retornar.

Silver Hill era um lugar lindo. Ficou lá por três estações. Pegou a luminosidade da primavera, o brilho do verão e a neve.

Ele mandou um telex para o Sr. Hoover. Declarava sua necessidade de um longo descanso e não declarava sua localização. Hoover sabia que ele estaria ali. Um cartão chegou um mês depois.

Tire todo o tempo de que precisar. Tenho um novo serviço para você. Não é em Los Angeles. Você vai começar em janeiro.

"Superintendente de arquivo." Eufemismo para "Cavador de merda". Amontoar fofocas e revirar escândalos. Alimentar o depósito particular da bicha velha.

Trabalho de baixo risco. Missão sem causar mortes.

L.A. era L.A. Ele poderia se sentir seguro ao norte da zona sul. Karen estava lá. Joan poderia voltar à superfície e encontrá-lo.

Desmoronou em Nova Orleans. Pediu um avião do Bureau e foi direto para lá. Médicos o examinaram e descobriram que estava fisicamente bom. Obrigaram-no a ingerir refeições enormes e colocar um peso adequado sobre os ossos. Sedaram-no. Dormiu 18 horas por dia durante seis semanas seguidas. Acordou espantado. Viu seus entes perdidos no momento em que abriu os olhos. Soluçou. Entrou em ataques de pânico e se jogou contra paredes. Enfermeiros aplicaram injeções. Ele voltou a dormir e fez tudo aquilo de novo.

As paredes do quarto eram acolchoadas. Quando se jogava contra elas não doía. Ele queria causar dor. Pensou que a dor turvaria os rostos dos mortos.

Superou essa parte. A repetição exauriu-a. Os médicos diminuíram a sedação. Ele evitava os psiquiatras e os outros pacientes. Passava tempo com um rebanho de cabras mansas.

Elas viviam protegidas no terreno. Estavam lá para consolar os esgotados.

Ele as alimentava e as acariciava. Comprou bichos de pelúcia pelo correio e mandou para as filhas de Karen. Fingia que as filhas eram suas e que ele tinha uma vida em que ninguém era sacaneado nem machucado. Esses pensamentos matavam-no. Tinha perdido a sanidade e chorava e sentia medo de nunca mais sair para o mundo.

Seus entes perdidos lhe vinham. Ficava sentado com eles. Passava semanas ouvindo-os e semanas falando com eles. Chegou ao ponto em que podiam coexistir.

Eles vinham e iam. Dwight começou a ver o que eles queriam e o que devia a eles. Eles lhe davam sua mente de volta em consignação.

Karen mandava bilhetes cheios de orações quacres pela paz. As meninas mandaram cartões de agradecimento pelos bichos de pelúcia. Karen mandou uma foto das três. O endereço e o número de telefone estava escrito atrás. Dina escreveu em cima: "Se esse homem estiver perdido, por favor devolva-o."

Ele andava com a foto. Passava horas com suas cabras. Pensava em tudo aquilo e começava a ver.

Uma operação detalhada. Um projeto de contexto múltiplo. Um cenário explicativo. Diga como era então e como é agora.

A loucura racial do Sr. Hoover. A guerra do FBI contra o movimento dos direitos civis. A gafe calamitosa com os grupos de militantes negros.

Um gigantesco feito de exposição. Um indiciamento densamente entulhado. Um tratado sobre o pensamento conspiratório. JFK, RFK e MLK estão mortos. Deixe-me dizer como.

Um grande documento social, com os atores principais tremendamente iluminados. Marsh Bowen: um homossexual dúplice e provocador implacável. Figuras da Máfia com ligações malignas com o gueto. A órbita de pistoleiros contratados do Sr. Hoover. O agente especial Dwight C. Holly — convocado a confessar.

Um evento de medida tremendamente séria. Uma ideia grandiosa tirada da mania do Sr. Hoover pelos arquivos. Um épico de documentos malignos banalizados pelo peso espantoso de seu vazio. Um texto tão profundo que desafiaria toda a leitura fácil e inspiraria estudos contenciosos por toda a porra dos tempos.

Ele viu tudo. Não anotou nada. Descansava e acariciava suas cabras.

Karen lhe mandou uma torta de pêssegos no Dia de Ação de Graças. Ele dividiu-a com suas cabras. Ficou rabugento por causa delas. Abordou um administrador. O sujeito disse:

— Elas nunca vão ser machucadas, Sr. Holly. Vão ficar aqui a vida inteira. Estarão aqui para pessoas como o senhor.

Ele descansava. Dormia. Tinha alguns sonhos pacíficos com Wayne. Revisou e aprimorou sua ideia. Poderia contar logo a ela. Sabia que não poderia encontrá-la. Sentia que ela iria encontrá-lo em L.A.

Estava errado. Aconteceu abruptamente. Ela o encontrou ali com suas cabras.

Ouviu passos. Virou-se e viu-a. Ela parecia mais feroz e de tirar o fôlego do que nunca. Absolutamente no controle.

— Olá, camarada — disse ele e pegou a bandeirinha vermelha.

— O que vamos fazer? — perguntou ela.

— Deixe-me contar — respondeu ele.

QUARTA PARTE
CARTEL CRIOULO

5 de dezembro de 1970 a 18 de novembro de 1971

DOCUMENTO ANEXO: 5/12/70. Transcrição literal de telefonema do FBI. Classificada como: "Gravado a pedido do diretor/ Classificado como Confidencial 1-A: A ser lido exclusivamente pelo diretor." Falando: diretor Hoover, presidente Richard M Nixon.

RMN: Bom-dia, Edgar.

JEH: Bom-dia, Sr. Presidente.

RMN: Como está se sentindo? Você pareceu um pouco indisposto durante o *brunch* da Legião Americana.

JEH: Garanto que estou em ótima forma, Sr. Presidente. E, como o senhor sabe, estou sempre "pronto para cantar".

RMN: "Cantar para ganhar o jantar." A gente entende esse velho ditado quando comanda a porcaria do país.

JEH: Sim, senhor. E, já que tocamos nesse assunto, deixe-me dizer que espero com devoção ser capaz de cantar bem em seu segundo mandato.

RMN: Edgar, você é uma bosta velha e rara. Qualquer um que o subestime deveria mandar examinar a cabeça.

JEH: Obrigado, Sr. Presidente. Eu também acrescentaria que somos amigos desde 1914.

RMN: Eu nasci em 1913, Edgar. Devemos ter nos conhecido numa festa no meu berço.

JEH: (Seis segundos de silêncio.) Bom... é... sim, senhor.

RMN: Você provavelmente tem um dossiê sobre a festa. Você abre um dossiê toda vez que algum esquerdista solta um peido.

JEH: Se eu considerar que a pessoa é subversiva, sim.

RMN: O que anda acontecendo no universo da militância negra? Meu pessoal no departamento de justiça diz que aquela bobagem está agonizando.

JEH: Talvez, senhor. Os Panteras e o EU estão tremendamente infiltrados e foram apanhados em litígio, e as pequenas ATN e FLMM morreram. Dezesseis indiciamentos por crimes, senhor. Uma pequena operação do FBI, mas um primor.

RMN: Aquele "Estouro" foi um gol de placa.

JEH: Sim, senhor. E eu chamaria de um *grand slam.*

RMN: Hmmm.

JEH: (Ataque de tosse/oito segundos).

RMN: Você está bem, Edgar?

JEH: Estou me recuperando de um resfriado, senhor.

RMN: Não fiquei exatamente empolgado com as eleições para o Congresso no mês passado. A gente perde uma cadeira aqui, uma cadeira ali, e quando se dá conta, elas vão se somando. Talvez eu lhe peça um favorzinho antes que as eleições gerais de 1972 comecem. Os democratas vão montar um bom time. Eu queria conseguir alguma sujeira bem grande sobre eles a tempo.

JEH: Ah... que tipo de...

RMN: Um serviço de busca e apreensão na moita, Edgar. Não banque o tímido comigo. Não finja que não fez esse tipo de merda com Lyndon Johnson.

JEH: Ah... sim, senhor.

RMN: Dwight Holly seria um bom homem para isso.

JEH: Dwight fez um blefe em nosso nome, senhor. Ele determinou uma proibição de cassinos no estrangeiro para nossos amigos italianos. A ideia é boa, mas o ato em si foi muito presunçoso.

RMN: Dwight é meu homem principal. Nós batemos papo pelo telefone às vezes. Você está certo, o plano é ótimo. Eu mantenho os Rapazes a distância e tiro o pessoal deles da cadeia a intervalos adequados. Tudo parece mais honesto desse modo.

JEH: Sim, senhor, concordo.

RMN: O Grande Dwight é uma tremenda figura. Você disse que ele está fazendo uma espécie de tratamento a base de repouso, não é?

JEH: Correto, Sr. Presidente. Vai retornar ao escritório de Los Angeles no mês que vem.

RMN: Dwight é audacioso. Gosto disso nele.

JEH: (Ataque de tosse/14 segundos).

RMN: Você está bem?

JEH: Sim, senhor. Estou ótimo.

JEH: (Ataque de tosse/12 segundos)

RMN: Meu Deus, Edgar.

JEH: Garanto, Sr. Presidente. Estou em perfeito estado.

RMN: Se você diz...

JEH: Eu devo concor...

RMN: Bebe Rebozo me contou uma história incrível um dia desses. Ele estava batendo papo com uns políticos do Paraguai. Eles contaram a ele.

JEH: Sim, senhor.

RMN: É uma espécie de mito. Um tesouro secreto de esmeraldas tem financiado golpes de direita desde o início dos tempos. Você já ouviu...

JEH: (Ataque de tosse e comentários abafados/a transcrição termina aqui).

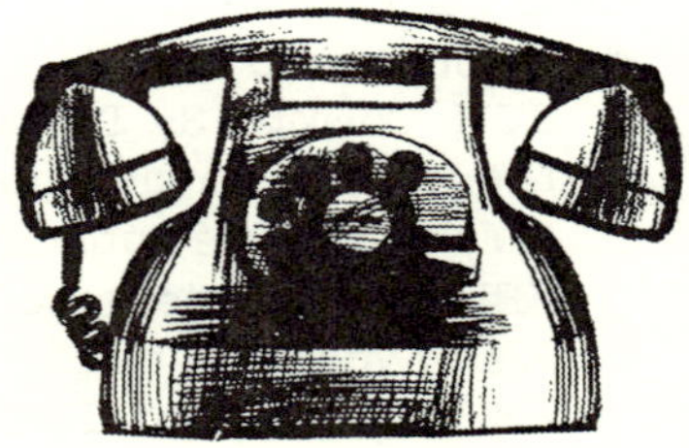

CAPÍTULO 88

Scotty Bennett

(Los Angeles, 7/12/70)

— Uma das muitas coisas que aprendi durante meu tempo de trabalho clandestino é que a criminalidade inerente é criminalidade inerente, independentemente do ressentimento racial ou político que sirva como justificativa, independentemente da validade ou não da ideologia expressa.

O discurso provocou aplausos. O prefeito Yorty e o chefe Davis aplaudiram. Scotty aplaudiu junto. Marsh parecia bom. Divisas de sargento no uniforme azul novo. Um corte de cabelo afro bem curto.

Casa cheia: no ginásio de esportes da Academia, policiais e políticos. Nenhum federal — grande surpresa aí.

— O DPLA interditou de modo soberbo os aspectos criminosos do nacionalismo negro ao mesmo tempo que honrou o direito legal da abordagem civil do nacionalismo negro, e simultaneamente abriu os braços para uma nova geração de policiais vindos de minorias.

Scotty deu um risinho por dentro. Ele abordou Marsh em março. Deixou o tempo passar. Hoje era o dia: a grande conferência de cúpula sobre o assalto.

O escroto sabia falar. Escolhia as palavras e se lançava no ritmo. Abstinha-se de uma estética homo.

O chefe curtia. Os policiais rasos se ressentiam dele. Sam Yorty curtia seu número de Pai Tomás.

Marsh incrementou-o. *Uuuu*, isso é que é um crescendo! Ele golpeava o ar igual a JFK. Tocava a nota de redenção de MLK. Recebeu aplausos de pé.

A plateia envolveu o pódio. Marsh era o Sr. Generoso. Scotty piscou enquanto saía.

Assalto à mão armada — 211 no Código Penal. Seu escritório doméstico guardava como um tesouro.

Dezoito fotos nas paredes. Dezoito mortes documentadas. Os 12 Panteras partiram sem ser louvados. Não se pode fotografar os mortos e enterrados.

Serviços em lojas de bebidas e mercadinhos. Emboscadas e tiroteios. Dezoito negros mortos.

Marsh achava que ele odiava os negros. Marsh estava errado. Ele nunca dizia a palavra *crioulo*. Odiava os assassinos, traficantes de drogas e assaltantes. Os militantes negros estavam lá no topo. Sua ficha de matança totalmente negra era acaso e demografia. A merda acontecia assim.

Ann e as crianças estavam em Fresno. A casa estava pronta para a festa de machos. Scotty serviu birita, molho e Fritos. Scotty pegou todos os seus dossiês.

Marsh Bowen o cutucava desde o início. Marsh passou aquelas notas manchadas. Marsh trabalhou por pouco tempo no Banco Popular. Marsh entrou para o DPLA. Cutucadas, porém inconclusivas.

Então Marsh entra para os federais e o sacaneia. Então Marsh começa a fazer indagações sobre os assaltos. Então Scotty faz uma verificação no departamento de veículos e descobre o endereço na 84 com Budlong.

Scotty comeu Fritos e molho de feijão. As fotos nas paredes falavam.

— Meu Deus, Scotty — disse Rudel Tyner.

— Filho, eu avisei — disse ele.

Bobby Fisk sangrou na All-American Liquor. Ele deu o dinheiro de Bobby para a avó dele.

Lamar Brown tinha pescoço fino. O cartucho triplo decepou sua cabeça.

A campainha do porão soou. Scotty abriu. Marsh estava de volta em roupas civis.

— Olá, parceiro.

— Olá, Scotty.

— Fique à vontade. Se você me mostrar o seu, eu mostro o meu.

Do então até o agora: seis anos e dez meses. Marsh deu o pontapé inicial. Estava lá naquele dia.

Havia um terceiro assaltante. Era negro. O chefe atirou nele, escaldou-o quimicamente e deixou-o como se estivesse morto. O terceiro homem se arrastou até um beco e se escondeu. Marsh morava no quarteirão, na época. Viu o terceiro homem. Viu seu colete à prova de bala e a gaze de precaução extra. Achou que isso havia salvado a vida do sujeito. O DPLA saiu para as ruas de modo *brutaaaaal*. Marsh ficou ultrajado. Levou o homem até a casa de um médico vizinho e o escondeu lá. O médico tratou dos ferimentos e das queimaduras do sujeito. O homem se recusou a falar sobre o assalto e as mortes e jamais revelou sua identidade. Foi embora dois dias depois. Deu 20 mil dólares ao médico em notas manchadas de tinta. O médico depositou-as no Banco Popular do Sul de Los Angeles. Disse a Lionel Thornton para deixar o dinheiro vazar de volta para a comunidade. Doações de caridade: fazer isso de modo prudente. Pequenas quantias surgiam na comunidade negra. Scotty pegava pesado com quem passava as notas. O médico morreu em 1965. Marsh ficou obcecado com o caso. Arranjou emprego no banco, ficou sabendo de xongas e saiu.

Scotty assumiu. *Ele* estava lá naquele dia. Sentiu que o caso era O Caso desde o início. Chegou à cena do crime antes dos policiais uniformizados. Encontrou cartuchos amassados de uma automática emperrada e guardou-os. Os guardas do carro blindado tinham disparado revólveres. O mesmo aconteceu com o motorista do caminhão de leite, o ladrão chefe e os dois assaltantes mortos. Com isso: um terceiro homem tinha vindo e ido. *Ele* disparou com a automática emperrada.

Um terceiro homem — lógica confirmada fisicamente agora.

Scotty andou pela cena do crime. Viu uma trilha de sangue levando para longe dela. A trilha parava perto daquele beco. Ele pegou uma amostra de sangue e conseguiu o suficiente para a tipagem. Encontrou algumas bolinhas da substância química escaldante a poucos metros. Estavam cobertas de saliva. Achou que o terceiro homem as tinha cuspido.

Os dois souberam naquele dia: um terceiro homem escapou.

Scotty mandou examinar o sangue, em segredo. O tipo: um raro AB negativo. Os outros mortos tinham tipos sanguíneos diferentes. Os cartuchos amassados: nenhum resultado, irmão. Ele testou e disparou cada automática sob custódia do DPLA. Examinara cada automática de tamanho médio fichada. Resultados: todos negativos. Mandou testar as bolinhas. Merda — nenhuma identificação química.

Marsh pulou adiante. Tenho uma pista nova. Vou dizer no fim. Vou dar uma pista agora. Verifiquei os dossiês na delegacia da universidade e na da rua 77. Descobri números de itinerário falsos. Sei que você tem um depósito particular de documentos.

Scotty apontou para seu tesouro de dossiês. Scotty encheu os copos de novo e decolou.

Rastreou o transporte das esmeraldas e fez algum progresso. O transporte começou na República Dominicana, tudo com aprovação do governo. O governo se recusou a dar informações ao DPLA. Scotty tentou de tudo. Outros policiais tentaram com menos empenho. Ninguém conseguiu rastrear a origem das pedras. A dedução de Scotty: a origem era suja, as joias eram ilegais. Os remetentes decidiram não usar malote diplomático. Em vez disso escolheram a Wells Fargo.

E:

Os registros do transporte sumiram do escritório da Wells Fargo uma semana depois do assalto. Foi uma invasão profissional. Os executivos da Wells Fargo não revelaram nada. Recusaram-se a falar com o DPLA.

Marsh interveio. Tinha ouvido boatos — negros necessitados recebem esmeraldas, anonimamente. Scotty conhecia os boatos. Lenda do gueto, quem sabe, impossível de verificar.

Scotty acelerou até a parte boa. Esta é a cola. Tudo se junta aqui.

Ele conseguiu uma testemunha ocular parcial seis meses depois do assalto. O cara disse que o assaltante principal era *branco*.

Certo, é caucasoide. Certo, há os boatos sobre o assaltante negro. Equipes bicolores em 1964 eram *muuuuuito* raras. A testemunha não tinha mais descrições. Scotty se frustrou. A gente ganha, a gente perde. Montou um dossiê sobre um executivo da Wells Fargo. A coisa nunca passou da fase de especulação.

O nome do cara era Richard Farr. Desapareceu depois do roubo e da invasão à Wells Fargo. Farr era meio norte-americano, meio dominicano. Scotty procurou documentos sobre ele. Nenhuma pista resultou. A conexão com a R.D. foi uma sacada. Subsacada: Farr podia ser algum tipo de comunista.

Scotty serviu mais bebida. Marsh assumiu um ar de colegial: por favor, me ensine.

A investigação empacou. Nada surgiu. Pistas se dissolveram em lama. Scotty abordou o aspecto da identificação. Demorou anos. Trouxe seu colega legista, Tom Tojo Takahashi.

Tom Tojo congelou pedaços dos corpos calcinados. Isolou células epiteliais de um cara e testou no laboratório. Encontrou leucócitos doentes. A doença era exclusiva de homens brancos.

Scotty fez uma verificação de jornais em cinco estados. Demorou anos. Resultado, final de 1969. O lugar: Cu do Mundo, Alabama. O homem: Douglas Frank Claverly.

Dougie tinha aquela doença de pele. Dougie era um ex-assaltante à mão armada ligado à Klan. Verificação exaustiva de passado: zero. É, mas: Dougie desapareceu em 1/64 — um mês pré-assalto.

Scotty chamou Tom Tojo de novo. Tojo identificou o falso motorista do caminhão de leite. Um anel da sorte, derretido, fez isso. O anel estava engastado numa cavidade da pele.

Tojo extraiu o anel e testou no laboratório as células epiteliais grudadas. Certo, é um preto. Tojo pegou substâncias químicas e microscópios e arrancou palavras do anel: JJL & CV.

Scotty rastreou o anel até Modesto. Cacete, demorou semanas. Jerome James Wilkinson encomendou o anel. Era um negro. Não tinha ficha criminal nem família. Trabalhava como fura-greves. Desapareceu em 1/64, um mês pré-assalto.

Entra o Dr. Fred Hiltz. Desfecho da piada: as esmeraldas iam para *ele*.

Nessa o queixo de Marsh caiu. Ele havia trabalhado em grupos de esquerda para o Dr. Fred e Clyde Duber. Scotty disse que sabia disso. Scotty contradisse textos antigos sobre o assalto.

As pedras supostamente iam para um cofre da Wells Fargo. O dinheiro era para depósito em banco. As pedras estavam sendo *mesmo* mandadas para o próprio Dr. Fred. Uma corporação de fachada ficaria com elas. Um capanga do Dr. Fred bancaria o mensageiro. O Dr. Fred estava *doooooido* pelas pedras. Havia algum mito pirado de esquerda que o deixava todo cheio de tesão.

O Dr. Fred foi apagado em 1968. Marsh disse que conhecia os fatos básicos. Scotty revelou o papo secreto.

Ele prendeu Jomo C. por causa daquela farra nas lojas de bebidas. Alguém fingiu que era Marsh. O falso Marsh ofereceu a deduragem da loja de bebidas e uma deduragem sobre um grande depósito de armas. Essa merda trouxe perigo para Marsh no gueto. Marsh sabia disso bem demais. Marsh sabia que Jomo confessou a morte do Dr. Fred e que matou seu parceiro de crime. Agora vem a merda que Marsh não sabia.

Scotty interrogou Jomo na presença de Dwight Holly. O grande Dwight ouviu a confissão de Jomo sobre o caso Hiltz. Não viu a segunda rodada de Jomo.

Cadeia do condado de L.A. Bloco da solitária. A cela individual de Jomo.

Agora Jomo o temia. Jomo chamava-o de “Sr. Scotty”. Jomo estava dobrado devido a duas porradas nos rins.

Contou que um "contato" lhe passou o assalto a Hiltz. Você vai achar um abrigo antibombas. Roube a grana. Não mate o Dr. Fred. *Avise o Dr. Fred.* Diga para ele não revelar nenhuma merda de fevereiro de 1964. Ele vai saber o que você quer dizer.

Jomo não tinha conhecimento do assalto. Scotty determinou isso. Jomo fechou o bico. Jomo se recusou a dizer o nome do contato. *Contato*: termo de agência de informações.

Scotty pressionou. Scotty deu mangueiradas em Jomo. Jomo berrou e segurou as pontas. Scotty bateu em Jomo com força demais e matou-o. Scotty preparou um lençol encharcado na água do toalete e forjou o suicídio.

Marsh ficou com tremores. Filho, amedrontei você? Scotty preparou um coquetel para ele e jogou mais batata frita no seu prato.

Isso fortificou-o. Ele contou o resto de sua história.

Wayne Tedrow em sua viagem de culpa. Sua busca a Reginald Hazzard. O rapaz se parecia com o terceiro homem. Marsh simplesmente verificou uma ficha do departamento de veículos de Las Vegas. O garoto conhecia química. Marsh pensou nisso. Uma intuição estranha voltou à superfície: os corpos muito queimados significavam conhecimento de química. As bolinhas e as queimaduras químicas... Scotty concordou.

Mergulhou um Frito no molho.

— Temos que conseguir o tipo sanguíneo do tal de Hazzard.

Marsh desenhou sinais de dólar no ar. Scotty desenhou 50-50 no ar.

— Isso deve ser divertido.

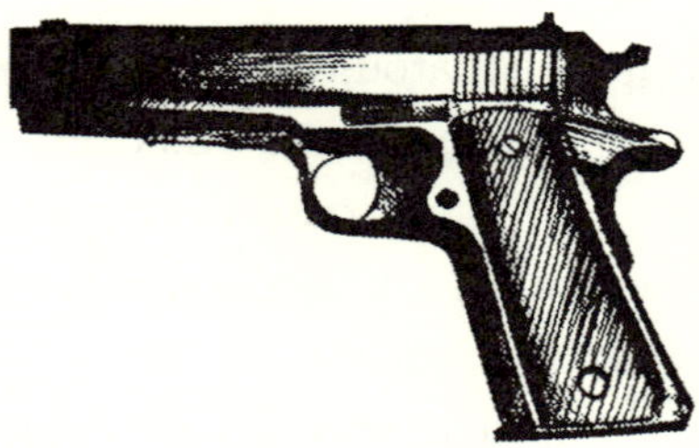

CAPÍTULO 89

(Los Angeles, 8/12/70)

Chick Weiss curtia arte negra. Coisas afro e coisas das ilhas. Estátuas da virilidade e guardas espirituais alados e sem braços.

Elas entulhavam seu escritório. Pesos de porta e bricabraques de mesa. Madeira esculpida com olhos fundos.

Crutch e Phil Irwin puxaram cadeiras. Um deus zulu estava entre eles. Tinha a metade do tamanho de um adulto. Seu pau tinha três cabeças. Os olhos de strass pareciam baratos.

Chick preparou um charuto. Tinha um cortador em forma de deusa negra. Abriu as pernas dela, enfiou o charuto no meio e decepou a ponta. Apertou um botão. A boca da deusa soprou uma chama.

Phil curtiu aquilo. Crutch desviou o olhar. Chick limpou espaço e pôs os pés na mesa.

— Serviço de fotografia. Papai é um magnata da música e mamãe, uma gata hippie. Papai é unha e carne com o DPLA. Um dos caras dele mostrou uma fita de vigilância daquele *happening* de amor no Griffith Park. Mamãe está chupando um cara perto do carrossel. Papai contratou Clyde para conseguir um material para ele. Eles transam no motel Sunset Breeze em terças-feiras alternadas. Quero que vocês ajam com sutileza. Filmagem, rapaziada. Nesse aí nada de fotos às pressas.

Crutch se levantou. Phil se levantou e oscilou de ressaca. Esbarrou no deus zulu. Algumas lantejoulas caíram do pau dele.

— Vão logo, seus pagãos da porra. Isso aí é arte inestimável para a qual vocês são frívolos demais — disse Chick.

O dia estava quente. Phil subornou o cara da recepção. Crutch invadiu o quarto da transa e fodeu com o ar-condicionado. Eles entreabriram a janela para o ar entrar. A lente da câmera se encaixaria. Phil disse que Chick era tarado por filmes de vigilância. Tinha uma filmoteca inteira. Adorava olhar garotas de aparência simples transando com panacas. Era ilegal e antiético. Chick não se importava. Tinha pistolão. Dava festas com filmes pervertidos para a elite de L.A.

Ficaram de tocaia no carro, no estacionamento. Phil pressionou Crutch sobre suas merdas recentes. Ele ficou de bico calado. O quarto 6 era seu alvo. Os de ambos os lados eram colmeias hippies. Os malucos ouviam rock alto o dia todo. Isso significava cobertura sonora.

Crutch bebericou café. Phil bebericou 151. Trocaram fofocas e falaram de Mando Ramos no Olympic. Freddy O. comprou a Tiger Kab — que porra de piada!

Phil pôs filme na câmera. O carro-alvo apareceu. A mulher e o hippie entraram no quarto 6.

Crutch tirou uma foto deles. A máquina registrou a hora da chegada. Phil levou a câmera de filmar até a abertura na janela.

Enfiou a lente. Apertou o botão de ligar. As latas de filme estavam cheias. Rodando, C.B.

A câmera era silenciosa. Era maneiro. Visuais suficientes para o divórcio na Califórnia. A mulher e o hippie eram *barulhentos*. Crutch ouvia acima do som do rock. O cinegrafista Phil pôs tapa-ouvidos.

Crutch tentou cochilar. Me come, me come acabou com isso. A porcaria das estátuas de Chick. Olhos de vidro vermelho. Asas onde os braços deveriam estar.

A porta do ninho de amor se abriu. Phil tirou a câmera e se agachou. A esposa e o hippie entraram no carro e se mandaram. Phil levou a câmera.

— Eles fizeram 69. Consegui o plano geral e a coisa toda numa tomada só. Chick vai curtir demais.

— Você é um otário — disse Crutch.

Phil segurou o saco e riu.

Ela mandou o cartão cedo. Faltavam semanas para o Natal. Este: carimbo de Amarillo, Texas.

Crutch embolsou a nota de cinco. Crutch pôs o cartão em sua caixa do dossiê. De 1955 a 1970 — 16 cartões no total. Margaret Woodard Crutchfield cobre metade dos EUA.

Seu armário estava entulhado de dossiês. Ele pendurava as roupas no banheiro. O dossiê do seu caso tinha seis caixas ali. Ele tinha nove caixas guardadas no centro da cidade.

Olhou pela janela. As luzes de Natal estavam acesas. É, é um ritual. É, você deveria ir.

* * *

Roubou a bandeira vermelha do covil de dossiês de Wayne. Grudou-a em seu painel. Tinha arrancado as fotos de Joan. Era um gesto de desenfeitiçar. Hancock Park estava morto sem as fotos de Joan. Ele precisava dela para justaposição.

Oito meses em casa. Choque residual. Ainda não conseguia dormir. Não conseguia trabalhar em seu caso. Os pesadelos eram banais. Os barbitúricos os suplantavam. Trabalhava para Clyde e fazia serviços de chofer em meio expediente. Freddy Otash comprou a Tiger Kab. Wayne Tedrow drenou o dinheiro de lá. Freddy conseguiu barato.

É um centro de estilo de vida negro. Atende aos caras maneiros, aos militantes e idiotas da Motown curtindo os pobres. Sonny Liston cuida da cena. Rock Hudson faz pegação procurando paus pretos em limusines tigrificadas. Redd Foxx traz cocaína e bolos. Os motoristas brancos usam smokings com listras de tigre. Os crioulos curtem o papel de escravos revertido.

Seu caso, o caso de Wayne, o assalto. Três casos unidos. Viu o tesouro de Wayne em abril. Desde então ficou imobilizado. Só pensava nisso. Segue o círculo fechado.

De L.A. para a R.D. e o Haiti. De volta a L.A. Estava rastreando Gretchen Farr. Ela roubara Fred Hiltz. Seu outro nome era Celia Reyes. Ela beijava Joan. Ele viu a Casa do Horror. Pedaços de corpo, pó de vodu, vidro verde. Celia tinha ligações com a R.D. e um caderno em código. Meses de trabalho de código. Sucesso. Os símbolos do livro combinavam com os sinais na casa da morte. Ele identificou a vítima: María Rodríguez Fontonette, ou "Tatuagem".

Joan e Celia eram profundamente Vermelhas. Tatuagem traiu a Causa. Acabou morta na Casa do Horror. Celia estava embolada com Sam G. Queria foder com a construção dos cassinos. Wayne maluco chegou primeiro. *Ele* se meteu com a máfia. Ele grampeou o quarto de hotel de Sam. Ele estava traficando droga com Luc Duhamel. Luc o zumbificou. Ele ouviu "esmeraldas soltas", "1964", "Laurent-Jean Jacqueau". *Tudo está conectado.*

De volta a L.A. Tem ligação com o servicinho federal de Dwight Holly. Está grampeando Marsh Bowen. "Marsh, é Leander James Jackson." Isso significa que é Laurent-Jean Jacqueau.

Tudo está conectado. Marsh morava na 84 com Budlong *na época.* Marsh é unha e carne com Scotty B. *Agora.* O acordo de paz deles precedeu o "Estouro da Militância Negra".

O dossiê de Wayne. Estranha distribuição de esmeraldas. Reginald H., desaparecido há muito. Reggie se manda para Vegas *dois meses* antes do assalto. O garoto sabe química. O garoto estudou ervas *haitianas.* Joan deu aulas para Reginald na Escola da Liberdade. Joan pagou a fiança para tirá-lo da cadeia. É dezembro de 1963. O assalto se aproxima.

Joan é onipresente. É a dedo-duro e provável amante de Dwight Holly. Dwight está descansando num hospício. *Onde está Joan e por que não consigo encontrá-la?*

Crutch foi para a esquina da 2 com a Plymouth. As luzes de Natal de Dana estavam acesas. Sua árvore preenchia a janela da frente. Havia caixas de presentes empilhadas até a altura dos galhos.

Música melosa — Ray Conniff —, a baboseira de todos os Natais dela.

Ele lhe comprou um suéter de cashmere na Bullock's. Era preto e com trançados no tricô. Chifres de alce passavam por cavilhas pequenas.

Estava embrulhado para presente de Natal. Ele foi até lá e pôs no tapete de boas-vindas. Tocou a campainha e deu no pé.

Radical chic:

Quatro táxis tigre se mandaram do estacionamento. Crutch viu François Truffaut, uns caras pretos e a própria Jane

Fonda. Uma limusine tigre passou rugindo. Phil Irwin dirigia. Seu smoking tigrado espalhava pelos falsos por todo o banco. Os passageiros: Chick Weiss, César Chávez e Leonard Bernstein.

A limo se mandou para o sul. Crutch entrou no escritório. Fred O. trabalhava na mesa telefônica. Redd Foxx cheirava coca. Milt C. estava com o Mico do Pico no colo. Sonny Liston estava fumando maconha.

— Oito de Março, Nova York. Muhammad Ali versus Smokin' Joe Frazier. Veja em circuito fechado na Tiger Kab, o lar do Cartel Crioulo — disse o Mico do Pico.

Sonny soprou fumaça na cara do Mico do Pico. Milt fez o Viciado engasgar e tossir.

— Ali é uma bicha desertora. O islamismo é uma religião de sarjeta. Gamal Abdel Nasser e o *des*onrado Elijan Muhammad botam no buraco de merda dele.

Redd Foxx uivou. Pó de morfina e meleca voaram. Fred O. fez iuc iuc. Crutch fez ha-ha.

Sonny desembrulhou um supositório de morfina. Mãos rápidas: pôs dentro da calça e enfiou no cu.

— Venha, garoto. Você vai me levar a Vegas.

O campeão cochilou em San Berdoo e apagou em Barstow. Crutch virou a noite à base de Dexedrine. Crutch dirigia a 160. O deserto estava num frio mortal. Seis zilhões de estrelas ardiam.

O rádio chiava baixinho. Cordilheiras atrapalhavam a recepção. Crutch pegou uma fiada de velharias. Músicas de baile de 1960. A Magical Mystery Tour do Voyeur.

A música re-engasgou. Crutch virou o botão. Sonny gania como um cachorro sonhando.

Crutch verificou o retrovisor. Sonny estava deitado com os pés na janela. A areia soprava para dentro do carro.

— Merda — disse Sonny.

— Tudo bem, campeão?

— Não me chama de "campeão". "Campeão" é como a gente chama os *sparrings* que estão na sarjeta.

— Certo, chefe.

Sonny acendeu um cigarro. Queimou o filtro, largou o fósforo e tentou de novo. Mais seis tentativas resultaram em combustão.

— Vi você lutar com Wayne Bethea. Você encheu ele de porrada — disse Crutch.

Sonny bocejou como cachorro.

— Conheci um cara chamado Wayne. Vivia matando crioulos que ele não queria matar. O cara simplesmente não sentia ódio por ninguém, mas a merda vivia encontrando ele. Ficava tentando achar crioulos pra matar e crioulos pra salvar, e a mulher dele achava que era tudo a mesma porcaria.

Chegaram a um morro. A Strip de Vegas emanou. Luzes coloridas comprimidas pela escuridão.

— Me deixe no Sands. Vou encontrar umas pessoas — disse Sonny.

Crutch pisou no acelerador. Sentia-se re-enfeitiçado e *des*-enfeitiçado. Sonny jogou três bolas de Seconal no bolso de seu smoking. Seu Kasaco Tigre estava entulhado — bolotas de pelo a dar com o pau.

— Não volte logo. Pare em algum lugar e descanse.

Eram 4 da madrugada. A Strip estava no maior pique. Montes de táxis e carrinhos de golfe. Os carrinhos eram equipados com bar. Os passageiros engoliam coquetéis, os motoristas oscilavam.

Crutch parou junto ao Sands. Sonny pôs uma nota de 100 em cima dele e desgrenhou seu cabelo. A cafeteria tinha fachada de vidro. Pessoas viram a limusine maluca e uivaram.

Sonny saiu. Pessoas acenaram. Ele entrou cambaleando no café. Marh Beth Hazzard se aproximou e abraçou-o.

* * *

Dexedrines lutavam contra o Seconal. Ele parou a limusine embaixo do Stardust e ficou se remexendo até o meio-dia. Seu smoking de tigre soltava pelos. Fios faziam cócegas em seu nariz. Ele se sentiu fodido na alma com força total.

Desistiu de dormir e optou por panquecas. Uma pequena pilha e café reviveram-no. Anda, seu escroto. Você vai se rezumbizar se não fizer.

Foi até o Sindicato dos Trabalhadores de Hotéis. A limusine ocupou duas vagas no estacionamento. Ele recebeu alguns olhares emputecidos que rapidinho se transformaram em risos. Seu smoking de tigre era uma bandalha.

Um faxineiro deu as indicações. Ele era todo nervosismo. A porta do escritório dela estava aberta. Ela levantou os olhos.

— Sinto muito pelo Wayne — disse ele.

Ela pousou a caneta.

— Ele tentou me alertar sobre umas coisas — disse ele.

Ela ajeitou o mata-borrão sobre a mesa.

— Eu vejo coisas que outras pessoas não veem. Sei como achar pessoas — disse ele.

Ela abriu a bolsa e tirou um chaveiro.

CAPÍTULO 90

(Los Angeles, 11/12/70)

As meninas perseguiam o cachorro de um vizinho. Ele olhava de duas casas adiante.

Dina tinha velocidade. Ella, passo de criancinha. O cachorro corria em círculos evasivos. Ella atacou, caiu e se levantou de novo. O quintal da frente as continha. Seus bichos de pelúcia estavam ali na varanda.

Dwight empurrou o banco para trás. O carro estava entulhado: tinturas, solventes e pincéis. Papéis de anotação variados.

Saiu cedo de Silver Hill. Começaria o trabalho no Bureau no mês seguinte. Joan entendeu seu plano. Entrou com apoio total — a crença funciona desse jeito.

Nixon ligara para ele na véspera. Como foi seu descanso? Bem-vindo de volta — e, por sinal...

O presidente estava montando um esquadrão de operações — quatro homens para fazer invasões em propriedades. Dwight recusou. O presidente bancou o magoado. Dwight recomendou Howard Hunt, da CIA.

Ella pegou o cachorro. Ele a derrubou com as patas e lambeu-a. Ella sorriu e gargalhou.

Karen entrou no carro. Os dois trombaram os braços abraçando-se de lado. Ficavam esbarrando as pernas.

Encontraram uma posição e ficaram nela. As meninas olharam e acenaram.

Karen segurou o rosto dele.

— Você parece o mesmo.

— Você parece melhor.

— Achei que engordaria, com todas as tortas que mandei.

— Minhas cabras comeram a maior parte.

Karen dobrou os joelhos para cima.

— Meu marido está no quintal dos fundos. Vou ter que ir em um minuto.

— Mais tarde, nesta semana?

— É.

— No Beverly Wilshire?

— Nunca recuso isso.

Os dois cruzaram as mãos no volante.

— O novo colecionador de sujeiras do Sr. Hoover. Vou pedir que você apague dossiês em menos de dez minutos — disse Karen.

— Por que não cinco? Você sabe que eu vou fazer.

Karen riu.

— Quer alguma coisa. Essa visita intempestiva depois de tantos meses não é a sua cara.

Dwight esfregou os joelhos dela.

— Acho que você deveria montar uma equipe. Há um Centro de Registros do Bureau em Media, Pensilvânia. Acho que você deveria invadi-lo no início de março. Há pelo menos 10 mil dossiês de vigilância. Poderia roubá-los e revelar a política de assédio do Bureau num golpe só.

Karen acendeu um cigarro.

— Não acredito no que estou ouvindo.

— Deveria.

— E isso é ideia *sua*? Não veio de...

— Agora não, por favor.

— Sem armas, entrando e saindo.

— Isso mesmo.

— E você vai me contar mais. O que for necessário saber?

Dwight assentiu.

— É, e logo.

Ella caiu e ralou os joelhos. Começou a chorar.

— Preciso ir — disse Karen.

— Você me ama?

— Vou pensar nisso.

Dossiês:

A sala do arquivo era do tamanho de um estacionamento. Prateleiras altas, prateleiras fundas, acesso por escada com rodinhas. Fichas policiais, fichas criminais, fichas cíveis. Fichas de informantes. Fichas de vigilância. Fichas de fofocas e fichas inconsistentes. Seiscentas mil fichas no total.

Tudo indexado. Pastas de índice presas com correntes na frente de cada estante.

Dwight foi até as filas de estantes. As escadas corriam sobre trilhos lubrificados. Quatro metros de altura, estruturas aparafusadas no chão. Doze estantes em cada banco. Vinte e quatro bancos de estantes no total.

— Você chegou cedo. Na verdade, quase um mês.

Dwight se virou. Jack Leahy estava encostado numa escada.

— Vai odiar o serviço. Esses dossiês não representam o Sr. Hoover em seu melhor momento.

— O agente especial encarregado menos político do Bureau. Como você durou tanto tempo?

— Sorte de advogado. E quer comparar o direito cível comparado com *isso*? Qual é!

Os dois se apertaram as mãos. Jack sentou-se num degrau da escada.

— Não vejo você desde o caso Hiltz e o início da IRMÃO MAAAU.

— Bom, duas vezes com sorte, e duas vezes não denunciado.

— É, mas a um tremendo preço.

Dwight balançou a cabeça.

— Prefiro não falar nisso.

— Não culpo você. A bicha velha, militantes de terceira e Scotty Bennett de uma vez só? Eu teria pedido uma pausa para descanso antes de você.

— Corta essa, Jack. Isso não é mais novidade.

Jack tossiu.

— Bom, merda, você sabe qual é o serviço. Monitorar os dossiês de sujeira gerais e substituí-los com material de informantes. Você tem policiais, criminosos que querem favores, jornalistas, especialistas em grampos, garçons, porteiros, motoristas, cobradores, recepcionistas de hotéis, garçonetes e os grandes ressentidos e sujos do universo. Tente pagar *barato* pelas merdas que for comprar. A bicha velha quer o material, mas quer a preço de brechó.

Dwight espirrou. A sala do arquivo estava fria demais. O ar seco lutava contra a podridão dos papéis.

— Você está controlando postos de grampo?

Jack revirou os olhos.

— Nós grampeamos apartamentos e suítes de hotel. Duke Wayne chega a Chicago. O porteiro do Drake liga para o AEE de Chicago. Antes que você perceba, Duke foi premiado com a suíte de cobertura. Uma pena que o lugar esteja grampeado. Duke gosta de se vestir de mulher, por sinal. Usa uma bata tamanho 56 extralonga.

Dwight riu.

— Mais alguma coisa que eu precise saber?

— Metade das saunas de veado de L.A. está grampeada. Uma vez a bicha velha pegou um vereador num boteco da La Cienega, por isso está com nove postos de escuta em tempo integral.

Dwight pegou uma pasta e folheou. Johnnie Ray chupa cacetes no Fernell Park. O chupado é um informante do FBI. Lana Turner curtiu irmãs escuras por volta de 1954. Um dedo-duro ligou da Sultan Sam's Sandbox.

— Como vai a saúde da bicha velha? Eu a vi em Washington no mês passado. Parecia positivamente espectral. Uma vez tive uma informante chamada "Jean, a Rainha Má". Tinha de ser a irmã desaparecida da bicha velha — disse Jack.

A garçonnière só de garotos de Liberace. Danny Thomas é voyeur, Peggy Lee é ninfomaníaca. Sol Hurok chupa xota. James Dean é masoquista — o "Cinzeiro Humano".

Dwight guardou a pasta de volta. Notas de margem ficaram na memória. Ava Gardner e Redd Foxx. Jean Seberg e metade dos Panteras Negras.

— Divirta-se, Dwight. Eu disse à bicha velha que este é um mundo novo e cheio de balanço, mas ela não acredita.

Alugou um retiro. Era um espaço para trabalhar/dormir. Ficava perto do sobrado e da casa de Karen. Ele e Joan tinham chaves. Mantinham seu material lá. Do bangalô dava para ver a rua de Karen. Ele podia olhar as meninas brincando.

A Baxter e a Cove ficavam perto uma da outra. Dois quarteirões e alcance binocular.

Dwight estacionou e trouxe caixas. Tinha tempo de sobra. Ia encontrar Joan no Statler mais tarde. O refúgio era um antro de conspirador. Sala, cozinha, banheiro, colchão para cochilar.

Puxou uma cadeira para o terraço. Apontou seus Bausch & Lomb para o sul. Karen atravessou o quintal. Dina e Ella perseguiam gatos.

Karen parecia abatida. Sua oferta deixou-a perplexa. Ela sabe que é uma operação adjunta. Sabe que a operação principal é grande. Ele não pode lhe dizer o que é. Vamos matar o Sr. Hoover e botar a culpa em Marsh Bowen.

Eles vão manipular uma convergência. Marsh será pré-indiciado por pistas de documentos falsos. Pistas que vão recuar ao ano zero e se estender para além de 2000. Vão recrutar um atirador profissional. Bob Relyea matou MLK. Ele deverá atirar de novo. O assassino é um policial negro homossexual. Ele mata o principal símbolo da autoridade branca na era e termina com a própria vida imediatamente em seguida. Papéis plantados revelam a polícia apodrecida. Marsh Bowen foi consumido por uma loucura incubada politicamente. O FBI suborna-o e o manda num serviço sob disfarce. Ele passa por uma transformação radical. Aproveita para tentar se aproveitar da situação. É assolado por demônios sexuais que o induzem a uma vergonha avassaladora. O "Estouro da Militância Negra" deixa duas crianças mortas. Marsh Bowen retoma sua carreira na polícia com honras decorrentes da inocência trucidada. O Sr. Hoover criou o contexto geral. O agente especial Dwight C. Holly o implementou.

Eles vão criar um diário de Marsh Bowen. Este detalhará a maré crescente de conversa de desmoronamento psíquico de um negro brilhante. Anotações descreverão sua estranha amizade com o agente especial Holly. O agente Holly abriu o coração com Marsh Bowen. Falou sobre a guerra do FBI contra o movimento dos direitos civis e descreveu o ânimo racial hidrófobo do Sr. Hoover.

A trama do atentado contra King não seria mencionada. Isso eclipsaria o choque da morte do Sr. Hoover e geraria o apocalipse. A amizade ficcional entre Holly e Bowen seria desenhada de modo intenso. Abarcaria um mundo de culpa e esperança. O diário formaria um roteiro. Levaria os leitores a uma copiosa superabundância de papéis preexistentes do FBI. O documento formaria uma narrativa de minúcias banais que se atenuariam em direção ao horror. Júris de instrução indiciariam Marsh depois da morte. Conversas sobre conspiração engolfariam o corpo político. Todas as trilhas reais e urdidas levariam de volta ao Sr. Hoover e seu legado de ódio.

O Sr. Hoover estaria parcialmente desacreditado. Suas diatribes antiKing haviam se tornado de conhecimento público. Eram insignificantes diante disso. Careciam de valor de choque pesado. Este seria um acontecimento gigantesco. Geraria ondas de descrédito e aceitação tragicamente resignada.

Ele seria o provocador. Iria sentar-se em salas de comissões e diante de câmaras de júris de instrução. Compareceria ao senado dos EUA. Descreveria como havia explorado Marsh Bowen. Detalharia sua própria vida de rancor racial, delinearia detalhadamente sua gafe contra a militância negra e falaria do custo humano. Revelaria sua amizade com Marsh e pintaria uma imagem vívida do homem branco e do homem negro como almas espelhadas no sofrimento. Abraçaria Marsh com o perdão e o amor distanciado sentido por aqueles em quem nos vemos refletidos. Contaria a história de seu desmoronamento. Iria se resignar a uma vida invasivamente escrutinizada.

A casa de Karen ficava pertinho. Dwight apontou o binóculo. Ella jogou blocos de construção de brinquedo em Dina. A irmã maior riu e correu.

Ele contou o plano a Joan. Estavam na cama. Alugaram uma casa de hóspedes perto de Silver Hill. Ela tremeu do modo como ele tremia rotineiramente. Ele provocou nela o espanto reverente que ela sempre provocava nele.

Ele iria para a cadeia. De quatro a cinco anos parecia correto. Custódia protetora, quadras de tênis, vantagens de informante do FBI. Poderia haver alguns animais para ele cuidar.

Joan disse:

— Tome isso. Vai ajudá-lo a dormir. — Duas cápsulas marrons, de ervas.

Não o apagaram. Colocaram-no no meio do caminho. Joan guiou-o a lugares. Colocou as mãos em seu peito e o fez respirar em sincronia. Começou em francês e espanhol. Ele captou a maior parte. *Cap-Haïtien, Cotuí, Pico Duarte. Puerto Plata, Saint-Raphaël, El Guyabo.*

Respire, estou aqui, está tudo bem. Vou lhe dizer o que fizemos com os presentes de Wayne.

Era no Statler. Ele sabia. Estavam nos quartos pagos pelo Bureau. Joan cobriu seus olhos e disse para ir aonde ela mandava.

Cada centavo foi para a luta. Reformamos os aparelhos e compramos remédios no mercado negro. Celia pintou as paredes. Balaguer planejava transformar a Garra do Tigre num iate de recreio. Quatro camaradas dinamitaram o casco na doca seca.

Mandamos comida e ervas medicinais por via aérea às favelas perto de Dajabón. Uma pequena seita de lá canonizou Wayne Tedrow. Usam fotos dele, publicadas em jornais, presas em chapéus pontudos. Atualmente existe um mito onírico sobre Wayne. As pessoas acreditam que homens alados o assassinaram e martirizaram.

Agora fique parado, sei que você está vendo, sei que você o amava. Nós honramos os mortos através de imagens. A crença funciona desse modo.

Celia montou uma rota de armas. Nós compramos armas em Cuba e mandamos para Porto Príncipe. Eu paguei para libertar homens da prisão La Victoria e consegui identidades falsas e armas para eles. O dinheiro foi para convertidos da La Banda. Eles deixaram portas de cadeias abertas e rasgaram documentos. Um rapaz que Wayne salvou pagou a dívida integralmente. Matou seis torturadores da La Banda num bordel em Borojol. Celia explodiu a câmara de tortura que ficava embaixo do campo de golfe do presidente.

Perdemos alguns dos nossos. As represálias aleatórias eram inevitáveis e nos custaram caro. El Jefe proibiu os relatos de nossas ações nos jornais ou no rádio e na TV. A notícia se espalhou através de panfletos impressos e rádios piratas.

Muitos escravos que Wayne libertou se juntaram a nós. Alguns usam a foto dele pendurada no pescoço. Houve escaramuças no litoral norte da R.D. Uma equipe de demolição do 14 de Junho explodiu a Kova do Tigre. Muitas seitas de vodu consideram os canteiros de obras como locais sagrados. A maioria das pessoas se recusa a passar por eles. Nós matamos a tiros dois líderes da Tonton Macoute e três bokurs malignos num campo de golfe perto de Ville-Bonheur. Celia está perdida em algum lugar da R.D. ou do Haiti. Há meses é impossível encontrá-la. Não consigo achá-la e não posso continuar conscientemente a busca tendo nosso trabalho ainda por fazer. Se você viu alguma coisa dessas ou tudo isso, e se minhas imagens o guiaram, agora você deve tentar dormir.

O Statler fornecia roupões para os hóspedes. Tamanho único. O dele era pequeno demais, o de Joan a engolfava.

Ela acordou primeiro. O serviço de quarto tinha vindo e ido. Dwight serviu café. Joan examinou folhas de papel. O carrinho do serviço de quarto era uma bancada de trabalho. O sofá, um poleiro de estudos.

— Como envelhecemos os documentos?

— Duas passagens num forno de convecção. Você trata o papel quimicamente e cozinha. Acrescenta a tinta ou datilografa o texto mais tarde.

— Como diferenciamos os estilos de letra datilografada e cursiva?

— Cortamos estênceis e imprimimos ou escrevemos dentro dos limites.

Joan acendeu um cigarro. Seus olhos estavam vermelhos — de dormir tarde e cigarros demais.

— A grande coisa é o diário. É o nosso texto básico, por isso tem de ser encontrado.

Dwight sentou-se no sofá.

— Precisamos garantir que ele já não tenha um diário. Temos de localizá-lo, para que possamos pegá-lo e substituí-lo, bem antes da convergência.

— Datilografado, não é? Não queremos falsificar um documento tão grande escrito à mão.

Dwight bebericou o café.

— Certo. Se ele tiver uma máquina de escrever, vamos comprar uma idêntica e partir daí. Vou conseguir uma amostra dos tipos na primeira vez que invadir o lugar.

Joan pegou as mãos dele.

— Scotty Bennett? Agora ele é unha e carne com o Marsh.

Dwight deu de ombros.

— Scotty é uma incógnita. Por um lado é um policial condecorado, por outro é um escroto brutal. O importante é que ele torne denso o texto geral. Ele matou 18 assaltantes à mão armada e pelo menos uma dúzia de Panteras, e vai sair ou ser emparedado, pois isso seria ruim demais para o DPLA.

Joan sorriu.

— Como foram os seus sonhos?

Dwight sorriu.

— Vívidos, enquanto você estava falando. Um pouco difusos depois disso.

Joan apontou para uma pilha de caixas de fósforos. Todas de bares de veados. O Tradesman, o Jaguar, o Falcon's Lair. Marsh percorre Hollywood. Marsh guarda ampolas de nitrato de amila num esconderijo.

— Ele pode ter tido um amante que contradiria o nosso perfil.

Dwight balançou a cabeça.

— Ele é um solitário, é discreto, é especialmente circunspecto agora que ficou célebre. Este mês saiu na capa da revista *Ebony*.

Joan apagou o cigarro.

— Quem atira?

— Um cara da Klan com quem já lidei antes.

— Competente?

— É.

— A parte difícil será juntar os dois.

Dwight tomou um gole de café. Isso fez passar a dor de cabeça que vinha chegando.

— Marsh precisa estar isolado. A coisa não vai dar certo a não ser que ele atire de certa distância. O atirador pode disparar, matar Marsh e plantar a arma. O negócio é manipular uma convergência adequada e montar uma linha de visão que funcione.

Joan assentiu.

— É tudo um pretexto. É para dar ao Marsh um motivo para estar lá.

— É, e L.A. seria o melhor local. Um: Marsh está aqui. Dois: o DPLA estaria trabalhando no caso em pique total, ao mesmo tempo que tenta enterrar qualquer coisa que possa embaraçá-lo. Jack Leahy atuaria para o Bureau, e Jack é uma figura mordaz que tem uma queda estranha por ridicularizar o Sr. Hoover — disse Dwight.

Joan esfregou as têmporas. Alisou uma veia inchada.

— Vai demorar meses.

— Trata-se de criar os níveis de subtexto. Temos de plantar desinformação logo no começo.

— E um grau maior de paranoia e um desejo de massa mais desesperado para fazer com que tudo se encaixe.

Dwight estalou os nós dos dedos.

— Eu já avancei. O Bureau tem um Centro de Registros em Media, Pensilvânia. Há 10 mil dossiês de vigilância guardados lá. É um lugar fácil de ser invadido.

Joan sorriu.

— Uma invasão divulgada?

— É, um pré-anúncio. Esperemos que crie uma expressão pública de ultraje e se torne um instigador para o trabalho de dossiês que servirá para fazer do nosso evento algo muito mais acessível.

— Quanto mais as pessoas tiverem acesso aos dossiês, mais vão ver e não ver. Elas não saberão realmente o que estão procurando, por isso vão estudar com mais intensidade e o processo vai se fraturar e se atenuar.

Dwight se espreguiçou. Seu pescoço doía. Tinha dormido enrolado em Joan.

— Karen.

— É — disse Dwight. — Ela vai levar a equipe.

Joan puxou o cabelo para trás.

— Bom, ela é muito boa.

— É.

— Você não pode contar a ela o que vamos fazer.

— Sei disso.

— Há dois conjuntos de ética atuando aqui.

— Eu sei.

Joan acendeu um cigarro. Dwight examinou o rosto dela. Mais rugas de tensão. Agora mais cabelo grisalho do que escuro.

— Você rasurou seu dossiê?

— Não vou dizer.

— Diga como as coisas deram errado para você. Diga como passou por isso e como conseguiu forças para tudo isso.

— Não vou dizer.

Dwight estalou os polegares.

— Você conhecia Tommy Narduno. Ele foi morto na Grapevine.

Joan encarou-o.

— É, foi. Tenho certeza de que você e seus colegas o mataram, assim como ele tinha certeza de que você comandou a operação contra o King.

Dwight encarou-a de volta.

— Diga como ele sabia.

— Ele viu você em Memphis dois dias antes. Sabia o que você era para o Sr. Hoover. Viu você distribuindo envelopes a alguns policiais de Memphis.

Dwight piscou. O Smitty's Bar-B-Q. Um tira cospe saliva de tabaco, outro balança notas de 100, outro ainda engole pontas queimadas.

— O que mais?

— Karen disse que você ficou péssimo durante toda aquela primavera.

— A "Escola da Liberdade". Você e Karen se conhecem há muito tempo.

Joan se encostou nele. Ele suava. O roupão ficou totalmente molhado.

— Karen e eu nos conhecemos há muito mais tempo do que você imagina.

— E você manipulou-a para me conhecer.

— Foi.

— Por quê?

— Porque eu simplesmente sabia.

— Isso não é resposta.

— Porque senti uma agenda compartilhada. Porque sabia que você poderia me ajudar a matar o Sr. Hoover.

Dwight encarou-a. Ela tocou sua perna. Wayne sorriu de algum lugar. *Olha, Mamãe. Sem medo.*

— Nós tivemos a mesma ideia independentemente. Eu queria matá-lo desde que era criança, e não vou dizer por quê — disse Joan.

<u>DOCUMENTO ANEXO</u>: 16/12/70. Extraído do diário pessoal de Karen Sifakis.

Los Angeles
16 de dezembro de 1970

Claro que vou fazer. Vou entregar o serviço ao meus camaradas mais chegados e mais prudentes; ninguém vai se machucar durante a ação. Dwight me conseguiu uma planta do Centro de Registros e me convenceu de que o prédio estará sem guarda. O sistema de alarme é ultrapassado e o prédio propriamente dito é bastante isolado. Bill K., Saul M. e Anna B.-W concordaram em participar. Dwight chama a coisa de "feito de explicação, em si". Claro que está sendo dissimulado; claro, ele sabe que uma oportunidade de expor completamente as práticas de vigilância ilegais do FBI é grande demais para eu resistir. Ele estabeleceu a data para 8 de março. A luta de boxe entre Muhammad Ali e Joe Frazier acontece nessa noite. Dwight acha que os policiais da área estarão em bares para ouvir pelo rádio ou assistir pela TV, de modo que a capacidade de concentração e a vontade de buscar proativamente ocorrências incomuns estarão desviadas.

Meus camaradas são comprometidamente não violentos. Não posso dizer o mesmo, de coração, sobre o Dwight. Ele sofreu um colapso nervoso depois da loucura da militância negra e sente-se cúmplice. Vejo isso em sua relação cada vez mais terna com minhas filhas. Será que devo revelar um certo segredo aí? Duas crianças morreram no decorrer daquele negócio com drogas. Esse choque em particular parece instigá-lo. Vejo-o fazendo o que eu faço. Eu isolo minhas filhas e trabalho assiduamente para garantir a segurança delas ao mesmo tempo que me comporto com imprudência considerável no mundo. Exemplifico a arrogância de um modo que Dwight não faz; a imprudência dele é definida traumaticamente, ao passo que a minha é envolta em armadilhas espirituais e pode até ser considerada uma escolha pueril de estilo de vida.

Ella está com quase 2 anos. Carrega os bichos de pelúcia que Dwight lhe deu para todo lugar aonde vai. Como Dina, sabe agora que tem dois pais em meio expediente e ganhou a sorte grande no departamento "pai que adora". Quando ficarem mais velhas, vão pedir que eu explique. Vou dizer: "Foi uma época louca", e me sentir idiota.

Esta é minha primeira anotação de diário desde março passado. Nela descrevi meu almoço com Joan e a linda esmeralda que ela me deu. Andei me lembrando com frequência cada vez maior de nossa conversa daquele dia. Joan descreveu os sonhos como um estado de consciência interconectado, um vírus que passa entre pessoas de mente parecida que não podem admitir sua semelhança mental por medo de perder o eu. Faz sentido para mim, se bem que os aspectos místicos pareciam muito pouco a cara de Joan. Muitas coisas estranhas e estranhamente surreais fazem sentido ultimamente, porque “É uma época louca”. Nesse sentido, tanto Joan quanto eu somos guias dos sonhos de Dwight. Tento trazer para ele o sonho da paz e sinto ciúme porque Joan pode ter lhe trazido o sonho de uma feroz conversão de pensamento.

E para Dwight o pensamento sempre resulta em ação.

Meu marido saiu da cidade há quatro dias. Dwight tem vindo em noites alternadas. Tenho certeza de que ele dorme com Joan nas noites em que não estamos juntos. E liga para falar de política pelo menos uma vez por dia. Tenta parecer utilitário, mas as percepções idealistas vivem se infiltrando.

Tenho notado brilho de binóculo a toda hora, vindo de um lugar no alto da Baxter Street. Descobri que fica num pequeno bangalô e entrei escondida lá dentro. Reconheci as roupas no armário. Eram de Dwight e de Joan, claro.

Notei ferramentas para falsificação de documentos e caixas cheias de produtos químicos e papéis. Rezo para que meus sonhos de paz possam se cruzar com os sonhos deles e impedi-los de causar mais mal.

DOCUMENTO ANEXO: 18/12/70. Trecho do diário de Marshall E. Bowen.

Los Angeles,
18 de dezembro de 1970

Semana passada arrochei um negro idiota por vagabundagem. Ele tinha mandados por pequenos delitos no sistema e não possuía meios de sustento visíveis. Eu já ia prendê-lo quando ele franziu o rosto, reconhecendo. Sorriu e declarou em tom chapado: “Tu é O Cara.”

Estava certo: Eu *sou* O Cara. Sou um policial altamente condecorado do DPLA; segundo a revista *Ebony* sou “um ícone da nova masculinidade negra”, e “com chances de chegar a chefe de polícia um dia”. Um cargo político não pode ser descartado, nem uma carreira no jornalismo televisivo. Sou capa de revista; *Ebony* e *Jet*, e a *Sepia* virá em seguida.

Tenho permissão de ser magnânimo, dado o novo padrão da minha vida. Por isso falei ao idiota de rua: "Está certo, irmão. Eu *sou* O Cara", e o soltei.

Estou trabalhando no Bureau de Detetives da Divisão de Hollywood. Dirijo um carrão na patrulha noturna e coordeno investigações de crimes assim que chegam. Recebo olhares de espanto e olhares ressentidos de criminosos de todos os tipos, e olhares de espanto e ressentimento de meus irmãos policiais. Tenho 26 anos, com três anos no DPLA. Sou um sargento que trabalha numa tarefa prestigiosa numa divisão de detetives. Sou o negro heroico que trabalhou sob disfarce e partiu a espinha dorsal de dois grupos malignos de militantes negros traficantes de drogas que na verdade eram antinegros no âmago. Não sou mais um irmão de baixo nível que mora num pardieiro para obter efeito cosmético. Mudei-me de um cafofo imundo em Watts para uma bela casa em Baldwin Hills. Permita-me dizer de novo: sem dúvida nenhuma sou O CARA.

Faturei com o espírito dos tempos da militância negra, o maior e melhor. O movimento nacionalista negro está em frangalhos. É uma cavalgada nacional de indiciamentos, julgamentos, condenações e variadas disputas jurídicas, resultado de anos de infiltração policial e disputas intergrupais. Eldridge Cleaver está escondido na Argélia. Os Panteras e o EU explodiram por trás de disputas mesquinhas, inépcia geral e divisões nativas. A ATN e a FLMM estão acabadas. Meu testemunho colocou meus camaradas maconheiros, biriteiros e mulherengos na cadeia. Wayne Tedrow procurava a morte num gesto grandioso e encontrou-a no Haiti. O Sr. Holly teve um colapso nervoso. Agora eu sou *temido* no gueto. Sou um dedo-duro conhecido, um vira-casaca célebre e um tira durão.

"Tu é o cara." Sou mesmo.

Andei aparecendo na Tiger Kab. O novo dono é um sujeito chamado Fred Otash. "Freddy O." é ex-DPLA, ex-detetive particular, mercenário mafioso e ímã para boatos sem fundamento. Freddy apronta arrochos, Freddy droga cavalos de corrida, Freddy esteve nos atentados contra MLK e RFK. Não acredito em nada disso e acredito em tudo isso. Eu sou *O Cara*. Tenho a história recente verificável e muito mais pistolão no momento.

Sonny Liston continua frequentando a Tiger Kab. Passamos tempo juntos. Ele adora a autoridade e adora que eu tenha sido um delator durante todo o tempo em que me conhece. Sonny tem um vício terrível em heroína e sente muita falta de seu amigo Wayne. Fala bem de Wayne; frequentemente me solidarizo com ele, porque também gostava do Wayne. Sonny sabe que eu conheci Wayne na Tiger Kab; Sonny não sabe que éramos parceiros de conluio. Sinto falta das conversas com Wayne mais do que qualquer coisa. Nossos estados oníricos se misturaram por alguns doces instantes, e tentamos decifrar o que tudo isso significava.

Não sinto falta do Sr. Holly. Não nos falamos desde aquela última vez antes do "Estouro". Ele conhece a versão higienizada dos acontecimentos daquele dia, e sabe que eu lucrei com eles. Não quer me ver e eu não quero vê-lo. O Sr. Holly me lembra do técnico de futebol por quem tive uma paixonite no ensino médio. Sentia medo dele e ansiava por seu respeito e seu afeto. Entrei num arco de autorreconhecimento e com o tempo superei-o. *Adieu*, Sr. Holly. O senhor me ensinou coisas. Obrigado pelo passeio.

Exerço a Tendência discretamente e só muito longe da cidade. Ventura e Santa Barbara são legais para isso. Arrocho veados na Selma Avenue e no Hollywood Boulevard, e para isso uso luvas com ferro por dentro. Tenho uma regra: qualquer veado que fale ciciando ou desmunheque com muita persistência na minha presença recebe uma surra.

Sou um tira. Atraio uma gama de inimizade por parte de meus irmãos policiais brancos. Não importa. Sou unha e carne com o único cana que importa.

Scotty me perguntou se as crianças mortas me incomodam. Eu disse: "Não muito." Nunca vamos confiar de verdade um no outro, mas gostamos bastante um do outro. Juntamos as informações sobre o roubo e concordamos: temos de achar Reginald Hazzard. Liguei ontem para Mary Beth Hazzard em Las Vegas. Pus para fora meu nobre charme de negro, citei minha amizade com Wayne Tedrow e expliquei que sabia sobre a busca de Wayne por seu filho desaparecido. Citei minhas conexões no DPLA e ofereci ajuda. Será que Wayne mantinha um dossiê sobre o assunto? Ele discutia o caso com ela?

A Sra. Hazzard foi educada. Não, eles não falavam sobre o desaparecimento de Reginald. Ela jogou fora o dossiê depois da morte de Wayne. Não leu. Não queria saber.

Liguei para Scotty. Descartamos a hipótese do dossiê. Verifiquei os registros de hospital de Vegas e fiquei sabendo do tipo sanguíneo de Reginald. É, era AB negativo. É, combinava com o sangue do ladrão que fugiu.

Scotty fez uma verificação nacional de registros sobre Reginald e não ficou sabendo de nada. Concordamos: ele poderia estar morto ou poderia ter saído do país. Scotty está fazendo uma verificação de passaportes.

Programamos uma segunda reunião de estratégia. Scotty me disse as últimas palavras proféticas de um ladrão de bar que ele matou com tiro de espingarda em 1963. O sujeito tentou assaltar o Silver Star Bar na Oakwood com Western. Scotty atirou nas costas enquanto ele entrava. O sujeito teve muito pouco tempo de vida. Disse: “Scotty, tu é O Cara.”

Com isso somos dois.

CAPÍTULO 91

(Los Angeles, 19/12/70)

A Alfândega revelou. Pedido de passaporte rejeitado nº 1189, 14/3/64.

São duas semanas e meia depois do assalto. Reggie está em Nova Orleans. Pede um passaporte usando o próprio nome. Anexou um documento de identidade falso e foi recusado. O escritório de Nova Orleans: *conhecido* como frouxo. A identidade: forjada, com certeza.

Scotty pousou o telefone. A delegacia estava silenciosa. Seu cubículo, livre de entulho. Ele deu duas tragadas num cigarro e apagou. Começou a revirar o cérebro.

Reggie é o encaixe. Reggie tenta se mandar do país. É recusado em Nova Orleans. Será que tentou de novo? Será que *conseguiu* o passaporte e se mandou com sucesso?

Jomo Clarkson, negro *maaau*. Jomo deu a dica sobre o Dr. Fred Hiltz. Você assalta aquele velho racista. Você *bota medo nele* por causa de fevereiro de 1964.

Jomo disse que um "contato" lhe deu a dica. "Contato": palavra do serviço de inteligência. Jomo morreu abruptamente, mas pense em tudo isso:

Uma *mulher* instigou o falso Marsh Bowen. Ela disse para ele dedurar Jomo. Uma *mulher* dedurou Marsh pelo telefone dizendo que ele era veado. Dwight Holly observou seu primeiro arrocho contra Jomo. A palavra *mulher* quase o fez pirar.

Scotty acendeu outro cigarro e deu mais duas tragadas. Seu cérebro acelerou.

— Sinto cheiro de porco. Tô vendo um porco assado gigante de pé. Por que esse escroto suíno tá usando aquela gravatinha engraçada? — disse o Mico do Pico.

Os irmãos de vadiagem riram. Scotty tirou o chapéu e fez uma reverência. Sonny Liston se imobilizou, fungando. A mesa do despachante estava toda empoada.

Fred O. plugou telefonemas. Scotty olhou para ele e apontou para os fundos. Os dois trabalharam no serviço noturno na Central em 52. Freddy sabia levantar uma grana. Freddy tinha habilidades secretas.

O estacionamento precisava ser varrido. As camisinhas descartadas e as latas de malte-uísque o ofendiam.

— Atraia o meu interesse. Falar com você está me custando dinheiro — avisou Freddy O.

Scotty pôs uma pastilha para azia na boca.

— Um serviço de espremer fruta. Tem um veado em quem eu *não* confio.

Fred O. cutucou o ouvido com uma esferográfica.

— É uma proposta cara. Você vai precisar da isca, de um cara para fazer o grampo e um vigia.

— Posso conseguir 5 mil para você.

Fred O. apontou para o alto.

— Dez — disse Scotty.

— Quinze. Última proposta. Porque somos velhos colegas soldados, vou colocar a coisa em movimento e te dar tempo para levantar a grana.

— Tá certo.

— Eu trabalhei espremendo um fruta com Pete Bondurant, em 1967. Pegamos um cara dos direitos civis. Era um negócio ligado ao FBI. Um cara chamado Dwight Holly financiou.

Scotty revirou os olhos.

— Conheço o Holly. Não quero que ele saiba disso.

— Por mim, tudo bem.

— Diga quem será o pessoal.

— Pete e eu tínhamos uma acusação de homicídio contra Sal Mineo. Ele ficou chateado com um namorado maricas e furou-o. As bichas curtiram a ação dele. A gente podia usá-lo de novo.

Scotty mastigou a pastilha antiácida.

— Conheci o Sal. Se for homem, ele come. Ele foi astro do cinema durante cinco segundos. Meu alvo poderia curtir isso.

Freddy acendeu um cigarro.

— Fred Turentine como homem do grampo e Phil Irwin como vigia. Fred T. é o melhor do oeste. Phil é um tremendo motorista, e está dirigindo para mim em meio expediente.

Scotty balançou a cabeça.

— Phil é viciado em birita e gosta da coisa preta. Cada boteco e cada garota negra que ele vê distrai a atenção dele.

Freddy deu de ombros.

— Certo, o garoto Crutchfield. Ele conhece o Sal, por intermédio de Clyde Duber. Tem colhões, de um modo pervertido.

Scotty acendeu um cigarro, deu duas tragadas e jogou fora.

— Certo, topo. Mas há três problemas de cara. Um: para mim isso é um serviço fundamental. Dois: quero ficar com todos os filmes e as fotos. Três: eu controlo a ameaça de revelação.

— Claro, por mim, tudo bem. O dinheiro é seu, você é que manda.

Um Tiger Kab saiu cantando pneus. Wilt Chamberlain ia no banco do carona. O forro do teto amassava seu penteado afro.

— O alvo é um tira. Precisamos ter muito cuidado. Ele não é uma bicha idiota que você pode montar com esporas.

— Então Reggie faz um pedido de passaporte em Nova Orleans e é rejeitado. Vamos presumir que ele tenha feito pedido em outros escritórios usando uma identidade melhor ou um nome falso e tenha sido rejeitado ou aceito. Outra rodada de telefonemas não vai resolver. Temos de ver a porra das fichas de recusa, porque elas sempre têm fotos. Fiz um pouco de pesquisa. Os escritórios de alfândega mais tranquilos são os de Milwaukee, St. Pete e Lynn, Massachusetts. Os escrotos com identidades ou nomes falsos procuram esses lugares primeiro. Você tem direito a um tempo de licença. Vá até lá, dê uma carteirada e olhe as fichas.

O Pipers, na Western. Clientela das 16 horas: panacas de ambulância tomando café.

— Eu faço — disse Marsh.

— É isso aí, irmão — disse Scotty.

— E o Banco Popular? Estou achando que poderíamos arrochar Lionel Thornton.

Scotty balançou a cabeça.

— É perigoso demais. Um: ele está metido com cada político de L.A. que valha alguma merda. Dois: você trabalhou lá e não ficou sabendo nada. Três: eu coloquei uns tiras infiltrados no banco em 1966 e 1967, e *eles* não ficaram sabendo de nada.

Marsh ficou remexendo a comida. Estava inquieto. *Quaaaaase* transmitia desmunhecagem.

Scotty espirrou ketchup em sua batata frita.

— Certo, é 1964. O Dr. Fred está doido para pegar aquelas esmeraldas. Agora é 1968 e o Dr. Fred é assaltado e morto. Agora é 1969. Jomo me diz que um "contato", a porra da palavra que ele usou, disse a ele para alertar o Dr. Fred sobre fevereiro de 1964.

Marsh assentiu.

— Continue.

— Certo, *você* dedura o Jomo, mas na verdade não é você. Estamos na primavera de 1964. O servicinho federal está acontecendo e você é o infiltrado de Dwight Holly. Wayne Tedrow é o *seu* contato, ele está procurando Reggie, uma pena a mamãe do Reggie ter jogado fora o dossiê dele, são águas passadas e aposto que Wayne estava assoberbado demais de trabalho para fazer grande progresso na busca. É o termo *contato* que fica me voltando. *É gíria de policial do serviço de inteligência*. Estou pensando que há algum tipo de confluência esquerda/direita/policial acontecendo aqui.

Marsh assentiu.

— *Cherchez la femme* — disse Scotty.

Marsh deu de ombros. Como assim, irmão?

— Tinha *uma mulher* sussurrando para quem estava se passando por você. O grande Dwight ficou esquisito quando falei isso. Agora vamos voltar para março passado. Eu recebi a dica de que uma *mulher* comunista queria descarregar um quilo e meio de droga.

Marsh franziu o rosto. Marsh *alisoooooou* o rosto. Reversão instantânea. Irmão, isso bate mal.

CAPÍTULO 92

(Los Angeles, 20/12/70)

Black-O-Rama: "a Nova Afrodisiessência".

Crutch folheou o exemplar de lançamento. Phil Irwin e Chick Weiss puseram em cima dele. Phil curtia as gatas crioulas com cabelos amplos e biquínis de crochê. A matéria principal alardeava a Tiger Kab. Era o "centro maneiro da Nova Masculinidade Negra". Era um "laboratório social mostrando que a integração pode dar certo".

Os negócios andavam devagar. Crutch estava empoleirado numa limusine Tigre. Seu smoking de tigre tinha caspa. Os bancos de tigre tinham sarna. Ele estava com um cansaço *ruiiiiim* nos olhos. Tinha lido seis vezes o dossiê de Wayne Tedrow.

Guardava a pasta em seu cafofo do centro da cidade. As caixas novas engolfavam o lugar. As leituras ensinaram o seguinte:

Wayne não conectou Reggie Hazzard ao assalto ao carro blindado. Wayne não sabia que o assalto unia a coisa toda. Wayne não conectou Joan Rosen Klein ao assalto. Wayne não conectou *totalmente* Laurent-Jean Jacqueau/Leander James Jackson. Wayne não determinou de *que* cadeia Joan tirou Reggie pagando fiança. Wayne morreu antes do "Estouro da Militância Negra". Wayne não soube que Scotty B. e Marsh B. eram parceiros agora. *Wayne não fez nenhuma conexão com o assalto.*

Crutch folheou a *Black-O-Rama*. Clientes importantes faziam citações. Wilt Chamberlain disse: "São as melhores corridas de L.A., neném." Archie Bell disse: "A Tiger Kab é o barato do Cara." Allen Ginsberg disse: "A Tiger Kab é a vanguarda multirracial."

Phil Irwin entrou no estacionamento. Trazia Chick Weiss e uma puta cubana. Chick estava arregalado de tanta bolinha. Buzz Duber saiu do estacionamento. Trouxe Lenny Bernstein e um travesti mulato.

É o novo lugar maneiro. Motoristas fazendo hora extra e café batizado com Dexedrine. A Tiger Kab funciona 24 horas por dia.

Crutch saiu da limo e atravessou o estacionamento. Lenny B. dispensou o traveco. Chick e Phil engoliram Quaaludes e fizeram *aaah*.

— Divórcios "sem culpado". Vocês ouviram primeiro aqui. É o dobre fúnebre para vocês, escrotos vagabundos — disse Chick.

— A coisa está chegando. Tem tudo a ver com toda essa merda hippie permissiva que está varrendo o país. Ninguém mais precisa mostrar motivo para divórcios — comentou Phil.

— Isso significa que rábulas como eu não vão pagar a tarados como vocês para chutar portas e espiar por janelas — disse Chick.

— *Tarados*? Isso é o roto falando do esfarrapado! — disse Phil.

Chick silenciou-o. Lenny B engoliu um Quaalude e fez *aaah*.

Crutch fez um sinal obsceno descartando-os e entrou no escritório. O Cartel Crioulo estava em força total. Milt C., Fred O., Panteras e policiais desgarrados. Sonny Liston, fanfarronando.

Levantou o *Vegas Sun*. Citou *alto*:

— "Ex-campeão em dificuldades. O ex-campeão dos pesos-pesados está falido. Numerosas fontes confidenciais disseram a este repórter que o morador desta cidade Sonny Liston, que já foi campeão mundial dos pesos-pesados e feroz manancial de socos, pode em breve se candidatar a vales-refeições ou procurar um serviço de recepcionista de cassinos como Joe Louis. Segundo dizem, seu dinheiro está sumindo, sumindo, sumindo, resultado de vícios malignos, e as notícias de uma terceira luta com Muhammad Ali, caso ele sobreviva à disputa do título com Smokin' Joe Frazier em 8 de março, são consideradas pelos profissionais do esporte como não mais do que um sonho ilusório e passageiro."

— Para mim parece verdade — comentou Redd Foxx.

— Eu viro o seu rabo doce *pelo avesso*. Você *nunca* estaria falido se estivesse vendendo essa bundona preta e deixando que *eu* fosse o cafetão — disse o Mico do Pico.

— Isso é uma porra de uma cascata. Eu tenho 14 mil em ações de flocos de arroz Kellogg's e 6 mil no bolso — bradou Sonny.

Freddy fez sinal para Crutch. Os dois foram para o banheiro. Freddy trancou a porta.

— O que acha de arrochar um veado? Pago 2 mil.

Crutch quase desmaiou.

— Porra, claro. Eu faço.

— Queremos Sal Mineo como isca. Você o conhece, então recrute. Ele recebe três e meio sem direito a recusa. Fale no meu nome, o que deve impedir qualquer protesto.

Crutch engoliu em seco.

— É para quem?

— Scotty Bennett.

Crutch re-engoliu em seco.

— Quem é o cara?

Freddy gargalhou.

— O tira Marshall Bowen. O negão barra-pesada é um peão de bunda.

Sonny se acomodou no banco de trás. Estavam na metade do caminho para Vegas. Faltavam cinco dias para o Natal. A Ekipe Tigre usava gorros de Papai Noel.

Crutch tirou o dele. Não combinava com o smoking de tigre. A meia-noite evaporou — outra viagem sem sentido.

Arrocho de veado. Encrenca no paraíso. Tem que ter a ver com o assalto.

Sonny soltou o garrote do braço.

— Eu tô sabendo de você, Voyeur. Você entregou as merdas do Wayne pra Mary Beth. Os anões do Papai Noel me contaram *tuuuudo*. Isso quer dizer que vou ficar de olho em você.

Crutch palpitou. Um coiote atravessou correndo a estrada. Ele perdeu a direção e quase o esmagou.

O rádio voltou a funcionar. As montanhas interromperam o sinal 60 quilômetros atrás. Brenda Lee com "Jingle Bell Rock".

Crutch olhou pelo retrovisor. Sua pulsação chegava a duzentos. Sonny estava chapadaço. Suas dentaduras haviam escorregado para fora.

Músicas de Natal o consolaram até a fronteira do estado. Terapia de distração junto com a estrada da memória.

Natal de 1954. Vovó Woodard vem de Ortonville, Minnesota. Ela vai embora em março. Sua mãe dá no pé em junho.

Natal de 1962. Paul McEachern dá um pontapé na sua bunda. Natal de 1966. Ele rouba o carro do namorado de Dana Lund e joga cabeças de negro no tanque de gasolina.

Sonny se remexeu. O que essa agulha tá fazendo aqui? Crutch fica de bico calado. Vegas apareceu 50 quilômetros adiante.

— Não tô falido e não sou um caso para a caridade. O *Vegas Sun* publica uma bobagem e algum escroto idiota anônimo me manda uma merda de esmeralda verde pelo correio. Enrola a porra da pedra na porra do jornal, para eu entender a porra do negócio.

Choque corporal — Crutch ficou sem ar e com visão dupla. A estrada afundou. Ele raspou num mourão de cerca. Firmou o volante. A luz se reacomodou na metade do caminho.

— Posso ver o envelope e a esmeralda?

— Não, Voyeur. Não pode. Pode me levar inteiro até a porra de Vegas e me deixar em paz, porra.

Esmeraldas, arrocho de veado, a conexão do Cartel Crioulo. Tudo é uma coisa só.

Tomou alguma coisa para dormir no estacionamento do Sands. Acordou e se firmou de novo com waffles e Bloody Marys. Redd Foxx vendeu quatro papelotes para Sonny em L.A. Sonny se aplicou com um papelote na limusine. Sonny deve estar em coma enquanto a gente fala.

Crutch partiu para a casa dele. A limusine Tigre atraía olhares fascinados. A casa era chique, pelos padrões da gente de cor. O bairro era meio legal.

Agora ou nunca.

Ele tinha um calço e suas gazuas. O Buick enorme de Sonny estava parado na frente. A aldrava da frente era uma luva de box de latão.

Acorde os mortos. Não quero erros aqui.

Crutch bateu com a aldrava, tocou a campainha e chutou a porta. Não obteve resposta e refez a sequência. O ar morto se intensificou. Ele arrombou a porta e entrou direto.

Roncos chegaram até ele. Sonny estava gagá num sofá de curvim. Usou um pedaço de elástico como torniquete. A seringa estava frouxa em sua mão.

"Campeão em dificuldades?" É. O cafofo estava supersujo e submobiliado. O teto pingava serragem e suco de freon. Pratos de cachorro recolhiam aquilo.

Trabalho rápido — sem fazer merda.

Pré-caminhou pelo cafofo. Sala, cozinha, dois quartos. Nenhuma estante, nenhuma penteadeira, roupas em sacolas de papel. Atacar a cozinha, primeiro os armários embutidos.

Revirou o lixo. Encontrou embalagens queimadas de comida pronta e garrafas de vodca vazias. Examinou as gavetas da cozinha — eureca, é isso.

Um envelope branco simples, tamanho padrão, sem remetente. O nome e o endereço de Sonny batidos a máquina. Selo de L.A., o recorte dentro, nenhuma esmeralda. Crutch pegou o envelope pelas bordas. Jogou-o num saco plástico e pôs um envelope rabiscado no lugar.

Sonny ganiu como cachorro no sono.

* * *

Clyde lhe fez uma transferência de 3 mil, endereçada ao Dunes. Aumentou para cinco na roleta. Tinha a foto de Reggie Hazzard. Comprou um mapa rodoviário de Nevada-Califórnia. Avisou à Tiger Kab que estava doente. Enfiou a limusine tigre num estacionamento pago para não parecer um otário.

Alugou um sedã Ford. Tirou o smoking tigre e comprou um paletó esporte. Saiu para molhar a mão dos tiras que faziam trabalho sujo. Wayne devia ter feito isso bem no início.

Cidades-posto-de-gasolina. Povoados de fronteira e cafundós agrícolas. Pontos no deserto com DPs de 6, 8 e 12 homens.

Rainbow Hill, Crescent Peak, Dyer, Daylight Peak. Woodford, Minden, Pahrump, Salisbury, Mid-Lockie. Quatorze cidades com "Califórnia-Nevada" na mistura.

Viajou de cafundó em cafundó. Mostrou a foto junto de uma nota de 100. Molhou a mão de tiras caipiras, que faziam serviços extras e caçadores de imigrantes ilegais. Enfatizou dezembro de 1963. Descreveu Joan. Mencionou o pagamento de fiança — posso olhar seus registros, por favor?

Alguns o dispensaram. A maioria aceitou a grana. Outros disseram que jogaram fora os registros velhos. A maioria citou mudança de pessoal e simplesmente o embromou.

Trabalhou nisso durante três dias. Gastou 3.400. Dormia em hotéis baratos e tinha sonhos com Joan. Passou em nove décimos das cidades do mapa rodoviário. Trabalhou voltando para L.A.

Saiu da I-15 em McKendrick. O DP era um galpão pré-fabricado em cima de um campo de alface. Presos de bom comportamento faziam o serviço na plantação. Os veículos eram quatro Fords velhos e 16 cavalos. Os colhedores de alface usavam jeans com números impressos. Os tiras dirigiam carrinhos de golfe e engoliam cerveja feita em casa.

Crutch parou ao lado de um cavalo amarrado. Um tira queimado de sol apareceu. Tinha feridas malignas, como Crutch Pai.

— Posso ajudar, meu jovem?

— Eu tinha umas perguntas, se o senhor pudesse fazer a gentileza...

O policial estendeu a mão.

— Gentileza custa dinheiro. Não vamos fingir que não.

Crutch jogou-lhe 50.

— Um vagabundo preso por porte de arma. Dezembro de 1963. Um garoto preto foi preso e uma mulher branca de cabelo escuro com fios grisalhos pagou a fiança.

O policial estendeu a mão. Crutch balançou a cabeça.

— Eu estava lá naquele dia. Gentileza não sai de graça — disse o policial.

Crutch pescou duas de 50. O policial estalou os dedos. Crutch pescou mais duas.

O policial tirou um casca de ferida no nariz.

— Um garoto crioulo e uma dona judia. Foragidos. Não peça para ver os registros, porque não tem. O garoto deixou uns livros comunas e de química na cela, talvez ainda estejam no almoxarifado.

Ferramentas:

Pós para digitais e pincéis. Fita transparente para digitais. Uma lente e o cartão de digitais de Joan Rosen Klein.

Alvos:

O envelope de Sonny Liston. *Química Básica*, de Magruder. *Os condenados da terra*, de Franz Fanon.

Trabalhou no Vivian. Abriu espaço na mesa e espalhou tudo. Sua grande luminária de haste flexível fornecia luz.

As páginas dos livros eram porosas. Não guardariam digitais. As sobrecapas eram lustrosas e guardariam. O envelope era liso e com a superfície sem amassados. As chances de encontrar digitais eram boas.

Crutch mergulhou um pincel em pó vermelho. As sobrecapas eram brancas e bege-claras.

Calçou luvas de borracha. Abriu os livros com as sobrecapas no lugar. Conseguiu planos quase lisos: capa, contracapa, lombada. Pôs o envelope ao lado.

Respire fundo agora.

Passou pó levemente nos livros e no envelope. Conseguiu manchas, redemoinhos e borrões. Acrescentou uma segunda camada de pó. Conseguiu duas impressões viáveis no livro comunista. Conseguiu duas impressões viáveis no envelope.

Respire fundo agora.

Pegou a lente. Estudou as digitais no livro e no cartão de digitais de Joan. Uma impressão pareceu boa imediatamente.

Curvas, redemoinhos e inversões. Pontos de comparação: 4, 5, 6, 7, 8, 9...

Combina.

Joan tocou o livro de Fanon com o indicador da mão direita. Isso ocorreu em 12/63 ou antes. Desde então o livro ficou guardado no DP de McKendrick.

Crutch estudou a segunda digital no livro. Faça isso — carimbe cada pedacinho no cérebro.

Memorizou-a. Estudou o cartão de digitais de Joan e passou a lente de um lado para o outro. Não — a segunda digital não combinava.

Colou a fita transparente. Levantou a digital desconhecida intacta. Reforçou-a com uma tira de plástico preto. A digital apareceu em detalhes exatos, branco sobre preto.

Respire fundo — falta um.

Passou para o envelope. Estudou as duas digitais. Memorizou-as. Re-estudou o cartão de digitais de Joan. Forçou a vista através da lente. Não — não combinava.

Grudou dois pedaços de fita transparente. Levantou as duas digitais desconhecidas intactas. Reforçou-as com tiras de plástico preto. As digitais apareceram em detalhes exatos, branco sobre preto.

Pôs as duas tiras do envelope ao lado da tira do livro. Passou a lente de aumento de um lado para o outro. Uma tira de digital era nitidamente diferente. Uma combinava perfeitamente.

Isso significava o seguinte:

Joan tocou o livro comunista em 1963. Uma segunda pessoa tocou o livro na época. A mesma pessoa tocou o envelope de Sonny no fim de 1970.

Não poderiam ser os policiais de McKendrick. Suposição: Reggie Hazzard.

Reggie não tinha ficha criminal. Isso significa que não existia ficha de digitais. Reggie tinha uma carteira de motorista de Nevada. O departamento de veículos de Nevada não exigia digitais.

O envelope tinha carimbo de L.A. Será que a esmeralda foi enviada de lá? Teria sido *enviada* a L.A. para ser enviada?

Não é uma dedução *real* de digitais. É tudo suposição. Ainda há aquela segunda digital no envelope.

Respire fundo agora — mais trabalho, porra.

O Natal veio e foi. O Ano-Novo foi borrado por aguaceiros. Sonny Liston morreu uma semana depois. O velório na Tiger Kab foi um acontecimento.

Redd Foxx e Milt C. se apresentaram. A *Black-O-Rama* publicou uma matéria a respeito. Fred O. forneceu birita. Chick Weiss forneceu droga e putas criadas na ilha. Os rapazes do Duber apareceram. Os motoristas formaram um kortejo de táxis e fizeram estardalhaço no bairro negro. Panteras e porcos tomavam Quaalude em perfeita paz. Lenny Bernstein citou Krishnamurti. Scotty Bennett trocou socos com Jerry Quarry. O negócio virou de verdade. Quase feio.

O serviço de espremer fruta ficou em estado de espera. Freddy queria 15 mil. Scotty tentou regatear para dez e não chegou a lugar nenhum. Scotty estava escondendo o ouro. Freddy disse a Crutch para não contatar o Sal Suculento por enquanto.

Ele fazia serviços de divórcio para Clyde. Mandou indagações para Mary Beth Hazzard: Wayne deixou outros documentos? Trabalhava em meio expediente na Tiger Kab. Estudava fichas de digitais toda noite no departamento de veículos no centro da cidade.

Insônia e cansaço nos olhos. Frascos de Nembutal e baldes de colírio. Verificação manual de fichas de digitais. Comparação com as duas tiras de plástico.

Mantinha uma contagem de cabeça. Perdeu a conta em 10 mil. Mantinha uma contagem de fichas por noite. Perdeu a conta em 6 de janeiro.

Apareceu tarde no dia 7. Subornou o funcionário da noite: procedimento padrão. Pegou suas tiras de digitais, a lente de aumento e o colírio.

Abriu uma caixa nova. Passou por 11 fichas sem resultado. Chegou à ficha de digitais nº 12. Os redemoinhos falaram com ele.

Respire fundo agora. A segunda digital do envelope. Não, sim, não... talvez.

Pontos: 1, 2, 3, 4, 5, 6, 7, 8, 9 — subindo até 14 — boa medida.

Combinação perfeita. *Porra — um nome que ele conhecia*

Lionel Darius Thornton, negro, nascido em 18/12/19.

O cara do Banco Popular. Lionel da Lavanderia. O *consigliere* do Cartel Crioulo.

CAPÍTULO 93

(Los Angeles, 9/1/71)

Chez Marsh: culta e não militante.

Entrou com gazuas de tungstênio. Óculos de infravermelho forneciam visão noturna. Deixe as luzes apagadas para não saturar.

Baldwin Hills. Estilo rancho, de um andar, perto da Stocker. Burguesia negra. Móveis tubulares. Estética *maneeeeira*.

Dwight xeretou. Eram 21h49. Marsh tinha um compromisso para discursar. Figurões do partido republicano o adoravam. O cara estava nas nuvens. O governador Reagan conseguia as apresentações para ele.

É uma primeira passada. Vamos sacar o ambiente.

Dwight tirou fotos. Sua Minox provocava clarões fortes. O retiro tinha um laboratório. Joan poderia revelar o filme lá.

Rauschenberg e Rothko em molduras de aço escovado. Um espaço severo, no geral. Um útero metálico.

Bateu em painéis da parede. Examinou prateleiras e gavetas de arquivo. Viu livros de arte, declarações de imposto e papéis de carta em branco. Marsh era um guardador de papéis. Era o que ele pensava. Joan o chamava de "diarista clandestino".

Dwight andou pelo quarto. O tema tubular se estendia. Marsh adorava metal escovado. Era funcional e duro. Exalava odor masculino e excluía perfume feminino. Marsh era totalmente obstinação refinada.

Marsh era o novo assassino descontente. Este era seu covil de psicopata. Frio e arrumado. A partir daí devia partir para *horripilante.*

Dwight examinou as gavetas da mesinha de cabeceira. Olhou o caderno de endereços de Marsh e fotografou cada página. Viu homens citados apenas pelo primeiro nome. Viu números do Klondike, do 4-Star, do Tradesman, do Spike. Agora Marsh sentia-se seguro. Seu cafofo da época da operação era o Actors Studio. Este cafofo era rico com referências de veado.

Eles precisavam de espaços para plantar provas. Marsh, o acumulador veado com gosto casto de escola de arte. A casa era uma imagem linda. Vamos fornecer uma moldura em erosão.

Plante caixas de fósforos de bares de veado aqui. Plante fotos de sodomia ali. Marcas de sêmen no lençol pré-dia do atentado. Esconda consolos sujos de merda no banheiro.

A casa atrairia um exame espantoso. A fachada tinha de desmoronar lentamente. O terror precisava se formar aos poucos.

Dwight bateu em painéis de parede. Nenhum eco revelador por enquanto. *Espaços para plantar provas*. Literatura subversiva e pornografia de ciência política. O instinto de Joan: ele mantém um diário, localize, vamos pegá-lo e inserir o nosso antes do atentado.

Uma máquina de escrever Underwood elétrica. Papel empilhado ao lado.

Dwight enfiou uma folha e datilografou todas as letras, os números e os símbolos. Pareciam corretos a olho nu. Fotografou o teclado e os tipos. Poderia haver falhas nos tipos. Eles teriam de duplicá-las. Equipes de peritos iriam examinar a máquina. Tinham que criar uma boa verossimilhança.

Bateu em mais painéis da parede. Não saíram sons ocos. Foi uma primeira tentativa. Não confiou nos seus ouvidos.

Pontos de esconderijo. As equipes de investigadores forense iam arrasar com o lugar. Marsh deveria ser revelado com pungência, post mortem. Ele era tremendamente engenhoso e cheio de recursos. O cafofo deveria explodir com descobertas reveladoras.

Plantar papéis aqui. Plantar papéis ali. É a vida *dele* refratada. Ele acumula papéis para o Sr. Hoover. Ele procura locais para plantar papéis nesse serviço.

Estava há um mês nisso. O Sr. Hoover lhe deu um aumento de salário. A seção de arquivos era só lixo de escândalos. Na maioria eram baseados em L.A. Marsh era nativo de L.A. Depois da morte dele cada dossiê do escritório do FBI em L.A. seria examinado com pente fino em busca de menções.

Folheou dossiês e procurou pontos para inserção de dados. Era subtexto operacional. Você esconde dados amarelados pelo tempo. Isso implica um desequilíbrio político emergente e patologia de veado enrustido. A mania de dossiês do FBI indicia Marshall Bowen. Dossiês com ilações falsas sofrem pente fino diligentemente. O Sr. Hoover é indiciado post-mortem. A compilação de dossiês é tédio afetado e escatologia oficialmente sancionada. O horror moral e a curiosidade moral vão guerrear na arena pública. O agente especial Dwight C. Holly vai declarar o que isso tudo significa.

Passou horas na unidade de armazenamento de arquivos. Jack Leahy achou isso estranho. Ele achava Jack estranho. Jack vivia soltando piadinhas sobre a saúde da bicha velha. Jack não sabia que ela ainda passava mais tempo lúcida do que não lúcida.

Dossiês:

Joan desdenhava o ataque ao Centro de Registros na Pensilvânia. Achava que isso revelaria a mania de dossiês cedo demais. Achava que era explorar Karen. Ela estava transformando uma pacifista quaker num acessório da morte.

Pararam de discutir sobre isso. A coisa simplesmente ficou ali, sem ser dita.

Dwight examinou os armários do corredor. Viu os uniformes bem passados de Marsh e um cinturão de arma enrolado numa prateleira.

Encontrar alguns atores. Vestir um de policial. Pegar uma radiopatrulha. Montar um cenário no Griffith Park. Lá está um falso Marsh de uniforme. Sua cabeça está virada. Um suspeito algemado está lhe fazendo um boquete. Marsh segura uma arma encostada na cabeça dele.

Envelhecer a foto. Colocá-la num uniforme esgarçado. É uma quinquilharia esquecida.

Pegar umas bolinhas na rua. Enfiar atrás da roupa de baixo dele. Marsh se droga durante o serviço e faz pegação nas ruas por esporte.

Dwight saiu pela porta dos fundos. Marsh tinha uma vista linda. O local era uma doçura. Marsh tinha 26 anos. Tinha um ano para viver, no máximo.

* * *

O serviço de quarto trouxe bifes de filé-mignon e um Bordeaux encorpado demais. Ele estava bebendo menos. Joan estava bebendo mais. Os problemas de sono dos dois haviam se trocado.

Comiam de roupão. A chuva grossa batia nas janelas. Eles queimavam um tronco sintético na lareira.

— Não gosto da invasão. É precipitada — comentou Joan.

— Você está preocupada com a convergência.

— Estou sim.

— É a única coisa que não podemos forçar.

— Eles têm de estar voluntariamente no mesmo lugar ao mesmo tempo.

Dwight relaxou o corpo na poltrona.

— Na mesma *cidade*, com o poleiro preestabelecido. Deve ser L.A. Ele ficou no Beverly Wilshire nas últimas seis vezes em que esteve aqui. Sempre pede uma suíte com vista para o norte. Há sete prédios de dois e três andares do outro lado da rua. Dois têm cartazes de aluga-se. Os outros prédios são butiques e restaurantes. Têm depósitos no segundo e no terceiro andar virados para o hotel.

Joan acendeu um cigarro.

— Continue. Diga o que você está pensando.

— Estou pensando que deveríamos achar um garoto preto mais ou menos da idade do Marsh. A semelhança é crucial. Ele deve alugar um escritório e devemos decorá-lo. É aonde ele vai comer garotos, usar drogas e guardar armas. Vou roubar tubos de sêmen num hospital. Vamos colocar os fluidos gradualmente. Marsh está desmoronando. O uso de drogas é cada vez maior. Vou mandar o pistoleiro enchê-lo de coca na saída. Vou mostrar a ele como enfiar toxinas no fígado para se aproximar de uso a longo prazo.

Joan soprou um anel de fumaça.

— Você tem um talento tão espantoso, camarada!

Dwight segurou as mãos dela.

— Está preocupada com Celia.

— Não quero falar nisso. Ela sempre entendeu os riscos.

— Eu poderia dar uns telefonemas.

— Não quero.

Dwight sorriu.

— Quando liguei você a Tommy Narduno, pensei que viria atrás de mim.

Joan sorriu.

— Eu pensei nisso. Tommy achava que podia revelar a operação de vocês através da Grapevine e criar um estardalhaço na mídia. Ele sempre foi ingênuo nesse sentido. No fundo era um jornalista sensacionalista. Estava usando um gravador na noite em que vocês o mataram.

Dwight tremeu. Joan apontou para o vinho. Dwight balançou a cabeça.

— O que a convenceu a deixar isso passar?

— Karen. Ela deu a entender que você estava pronto. Num determinado momento citou Goethe. A expressão que usou foi "a queda para o alto".

Dwight abriu uma janela. Pedras de granizo roçaram seu rosto.

— Jomo e o negócio com o Marsh. Qual foi o seu raciocínio?

Um sopro de vento sacudiu as janelas. Joan virou a cadeira e deixou a umidade acertá-la.

— Havia os seus objetivos e os meus objetivos. Eles eram sincronizados e opostos. Eu sabia que Marsh tinha de ser o seu infiltrado. Sua patologia se revelava na escolha. Era ousada, grandiosa e autodestrutiva. Eu passei tempo com Marsh e descobri que ele era fraco e quase autobajulador. Ele flertava com homens quando achava que eu não estava olhando, o que era uma verdadeira falha de ator, dramaticamente falsa e narcisista. Assim, liguei para Scotty Bennett e revelei a inclinação dele. Por isso liguei de novo para o Scotty e mediei a traição de Jomo Clarkson. Foi uma estratégia com dois aspectos. Eu queria colocar Marsh em dificuldade e obrigá-lo a uma aliança com a ATN. Considerei que Jomo era maligno e tinha quase certeza de que Scotty não poderia resistir a matá-lo.

O vento agitou a toalha da mesa e derrubou o Bordeaux. Dwight puxou Joan da cadeira.

Puckett Mississipi. Seis estacionamentos de trailers e akampamentos da Klan.

Bob Relyea comandava a Klaverna dos Kavaleiros Elevados. Alcovitava para a polícia local e dedurava para a ATF. Vendia cogumelos mágicos e publicações racistas. Assaltava postos de gasolina. Bob era ex-Ekipe Tigre. Traficava heroína em Saigon e trabalhava com Wayne Tedrow. Atirou em Martin Luther King.

Era trankuilo e klaro. O akampamento konsistia num barrakão korrugado e um kanil. Havia quatro escrotos na área de tiro. Os alvos eram manequins de lojas de departamento. Usavam máscaras de Eldridge Cleaver.

Bob viu o carro parar. Dwight freou e parou perto do akampamento. Bob correu o resto do caminho.

Dwight abriu a porta do carona e o porta-luvas. Um rolo de notas de 100 rolou para fora. Bob pegou-o e enfiou embaixo do lençol.

— E isso é só para conversar?

— Isso mesmo.

— Não diga. Se eu atirar em alguém, há muito mais vindo do mesmo lugar.

— Isso mesmo.

— Uau, meu chapa.

Dwight acendeu um cigarro.

— Você recebe 50 mil. Apaga o alvo e o bode expiatório ali mesmo. São dois tiros fáceis. Essa parte não me preocupa nem um pouco. O negócio é juntar os dois. Eu vou sequestrar o bode e posicioná-lo se for preciso, mas prefiro não ter de fazer isso.

Bob tirou meleca do nariz.

— O alvo é importante?

Dwight piscou.

— Vai haver falação — disse Bob.

— É o que eu quero. Há um motivo nisso.

— Quem é o alvo?

Dwight gargalhou.

— Você vai saber quando olhar para ele.

DOCUMENTO ANEXO: 6/2/71. Extraído do diário particular de Karen Sifakis.

Los Angeles,
6 de fevereiro de 1971

Vou em frente, independentemente do que isso implique, facilite ou prenuncie pelo lado de Joan e Dwight. Vou assumir o risco de implementar a violência. Sinto-me leal a Joan e agradeço a ela pela mudança que criou em Dwight. Viajamos uma longa estrada juntas. De minha parte não seria cantar vantagem afirmar que meu pacifismo mitigou as ações violentas de Joan no correr dos anos. Sem dúvida é certo que seu ser impetuoso me levou mais para perto de Deus e do confronto não violento. Ela é *minha* e eu sou *dela*, e Dwight é nosso. Há uma alquimia profunda no ponto em que nos ligamos e no ponto em que divergimos. Continuo a confiar no nosso diálogo tanto quanto temo seu resultados potenciais. Minha luta horrível com Dwight me forçou a admitir a arrogância e o engano que estão no âmago de minha lógica moral. O fogo da conversão dele me convenceu da necessidade deste risco.

Agora Dwight sabe do alcance do meu relacionamento com Joan, ainda que não os detalhes específicos. Joan deu dicas, ou revelou a amizade em olhares e apartes que o brilhante e paranoicamente brilhante Dwight captou e levou à certeza mental. Menti a Dwight por omissão; agora tenho certeza de que Joan me usou para chegar até ele; agora Dwight e Joan mentem para mim escondendo os detalhes de sua "Operação". Sou totalmente culpada pela criação do elo entre Dwight e Joan. Deveria ter dito a Dwight que Joan usou identidades falsas e que elas encobriram boa parte de sua subversão. Deveria ter dito a Dwight que Joan planejou uma série de assaltos à mão armada no leste. E deveria ter dito que estivemos juntas na Argélia e que eu fiz uma vigília de orações para os paraquedistas franceses que Joan e seus camaradas emboscaram perto de Béchar. Deveria ter lhe dito que fiz parte da invasão de 14 de Junho, num papel de planejamento não violento. Não contei essas coisas porque de modo maligno desejei a conflagração *Deles*, porque queria fazer com que *Eles* realizassem alguma fúria enterrada em *Mim*, infligi-*Los* no mundo circunspecto, ideologicamente comprometido, radicalmente chique e cuidadosíssimo em que vivo com a fúria única que eu sabia que *Eles* desenvolveriam.

Agora devo representar meu papel de criadora, representar meu papel coadjuvante, reprovar as vicissitudes do estilo de vida radical enquanto rezo pela paz. Vou invadir, roubar dossiês, explicar as práticas de armazenamento de dossiês de uma burocracia superopressiva e esperar que uma luta de boxe muito esperada entre dois talentosos pugilistas negros não jogue minhas ações para um status de última página. Ironia: Dwight chamou a invasão de "evento de mídia". O Centro de Registros fica em Media, Pensilvânia.

A briga com Dwight aconteceu aqui na minha casa; Dina e Ella ouviram a discussão e a conclusão tempestuosa. Foi uma altercação que provoquei com meu próprio orgulho. Superestimei minha influência sobre Dwight e subestimei a influência de Joan. Foi uma coisa esganiçada, mesquinha, ciumenta e filosoficamente fraca. Dwight me veio com uma fúria de amante convertido. "Você explode coisas, destrói símbolos, ataca retratos simpáticos de instituições que não significam porra nenhuma", disse-me. "Isso permite que se senta presunçosa enquanto as pessoas sofrem e morrem, você vai continuar a fazer isso até que um pedaço de reboco explodido de um monumento confederado arranque o olho de uma criança negra, então vai voltar aqui, lastimar-se, rezar e pensar em alguma coisa espetacular e correta estilo quacre para se colocar de volta no jogo que tanto ama, que é violento por sua própria natureza básica."

E estava certo.

E então disse: "E nunca paternalize Joan Rosen Klein, porque você a deu a mim."

E estava certo. E assim vou em frente com a tarefa que ele e Joan determinaram.

<u>DOCUMENTO ANEXO</u>: 21/2/71. Extraído do diário de Marshall E. Bowen.

A caminho de Boston,
21/2/71

Andei viajando e rastreando pistas potenciais desde a última reunião com Scotty. Meu tempo de licença acumulada serviu como disfarce. Supostamente estive numa viagem de carro atravessando o país. Agora verifiquei laboriosamente as fichas de aceitação e as fichas de rejeição de passaportes em Nova Orleans, St. Petersburg e Milwaukee, e ainda falta Lynn, Massachusetts. Estas são as cidades que Scotty considerou mais negligentes, permissivas e incompetentes nas práticas de emissão de passaportes. Cedi à Tendência nessas cidades e adorei a liberdade de cabriolar em lugares sem celebridades locais. Reginald Hazzard não tirou passaporte nessas cidades e não foi encontrado nas fichas de rejeição. Sua foto — com e sem cicatrizes de queimadura citadas medicamente — não estava anexada a nenhuma das fichas de pedido que examinei.

Assim, andei viajando e curtindo o tempo fora de L.A. Ligo para o Scotty a intervalos de alguns dias para informar "falta de sorte". Andei viajando mentalmente, tendo sonhos muito nítidos e pensando um bocado na observação do Scotty sobre "*Cherchez la femme*".

Foi uma mulher que me dedurou ao Scotty. Dwight Holly reagiu de modo estranho quando Scotty mencionou esse fato a ele. Estou me convencendo de que a mulher é Joan Rosen Klein.

Joan me cultivou no fim de 1968 e início de 1969. Eu era o infiltrado de Dwight Holly e sabia que o Sr. Holly tinha um informante no jogo. Joan era muito experiente e parecia qualificada demais para o mundo da militância negra de baixo nível. Foi muito persistente em me abordar, podia estar tentando me seduzir, mas seu senso de predadora muito bem afinado lhe disse que não teria sorte nesse aspecto. Tudo me parecia fantasiosamente correto, até o momento em que esbarrei em Junior Jefferson, pouco antes de partir nesta viagem.

Junior estava comendo frango e waffles na Tommy Tucker's Playroom e lamentando o destino da Tiger Kab. Primeiro, os Rapazes compraram a Táxis Black Cat dele e mudaram o nome para o daquele animal veado. Depois o falecido Wayne Tedrow desfalcou toda a grana da Tiger Kab e os Rapazes venderam o negócio a Fred Otash. Assim, Fred o demitiu e o expulsou de lá. Agora a Tiger Kab é o lugar mais maneiro do planeta Terra, eles vão mostrar a luta de Ali e Frazier num circuito fechado de TV — e ele não pode ir.

Continuamos a nos solidarizar. Falamos do "Estouro" com um certo espanto. Junior disse: "O tempo todo você era uma porra de um dedo-duro do FBI." Admiti que era verdade. Junior disse que, para ele, tudo bem, e mencionou muito casualmente que viu Dwight Holly e aquela "Joan, a comunista judia" de mãos dadas num restaurante china em Pico na semana passada.

Cherchez la femme.

Lynn é uma cidade suja que fabrica calçados em meio a uma infinidade de cidades sujas do mesmo tamanho, e descobri que o escritório da alfândega era igualmente sujo no momento em que entrei. Um irlandês vermelhusco trabalhava na recepção. Quase se cagou quando um negro bem vestido mostrou um distintivo de sargento do DPLA. Mas admito que ele era espirituoso. Quando expliquei o objetivo da visita, ele disse: "Você não parece Jack Webb, sargento", e me levou para as pilhas de fichas.

Foi a sexta ficha da quarta caixa que examinei. A foto era de Reginald Hazzard, com o rosto muito queimado. O nome ao lado estava sujo de tinta e era ilegível. O carimbo de encaminhamento no verso era claríssimo.

Reginald recebeu um visto para viajar ao Haiti em 11 de junho de 1964.

Pensei instantaneamente: não vou contar isso ao Scotty.

CAPÍTULO 94

(Los Angeles, 1/3/71)

— Estou com a grana — disse Scotty.

— Ele roubou uma loja de bebidas. Tem especialização nesse negócio — comentou Fred O.

— Odeio grampear veados. As trilhas de áudio não são saborosas — retrucou Fred Turentine.

O Barone's Pizza na Ventura. Um conhecido restaurante engordurado no Vale. Eles tinham uma sala privada. Tinha fotos de carcamanos notáveis.

A cerveja era fria de bater os dentes. A pizza era quente de queimar a boca. Scotty jogou o envelope na mesa. O garoto Crutchfield tinha formiga na calça. Ficava coçando o saco.

Scotty serviu cerveja.

— Vamos falar de resultados. Eu fiz uma segunda hipoteca na minha casa, por isso não estou a fim de grandes atrasos ou estragos.

Fred O. raspou com a faca a espuma de seu copo. Bolhas voaram para o chão.

— Fiz um arrocho de bicha para Dwight Holly há um tempo. Usei um branco. A gente podia usá-lo para aumentar o barato.

— *Não*. Dwight e eu entramos em choque naquele negócio federal. Não quero que ele saiba disso — disse Scotty.

Fred T. pegou uma fatia com anchovas. *Uuuu*, tá quente.

— Eu preferiria evitar o cara. Ouvi dizer que ele está cuidando dos arquivos do Escritório de L.A. Teve algum tipo de colapso nervoso.

Scotty bebeu cerveja.

— Quero merda nítida. Fotos, filme, atos sexuais variados. O garoto traz o Sal. Sal e Marsh esquentam a coisa. Quero ação de foda e boquete com fundos diferentes.

— Eu localizo o Sal — disse o garoto.

— Ei, ele fala — debochou Fred T.

— Fechem as janelas. O leão voyeur está à solta — continuou Fred O.

Scotty rosnou feito leão e piscou. Música de vitrola encheu a sala.

— That's amore — cantarolou Dino.

— *Merda vívida*. Lembrem, não é um arrocho de grana. É uma ameaça, se a coisa chegar ao ponto.

* * *

A turma era boa. A pizza, uma merda. Seus dentes queimados de cerveja ainda doíam.

Marsh estava de volta. O passeio pelas alfândegas deu em nada. A abordagem do passaporte estava morta. Reggie Hazzard: de volta à estaca zero.

O mostrador da gasolina chegou ao vazio. Scotty saiu da via expressa. Ali há um Richfield com cabine telefônica na frente.

Parou. Pediu serviço completo ao frentista. Jogou moedas no telefone e ligou para Marsh.

— Alô?

— O negócio do Reggie está morto por enquanto. Estou ficando frustrado.

— Somos dois.

— Estou pensando que deveríamos arrochar Lionel Thornton.

— Não discordo.

Scotty esfregou os dentes.

— Seja menos ambíguo. Você ganhou a porra da Medalha do Valor. Agora você é Jim das Selvas.

Marsh gargalhou.

— Está certo. Deveríamos fazer.

— Quando?

— Oito de março. Thornton lava o dinheiro da Tiger Kab. Eles vão mostrar a luta do Ali. Thornton vai estar lá e vai levar o dinheiro de volta ao banco.

— Saquei. Nós o pegamos no caminho — disse Scotty.

CAPÍTULO 95

(Los Angeles, 4/3/71)

Circuito das frutas:

Ele tinha ido ao Manhole, ao Cockpit, ao Anvil, ao Tradesman, ao Forge. Era de assustar. Tarados de olho na sua bunda. Cheiradores de nitrato de amila, couro, peitos nus vestindo cota de malha.

Sal nunca estava. Sal frequentava antros homos e cafeterias que ficavam abertas a noite toda. Circuito traveco: o Pines, o Arthur J.'s, o Biff's Char-Broil.

Crutch voltou ao Klondike. Era a base de Sal. O barman trocava seus cheques parcos. Sal conseguia as trepadas regulares ali. Estava comendo o dono, dois mensageiros e o cozinheiro.

Crutch parou em fila dupla na frente. Bichas quase desmaiaram por seu táxi. Lenny Bernstein saiu com dois marinheiros. As bichas chamavam os marinheiros de "frutos do mar".

Lenny acenou para Crutch. Crutch acenou para Lenny. Crutch pensou: tudo começou aqui.

Verão de 1968. O Dr. Fred contrata-o. Encontre Gretchen Farr. Seu caso tem quase três anos. Pode estar perto da solução.

Digitais. Joan segurou um dos livros de Reggie Hazzard. Isso está provado. Uma segunda pessoa tocou o livro e o envelope de Sonny. Boa suposição: Reggie H. Uma terceira pessoa tocou o envelope. Digital confirmada: Lionel Thornton.

Pergunta:

Reggie mandava as esmeraldas para os negros necessitados?

Resposta:

Provavelmente sim.

Reggie sobreviveu ao assalto. Reggie tinha uma parte da grana e as esmeraldas. Reggie não mora em L.A. Reggie está em outro lugar, caso contrário Wayne o teria achado. Reggie é reservado. Os carimbos de correio de L.A. poderiam atrair encrenca. Reggie se foi há muito.

Uma pista *graaaande* — agora fodida por causa do trabalho de espremer fruta.

Crutch olhou para a porta. Rock Hudson saiu com Arthur-Arlene Johannsson. Arthur-Arlene vendia Dilaudid e bolinhos de maconha. Chick Weiss fez todos os divórcios dele. As *mulheres* pagavam pensão. Você se casou com um *travesti*? Foda-se.

Rock acenou para Crutch. Crutch acenou para Rock. Um Tiger Kab parou. Phil Irwin dirigia. Chick Weiss estava no banco do carona. Arthur-Arlene empurrou as costas de Rock. Sua peruca de cabelo alisado estava torta.

Crutch girou sua bandeirinha vermelha. Joan sumira. Ele não conseguia encontrá-la. De qualquer maneira captava um ar de "ela está em L.A.". L.A. era L.A. L.A. era a área de Joan. Ele seguiu Dwight Holly duas vezes. Dwight poderia ser amante de Joan. Dwight era bom para escapar de perseguidores e despistou-o.

Lá está Sal. Está rebocando Natalie Wood e um sapatão. Natalie era uma lésbica explícita. Chupava bocetas em festas de Hollywood. Clyde a resgatou de uma masmorra de sapatonas por volta de 1960.

Crutch assobiou. Sal captou e veio para perto. Natalie e a sapata deram um beijo de língua. Dois garotos aplaudiram desmunhecando.

Sal se encostou no táxi.

— Não diga. Clyde tem um serviço de traição.

— Não exatamente.

— Nada de mulheres. Nós tentamos uma vez, lembra?

— Freddy Otash. Sei que ele tem o seu rabo preso, de modo que você não pode dizer não — disse Crutch.

Sal suspirou. Seu pega-rapaz balançou. Crutch abriu a porta. Sal entrou e acendeu um Kool mentolado. Crutch sentiu o cheiro da mistura de menta e haxixe.

Virou a esquina e estacionou.

— Espero que ele seja bem-dotado — disse Sal.

— Você vai receber três e meio.

Sal fumou seu meio-baseado até o filtro. Sal fez seu ar de inocente.

— Já passamos por isso antes. Eu estive no carro de um monte de homens, mas com você não foi nem um pouco romântico.

— Não começa.

— Acredite, não vou começar.

— O alvo é um cara chamado Marsh Bowen. É aquele tira que ficou meio famoso.

Sal gemeu.

— Outro crioulo. Com Freddy é sempre um crioulo. Gosto de carne preta, mas não como dieta constante.

Crutch abriu o porta-luvas e pegou sua garrafinha. Sal agarrou-a e tomou um gole rápido.

— Então querido. Chegou a encontrar a ex-Gretchen Farr?

Crutch pegou a garrafinha de volta.

— Não. Cheguei perto, mas não.

Sal pegou-a de volta. Tomou um gole e devolveu. Crutch tomou um gole. Sal pegou-a de volta e segurou no colo.

— Também não a vi. Gretchie era totalmente inescrupulosa, ao seu modo especial.

Crutch pegou a garrafinha. Sal liberou-a, relutante.

— Você me contou tudo que sabia, não foi?

— Bem...

— Qual é, cara.

— Bem...

Crutch fechou os punhos. Sal fez *uuu, que medo!* Crutch esvaziou a garrafinha num gole. Sal esfregou os polegares e os indicadores. Crutch mostrou uma nota de 100. Sal levantou dois dedos. Crutch pegou de novo a carteira e deu outra nota a ele.

Sal inclinou o banco para trás e olhou para o forro do teto. Aconchegou-se e ficou remexendo no pega-rapaz.

— Bom... você sabe como é o modo de operação da nossa Gretchie. Ela trepava com um monte de homens, pegava grana emprestada com eles e sumia. Estamos atualizados até agora, queridinho?

Crutch assentiu.

— É. Você a apresentava aos caras, mas não consegue lembrar os nomes. Ela sempre teve cuidado para não trepar com caras do mesmo círculo social, para não poderem comparar anotações.

Sal assentiu.

— *Certíííííssimo.*

Crutch deu um soco no estofamento do banco. Sal tremelicou. Isso o fez *riiiiiir.*

— Você não me dá *meeeedo*, Crutchy. E, francamente, não acredito em todos esses boatos idiotas sobre aqueles comunistas que você matou.

Uma dor de cabeça o atacou como um trem de carga. Atrás dos olhos, das boas. Ele pescou suas aspirinas e engoliu três a seco. *Fique de bico calado/não estrague essa porra.*

Sal chutou as sandálias e segurou o painel com os dedos dos pés enrolados. A Srta. Frufru tinha pés grandes e fedorentos.

— Bom, logo antes de a gente falar sobre ela da primeira vez, eu vi Gretchie numa festa. Não contei porque tudo pareceu irreal demais.

— E?

— Bom... Gretchie disse que havia uma dona chamada María, também conhecida como "Tatuagem". Ela pagou para sair do "livro dos mortos", traiu "a Causa", mas "cumpriu penitência". Acredite, nada disso fez o *míííínimo* sentido para *esta* garota aqui, até que Gretchie me disse que María vinha para L.A., que ela era "louca", e perguntou se eu podia juntá-la com alguns caras do mundo do cinema. Isso era mais do meu ramo, por isso falei que ia perguntar por aí, coisa que *não* fiz, porque Gretchie me devia dinheiro por causa de algumas referências que dei a ela mas ela não me pagou, de modo que onde estava o incentivo se ela só iria me sacanear de novo? *Assiiiim*, tudo ficou nesse pé. Gretchie nunca mais falou de María, mas *meio* que me pagou pelas referências. Me deu uma esmeralda miudinha e um bocado de fumo. Era bagulho haitiano, todo malhado.

Respire fundo agora.

— *Realmente*, queridinho. Já ouviu uma fantasia igual? — disse Sal.

CAPÍTULO 96

(Los Angeles, 6/3/71)

Trabalho de digital e de tinta. Saca os detalhes.

Anotações homossexuais em guardanapos. Transcrições falsas de diário. Transferências de digitais para romances pornôs de veado e textos de propaganda.

O refúgio estava silencioso. Dwight trabalhava sozinho. No dia anterior à noite circulara em bares. Foi ao Jaguar, ao Tradesman e ao Falcon's Lair. Distribuiu notas de dólar e pegou os guardanapos. As frutas farejaram tira *en masse*.

Rabiscou em letra estremecida. "Adorei seu cabelo!", "Quando quiser, querido" e um número de telefone borrado. "Vi você na TV!!! Não acreditei quando vi você aqui!"

Tipos variados de letras. Papel amassado. Entulho de bolso, minúcias de estilo de vida.

"Os Duros e Bem-dotados", de Lance Grego. "Gestapo AmeriKKKana", de Richard T. Saltzman, Ph.D. "De Boca no Homem" e "Sêmen do Demônio". Dissertações sobre a guerra do Sr. Hoover contra o Dr. King.

Dwight aplicou tiras de digitais. Marsh tocou falsamente as capas dos livros. Dwight escreveu bilhetes de paixonite de veado. Números de telefone manchados, pedaços de guardanapo, palavras meio obscurecidas. Marsh: "Meço 23 centímetros. E você?"

Ele mantinha a mesa arrumada. Trabalhava com luvas de borracha. Guardava em plástico o trabalho. Bolou uma anotação de diário falsa.

Pense bem. Datilografe. Você tem uma Underwood idêntica. Lembre: torcer com ferramenta o *C* minúsculo e o *J*.

Você vai estar lá, na convergência. Joan vai colocar o diário falso.

Isso significa mais invasões. Ele pode ter um diário de verdade.

Dwight abriu espaço na mesa. Guardou os cadernos e as anotações e pegou um bloco de rascunho. A foto de Silver Hill estava encostada numa luminária. Karen, Dina, Ella. O endereço e o número de telefone delas. Se este homem estiver perdido, por favor, devolvam-no.

Cobriu-a com um lenço. Redigiu falso-Marsh:

"Meu processo de radicalização começou de fato quando percebi que não conseguia controlar minhas percepções. Os sintomas físicos se manifestavam em proporção direta às minhas tentativas de suprimi-los. Era como se um vírus tivesse me atacado.

Era significativamente mais desconcertante do que o pânico que tive que suportar quando me tornei completamente cônscio da minha homossexualidade, há uma década. Um ódio contra mim mesmo tomou conta e um ódio definido politicamente e direcionado para o exterior assumiu agora. Meu ódio se fixou em alvos imediatos — o grosseiro Scotty Bennett, o inacessivelmente explorador agente Holly e minha *alma mater* racista, o DPLA — e gradual e inexoravelmente cresceu até um plano inevitável. Não posso conter a disseminação do vírus até tomar a antitoxina que somente a morte de JEH criará."

Leu de novo. Cobriu a mesa com um pano e saiu ao terraço.

Nuvens emolduravam Silver Lake. Uma névoa cobria a casa de Karen. A luta dos dois se reprisou, amedrontou Dina. Ella pareceu estudá-la. Ele chutou uma ideia. Ella sabia coisas que ele não sabia. E essas coisas Ella sabia por Joan.

No *spiritus mundi*, a confusão. Karen conta a Joan sobre ele. O camarada Tommy está em Memphis no dia. Karen lia seus sonhos e segurava a barra dos pesadelos. *Joan simplesmente entendia.*

Um esquilo se empoleirou na laje do terraço. Dwight jogou sementes para ele. O bicho agarrou-as com as patas e se mandou.

A campainha da porta soou. Dwight olhou pela janela lateral. Eleanora pulava na varanda.

Dwight correu pela sala e abriu a porta. Ella se jogou contra suas pernas. Ele pegou-a com um braço. Ella mordeu seu pescoço de brincadeirinha.

Karen se apoiou num suporte da varanda.

— Você poderia ter invadido — disse Dwight.

— Estava guardando isso para Media.

— Obrigado.

— Nem fale.

Ella se retorceu. Dwight colocou-a no chão. Ela correu para a sala.

— Como você achou?

Karen entrou.

— Rastreei o brilho do binóculo. Pensei: estou detectando uma presença voyeurística, e apliquei geometria espacial.

Dwight riu. Karen o envolveu com um braço. Ele afastou-a da mesa. Ella espiou dentro de uma caixa de papelão. Dwight agarrou-a e afastou-a.

Ela se soltou e apontou. Fez uma cara de *O quê?*

— São armas sem registro, querida.

Karen largou a bolsa e chutou-a.

— Você me ama? — perguntou Dwight.

— Amo, cacete — disse Karen.

Inserções:

Ele trabalhava na seção de arquivo. Mantinha-se solto por dentro. Era casual e clandestino-tarde-da-noite.

Pegava fichas da delegacia de Costumes e de fofocas. Encontrou fichas de interrogatório e escreveu nelas o nome de Marsh Bowen. Marsh em três batidas em bares de veados, Marsh num baile de travestis, Marsh numa farra de ódio contra brancos.

Foi até os armários de fichas de subversivos. Largou dentro uma ficha quimicamente envelhecida.

Joan criou-a. Ele forneceu a perspectiva. Um agente agora morto redigiu a ficha em fins de 1966. Na época Marsh trabalhava para Clyde Duber. Marsh trabalhou para os Muçulmanos Negros contra Clyde. O agente suspeitava. Clyde não ficou sabendo.

Separou dinheiro. Garantiu o pagamento de Bob Relyea. Precisava da programação de viagens do Sr. Hoover. No dia seguinte pela manhã: ele viaja a Media.

Folheou o índice de fichas de informantes. Nomes passaram. Bill Buckley dedurava neocomunistas. Charlton Heston dedurava viciados. Sal Mineo dedurava veados por atacado. Sal Salaz: canastrou no serviço de isca para o arrocho a Bayard Rustin.

Encontrou mais fichas de informantes. Redigiu um em letra cursiva, tinta azul. Duas em letras de forma, tinta preta. Marsh andou ocupado em 1966 e 1967. Brigas no Klondike. Merdas lascivas com garotos hippies nos *happenings* de amor do Griffith Park.

Dwight arrumou sua pasta e saiu. Viu Jack Leahy no elevador.

— Não me diga. Você não consegue dormir e está começando a curtir os arquivos.

Dwight sorriu.

— Você é o único federal na terra que já disse a palavra *curtir*.

— Verdade, mas você não respondeu à pergunta.

Dwight apontou o botão para descer.

— Os dossiês de sujeira são viciantes. Pergunte isso a você sabe quem.

Jack riu.

— Não falo com a bicha velha há séculos. Meu posto é acima do seu, mas ela fala muito mais com você do que comigo.

— Você está sendo pouco político, Jack. Está esquecendo sobre quem está falando e com quem está falando.

A porta se abriu. Eles entraram. A porta estremeceu e fechou.

— Há alguém me seguindo, Jack? Já que estamos sendo insubordinados, eu gostaria de uma resposta.

Jack balançou a cabeça.

— Dwight Holly, "o Executor". Viciado em café e cigarro nos vinte anos em que o conheço, e finalmente está começando a ver coisas.

* * *

Caminhou até o sobrado. O telefone tocava insistentemente. Largou a pasta e pegou o fone desajeitadamente no escuro.

— Ninguém morre — disse Karen e desligou.

CAPÍTULO 97

(Los Angeles, 8/3/71)

— *Ali! Ali! Ali!*

O Congo campeava com os gritos. Transmissões piratas aconteciam em lojas de bebida e salões de sinuca. Eles tinham a TV integral. Gangues de calçada ouviam os berros pelo rádio. Garrafas e baseados circulavam. Os grupos eram de dez a cem pessoas. A Central Avenue era uma macacofonia só.

Luz de raios catódicos ricocheteava nas janelas. Antros piratas: Mosque 19, Sultan Sam's, Salão de Cabeleireiro Cedric's. A coisa acontecia do lado de dentro e do lado de fora. A ação estrondeava em estacionamentos. Cafetões de salto carrapeta faziam apostas round a round.

Scotty passou pela Tiger Kab. O escritório só tinha lugar em pé e reluzia com o tubo de imagens. A Ekipe estava fascinada. Fred O., Milt C., Crutchfield Voyeur. Incontáveis zulus da zona sul. O Mico do Pico com luvas de boxe em cima do aparelho de TV.

E Lionel D. Thornton — segurando um saco de dinheiro fechado com zíper.

Scotty estava com o carro em ponto morto no estacionamento. Marsh entrou. Usava sapatos com sola de borracha e luvas. Scotty pegou suas luvas no painel. Eles olharam para o escritório.

O rádio funcionava entrecortado. O sinal ia e vinha. Marsh virou o botão. Estática e veredicto — Frazier está com vantagem.

Marsh desligou-o.

— Ele tem uma arma — disse Scotty.

— Eu sei. Revólver pequeno, na cintura, atrás.

— Ele vai a pé. Não estou vendo o carro.

— São seis quarteirões até o banco.

Scotty entregou sua garrafinha. Marsh tomou um gole.

— Perdi 100.

— Vou compensar você. Ganhei três apostas — disse Scotty.

— Você apostou contra Ali?

— Estive em Saipan. Os desertores fodem com minha cabeça.

Marsh passou a garrafinha.

— Me dê a contagem. Infantaria japonesa ou os caras dos assaltos à mão armada. Quem ganha?

Scotty tomou um gole.

— Eu incendiei um *bunker* de munição. Fritei cem japoneses enquanto dormiam.

— Ganhou uma medalha?

— A cruz da marinha. Legal, mas não tão grande quanto a que você ganhou.

Marsh sorriu. A garrafinha moveu-se no sentido contrário. Lionel Thornton saiu.

Foi andando para o sul. As portas do banco ficavam na rua lateral/viradas para o sul.

— Vamos pegá-lo lá — disse Scotty.

Explodiu a ação no escritório. Escrotos gritavam: "Frazier." Escrotos gritavam: "Ali." Dois irmãos trocaram socos. Fred O. apartou. O aparelho de TV tombou. O Mico do Pico bateu no chão.

Scotty foi para o oeste e virou para o sul na Stanford. Virou para o leste na rua 63 e parou do outro lado.

— A porta do depósito fica a oeste da porta principal. Ele não vai ver a gente lá — comentou Marsh.

Scotty calçou as luvas.

— Ele está a quatro minutos daqui.

Marsh engoliu em seco. Estava nervoso e um pouquinho suado. Scotty sentiu a pulsação dele.

— Como está sua cachola, irmão?

— No controle, irmão. *Você sabe que eu quero isso.*

Scotty piscou.

— Então vamos.

Atravessaram a rua. A reentrância do portal os escondia. Marsh olhou o relógio. Scotty ouviu passos.

Mais perto agora. Mais altos. Ali está a respiração dele, ali está a sombra dele, ali está o chacoalhar das chaves.

Ali está a chave na fechadura, ali está o clique, ali está a porta abrindo.

Pularam.

Esmagaram-no. Fizeram uma pilha em cima dele. Empurraram-no para dentro. O saco de grana voou. Scotty acertou-o com a mão. Marsh agarrou a arma dele. Thornton chutou e se retorceu. Marsh levou um sapato na cara.

Thornton tentou morder. Sua boca não conseguia se mexer. Marsh deu-lhe uma sequência de socos rápidos. Thornton perdeu todo o fôlego. Marsh pegou as chaves e trancou as portas por dentro. Thornton continuou se sacudindo. Scotty levantou-o acima da cabeça e jogou-o a 6 metros de distância.

O sacana voou. O corpo inteiro deu uma cambalhota. Seus pés roçaram o teto. Ele pousou perto da gaiola do caixa da frente.

Gritou. Marsh pegou uma luminária e jogou luz na cara dele.

O piso estava escuro. A luminária era um funil de luz. Você capta o rosto de Thornton, só isso.

Ele gritou. Scotty pisou no pescoço dele. Ele parou de gritar. Sua boca estava ensanguentada. A queda violenta arrancou seus dentes da frente.

Scotty assentiu.

— Estamos interessados no dinheiro manchado de tinta e sem tinta e nas esmeraldas. Você sabe sobre o que estamos falando. Achamos que tem informações que podem ajudar — disse Marsh.

Thornton se sacudiu. Scotty pisou com mais força. Thornton parou de se sacudir. Scotty pegou sua garrafinha de reserva. O preparado de confissão do pastor Bennett: bourbon e Valium moído.

Marsh segurou-a. Marsh agarrou o cabelo de Thornton e sacudiu. A boca de Thornton se escancarou. Marsh derramou uma dose. Thornton quase pôs para fora. Marsh pisou na cara dele e ele ficou com a bebida.

Scotty assentiu. Marsh tirou o pé. Thornton engoliu o ar. Thornton disse: "Não."

Marsh lhe deu um tapa. Thornton mordeu a mão dele. Scotty agarrou o cabelo dele e puxou-o para trás da gaiola do caixa. Marsh desenrolou o fio e carregou a luminária para lá.

A gaiola do caixa estava escura. A luminária era um funil de luz. Marsh emoldurou o rosto de Thornton. A gaiola ficou iluminada por trás.

— Você não pode vencer. Pode fazer com que isso seja fácil ou difícil — disse Scotty.

Thornton babou sangue no chão. Um inseto passou em cima. Marsh pisou nele. Thornton sugou o ar.

— Branquelo xexelento. Pai Tomás de merda.

Scotty assentiu. Marsh pegou um cassetete de bolso e acertou os joelhos de Thornton. Thornton mordeu o lábio inferior e conteve um grito.

— O sargento Bennett e eu juntamos nossas informações sobre o assunto. *Sabemos* que você lavou pelo menos uma pequena parte do dinheiro do assalto. Gostaria de comentar?

Thornton cuspiu sangue e tecidos soltos. Thornton se arrastou até uma parede e se apoiou. Thornton balançou a cabeça — não, necas, fodam-se.

Scotty puxou a luminária para perto. Marsh inclinou-a para obter mais claridade. Thornton estava com a boca frouxa — sangrenta. Marsh pegou a garrafinha e derramou uma dose.

Thornton tentou vomitar. Scotty agarrou cabelo dele e puxou a cabeça para trás. Marsh o relubrificou.

Gorgolejos agora — sangue, bile e mistura. Começou a escorrer para fora. Marsh fechou a boca de Thornton e forçou tudo de volta.

Ele balançou a cabeça — *nyet, nein, não*. Marsh afastou a mão e bateu nas pernas dele com o cassetete

— O sargento Bennett e eu conseguimos informações separadas que decidimos compartilhar. Nós dois estivemos lá naquela manhã. Seria idiotice nossa não trabalharmos juntos.

Thornton balançou a cabeça. Um dente solto voou. Scotty soltou o cabelo dele. Thornton tombou o pescoço e engoliu sangue. Balançou a cabeça — *nein, nyet, nyiet*.

— Eu tinha um vizinho. Era um médico idoso. Ele cuidou de um membro da quadrilha de assaltantes que foi deixado como morto pelo líder. O médico recebeu 20 mil dólares em notas manchadas de tinta como pagamento pelos serviços. Deu o dinheiro a você e disse para você deixá-lo vazar com prudência para a comunidade. O membro sobrevivente da quadrilha se recuperou e nunca mais foi visto. Gostaria de comentar? — disse Marsh

Thornton ficou arregalado. Sua pulsação cerebral ficou visível. Marsh era brilhante, porra. Scotty pensou: *Aí, garoto*.

A gaiola estava quente. Scotty estava molhado. Marsh estava molhado. Scotty viu um aparelho de ar-condicionado e apertou o interruptor.

O ar frio soprou. Thornton sugou-o. Marsh deu uma cacetada nos joelhos dele. Thornton gritou. O barulho do ar-condicionado se misturou.

Marsh levantou o cassetete. Scotty balançou a cabeça. Thornton piscou refletindo a claridade da luminária. Scotty moveu-se e forneceu sombra. Marsh se agachou perto de Thornton e fez cócegas em seu queixo com o cassetete.

— O sargento Bennett e eu achamos que o membro sobrevivente da quadrilha era um jovem químico chamado Reginald Hazzard. Tenho uma teoria que ainda não compartilhei com o sargento Bennett. Acho que talvez o jovem Hazzard tenha encontrado um modo de tirar as marcas de tinta parcial ou totalmente e que talvez *você*, um experiente lavador de dinheiro, tenha ficado com o rol de lavanderia de *todo* o dinheiro. Gostaria de comentar?

Thornton ficou *arregalaaaaado*. Aquilo tinha validade de soro da verdade. Marsh, seu escroto genial. *O líder da quadrilha procurou o dono da lavanderia independentemente.*

Thornton mijou na calça e cagou na calça. Marsh Tresloucado levantou-se e fez *uuff.*

Scotty piscou. O ar-condicionado soprava lascas de gelo. Uma barata patinhou no sangue derramado.

— Reginald Hazzard — disse Marsh.

Thornton soluçou e cuspiu sangue.

— Quem manda as esmeraldas para os negros necessitados? — perguntou Marsh.

Thornton rolou para fora do facho da luminária. Marsh chutou suas costas. Scotty balançou a cabeça. Marsh deu uma de *Qual é?* Scotty pegou sua lanterna miniatura e fez um giro largo com o facho.

Marsh pegou um rolo de fita adesiva e lacrou a boca de Thornton. Scotty algemou o pulso direito dele a um tubo na parede. A coisa foi telepática: vamos revirar o lugar.

Trabalharam com duas lanternas miniatura e as chaves mestras de Thornton. Remexeram, escavaram, viraram e derrubaram. Reviraram *triplamente* o lugar.

Abriram cada gaveta de escritório e de dinheiro.

Verificaram cada armário.

Examinaram cada prateleira.

Puxaram cada tapete.

Cortaram cada poltrona estofada.

Entraram em cada cubículo.

Quebraram cada luminária.

Examinaram cada superfície, plano e cubículo em busca de algum cofre.

Fizeram isso uma, duas, três vezes. Minichecaram todo o entulho revirado.

— Não tem nada aqui — disse Marsh.

— Tem sim — insistiu Scotty.

— Cara, ele não é tão idiota assim. Tem um lugar em casa ou um buraco de depósito em algum lugar.

Scotty balançou a cabeça.

— Ele é complacente. Faz a lavagem aqui. Tem de ter registros que possa verificar. Ele tem um cofre em algum lugar.

Marsh correu até Thornton. Ele *era* o Sr. Limpo e o Lavador. *Agora* é só merda, sangue e mijo.

Marsh calçou luvas preparadas. Trezentos e cinquenta gramas cada uma — chumbo na palma e tiras de ferro nos dedos.

— Conte agora — disse Marsh e flexionou as mãos. Marsh deu um soco nas costas do Sr. Limpo.

Thornton soluçou e se encolheu o máximo possível. Scotty veio correndo e acalmou Marsh.

— Não. Não. Agora fique calmo, irmão. Primeiro vamos bater nas paredes.

Marsh relaxou.

É, irmão — certo — é, é.

Scotty soltou-o. Marsh partiu para o aparelho de ar-condicionado. Scotty correu até o armário de faxina e pegou um pé de cabra. Marsh riu feito pateta.

Bateram nas paredes.

Rasgaram e abriram paredes.

Revezaram-se golpeando.

Jorraram suor. Ficaram encharcados. Revezaram-se para recuperar o fôlego e continuaram golpeando.

Acertaram as paredes da sala de Thornton, da sala de descanso e da gaiola do caixa. Acertaram as paredes do banco propriamente dito e continuaram golpeando. Arrancaram rodapés e madeira de suporte, comeram pó e lascas de reboco. Ouviram Thornton gemendo e tossindo. Golpearam, rasgaram, trocaram de lugar e cambalearam.

Chegaram ao corredor dos fundos. Scotty se inclinou para trás, quase morto e frouxo. Marsh deu o primeiro golpe. Um naco da parede caiu. Um livro-caixa caiu nas suas mãos.

Estava enrolado em plástico e lacrado com fita adesiva. Tinha 30 por 20 centímetros e estava entulhado de papéis. Scotty arrancou o lacre. Marsh examinou a primeira página. Era toda de colunas e números. Datas na extrema esquerda. A primeira: 4/64.

Enxugaram os olhos. Viraram as páginas. Viram datas, números e designações em códigos. Viram as quantias dia a dia guardadas no banco. Número final: mais de 7 milhões.

— O dinheiro do assalto era para semear. Ele lava e empresta. Começaram com dois e agora estão em sete. É o que têm aqui. É uma contabilidade interna — disse Marsh.

— Há um cofre — concluiu Scotty.

O livro era encadernado em couro. Marsh cortou as bordas com uma faca e enfiou a mão dentro. Um pedaço de papel escorregou para fora.

Um desenho esquemático. Uma caixa preta. Números indicando tamanho e colocação. Um esconderijo. Talvez aqui, talvez não. Um cofre secreto. *Não era o principal.*

Voltaram a Thornton. Ele estava sentado. O sangue estava grosso, pegajoso e criando crosta. Ele fez uma pequena pilha de dentes. O pó do reboco cobria-o. O suor transformava o pó em lama.

— Onde fica o cofre? — perguntou Scotty

Thornton balançou a cabeça.

Marsh levantou o desenho.

— O cofre, a combinação.

— Não — respondeu Thornton.

Scotty chutou-o na perna. Thornton fez um sinal obsceno com o dedo. Marsh dobrou o dedo para trás e quebrou-o. Thornton soltou um berro.

Marsh pegou o pé de cabra e foi depressa para o corredor. Scotty olhou o relógio — três horas ali dentro. Thornton cuspiu um dente no colo. Scotty piscou para ele.

— Sempre acho espantoso quando caras inteligentes como você escolhem o caminho difícil. Deveríamos estar todos comemorando agora.

— Vá foder sua mãe. Branco xexelento, lixo imprestável.

As batidas nas paredes começaram. Marsh golpeava com força e rápido. Mais pó e lascas de argamassa voavam. Mais chuva de entulho se acomodou.

Marsh continuava. Thornton cuspia sangue grosso de poeira. Scotty sentou-se e fechou os olhos. Era uma dor de corpo inteiro.

As pancadas pararam. Marsh fez: *"Uuuuuuu!"* Veio correndo. Scotty ficou de olhos fechados. As pálpebras pesavam 10 toneladas cada.

— É um arquivo de recortes, irmão. Desde a primavera de 1964. Tem recortes de jornais sobre os beneficiários e uma lista de nomes e endereços. É história, cara. Há as famílias de uns caras que foram linchados no Mississipi, as garotas da igreja de Birmingham, uma mulher que perdeu o filho nos tumultos em Watts.

Scotty abriu os olhos. Marsh segurava rolos de papel e recortes de jornais. Thornton trincou a boca. Os dentes haviam sumido. Era um trincar de gengiva contra gengiva.

Marsh largou o bolo de papéis. Caíram perto de uma poça de sangue. O ar frio agitou-os.

— Centenas, parceiro. Vítimas de tiroteios da polícia, pessoas doentes, manifestantes que levaram tiros lá no sul. Tem desde Mary Beth Hazzard e o marido morto até "Ex-campeão Liston em Dificuldades".

Scotty deu um tapinha amoroso no Lavador.

— Diga a combinação.

Thornton balançou a cabeça.

— As esmeraldas estão aqui? — perguntou Scotty.

— Vai se foder — respondeu Thornton.

Marsh agarrou o polegar direito dele e quebrou o osso.

ISSO é um grito — dez segundos de duração.

— Me diga se você conhece bem Reginald Hazzard — indagou Scotty.

— Vai se foder — respondeu Thornton.

Marsh pegou o mindinho direito dele e quebrou o osso.

ISSO sim é um berro — 12 segundos de duração.

— As esmeraldas estão aqui? Você é que as manda? São mandadas a você para você mandar? Reginald está fora do país? Quem mais está envolvido em tudo isso? — perguntou Scotty.

— Vai se foder — respondeu Thornton.

Marsh agarrou o polegar esquerdo dele e o quebrou.

Gritos e guinchos. Uma porra de rachar os tímpanos — um minuto inteiro.

Scotty pegou sua garrafinha de confissão. Marsh agarrou o cabelo de Thornton e sacudiu. Thornton escancarou a boca. Thornton sugou a bebida como se quisesse. Seus olhos diziam *Me dá mais.*

Claro, chefe. É por conta da casa.

Thornton teve ânsias de vômito mas segurou dentro a bebida. Scotty olhou o relógio. Um minuto para deixar o efeito *penetraaaar*.

Thornton ficou vermelho e flexionou as mãos. Thornton teve tremores corporais fodidos. Decolagem aos 43 segundos.

— Não sei onde Reggie está. Recebo correspondência de fora do país. É enviada de locais diferentes, com nomes falsos de remetente. Eu passo as esmeraldas adiante, mas elas chegam a mim através de um contato.

"Contato" — uuuuu — minha nossa!

— Quem é o "contato"? — perguntou Scotty.

Thornton tossiu.

— Não sei o nome dela.

— *Ela*? — perguntou Scotty.

— Descreva-a — pediu Marsh.

Thornton tossiu seco.

— Branca, quarentona, de óculos. Cabelo escuro com fios grisalhos.

Marsh hesitou. Scotty leu isso. *Irmão, eu te conheço.*

Thornton tossiu molhado. Sangue pingou pelo queixo.

— Onde fica o cofre?

— Não vou dizer.

— Me dá a combinação.

— Não vou dar.

— Explique a coisa toda pra gente. Temos tempo para ouvir.

— Não vou explicar.

— Explique o código do livro-caixa.

— Não vou explicar.

Marsh flexionou as luvas preparadas. Scotty puxou os braços dele para trás.

— Entre na sala dele e pegue o caderno de endereços. Está na gaveta de cima, à direita.

Thornton se recostou e tremeu. Marsh saiu correndo, apontando a minilanterna. Scotty verificou as algemas de Thornton. Os pulsos dele estavam cortados fundo pela parte serrilhada.

Marsh voltou correndo. Scotty examinou o livro nome a nome. Liam à luz da minilanterna. Marsh se curvou acima dele. De "A" a "K" — duas mulheres. Janice Altschuler, April Kostritch. Algo interessante no "L" — AEC John Leahy/FBI nº 48770.

Mais duas mulheres. Helen Rugert e Sharon Zielinski. Contatos? Intuição básica: *não*.

Scotty jogou o caderno.

— Altschuler, Kostritch, Rugert, Zielinski — leu Marsh.

Thornton tossiu pigarro.

— Essas mulheres são funcionárias da câmara municipal e advogadas. Eu disse, não sei o nome do contato.

Scotty estalou os nós dos dedos.

— Como você fala com ela?

— *Não* falo. Ela liga para mim.

Marsh pegou o caderno e folheou. Scotty estalou os nós dos dedos alto, em cima da cara de Thornton.

— Por que o nome de Jack Leahy está no seu caderno?

— Somos amigos. Jogamos golfe.

— Você é informante do FBI? 48770 é seu número confidencial no Bureau?

— Não, nós jogamos golfe!

Scotty lhe deu um tapa. Thornton sacudiu a cabeça. Scotty enxugou sangue e catarro da perna da calça.

— Você é informante confidencial do Bureau?

— Sou.

— Conhecia ou trabalhou com o falecido Dr. Fred Hiltz?

— A porra do "Rei do Ódio"? Por que trabalharia?

Soro da verdade: acredito.

— Quem você dedura ao Jack?

— Lixo do gueto, cara. Traficantes e idiotas tipo Panteras.

Marsh largou o caderno de endereços. Scotty sinalizou para ele com a minilanterna. Marsh sinalizou de volta. Entreolharam-se. Telepatizaram.

— Onde fica o cofre, Sr. Thornton? — perguntou Scotty mais uma vez.

— Não vou dizer.

— O que você não contou que deveria ter contado em nome da revelação total? — perguntou Marsh.

Thornton gargalhou.

— Cara, você não passa de um crioulo cheio de palavras de quatro dólares.

— Por favor, leve-nos ao cofre — pediu Scotty.

— Não levo.

— Onde estão as esmeraldas? — perguntou Marsh.

— Se eu soubesse não diria.

Scotty deu de ombros.

Marsh deu de ombros.

Furaram o rosto de Thornton com a luz das lanternas. Fizeram um grande funil de alvo. Marsh sacou uma arma sem registro e apagou-o.

CAPÍTULO 98

(Los Angeles, 8/3/71)

Sal Suculento adorava comida sulista. Mergulhou de cabeça no bufê pós-luta e comeu mais do que os irmãos. Estava com larica de fumo. Estava lotado de libido. Comia asas de frango e curtia a masculinidade rasteira. Marsh Bowen não estava ali. Crutch queria que Sal o visse. O serviço de Sal: dar o pontapé inicial no barato entre eles.

A gandaia grassava. A reprise corria sem percepção de pena. Pedantismo Pantera. Frazieristas facciosos e muçulmanos mongoloides.

Os panacas curtiam o momento. O preço da farra incluía comida e um sanduíche de droga. O bufê era da Big Mama's Kitchen. Fred O. fornecia os produtos farmacêuticos. O consumo local estava nas nuvens. Malucos se arrastavam para dentro dos táxis tigres e apagavam.

Cadê Marsh?

Crutch bocejou. Estava com os nervos entorpecidos. *Sua* reprise repassava ruidosa. Tatuagem quer conhecer homens do cinema. Ela foi desenfeitiçada. As digitais no envelope: possivelmente de Reggie Hazzard, com certeza de Lionel Thornton.

Sal devorava couve. Crutch bocejou de novo. Estivera lendo. Seu novo barato: química e dialética de esquerda.

Crutch estava dentro da cabeça de Reginald Hazzard. Mandou outra carta a Mary Beth pedindo dossiês e não obteve resposta. Estava lendo os livros de Reggie. Fez algumas experiências simples, seguindo as instruções. Liquefez dois pós e explodiu uma lata de lixo. Aprendeu sobre a United Fruit na Guatemala. Viajou com a narrativa. Papéis de mocinho e bandido foram revertidos. Ficou com dor nos olhos. Começou a ler *VERMELHO*.

Marsh entrou no escritório. Parecia meio trêmulo. O que é aquela mancha na calça?

Sal notou-o. Sal fez cara de u-la-lá. Marsh foi até o banheiro. Crutch foi atrás. Marsh deixou a porta entreaberta.

Marsh lavou as mãos. Manchas escuras ficaram num tom vermelho-claro e cor-de-rosa. Ele molhou os punhos da camisa e torceu o tecido. Crutch sentiu cheiro de sangue.

Marsh enxugou o rosto. Marsh pegou uma caneta e escreveu no braço esquerdo. Crutch forçou a vista e captou.

FBI/48770.

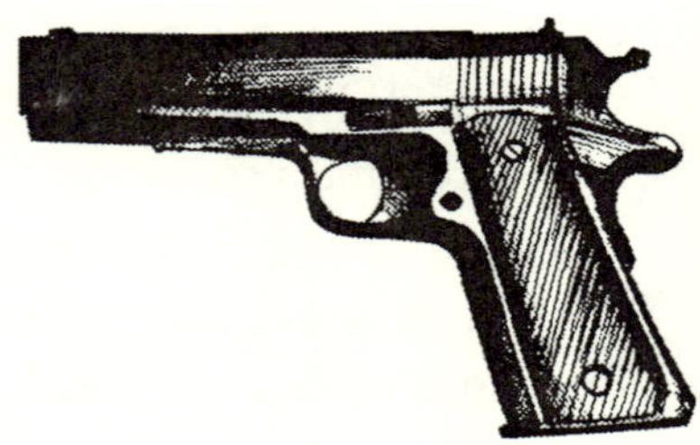

CAPÍTULO 99

(Media, 8/3/71)

Agência residente. Um depósito de registros ocupando duas salas. Um escritório num prédio de quatro andares.

Media era um tédio só. Um bonde percorria 30 quilômetros até a Filadélfia. A porta da frente era feita para pés de cabra de ponta fina.

São 23h49. O mundo está no maior agito: Frazier vence Ali.

Dwight parou numa rua lateral. Tinha uma visão quase diagonal. Viu a porta da frente e as janelas do escritório.

Karen repassou tudo com ele na véspera. Discutiram resultados.

A opinião dele: o Sr. Hoover vai abafar. Isso implica vazamentos para os jornais. Vá para os *graaaandes* diários. Inclua documentos. Provoque alguns jornais sensacionalistas. Deixe a coisa crescer sozinha. Vaze as páginas através de contatos. Invente um nome para um grupo de esquerda. Reivindique a invasão para ele.

Joan discordou. A visão dela: nós estamos esvaziando a grande revelação. A opinião dele: este é o prelúdio e a instigação. Os arquivos de Media são *fracos*. Detalham disputas prosaicas e vigilância de rotina. A merda suculenta está em outro lugar. *Nossa* operação vai revelá-la. O FBI pós-Hoover não vai poder abafar. Media irá expor a expressão "Programa de Contrainformação". O papo federal vai distorcer a verdade. *Eu* vou dizer ao mundo o que isso significa realmente. O Bureau não poderá se reestruturar depois do atentado. A mídia terá criado um clamor por justiça. Vai ser difícil encobrir a coisa depois. *Eu* serei encontrado. *Eu* romperei fileiras. *Eu* me apresentarei para testemunhar.

Dwight levantou o binóculo. Um furgão entrou em sua linha de visão.

Quatro pessoas saíram: dois homens, duas mulheres. Vestiam-se como caretas de classe média. As mulheres carregavam bolsas grandes cheias de sacos de lavanderia. Karen usava um terninho mamãe-suburbana.

Estavam com a chave fornecida por ele. Foram devagar até a porta da frente e a destrancaram. Karen cutucou a fechadura com uma gazua para simular um arrombamento.

Fecharam a porta. O lugar continuou escuro. Piscadas de lanternas se refletiam. Pegue a escada dos fundos. Não se arrisque com o elevador.

Dwight olhou o relógio. Deu meia-noite. Olhou as quatro janelas. Meio minuto se passou. Fachos de lanterna sobressaíam.

Um carro passou pelo prédio. Um Mercury de último tipo, mamãe e papai, jeito de country clube. Papai estava com o rádio ligado. Dwight ouviu "Ali".

Os fachos das lanternas continuavam se movendo. Os vidros das janelas piscavam. Uma radiopatrulha passou pelo prédio. Dois policiais gordos bocejaram.

Dwight contou os minutos. O segundo ponteiro se arrastava. As janelas ficaram escuras durante uma contagem até 48. Certo, é isso.

Olhou o saguão. Lá estão eles. Os sacos de lavanderia estão estufados. Saiam pela porta. Peguem o furgão e vão embora.

Os outros três foram em frente. Karen parou na calçada e olhou para ele. Ele beijou os dedos e tocou o para-brisa. Karen ergueu um punho fechado.

<u>DOCUMENTO ANEXO</u>: 12/3/71. Artigo no *Herald Express* de Los Angeles.

ONDAS DE CHOQUE DEVIDO A LATROCÍNIO NA ZONA SUL

RETRATO COMPLEXO DA VÍTIMA EMERGE DA INVESTIGAÇÃO

Lionel D. Thornton, 51 anos, presidente do Banco Popular do Sul de Los Angeles, teve uma morte horrível na noite de segunda-feira. Depois de assistir à luta de boxe entre Ali e Frazier numa popular agência de táxis local, foi dominado fora do banco e obrigado a entrar. Em seguida teve roubado o dinheiro recebido na empresa de táxis e foi torturado e morto. As investigações preliminares do Departamento de Polícia de Los Angeles revelaram que os assassinos percorreram o banco num ataque de fúria, talvez procurando um cofre ou talvez dinheiro escondido pelo Sr. Thornton no local. Infelizmente o crime pode ter decorrido de boatos não confirmados sobre o próprio Sr. Thornton.

"Só tenho coisas boas a dizer sobre o Sr. Thornton", disse o principal investigador, o sargento Robert S. Bennett, aos repórteres numa entrevista coletiva convocada às pressas na tarde de terça-feira. “Ele tem sido um baluarte da comunidade negra há muitos anos, como podemos sentir pela demonstração de luto por sua morte e pelo número de mensagens elogiosas que ouvimos desde a notícia hoje de manhã.”

O sargento Bennett, de 49 anos, está supervisionando seis detetives encarregados em tempo integral de resolver o caso e levar os suspeitos à justiça. “Acredito pessoalmente que o Sr. Thornton é um indivíduo sem culpas”, disse aos repórteres. “Dito isso, acredito que o crime decorra dos antigos boatos na zona sul de que talvez o Sr. Thornton tivesse ligações com o crime organizado e que estivesse guardando no banco dinheiro lavado. Não acredito nesses boatos. Acredito que o crime resultou de desinformações persistentes. A tragédia é que o Sr. Thornton deu a vida em troca de 2 mil dólares em féria de táxis, e que os suspeitos o mataram e destruíram o interior do banco em busca de algo que não encontraram.”

A investigação prossegue. O sargento Bennett e sua equipe de seis homens estarão na linha de frente para prender o assassino ou assassinos de Lionel D. Thornton. Uma investigação de apoio será feita pelo escritório do FBI em Los Angeles do, supervisionada pelo agente especial encarregado John C. Leahy.

<u>DOCUMENTO ANEXO</u>: 12/3/71. Transcrição literal de telefonema do FBI. Classificada como: <u>Gravado a pedido do diretor/ Classificado como Confidencial 1-A: A ser lido exclusivamente pelo diretor.</u>” Vozes: diretor Hoover, agente especial Dwight C. Holly.

DH: Bom-dia, senhor.

JEH: Decididamente não é.

DH: Senhor?

JEH: A Agência Residente em Media, Pensilvânia, foi arrombada na noite de segunda-feira. Muitos dossiês foram roubados.

DH: Verdade, senhor? E perdoe minha ignorância, mas não sei onde fica Media.

JEH: É um lugarzinho minúsculo perto da Filadélfia. O banco de arquivos fica com as sobras dos escritórios de Nova York, Boston e Filadélfia. A invasão ocorreu enquanto os policiais locais estavam na pizzaria Shakey's, assistindo às reprises da Batalha dos Macacos entre Cassius Clay e Smokin' Joe Frazier.

DH: Verdade, senhor?

JEH: É. A invasão foi descoberta pelos próprios agentes. Eles passaram por cima do DP de Media e ligaram para o AEE de Filadélfia. Media ainda não chegou à mídia.

DH: E os dossiês, senhor?

JEH: Fracos, segundo os padrões do escritório em Los Angeles. Terríveis, pelos padrões dos atarantados defensores das liberdades civis. Perdemos dossiês de vigilância adjunta, de gravações e folhas de adendos dos programas de contrainformação.

DH: É uma falha chocante, senhor.

JEH: Hoje você está confuso e tonto de emoção, Dwight. As estadas demoradas em sanatórios solapam as pessoas fortes. Confundem o estado emocional delas com relação ao mundo.

DH: Sim, senhor.

JEH: Assim está melhor. O velho "executor". Duro e submisso.

DH: Sim, senhor.

JEH: Melhor ainda.

DH: Sim, senhor.

JEH: Tenho certeza de que estamos pensando em linhas semelhantes. Que grupos lunáticos marginais vão reivindicar o crédito? Será que liberarão os dossiês? A que pasquim traiçoeiro de esquerda irão repassá-los?

DH: Quantos agentes estão nisso, senhor?

JEH: Quarenta e seis, em tempo integral. Claro, não há testemunhas e os ladrões não deixaram provas físicas.

DH: Vou indagar aos meus informantes, senhor.

JEH: Faça isso. Ofereça incentivos em dinheiro e empregue seus métodos genericamente intrusivos com minha sanção integral.

DH: Sim, senhor.

JEH: Mandei um memorando geral a todos os nossos escritórios de campo. As seções de arquivos estão com segurança extra neste momento.

DH: Sim, senhor.

JEH: Não subestime minha decisão de impedir invasões futuras. Não subestime a condição robusta da minha saúde. Meu médico, o Dr. Archie Bell, considera que sou um espécime notável.

DH: Sim, senhor.

JEH: O presidente Nixon está mentalmente doente. Recusa-se a me informar se vai me renomear como diretor depois de sua eleição garantida no ano que vem. Estou dizendo o que é, irmão Dwight. O Dick Trapaceiro pediu que eu investigue ilegalmente os principais candidatos democratas, coisa que recusei. Estou embromando. O garoto Nixon está começando a suar.

DH: Tô sacando, senhor.

JEH: Claro que está. E sua saúde mental? Recuperou a percepção clara da vida?

DH: De montão, senhor.

JEH: Nós perdemos alguns dossiês, mas no final venceremos. Os dossiês em meu porão tremendamente seguro derrubarão o mundo.

DH: É isso aí, senhor.

JEH: Bom-dia, Dwight.

DH: Bom-dia, senhor.

DOCUMENTO ANEXO: 12/5/71. Transcrição LITERAL de telefonema ESTÁGIO-1/CONTATO FECHADO/ACESSO DE NÍVEL SUPERIOR. Dossiê fechado nº 48297. Vozes: presidente Richard M. Nixon e agente especial Dwight C. Holly, FBI.

RMN: Boa-noite, Dwight.

DH: Boa-noite, Sr. Presidente.

RMN: Faz muito tempo, meu amigo.

DH: Concordo, senhor.

RMN: Você anda ocupado?

DH: Certamente, senhor.

RMN: É isso aí. Continue indo em frente até que seu chapéu flutue.

DH: É um conselho muito sábio, senhor.

RMN: É mesmo. Por falar nisso, eu teria de dizer que "você sabe quem" deve estar muito ocupado se preocupando com aquela invasão.

DH: Está, senhor. Hoje de manhã falamos sobre isso. Posso perguntar se foi ele que informou ao senhor?

RMN: O advogado geral me ligou. Disse: "A bicha velha pode estar com o pau no moedor de carne."

DH: Posso ser direto, senhor?

RMN: Sem dúvida, Dwight. Por que medir as palavras? Eu só ligo para você depois de tomar umas e outras e fico com uma queda pela verdade.

DH: Os ladrões podem reivindicar crédito ou não, e vazar os dossiês ou não. Cá entre nós, eu acrescentaria que Media, PA, é a Sibéria dos depósitos de dossiês e que todos os dados nos arquivos são anteriores à sua administração.

RMN: Gosto disso.

DH: Achei que gostaria, senhor.

RMN: Eis o meu temor. Estou pensando que a fulana pode ser pouco firme a ponto de revelar seus dossiês sobre mim para manter o emprego.

DH: O senhor será reeleito em novembro. Até o dia da posse em 1973 parece dar tempo de se salvar de qualquer coisa.

RMN: Gosto disso.

DH: Achei que gostaria, senhor. E, por favor, deixe-me acrescentar que se a invasão for reivindicada e os dossiês forem divulgados em consequência, isso tornará "o senhor sabe quem" bastante circunspecto quanto a liberar dossiês de qualquer modo negativo.

RMN: Dwight, você é meu principal homem.

DH: Obrigado, senhor.

RMN: Falando da próxima eleição, então. A bicha velha vem empurrando com a barriga numa certa frente. "Serviço de investigação ilegal." Como conceito tem alma, não?

DH: Francamente, senhor, é espírito puro. Eu próprio aprecio a coisa.

RMN: Dwight, você é uma piada. Vamos falar sobre isso de novo da próxima vez.

DH: Sim, senhor.

RMN: Posso ajudá-lo em alguma coisa?

DH: Uma coisa, senhor.

RMN: Estou ouvindo.

DH: O Escritório de L.A. está colocando segurança extra na seção de arquivos. Os agentes estão com medo de que "o senhor sabe quem" apareça sem se anunciar antes que a coisa termine. O senhor pode pedir para alguém no Departamento de Justiça me mandar a programação de viagens dele?

RMN: Claro, Dwight. Na moita, meu querido. Como todos os nossos papos.

DH: Obrigado, Sr. Presidente.

RMN: Vá em frente, garoto.

CAPÍTULO 100

(Los Angeles, 13/3/71)

Scotty rabiscava.

Seu cubículo era isolado por três paredes. Ele desenhava pequenas esmeraldas. Acrescentou aquele símbolo grego do sexo feminino. Significava "*Quem é a mulher?*"

Era cedo. O turno da noite deixou uma bagunça. Ele atrapalhou o serviço. Mandou seus caras de apoio por becos sem saída. Supervisionou a primeira perícia. Eles cobriram os rastros. A equipe de peritos não pegou nenhuma pista numa passagem. Isso significava que haveria mais uma.

Eles roubaram a féria da Tiger Kab, nada mais. Jack Leahy estava de frente na investigação adjunta do FBI. O Sr. Limpo era dedo-duro dos federais. Aspectos de punheta grupal se sobrepunham.

Aquele cofre escondido. Até então ninguém encontrara. O contato. O irmão Bowen pegando pesado.

Scotty examinou uma lista. Fred O. mandou por telex. Os convidados à luta na Tiger Kab, em ordem alfabética.

Milt C. e Fred T. Lenny Bernstein e Wilt Chamberlain. Lá está Sal Mineo — com Crutchfield Voyeur. Sal Suculento deveria conhecer o Macho Marsh naquela noite.

Scotty prosseguiu pela lista. Ahá: Marcus e Lavelle Bostitch.

Moravam em Watts. Tinham um barraco atrás da Mesquita de Mumar nº 2. Viciados, assaltantes, pedófilos. Candidatos ao Prêmio Nobel da Paz.

Os garotos Bostitch foram sem carro. Eram lendários nesse aspecto. Montavam bicicletas Schinn Sting-Rays com guidão alto e selins estreitos.

As bicicletas não estavam. A porta estava destrancada. Os mouros da mesquita se encontravam ruidosamente absorvidos com Alá. Scotty entrou.

Levava um kit de provas, um canivete e três rolos de dinheiro com cintas tigradas, cartões de digitais, fitas de digitais, pó de digitais e seis sacos plásticos.

O barraco fedia. Era fedor de viciado. Má higiene e supuração. Revistou o lugar. Nenhuma arma. Isso não queria dizer nada.

Duas poltronas estofadas, piso de linóleo, um colchão. Sem banheiro, cozinha, armários ou prateleiras.

Hora de trabalhar.

Scotty cortou a parte de baixo do colchão e enfiou três rolos de dinheiro. Abriu um saco plástico e derrubou entulho da parede do banco. Scotty pegou cabelos pixaim no parapeito de uma janela e pôs num saco.

Passou pó de digital nos portais e encontrou quatro planos de toque e agarramento. Conseguiu dois conjuntos de digitais. Comparou-as com o cartão. Os garotos Bostitch, dez pontos de comparação em cada.

Transferiu-as para a fita e guardou em tubos de digitais. Ensacou fibras das poltronas e mais cabelos. Ensacou sujeira e resíduo de poeira. Enfiou uma arma não registrada numa fenda do colchão.

Os pagãos continuavam cantando. Scotty passou pela mesquita e entrou no carro. Um crioulo usando *fez* fez uma reverência de oração para ele. Scotty fez uma reverência de oração de volta.

Cena do crime: DPLA/FBI. Fita amarela e guardas ao redor de todo o banco.

Scotty deu uma carteirada e o cara da porta deixou que ele entrasse. Os pisos estavam cobertos com panos. Divisórias, empilhadas até a altura da cintura. Pó recolhido enchia sacos gigantes. A gaiola do caixa fedia a Luminal. Eles procuravam tipo sanguíneo. Talvez Thornton tivesse cortado os assassinos enquanto eles o cortavam.

Errado.

Scotty entrou no escritório do Sr. Limpo e trancou a porta por dentro. Transferiu as tiras de digitais para superfícies de parede e prateleiras. Espalhou fios de cabelo, sujeira e poeira. Enfiou uma nota de cem ensanguentada embaixo de um pedaço de carpete.

Destrancou a porta e saiu. Uma caminhonete com o almoço alimentava os policiais de vigia. Jack Leahy estava num carro federal.

Scotty foi até lá.

— Deixe-me adivinhar. O Lavador tinha algumas conexões com as quais você precisa ter cuidado. O Sr. Hoover disse para dar uma olhada.

— Resumindo, sim.

— Aquilo lá está uma bagunça. A perícia não conseguiu nada na primeira passagem. Ordenei uma segunda.

— Você sempre foi meticuloso nesse sentido — disse Jack.

Scotty sorriu.

— O Sr. Limpo merece o melhor. Eu ganhei dinheiro com o Frazier, por isso estou me sentindo generoso.

Jack limpou os óculos.

— Suspeitos?

— Dois negros. Estavam na Tiger Kab para assistir à luta. Acho que seguiram Thornton até aqui e pularam em cima dele.

Um calhambeque passou pela rua. Dois irmãos ergueram o punho fechado para os policiais.

Scotty gargalhou.

— Isso está começando a me lembrar do serviço do Fred Hiltz.

— Vou admitir que sim — disse Jack.

— Aquele caso você assumiu, mas aqui não vou permitir.

— Por enquanto vou admitir — afirmou Jack.

— Hiltz era informante do Bureau. Estou achando que o Sr. Limpo também era.

— Sem comentários — disse Jack.

A mesquita de Mumar estava fechada à noite. As duas Schwinns estavam do lado de fora.

Bicicletas da selva. Bolsas laterais de falso couro de crocodilo e abas de para-lamas. Pneus finos e buzinas aaa-uuu-gaaah.

Scotty olhou pela janela. Ah, irmãos — que gentileza de vocês!

Eles eram insensatos. Estavam amarrados com garrotes e cochilando em Netuno. Colheres, seringas e pó branco ali, em plena vista.

Scotty calçou luvas e entrou. Marcus e Lavelle cochilavam em poltronas lado a lado. Scotty sacou duas armas. Marsh atirou no Sr. Limpo com a arma nº 1. A arma nº 2 foi roubada de uma prisão por drogas por volta de 1962.

Paz, irmãos.

Scotty pôs a arma nº 1 na mão direita de Marcus e colocou o indicador direito dele no gatilho. Levantou a arma e encostou o cano no ouvido direito de Marcus. Encostou o próprio dedo sobre o gatilho e apertou.

O tiro soou alto. Marcus tombou para trás, morto. O projétil alojado na cabeça dele. Scotty deixou seu braço com a arma tombar. A arma caiu perto da mão dele.

Scotty pôs a arma nº 2 na mão direita de Lavelle e encostou o indicador dele no gatilho. Levantou a arma e encostou o cano no ouvido direito de Lavelle. Encostou o próprio dedo em cima do gatilho e apertou.

O tiro soou alto. Lavelle tombou para trás, morto. O projétil também ficou alojado na cabeça dele. Scotty deixou seu braço com a arma tombar. A arma caiu perto da mão dele.

Belas queimaduras de pólvora. Empiricamente corretas e coerentes com os manuais. Belo fio escorrendo pela boca. Escorrimento tardio pelos olhos.

CAPÍTULO 101

(Los Angeles, 14/3/71)

FBI/48770.

Misture-se. Você é um trabalhador. Você vai fazer com que dê certo.

Na véspera examinara a equipe. Usavam macacões e almoçavam marmitas no gramado do prédio federal. Agentes os haviam contado de manhã. À tarde, não. Você é apenas mais um otário com cinto de ferramentas.

Clyde disse que os federais foram invadidos perto de Filadélfia. Isso exigia uma *blitzkrieg* do arquivo. Clyde disse que os números de cinco dígitos eram códigos de informantes. Merda/porra — vamos tentar.

Crutch comeu um sanduíche de salame. Os caras da equipe de trabalho o ignoraram. *Tudo é uma coisa só*. O Sr. Limpo morre. Marsh tem com sangue nas mãos. Scotty pega o caso, viciados se suicidam, caso encerrado.

Um apito soou. A turma se levantou e se espreguiçou. Seis caras, além dele. Por favor, sem contagem de cabeças.

Crutch se misturou. Ninguém disse nada. Tinha barba de dois dias e um boné de pintor enfiado até embaixo. Manchou a cara com tinta.

Entraram no saguão. Um federal abriu o elevador com chave. Crutch se agachou entre dois polacos gordos. Ninguém disse merda nenhuma.

O elevador parou no 11° andar. O federal levou-os pelo corredor. Dwight Holly passou com uma prancheta de mão. Não viu merda nenhuma.

A seção de arquivos ficava perto da sala principal do esquadrão. Era do tamanho de um hangar de aviões.

O federal acenou tchau. A turma se dispersou. Os homens saíram desparafusando suportes de prateleiras. Crutch se afastou até seis corredores adiante e imitou-os.

Trabalhava devagar. Os outros caras iam prendendo painéis. *Agora saquei. Cobrir as prateleiras de dossiês. Obter acesso por tranca e chave.*

Prateleiras de dossiês, estantes de dossiês, fileiras de dossiês. Fichários de catálogo presos com correntes. "ICB". Abreviação de federais. "Informantes confidenciais do bureau."

Os trabalhadores de verdade *trabalhavam*. Painéis e trancas subiam *rááááprido*. Crutch andou depressa. Pareça ocupado agora. Aperte uns parafusos.

Afastou-se dos outros caras. Abriu fichários. Viu 16 filas de dossiês. Abreviações borradas. Número 17: "CBI/00001."

Engoliu em seco. Levantou os olhos. Contou números e prateleiras até o teto. Puta que o pariu — a série que começava com 4 ficava lá no topo.

Não tem escadas de prateleiras aqui. Você tem de escalar.

Subiu. As prateleiras balançavam. Ele se agarrou como macaco, içou-se e puxou. Chegou ao cume. O teto estava logo acima.

Arrastou-se. Comeu poeira, tiras de elástico e insetos mortos há séculos. Espiou por cima da lateral e viu etiquetas de dossiês. Encontrou os 4-5, os 4-6, os 4-7. Conteve espirros. A estante balançava. Encontrou os 4-8. Viu a etiqueta vermelha *daquele*.

Pegou-o.

Leu a primeira página.

O Lavador do Orgulho Negro — o covarde dedo-duro dos federais.

Dedurava exclusivamente assaltantes. Prestava contas ao chefe do escritório, Jack Leahy. O relacionamento começou em 1963. Os nomes dos ladrões estavam cobertos com tinta. *Tudo está perto demais, tudo é uma coisa só.* Nada é tangencial — tudo está aqui nas minhas mãos.

A estante balançou. Crutch quase vomitou o almoço. Dedurагens de assaltos. Disseminação e desinformação. Tinha de ser.

Crutch espirrou. A estante balançou forte. Ele quase largou o dossiê. Uma página caiu. Viu um parágrafo pintado com tinta preta. Deus falou com ele: Jack Leahy rasurou a ficha de Joan Rosen Klein.

CAPÍTULO 102

(Los Angeles, interior do Mississipi, 15/3/71 a 18/11/71)

A Operação.

Eles jamais lhe deram um nome. Não precisavam ou não queriam. Nunca trocavam memorandos. Não havia necessidade de referendar suas tarefas com papelada. Os acrônimos eram autoindulgentes e satíricos. Fediam a federais pueris fodendo os ferrados só para curtir.

Fazia o serviço no arquivo de modo superficial e trabalhava na operação com pique total. Um assessor de Nixon mandou a lista de viagens do Sr. Hoover. A bicha velha estava frágil. Viajava menos. Não havia viagens planejadas a L.A. naquele ano.

Seu sono não era bom. Os nervos estavam bem. Deixou de lado a birita e os comprimidos para dormir. Imaginava que era seguido de carro. Fazia ações evasivas. Os perseguidores sumiam. Era só medo residual.

A bicha velha confiava nele. A Operação estava segura. O refúgio era inviolável. Não havia vigilância.

Parou de verificar as perseguições e ia de carro de um lugar ao outro. Agora estava pós-colapso. Ia de tarefa em tarefa, não estava paranoico. A Operação era incompreensível. Ninguém suspeitaria do objetivo deles nem questionaria o resultado. Uma avalanche de jornais viria em seguida. Media pré-anunciava. O Evento era inevitável.

Joan trabalhava com ele, tarefa por tarefa. Ela entendia o nível de detalhes exigido. Eles falavam, eles tramavam, eles montaram um gigantesco labirinto de papel. Joan se recusava a explicar sua espantosa declaração.

"Eu quis matá-lo desde que era criança, e não vou dizer por quê."

Ele não perguntou de novo. Não perguntou a Karen. Fez mais verificações de registros sobre os familiares dela. Cada dossiê fora perdido, guardado em lugar errado, desviado, destruído ou roubado. Ele desistiu. Não deveria saber. Ela contaria ou não. Ele se pegou menos curioso. A Operação era deles. Seu alcance brutal era a ligação entre eles.

A invasão em Media deu certo. Karen e sua equipe permaneceram anônimos. Ela deixou vazar documentos através de uma série de contatos. O *Washington Post* publicou em 24 de março. O *New York Times* e o *Village Voice* vieram em seguida. Os protestos escalaram. Karen atribuiu os vazamentos ao "Comitê dos Cidadãos para Investigar o FBI". O público teve acesso a dossiês de vigilância um tanto inócuos. Ficou sabendo o que era Programa de Contrainformação. O Sr. Hoover fez observações pasmas. O presidente ficou aliviado. Os dossiês só revelavam cavilações pré-Nixon.

Deu certo. Joan teve de admitir. O evento surgiu e saiu da arena pública. Jornalistas de esquerda continuaram aproveitando-o. Programa de Contrainformação era plantado em subtextos. O Evento gravaria o conceito em sangue.

O trabalho era tenso. A Operação o sustentava ideologicamente. A Operação impelia Joan de um modo totalmente vingativo. Ela via aquilo como uma *vendetta*. Não queria revelar a origem de sua jornada de vingança. Estava se exaurindo. A morte de Lionel Thornton a perturbou. Ele era um lavador de dinheiro, na pior das hipóteses, e na melhor um transportador de grana para políticos. Joan não queria falar nisso. Sempre dizia o que sempre dizia: "Não vou dizer."

Joan dormia com ele em suítes de hotéis e trabalhava com ele no retiro. Ficava em aparelhos nas noites em que ele dormia com Karen. Estava preocupada com Celia. Ficava dando telefonemas e tentando encontrar Celia na R.D. Recusava todas as ofertas de ajuda por parte dele.

Sentava-se sozinha no terraço. Tomava chá e cápsulas de ervas. Ele roubou algumas e mandou analisar. Eram poções de fertilidade haitianas. Joan tinha quase 45 anos e estava tentando engravidar. O filho dela, o filho dele — isso o deixava perplexo. Não havia chance de concepção. Ele sabia. Nunca disse. Nunca mencionou as poções. Olhava o rosto dela se reajustar enquanto ela tentava dominar seu corpo. Ele adorava a tarefa louca e a tenacidade dela.

A casa de Karen ficava embaixo de um morro íngreme. Ele apontava o binóculo e observava as meninas brincar. Karen lhe fez um relatório sobre Media e não contou mais nada. Eles encerraram formalmente o relacionamento de informante. Ele aceitou. Karen descreveu Media como uma dívida para com Joan e ele e afirmou respeitosamente que a havia pagado. Ele disse que sim. Ela jamais retornou ao refúgio. Ele andava com a foto dela com as meninas. Ela enviava mensagens em código à noite. Ela o sentia no terraço e punha os quartetos de cordas de Beethoven no volume máximo. Deixava uma luz da cozinha acesa para mostrar a origem do som.

A música invadia os sonhos dele. Wayne substituiu o Dr. King. Crocodilos e rios no Haiti. Explosões na R.D. e negros magros com asas.

A Operação prosseguia. A convergência continuava sendo o único obstáculo. Ele viajou quatro vezes ao Mississipi. Bob Relyea permaneceu comprometido. Bob ficaria de boca fechada. Bob só saberia quem era o alvo no dia do atentado.

Ele invadiu a casa de Marsh Bowen mais seis vezes. Procurou um diário escondido e não achou. Joan tinha certeza de que Marsh mantinha um diário sincero. Seu ensimesmamento de ator praticamente berrava isso. O diário falso deles era o *deus ex-machina* da Operação. Tinham de ter certeza de que um diário verdadeiro não seria encontrado.

Marsh trabalhava nos turnos da noite e fazia discursos motivacionais. Dwight invadia a casa dele e rondava. Examinava o lixo, a escrivaninha e as gavetas, batia por todos os lados procurando painéis falsos. Numerosos livros de arte e brochuras de viagem ao Haiti. Sem diário, por enquanto.

Agora a sessão de dossiês estava segura. Era uma precaução pós-Media. Não importava. Ele era agente do FBI. Tinha as chaves para as estantes. Marsh Bowen agora estava profundamente inserido no arquivo. O sargento Bowen era levianamente promíscuo. O sargento Bowen era politicamente instável havia anos.

Ficava até tarde da noite no escritório. Batia papo com o mordaz Jack Leahy. Jack era fixado na bicha velha em declínio ofegante. Media foi uma piada. Jack considerava que era previsível. Ele tinha aposentadoria garantida e era espalhafatoso por natureza. Parecia não ligar a mínima.

Dick Nixon ficava alterado depois de duas doses. Ligava para Dwight duas vezes por mês. O Sr. Hoover ligava o dobro de vezes. Nixon sentia-se incomodado com Hoover. Hoover sentia-se incomodado com Nixon. O presidente ficava meio agitado e punha a frustração para fora. Hoover ansiava por ser tranquilizado em meio a gafes mentais. Os dois achavam que o Executor os consolava. Ele era o pistoleiro que voltava de um colapso.

O *seu* consolo? O diário de Marsh.

Estava criando um mundo de homens perturbados ao extremo. Atribuía seus sonhos a Marsh. O discurso de Marsh era moldado por seu discurso com Karen e Joan. O diário de Marsh parecia quase utópico. Negava o mundo que existia e profetizava o mundo que poderia existir. As anotações abordavam a criação da IRMÃO MAAAU e iam até aquela data. Marsh carregava a culpa por explorar o "Estouro da Militância Negra". Estava decidido a matar J. Edgar Hoover. Seu papel de policial-ator lhe rendera glória e gerara morte. Sua confusão moral era um contraponto para sua vida interior torturada e a indulgência cotidiana à perversão.

Dwight acrescentou detalhes de seu próprio colapso. O colapso de Marsh passara a ser o colapso dele hiper-radicalizado. Ele criou um elo Holly-Bowen que não existia. Os dois homens discutiam o colapso como um violento chamado às armas e o meio de transcender a patologia que servia a si mesma. Ele retratava a política pública como pesadelo particular e um veículo de expiação. Como é ter de *fazer* algo para não ficar louco? Era sua história e a história de Marsh recuperadas.

Ele estava ali para cuidar de Marsh. Não iria lamentar matá-lo.

CAPÍTULO 103

(Los Angeles, 15/3/71 a 18/11/71)

Frustração. Incessante, porra, dia a dia.

O júri de instrução do condado condenou postumamente os rapazes Bostitch. Então Scotty respirou com tranquilidade. Os irmãos apagaram o Sr. Limpo e fizeram um pacto de suicídio. Legal, mas o servicinho do assalto estava empacado.

Quem é a mulher?

Ela era o contato e a fonte das esmeraldas. Uma *mulher* permeou o fim de Jomo. Marsh se eriça quando ele diz *Mulher*. Marsh se bifurca. Ele é sólido *e* indigno de confiança.

Quem é a mulher? Sua ideia: ela esteve na OPERAÇÃO IRMÃO MAAAU. Maravilha, mas:

Ele não pode arrochar Dwight Holly. Dwight é inteligente e sutil demais e iria arrochá-lo de volta. Não pode arrochar Jack Leahy. Jack sabe sobre a IRMÃO MAAAU. Jack é inteligente e sutil demais e iria arrochá-lo de volta.

Frustração. De torcer a mente, noite após noite.

Eles roubaram o dossiê de distribuição de esmeraldas e o livro-caixa em código. Ele tentou decifrar o código. Passou meses nisso. Pensou em contratar um criptógrafo. Um profissional poderia decifrar o código. Finalmente abandonou a ideia. Aí o cara do código *saberia*. Mais uma ponta solta iria se desenrolar.

Analistas bancários dos federais reviraram o Banco Popular. Scotty foi com eles e Jack Leahy. Eles esfrangalharam paredes, pisos e teto. Encontraram o cofre do desenho do Sr. Limpo. Dentro: um bocado de droga e 89 mil dólares.

Joguete. Tapa-buraco de longo prazo. Um anteparo contra possível descoberta.

O dinheiro e o resto das esmeraldas estavam guardados em outro lugar. Thornton era inteligente. Não entregou o depósito. Jogou a carta do "não sei". Sabia que estava morto de qualquer modo. Teoria: o dinheiro e as pedras *estavam* no depósito. Os caras do assalto sabiam. Eles o tiraram antes que a equipe de analistas bancários viesse.

Onde está Reggie? *Quem é a mulher?* Quem vai distribuir as esmeraldas, com o Sr. Limpo morto?

Frustração. Suores noturnos. *Uuuuu*, jogar os lençóis longe.

Marsh estava frustrado. Tinha lido todos os dossiês deles. Ele os lê e repassa os detalhes. Formam a maior equipe bicolor de policiais patifes do mundo. Estão há anos nisso e continuam longe do arco-íris.

Frustração significava reação violenta. Scotty trepava mais com a mulher e as namoradas e vivia para fazer tocaias. Apagou dois cucarachas do lado de fora de uma bodega em Boyle Heights em maio. Marsh adorou — pelo menos não eram pretos. Arrebentou dois neonazistas uma semana depois. Eles roubaram o mercadinho de um negro na Vermont. Ele arrancou o braço de um dos sacanas com a espingarda. Puxou uma criança negra para a segurança. Marsh *adoroooou.* Marsh tinha influência na Associação Nacional para o Avanço das Pessoas Negras. Talvez eles lhe dessem uma medalha.

Marsh liberava a tensão do *seu* modo. Fazer sua coisa? Claro. Marsh desapareceu três vezes em oito meses. *Dizia* que ia viajar de carro para colocar a cabeça no lugar. Tinha de ser merda de veado. Convescote de veado, encontros de veado, excursões de veado.

Frustração. Quer uma grana *booooa*? Deixe o pastor Bennett e o voyeur Crutchfield cafetinarem para você.

Sal Suculento estava gamado pelo Macho Marsh. Marsh não correspondia. Isso o estava deixando *doido.* O mesmo acontecia com Voyeur, Fred T. e Fred O.

Frustração. *Quem é a mulher?*

Ele farejou por todo o bairro negro. Não conseguiu nada de concreto. A descrição o fez lembrar alguma coisa. Alguns otários pareciam ligeiramente assustados. Um cara disse que ela podia ter conexão com a militância negra. Ele interrogou seus contatos nos Panteras e no EU e não obteve xongas. Os otários da ATN e da FLMM estavam todos na cadeia. Não podia arrochá-los lá. Suas visitas seriam anotadas. Falas soltas se dispersariam.

O caso era todo *Ela.* A mulher de cabelos com fios grisalhos era Tudo.

<u>DOCUMENTO ANEXO</u>: Extraído do diário particular de Karen Sifakis.

Los Angeles,
18 de novembro de 1971

Media foi há oito meses. Meus camaradas e eu não fomos descobertos; ninguém rompeu fileiras; a vigilância do FBI contra organizações políticas, grupos cívicos e indivíduos inclinados a protestar foi revelada numa enxurrada de reportagens, editoriais furiosos e matérias na televisão e no rádio. A revelação veio e foi. O conceito do Programa de Contrainformação foi apresentado ao povo norte-americano, que em grande parte optou por ignorá-lo. As operações secretas mais draconianas do FBI não foram mencionadas em nenhum dos dossiês liberados. Dwight e Joan pareceram satisfeitos com isso. Sou bastante capaz de discernir os pensamentos não verbalizados de Dwight. Ele está feliz porque a guerra específica do FBI contra o movimento dos direitos civis e os grupos de militantes negros não foi posta preventivamente sob o guarda-chuva dos Programas de Contrainformação.

Não quero saber o que Joan e Dwight estão planejando; suspeito que vou saber na arena pública e estou começando a alimentar um sentimento de que é um evento grandioso. Media foi uma tática de distração e/ou um pontapé inicial. As ramificações da minha única ação proativa para Dwight e Joan ficarão aparentes com o tempo. Não quero saber. Eles sabem disso e escondem os planos de mim. Rezei por isso e prometi que continuaria amando-os, independentemente de qualquer horror e caos que eles possam perpetrar.

Nunca nos encontramos como um trio. Joan voltou a surgir na minha vida; nós nos encontramos para tomar café ou almoçar duas ou três vezes por semana, sempre aqui em Silver Lake ou no Echo Park. Discutimos política incessantemente. Nixon, Guerra do Vietnã, questões trabalhistas e o movimento negro militante em declínio podem nos manter entretidas durante horas. Joan está magra e fala em arroubos nervosos e explosivos, mas totalmente coerentes, com uma torrente de monólogo político misturado. Os fios grisalhos, lindos e definidores em seu cabelo, estão ficando brancos e se destacando no meio do preto. Tenho medo de que ela esteja ficando paranoica — ela diz que tem um sentimento intermitente de estar sendo seguida — e frequentemente fala de sua amante/camarada Celia, fora de contato no Haiti ou na República Dominicana. Uma vez Celia disse para Joan não tentar encontrá-la caso ela desaparecesse. Quantas vezes Joan disse aos amantes/camaradas a mesma coisa? Agora Joan é que estava abandonada, e sua ligação com Dwight Chalfont Holly a levou a esse ponto em que não conseguia conter o sofrimento.

Joan fuma constantemente e bebe potes de chá de ervas haitiano. Engole cápsulas de ervas haitianas em todas as refeições, em momentos precisos do dia. Perguntei sobre isso. Ela disse que estava tentando engravidar. Queria ter um filho.

Não questionei sua motivação. Sabia que não deveria perguntar "Por quê?". Joan simplesmente diria: "Não vou contar." Uma mulher de sua idade não pode ter um filho pela força de vontade. Joan parece não saber como isso é improvável. A coisa continua sem ser dita, ainda que seja inevitavelmente verdadeira. Ela quer ter esse filho com Dwight.

Joan e eu sempre escondemos coisas uma da outra. Somos individualmente comprometidas e dúplices; vivemos num mundo mentiroso que temos o dever moral de solapar e subverter. Eu poderia dizer a Joan a única coisa que nunca contei a Dwight. Isso poderia magoá-la ou não. Sei o que isso faria com Dwight. Temo o colapso maior que poderia gerar e a decisão profunda que certamente criaria.

<u>DOCUMENTO ANEXO</u>: 18/11/71. Extraído do diário de Marshall Bowen.

Baldwin Hills,
18/11/71

Achei que o assassinato iria me ferir mais e invadiria de modo mais dolorido meu corpo e minha alma. Não foi assim. Assumi o papel de assassino e me comportei como um matador calouro decidido a sobreviver. Demorou alguns dias até que o equilíbrio mental se ajustasse. Avaliei o possível resultado de meus atos enquanto Scotty cuidava da situação. Encontrei-me com ele numa série de jantares tarde da noite no Ollie Hammond's. Biritamos um pouco e comemos sanduíche de carne. Scotty fez sermão. No fim você vai sobreviver. Você fez o que era necessário; fará de novo se precisar. Sente-se melhor agora?

Senti-me na hora, me sinto agora. Estou com vantagem na parceria. Sei duas coisas que Scotty não sabe: Reginald Hazzard e as esmeraldas estão no Haiti. A mulher é Joan Rosen Klein.

Minha vida é uma série de peças de teatro de sombra e becos sem saída. Trabalho no bureau de detetives da Delegacia de Hollywood. Vou a coquetéis do mundo do cinema e curto as reações ambivalentes que minha presença provoca. Há três anos eu era um policial que fora espancado, posto no ostracismo e convertido à fé da militância negra. *Isso* inspirou pistolão no mundo do cinema. Agora sou um policial que foi revelado como informante infiltrado; um policial que exalta valores autoritários em discursos prestigiosos e se apresenta imponente no uniforme azul do DPLA. O pessoal do cinema adoraria me odiar como um vendido, mas não pode. Eu venci o jogo e pareço bem demais.

Tenho frequentado festas e conhecido gente, inclusive o belo ator Sal Mineo, que estrelou como adolescente raivoso em vários filmes nos anos 1950. Sal tem a Tendência e determinou que eu também tinha. Sal deu em cima de mim; nós nos esbarramos; falamos pelo telefone, flertamos, saímos para tomar café, mas eu não *faço*. Sal é muito insistente, *e* é um doce, mas meu prato está cheio demais para acomodar uma transa em meio expediente ou expediente integral. É engraçado. É paisagem mental. Eu falo com o Sal e desligo; Scotty liga cinco minutos depois. Scotty cuidou do negócio Thornton/irmãos Bostitch com grande ostentação e deixou vazar uma série de dossiês da Divisão de Informações mostrando que o Sr. Limpo era, de fato, uma marionete da Máfia. Jornalistas em cruzada pegaram a história; publicaram matérias em Los Angeles e conseguiram importantes notas na imprensa nacional. Scotty fala mal de nossos mortos enquanto tentamos encontrar pistas de nossos vivos. Pensamos em tentar pegar o dossiê de deduragem de Thornton ao FBI, mas Scotty acha arriscado demais. *Eu* pensei em tentar, para dar uma olhada independente, mas não deduzi como.

Estou escondendo a história do Reggie no Haiti e da *Mulher* como Joan. Ela é amante de Dwight Holly. Isso a torna impossível de abordar. Dwight Holly sacaneado poderia mandar nosso negócio para o espaço.

Paisagens mentais: fintas, socos, informações escondidas e mentiras.

Estou escondendo coisas do Scotty. Fiz tentativas de conseguir fichas *completas* de Reginald Hazzard na alfândega e não consegui. O acesso exige mandados judiciais. O ato de esconder coisas é motivado por puro orgulho e puro ódio racial. Aprendi algumas coisas com a OPERAÇÃO IRMÃO MAAAU. Glória ao Sr. Holly: em parte realmente transcendi minha patologia de ator individualista. *Realmente* me tornei radicalizado.

Scotty Bennett representa o mundo branco decidido a me tratar com indiferença. Não posso deixar assim. Scotty é o opressor branco e não vou me dobrar diante dele. Scotty não vai rachar o dinheiro e as esmeraldas. Preciso encontrá-las primeiro e matar Scotty antes que ele me mate.

Fiz três viagens ao Haiti. Sincronizei-as com as viagens de birita e pesca de Scotty com seus colegas policiais, que duram uma semana inteira. Sal esteve no Haiti para filmar e contou seu conhecimento sobre aquele lugar maravilhoso e atávico. Fui de avião a Porto Príncipe. Viajei pelo Haiti como um negro de classe média fluente em francês. Mostrei a foto de Reggie Hazzard e fiz perguntas. Não fiquei sabendo de nada substancial e farejei o fato óbvio de que Reginald tinha de estar ali.

O Haiti era primitivo e sedutor. Senti-me regressando. Foi um processo de imersão de ator. Visitei tavernas de seitas de vodu e bebi licor klerin. Sonhei com homens alados sem braços. Compareci a algumas cerimônias de vodu e comi punhados de ervas. Saí de transes e me peguei dançando com homens usando máscaras de madeira. Acordei de uma viagem de ervas e vi que tinha sangue nas mãos. O homem na cama ao meu lado disse que eu tinha comido uma galinha recém-morta.

Minha personalidade mutante me serviu bem no Haiti. Fingi ser um turista francês, o que me ajudou nas indagações sobre Reginald. Ninguém conhecia Reginald. Muitas pessoas me contaram histórias sobre o falecido Wayne Tedrow e seus corajosos atos pró-Haiti. O que o pobre Wayne diria sobre isso? As pessoas andam com fotos dele penduradas no pescoço. Ouvi a história da morte de Wayne vinte ou trinta vezes. Os detalhes variavam. Várias pessoas me disseram que homens alados vieram pegá-lo. Wayne e eu compartilhávamos o conceito do estado onírico. Ele o relacionava à química. Tudo tinha a ver com almas predestinadas em fluxo.

Estive três vezes no Haiti. Vou voltar. Reginald Hazzard tem que estar lá.

CAPÍTULO 104

(Los Angeles, 15/3/71 a 18/11/71)

Voyeur.

É seu nome antigo e seu nome novo redescoberto. Os caras costumavam chamá-lo de Merdinha e *pariguayo*. Ele perguntou sobre isso ao Clyde.

— Você está por aí há um tempo. As pessoas da Vida conhecem você. Se um apelido pega, você tem de achar que há alguma verdade nele — disse Clyde.

Deixou para lá. Não mencionava seu conhecimento sobre os atentados a JFK/MLK/RFK. Não mencionava os comunistas que matou nem seu caso. Não mencionava os pesadelos ou a merda que viu e fez naquela ilha.

Voyeur — certo, é verdade. Voyeur — por enquanto está bem.

Fazia serviços de vigilância para Clyde e Chick Weiss. Criava armadilhas para cônjuges traidores. Chutava portas e espiava por janelas.

Voyeur, claro. Leitor também. Estudante em meio expediente — isso tem a ver.

Leu mais alguns livros de química e de teoria esquerdista. Misturou uma pasta de enxofre e explodiu uma placa de rua na 1ª com Oxford. Ficou sabendo sobre a Trabalhadores Industriais do Mundo e o atentado a bomba ao *L.A. Times*. Misturou pasta de fertilizante e explodiu um cartaz de VIVA VIETNÃ.

Havia um movimento de sonho dentro dele. Era como se estivesse se transformando em Reggie e Wayne.

Estudava. Aprendia. Trabalhava como taxista na Tiger em parte do tempo. Foi de carro a Vegas e tentou achar o haitiano das ervas. O cara havia sumido. Fez perguntas e encontrou outros caras que mexiam com ervas. Nenhum deles conhecia Reggie. Todos sabiam preparar ervas e induzir merdas loucas.

Disseram que o ensinariam. Ele passou duas semanas em Vegas e aprendeu alguns truques. Eles ensinaram a misturar órgãos de sapos e toxinas de baiacu. Mostraram como samambaias e fígados de rãs arbóreas provocavam ataques cardíacos. Aprendeu zumbificação. Misturou poções para provocar ataques de *grand mal*. Aprendeu algumas fórmulas para viagens de drogas. Comprou ervas, tubos e béqueres. Aprendeu um pouco de francês crioulo.

Explodiu um cartaz de Nixon no leste de L.A. Engolia ervas, andava de carro e espiava através de janelas. Tentou seguir

Dwight Holly a distância de novo. Dwight o despistou três vezes seguidas. Teve sorte na perseguição nº 4.

Dwight foi até um bangalô em Silver Lake. Ele se empoleirou e voyeurizou. Dwight ficava lá dentro por longos períodos. Dwight tirava folgas e ia até uma casa mais adiante na rua. Uma mulher alta e duas meninas moravam lá. Um marido de meio expediente aparecia às vezes. Ele verificou os registros da venda da casa e conseguiu o nome da mulher: Karen Sifakis.

Fez mais verificações. Ligou para Clyde. Clyde disse que Karen S. era professora de faculdade e dedo-duro dos federais. Era amante do Grande Dwight. Este entrava quando o marido saía. Isso vinha acontecendo havia cinco ou seis anos.

Ele tomava ervas e vigiava o bangalô. O lugar estava entulhado de dossiês, como os seus cafofos. Pensou em invadir. Não podia. O pensamento o imobilizava. Tinha aprendido toda aquela merda nova. Isso o fazia ficar parado e apenas *olhar*.

Então ela estava lá.

Estava mais velha, mais grisalha e mais feroz ainda. Os óculos ainda ficavam tortos no rosto. O caminhar relaxado era o mesmo. Ele se empoleirou fora das vistas e viu-a chegar por vinte dias seguidos. Antecipava o que ela usaria. Em alguns dias via a cicatriz de faca, em outros dias, não. Ainda tinha a cicatriz do 14/6 nas costas.

Olhava-a vir e ir. Começou a captar o que tudo aquilo significava.

Ele é o nexo de eventos grandes e espantosos. Ninguém sabe e ninguém se importa. Ele conectou uma série de crimes espantosos. Ninguém sabe e ninguém se importa. Scotty Bennett e Marsh Bowen mataram Lionel Thornton e estão procurando o produto do assalto ao carro blindado. Ele sabe disso. Ninguém mais sabe e ninguém mais se importa.

Scotty não confia em Marsh. Scotty está preparando uma espremida de fruta. Sal não consegue seduzir Marsh. Ele sabe disso. Ninguém mais sabe e ninguém mais se importa.

Jack Leahy rasurou o dossiê de Joan Rosen Klein. Ninguém sabe e ninguém se importa. Ele seguiu Joan até Jack e viu três de seus encontros para almoçar. Ficou perto. Ouviu-os falar de Celia, perdida na R.D. Ouviu a palavra *Haiti*. Reggie estava morando no Haiti. Sentia isso com intensidade. Reggie mandava as esmeraldas. Ninguém mais sabia e ninguém mais se importava.

Estava sozinho em suas buscas. Joan e Jack tiveram participação no assalto. Ele aceitava essa conclusão como fato. Marsh e Scotty sabiam mais e menos do que ele. Ele trabalhou nesse caso por muito tempo. Era tudo impossível de ser provado. Suas tentativas no papel eram logicamente íntegras e capciosas. Estava tudo na sua cabeça.

A ilha o aterrorizava. Ele tinha medo de voltar. Poderia virar aquela criança monstruosa de novo e perder tudo que tinha.

Transformara-se em um garoto cientista e um garoto Vermelho. Lia dossiês, livros e desmaiava sobre papéis. O dossiê de sua mãe; o dossiê de Wayne; o dossiê sobre "Tatuagem". Perdia-se na certeza e na inconsistência lógicas. Ninguém sabia como ele trabalhava duro e ninguém se importava.

Tatuagem queria conhecer homens do cinema. Ele não sabia *quem* ela conheceu. Seu caldeirão de suspeitos era grande. Joan não matou Tatuagem. Isso o consolava. Isso lhe permitia segui-la e viver muito mais com ela.

Joan costumava almoçar com Karen Sifakis. Ele as observava. Sabia que compartilham o amor por Dwight Holly. Elas nunca falavam de Dwight. Ele era o terceiro elemento pairando. Só os voyeurs sabem como isso funciona.

Seguia Joan. Vivia na esperança de que ela o levasse a algum lugar. Isso deveria justificar todo o tempo que passou com ela.

Ela deveria fazer alguma coisa ou dizer algo que o deixe descansar e desistir de tudo isso.

Venho seguindo você há três anos, quatro meses e 29 dias. Sei que você tem uma história que só pode contar para mim.

QUINTA PARTE
ARMA SEM REGISTRO

18 de novembro de 1971 a 26 de março de 1972

CAPÍTULO 105

(Puckett, 18/11/71)

— E então, quem eu vou matar?

— Você vai saber quando olhar para ele.

— Já escolheu a data?

— No verão que vem é a melhor chance. Tem de acontecer em L.A.

— Esses atentados políticos levantam um monte de merda. Vários grupos patrióticos são muito investigados.

O akampamento estava apinhado. *Mi kasa su kasa*. Os Kavaleiros Elevados konvidaram alguns kolegas. Akampamento para passar a noite. Karas da Klan, exilados cubanos. Fascistas sul-americanos.

O alojamento estava cheio. A área de tiro ficava movimentada. O xerife do condado temperou um alce com galhada de cinco pontas. Seus delegados fizeram um buraco para o fogo.

— Você *quer* o papo de conspiração. Só estou com medo de meu nome aparecer na lista de culpados — disse Bob.

Dwight balançou a cabeça.

— Não vai. O bode expiatório vai levar toda a atenção nesse caso. Ninguém vai querer olhar para além dele. Nós o montamos desde o alicerce. Quanto mais você olhar, mais vai querer continuar olhando.

Bob ficou carrancudo. Afundou-se na cadeira. Seu lençol roçava na terra. Fazia um calor de meio de outono. O crepúsculo chegava. Exilados acendiam luzes de arco voltaico. Alguma frau espancada da Klan preparava um bufê.

Dwight fechou os olhos. Era a deixa para Bob se mandar. Você é um assassino fracassado, por favor, vá embora.

Bob foi andando. Dwight abriu os olhos. O akampamento era sem klasse. A Klan do seu pai era chique comparada com isso. Indiana, anos 1920. Discussões nativistas e esquemas de pirâmide. Eugenia, leituras. Um kuarteto de kordas komposto por senhoras.

A noite chegou. Insetos bombardeavam as lâmpadas. O churrasco de alce cheirava bem. Os malucos atacavam o bufê para pegar uísque feito em casa e Cheetos.

Dwight se afastou da festa. As lâmpadas reluziam amplas e quentes. O akampamento tinha chão de terra. Os kanalhas da Klan se misturavam. Seus lençóis estavam sujos até os joelhos.

Joan preocupava-o. Estava abatida. Fumava um cigarro atrás do outro e engolia uísques duplos à noite. Estava rancorosa em relação ao Sr. Hoover. Era uma coisa pouco útil e muito pouco Joan. Recusava-se a explicar as razões. Não aceitava indagações com olhares e "não vou contar". Era frustrante. O prazo deles estava "insanamente protelado". Ela sabia que o Sr. Hoover era velho e viajava muito menos. Fora um tanto desacreditado. Fazia menos aparições públicas. As consultas médicas impediam suas excursões recentes. A Casa Branca ia mandar por telex uma programação atualizada. Joan estava preocupada com Celia. Ele deu um telefonema não programado ao presidente e pediu ajuda. Nixon recusou. "Você já tirou água desse poço, garoto. Não pode ficar voltando sempre."

Coisas estranhas a comoviam. A morte de Lionel Thornton bateu firme e ficou. Ela se recusava a dizer *por quê*. Scotty Bennett trabalhou no caso e fechou o caso, fácil demais. Scotty lhe causava uma vaga perturbação. Scotty tinha uma amizade esquisita com Marsh. Crutchfield Voyeur falou sobre isso antes do "Estouro". A vida de Marsh seria examinada com pente fino depois da morte. Isso requeria uma pergunta: será que deveriam inserir Scotty no diário falso?

Insetos voadores bombardeavam as lâmpadas. Os malucos comiam, bebiam e o ignoravam. Sabiam que ele era do FBI. O preconceito deles era mal direcionado. Eram trocadilhistas tacanhos. FBI: Bureau Federal de *Integração.*

O diário definia a Operação. Dwight trabalhava nele enquanto Joan ou Karen dormiam. Ele usava o estilo verbal de Marsh e enfatizava uma linguagem política que tinha desenvolvido em sua mente. Atribuía lembranças da própria infância a Marsh. Alquimia e transposição. Era um garoto da Klan brincando de ser mau. Marsh era um garoto preto recebendo a maldade. Ele estava montando um retrato simpático. Estava criando uma paixonite inexistente de Marsh pelo próprio agente Holly. Era distorcer o trabalho de Marsh na OPERAÇÃO IRMÃO MAAAU. Ele não sabia nada sobre o relacionamento entre Marsh e Scotty. O diário deveria desenhar Scotty com veracidade. Os trechos sobre Scotty deveriam sustentar o exame público e as réplicas belicosas de Scotty. O tema deveria ser autoridade. Marsh a odeia ideologicamente, mas não pode deixá-la de lado. Nesse sentido é como seu velho colega, o Sr. Holly.

A festa da Klan ganhou pique. Fragmentos de histórias pairavam. Emmett Till era agente comunista. Rosa Parks fazia michê para uma cabala sionista. O Dr. King era hermafrodita.

Um menina da Klan trouxe comida e uma cerveja Jax para Dwight. Ele agradeceu e olhou-a se mandar. A carne de alce escorria gordura e matou seu apetite. Ele acendeu um cigarro.

Joan ficava tomando as cápsulas de fertilidade. Ele nunca disse que mandou analisá-las. Ela tinha feito 45 anos no mês anterior. A coisa não podia acontecer. Apesar disso ele ficava remoendo a ideia. Era um sonho louco. Pareceu bom por um tempo. Corria em ondas cada vez mais curtas. Lembrava-o de como era sua vida. Levava-o às filhas de Karen e o largava em algum lugar frio na chuva.

Uns karas da Klan puxaram cadeiras para perto dele. Equilibravam os pratos de papel e contavam histórias. Um sujeito vendeu o pau de Che Guevara a Josef Mengele. O Quarto Reich se ergueria no Paraguai. Um sujeito contou uma história de golpes de direita e esmeraldas místicas.

Joan tomava chá na cama. As ervas atravessavam sua pele, amargas. Ele notou novos grisalhos nas sobrancelhas.

O roupão dela estava aberto. As ervas a faziam suar. Dwight beijou o brilho nos seios.

— Diga em que está pensando.

— Que eu deveria ceder. Que você deveria ligar para seu contato telefônico e pedir que ele dê alguns telefonemas para saber sobre Celia.

Dwight balançou a cabeça.

— Liguei do Mississipi. Ele disse que não.

Joan rolou para longe dele. Ele tirou os roupões dos dois e se enrolou em volta dela. Ela pôs os dedos de Dwight na boca por um segundo e enfiou a mão dele embaixo da cabeça.

— Isso está demorando demais.

— Ele provavelmente virá a L.A. no próximo verão. Vou receber logo a programação revisada.

— E se ele não ficar no Beverly Wilshire?

— Vai ficar. Teremos de alugar o poleiro logo e começar a colocar as provas.

Joan tossiu.

— O garoto negro que alugar o local vai ser uma testemunha.

— Vamos trabalhar com ele através de um contato. Se ele se apresentar, vai ser considerado maluco. As pessoas querem participar da história. Houve cerca de 4 mil testemunhas falsas só na morte do Jack.

O travesseiro de Joan estava encharcado de suor. Dwight tirou-o e colocou um outro sob a cabeça dela.

Joan pegou uma cápsula na mesinha de cabeceira. Dwight entregou seu copo d'água a ela.

Ela engoliu a cápsula. O cabelo estava molhado. Dwight secou-o com um lençol.

Ela começou a cochilar. Caiu no sono aninhada na mão dele.

Ele trabalhou até tarde. Meia-noite significava hora de "Personificar Marsh". Lembrou-se de uma barganha policial em 1953. O DP de Cleveland queria um dossiê federal. O suspeito de um grande roubo tendia a Vermelho. O SAC se negou a ceder o arquivo. O DP mandou a ex-mulher de um policial para lubrificar o Executor. Ela gostava de homens ao acaso. Na época ele gostava de mulheres ao acaso. Passaram a noite no Shaker Heights Plaza. Ela levou champanhe. Ele levou o dossiê. Eles se curtiram. Ela leu o dossiê de manhã. O DP de Cleveland pegou o cara — indiciamento em seis crimes.

Certo, então — a perspectiva de Marsh Bowen.

A hora era agora. Marsh está trabalhando na patrulha noturna de Hollywood. Está sozinho. Está fazendo pegação. Marsh caga no lugar onde come. Vê um michê bem-dotado. Revista-o e fica com tesão. O michê nota.

Marsh faz uma verificação de ficha e de mandados contra o garoto. Descobre sujeira: posse de droga e roubo. Marsh diz: "Como você quer resolver isso?" Fusão para o abraço grosseiro num beco.

Ele não conseguia dormir. Joan estava apagada. Marsh ia dormir lá em Ventura. O Conselho da Liderança Negra pagou para ele ir. Tema do discurso: "O papel do policial vindo de minoria na política do trabalho de equipe."

Eram 2h14 da madrugada. Ele entrou com gazuas de tungstênio e óculos de infravermelho. Levava sua Minox miniatura. Percorreu a casa na escuridão tingida de cor-de-rosa.

Abriu gavetas e bateu em painéis. Captou o status quo. Examinou as paredes do quarto. Marsh tinha uma nova gravura de Rothko. Verificou a aparelhagem de som. Novos discos de Chet Baker e da Dresden Stattskapelle. Verificou o lixo da cozinha. Marsh tinha uma nova queda por jantares gourmets diante da TV. Ali estava um cartão de embarque aéreo. Marsh viajou recentemente para Porto Príncipe, Haiti. Suposição: ele faz merda *longe* de casa. Retiro de veado afro.

Dwight voltou para a sala. Mais status quo. As molduras de aço escovado, a escrivaninha bem-arrumada, o caderno de endereços ao lado do telefone.

Folheou as páginas. Ah, no *B:* os números da casa e do trabalho de Scotty. Folheou do *C* ao *M*, ali estava um novo.

Sal Mineo. Um número com prefixo da zona oeste de Hollywood.

Lógico: Sal é bicha, Sal é cheio de tesão, Sal tem um rabo bem percorrido.

Mas:

Ele usara Sal num serviço de espremer fruta, há mais de quatro anos. Viu o nome de Sal na lista de dedos-duros do Bureau.

Status quo? Provavelmente, mas...

Um agente cochilava na sala do esquadrão. As chaves dos arquivos estavam penduradas num quadro de cortiça. Dwight pegou-as e voltou imediatamente.

Os dossiês do escritório central de informações tinham códigos de cinco dígitos e iam até o teto. Dwight folheou o catálogo. Ali: "Mineo, Salvatore" 02108. Ali, na terceira prateleira do alto, duas filas adiante.

Dwight destrancou o painel, ficou na ponta dos pés e pegou-o. Era fino. Quatro páginas no total. Narrativa simples.

Agosto de 1966. Sal tem um papel coadjuvante num filmeco policial. Chama-se *Violência na Zona Sul*. Passa em drive-ins de terceira e desaparece. É frouxamente baseado no famoso assalto de 1964.

Até agora... um tédio.

Jack Leahy visita o set de filmagens. Jack interroga Sal e o restante dos atores e da equipe. Algum cara suspeito por aí? Indagações suspeitas sobre o assalto da vida real?

Sal não sabia de *xongas*. O resto do pessoal também não. Jack fascinou Sal e fez a proposta de deduragem. Sal entregava atores bichas em troca de trocados ocasionais.

Tédio, bocejo, status quo — mas não desista ainda.

Dwight ficou ali parado e ouviu uma caixa inteira de alfinetes caindo.

O Bureau trabalhou o assalto durante *dez segundos*. Era um caso do DPLA e uma fixação de Scotty B. Agora Scotty e Marsh eram unha e carne. O assalto: fixação amena de Clyde Duber. Marsh trabalhou para Clyde. Scotty arrochou Jomo C. perguntando sobre o assalto. Na ocasião não fez sentido. Poderia fazer sentido agora. Jomo matou Fred Hiltz, Jomo é assaltante. Ali estava Joan, pairando. Ela dedurou Jomo falsamente. Entregou a veadagem de Marsh. O que Marsh e Scotty querem? Coisa importante, bandeira vermelha. O elo Marsh-Scotty não deve impedir a Operação.

Dwight guardou o dossiê de volta. Os alfinetes caindo se transformaram em cutucadas incômodas.

Sal Safado não dormia nunca. Percorria bares de veados e prestava informações em cafeterias. Seu ambiente era a festa da galinhagem pré-alvorecer. O cozinheiro do Klondike disse para tentar no Arthur J's.

Dwight foi para lá. Sal Sodomita se embolava com três travecos. Estava cantando vantagem. Comi James Dean em *Juventude Transviada*. Ele era bem-dotado como um interruptor de luz. Meti a jeba até ele guinchar.

Os travecos trilaram. Sal Suculento arengou sobre Rock Hudson. Ele era bem-dotado como um micróbio. Eu fiz cócegas nas amígdalas dele até ele trinar.

Dwight parou perto da mesa. Os travecos engoliram em seco e se mandaram. Deixaram o café e as panquecas. Dwight serviu-se.

Sal alisou seu pega-rapaz.

— Olá, Sr. Holly.

— O que rola, Sal?

— Não o senhor de novo, espero.

Dwight serviu-se de café.

— Nada do tipo.

— Nenhuma armadilha? Nada de vitimizar um pobre defensor da justiça social que, por acaso, curte garotos?

Dwight limpou o batom de sua xícara.

— Verão de 1966. Você estava trabalhando em *Violência na Zona Sul*. Jack Leahy apareceu fazendo perguntas.

Sal passou manteiga em suas torradas.

— E daí? Estamos falando de história antiga. Aquele filme foi um fracasso. Tive de processar para ganhar meu cachê.

— Você começou a ser informante do Jack.

— Bom...

Dwight pegou um palito salgado e coçou o pescoço. Redd Foxx e aquele advogado escroto, Chick Weiss, entraram. Um otário da Tiger Kab os segurava de pé.

— Então, presumindo que haja mais alguma coisa na história. "Jack Leahy apareceu". Você prossegue a partir daí.

Sal deu de ombros.

— Então outro tira apareceu fazendo o mesmo tipo de pergunta.

— Scotty Bennett?

Sal revirou os olhos.

— Ah, sim. Scotty.

Dwight quebrou o palito salgado.

— Deixe-me dizer um nome. Quero ver como você reage.

— Está meio *cedo* para jogos de nomes, mas vou jogar.

— Marshall Bowen.

Sal Servil captou e estremeceu. Ah, sim: estava nauseado.

— Fale sobre isso.

Sal estragou seu pega-rapaz.

— Por que eu deveria falar?

— Eu pago o seu café da manhã. Se não, faço uma acusação de pedofilia. Tem um tarado comendo meninos do ginásio Berendo. Você combina com a descrição.

Sal engoliu um Valium e ajudou a descer com café. Sal respirou para assumir a situação.

— Certo, queridinho. Estou com outro serviço de espremer fruta. Freddy O. me recrutou. Um tira está bancando, mas não sei o nome dele. Bowen é o alvo, mas *não consigo* fazê-lo perder o prumo e se embolar comigo. Tem uns caras que são assim. Estou *morrendo* para dar um pouco de carne de primeira, mas o garoto simplesmente não morde.

Scotty B., Marsh. Ubíquos agora.

— Quem mais está nisso?

— Fred T. é o cara do grampo. O sem charme Crutchfield Voyeur está me seguindo.

— E o Bowen? O que está acontecendo?

Sal revirou os olhos. Sal mexeu no pega-rapaz. Sal fez pose de bicha exasperada.

— Ele simplesmente não *moooorde* a isca. Eu tenho muita coisa a ser mordida, mas ele simplesmente não *queeeer*. É uma *loucuuuura*. Marsh é gay, com certeza, mas simplesmente não entra no *joooogo*. Ele é *tããããão* esquisito! Só fica ali parado ou fala sem parar no *Haiti*, imagina só, tem tanta porra de lugar pra falar!

Dwight coçou os olhos. Seus sensores pinicavam. Mais alfinetes caíam, mais alfinetes se cravavam e ficavam.

Certo. Jack Leahy. Jack sabe sobre Marsh e a IRMÃO MAAAU. Jack tem birra com o Sr. Hoover. É refratário e pouco político. Dwight acaba de invadir a casa de Marsh Bowen. Viu a passagem de avião para o *Haiti*. As ervas *haitianas* de Joan. A merda recente na R.D. e no *Haiti*. Celia está lá. Crutchfield Voyeur *esteve* lá. O boato persistente do Voyeur: está procurando alguma mulher sumida. Ela rouba homens. Ela pode ter conexões com o *comunismo*. Voyeur é um fracassado, deixe-o fazer o que quiser.

Ligando: Celia como a ladra de homens. Jogue a rede, dê o salto. Mais louco agora, diga.

O passado de Joan como assaltante. As coisas que ela não quer dizer. Mais louco ainda: Jack rasurou o dossiê de Joan. Eles tinham algo a ver com o assalto ao carro blindado.

Um aguaceiro desabou. As janelas tamborilavam. Gotas-alfinetes caíam. Três travestis entraram. Usavam vestidos de baile encharcados. Os pelos do peito apareciam. Viram Sal e acenaram. Viram Dwight e correram para longe.

Sal fez beicinho. Sal ralhou com Dwight balançando o garfo.

— Sr. Holly, o senhor está fodendo com a minha vida amorosa.

CAPÍTULO 106

(Los Angeles, 22/11/71)

A TV do bar berrava. Os Estados Unidos choram a morte de JFK, oito anos perdidos depois. Na época éramos inocentes. Agora o mundo nos odeia.

Scotty sinalizou para o barman. O barman mudou de canal. Bucky Beaver anunciava pasta de dente Ipana. Scotty sinalizou de novo para o barman. O barman desligou a tomada.

— Você está ferrado, irmão. Saia por aí e apague uns assaltantes. Vai se sentir melhor depois — disse Marsh.

O Salão Kiblitz na Canter's Deli. Clientela das 18 horas: judeus bebuns voltando da sinagoga para casa.

Scotty acendeu um cigarro, deu duas tragadas e apagou. Scotty comeu um bolinho de macarrão com carne e empurrou o prato.

— A gente vive entrando em becos sem saída.

— Acabou, Scotty. Os investigadores bancários federais estão com o material do cofre e não vão ceder. Não conseguimos achar o Reggie, não conseguimos achar as esmeraldas e não há mais nada que possamos fazer.

— *Não acabou*. Temos de achar a mulher. Vamos arrochá-la, ela vai falar, nós partimos daí.

Marsh balançou a cabeça. Condescendente, paternalista, bosta de negro nobre.

— Verifique empresas de navegação. Examine as listas de passageiros. Trabalhe a partir da primavera de 1964 até o fim do ano. Investigue cada porto importante e destino para fora do país. Faça isso, porra, e faça agora, porra.

CAPÍTULO 107

(Los Angeles, 26/11/71)

Chegou uma caixa ao Vivian. Foi postada em Las Vegas. O conteúdo chacoalhava. Pesava uma maldita tonelada.

Ele pagou ao carteiro e carregou-a para dentro. Remetente: Mary Beth Hazzard, Caixa Postal 19. Um envelope grudado em cima.

Porra — ela respondeu ao seu pedido. Porra — ela achou mais...

Ele abriu-o. Mary Beth Hazzard escreveu:

Sr. Crutchfield,

Um policial de Cleveland, Ohio, mandou isso em resposta a uma das numerosas indagações de Wayne. É um dossiê do FBI atualizado sobre uma mulher chamada Klein, de quem Wayne suspeitava. Como pode ver, afora o cabeçalho e vários números de encaminhamento, o texto foi coberto com tinta preta. Wayne me disse que teve sucesso muito limitado em tirar a tinta quimicamente, mas incluí as ferramentas e os produtos químicos que ele me disse que tinha usado.

Tudo de bom,

M.B.H.

O dossiê era datado: 8/12/68. KLEIN, JOAN ROSEN, números de rotina e *adiós*. Seis páginas totalmente rasuradas com tinta.

Um dossiê mandado para um morto. A porra do gênio da química: "Sucesso muito limitado."

E um espectroscópio.

E um fluoroscópio.

E hidroxiácido de pH elevado.

E as anotações de Wayne sobre bombardeio com raios contrastantes.

Espalhou tudo. Folheou seus livros de química e obteve proporções relativas ao hidroxiácido. Não obteve xongas sobre espectroscópios e fluoroscópios. Ligou os equipamentos numa tomada e posicionou-os na mesa. Pegou alguns cotonetes e calçou luvas de borracha. Abriu as páginas rasuradas.

Apertou os botões de ligar. Luzes azuis e cor-de-rosa se acenderam. "*Bombardeio*" — hein? — quer dizer misturar e comparar?

Tentou. Inclinou os aparelhos e deixou os fachos se entrecruzar. Nas primeiras quatro vezes enegreceu o preto. Nas duas vezes seguintes clareou o preto. Ele passou um *pouquiiinho* de hidroxiácido na tinta mais clara. Queimou o papel até a mesa.

Reajustar os fachos. Passar o ácido na tinta escura agora.

Fez isso. Passou com força, passou de leve. Queimou o papel até a mesa.

Parou. *Respire fundo agora.* Tentou o treco de facho azul e passou o ácido com força. Queimou o papel até a mesa. Vamos recomeçar. Tentou o treco de facho cor-de-rosa e passou o ácido de leve. Queimou o papel até a mesa.

Sua mão estremeceu. O vidro caiu. O ácido se derramou. Quatro páginas inteiras queimaram até a mesa.

Recomece. Respire fundo agora. Estou tentando, irmão Wayne. Restam duas páginas.

Limpou o ácido derramado. Cruzou os fachos de novo. Obteve *todas* as linhas do tipo mais claro. Passou o ácido *super de leve.*

O papel chiou e borbulhou. As linhas queimaram até a mesa.

Última página.

A mesa estava com marcas de queimado. Limpou-a com a toalha. Centralizou a página. Mexeu com os fachos. Conseguiu um pouco de híbrido novo de cor-de-rosa e azul. Conseguiu linhas de tinta escura e linhas de tinta clara e viu outra coisa.

Pequenas marcas de máquina de escrever. Bem ali embaixo da tinta.

Forçou a vista para elas. Pegou sua lente e segurou-a bem perto. Não conseguia identificar as palavras cobertas de tinta.

Respire fundo agora. Não passe, molhe, queime, escalde, chamusque por enquanto.

É, tente isso.

Foi até a cozinha. Esvaziou um frasco de spray limpa-vidros. Lavou com um detergente fraco. Deixou secar. Levou para a sala e pôs na mesa.

Encheu-o com o hidroxiácido. Atarraxou a tampa. Testou borrifar o ácido e obteve uma névoa fina.

O ar ardeu nos olhos. Ele deixou a névoa se dissipar. Centralizou a página embaixo dos fachos azul e cor-de-rosa. Borrifou *bem de leve* as linhas com tinta, de cima a baixo. A tinta se dissolveu em trechos ao acaso. Ele viu palavras e fragmentos de palavras por baixo.

"JOAN ROS" / "tem usad" / "várias ident" / "Williamson, Margaret Susan/Broward, Sharon/Goldenson, Rochelle/Faust, Laura" / "B", "D", "L", "Q", "A", cozido de palavras manchadas.

"Suspeita de participação" / "folha de pagamento", manchas, "gações", "desde 194", "doou", manchas, "causas de esq".

"JOAN ROSEN KLEIN", parênteses, manchas, parênteses. "Celia Reyes, também conhecida como Gretchen Farr" / "Movimento 14 de Junho", manchas e texto borrado. "Até esta data (8/12/68), segundo o Bureau Central de Investigações, REYES-FARR estaria sendo procurada pelo suposto assassinato de uma mulher dominicana conhecida como Tatuagem (sobrenome verdadeiro desconhecido) supostamente desaparecida em Los Angeles desde o verão de 1968. Também há registros de que REYES/FARR tenha requisitado a ajuda de LEANDER JAMES JACKSON (suposto militante negro) nesta ação."

"JOAN", manchas, "EIN", "susp", "rev", manchas, "porte", "Argélia", "Palest", "Carib".

Ah, merda. Aí estão linhas inteiras. Endereços em espanhol. Aparelhos na R.D.

"Um boato persistente", manchas, "supost", "procurando impedir um fluxo de esmeraldas de contrabando que supostamente financiaram golpes", manchas, manchas.

A tinta começou a desbotar.

Ele perdeu letras e palavras inteiras. Uma frase se turvou em branco. Piscou. Esfregou os olhos. Perdeu um parágrafo inteiro. Perdeu a palavra "JOAN".

Borrifou a página. Borrifou com força demais. A névoa saiu num jato. Palavras sumiram. O ar queimou. A página se incendiou.

CAPÍTULO 108

(Los Angeles, 26/11/71)

O avião rolou pela pista. Dwight estava numa poltrona espremida, do meio. Até o Cu do Mundo, no Mississipi, e de volta em 17 horas.

A viagem foi improvisada. Bob Relyea teve um chilique: Dwight, a gente precisa saber quem a gente vai matar. Bob, não vou dizer. Aqui estão 5 mil. Vá distribuir uns panfletos racistas e visitar umas farmácias.

O portão ficava perto do estacionamento. Dwight desembarcou, pegou o carro e foi para a via expressa. Eram 21h16. Joan estava no refúgio. Marsh, em Oxnard. O Centro do Orgulho Negro convidou-o. O Irmão Bowen sabe discursar.

Dwight virou para La Cienega e subiu o Stocker Pass. Estava exausto. Os nervos ruins e a falta de sono haviam se reprisado. O negócio de Sal Mineo ficava lhe dando voltas na cabeça. Desde então ele não vira Joan. Os dois não tinham se falado. Ele estava sentindo pressão total. O presidente ia mandar uma atualização das viagens de Hoover. Ele precisava ir a Washington. Nixon queria uma conferência de cúpula sobre invasores de propriedade. O Executor e Howard Hunt, velha figura da Agência. Karen e as filhas estariam lá. Ia mostrar alguns monumentos às meninas. Mais tarde ensinaria sobre explosivos.

A teoria de Joan/Jack Leahy o incomodava. Sua primeira suspeita sobre Joan: ela tem um amigo federal. Três anos mais tarde ele *sabe de modo tênue.*

Crutchfield Voyeur o incomodava. O escrotinho intrometido. Com uma presciência da porra e persistência super-humana. *Eles o deixaram viver.* Ele soubera de tudo *na época*. Quem sabia o que ele sabia *agora*?

O grande tema: convergência. O subtema: a ligação Marsh-Scotty. A grande questão: o trabalho de espremer fruta significa que devemos abortar?

Dwight engoliu três aspirinas com café. Auspicioso: sua primeira enxaqueca desde Silver Hill.

As gazuas sempre funcionavam. A cobertura com óleo nunca deixava marcas de ferramenta. Seus óculos forneciam luz de casa assombrada.

Dwight trancou a porta depois de entrar. A sala tinha cheiro maduro. Restos de incenso. Marsh viu um novo Kandinsky. Fodeu com a simetria da parede norte.

Dwight rondou. Era a invasão número 6 mil. Trabalho policial repetitivo e inútil — ele adorava essa merda.

Bateu em painéis, abriu gavetas, enfiou a mão embaixo de poltronas e tapetes. Viu poeira cair de uma trave do teto. A trave tinha acabamento liso. Isso não deveria acontecer.

Puxou uma cadeira e subiu em cima. Forçou a vista. Viu marcas fracas num dos lados da trave. A poeira vazava de uma emenda quase invisível.

Empurrou-a. A peça de madeira se abriu para dentro. Uma dobradiça minúscula guinchou. A porta era quase invisível e retangular. As dimensões eram 20 por 25.

Cheiro de papel. Bem ali — a primeira coisa.

Enfiou a mão. Era encadernado em couro. Marsh estiloso — páginas cortadas a espátula.

Puxou-o e desceu da cadeira. Preparou sua Minox. Levou-o à escrivaninha de Marsh e leu.

Ele *conhecia* Marsh. O diário confirmou imediatamente. Os estilos de narrativa eram semelhantes. Os dois sabiam como eram inteligentes. Os dois tinham o mesmo humor seco. Os dois cultuavam a impiedade. Marsh era novo nela e sentia um espanto reverente por ela. Ah, garoto. Ah, meu irmão. Você não sabe o que isso custa.

Eram 22h21. Ele tinha 12 rolos de filme. Poderia fotografar a maior parte do texto.

Era desajeitado. Virar as páginas, apontar a máquina, fotografar. Chegou perto e leu enquanto fotografava. Estava tudo ali. Era seu mundo e o mundo do irmão Bowen combinados.

O assalto como o Santo Graal. Sua paixonite infantil por D.C. Holly. Sua união dúplice com Scotty B. Wayne Tedrow e o desaparecido Reggie. Reggie como sobrevivente do assalto e distribuidor das esmeraldas. O assassinato de Lionel Thornton. As três idas ao Haiti. Marsh identificou Joan como a Mulher. Escondeu isso de Scotty.

Fotografou 73 páginas. Ficou sem filme. Memorizou a maior parte do texto. Guardou o diário de volta e limpou a poeira. Deixou a sala em condição impecável.

A enxaqueca havia sumido. A Operação corria risco. Ele sentiu-se calmo, leve e alguma outra coisa.

O refúgio estava escuro. Joan estava fora. Karen tocava a *Grosse Fuge* em volume máximo. Ele foi até o terraço. A luz do banheiro de Karen estava acesa. A música trovejava de um quadradinho iluminado.

O laboratório fotográfico era totalmente equipado. Joan revelava filmes melhor do que ele. Ele sabia o básico. Acendeu a luz vermelha, encheu as bandejas e desenrolou os filmes. Eram quatro horas de trabalho.

Cortou tiras de filme, lavou-as e pendurou. Olhou palavras aparecendo em papel. Deu um tempo e ligou para o Voyeur. O vagabundo nunca disse uma palavra a respeito. Ele soltou dicas sobre esmeraldas, Joan Klein e o assalto. *Não faça nada, Merdinha. Entendido?*

Voyeur engoliu em seco e disse:

— Sim.

Dwight voltou ao trabalho.

Terminou de lavar os filmes. Pendurou todas as fotos no varal e deixou secar. Pegou-as e levou para a sala.

Vamos criar uma narrativa. Vamos expô-la ao nível do olhar. Vamos montar uma exposição de leitura.

Pregou as fotos. Contavam a história de Marsh e a história deles. Contavam em três tiras que rodeavam as paredes.

As fotos estavam ligeiramente escuras e onduladas. Não importava. As luzes da sala eram boas.

Saiu para o terraço. A luz do quarto de Karen ainda estava acesa. Ele apontou o binóculo. Dina entrou correndo no quarto, chorando. Karen pegou-a e levantou-a no colo. Queridinha, foi um pesadelo.

A luz se apagou. Ele esperou pela luz do banheiro e mais música. Não recebeu. Luzes de arranha-céus piscavam no centro da cidade.

Uma chave entrou na fechadura da frente. A porta se moveu e bateu. Os passos dela eram leves demais. Não jogou a bolsa.

Ele esperou. Examinou o céu e viu a prefeitura. Era 1951. O DPLA tinha a sede lá. Viu um jovem policial empurrando um suspeito. Um metro e noventa e cinco, cabelo à escovinha — Scotty B. pressagiado.

Viu a sombra dela e sentiu o cheiro do cabelo dela. Apoiou-se no parapeito do terraço. Ela se aproximou e encostou-se nele.

— Nunca menti para você nem traí você.

— Sei disso.

— Marsh deduziu um bocado de coisas.

Dwight se virou para ela. Ela o abraçou. O queixo dele roçou no topo da cabeça dela.

— Eu recrutei Reginald Hazzard. Jack e eu somos amigos há muitos anos. Planejamos o assalto juntos. Reginald está no Haiti há muito tempo.

Dwight tocou o cabelo dela. O preto da semana anterior estava grisalho e o grisalho estava branco.

— O assalto dá uma dimensão totalmente nova a isso. Scotty sabe que Marsh não faz o tipo assassino solitário. Não podemos nos dar ao luxo desse nível de exame. Scotty vai saber num instante que estamos por trás disso.

— Discordo — disse Joan.

Dwight balançou a cabeça.

— Eles estão sacaneando um ao outro. Scotty está armando um arrocho sexual contra Marsh. Marsh sabe o seu nome e sabe que você era minha informante. Os dois mataram Lionel Thornton. Marsh não iria entrar num poleiro de atirador de elite com tudo isso acontecendo.

— Discordo — disse Joan.

Dwight fechou os punhos. Joan envolveu-os com as mãos e colocou-os no peito.

— Isso adensa cada nível de nosso subtexto. Indicia Scotty Bennett e facilita a necessidade de um encobrimento por parte do DPLA, o que aumentará a trilha de papéis e aumentará tremendamente o grau de revelação pública. Podemos combinar os diários. Podemos tirar as referências a Jack Leahy, a Reginald Hazzard e a mim. Podemos alterar as referências a Lionel Thornton, de modo que o pessoal dele não se prejudique. Pense nisso como um documento social que nos leva infalivelmente de volta ao Sr. Hoover e a cada coisa ruim que ele fez. O assalto vai enlamear a pista e aumentar a quantidade de leituras e estudos. A amizade entre Bennett e Bowen explica cada argumento relativo ao ódio e à cobiça que eu queria levantar.

Dwight se afastou. A luz do banheiro de Karen se acendeu. Ele forçou os ouvidos. Não houve música.

— Fale sobre Lionel Thornton.

— Ele era uma espécie de camarada.

— Ele lavava dinheiro para você e Jack.

— É.

— Jack foi lá com os analistas bancários. Tirou a quantia básica antes. Deixou algum dinheiro para ser encontrado.

— É, você entendeu tudo, mas há uma coisa que você não disse e a pergunta que você não fez.

Dwight observou-a.

— Não culpo você por nada disso. Dado o que fizemos, simplesmente não posso.

— E a pergunta?

— A pergunta é: "Quem ficou com o dinheiro?" A resposta é: "Todo ele está indo para a Causa."

A música começou baixa. Cordas dissonantes. Era muito tarde. Ela queria que eles ouvissem baixinho.

— Não quero perder isso — disse Joan.

Dwight se esforçou para ouvir a música. Um vento baixo atrapalhava.

— Marsh sabe sobre você, Scotty *pode* ficar sabendo sobre você. Você correria perigo e seu nome seria revelado no fim.

Joan balançou a cabeça.

— Scotty não sabe sobre mim. Marsh não dirá a ele nem a ninguém. Ele é um homenzinho ganancioso, cúpido. Quer tudo para si. *Você* viu as páginas do diário. Ninguém mais viu. Eu serei mantida fora disso e ninguém vai acreditar em nada que Scotty diga sobre você. Ele é o policial branco coleguinha do veado crioulo, e você é a testemunha estelar do governo que teve um colapso e precisa confessar.

Dwight enxugou lágrimas dos olhos. Joan apertou as mãos dele, com os nós dos dedos brancos.

— Conte o que o Sr. Hoover fez com você.

— Não, não vou contar — disse Joan.

DOCUMENTO ANEXO: 3/12/71. Comunicado por telex. Classificado como: "Código de acesso 1-A/A ser lido exclusivamente pelo destinatário. Destruir depois de ler." Para: AE Dwight C. Holly. De: Escritório de Programação de Viagens, Centro de Comunicações Central, Washington, D.C.

Senhor,

Atendendo à sua última requisição por telefone, por favor saiba que a programação de viagem da PESSOA foi reduzida, devido a recentes problemas de saúde recorrentes. Até o momento está determinado que a PESSOA viajará a Miami em

14/4/72, a Cleveland em 5/5/72 e a Los Angeles em 10/6/72. Qualquer mudança ou atualização será informada, segundo sua requisição. Como sempre, destrua depois de ler.

DOCUMENTO ANEXO: 4/12/71. Transcrição oficial de telefonema do FBI. Classificado como: "Gravado a pedido do diretor/Classificada como Confidencial 1-A. A ser lido exclusivamente pelo diretor." Vozes: diretor Hoover, agente especial Dwight C. Holly.

JEH: Bom-dia, Dwight.
DH: Bom-dia, senhor.
JEH: (Ataque de tosse: 12 segundos).
DH: Bom-dia, senhor.
JEH: Não se repita.
DH: Sim, senhor.
JEH: Não sei por que continuo a falar com você.
DH: Sim, senhor.
JEH: Pare de se repetir. Não estou senil. Estou com saúde perfeita.
DH: Sim, senhor.
JEH: Você fez de novo. Pare com isso. Estou mandando não responder.
(Silêncio: 53 segundos.)
JEH: Dick Escorregadio pediu que eu invadisse o hotel Watergate. Recusei. Vou manter o cargo enquanto puder fingir que concordo com ele. Sou bom em oferecer e depois não dar. Estou embromando aquele escroto. Ele me chamou de maricas. Chamou minha cirurgia de hemorroida de "histerectomia".
(Ataque de tosse: nove segundos.)
JEH: Tenho um dossiê sobre o Dick Escorregadio. Ele me chamou de maricas. Meu porão é reforçado com kriptonita. Nenhum ladrão de dossiês da terra poderia invadir.
(Ataque de tosse: 16 segundos/a transcrição da conversa termina aqui.)

CAPÍTULO 109

(Los Angeles, 5/12/71)

— Sal, você é uma figura bonitinha. Por que não consegue colocar esse cara na cama?

Segunda conferência de cúpula para o serviço de espremer fruta. O sargento Robert S. Bennett preside. Também presentes: Sal, Fred O., Crutchfield Voyeur.

— Escuta, tem gente que simplesmente não topa. Às vezes se fazem de mocinhas difíceis, às vezes simplesmente não gostam de pau.

O Silver Star, na Western. Scotty jantava grátis ali. O dono costumava ser assaltado. Ligava diretamente para Scotty.

Um garçom servia gim-tônica e pretzels. O reservado era virado para a porta. Scotty insistiu nisso. Ele conhecia rostos rapidinho. Tinha memória fotográfica de policial.

Fred O. arrancou uma cutícula. Voyeur coçou o saco. Sal Sedoso estava deprimido. Era um fogareiro a carvão. Ansiava pelo fundo poço de mina de Marsh.

O garçom se mandou.

— Já me encontrei com você, sargento. Eu estava numa filmagem — disse Sal.

— Eu sei. *Violência na Zona Sul.* Levei meus filhos para ver. Minha filha era doida por você. Eu disse a ela: "O cara é uma frutinha, você está sem sorte nenhuma."

Sal riu tipo iuc iuc. Fred riu tipo iuc iuc. Voyeur não. Voyeur estava sempre longe, perdido em pensamentos. Janelas distantes espreitavam.

Scotty comeu pretzels.

— Me explique. Por que esse panaca não topa?

Sal deu de ombros.

— Marsh é durão. Ele tem seu mundinho todo resolvido e não gosta de interrupções. Tem o negócio de policial, o negócio de discursos e o negócio de arte. E agora só fala nessas viagens que fez ao Haiti.

A-lô!

Lançamento fraco. Bola fácil de agarrar. Marsh estava escondendo coisas. O Haiti era ao lado da R.D. As esmeraldas vinham de lá. Haiti significava Reggie e as pedras.

Sal Sodomita falava sem parar. Scotty se desligou. Voyeur se remexia. Observe as mãos e o pescoço suados.

Scotty engoliu sua bebida.

— Continue pressionando, Sal. Vou lhe arranjar uns Quaaludes. Um pouco de Soul Train na aparelhagem de som e vamos lá.

Sal bancou o irritadinho.

— Não é que *eu* não queira. Marshey é um tesão. Eu o chamo de "Rainha Africana".

Fred O. apertou a barriga. Voyeur uivou alto. Farelo de pretzel voou.

— Isso tudo fica entre nós, brancos. Vocês não podem procurar o Dwight Holly. Este é o *nosso* serviço de espremer fruta. O *dele* é coisa velha — disse Scotty.

A-lô.

Sal ficou vermelho ao ouvir "Dwight Holly". Voyeur teve um tremor residual.

Sal girou seu pega-rapaz com o dedo.

— Eu só vi o Sr. Holly naquela época. O *meu* federal sempre foi Jack Leahy. Ele ficou me incomodando com perguntas sobre *Violência na Zona Sul*. Lembra, sargento? Você também. Assalto ao carro blindado isso, assalto ao carro blindado aquilo, como se esta menina aqui fosse saber *alguma coisa* sobre esse tipo de ação.

A-lô.

Voyeur piscou ao ouvir "Leahy". Voyeur piscou ao ouvir "assalto". Lá estão os olhos rápidos e o suor leve de Voyeur.

Scotty olhou irritado para Sal. Sal molhou os lábios e deu um risinho. Fred O. arrancou a cutícula. O ar carregado passou chiando por *ele*. Voyeur engoliu em seco e *re*engoliu. Seu pomo de adão dançou o Frug e o Twist.

Scotty foi até o banheiro. Os azulejos frios o chamavam. Encostou a cabeça na parede. Certo, certo, certo — vamos descobrir a lógica disso.

Leahy. Perguntas sobre o assalto *na época*. Interferindo no People's Bank *agora*. Jack entrou com a equipe do banco central. Ele teve algo a ver com o assalto. Agora pegou o dinheiro grande.

"Haiti" significa Marsh vai.

CAPÍTULO 110

(Los Angeles, 5/12/71)

Friso no painel: só fotos novas.

Sua farra de queimar tinta lhe garantiu uma pista boa e quatro identidades falsas. Rastreou os nomes ligando-os a números de fotos da polícia. Conseguiu quatro Joans novas.

Williamson, Goldenson, Broward e Faust. Joan em 1949. Joan três, cinco e sete anos mais tarde.

Está mais nova, tem cabelo mais escuro, ainda não é totalmente feroz. É sempre desafiadora. Sem óculos fica franzindo os olhos. Seus ombros são mais lisos. O queixo não se firmou numa expressão dura.

Crutch olhava para as fotos. A conferência de cúpula tinha acabado naquele momento mesmo. Ele rastreava as ondas cerebrais de Scotty. Scotty captou Haiti e Marsh.

Virou a chave e partiu para o sul. Clyde tinha trabalho. Ele tinha serviço na Tiger Kab. Seu caso estava se revelando e ricocheteando nele.

Dwight Holly ligou e deu um aviso. Não faça nada, Merdinha. Celia estava procurando quem matou Tatuagem, como ele. Scotty estava indo atrás de Marsh, numa pressa pós-foda.

Passou por Hancock Park. Espiou janelas à luz do dia. Não havia nenhum barato.

O Natal estava chegando. Sua mãe mandaria um postal e cinco pratas. Ele compraria um presente para Dana Lund.

Passou pelo estacionamento dos motoristas. Phil Irwin e Buzz Duber acenaram. Chick Weiss passou a mão numa puta mulata.

A garota foi mancando até a baia de serviço. Chick fez uma careta para ela. Crutch parou e deixou o carro em ponto morto. Chick se encostou na lataria.

— Você tá parecendo triste, garoto. Deveria entrar para o Voyeurs Anônimos.

— Vai comer a boceta da sua mãe.

— Eu tentei uma vez. Ela me rejeitou e me mandou para a faculdade de direito.

Um vento quente soprou. Crutch apontou as saídas de ventilação para o saco.

— Me arranje um serviço de seguir alguém.

— Não. Phil é o meu cara. Estou com aquele filipino jumento de reserva, não posso aumentar meu espaço para acomodar o seu tédio.

Crutch gargalhou.

— Saia daqui. Faça alguma coisa idiota e corajosa, para o mundo pensar que você trepa — disse Chick.

Passou pela Tiger Kab. O DPLA tinha posto alguns presos ali. Usavam macacões com listras de tigre. Faziam serviço forçado lavando e encerando. Redd Foxx lhes servia pratos de comida sulista.

Ele estava evitando aquilo. Não conseguia simplesmente deixar para lá.

Milt C. viu-o e acenou. O Mico do Pico acenou com uma pata. Crutch acenou de volta e virou para a Stocker, em direção oeste.

A casa era legal. Baldwin Hills era área de cor em alto nível. Ray Charles e Lou Rawls moravam mais adiante na rua. Ele costumava transportar os dois nos táxis tigres.

Saiu e tocou a campainha. Marsh Bowen abriu. Estava de uniforme. Sua Medalha de Valor brilhava.

Marsh hesitou. Ah, é — o garoto de Clyde Duber.

— Scotty sabe que você foi ao Haiti. Acho que é melhor fugir — disse Crutch.

CAPÍTULO 111

(Washington, D.C., 7/12/71)

O Harvey's estava apinhado. Ele esperou junto ao balcão. Howard Hunt estava atrasado. O pessoal da área do almoço pulava de mesa em mesa.

Ted Kennedy e John Mitchell. O vice-presidente Agnew era uma piada em múltiplas mesas. Dwight captou fragmentos. Um leão estava fodendo uma zebra, rá, rá.

Estava com jet lag e com exaustão de dias. Tinha almoçado com Jack Leahy no dia anterior. Foi uma tensão tipo unhas raspando um quadro de giz. Não falaram da Operação. Joan contou a ele a respeito. Ele aprovou e queria que ela acontecesse. Sua aparência sinalizava sanção. Isso estava claro.

Jack veio conversar — somente em seus termos. Disse que conhecia Joan havia muito tempo. Disse que pegou o dinheiro. Não falaram do assalto. Jack disse que odiava Hoover tanto quanto Joan. Dwight perguntou por quê.

— Não vou contar — recusou Jack.

Hunt estava atrasado. Isso o irritou. Karen e as crianças estavam ali. Dwight tomou café e examinou o restaurante. Ronald Reagan entrou. Recebeu ooohs, aaaahs e zombarias.

Dwight havia trabalhado três dias seguidos com Joan. Combinaram os trechos do diário falso com o texto real de Marsh. Agora estava impecável. Apagaram o assassinato de Lionel Thornton. Isso jogaria um holofote enorme em cima de Scotty e o induziria a falar. A omissão poderia convencê-lo a permanecer em silêncio. Joan tivera ligação com Lionel Thornton. A omissão pouparia a família dele.

O novo texto revelava a fixação de Marsh pelo assalto. Ele havia feito uma parceria com o igualmente aficcionado Scotty e seguido pistas infrutíferas. Agora Marsh era todo cobiça e perversão. Chegou tarde ao ressentimento político. Era peão e controlador de marionete. Sua psique havia se desarticulado em 16 milhões de maneiras. Os policiais o pegaram e lhe deram uma identidade. Os policiais lhe disseram para mantê-la ao mesmo tempo que ele assumia uma outra, oposta. A busca pelo dinheiro e as esmeraldas não levava a lugar nenhum. Ele não sabia quem ele era, onde estava nem o que fazer. Decidiu matar uma figura pública para fazer com que tudo se encaixasse.

Howard Hunt entrou. Dwight acenou para ele. O barman o viu e preparou um martíni.

Ele tomou dois goles e encheu um cachimbo. Limpou os óculos com a gravata.

— Não posso ficar para almoçar.

— Eu não esperava isso.

— Está quente lá fora. A primavera vai ser insuportável.

Dwight lhe entregou um envelope. Hunt guardou-o e acendeu o cachimbo.

— E então?

— Este verão. O Watergate. Você diz o momento exato e o pessoal.

— A bicha velha o abandonou. Ouvi boatos.

— O Cara gosta de mim. Vamos deixar por aí.

Hunt acabou de tomar o martíni.

— Você está no comando?

Dwight balançou a cabeça.

— Olhe no envelope. Há um número de telefone para onde você pode ligar. O Cara tem um barato com os cubanos. Você já viu esse tipo de coisa. É tudo com intermediários, contatos, queimar papéis. Eu estou me afastando disso agora.

Hunt colocou uma nota de cinco no balcão. Dwight entregou-a de volta.

— Deixe comigo.

— Dwight, o "Executor". Sempre cavalheiro.

— Foi bom vê-lo, Howard.

Hunt pôs um boné de golfe e saiu. A porta balançou, escancarando-se. O sol iluminou o bar e a área de mesas. Dois sujeitos grandões trouxeram para dentro um velho frágil.

Ele arrastava os pés. Suas roupas estavam frouxas no corpo. Os óculos escorregavam pelo nariz. Manchas na pele, paralisia, pescoço frouxo. Passos dificultosos, de meio centímetro.

O velho olhou e viu-o. Tinha olhos castanhos com películas de umidade. Exteriormente nada se revelou. Dwight piscou e refocalizou. O Sr. Hoover espiava com olhos mortos.

Os guarda-costas levaram-no até uma mesa. Demoraram três minutos para caminhar 15 metros. Ele olhou o restaurante ao redor, sem focalizar. Ninguém notou-o. Pessoas circulavam pelas mesas ao redor. Um garçom trouxe comida preparada anteriormente.

Dwight estava de frente para ele. Um pequeno espaço entre os dois. Afastou-se do balcão. Montou uma figura grande, simples.

O Sr. Hoover olhou. Dwight acenou. O Sr. Hoover continuou inexpressivo.

Um guarda-costas cortou o bife dele. Outro lhe deu comida na boca. Ted Kennedy notou e desviou o olhar. Ronald Reagan sorriu e acenou na direção dele. O Sr. Hoover encarou-o de olhos mortos. Pingava saliva de seu queixo.

Dwight se aproximou mais três passos. Isso criou uma figura mais nítida. O Sr. Hoover tossiu. A saliva empoçou no prato. Um garçom chegou rapidamente e pegou-o. Dwight avançou. Agora estava quase em cima. O Sr. Hoover estava muito perto. Olhou direto para Dwight e não o viu em nenhum momento.

As garotas brincavam ao redor do monumento. Dwight e Karen estavam de mãos dadas num banco.

— Você disse a elas que Washington era o pai da nossa pátria?

Karen sorriu.

— Sua história dos EUA não é a minha história dos EUA.

— Talvez eu questione isso agora.

— Dados os acontecimentos recentes, eu poderia admitir.

O gramado estava cheio de babás com carrinhos e crianças chutando bolas. Um menininho viu o cinturão com a arma de Dwight e riu.

— Nós estamos juntos há sete anos — disse Karen.

— Eu sei. Você vai fazer 47 em fevereiro.

— Me leve para passar o fim de semana em algum lugar. Fico me contendo o tempo todo. Você vai fazer alguma coisa irreparável. Antes disso quero alguns instantes com você.

Dwight levantou um dos joelhos e encarou-a. Karen olhou-o. Ele segurou o rosto dela. Algumas lágrimas rolaram. Ele limpou-as com os polegares.

— Não vou fazer não.

Karen se inclinou para longe dele. Suas lágrimas rolaram loucas. Ela tirou o suéter e enxugou os olhos.

A blusa de cashmere malva. O primeiro presente de Natal dele. Ela dissera: "O quê? Você não comprou um *vermelho*?"

— Por quê?

— Ninguém morre — disse Dwight.

Ele estava com uma suíte grande no Willard. Hospedagens pagas pelo Bureau. O banheiro tinha um boxe com chuveiro.

O serviço de quarto mandou uma garrafa de bourbon. Isso o fez salivar. Levou a pasta e a garrafa para o banheiro. Jogou as páginas do diário no boxe e derramou o bourbon em cima.

Acendeu um fósforo e jogou. O boxe conteve o fogo. Ele deixou as chamas saltar bem altas.

O chuveirinho estava pendurado fora do boxe. Ele espirrou água e molhou tudo. As páginas se transformaram numa gosma preta.

Havia um telefone de parede acima do vaso sanitário. Dwight ligou para o refúgio. Ouviu três toques e:

— Sim?

— Vamos cancelar. Não posso fazer.

— Não — disse Joan, e desligou.

DOCUMENTO ANEXO: 8/12/71. Extraído do diário de Marshall E. Bowen.

Sempre sei quando alguma coisa terminou. Abri a porta, vi aquele garoto idiota na varanda e percebi que muitos fios da minha vida haviam seguido seu curso totalmente. Não pedi que ele fosse mais específico; não disse que eu o havia vislumbrado aqui e ali o suficiente para saber que ele tinha de ser um hábil artista da vigilância com conhecimento considerável a meu respeito. Seu carro estava parado na minha entrada de veículos. Fui pegar o jornal do dia no gramado e vi que o garoto tinha fotos de Joan Rosen Klein grudadas no painel. Naquele instante eu soube: acabou.

Ele foi embora. Peguei o diário no esconderijo, liquidei minha conta bancária, fiz uma mala e viajei para cá. Duvidava de que Scotty viesse até aqui ou se arriscasse a ver revelados nossos muitos crimes mandando o DPLA para cima de mim. O instinto me disse que o dinheiro estava em Los Angeles e Reginald e as esmeraldas aqui. Assim, peguei um avião e viajei para Porto Príncipe.

É muito negro. Sou um negro fluente em francês, norte-americano, policial. Tenho a capacidade de ator talentoso para assimilar línguas. Nunca poderia me passar por totalmente haitiano, mas me tornei fluente em francês crioulo. O povo nativo se sente honrado quando otários estrangeiros tentam falar sua língua e conseguem. Minha fluência e o charme natural me deram carta branca para curtir e observar.

Viajo a pé e de bicicleta e fico em hotéis pequenos. Faço perguntas sobre Reginald Hazzard em francês e inglês aonde quer que vá. Descrevo o negro jovem com rosto queimado; às vezes mostro minhas credenciais de policial. Muitas pessoas se lembram de ter visto Reginald, mas ninguém sabe onde ele está. Tenho todo o tempo do mundo para achá-lo. Não voltarei aos Estados Unidos.

A Tonton Macoute me vigiou em muitas ocasiões e me interrogou quatro vezes. Meu status de policial norte-americano os desconcerta. *Todos* eles são policiais bandidos e sentem que também sou um. Viram-me distribuir gorjetas em troca de dicas sobre Reginald. Tenho certeza de que eles sabem quem ele é e talvez onde está agora. Os tontons me contaram a história exemplar de outro policial norte-americano que se sentiu compelido a explorar a área rural do Haiti. Wayne Tedrow era branco e não tinha minha cor protetora. Os tontons nunca me ameaçaram; deram a entender que os norte-americanos negros com recursos financeiros podem comprar tranquilidade anônima e viver em segurança no Haiti enquanto seu dinheiro durar. Deram a entender, mais ainda, que esse pode ser o caso de Reginald Hazzard e deram a entender, muito mais, que talvez eu devesse ir para casa.

Vou ficar. Os tontons aceitam isso com alguma relutância — porque o Haiti é um lugar perigoso, eu sou um policial negro que fala a língua deles com um talento razoável e porque parecem gostar de mim. Um tonton me disse que o DPLA havia indagado a eles sobre o meu paradeiro. Os tonton ainda não responderam. Tinha de ser uma investigação de segunda mão iniciada por Scotty. Dei algum dinheiro ao sujeito e disse para ele não responder. Ele disse que faria isso.

Vivo batendo pernas em Porto Príncipe, nas cidades maiores mais próximas e em povoados mais remotos. Tomo klerin e viajo com todo tipo de ervas haitianas. Viajei com ervas e refiz o último dia de Wayne na terra. Um *bokur* misturou uma poção que recebeu o nome de Wayne. É a paisagem mental mais espantosa. Frequentemente vejo rostos do meu passado em formas totalmente alteradas. Penso na minha vida como garoto negro de classe média, esquerdista fingido, policial, homossexual, falso militante negro e assassino. Vivo num estado contemplativo e sem fardos. O 24 de fevereiro de 1964, e tudo que fiz para lucrar a partir disso, parece totalmente irrelevante.

Penso ocasionalmente no Scotty. Penso frequentemente em Wayne e no Sr. Holly acima de todos. Eu o amei como os moralmente aflitos amam as pessoas que mais exemplificam sua vontade complexa de se afirmar e sobreviver. Acho que nós nos conhecíamos. No fim, não deu em nada mais do que isso. Vendo quem eu sou, quem ele é e nós somos, foi uma ligação com alguma solvência — e, de minha parte, algum afeto. Agora me sinto estranhamente alimentado por ele.

A área rural do Haiti me atrai. Parece com alguma região barra pesada na zona leste de Hollywood. Compareci a várias cerimônias de vodu. Vi homens e mulheres zumbificados. Grupos de homens me seguem às vezes, mas nunca me senti ameaçado. Penso no Wayne e em nossos discursos sobre o estado onírico. Quero ser imobilizado fisicamente para ficar totalmente quieto e sem vontade de invocar o pensamento e a reação conscientes. Tenho um lote de ervas loucamente poderosas e toxina de baiacu que guardo para uma ocasião especial. Levo-o comigo o tempo todo. Busco o estímulo e o estímulo me procura. Quero estar quimicamente preparado para estimular qualquer estado de revelação em que possa me encontrar. Frequentemente me lembro de minha primeira conversa com o Sr. Holly. Foi durante o tumulto com a polícia em Chicago no verão de 1968. Eu estava numa cadeia na zona sul, era uma vítima do racismo policial que por acaso também era policial. O Sr. Holly estava nos primeiros estágios de criar uma armadilha para eu cair na OPERAÇÃO IRMÃO MAAAU. Ele citou "uma mulher muito inteligente" que mais tarde fiquei sabendo ser sua namorada quacre esquerdista. "Preste atenção ao que você está procurando, porque a coisa também está procurando você", disse o Sr. Holly. Foi um reconhecimento imediato de minha vida até então e uma profecia enfeitiçante do meu futuro. Ontem eu estava sentado no banco em Cayes-Jacmel. Observava a paisagem mental desse mesmo pensamento e olhava para o Caribe. O dia era ensolarado e não muito quente. Um vendedor de rua havia me vendido uma raspadinha de gelo com klerin. Era adoçado com fruta e tinha um quê de amargo. Reginald Hazzard se aproximou e sentou-se perto de mim.

Reconheci-o daquele dia, quase oito anos antes. A foto de Wayne era uma imagem chapada, pré-desfigurada. Este homem era o que meu vizinho médico e eu salvamos da área do assalto e da polícia maligna em seguida.

Dissemos oi um ao outro. As cicatrizes de Reginald diminuíram e deixaram sua pele escura com manchas branco-rosadas. Ele me agradeceu por tê-lo salvado e disse que tinha ouvido boatos de que um policial estivera fazendo perguntas. Eu tinha sido apontado para ele três semanas antes. Desde então ele estivera me seguindo. Soube imediatamente quem eu era. Demorou um grande período de observação para decidir que eu não pretendia lhe fazer mal.

Estava com uma garrafa de klerin. Ficamos passando-a de um para o outro. Não o pressionei pedindo detalhes do roubo; ele não me pressionou por detalhes da minha carreira policial ou de minha recente fama em minha cidade. Ele sabia um bocado a meu respeito. Senti isso no ato e soube que seria pouco educado buscar confirmação ou sondar de qualquer modo.

Perguntei se Reginald se sentia seguro no Haiti. Ele disse que sim, mas acrescentou que sentia muita falta da mãe. Não mencionei a morte do pai dele no verão de 1968, com Wayne Tedrow na órbita do fato. Não mencionei Wayne como herói folclórico no Haiti. Não mencionei a união de Wayne com Mary Beth Hazzard ou sua busca para encontrar o rapaz que havia me encontrado com tanta facilidade. Ele sabia de tudo isso, de nada disso, de parte disso ou da maioria disso. Eu entendia e de novo me comportei com decoro.

O sol descia sobre a água. Ficamos sentados em silêncio muito mais do que nos falamos. Reginald perguntou se eu conhecera Joan. Respondi que sim. Reginald pôs uma esmeralda na minha mão e disse que era a última. Agradeci. Ele se levantou e foi andando.

Fui de bicicleta para o interior do Haiti. Povoados se espalhavam ao longo de montanhas baixas e planícies cobertas de arbustos. Galhos caídos e pedras afiadas retalharam os pneus. Continuei a pé. A noite ficou mais escura. Senti grupos de homens me seguindo.

A lua me dava visão em momentos esparsos. Captei vislumbres de crocodilos ao longe e árvores marcadas com sangue. Senti que os grupos atrás de mim se expandiam. Cheguei a um povoado pequeno com um hotel muito pequeno. Faróis de carro me iluminaram. Acenei para o motorista. Ele usava uma máscara branca, de madeira.

Engoli minhas ervas especiais e entrei no povoado. Um cachorro usando chapéu pontudo veio correndo e me mordeu. Entrei no hotel e falei em francês com o recepcionista. Ele me deu um quarto no segundo andar, virado para a rua.

Tinha o teto baixo e era estreito, com apenas uma pia, uma cadeira e uma cama. Apaguei a luz. Segurei a esmeralda de Reginald e fiquei de pé diante da janela. As ervas fizeram efeito. A lua transformou a pedra verde em prisma. Pessoas entravam e saíam dos raios e me diziam coisas espantosas.

Um grupo de homens se formou lá fora. Estavam me olhando. Eram três. Carregam facões embainhados. Têm braços esquerdos e asas onde deveriam estar os braços direitos.

Estou ficando imobilizado. Meus pensamentos se dispersam enquanto começo a formá-los. Num instante vou largar a caneta que estou segurando. Os homens alados estão entrando no hotel agora. Deixei a porta destrancada para eles.

CAPÍTULO 112

(Los Angeles, 22/1/72 a 18/3/72)

Ele recebeu a notícia tarde. Ela o derrubou. Jogou-o de lado.

Passara semanas correndo numa direção. Isso o mandou correndo de volta, correndo para fora e ficando imóvel para pensar. Sentia mais falta dele do que de qualquer coisa. Tinha um amigo nisso. O amigo sacaneou-o e fugiu. De qualquer modo sentia falta.

Marsh foi apagado no Haiti. Ele sabia que ele havia fugido para lá. Empacou uma investigação do DPLA e conseguiu uma resposta atrasada. *Ele* não podia ir para lá. Seu status de porco branco iria destruí-lo. A extradição estava fora de questão. Marsh era desertor, mas estava limpo. Policiais do departamento de assuntos internos revistaram sua casa. Encontraram listas de bares de veados no caderno de telefones. Entrevistaram Scotty. Você e Marsh se desentenderam em 1968 — fale disso.

Ele falou sobre o trabalho de Marsh como infiltrado do FBI. Os caras dos assuntos internos pularam em cima disso e arrocharam Dwight Holly. Dwight lhes contou que Marsh fez um serviço notável. Os caras dos assuntos internos soltaram teorias idiotas. Marsh dedurou militantes negros. Poderia ser vingança retardada.

Scotty desconsiderou isso. Haiti — quem se importa. Deixe para lá. Considere frescura de veado. Não revele a veadice dele. Não suje o DPLA. Não sacaneie seu pai idoso.

Marsh podia ter deixado um diário. Essa perspectiva o incomodava. Revirou a casa dele e encontrou um buraco numa trave do teto. Tinha cheiro de couro e papel. Óbvio — Marsh levou o diário. O assuntos internos decidiu abandonar o caso. Era o melhor para todos. O tira do "Estouro da Militância Negra" era uma bichinha. Ele ganhou a Medalha de Valor — imagine *isso*.

A notícia foi como uma bola de efeito mandada contra ele. Scotty estivera deprimido e pirado nas semanas anteriores. Ficava pensativo em seu escritório de casa. Trabalhava em tocaias. Levou Ann e as crianças à Disneylândia. Levou quatro namoradas a Vegas em fins de semana consecutivos. Espalhou gorjetas pelo bairro negro e esperou telefonemas de retorno. Quem é a mulher comunista?

Marsh sempre foi cheio de segredos. Eles fizeram coisas ultrajantes juntos. Marsh amarelou *e* não abriu o bico. Ele o respeitava por isso. *Ele* caminhava sobre a merda dos dois. Marsh morreu por trás dela. A porra do Haiti — centopeias voadoras e vodu. Marsh era um místico enrustido. Às vezes soltava esse papo furado. Reggie e as esmeraldas — uma questão morta. O dinheiro era outra coisa.

Alguém deu a dica a Marsh. A conferência de cúpula para o serviço de espremer fruta acabara de acabar. Suspeitos: Sal M., Fred O., C. Voyeur. Sal e Fred não tinham motivos. Com isso restava Voyeur. Passou semanas pensando nisso.

O Voyeur era ubíquo. Andava por aí, espiava e ficava de bico calado. Fred O. deu a entender que *ele* sabia coisas. Ele *tinha* visto merda e *feito* merda — não desconsidere aquele garoto.

Voyeur vivia dentro da própria cabeça. Ele também, ultimamente. Agora o assalto vivia inteiro em sua cabeça. Marsh estava *lá* naquele dia. Ele também. *Eles* sabiam o que a coisa significava e por que tinham de tê-la. Ninguém mais sabia.

Adiou a questão do Voyeur. Passava pelo estacionamento dos motoristas e induzia medo. As peças se encaixaram na conferência de cúpula. O negócio era o seguinte:

Jack Leahy trabalhou no assalto. Os detalhes não importavam. Ele entrou com a equipe do banco central. Tirou o dinheiro antes.

É um confronto brando. Ele verá a luz e concordará com a partilha.

Saturou a zona sul. O Sr. Scotty *espaaaaalha* aquele verde comprido. Conseguiu grandes pistas de consenso na semana anterior.

O resultado provável: Joan Rosen Klein. Tem pedigree de extrema-esquerda. Dossiês policiais desapareceram. Há boatos de assaltos. É informante federal. Pode ser comida do Grande Dwight.

Ele seguiu todas as dicas. Mastigava pastilhas para o hálito e pensava. Parecia certo. Ela é comuna, é errada. Vem circulando nas margens da militância negra desde 1968.

Ela torna necessária uma conferência de cúpula de policiais bandidos. Uma ordem de serviço: a divisão ampliada da grana.

Isso está acima de todas as agendas. É essencialmente de esquerda. Vamos dividir a riqueza. Não quero causar dor.

Ele suga Dwight. Dwight suga Jack e Joan. A contagem de dólar diminui. Mesmo assim é muita grana.

Sentia falta de Marsh. Essa falta ficava com ele. Fez uma espécie de gesto grandioso.

O servicinho de espremer fruta deu *kaput*. Fred O. devolveu metade do dinheiro. Ele fez um cheque e mandou para o pai de Marsh em Chicago.

Ei, velho. Nosso trato melou, mas eu gostava do seu garoto.

CAPÍTULO 113

(Los Angeles, 22/1/71 a 18/3/72)

Aparelho.

É um termo radical. É nomenclatura da zona de Joan. Ele tem sua própria variação.

Ele precisava de um aparelho. Ele era um comunista de meia tigela. Tinha conhecimento assustador e um conjunto de química. Tinha algumas ideias novas. Tinha um branco de direita de quem se vingar.

Scotty passou pelo estacionamento dos motoristas e piscou para ele. Scotty conseguiu trabalho de meio expediente para seus pupilos grandões na Tiger Kab. Grandão Um e Grandão Dois tinham o tamanho de Scotty. Eles piscaram *e* deram risinhos.

Merdinha, Voyeur, *pariguayo*. Acrescente a isso "dedo-duro". Scotty sabia que ele dera a dica a Marsh Bowen. As piscadelas significavam você está morto — mas não por enquanto.

Aparelho.

Alugou um barraco nas colinas de Hollywood. Guardou lá os dossiês, livros, ervas e material de química. Lá era *seguro*. Ele não estava *seguro* lá. Ficou esporadicamente no Vivian e em seu cafofo no centro da cidade. Dormia no carro. Hospedava-se em quartos de motel aleatoriamente. Fazia serviços de vigilância para Clyde e Chick. Sentia-se *seguro* quando estava vigiando pessoas. Sentia-se *inseguro* quando parava.

Marsh foi para algum lugar. Ele percorreu Baldwin Hills durante todo o inverno e viu montes de tráfego de vigilância. Scotty tocaiava a casa de Marsh. Dwight tocaiava a casa de Marsh. Alguns policiais do assuntos internos revistaram a casa no fim de janeiro. Dwight o alertou: não faça nada, Merdinha. Dwight sabia a maior parte do que ele sabia. Dwight poderia matá-lo ou não. Scotty mataria com certeza.

Aparelho.

Execução adiada.

Não podia fugir. L.A. era L.A. Ele só se sentia *seguro* ali. Seu caso estava ***ali***. Ele levava pessoas de táxi e seguia pessoas ***ali***. Explodiu cartazes de direita nas ruas ***ali***. Sabia como viver ***ali***. Não podia fugir para lugar nenhum. L.A. sempre lhe dava merdas urgentes para fazer.

Gretchen/Celia tentou descobrir o assassino de Tatuagem. O falecido Leander James Jackson a ajudou. Ele encontrou quatro conhecidos de Jackson. Eles disseram que Leander estava fascinado pelo caso. Disseram que ele não mantinha registros. Uma gata chamada "Celia" compartilhava a fixação dele. Os dois se comunicavam por telefone. O negócio de Tatuagem começou com *gre-gre* haitiano ruim.

Aparelho.

Seu material estava seguro lá. Ele não. O negócio era engraçado e todo fodido. Ele acabava de fazer 27 anos. Parecia muito mais velho. Tinha cabelo com fios grisalhos e uma marca de comunista nas costas. Não podia falar com pessoas de quem gostava. Em vez disso seguia-as.

Seguia Dwight Holly. Joan parecia tê-lo deixado. Dwight ficava sentado no cafofo perto da casa de Karen durante dias seguidos. Dwight esperava junto ao telefone. Pegava o aparelho a cada meia hora. Vigiava a casa de Karen com binóculo. Animava-se com as menininhas dela.

Dwight ficava imóvel. Ele precisava ficar em movimento. Seguia Karen às vezes. Ela o guiou a almoços com Joan.

Seguir era fácil. A mobilidade era seu ponto forte. Carros eram camuflagem. Sua aparência de garoto desleixado fornecia disfarce. Os serviços de grampo eram fáceis. Ele sabia como furar e passar fios. Entreouvir era difícil. As pessoas podiam vê-lo e sentir sua intenção.

Chegou perto de Joan e Karen. Elas tomavam café e fumavam um cigarro atrás do outro num boteco em Hillhurst. Joan disse que tinha "o dinheiro". Isso a encorajava. Ela estava preocupada. Celia estava perdida no Haiti ou na R.D. Joan havia cortado os laços com Dwight. Isso tinha a ver com a "Operação". A expressão fez Karen se encolher. Joan disse "aparelho" duas vezes. Joan disse que Dwight nunca poderia encontrá-la.

Eram muito boas amigas. Ele escutava Nova York nas vozes. Karen era ruiva e não parecia ter origem grega. Ultimamente fazia frio. Joan usava suéteres. Ele não podia ver a cicatriz de faca.

Tirou uma foto disfarçadamente. Joan estava com 45 anos, 4 meses e 17 dias.

Grudou-a em seu painel. Estava sempre em movimento. Todas as suas fotos estavam em segurança.

CAPÍTULO 114

(Los Angeles, 22/1/72 a 18/3/72)

Sumiu.

Joan levou os documentos forjados e as ferramentas de identificação. Jack se aposentou do Bureau. Postou sua carta de demissão no esquadrão. Era respeitosa. Agradecia ao Sr. Hoover e elogiava a liderança dele. Por favor, mande meus cheques da aposentadoria para minha caixa postal no interior do Oregon.

Marsh fugiu para o Haiti e foi assassinado. O departamento de assuntos internos do DPLA o interrogou. Ele não mencionou o sargento Robert S. Bennett. Elogiou o desempenho do sargento Bowen na OPERAÇÃO IRMÃO MAAAU. Disseram que Marsh era homossexual. Dwight fingiu surpresa.

Eles se foram. Ela se foi. Ela limpou o refúgio e deixou a linha telefônica intacta. Era um número pirata. Ela era a única que o tinha. Se o telefone tocasse, seria ela.

Diga-me coisas.

Diga o que aquele homem fez com você.

Não, não vou dizer.

O ódio dela era maior do que o calor da conversão dele. Jack mantinha escondido qualquer ódio que tivesse. A fúria deles eclipsava a vergonha e a culpa dele. A dor deles era mais funda. Ele não podia matar o sujeito. Eles foram fazer o negócio sozinhos. Não podiam usar Marsh. Encontrariam um novo bode expiatório ou fariam sem subtexto. Ele não intercederia. Eles sabiam. Se Joan ligar, ele dirá.

Invadiu *chez* Marsh uma última vez. Verificou o buraco-esconderijo. O diário não estava lá.

Ligou para Bob Relyea e disse que tinham abortado. Fique com o dinheiro e compre um lençol novo. Bob ficou aliviado. Dwight, esse negócio cheirava a encrenca de cabo a rabo. A coisa ainda pode rolar, meu velho. Fique perto da TV.

Ele vivia repassando o negócio de Washington. Ajudava o fato de Karen estar lá. Viu o Sr. Hoover. Perdoou Marsh pelo que fez com ele. *Ninguém morre* não foi difícil.

Ia ao escritório. O telefone do refúgio e o telefone do sobrado nunca tocavam. O Sr. Hoover não ligou. Nixon não ligou. Crutchfield Voyeur seguia-o e esperava do lado de fora. O garoto sabia tudo, só que *tudo acabou*. Filho, não tenho vontade de matar você.

Viajou com Karen no fim de semana do aniversário dela. Ficaram num chalé e fizeram um bocado de amor. Ela vira Joan. Ele sabia. Ela nunca mencionava o nome dela.

Ela botava o disco dos quartetos de corda toda noite. Ele ficava no terraço e ouvia. Segurava a bandeira vermelha de Joan. Karen deixava uma luz acesa para ele.

CAPÍTULO 115

(Los Angeles, 19/3/72)

A Sultan's Sam's. A Sandbox às 8 da manhã — absolutamente surreal.

Scotty tinha uma chave. Sam dedurava para a ATF e para o DPLA. Sam emprestava o lugar para festas de aposentadoria. Redd Foxx se apresentava em troca de soltura instantânea sob fiança. Redd trabalhava o salão como um filho da puta. Era um tiete enrustido dos porcos brancos.

A seção de reservados precisava ser varrida. O palco era um monte de sobras. Os Soul Survivors deixavam toda a sua merda no palco. As paredes eram de veludo verde-lima. Elas absorviam fumaça de cigarro. Os tapetes eram felpudos. Absorviam mijo.

Seja rápido. Conferência de cúpula tinha a ver com brevidade. Aperte o nariz, aperte mãos e dê o fora.

Scotty sentou-se num reservado dos fundos. Acendeu um cigarro, deu duas tragadas e apagou. Deixou a porta escancarada. Dwight Holly entrou.

A luz fraca o acertou. Ele ajustou os olhos junto à porta. Orientou-se. Viu Scotty e se juntou a ele.

Os joelhos dos dois se roçaram embaixo da mesa. Remexeram-se e criaram um pouco de espaço.

— Obrigado por ter vindo.

— Eu não perderia isso por nada.

— Não vai demorar muito.

— Nós dois somos negociadores. Acho que vamos chegar ao ponto bem rápido — disse Dwight.

Scotty girou um cinzeiro. Guimbas largadas se derramaram.

— Você disse aos outros, certo? Está negociando por eles?

Dwight balançou a cabeça.

— Vamos fazer o trato. Tenho certeza de que eles vão topar. Todos nós sabemos que isso precisa ter um fim. Se você for razoável, resolvemos hoje mesmo.

Scotty levou a mão ao chapéu.

— Achei que você iria me revistar para ver se estou com microfone.

— Achei que você iria me revistar para ver se estou com uma arma no tornozelo.

Scotty gargalhou.

— Demorou tempo demais para a coisa toda se encaixar.

— O Sr. Hoover faz algumas coisas. Isso vou admitir.

— Só me diga se não estou maluco. O assalto foi coisa do Jack Leahy, da Joan Klein e daquele garoto negro queimado. Foi tudo uma merda política maluca.

Dwight sorriu:

— Mais ou menos isso.

— Vou deixar as esmeraldas para você — disse Scotty.

— É gentileza sua — agradeceu Dwight.

— Leahy tirou o dinheiro.

— É.

— Quanto?

— Pouco mais de 7 milhões.

Scotty estalou os nós dos dedos.

— Foi todo lavado? Não tem mais manchas de tinta?

Dwight assentiu.

— Está limpo. Notas não consecutivas. Das de 5 até as de 100. É o dinheiro mais bonito que você já viu.

— Quero metade.

Dwight balançou a cabeça.

— Quarenta por cento.

— Quarenta e cinco — contra-argumentou Scotty.

— Feito.

O salão parecia dar coceiras, tóxico. O veludo estava rasgado. Scotty sentiu partículas comendo sua pele.

— Vamos falar do Voyeur. Ele tem uma questão lateral nisso. Acho que ele sabe um bocado.

— Tenho certeza de que sim — concordou Dwight.

— Ele está por aí desde sempre. Conhece todos os participantes. É uma encrenca que não nos interessa.

Dwight assentiu.

— E vai ser mesmo — disse Scotty.

— De jeito nenhum. Eu subo sua parte até cinquenta, mas não quero que ele seja machucado.

— Vamos repensar isso. Os cinquenta são generosos, mas devo insistir.

— Nem pensar. Vou lhe fazer outra concessão, mas não vou abrir mão de nada em relação a ele.

Uma buzina tocou do lado de fora. Dwight estremeceu um pouco. Estava magro. Seu peito estava extremamente volumoso. Chances de um colete à prova de balas.

— Não podemos deixar o cara espiando por aí e aparecendo com a mão estendida. O escrotinho não vai desistir.

— Não — disse Dwight e estremeceu um pouco. Sua camisa se esticou. O tecido do colete aparecia por baixo.

— Devo insistir. Agora parece um negócio feio, mas um dia você vai me agradecer.

— Não. Vamos recomeçar. Subo você para 55 e lhe dou mais um de graça. Eu entro, você recua, tudo dá certo.

Uma buzina soou. Dwight estremeceu. Sua mão desceu sob a mesa. Scotty agarrou o tampo da mesa. Dwight olhou as mãos dele. Scotty leu sua mente. *Ele está pensando sacar cruzado ou sacar de lado/com colete ou sem colete?*

Os olhos dos dois clicaram. Os olhos se sustentaram. As mãos dos dois desapareceram.

Dwight disparou. O tiro ricocheteou embaixo da mesa. Uma almofada de cadeira explodiu. Scotty se abaixou e rolou. Viu as pernas de Dwight e a mão com a arma. Sacou duas armas. Dwight disparou duas vezes. Acertou o batente do reservado e o colete de Scotty. Scotty voou para trás e ricocheteou para a frente. O impacto o deixou com visão dupla. Ele empurrou a mesa para cima e para a frente. Dwight atirou. A bala ricocheteou e acertou seu pescoço. A mesa caiu sobre ele. Ele jorrou sangue e atirou para longe. Scotty rolou para fora do reservado e disparou com as duas mãos. Acertou Dwight nas duas pernas e na virilha. Despedaçou a mão que segurava a arma.

Dwight disparou. Uma parte da parede se rasgou. Dwight deu um tiro seco. Seus dedos não funcionavam. A arma não funcionava. Sangue cobria o tambor e o gatilho. Scotty rolou para perto e chutou a arma da mão dele.

Dwight cuspiu sangue no rosto dele. Scotty levantou o colete dele e atirou na barriga. O ar estava com uma nuvem densa. A fumaça de pólvora ardia.

Scotty recuperou a respiração e as pernas. Deu tapinhas no corpo para ver como estava. Tudo bem — sem ferimentos de raspão, sem nada. Os dois atiraram com revólveres, não havia cápsulas caídas.

Pegou um rolo de notas de cem presas com uma cinta da Tiger Kab. Enfiou no bolso do colete de Dwight. Esfregou o próprio peito. Sentiu a bala engastada. Certo — agora você pode ir.

Fez isso de modo casual. *Passeoooou*. Viu a caixa de correspondência na esquina e jogou o envelope dentro.

Deduragem. Anônima. Escrita em guetoês. O escritório de L.A. receberia. Jack Leahy *veria*. O federal bandido D.C. Holly. Subornou e matou os irmãos Bostitch. Olhe de perto, não aja. O Executor pode ter feito o serviço do Banco Popular.

Nuvens baixas sobre o bairro negro. Fumaça de pólvora saindo pela porta. Um arco-íris no sul.

Santo Deus — é a repetição de 24/2/64.

CAPÍTULO 116

(Los Angeles, 19/3/72)

Ele estava correndo deitado ou voando alto. Suas costas geraram pernas que o impeliam. Não sabia como isso podia acontecer.

Paredes verdes tombavam, uma película vermelha mantinha seus olhos virados para longe. O braço direito pulsava. Um homem verde veio correndo com uma garrafa e ficou na frente dele.

Acho que entendi.

Lembrou-se de ter se arrastado, lembrou-se da calçada e do velho negro. A foto em seu bolso. O telefone dela no verso.

As paredes verdes geraram luzes brancas. Suas pernas eram rodas. A película vermelha se dissolveu e deixou rostos entrarem. Mais homens verdes com frascos. Não eram os rostos que ele queria ver.

Você sabe quem você é. Uma última vez, por favor.

Começou a tentar segurar e a piscar. O vermelho retornou. Espanou coisas e derrubou coisas. Ouviu-as cair com estrondo. Suas mãos estavam sem peso. Eram mais como asas.

Suas pernas pararam de carregá-lo como rodas. Alguém enxugou o vermelho. Alguém agarrou suas mãos e espremeu vida nelas. Ele viu fronteiras de rio em volta de Karen. Ela disse:

— Elas são suas filhas, Dwight. Juro que é verdade.

Os rios se comprimiram e nadaram por cima dela. Ela atravessou-os e se manteve perto. Ele estendeu a mão, encontrou e conseguiu a voz total.

— Você me ama?

Os rios foram escurecendo. As paredes verdes diminuíram até virar pontos.

— Vou pensar nisso — disse ela enquanto as luzes paravam.

CAPÍTULO 117

(Los Angeles, 23/2/72)

Loja de bebidas do tio Gibb — *de novo*.

O detentor do recorde na zona sul. Vinte e nove assaltos desde 1963. O velho Gibb sempre balançava a cabeça.

— Sr. Scotty, eu tenho uma nuvem escura em cima da cabeça.

A dica chegara há uma hora. Era sólida, por telefone. Uma mulher de cor ouviu conversa de rua. Dois garotos ruins, com espingardas. Sr. Scotty, faça isso parar.

Scotty se empoleirou no beco. A porta dos fundos ficava adjacente. Ele levara seu carro civil. Iria pegá-los na entrada.

Seu ardil da carta deu certo. A morte de Dwight Holly não tinha sido informada. O dinheiro do banco e Jack Leahy, o passado ruim do Executor. Como planejado: o Bureau enterrou a coisa.

Logo encontraria Joan. Ela seria rastreável. Ele se desviaria de Jack e iria abordá-la diretamente. Ela teria bom-senso para a partilha.

Estava nevoento. O para-brisa se encheu de gotas. Scotty virou a chave de ignição e ligou o limpador.

Uma mulher veio andando. Era alta e ruiva. Não parecia perdida. Parecia deslocada no bairro negro.

Ele baixou a janela. Ela rodeou o carro e se encostou. Ele preparou um papo de "neném, você está perdida". Ela pôs a mão na base da janela. Nesse momento pareceu meio estranha.

Ela levantou um pequeno revólver de cano curto. Atirou seis vezes no rosto dele.

DOCUMENTO ANEXO: 24/3/72. Extraído do diário particular de Karen Sifakis.

As páginas seguintes servirão como minha confissão, se acabar sendo assim. Não vou fugir. Não vou mentir se for confrontada oficialmente. Não vou oferecer justificativas pessoais ou políticas para a coisa horrível que fiz. Fiz porque amava Dwight Holly até o fundo da alma e porque a outra mulher que ele amava não sentiu vontade de fazer. Estou decidida a sobreviver sem Dwight e rezar pedindo forças para isso, em nome das nossas filhas.

Realizei o ato num estado de fúria. Não parei para rezar nem invocar momentos de reflexão. Fui até o pequeno bangalô de Dwight e encontrei uma arma numa caixa. Matei no espírito da apostasia leviana. Recuso-me agora, e sempre me recusarei, a abdicar de minha responsabilidade pessoal por esse ato. Dwight encerrou sua operação e salvou uma vida. Minha pregação persistente pela não violência influenciou sua decisão. Sua censura profunda aos seus feitos malignos me compeliu a reconhecer de modo violento o preço que ele pagou para revogar o passado e buscar a transcendência. Eu não poderia viver comigo se não tivesse formado um círculo de volta até aquele homem corajoso e à mulher que mandei para ensinar a ele. A ligação entre nós três deve continuar prosperando dentro de mim. Meu ato foi uma tentativa de pagar todas as dívidas e nos manter juntos, com uma de nós agora incapacitada e um de nós morto. Consigo enxergar através da grandiosidade e da aparência enganadora dessas declarações ao mesmo tempo que as escrevo. Neste momento nem consigo me importar. Sempre defenderei o que fiz.

Agora sinto a urgência do patrimônio de Dwight. Não ficarei remoendo se deveria ter contado antes a ele. Ele soube durante um instante de consciência e saberá no mundo que vem depois deste. Vou trocar o sobrenome de nossas filhas para Holly no momento apropriado.

Dwight gostava mais de Marshall Bowen do que jamais admitiu. Bowen morreu no Haiti há alguns meses. Mandarei que seu corpo seja transportado para os Estados Unidos e irei enterrá-lo junto com o de Dwight. Garantirei que eles sejam postos para descansar perto de algumas cabras domesticadas.

CAPÍTULO 118

(Los Angeles, 26/3/72)

Ela estava lá dentro. Jamais saiu. Ele estivera olhando durante dias.

Ele falou com Clyde na véspera à noite. As fofocas rolavam a toda. Dwight Holly estava morto. Uns assaltantes mataram Scotty. Clyde repassou todas as teorias. Eram papo furado. *Ele* tinha olhos de raios X. Só *ele* sabia o que aquilo significava.

Ela ficou lá dentro. Ele dormia no carro e olhava as janelas. Vira-a uma vez, há dois dias. Ela olhou dentro do armário, onde as caixas costumavam ficar. Usava jeans esgarçados e um paletó de terno de Dwight.

Ele começou a contar os dias desde que a tinha visto pela primeira vez. Parou em mil. Olhou para a foto do painel e ficou todo agitado. Foi correndo e sacudiu a porta.

A porta se abriu. Ela estava sentada no chão. O rosto manchado e riscado de lágrimas. Havia torcido algumas mechas de cabelo. Os pulsos estavam com crostas de sangue. Havia uma faca cravada na parede oposta. Ela escreveu a palavra *Não* em sangue ao lado.

Ele quase pisou nos óculos. Ela franziu os olhos para ele. Ele pegou os óculos e foi até lá. Ela se arrastou para longe dele e apoiou as costas na parede.

Ele lhe entregou os óculos. Ela colocou-os. Os olhos focalizaram para além das lágrimas. Ela olhou-o.

— Srta. Klein, meu nome é Donald Crutchfield. Eu a sigo há muito tempo, e agradeceria se conversasse comigo.

SEXTA PARTE
CAMARADA JOAN

26 de março de 1972 a 11 de maio de 1972

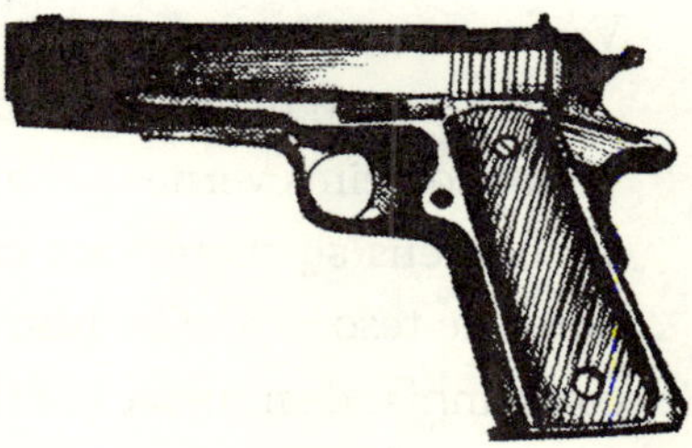

CAPÍTULO 119

Joan Rosen Klein

(Los Angeles, 26/3/72)

Ela o tinha visto. Ele era um rosto que surgia subitamente e um borrão, persistente. Intermitente. Parecia uma entidade mutante. Ia embora e reaparecia, mudado.

Então vou lhe contar. É a história que eu deveria ter contado a ele.

Ela se limpou e se enrolou no paletó de tweed de Dwight. Fez um bule de chá para os dois. Nuvens chegaram baixas. Uma tempestade de primavera pairava.

* * *

Começou com as pedras. “Fogo Verde”, “Morte Verde”. Colômbia, meados de 1500 e tantos. Colonos espanhóis conquistam os índios muzo e estupram suas minas de esmeraldas. Os espanhóis se transformam em colombianos. Os muzos viram trabalho escravo. A tradição se estende até agora. As companhias de mineração estupram as montanhas Itoco. Ficam perto de Bogotá.

Os avós dela eram imigrantes judeus vindos da Alemanha. Foram para os EUA e fincaram raízes em Nova York. Isidore Klein foi à América do Sul e mergulhou no conhecimento sobre o Fogo Verde.

Ele era um místico limítrofe. Vermelho de cabo a rabo.

Bandoleiros vermelhos atacavam as minas do vale do Muzo. Os homens se chamavam de *quaqueros*. Isso significava “caçadores de tesouros”. Cavavam túneis para dentro dos túneis das companhias de mineração e tiravam pedras. Guerreavam com esquadrões de capangas das companhias. Saqueavam esmeraldas rotineiramente e eram rotineiramente presos em armadilhas, torturados e mortos. Havia dezenas de bandos de *quaqueros*. Alguns tinham identificação política. Isidore Klein só comprava suas esmeraldas deles. Separava uma parte de seus lucros finais para grupos insurgentes sul-americanos. Vendia as esmeraldas em belas joalherias de todos os Estados Unidos. Ficou rico. Distribuía pequenas fortunas para grupos anarquistas e organizações de trabalhadores de esquerda. Vivia confortavelmente. Vivia mais modestamente do que outros arrivistas imigrantes. Sua ascensão à riqueza era igual à ascensão de um jovem advogado ao poder. O nome do sujeito era John Edgar Hoover. Era um chato do Departamento de Justiça. Era brilhante e sentia a oportunidade em acontecimentos que se desdobravam de modo louco.

O Medo Comunista pós-Primeira Guerra Mundial lhe garantiu a História. A casa do advogado geral foi bombardeada. Hoover assumiu a partir daí.

Os Ataques Vermelhos. Liberdades civis suspensas, revogadas, esmagadas, interditadas, suprimidas. Cagou-se em cima dos direitos da Primeira Emenda. Detenção em grupo por motivos políticos, prisões ilegais, deportação por veneta. Uma ressurgência simultânea de grupos nativistas e da Klan. John Edgar Hoover viu a força do medo e explorou-a. Sua busca pelo poder teve sucesso proporcional.

Isidore Klein tinha um filho. Seu nome era Joseph. Nasceu em 1902. Isidore criou-o *VERMELHO*. Joseph se casou com Helen Herschfield Rosen, em 1924. Helen fora criada *VERMELHA*. A filha deles, Joan, nasceu na noite do dia das bruxas, em 1926. Seus pais e o avô criaram-na *VERMELHA*.

O FBI fora criado recentemente. O antigo Bureau de Investigação fora considerado moribundo. J. Edgar Hoover assumiu o comando. Era um gênio organizacional e mago das relações públicas. Sua ordem era esmagar a dissensão. Aprimorou as técnicas durante a década do boom da loucura nas bolsas. Ele entendia o valor metafísico do Inimigo. Sabia que os comunistas podiam servir, nesse sentido. Os gângsteres eram pedras de toque picarescas para a imaginação pública. Careciam da força penetrante dos Vermelhos. O boom se transformou na Depressão. A Esquerda Norte-Americana se mobilizou. Hoover sentiu uma mudança insurgente e reagiu. Entrou na arena pública com estilo. Pregava uma mensagem anticomunista e ignorava o crime organizado. Transformou-se em herói nacional. Lançou um maremoto de vigilância ilegal, escrutínio oficial e prisões com motivos falsos. Isidore Klein percebeu-o integralmente.

O nome Hoover reinava ubíquo. Ele se lembrava do nome falado por camaradas tratados com violência em 1918. Começou a estudar Hoover. Desenvolveu um sentimento por Hoover como seu inimigo pessoal. Agia na arena pública. Usava as pedras.

Pagava para tirar subversivos do xilindró. Presentes grandes e pequenos de esmeraldas destrancavam portas de cadeia. As esmeraldas sustentavam Joseph, Helen e a menina Joan. Eles acampavam em salões de reunião socialistas e distribuíam panfletos em filas de comida. Abrigavam e alimentavam esquerdistas fugitivos. Entravam em escaramuças com capangas em piquetes e suportavam detenções de três e quatro dias. Travavam a *sua* guerra. Isidore Klein lutava numa guerra cada vez mais reconhecida contra J. Edgar Hoover.

Sua arma eram palavras. As esmeraldas bancavam a publicação clandestina de panfletos contra Hoover. Isidore Klein distribuía os panfletos em quantidade significativa. O Sr. Hoover tomou conhecimento disso, ficou furioso, e começou uma vigilância cerrada. As operações de impressão de Isidore eram repetidamente atacadas e Isidore era preso repetidamente. As esmeraldas pagavam para que ele saísse. As pedras eram badulaques, talismãs, mimos e subornos. A Depressão estava no auge. Uma pequena esmeralda sustentava a família de um policial durante meses. O Fogo Verde era a chama da magia e da revolução. O Sr. Hoover sabia disso. Não conseguia impedir o fluxo das esmeraldas e com isso o fluxo dos panfletos. Acreditava que Isidore Klein tinha um depósito de esmeraldas em casa na rua 63 Leste. Ordenou que um esquadrão de agentes de Nova York saqueasse a casa e as roubasse. Era 1937. Joan Rosen Klein tinha 10 anos.

O esquadrão era comandado pelo agente especial Thomas D. Leahy. Era um viúvo com um filho de 16 anos chamado John. O esquadrão depredou a casa de Isidore. Encontrou 10 quilos das esmeraldas de Muzo de maior qualidade e roubou-as. Isidore chegou mais tarde naquela noite. Descobriu o roubo e sofreu um ataque cardíaco fatal.

Joseph e Helen Klein estavam agora sem recursos. Sabiam que Hoover havia ordenado o roubo e contaram a Joan a história em detalhes. Hoover ficou com as esmeraldas. Distribuiu pequenas quantidades para seus lacaios como pagamento por favores. Os *quaqueros* encontraram importadores menos controvertidos para as pedras. Hoover presenteava com esmeraldas talentosos fura-greves e infiltradores em grupos subversivos. Guardou o grosso das pedras para si mesmo.

A morte de Isidore Klein devastou Tom Leahy. Ele ficou horrorizado com o Sr. Hoover. Seu medo e repulsa eram iguais à sua culpa e ao nojo de si mesmo. Uma engrenagem se encaixou do modo errado ou certo dentro dele. Tornou-se radicalizado.

Ajudou esquerdistas secretamente e alertou-os contra iminentes ataques dos federais. Agia com grande cautela e cobria os rastros. O agente Tom se tornou um segredo bem guardado para a clandestinidade de esquerda. Os Klein tinham ouvido falar nele. Ninguém sabia que ele comandara o roubo das esmeraldas. Hoover havia impedido qualquer menção a isso. O agente Tom confessou o feito a Joe e Helen Klein e sua filha. Joe e Helen o perdoaram. Desenvolveu-se uma amizade profunda. O agente Tom sentiu fundo o perdão deles. Isso gerou inspiração. Ele era um advogado e investigador criminal talentoso. Sabia juntar informações e usá-las até o estágio de indiciamento. Decidiu montar um dossiê gigantesco sobre J. Edgar Hoover e levá-lo a público.

Interrogava outros agentes, lacaios de Hoover, colegas policiais e rivais. Tomava depoimentos de testemunhas sobre a negligência e as mentiras planejadas por Hoover. O dossiê cresceu até vários milhares de páginas. Catalogava cobiça, mesquinharia, violação em larga escala das liberdades civis e crescente abuso de poder. Joe e Helen Klein leram o dossiê. A jovem camarada Joan leu o dossiê e ficou fascinada e furiosa.

Era o outono de 1940. Joan tinha 14 anos. Jack, o filho de Tom Leahy, tinha quase 20. Tom Leahy era um comunista com distintivo do FBI. Estava criando Jack para ser um policial revolucionário. O Sr. Hoover tinha 45 anos. Tinha as esmeraldas. Estava em ascensão. Possuía o poder pelo qual sempre ansiara.

Criara um mito. Jornais e rádios o espalhavam para ele. Lia com habilidade os tempos em que vivia. Criou uma história de certeza moral e de sua própria supremacia. Era feita sob medida para a Depressão e a chegada da Segunda Guerra Mundial. Colocava o outro, o oculto como estando epidemicamente em toda parte. Isso dava carta branca ao FBI e ao seu comando enquanto ele pudesse fazer com que o mito parecesse real.

Hoover tinha informantes em toda parte. Ficou sabendo da traição do Tom Vermelho e do dossiê anti-Hoover. Ouviu dizer que Leahy vinha tomando depoimentos. Leahy estava isolado num acampamento de esquerda nas Catskills. O momento era perfeito.

Pagou a um esquadrão de policiais do estado de Nova York. Eles foram instigados com pacotes de esmeraldas, e não dinheiro. Os policiais atacaram o acampamento. Vários moradores resistiram. Os policiais cercaram-nos e queimaram o dormitório das mulheres.

Joseph e Helen Klein resistiram. Foram presos e severamente espancados numa cadeia da polícia estadual perto de Poughkeepsie. Morreram devido aos ferimentos.

Naquele fim de semana Joan estava em casa, no Brooklyn. Um véu de fúria e horror baixou sobre ela.

Agentes da cidade de Nova York invadiram o apartamento de Tom Leahy. Encontraram seu dossiê. Hoover leu-o e o queimou. Seus informantes ajudaram a montar um processo de sedição contra Tom. A guerra estava crescendo de novo. Hoover jogou um trunfo: a "segurança nacional". Mandou prender Tom Leahy e julgou-o confidencialmente. Tom foi condenado por um juiz e um júri montado às pressas. Foi sentenciado a seis anos em Sing Sing.

O dossiê de Tom Leahy era amplo. Era anotado com diligência e construído de modo soberbo. Provocou a loucura devoradora do Sr. Hoover pelos dossiês.

A papelada do FBI chegava a 10 toneladas por ano. Tom Leahy morreu na prisão, em 1943. Bebeu esgoto sanitário até morrer. Fora espancado repetidamente. Todos os guardas que o espancavam usavam anéis de esmeralda.

Jack, o filho de Tom, desapareceu e viveu anonimamente. Cursou faculdade e serviu na marinha dos EUA. Fez a faculdade de direito Notre Dame. Era total e comprometidamente *VERMELHO* e igualmente comprometido com a vingança. Deixou uma trilha de mudanças de nome obscuras até voltar ao desafiador John Leahy. A trilha foi montada a partir da data de seu nascimento. O dossiê do pai o ensinou. O acesso do pai aos dossiês de Hoover o ensinou a montar papelada de modo fraudulento. Passou pelo processo de verificação de passado do FBI. Foi nomeado para o Bureau em 1950.

Agente especial John C. Leahy — *VERMELHO*.

Trabalhava em tarefas de rotina do Bureau. Mantinha contato com os amigos subversivos do pai. Rasurava às escondidas os dossiês dos camaradas e desviava a interferência do FBI. Jack Leahy: policial federal de dia. Jack Leahy: provocador *VERMELHO* à noite.

Jack se reconectou com Joan. Ela havia entrado para a clandestinidade e se tornado criminosa. Seu sentimento de vingança atirava para todos os lados. Ela permanecera firmemente *VERMELHA*.

Recrutava em campus de universidades. Mantinha com orgulho o próprio nome, assim como Jack. O uso esporádico de nomes falsos enlameava sua trilha. Conheceu Karen Sifakis. Teve início a amizade profunda entre as duas. Um diálogo flutuante a definia. Karen defendia a não violência. Joan quase sempre discordava.

Um fura-greve sacou um revólver contra ela. Ela o acertou com um caibro. Ela levou um ferimento de faca que deixou cicatriz.

Dois Legionários a encurralaram naquele concerto do Paul Robeson. Ela levou uma surra feroz. Esperou nove anos. Matou os dois homens a tiros enquanto dormiam.

Amava a empolgação do assalto à mão armada. Planejava-os e ficava longe dos serviços como eventos. Tinha consciência de si mesma como mulher. Agachava-se em certas sombras enquanto soltava a fúria *VERMELHA*.

Jack passava para ela informações internas sobre transportes de pagamentos e cofres de bancos. Joan sempre doava o resultado dos assaltos à Causa. Joan e Jack se tornaram camaradas-amantes. Compartilhavam uma história de família e um ódio de família. Moviam-se juntos em círculos sobrepostos. Joan se tornou Williamson, Goldenson, Broward e Faust, e sempre retornava a Klein. Jack permaneceu agente federal sob seu nome real e totalmente fictício. Jack tirou Joan da cadeia. Jack utilizou contatos nos DPs municipais para apagar fichas de crimes. Joan tramou dois eventos em fábricas têxteis em L.A., em 1951 e 1953. Uma batida policial pegou-a. Jack soltou-a e apagou as fichas de relatórios. Joan planejou um assalto em Dayton, Ohio. Jack comprou investigadores importantes e conseguiu expurgar a maior parte da papelada.

Joan circulava e percorria locais revolucionários quentes. Era uma tarefa ofegante e um dever de sangue de grande urgência. Seu diálogo com Karen Sifakis impedia os piores desejos. A luxúria chegou ao auge e fez as coisas ficarem feias: 1951, 1956, 1961. Só Karen sabia dos detalhes. Só Karen sabia o preço que ela pagou para continuar em seu ritmo louco.

Traficou heroína para financiar golpes de esquerda. Fomentou a revolta na Argélia e em Cuba. Era imprudente, insensata, vingativa e de muitos modos ideologicamente infundada. A morte de seu grande amor Dwight Holly ensinou coisas. Seu arco à esquerda combinava com o arco dele à direita em ódio e rigor ilusório. Ela deveria ter lhe contado tudo antes de fugir dele.

Andava de um lado para o outro. Se afastava e se aproximava de J. Edgar Hoover. Pensava nas esmeraldas quase constantemente. Ouviu boatos e juntou folclore e suposições. Exerceu o bom-senso e seguiu a trilha.

Jack seguiu-a com ela. Os dois compartilharam informações e chegaram ao seguinte:

Hoover vendeu as pedras a um fascista paraguaio depois da guerra. Era cobiça e pagamento político. *El jefe* escondia cientistas nazistas que os EUA queriam. *El jefe* conhecia gemólogos brilhantes. Eles sabiam *sobre* as pedras e tinham seus próprios desígnios.

Estudaram as esmeraldas. As descobertas geraram uma tese sobre técnicas de mineração. Desenvolveu-se uma tecnologia de furar através da rocha. Foi empregada com sucesso e levou ao fim os ataques dos *quaqueros*. *El jefe* tinha medo da vingança explícita dos *quaqueros* e ordenou massacres. Incontáveis *quaqueros* foram trucidados.

A tecnologia de escavar através da rocha provocou um número enorme de demissões de trabalhadores. Os lucros crescentes com as esmeraldas financiaram golpes de direita por toda a América do Sul e o Caribe.

O Fogo Verde serviu para manter o poder de Rafael Trujillo. O Bode ficou obcecado. Tinha que ser dono das primeiras pedras de Muzo-Klein. A origem o consumia. Queria que a história terminasse com ele.

Trujillo juntou dinheiro dominicano e tomou terras do Haiti. Papa Doc Duvalier fora financiado por esmeraldas e queria as pedras para si. Trujillo e Duvalier se odiavam. Trujillo assassinou refugiados haitianos. Duvalier fez represálias. Os dois *führers* descobriram o desejo mútuo. Decidiram confiar um no outro para a aquisição das pedras e nada mais. Joan rastreou o destino das esmeraldas até esse ponto e não mais. Foi para a R.D. em 1959.

Encontrou um país maduro para a revolta. Encontrou Celia.

Uma rede de esquerda fez a apresentação. Celia era uma herdeira da United Fruit que perdera tudo. Era meio norte-americana, meio dominicana, dinheiro totalmente antigo. Usava de modo intercambiável o sobrenome do pai, Farr, e o nome de solteira da mãe, Reyes. Gretchen e Celia vinham e iam segundo a veneta. Joan preferia este último nome. Celia era uma baixa da revolução, de esquerda e de direita. Castro nacionalizou os canaviais e seu pai faliu. O Bode roubara sua mãe num confisco de terras recente. Celia era uma jogadora de polo conhecida nacionalmente e trambiqueira extraordinária. Era de uma inteligência onívora e não exatamente brilhante. Joan a considerou madura para a conversão. Uma coisa lhe revelou isso.

As esmeraldas. Celia era louca por elas.

Tornaram-se camaradas/amantes. Celia era cabeça-dura e tratável, independente e voluntariamente submissa ao conceito da revolta. Celia era mística. Joan não. Celia curtia filosofia oriental e mais do que curtia o vodu. Celia acreditava na força espiritual das esmeraldas. Joan não. As duas reconciliaram as diferenças e viajaram para a Cuba de Castro. Começaram a tramar a invasão de 14 de junho.

A invasão fracassou. Uma rebelde chamada María Rodríguez Fontonette traiu a Causa. Um tonton macoute chamado Laurent-Jean Jacqueau ajudou a Causa. Jacqueau emigrou secretamente para os Estados Unidos e mudou o nome para Leander James Jackson. Joan e Celia foram capturadas, presas e soltas com suborno. Joan havia guardado o produto de um assalto num cofre de banco em L.A. Jack Leahy pegou o dinheiro e encontrou as autoridades certas.

Joan e Celia viajaram para os Estados Unidos. O Bode foi assassinado. Juan Bosch e Joaquín Balaguer o sucederam. Foram governantes repressores e muito menos espalhafatosos. Balaguer herdou a fixação do Bode pelas esmeraldas. Na época era um advogado do governo de olho na presidência. Papa Doc permanecia no poder e fixado nas esmeraldas.

Os dois homens acharam um ao outro. Colaboraram e fizeram um acordo secreto. Ficaram sabendo da identidade do *el jefe* paraguaio. Fizeram um pagamento adiantado pelas esmeraldas Muzo-Klein. *El jefe* estava quase falido e mau de saúde. Queria vender. Era dezembro de 1963. O destino interveio e fodeu com tudo.

Balaguer teve um contratempo financeiro. Papa Doc teve um contratempo financeiro. Não tinham dinheiro para comprar as esmeraldas. Procuraram um norte-americano rico a quem consigná-las.

A rede de boatos de direita forneceu o nome: Dr. Fred Hiltz. Era um panfletista racista e cultuava o mito das esmeraldas. Eles contataram o Dr. Fred. Ele pagou a *el jefe* sacando dinheiro de um banco. As pedras foram mandadas por mensageiro a Santo Domingo. Balaguer e Papa Doc se encontraram lá *só para tocá-las*. Não confiavam num mensageiro para entregar as pedras em mãos. O Dr. Fred insistiu em que usassem um carro blindado. Um haitiano foi contratado para mandar as esmeraldas de avião a L.A. Era 16/1/64. Ele só poderia partir em 21/2/64. Balaguer e Papa Doc gostaram do adiamento. *Eles podiam tocar mais as pedras.*

DE REPENTE:

Um tonton macoute ficou sabendo do transporte. Contatou seu velho *frère* tonton Leander James Jackson. Leander conhecia suas velhas camaradas Joan e Celia. Acaso feliz: Richard Farr, o irmão de Celia, trabalhava na Wells Fargo em L.A.

Jack Leahy comandava o escritório do FBI em L.A. Richard sabia da rota do carro blindado. Richard previu o transporte do dinheiro junto com as pedras. Jack conhecia criminosos dispensáveis para deixar mortos no local. O grande obstáculo era obscurecer a identidade deles. Joan conhecia um químico brilhante chamado Reginald Hazzard. Ela havia sido sua instrutora na Escola da Liberdade. Tirara-o da cadeia pagando fiança no mês anterior.

O plano foi desenvolvido. Reginald preparou uma solução que queimava até os ossos. Jack recrutou um sujeito da Klan, dispensável, chamado Claverly, e um bandido dispensável chamado Wilkinson. E o plano estava totalmente formado, *mas*:

Reginald queria *estar lá*. Disse isso a Joan e Jack. Joan e Jack discutiram o assunto e tentaram dissuadi-lo. Reginald insistiu. Pensou que sua especialização em química o tornava valioso e imune a trapaça. Estava certo e errado. Joan e Jack discutiram. Jack era a favor da complacência e Joan, contra. Jack ganhou. Reginald iria e Reginald sobreviveria. O plano então estava totalmente formado, *mas*:

Reginald temia ser trapaceado. Reginald abrigava um ressentimento de criança magoada. Seus camaradas confiavam nele para desenvolver os compostos que queimariam fundo, mas não para estar lá. *Ele estava lá naquele dia*. Impulsivamente rasgou a cinta de um maço e soltou jatos de tinta. Jack atirou nele impulsivamente.

As precauções com produtos para retardar o fogo salvaram sua vida. Mesmo assim projéteis de ponta mole o acertaram. Seus compostos químicos funcionaram de modo irregular. As bolinhas paliativas em sua boca evitaram o dano. Os produtos químicos antichamas aumentaram as chamas paradoxalmente.

Assim ele sobreviveu. Assim Marsh Bowen e o médico o salvaram. Ele segurou punhados de dinheiro sujo de tinta enquanto caía. Deu-as ao médico.

Escondeu-se na zona leste de Los Angeles. Scotty Bennett comandou a força-tarefa do DPLA. Jack trabalhou como adjunto do FBI. Os relatos de jornais e os relatórios da cena do crime o chocaram. Havia *dois* ladrões mortos no local.

Jack queria encontrar Reginald e matá-lo. Joan disse que não. O debate prosseguiu furioso durante dias. A camarada Joan venceu. Ela procurou Reginald e o encontrou. Implorou o perdão dele. Ele disse que queria viver no Haiti e estudar química de ervas. Ela lhe deu as esmeraldas e disse para servir à Causa.

Agora Joan e Jack possuíam milhões de dólares. Uma dúzia de cintas com tinta haviam vazado. As manchas fizeram com que as notas fossem impossíveis de ser passadas durante um tempo. Eles esperaram. Jack ouviu um boato: dinheiro do assalto fora lavado através do Banco Popular. Contou a Joan. Ela fez perguntas e ficou sabendo sobre Lionel Thornton. Ficou sabendo que ele era ligado à máfia. Ficou sabendo que ele saiu da luta trabalhista em Detroit por volta de 1940. Combinou um encontro com ele.

O encontro correu bem. Era uma situação instintivamente colaborativa. Um nível de confiança cresceu nos dois sentidos. Thornton era politicamente versado e interesseiro. Joan conseguiu sujeiras sobre ele como uma política de seguro.

Deu-lhe o dinheiro manchado e o não manchado. Reginald desenvolveu um composto para obscurecer as marcas de tinta. Ela deixou Thornton trocar o dinheiro por tudo que era lado. A quantia básica cresceu num cofre escondido. Ela deixou que ele implementasse o plano de desembolso de esmeraldas de Reginald. As pedras verdes formaram um circuito voltando a Isidore Klein e sua luta. Isso deu a Joan um pequeno sentimento parecido com paz.

Thornton fez o serviço e manteve a palavra. Scotty Bennett e Marsh Bowen mataram-no. Ele não revelou o nome de Jack nem o dela.

Reginald permaneceu no Haiti. Ainda estava lá. Seu paradeiro exato era desconhecido. Perdoou Joan e Jack. Na época tinha 19 anos, era ansioso, era comandado com facilidade. Era passivelmente cúmplice e tão culpado quanto eles. Comprou a revolução sem piscar e jamais enxergou o preço. Joan entendia um pouco disso agora. Estava havia trinta anos no jogo.

Os choques pós-assalto permaneceram. Joan surfou no espírito dos anos 1960. Jack ficou no Bureau. Disseminava informações. Alterava e tirava do lugar as fichas dos camaradas. Joan mantinha contato com Karen Sifakis. Karen descreveu seu caso amoroso com um federal desgarrado chamado Dwight Holly.

Dwight fazia coisas terríveis para o Sr. Hoover. Dwight estava destroçado devido a mortes na primavera de 1968. Tommy Narduno sentiu que o FBI estava por trás do atentado a King. Tommy vira Dwight em Memphis alguns dias antes. Joan não contou os pensamentos de Tommy a Karen. Karen disse que Dwight planejava um programa de contrainteligência. Ele precisava de um informante. Joan soube que tinha de ser ela.

A IRMÃO MAAAU entrou no estágio de planejamento.

Seguiu-se um conflito não relacionado. Jack ligou para Joan e falou sobre turbulências.

Era o Dr. Fred. Ele juntou algumas pistas sobre o assalto, percebidas a partir do dossiê de Clyde Duber. Não estava procurando vingança. Balaguer e Papa Doc haviam devolvido seu dinheiro. Ele queria uma segunda chance de pegar as pedras.

Hiltz queria entregar suas pistas do assalto ao Sr. Hoover. Ele era um informante de confiança e colega telefônico de Hoover. Joan agiu de modo sumário.

Sabia do dinheiro guardado no abrigo antibombas do Dr. Fred. Leander conhecia Jomo Clarkson através da rede de informações da militância negra. Joan trabalhou Jomo através de um intermediário e lhe passou o plano. Roube o dinheiro do Dr. Fred. Não o machuque. Apavore-o para ficar quieto com relação a fevereiro de 1964. Ele vai se dobrar.

Não queria mais mortes. Mesmo assim obteve. Jomo e seu parceiro mataram o Dr. Fred. O parceiro se mandou. Jomo encontrou-o e matou-o.

A IRMÃO MAAAU foi em frente. Joan se tornou informante e amante de Dwight. O choque inesperado de Marsh Bowen e Scotty Bennett aconteceu. Na época Joan e Dwight não sabiam até onde a coisa ia.

Marsh e Scotty queriam o dinheiro e as esmeraldas. Entraram em conluio, traíram um ao outro e morreram pela própria causa. Dwight e Joan entraram em conluio e conspiraram. Ela o traiu somente pelo silêncio. Eles haviam tramado uma operação que serviria para consertar todos os erros. Dwight recuou unilateralmente. A papelada deles estava guardada na casa de um camarada. Ela honrará a decisão de Dwight de abortar o plano. Não tem a força de vontade necessária.

Celia estava perdida naquela ilha. La Banda e os tontons a haviam marcado com um *X*. Os mandados decorriam de seu trabalho com Wayne Tedrow. Em alguns aspectos Celia não conseguia ser razoável. María Rodríguez Fontenette foi quase certamente assassinada em L.A. vários anos atrás. Celia sentia-se cúmplice. Tinha enfeitiçado Tatuagem. Era absurdo. O vodu era o capitalismo bárbaro com uma capa de magia. Celia pensava diferente. Não importava. Celia era corajosa para além da ideologia. A crença funciona desse modo.

Ela deveria ter contado a história a Dwight. Uma coisa ainda a enfeitiçava. Sua última palavra para ele não deveria ter sido "Não".

* * *

As nuvens se abriram e derramaram chuva. O garoto parecia diferente. A extensão da história combinava com o tamanho da vigilância dele. Aquele rosto que aparecia do nada, sempre ali.

Sei que você quer me tocar.

Por isso vou deixar.

Ele captou o sinal e se inclinou. Ela o achou desajeitado. Ele espanou o sangue seco de seus pulsos e beijou a divisão em seu cabelo.

CAPÍTULO 120

(Los Angeles, 27/3/72)

A CADEIRA ELÉTRICA, AS MÃOS E OS PÉS, O OLHO.

A pele frita, os cotocos, o fedor do lança-chamas. Cinerama e Cheir-O-Visão. Espera — tem um cachorro com chapéu de vodu e uma palmeira pegando fogo.

Crutch acordou. O cachorro latindo estava lá fora. As chamas eram um sol das seis da manhã.

Orientou-se. Era o cafofo nº 3/aparelho nº 1. Scotty estava morto. Ele não precisava se esconder.

Você tem de voltar. É para onde ela o levou. Isso custou tudo a ela. Ela carimbou seu cartão de vigilância. Você parou aos três anos e nove meses.

Crutch fez café e escreveu uma lista de perguntas para Celia. Ela sabia coisas sobre Tatuagem. Ele se perguntou se ela ainda se importava.

Fodeu com o conjunto de química. A história ficava se rebobinando. A fita se agarrava aqui e ali.

A Operação. O plano de Joan e Dwight. Só podia ser *Isso.*

Crutch foi até a Clyde Duber Associates e entrou. Eram 7h10. Poderia usar um tempo particular.

Leu o dossiê de Clyde sobre o assalto e o arquivo pessoal de Marsh Bowen. Agora tinha a história de Joan. Fatos se encaixavam, redundantes. Quem liga a mínima?

Passeio de despedida. Você não pode ficar espiando e juntando papel pelo resto da vida. Está fodido na cabeça.

Crutch saiu e passou pelo estacionamento dos motoristas. Phil Irwin e Bobby Gallard dormiam nos carros. Clyde preparava uma reunião para receber as pessoas depois do velório de Scotty. O estacionamento seria enfeitado com xadrez escocês e iluminado.

Joan havia conseguido um segundo fôlego e falado antes de ele ir embora. Falou da lista negra e de todas as pessoas que Hoover destruiu. Ele memorizou o nome delas. Queria tocar a cicatriz dela e mostrar a cicatriz nas costas.

Virou para o leste. Parou na frente do refúgio e subiu a escada. A campainha não funcionava. Bateu algumas vezes com força. A fechadura era vagabunda demais para não ser arrombada com gazua.

Ela havia feito um ninho no chão. Paletós e suéteres de Dwight, ternos federais de Dwight. Cheirava à fumaça do cigarro e à loção pós-barba que ele usava. Os ternos estavam encharcados com ela. Tinha molhado bastante.

Crutch saiu ao terraço. Havia um maneiro binóculo Bausch & Lomb no parapeito. Ajustou a mira e olhou para a casa de Karen. Karen e Joan queimavam papéis na churrasqueira dos fundos. Joan havia enrolado os pulsos com bandagens.

As meninas jogavam bola. Uma toalha com crosta de sangue estava dobrada no encosto de uma cadeira. Ele deu um zoom bem perto. Joan quase sorriu e riu.

Teve *UMA IDEIA*. Não a enfeitiçou dizendo-a dentro ou fora da cabeça. Seus bagulhos de química estavam guardados no cafofo nº 3. Ele Walpurgisou e trabalhou até cair.

Toxina de baiacu e urtiga espinhenta. Três fígados de rãs arbóreas tirados da geladeira. Fórmulas rigorosas, pot-pourri e improvisação. Três chapas quentes fervendo e nuvens de cogumelo como Hiroshima.

Juntar, reduzir, incrementar, revisar, recalcular e re-tentar. É como Brylcreem: "Um pouquinho basta." Reformular e reduzir ao tamanho subatômico.

Chegou perto. Porções minúsculas queimavam papel e madeira. Recalculou e re-tentou. Mexeu com intermináveis cadeias moleculares e diminuiu a dose. Pensou ter chegado subultraperto e errado o cálculo. Chegou mais perto do que o primeiro perto e gritou *Halt!* antes de desmaiar.

Espremeu uma partícula num pedaço de queijo e deixou na varanda dos fundos. Tomou dois Nembutal e dormiu.

Sedação. Sem pesadelos. Sem flashbacks da zona zumbi.

O som de pássaros tirou-o do coma. Arrastou-se até a varanda dos fundos.

Lá estava o queijo e um rato morto. Uma dose minúscula mandou a bosta do roedor pro beleléu.

CAPÍTULO 121

(Los Angeles, 28/3/72)

— Quem matou Scotty Bennett?

— Não vou dizer.

— Me lembro da primeira vez que você disse isso.

— Foi em 1944. Você perguntou se eu estava dormindo com o garoto da Aliança dos Jovens Socialistas.

— E estava?

— Não vou dizer.

Estavam no carro de Jack. O Elysian Park continuava molhado de chuva. Ela se encontrou ali com Dwight bem no início. Pertinho: a Academia do DPLA. Local de intimidação de Dwight.

— Você destruiu o dossiê? — perguntou Jack.

— Karen e eu queimamos ontem.

— Ela leu?

Joan acendeu um cigarro.

— Não precisou ler. Sabia que não poderia ser outra coisa.

Uma radiopatrulha passou devagar. Joan olhou.

— Nós poderíamos ter deixado vazar algumas páginas sobre Bowen e a IRMÃO MAAAAU — disse Jack.

— Não sem prejudicar Dwight.

— Morto é morto. Os camaradas perdidos servem à causa rotineiramente, mesmo da sepultura. "Não lamente. Organize!" Não diga que não ouviu essa.

— As coisas mudaram.

— Você e o "Executor".

— "Há algumas pessoas por quem a gente espera a vida toda." Wayne Tedrow me disse isso.

Jack acendeu um cigarro. O sol acertou seus olhos. Ele baixou o visor.

— O Assuntos Internos enterrou Scotty. Encontraram o dossiê dele, com Bowen espalhado em toda parte. Identificaram Scotty e Bowen tardiamente pelo assassinato de Thornton. Nós não estávamos no dossiê. Eu saberia, se estivéssemos.

Joan limpou os óculos na bainha da blusa. Jack fez a mesma coisa. Ela se lembrou da primeira vez: Brooklyn, 1946.

— Temos 7 milhões de dólares.

— Eu sei.

— Sinto falta de Celia. Sou conhecida demais para voltar e encontrá-la.

— Ela conhecia os riscos. Você os deixou claros para ela. Ela disse para não encontrá-la se isso acontecesse. Você tem que respeitar. É como nosso mundo funciona.

Joan jogou o cigarro longe.

— Você poderia voltar.

— Não vou.

— Por princípio?

— É.

— Somente por princípio?

Jack apertou o braço dela. Doeu. Era um gesto de camarada/amante que levou o fora em 1946.

— *Você* cancelou a Operação. *Eu* não cancelei. *Você* teve um lapso sentimental. *Você* colocou um relacionamento pessoal à frente de um dever, e *eu* não.

Joan olhou pela janela. Um jovem policial acenou. Ela acenou de volta.

— Soube de uma dica — disse Jack.

— Estou ouvindo.

— Dwight montou uma equipe de invasão de propriedade para Nixon. Nós poderíamos capitalizar isso.

— Não.

— Por quê?

— Não vou dizer.

Jack gargalhou. Joan engoliu dois comprimidos a seco.

— Deveríamos ter um filho juntos.

Jack apertou o braço dela suavemente.

— Lembro a primeira vez em que você disse isso.

— Quando foi?

— Outono de 1954. As audiências do exército/McCarthy estavam passando na TV.

— Por que nós lembramos as coisas desse modo?

— Pura arrogância. Somos autoabsorvidos e confundimos nossa vida com a história.

Joan sorriu. Jack abriu sua pasta.

— Tenho um dossiê sobre seu novo amigo. Estava na mesa do Dwight. Clyde Duber montou. Ele achava que um dia o garoto poderia sair da linha.

DONALD LINSCOTT CRUTCHFIELD. Nascido em Los Angeles, 2/3/45. Cabelos castanhos, olhos castanhos, 1,75m/71k.

Joan leu no refúgio. Agora o ninho de roupas tinha o cheiro dela. Captava cada vez menos Dwight.

Clyde Duber partiu de relatórios do DP e digitou suas próprias anotações. Uma cópia a carbono de informante do FBI estava presa com clipe atrás. O borrão persistente toma forma.

O pai vagabundo de ferrovia. A mãe desaparecida. O garoto aos 10 anos. Ela lhe manda cinco dólares e um cartão todo Natal. O garoto investiga.

Pós-escrito de Clyde Duber:

Localizou Margaret Woodard Crutchfield em maio de 1965. Ela bebeu até morrer em Beaumont, Texas. Ele não podia partir o coração do garoto. Contava com velhos amigos em todo o país. Eles continuaram a tradição dos presentes de Natal. A busca dava ao garoto uma tarefa não pervertida.

O garoto era hábil. "Os voyeurs são bons motoristas e às vezes bons investigadores." Clyde tirou o garoto de encrenca e lhe deu trabalho. Notou sua intransigência e invisibilidade. Temia suas "tendências esquisitas". Anotou o caso Dr. Fred Hiltz/Gretchen Farr.

Então foi aí que começou. Você me encontrou lá.

Naquele verão Celia era Gretchen. Estava quase louca naquele disfarce. Roubava homens, tomava drogas e transportava cocaína em aviões alugados. Estava numa fase mística. A revolução a entediava. A morte de King e a de RFK produziram malignas diabruras hippies. Ela estava preocupada com Tatuagem. Ela a enfeitiçara e desenfeitiçara. Acreditava piamente que Tatuagem corria risco. *Verão de 1968. O garoto vê você.*

A parte datilografada por Duber terminou. Joan pegou o relatório de informante. O garoto conhecia um motorista chamado Phil Irwin e um advogado de divórcios chamado Charles Weiss. Irwin era informante do FBI. Dedurava cônjuges infiéis descobertos em seus serviços. Seu controlador no FBI citou-o:

"É, admito. Meu chapa Chick e eu gostamos de espiar. Estudamos com o melhor de todos, Crutch Crutchfield. Não tem uma janela em Hancock Park onde aquele escroto deturpado não tenha enfiado o nariz. Ele nunca soube, mas Chick e eu costumávamos segui-lo e estudar sua técnica. Chick disse que ele 'escalou o Vesúvio dos voyeurs', o que quer que essa porra signifique."

Havia três anotações de DPs municipais listadas embaixo. DP de Santa Monica: Irwin e Weiss interrogados por vadiagem, 9/67. DP de Beverly Hills: Irwin e Weiss interrogados por vadiagem, 4/68. Anotação do DPLA, 5/68: o corretor de imóveis Arnold D. Moffett interrogado devido a "festas pornôs".

Ela se lembrava do nome. Ele alugou uma casa para "Gretchen".

O DPLA abandonou o inquérito. Festas pornôs — e daí? Uma lista de conhecidos vinha numa nota de rodapé: quatro nomes, além de Charles Weiss. "O Sr. Weiss compartilha a queda do Sr. Moffett pela arte negra bizarra."

Joan pensou no garoto. Mostrar o dossiê a ele? Talvez, em parte.

Encontrou seu canivete. Rasurou com a lâmina as linhas sobre Margaret Woodard Crutchfield. O canivete se ajustava perfeitamente à sua mão. Ela havia furado um capanga num piquete com ele, em 1956.

CAPÍTULO 122

(Los Angeles, 29/3/72)

— Scotty estava fodendo um porco-espinho. E devo dizer a vocês, escrotos, que era um porco-espinho *fêmea*, portanto não enxerguem nada pervertido nisso — disse Redd Foxx.

Iic, iic — a turba riu de olhos úmidos. Uns crioulos apagaram Scotty — vamos encher a cara e ficar de luto.

O estacionamento dos motoristas. Luzes de Natal antes do tempo e fitas xadrezes. Birita e produtos farmacêuticos em vidros de bala. Vocês vão adorar.

Crutch, Clyde, Buzz, Phil Irwin e Chick Weiss. Milt C. no palco com Redd e o Mico do Pico. O ex-governador Pat Brown e numerosos porcos. Quatorze Panteras Negras. Um assaltante de cor transformado em pastor televisivo. Frau Scotty e seis namoradas dele.

— Scotty prendeu meu rabo símio por causa de um assalto de merreca. Eu roubei seis bolinhos, quatro sacos de pele de porco frita, uma caixa de T-Bird e dez maços de Kool king-size. Scotty viu que eu tinha *soul* e me deixou viver. Nós consumimos toda aquela porra dentro da delegacia e saímos para procurar putas — disse o Mico do Pico.

Iic, iic — estamos abalados com a perda, mas é engraçado. Frau Scotty passou um baseado para a namorada nº 4. A namorada nº 5 mordiscou um bolinho de haxixe.

— Scott estava procurando um irmão chamado Cleofis. Era assaltante e receptador. Estava roubando lojas de bebidas com uma espingarda de cano serrado e comendo as putas do Scotty com um pedaço de aço preto dez vezes maior — disse Redd Foxx.

A namorada nº 3 gargalhou. A namorada nº 2 abraçou Frau Scotty. Phil Irwin jogou um Quaalude no ar. Chick Weiss pegou-o com a boca. Pat Brown piscou — *Por que estou aqui?*

O barulho da festa o esmagava. Tinha passado o dia re-memorizando e telefonando. O assunto: aparelhos na R.D. e vítimas de Hoover.

Re-memorizou a lista de aparelhos da CIA. Re-memorizou a lista de aparelhos do dossiê de Joan. Pegou o telefone no cafofo nº 3 e ligou para as pessoas.

Elas o intuíam mais como policial do que como camarada. O nome de Joan lhe garantiu alguma confiança. Era um cozido de nomes a partir da história e dos monólogos dela. Fez verificações de telefone e conseguiu números. Ligou e engambelou pessoas. Conseguiu atualizações e pequenas histórias de volta. J. Edgar sacaneou você — fale disso.

Elas deram informações. Períodos de cadeia, suicídio, melancolia. Morte precoce e assédio. Montes de espancamento com "dedure seus amigos" — alguns sucumbiram, alguns não.

Continuou ligando. Os escrotos continuavam falando e lhe dando números. Ele estourou a conta telefônica. As más notícias caíam em avalanches. Federais espreitando na janela e na escola dos filhos. Você falou mal de Gay Edgar, jogou conversa fora, *agora vamos pegar você.*

Isso bateu nele. Re-alimentou *Aquela ideia*. Mais suicídios. Mais entes queridos desaparecidos. O sofrimento foi um terremoto e um maremoto sobre ele.

Frau Scotty subiu ao placo e ficou chorosa. Isso foi a dica para os Panteras darem no pé. O Mico do Pico olhou desejoso para as namoradas de nº 1 a 6. Isso matou-as de rir.

Crutch foi até o telefone público. Ainda era cedo. Poderia dar mais telefonemas e juntar mais combustível. Revirou os bolsos em busca de moedas. Nem um níquel sequer. Tirou uma esmeralda brilhante.

O abraço de despedida. Ela enfiou-a em seu bolso nesse momento.

Não precisava, meu bem. Você já me fez Vermelho.

O Sills Tip-Top ficava na zona norte de Vegas. A viagem o esgotou. Ela disse que era seu lugar da sorte. Se você tiver de vir, encontre-se comigo lá.

Era um café pé-sujo perto da base aérea Nellis. A freguesia da manhã era de otários alistados e lixo de cabarés. Ele chegou a tempo — com um fio de cabelo de margem.

Ela esperava numa mesa dos fundos. A espelunca era integrada. Tensão mínima zumbia.

Ele sentou.

— Você sempre parece sem fôlego — disse Mary Beth.

Uma garçonete encheu a xícara dele de café. Crutch levou à boca com avidez e queimou a língua.

— Estou sempre vindo correndo até aqui para te dizer alguma coisa. Mas dessa vez liguei antes.

Mary Beth tomou um gole de café.

— Você sempre parece diferente. Talvez porque eu só o veja a intervalos e sempre com tanta agitação.

Crutch pegou a xícara, desajeitado. O café derramou. Mary Beth enxugou.

— Você me lembra o Wayne.

— Lamento muito isso.

— Wayne fez a própria cama. Eu me senti grata por compartilhá-la durante um tempo, mas a coisa tinha de terminar como terminou.

Um cara da força aérea lançou um mau-olhado para eles. Crutch o encarou de volta.

— Não. Veja aonde os gestos grandiosos levaram Wayne. Tente ser mais prudente. No fim será melhor para você — disse Mary Beth.

Crutch estava com cãibra da estrada. Esticou as pernas e trombou em Mary Beth. Isso o deixou nervoso. Ela ficou imóvel e deixou seu incômodo sumir.

— Sou bom em achar pessoas.

— Você me disse isso da última vez.

— Agora estou melhor. Aprendi algumas coisas.

— Você parece diferente. Vou admitir isso.

A garçonete serviu mais café. Mary Beth enrolou as mangas da blusa. Usava uma pulseira de prata com uma única esmeralda engastada.

— Seu filho lhe mandou essa pedra.

— Como sabe?

— Não vou dizer.

Mary Beth olhou pela janela. Crutch acompanhou o olhar. Ela examinava um cartaz de REELEJA NIXON.

— Sei onde seu filho está.

— Como sabe?

— Não vou dizer.

Ela tocou sua mão.

— Não vou perguntar. Você vai fazer o que vai fazer, independentemente dos meus desejos. A única coisa que peço é que não atribua todas as suas bobagens a alguma dívida para com Wayne.

A garçonete se aproximou. Crutch ficou nervoso. Mary Beth cruzou os dedos dos dois. A garçonete captou e deu no pé.

Mary Beth cobriu as mãos dele e segurou-as sobre a mesa. Ele viu as pintas verdes nos olhos dela.

— Por que você faz essas coisas malucas?

Crutch pensou.

— Para que as mulheres me amem — disse.

Os caras das ervas moravam perto. Dividiam espaço de laboratório na garagem de um tal de François. Crutch apareceu com cerveja e pizza. Captou uma sessão de fervura e separação que estava num pique total.

Os caras pararam para comer e beber. Crutch disse que tivera *Uma ideia*. Quero escurecer papel até virar carvão sem chegar à combustão e à chama.

Certo, menininho. Nós trabalhamos, você olha, você aprende.

Ele explicou o trabalho de Wayne e o seu próprio com resultados mistos. Disse que poderia carregar líquidos ou pós, mas não equipamentos de raios. Repassou todos os gráficos de moléculas que tinha acabado de memorizar. Os caras falaram em francês e disseram para ele olhar.

As placas de fervura funcionaram em tempo extra. Ele perdeu o rastro das proporções e do processo de redução. François largou pilhas de papel de datilografia no chão da garagem. Os outros caras encheram garrafas de limpa-vidros com líquido. Crutch contou seis garrafas e pilhas de papéis. François andou de pilha em pilha e borrifou.

A pilha nº 1 ficou ali, molhada. A pilha nº 2 borbulhou e pingou. A pilha nº 3 explodiu. Os caras apagaram o fogo pisoteando-o.

A pilha nº 4 se encolheu, estalou e soltou uma névoa preta.

CAPÍTULO 123

(Los Angeles, 1/4/72)

Ella sentia falta de Dwight.

Dizia isso aos bichos de pelúcia. Não dizia a Karen. *Jacarés* de pelúcia — presentes de Dwight.

Joan olhava. Ella empoleirou os jacarés na mesa de piquenique e sussurrou. Tinha 3 anos. Estava desenvolvendo qualidades estoicas e representando para os adultos. Logo aprenderia a empacotar informações.

Dina entrou correndo em casa.

— Decidi sumir. Muita coisa aconteceu aqui. Vou pegar as meninas e simplesmente ir embora — disse Karen.

Joan esfregou os pulsos. Estavam sarando. Tirara os curativos na noite anterior. Novas cicatrizes iam se formando.

— E o seu marido?

— Vou deixar um bilhete para ele. Ele é centrado demais em si mesmo para me procurar. Vai sentir falta das meninas por um tempo e depois irá em frente.

— Posso lhe dar algum dinheiro. Você não precisará dar aulas.

— Eu agradeceria.

Os jacarés levaram cascudos. Ella era rigorosa e lhes dava tarefas. Não falava muita coisa. Ouvia e agia. Era teimosa e circunspecta. Iria se tornar calculadamente grosseira.

— Quero fazer uns documentos. Vou manter o primeiro nome e montar uma personagem a partir daí — disse Karen.

— Jack pode retirar fotos e cartões de digitais. Seu nome vai aparecer em dossiês de seus conhecidos, mas você pode limitar sua exposição.

Ella pegou os jacarés e correu para dentro. Joan olhou na direção do retiro.

— Há alguma ligação genética na virtude da persistência?

Karen apontou para a sombra de Ella. Joan sorriu. Um raio de sol acertou o quintal. Karen cobriu os olhos.

— Estamos sendo vigiadas.

— É, eu sei.

— Ele é inofensivo?

— Não tenho certeza. É uma espécie de convertido e tenta ser gentil.

— Meu marido me deu aquele binóculo. Ele vai morrer se souber onde ele esteve.

— Deixe-o com o bilhete. Vai servir como um bom peso de papéis.

A luz balançou. Joan acenou e fez um gesto de *Venha Cá*.

As meninas o inspecionaram. Ella o *estudou*. Dina cobriu a boca e correu. Ella foi andando devagar e espiou por cima do ombro.

— O café em Hillhurst. Você sempre estava lá — disse Karen.

— Eu sigo pessoas. Ganho a vida assim .

Joan ouviu Dina chorando. Karen pediu desculpas e entrou em casa. O garoto estava em boa forma. Tinha olhos castanhos pequenos e cabelo com fios grisalhos, cortado à escovinha. O estilo era desafiante, "foda-se esta era".

— Seus pulsos melhoraram.

— É.

— Espero não estar incomodando você e suas amigas.

— Você ganha a vida assim.

Ele sorriu.

— Sou bom em encontrar pessoas.

Joan sorriu.

— Já falamos de sua capacidade antes.

— Vou encontrar Celia. Vou pegá-la e trazer de volta.

Karen deu uma bronca em Dina. As vozes das duas chegaram. O rapaz tinha perturbado a menina. Dina teve um chilique.

— Acho que devo ir embora.

— Não precisa.

— Vou trazer Reginald de volta. Posso trazer Celia também.

— O que você quer?

— Não sei. É o meu modo de dizer "não vou contar".

* * *

Caminharam de volta ao refúgio e falaram durante o crepúsculo. O rapaz descreveu sua loucura na R.D. Ela fortificou suas cápsulas com chá haitiano. Deixaram a porta do terraço aberta para a brisa entrar. Ela mediu a temperatura disfarçadamente e contou dias.

Pôs velas no chão. Ele disse que gostava da luz das chamas em seu cabelo. Ela sacudiu o cabelo. Ele disse que viu fagulhas.

Os pés dos dois trombaram. Ela olhou-o. O olhar dizia *É, agora*. Ele beijou-a. Foi suave. Ela beijou-o de volta com força. O beijo dizia *Não Tenha Medo*. Ele abriu um botão da blusa dela. Pôs as mãos nos seios dela.

Ela tirou a camisa dele e viu a cicatriz. Ele começou a contar a história. Ela o silenciou. O silêncio dizia *Eu sei*. Aquilo trazia todo Dwight de volta.

Ele tirou as botas dela. Ela se firmou no chão. Sua blusa estava levantada. O jeans estava frouxo. Ele passou a boca sobre a parte à mostra. Ela se arqueou. Ele tirou os jeans e a calcinha dela e chutou seus sapatos e a calça. A blusa dela estava meio abotoada. Ele abriu os últimos três. O piso estava frio nas costas dos dois.

A luz das velas e as sombras criaram *alguma coisa*. As cabeças convergiram de um modo estranho. Ela calculou o espaço de idade entre eles. Tabulação telepática. Dezoito anos, quatro meses, cinco dias.

Ela rolou para o colchão. O cheiro de Dwight ainda estava ali. O rapaz se ajoelhou e sentiu cãibra. Ela esfregou as pernas dele, fez com que ele se alongasse e o destravou. Ele beijou as pernas dela. Ela se abriu. Pequenas focinhadas separaram-nas. Ela gostou dele por isso.

Um vento frio lhe deu arrepios. Então ele ficou protetor. Envolveu-se por inteiro. *Fique em segurança/fique parada/estou aqui*. Ela o empurrou de leve. Deixou as mãos dançarem.

Seu cabelo se abriu em leque enquanto ela o tocava. Ele se afastou para cima, para *olhar. Fique parado/não olhe/estou aqui.*

As mãos dela agiram com mais brusquidão e mais força. As cabeças se ligaram de novo. Ele caiu para trás e fechou os olhos. Fez sons de dor que ela nunca ouvira antes.

A luz das velas oscilava. Sombras se formavam nas paredes. Ele abriu os olhos e viu o perfil dela. As cabeças se ligaram de novo. *Nós* não vimos isso antes.

Ele tentou rolá-la. Ela não deixou. Encaixou-se em cima dele. Deixou que ele olhasse e desejou que os olhos dele se fechassem. Moveu-se e levou-os para algum lugar. Isso continuou por um tempo. As velas se queimaram até o fim.

— *Você está decidido a fazer isso?*

— *Estou.*

— *Há um aparelho em Borojol. A casa pequena perto da bodega. Lá você pode conseguir pistas.*

— *Memorizei uns endereços.*

— *Há um médico chamado Esteban Sánchez. Ele vive mudando o consultório de lugar. Ele e Celia são chegados. Talvez ele saiba onde procurar.*

— *Tenho algumas ideias. Conheço algumas pessoas lá.*

— *Elas são subornáveis?*

— *São.*

— *Vou lhe dar algum dinheiro.*

— *Isso me amedronta. Você sabe o que eu vi lá.*

— *Você foi procurar a coisa e a coisa o encontrou. Isso sempre acontece.*

— *Celia vai saber onde Reginald está?*

— *Possivelmente. Eles são camaradas.*

— *Me amedronta. O lugar em si. Me amedronta mais do que o que pode acontecer lá.*

— O que você estava procurando?

— Tudo.

— O que encontrou?

— Uma foto sua numa praia e uma passagem de volta para cá.

— Valeu a pena?

— Você não precisa se preocupar comigo. Sei quanto custa a merda.

— Não sabe, não. Você não pode andar nesse ritmo para sempre, porque um dia ele simplesmente para.

— Não me diga isso. Só estou começando.

CAPÍTULO 124

(Santo Domingo, 7/4/72)

A zona zumbi, destilada. Simplesmente *MAIS*, porra.

Mais arrochos de rua, mais roedores tóxicos, mais despossuídos haitianos. Mais fascistas girando cassetetes e mais separação de cores de pele.

Mais calor. Mais insetos voadores. Mais negros pernetas sobre tábuas com rolimãs. Nenhum cosmético de construção de cassino. Mais astral *ruiiiiiim* e menos dissensão.

Crutch foi de táxi para Borojol. Tinha 400 mil e uma arma com silenciador. A alfândega deixou-o entrar facilmente. Ele não estava marcado como vermelho. Tinha suas listas na memória. Joan conseguiu dois passaportes falsos: um para Celia, outro para Reggie.

A familiaridade encontra o mal. Tudo trazia de volta algo que ele tentava esquecer. Passou pelo campo de golfe. Seus olhos de raios X reviveram. Lá estava o bunker de torturas e a cadeira elétrica.

O *New York Times* o distraiu. Democratas panacas e Nixon. A última gafe de J. Edgar. Um clarão na rua des-distraiu-o. Um grupo de policiais esmagava um grupinho distribuindo panfletos.

Tinha passado quatro noites com Joan. Conversaram e fizeram amor. Ele saía durante curtos períodos, só para respirar fundo. Não mencionava Sua Ideia. Não podia se arriscar à palavra "Não". Não dormia muito. Enrolava-se em volta dela e sentia o cheiro do cabelo dela no travesseiro. Ela segurava as mãos dele sobre os seios.

O táxi entrou em Borojol. O Mais ficou Pior. Mais merda de repressão. Mais mendigos em skates. Mais haitianos descalços pisando em bosta de rato e vidro quebrado.

Ali estava a bodega. Ali estava o aparelho.

Crutch pagou ao motorista e saiu. O aparelho parecia inócuo. Bateu à porta e não obteve resposta. Nenhum som de passos no interior e nenhum som de gente fugindo.

Arrombou a porta com o ombro. Luz do sol passando pelo vidro quebrado forneceu a visão.

As paredes estavam cheias de buraco. Cartuchos disparados cobriam o chão. Uma parede estava cheia de sangue espirrado e com marcas de bolinhas de chumbo, tudo isso misturado com cabelos escuros.

Moscas zumbiam em volta de um jaleco de médico encharcado de vermelho numa cadeira.

* * *

Fique acordado. Dê uma última olhada. Vá conseguir mais do Mais. Regras da vida esquerdista o impediam. Joan conhecia seus camaradas principalmente pelo primeiro nome. O Dr. Sánchez não tinha número de telefone na lista. Isso significava rodar de carro e espiar.

Crutch alugou uma lata velha e percorreu a lista de aparelhos. Memorizara 14 endereços. Começou em Gazcue e trabalhou indo para o oeste.

Os primeiros três estavam vazios. Bateu nas portas sem resultado e invadiu. Viu sinais reveladores de serviço de limpeza. Sentiu cheiro de amônia com sinais de sangue. Passou a lanterna miniatura e viu os cartuchos que os caras da limpeza tinham deixado passar.

Santo Domingo à noite: 28 °e ainda oprimida pelos fascistas.

Circulou. Perdeu-se nos detalhes. Viu três mulheres que havia espiado há um tempo.

As crianças pretas comendo tripas de peixe no rio Ozama. Os antigos canteiros de obras dos cassinos com bandos de invasores e cafofos de papelão sendo construídos.

Foi a mais quatro endereços. Duas casas não existiam. Falou com um otário na rua. O cara disse que La Banda as havia incendiado. Isso o incomodou. Queria que fossem como um bar clandestino na época da lei seca. Toc, toc. Uma tabuinha desliza mostrando um buraco. Ele diz: "Sou amigo. A camarada Joan me mandou."

Circulou. Foi aos sete lugares seguintes. De cara encontrou duas famílias caretas. Acabamos de alugar o barraco. Não conhecemos nenhuma Celia, nenhum comunista.

Passou pelos últimos cinco cafofos. Encontrou um incendiado e quatro limpos. Um bebum disse que os caras da La Banda adoravam botar fogo. Viu marcas de bala e montes de vermes sobre cartilagem. Viu uma cabeleira afro arrebentada a tiros.

Teve Outra Ideia.

* * *

— *Hola, pariguayo* — cumprimentou Ivar Smith.

— Nunca pensei que iríamos ver seu rabo de voyeur por aqui de novo — disse Terry Brundage.

O bar do El Embajador. Dito da manhã. Bloody Marys com talos de aipo. Os dois caras haviam envelhecido. Os dois caras pareciam prematuramente esclerosados.

Crutch abriu espaço na mesa. Brundage pingou Tabasco em sua bebida. Smith apontou para a pasta.

— *¿Qué es esto?*

— Quatrocentos mil dólares — respondeu Crutch.

— Ah, merda. Ele está trabalhando para os Rapazes de novo — disse Brundage.

— Como se Wayne Tedrow e a Ekipe Tigre não tivessem bastado — comentou Smith.

— É exatamente do que a gente precisa. Mais problemas com a máfia e sabotagem comunista — disse Brundage.

— Wayne matou o mormonismo para mim. Eu costumava pensar que eles eram todos bons homens brancos de direita — defendeu-se Smith.

Brundage mastigou seu talo de aipo.

— Odeio essa porra desses carcamanos.

Smith mastigou seu talo de aipo.

— Odeio essas porras desses convertidos em esquerdistas com conhecimento de química.

Crutch mostrou suas fotos: Reggie e Celia Reyes.

— Quem é a chiquita? Gostei dos olhos dela — perguntou Brundage.

— O neguinho parece Chubby Checker. "*Come on, baby. Let's do the Twist*" — ironizou Smith.

Crutch enfiou a mão na pasta e jogou 10 mil para os dois. Smith engasgou e quase espirrou a bebida. Brundage largou seu talo de aipo.

— Eles são comunistas, sem nenhuma dúvida. Quero encontrá-los e levar de volta para os Estados Unidos — disse Crutch.

Brundage abriu suas notas em leque.

— Por quê?

— Não vou contar.

Smith abriu suas notas em leque.

— Deixe o motivo de lado por um momento. Com quanto dinheiro nós ficamos?

Crutch bateu na pasta.

— Todo. Paguem a todo mundo que precisar ser pago e fiquem com o resto.

— Explique isso. Não estou dizendo que não, mas me dê uma dica — pediu Brundage.

— Estou sem pistas. Vocês têm os arquivos, os informantes e as pessoas. É um arrebanhamento. Vocês os encontram ou encontram os comunas que sabem onde eles estão.

Brundage pôs sal em sua bebida.

— Detenções.

Smith pôs pimenta em sua bebida.

— Interrogatórios. Nós trazemos La Banda.

— Eles podem estar no Haiti — comentou Crutch.

Brundage revirou os olhos.

— Isso significa os tontons.

Smith revirou os olhos.

— Primitivos malignos que fodem galinhas, que não trabalham barato.

Brundage mastigou seu talo de aipo.

— Papa Doc vai querer um gostinho.

Smith mastigou seu talo de aipo.

— O Anão também.

Crutch abriu um maço de notas em leque.

— É um monte de dinheiro.

— Eu tenho sangue judeu. Faço por 500 — disse Brundage.

— Eu estou ficando mais judeu a cada momento. Por 500 o negócio está fechado — disse Smith.

Crutch balançou a cabeça.

— Quatrocentos, sem papo.

Brundage suspirou e olhou para Smith. Smith pôs sal na bebida e suspirou de volta.

— Isso pode ficar feio. Você está lidando com subversivos da pesada.

Crutch bateu nas fotos.

— Não me importa, desde que eles não sejam machucados.

Ficou acordado. O sono o apavorava. Seus pesadelos iriam eclipsar merdas que chamejavam no tempo real. Comprou Dexedrine numa farmácia. Nivelou o nível de álcool no sangue com raspadinhas de gelo temperadas com klerin. A base de fruta cortava a desidratação.

Smith e Brundage juntaram dossiês e montaram uma lista de nomes. A divisão da grana foi acontecendo. Papa Doc e o Anão pegaram as verdinhas. Cada um recebeu cem. Smith e Brundage pegaram cinquenta cada. O resto foi para custos operacionais e capangas. La Banda e os Tontons forneceram caras para sacudir as árvores.

Esquadrões voadores: R.D. e Haiti. Locais de detenção rural flanqueando o rio. Máquinas de polígrafo, Pentotal, coerção. Rapazes durões com catálogos telefônicos e cassetetes.

O planejamento demorou três dias. O escritório de Smith servia como posto de comando. Crutch ficou acordado, sentado lá dentro. Brundage e Smith examinavam listas de conhecidos. Encontraram 19 menções a Celia e zero a Reginald. Isso limitava os alvos. Smith disse: vamos manter a coisa organizada. Deter, interrogar, pressionar e/ou soltar. Brundage discordou. Todos os comunas se conhecem. Vamos montar um grande bolão de deduragem.

A discussão se estendeu. Crutch concordava com Brundage. Mais era melhor. Smith defendeu uma combinação tipo "menos é mais". Não entulhar as cadeias. Não deixar os escrotos se juntar e tramar. Separar de cara os piolhos que não conhecem Celia ou Reggie. Oferecer grana para deduragem. Restringir o interrogatório a suspeitos prováveis.

Concordaram com relação a 31 nomes. Vinte e três viviam na R.D., 11 no Haiti. Tinham quatro equipes da La Banda com radiopatrulhas. Tinham três equipes da Tonton com radiopatrulhas. Os locais de prisão eram no meio da ilha, perto de Dajabón. Uma ponte de pedestres dava acesso. Ali a Plaine du Massacre era infestada de crocodilos. Os escrotos jantavam lixo largado e haitianos errantes viajando com ervas de vodu.

Os polígrafos foram ligados. O Pentotal foi preparado. Os interrogadores estavam a postos. As duas cadeias eram conectadas por rádio de comunicação. Os carros tinham rádio. O sistema estava perfeito.

Smith dava as ordens. Crutch se juntou a ele na cadeia da R.D. Crocodilos ficavam de preguiça na margem do rio. Eram maneiros. Crutch olhava-os da janela.

Marque a hora: exatamente 7 da manhã.

Smith falou com os carros pelo rádio. Os carros deram a confirmação de volta em inglês e francês. Fotos estavam pregadas nas paredes: trinta e quatro camaradas no total.

Crutch lera os dossiês deles na véspera à noite. Eram na maioria garotos da sua idade. Pareciam garotos. Ele não. Tinha cabelo grisalho e cicatriz posterior. Uma exceção não garoto: Esteban Sánchez, médico. Parecia envelhecido pela batalha. Joan o havia chamado de "guerreiro experiente da Brigada Vermelha".

As comunicações chegaram: peguei eles, peguei eles, peguei eles. Smith cuidava do rádio. Crutch ouvia os estalos e os guinchos. Alguns Vermelhos resistiam, alguns não. Estamos indo agora.

Crutch saiu e esperou na ponte. Crocodilos pegavam sol e nadavam embaixo. Jogou punhados de carne enlatada para eles. Os bichos pegavam fora d'água. Os dentes brilhavam. Os focinhos se viravam na direção da ponte.

Joan.

Cada pensamento agora. Atravessando seu caso e sua ideia. Chegando a *Isso*.

Ela levanta os braços. Ele beija-a ali. Ela diz: "Você é insanamente durável e persistente." Ela continua. Fala do gene da persistência. Ele pergunta o que ela quer dizer. Ela diz: "Não vou contar."

Horas passaram. Crutch ficou na Zona de Joan. Engoliu Dexedrine. Olhou os crocodilos. Ouviu comunicações por um alto-falante. É, pegamos comunistas — mas nada de Reggie ou Celia.

As radiopatrulhas apareceram. O ruído de silenciador anunciou-as. Uuush — pressão nos dois pátios — duas margens do rio. Pareceu sincronizado. Crutch tinha uma visão de dois rios.

Olhar à direita — caras da Tonton e comunas pretos. Olhar à esquerda — La Banda com comunas pretos e marrons. Crutch ficou na ponte e contou cabeças. Da R.D.: 18 no total. Do Haiti: nove de 11. Nada de Reginald Hazzard, nada de Celia Reyes.

Os camaradas estavam algemados. Crutch contou 24 homens e três mulheres. Os capangas os empurravam com violência. Alguns arrastavam os pés. Pequenos golpes de cassetete os faziam andar.

Entraram nas cadeias. Visão de dois rios. Para fora e para dentro, instantâneo.

Nada aparecia pelas janelas. Crutch ficou na ponte e alimentou os crocodilos. Estava tonto e lúgubre. Manchas surgiam na frente dos olhos. Estava acordado desde L.A.

Um crocodilo pulou bem alto. Crutch baixou a mão e coçou o focinho dele. Um homem gritou na cadeia da R.D., bem perto. Um homem gritou na cadeia do Haiti, fraco.

Isso continuou por dez segundos. Crocodilos se amontoavam embaixo da ponte. *Me dá essa merda pra comer agora.*

Crutch se desligou de tudo. Os crocodilos se dispersaram. O tempo se dispersou. Engoliu mais Dexedrines, ficou mais lúgubre, viu mais manchas. Joan tira os óculos e esfrega os olhos. Ele beija os braços dela. Arranca as botas dela. Ela ri e resiste. Ele cai de bunda.

Um homem berrou na cela da R.D. Dois homens berraram na cela do Haiti, fracos. A coisa continuou durante meio minuto e parou.

Crutch re-desligou-se. Seus braços pinicavam. Sentia-se com insolação. Viu manchas. Sua calça parecia frouxa. As manchas começaram a parecer insetos.

Um homem gritou na cela da R.D. O som continuou e não parou. Ele conjurou Joan com mais força. Ela tocou as roupas de Dwight e chorou. Ele disse que cuidaria dela. Ela disse: "Você não pode."

Uma mulher gritou na cela da R.D. O som continuou e não parou. Crutch cobriu os ouvidos. Isso não deteve o som. Virou as costas e ficou mais distante. Isso piorou. Seus ouvidos doíam. As manchas se transformaram em grades e reemolduraram tudo. Os gritos ficaram mais altos. Ele se virou e saiu correndo.

A porta da frente estava aberta. Garotos estavam algemados em canos e bancos lá dentro. O som reverberava num corredor dos fundos.

Crutch correu. As manchas viraram figuras. Derrubou um cara da Tonton e um cara da La Banda que segurava uma metralhadora. Chegou a outro corredor. Viu salas de interrogatório com painéis de espelhos dos dois lados. Garotos resistiam a testes de polígrafo. Capangas algemavam garotos a encostos de cadeiras. Capangas brandiam catálogos telefônicos e pedaços de mangueira.

A mulher gritou mais alto. Crutch identificou o som e chutou a porta. Ela estava algemada à cadeira. Seus braços, ensanguentados. Um escroto da Tonton tinha um cassetete com arame farpado.

Ela o viu e gritou mais alto. O cara da Tonton se adiantou. Ah, não, menininho — essa aí é minha.

Crutch barrou-o com o braço. Os ossos da garganta dele estalaram. Crutch deu uma cotovelada no nariz e quebrou-o. O cara da Tonton segurou o pescoço e entrou em convulsão. A mulher gritou. Crutch tirou a camisa e mostrou a cicatriz.

Smith entrou correndo na sala. O escroto da Tonton vomitou pedaços de osso e sangue. Crutch oscilou e viu manchas. A mulher olhou sua cicatriz. As cabeças dos dois convergiram. Ela disse alguma coisa em espanhol. Crutch pensou ter ouvido "Celia" e "Porto-P"...

Os caras da Tonton o levaram de carro. Brundage e Smith abafaram a disputa. Você foi zeloso demais. Reagiu com exagero. Obrigado pela grana.

O carro era uma barca vodu. Um Impala 63 rebaixado e recortado. Bandeiras da seita bizango. Pneus *slicks* e calotas cromadas. Fotos de cães com chapéus pontudos no painel.

Chuck se balançava no banco de trás. Aquelas manchas ficavam girando. Quebrou o recorde de L.A., de permanecer ligadão acordado. Os caras da Tonton o curtiam. O cara da tortura comeu a mulher do motorista. Isso é feitiço ruim. Você é um garoto branco direito.

A barca tinha ar-condicionado. Janelas de vidro fumê escondiam toda a merda *pauvre* lá fora. Pequenos povoados e grandes cartazes exaltando Papa Doc. Árvores marcadas com sangue em toda parte e vagabundos com chapéus de cabeça de galinha.

As pessoas se transformavam em manchas e vice-versa. Os caras da Tonton falavam um pouco de inglês, um pouco de francês. O arrebanhamento garantiu uma nota de cem para cada um. La Banda entrou em escaramuça com uns comunas em Santo Domingo. Isso é *gre-gre* ruim.

Porto Príncipe era um lugar de merda com brisa do mar. Praias rochosas, cubos de estuque e construções erodidas mais velhas do que Deus. A barca parou num cafofo verde-lima erguido sobre colunas acima da rua. Crutch disse bai-bai e subiu a escada com dificuldade.

Bateu. A porta se abriu. Celia Reyes se encostou no portal.

— Já vi você antes — disse Celia.

— Todo mundo já me viu — disse Crutch.

As manchas ficaram coerentes e tornaram tudo preto.

Tenente Maggie Woodard, reserva da Marinha dos EUA.

Usava o uniforme azul de inverno e o cáqui de verão. Seu crachá dizia WOODARD. Jamais se casara com Crutch Pai. Bebia demais e ficava irritada ou efusiva. Entrou para a reserva depois da Grande Guerra.

Usava o uniforme nos fins de semana. Ele olhava dos portais. Ela engolia uísque e escutava Brahms num fonógrafo de som arranhado. Fumava um cigarro atrás do outro. Balançava o sapato marrom do uniforme no pé esquerdo. Balançava o sapato preto do uniforme no pé direito. Pegava-o espiando e ria. Dava-lhe cerejas ao marrasquino tiradas do copo.

Desbotando e se dispersando. Esboços enegrecidos virando manchas.

Estamos em Ensenada. Você está com dor de cabeça. Não suporto sua dor. Fui a uma farmácia e apliquei uma injeção em você.

Estamos em L.A. Seu pai estoura todo o nosso dinheiro. Nós reviramos garrafas vazias e fazemos um estardalhaço no Bob's Big Boy.

Estamos em San Diego. Seu pai está não sei onde. Estamos andando por aí, como você sempre está. Você volta inesperadamente. Me pega com um amante no hotel El Cortez.

Você está sempre me vigiando. Deixo isso assim. Você fica parado na janela, esperando. Nunca vi, mas sei.

— Você me despiu.

— Você estava delirando. Não fazia o menor sentido.

— Quanto tempo fiquei apagado?

— Dois dias inteiros.

— Meu Deus. Tudo parece diferente.

— Então talvez seja.

O roupão era grande demais. Ele perdera uns 10 quilos, fácil. Ela preparou um enorme café da manhã. O cheiro lhe deu repulsa. A cozinha era apertada. Tudo era fora de escala. Pratos cobriam a mesa e mandavam vapores estranhos para o alto.

— Joan mandou você — disse Celia.

— Como sabia?

— Achei uma foto dela nas suas roupas.

— O que mais encontrou?

— Uma medalha de São Cristóvão, uma .45 automática e uma lista de perguntas preparadas meticulosamente.

Crutch re-focalizou. Quatro anos, desde Hollywood ao Haiti. Ela não havia mudado. Todo o resto havia.

— Espero que esteja disposta a respondê-las.

Celia tomou um gole de café.

— Acho que não me importo como você.

— Não entendo.

Ela sorriu.

— Estou dizendo que mudei. Minhas crenças se solidificaram. Não sou aquela pessoa imprudente e vingativa tão decidida a vingar Tatuagem.

Crutch oscilou. O cômodo fora de escala se contraiu. Ele sentiu calor da cozinha e começou a suar.

— Gostaria que me dissesse o que sabe e o que lembra.

Celia passou manteiga em sua torrada. Usava um vestido na altura dos joelhos. O cabelo estava preso por uma faixa.

— Tatuagem era uma sacerdotisa vodu. Na época eu era muito mais ligada nas crenças dela do que agora. Ela era louca e eu era louca, e estava tentando manipular um homem que trabalhava para Howard Hughes. Queria que aqueles cassinos fossem construídos no meu país. Joan e eu achávamos que poderíamos moldar aquele acontecimento para servir à Causa.

Crutch serviu café.

— Sei dessa parte. Sei do feitiço que você pôs em Tatuagem e como queria revogá-lo. O que me interessa são os detalhes específicos daquele ver...

— Eu era louca. Ela era louca. Fomos apanhadas juntas em coisas grandes. Eu havia lançado um feitiço sobre ela porque acreditava nessas coisas na época. Nós nos ligamos de novo naquele verão. Era um tempo perigoso no mundo. Eu queria machucar Tatuagem e salvá-la, tudo ao mesmo tempo. Ela havia feito um filme pornográfico com temática vodu. Um corretor de imóveis espalhafatoso arrumou para o filme ser projetado, na época em que Tatuagem desapareceu. Coisas se conectaram. O corretor conhecia o homem que trabalhava para Howard Hughes. Tudo parecia místico. Joan cedeu ao meu capricho e alugou uma casa com o homem. Tatuagem estava ficando numa casa perto. Joan havia contado a ela sobre o lugar. Permanecia vazio durante longos períodos. Joan e uns camaradas haviam usado o lugar como aparelho alguns anos antes.

Convergência, confluência, coincidência. Arnie Moffett, Casa do Horror, as anotações de reuniões comunistas. Um círculo temporal: de 1968 a 6/12/62.

— O nome do corretor era Arnie Moffett.

— É, parece que é. Ele tinha uma conexão vaga com o Caribe. Acho que era envolvido com importação e exportação do Haiti.

Re-convergência. Arnie Moffett em 1968: meus cafofos são locações de filme de sacanagem.

— Você conhecia Sal Mineo. Pediu para ele juntar Tatuagem com um pessoal do cinema. Ele havia conseguido referências antes. Você queria revogar o feitiço. Tatuagem tinha pagado penitência e comprado o caminho para fora do livro dos mortos. Ela...

Celia apertou as mãos dele. Crutch estava agitado e suando. Deixou que ela o ancorasse.

— Na época Sal chamou de "fantasia", e agora estou chamando também. *Tatuagem estava louca, eu estava louca. Estamos loucas como você está louco agora.* Tatuagem se reconciliou com o pessoal do 14 de Junho e fez favores para Joan. Joan disse: "Querida, pare com essa bobagem. Tatuagem ficará melhor se você deixar tudo isso para lá."

Crutch soltou as mãos.

— E você *deixou*? Está dizendo que é *isso*?

Celia assentiu.

— Vou admitir que sim. Tatuagem desapareceu e eu tive uma premonição legítima de que ela tinha sido morta naquele verão. Ainda tenho, se é que vale de alguma coisa. Tive mais tarde, naquele ano, e falei com um amigo a respeito, e...

— Leander James Jackson, que...

— Que agora também está morto. *Ele* andou perguntando sobre Tatuagem. *Ele* falou com o corretor e não chegou a lugar nenhum.

Crutch coçou as pernas. Seus membros pareciam entorpecidos. O cérebro rebobinava, dava a partida de novo, parava de novo e se realimentava.

— Você está dizendo que é só isso.

— Estou.

— Está dizendo que não se lembra dos homens com quem você juntou Tatuagem?

— Estou.

— Está dizendo que não sabe quem comparecia às projeções?

— Estou. Tenho uma cópia do filme, mas Leander e eu nunca identificamos os outros atores.

— Está dizendo que Jackson abordou Arnie Moffett para falar das projeções e não descobriu nada, e que a partir daí você simplesmente deixou tudo de lado?

Celia tocou seu braço.

— Você é cheio de recursos e persistente, caso contrário não teria me achado. Se está tão ansioso para agradar Joan como acho que está, pode encontrar meios melhores de servir à Causa.

Realimentando, rebobinando, para/começa, espreme/cospe/para fora.

— Sabe onde Reginald Hazzard está?

— Sei. Ele mora a 1 quilômetro daqui.

Crutch gargalhou.

— Assim?

Ela pegou um guardanapo e limpou o rosto dele. O suor caía nos olhos.

— Vou levar você de volta a Joan.

— Não vai não. Vou escrever um bilhete para ela.

A lata de filme era pesada. O envelope estava lacrado. C.R./J.K. estava escrito no verso.

Decidiu andar e re-escalar as coisas. Sentia-se *re*-carrilado e não *des*-carrilado. Tinha a *re*-pista de Arnie Moffett. Ainda tinha Aquela Ideia.

Ligou da casa de Celia para Ivar Smith. Fizeram planos de viagem. Transporte Tonton até Santo Domingo. De lá para L.A. Adiar a ligação para Vegas e rezar para que tudo dê certo.

Seus dedos estavam com cortes de papel. Às vezes a leitura de dossiês fazia isso. Eles pinicavam. O cérebro tinha acabado de re-sinalizar a dor.

Maresia e umidade. Temperos no ar. Negros falando francês.

Jogou o passaporte de Celia numa lata de lixo. Pegou uma banana numa barraca de frutas e mordeu. Algumas crianças ouviam um rádio portátil. Estrada da memória: Archie Bell and the Drells com "The Tighten Up".

Ali está *chez* Reggie. É um verde-cheguei caribenho.

A porta estava aberta. Uma tela rasgada estava presa no lugar. Crutch enfiou a mão por um buraco e destrancou-a.

Um laboratório e um tesouro de arquivo. Fileiras de garrafas e pastas empilhadas. Textos de química, béqueres, fogareiros e panelas. Alguns gráficos moleculares maneiros.

Seus dedos ardiam. Examinou prateleiras e teve uma intuição. Aquilo é *ocimum basilicum.* Claro, por que não?

Mergulhou os dedos da mão esquerda no frasco. Eles se re-pinicaram e des-arderam. Tirou-os. Os cortes desapareceram enquanto a pele se franzia.

— Você acredita em química haitiana?

Virou-se. Nada de Chubby Checker. Reggie parecia Harry Bellafonte com manchas brancas e um bigode de Fu Manchu.

— Acredito em tudo — respondeu Crutch.

* * *

O sono encontrou-o e venceu. Queria ver tudo mais uma vez e dizer adeus a Wayne. Pegou uma cortina de blecaute e cheiro de cigarro.

Sentiu cheiro de aeroporto. Combustível de jato e borracha queimada. Ouviu cantos logo depois disso.

— *Muerto* — La Banda. "Batidas" *en español.*

Abriu os olhos. Viu garotos segurando placas com bordas pretas. Uma foto de um cara moreno. ESTEBAN JORGE SÁNCHEZ, 1929-1972.

Fechou os olhos de novo. Reggie disse:

— Não durma. Nós chegamos.

O Anão arranjou para viajarem de primeira classe. Reggie era alto. Adorou o espaço para as pernas. Crutch tentou conjurar Joan e obteve Esteban Sánchez sem parar.

Reggie era o próprio Sr. Calado. Tudo cheirava a *fait accompli.* Não veio com ninharias, perguntas, protestos. Reggie, o gênio idiota com passado infernal.

Crutch ficou acordado. O potencial de pesadelo o revitalizava e o mantinha desperto. Reggie lia livros de química e comia demais. Suas cicatrizes de queimadura pareciam exóticas. A comissária de bordo gostou dele. Reggie, o sábio socialmente descuidado e angelical.

Crutch ficou furioso sem motivo. O latejar dos motores do jato se alojava dentro dele, de algum modo. Ficou tonto. O sono encontrou-o e venceu.

— Senhor, chegamos.

A comissária de bordo cutucou-o. A primeira classe estava vazia. Reggie havia sumido. *Não, ainda não. Por favor, Deus... deixe-me ver...*

Ergueu-se de um pulo. Agarrou sua mala e empurrou pessoas para fora do caminho. Seu paletó balançava. Pessoas viram sua arma e ficaram em pânico. Ele abriu caminho descendo a rampa. Deu cotoveladas nuns hippies idiotas e numa freira. Chegou à pista. Viu Reggie e Mary Beth abraçados.

O garoto soluçava. Mary Beth segurava a cabeça dele abaixada. Ela levantou os olhos e viu Crutch. Encarou-o com seus olhos de pintas verdes por um momento e foi andando com o filho.

CAPÍTULO 125

(Los Angeles, 13/4/72)

Joan montava identidades.

Trabalhava à mesa de Dwight. Klein e Sifakis estavam proibidos agora. Muita coisa acontecera. Ela havia superutilizado Williamson, Goldenson, Broward e Faust.

Precisavam de certidões de nascimento. O cemitério Forest Lawn tinha mandado uma lista de túmulos para ela. Nomes, datas de nascimento e datas de morte. Ela folheou. Os falecidos estavam em ordem alfabética. Elas precisavam de duas mulheres. Datas de nascimento nos anos 1920, uma étnica/uma não. Ela era judia e parecia. Karen era grega e não parecia.

Examinou colunas. A seleção de nomes com a idade correta era pequena. Precisavam de mulheres solitárias. Família pequena ou nenhuma. Isso exigia pesquisa de passado. A partir daí: carteiras de motorista, carteiras do seguro social, implantação de documentos oficiais.

Os nomes a entediavam. Tomou chá e acendeu um cigarro. As cicatrizes nos pulsos coçavam. Olhou o refúgio ao redor.

Um envelope junto à porta. Papel caro. Mal cabia por baixo da fresta.

Levantou-se e pegou-o. Viu as iniciais no verso. Cortou a parte de cima e leu.

Mi Amor

Me quedo. Por la Causa. Con respeto al regalo que eres tú.

Ela havia beijado a página, abaixo da assinatura. Seus lábios deixaram uma impressão em vermelho forte.

CAPÍTULO 126

(Los Angeles, 14/4/72)

Rodando.

Clyde e Buzz estavam fora. Crutch trabalhou com o projetor da sala de reuniões. Enrolou o filme e encaixou os buracos na roda dentada. Apagou as luzes e baixou a tela de parede. Centralizou o facho e obteve *Ação*.

Filme colorido, granulado. Fez alguns ajustes. Agora estava melhor — uma imagem nítida.

Fade-in. Um panning shot.

Uma sala de estar. A câmera captava a janela. Estava claro lá fora. A sala era pequena e com móveis baratos. Não era a Casa do Horror.

Uma imagem se manteve: a sala, de perto. Cinco pessoas entravam em quadro. São três mulheres e dois homens. Todos estão nus e com os corpos pintados. Símbolos de vodu, da cabeça aos pés. Os dois homens são negros. As mulheres são brancas. Todos usam máscaras de madeira. A outra mulher está sem máscara e tem tatuagens loucas. É María Rodríguez Fontonette.

Crutch sentou-se acavalado numa cadeira. A câmera girou pela sala. Lá estava a janela de novo. A rua estava visível. Era Beachwood Canyon, *perto* da Casa do Horror.

A câmera re-centralizou. Os atores engoliram cápsulas marrons. Ervas haitianas. Corta para um close. Ali estava María. Ali está a tatuagem no braço. O corte partiu ao meio a obra de arte pouco depois. Ela possuía mãos lindas. Seriam decepadas. Movia-se graciosamente. O assassino cortou dentro dela. Todo aquele movimento fluido: anulado.

Crutch olhava. Sentia-se sufocado. Verão de 1968. Tatuagem invade a Casa do Horror, Tatuagem morre lá. As casas alugadas por Arnie Moffett. Joan e Celia alugaram uma. As projeções de filmes nas casas alugadas. Tudo estava comprimido. Ele estava perto, no início da coisa. Clique de alerta: tem alguma coisa que você deixou passar.

Salto temporal: agora estamos num quarto. Há uma cama d'água descoberta, tremelicando. Os atores se juntam em volta. Falam com alguém fora de cena. Os lábios se movem sem som.

Crutch olhou para Tatuagem. Ela era linda, estava viva. Traiu o 14 de Junho em 1959 e se reconciliou depois. "Era um tempo louco." Celia disse isso. Ele não conseguia reconciliar a Causa com um filme de sacanagem. Isso o ofendia.

Os homens tremeram e se sacudiram. Caíram na cama. Suas costas se arquearam. As pernas entraram em espasmos. As poções bateram. Estavam no estágio inicial da zumbificação. Tiraram as máscaras e ofegaram tentando respirar. Suaram a tinta vodu no corpo.

Tatuagem chicoteou-os. Pancadas fracas, só para aparecer. As duas garotas brancas começaram a tremer. Seus movimentos eram espasmódicos como de marionetes. Subiram na cama e acariciaram os caras com força. Todos tinham espasmos e se sacudiam. Todos faziam merda estilo *grand mal*, fora dos corpos. Os homens se sacudiam deitados. Seus movimentos ficaram vagarosos. As garotas brancas montaram neles e puxaram-nos para dentro. A câmera fez um close de inserção.

Ervas diferentes. As mulheres se contorciam num hiper-ritmo. Prendiam os homens na cama. Os quadris e os braços se moviam em contraponto. As cabeças se moviam num eixo espástico. A câmera captou os homens de perto. Os olhos deles estavam abertos e mortos. Tatuagem chicoteou as mulheres de leve. As contorções delas se aceleraram.

Tatuagem saiu de vista e voltou para o quadro. Segurava uma ferramenta de lareira em forma de falo. A ponta do pau brilhava. Estava quase incandescente. Ela tocou o tapete com aquilo e obteve combustão. As mulheres se sacudiam e abriam a boca. Ela lhes deu a cabeça do pau. Elas chuparam e não demonstraram dor. Tiraram a boca e apertaram a cabeça do pau na cabeceira da cama. O tecido chamuscou e queimou até as molas.

Os homens estavam zumbificados. As mulheres lhes davam uma foda vodu. Tatuagem pegou o pau ardente e fez um buraco a fogo na parede. Crutch *sacou*. *Ele conhecia* as marcas. Tatuagem desenhou-as na Casa do Horror. Tatuagem desenhou-as a fogo numa parede de set de filmagem.

A catraca emperrou. A tela ficou toda branca. O filme morreu justo naquele ponto.

Convergência. Conexão. Confluência. A frase de Clyde: *É quem você conhece, quem você estoura e como tudo isso está ligado.*

Clique de alerta: falta alguma coisa. Você não sabe quem matou Tatuagem. Não sabe quem colou tudo isso.

Crutch foi até Beachwood Canyon. Era tudo apertado. Ali estava a Casa do Horror. Ali estava a casa que Joan e Celia alugaram. Ali estavam os outros cafofos de Arnie Moffett. Sua memória de quatro anos atrás se manteve.

Ziguezagueou por ruas laterais. Calibrou a visão pela janela da foda. Estava intacta. As mesmas palmeiras e a entrada de veículos do outro lado da rua. Um cartaz da imobiliária Moffett.

Tudo continuava apertado. Pertinho dali, a alguns passos, logo ali. Quem/o que começou e fez tudo se coadunar?

Celia disse que Arnie Moffett tinha um negócio de importação e exportação. Clique — estamos de volta para *lá* de novo.

Confluência. É quem você conhece, quem você...

Crutch foi para o centro da cidade. Clyde tinha pistolão no Bureau de Licenciamento de L.A. O acesso custava cinquenta pratas e uma piscadela.

O funcionário de serviço reconheceu-o. Importação-exportação um tempo atrás? As caixas da sala 12.

A sala era um pântano de papel mofado. As caixas eram marcadas pelos anos. Sem etiquetas detalhadas, sem ordem alfabética. Verdadeira escavação de papel.

Começou em 1966 e trabalhou para trás. Encontrou nas de 1963.

Arnie tinha um negócio chinfrim. "Arnie's Exotismo das Ilhas, Limitada." Curiosidades, bricabraques, *conexão*. Importações de: Jamaica, Haiti, R.D., mais perto agora. Onde está aquele estalo que liga tudo?

O mesmo escritório. A mesma delicatéssen ao lado. "Lar do Herói Hebreu."

Comprou uma garrafa de Jim Beam. Arnie era biriteiro. Na época a birita suavizou a surra. Poderia funcionar agora.

Crutch entrou. Uma sineta soou. Arnie estava sentado à mesma mesa. Hoje a camisa de boliche era verde. Ele tirava meleca do nariz e lia *Car Craft*.

Crutch ocupou a cadeira dos clientes. Arnie ignorou-o. Crutch pôs a garrafa em cima do borrador.

Arnie olhou para ela.

— Verão de 1968. Qual é a primeira coisa em que você pensa? — perguntou Crutch.

Olhos na garrafa. Ele considera, *re*-considera e *re*-cogita. Aah, ele saca.

— A primeira coisa que penso é em toda aquela *encrenca* política. A segunda coisa em que penso é em você.

Crutch abriu a garrafa e entregou-a. Arnie gorgolejou.

— A terceira coisa em que estou pensando é que você parece muito mais velho. A quarta é que espero que você ainda não esteja naquela cruzada. Se tem a ver com as minhas casas, Gretchen Farr, Farlan Brown ou Howard Hughes, você já ouviu tudo o que eu sei.

— Leander James Jackson.

Arnie *re*-gorgolejou.

— O que é que tem?

— O outro cara que apareceu fazendo perguntas. Aquela mulher, "Tatuagem", sua locação de filme de sacanagem, a casa que você alugava para as projeções.

Arnie tirou meleca.

— Temos dois objetivos diferentes aqui. Onde eles se conectam, não sei. Você tinha a sua cruzada de Gretchie, ele tinha uma coisa com Tatuagem. Ele está morto, por sinal. Foi apagado naquele "Estouro da Militância Negra". E, por sinal, eu não escondi nada de você. Falei que alugava meus cafofos como locação de filmes de sacanagem, mas você não fez nenhuma pergunta sobre Tatuagem.

Re-convergência, *des*-convergência. Até agora Arnie estava jogando limpo. A merda pairava perto.

— Fale de Tatuagem.

— O que há para falar? Eu conhecia alguém que conhecia alguém que a conhecia. Ouvi dizer que ela estava dura. Ela ficou sabendo que eu tinha um negócio de importação e exportação com seu paisinho de merda. Ela queria fazer uma porra de um filme de sacanagem-vodu e precisava de um lugar para filmar. Nós conversamos pelo telefone. Eu dei umas dicas. Eram todas sobre caras de tipo tarado da minha lista de clientes de importação. Ela ligou para eles, o que encerrou nosso contato breve e razoavelmente lucrativo.

Crutch esfregou os olhos.

— Você estava lá durante a filmagem?

— Não.

— Conheceu os técnicos de câmera ou os outros atores?

— Não.

— Viu o filme?

— *Nyet*. Não curto pornô. Gosto da coisa de verdade, na cama comigo. Sou um cara do tipo entra-e-sai. Dez minutos de contentamento e volto a assistir *Bowling for Dollars* no canal 13.

Crutch coçou o pescoço. Era todo nós e calombos.

— Quem comparecia às projeções? Me dê alguns nomes.

Arnie mamou na garrafa.

— Não sei. Mandei uma cópia mimeografada da minha lista a Tatuagem.

— Ela foi assassinada naquele verão. Como é que isso bate em você?

Arnie fez mímica de punheta.

— Não bate em mim de um modo nem de outro. Aquele cara haitiano achou que ela tinha sido apagada, por isso vou dizer a mesma coisa que falei a ele. Bobby K e aquele cara dos direitos civis acabaram de ser apagados, de modo que um pedaço de boceta de ilha não tem muito peso para mim.

Crutch viu *VERMELHO*. Exatamente como *na época*. Não, não faça.

— Onde está a porra da lista de clientes?

Arnie espremeu uma espinha no pescoço.

— Na minha garagem, se é que está em algum lugar. A chave fica no gancho perto do banheiro. Divirta-se, mas não volte depois de quatro anos para me fazer passar por essa merda de novo.

Poeira, mofo, teias e ninhos de aranha, camundongos. Latas de óleo, baterias descarregadas, um bloco de motor rachado. *Car Craft* desde 1952. Quarenta bastões de beisebol Sandy Koufax falsificados.

A garagem de Arnie Moffett, Mar Vista.

Blocos de receita roubados. Todas as edições de *Food Service Monthly*. Uma foto de Marlon Brando com um pau na boca. Quatro espingardas de chumbinho, dois cortadores de grama quebrados, o esqueleto de um gato.

Crutch trabalhou. Cavou em meio a montes de bosta de rato até chegar a uma pilha de caixas. Pegou a primeira fila de caixas. O currículo de Arnie expandido. Ele vendia consolos, vendia rosários, vendia o Extensor Peniano Jumento. Vendia ingressos de futebol falsificados. Comandava o fã-clube de Debra

Paget. Comprava pelo correio bonecos de JFK e Jackie K. Vendia ampolas de nitrato de amila para bares de veados. Era dono de uma agência de empregos para imigrantes ilegais ajudantes de cozinha.

Ali: "Arnie's Exotismo das Ilhas."

Rasgou a caixa. Uma pilha de pedidos apareceu. Jogou a caixa no chão. Consegui: "Clientes/1959 a 1963."

Quatro páginas grampeadas. Uma porrada de nomes.

Crutch examinou em ordem alfabética. Os nomes e endereços eram puro grego. Chegou à última página. Examinou do *T* ao *Z*. Parou em:

— Weiss, Charles. North Roxbury, 1482, Beverly Hills.

Chick: advogado de divórcios. Chick: consorte dos motoristas. Chick: o melhor amigo de Phil Irwin. Phil: contratado e demitido pelo Dr. Fred Hiltz — encontre Gretchen Farr. Chick: viciado e com gosto por carne preta.

E..

Ali está...

O...

CLIQUE.

O escritório de Chick. Estratégia de seguir cônjuges infiéis. A estátua com três falos. A Negra de pernas abertas. Importações: tudo malignidade vodu.

Precisava de uma arma para ser abandonada. O refúgio era ali perto. *Armas frias*. Dwight poderia ter deixado alguma.

Era o crepúsculo. Pisou fundo em direção noroeste. Passou pela casa de Karen no caminho. Vista de janela: Karen e Joan na sala. As meninas fazendo bagunça.

As luzes do refúgio estavam acesas. Crutch pegou a chave embaixo do tapete e entrou. Havia um dossiê na mesa. Joan havia lhe deixado um bilhete.

D.C.

Um amigo encontrou isso. Os federais têm papéis sobre você. Achei que gostaria de ver.

J.K.

CRUTCHFIELD, DONALD LINSCOTT.

Os relatórios juntados por Clyde Duber. Parágrafos rasurados a canivete. As avaliações de Clyde: "Os voyeurs são bons motoristas." "Tendências estranhas." O garoto estava trabalhando no caso Farr. Estava ligado demais naquilo.

Um relatório de informante do FBI: Phil Irwin, dedo-duro federal.

"Meu chapa Chick e eu gostamos de espiar. Estudamos com o melhor de todos, Crutch Crutchfield. Não tem uma janela em Hancock Park onde aquele escroto deturpado não tenha enfiado o nariz. Ele nunca soube, mas Chick e eu costumávamos segui-lo e estudar sua técnica."

Relatórios de DPs embaixo: Phil e Chick presos por vadiagem. O conhecido deles, Arnie Moffett, interrogado por causa de "festas pornôs". Arnie compartilha o amor de Chick por "arte negra bizarra".

Ele viu *VERMELHO*. Não conseguia respirar. Tomou água da pia e tossiu. Recuperou um pouco do fôlego.

Dwight havia deixado um cesto de mercadorias no armário. Ele encontrou uma arma, algemas e um rolo de fita adesiva.

Phil morava no carro. Na maior parte das noites apagava em seu táxi tigre. Geralmente parava no estacionamento dos motoristas, longe da rua.

Crutch foi de carro até lá. O posto de gasolina estava fechado. Uma limusine tigre estava parada perto da oficina. Phil dormia no banco de trás. Os braços pendiam para fora da janela.

Roncos. Bafo de birita. A cabeça de Phil apoiada na borda da janela.

Crutch parou e foi até lá. Phil continuou dormindo. Crutch abriu as algemas e prendeu o pulso esquerdo de Phil. Phil ganiu no sono. Crutch apertou a catraca e algemou a coluna da porta. Phil fez uma careta e roncou.

Crutch escancarou a porta. A corrente da algema afundou na pele de Phil e puxou-o para cima e para fora do banco. Ele acordou. Caiu no mundo de joelhos. Não sacou. Não conseguiu se mexer. O braço estava acima da cabeça *e doia*.

Berrou. Piscou e viu Crutch.

— Ei Voy... — disse.

Crutch chutou o saco dele. Phil vomitou birita misturada com amendoim. Tentou ficar de pé e conseguir dar alguma folga na corrente. Crutch tornou a chutar o saco de Phil que re-caiu de joelhos.

Berrou. A algema cortou fundo. Sangue escorreu pelo braço.

— Verão de 1968. Você pegou o servicinho de Gretchen Farr primeiro, eu fui o segundo. Você partiu para uma farra, então eu assumi — disse Crutch.

Phil tentou sentar-se. A algema cortou mais fundo. Phil tentou ficar de pé. Crutch chutou seu saco. Phil caiu de joelhos, com mais força.

Berrou, tossiu, babou vômito. Tombou a cabeça no peito e ofegou.

— Você e Weiss. O voyeurismo, Arnie Moffett, aquele filme de vodu — continuou Crutch.

Phil balançou a cabeça. Crutch deu-lhe um tapa. Phil baixou a cabeça e tentou morder a mão dele. Crutch sacou a arma e segurou-a ao nível do olho dele.

— Vou ligar o rádio. Ninguém vai escutar o tiro. Você trabalha na Tiger Kab. Vive circulando no bairro negro. Está comendo metade das pretas a sul do Washington Boulevard. Quanto tempo o DPLA vai dedicar a isso?

Phil respirou algumas vezes. Phil se remexeu ajoelhado. Seus olhos começaram a se mexer rapidamente. O sangue escorria pelo braço e encharcava a camisa.

— E daí? A gente gosta de espiar. Você gosta, eu gosto, Chick gosta. Ele conhecia o tal de Arnie. Chick costumava comprar uns badulaques e umas merdas com ele. Arnie era dono de umas casas pra festa e mostrava filmes nelas. Chick viu um filme maluco e ficou doido por uma dona que aparecia nele. Ouviu falar que ela tava morando numa casa vazia por lá, e o que acho é que ele espiava ela.

— E é só isso?

— Você quer mais?

— Quero.

— Certo, é isso aí. A gente espiava você espiando, por isso a gente aprendeu com o Rei. Qualquer coisa de que você esteja a fim veio direto de você.

Crutch pegou a fita adesiva. Phil se retorceu e sacudiu a cabeça. Crutch agarrou o cabelo dele e enrolou-o tipo múmia. Deixou um buraco aberto para o nariz. Cobriu a boca, a cabeça, os ouvidos. Puxou-o do chão e chutou-o para o banco de trás. A catraca da algema cortou-o. Os ossos apareciam nitidamente. As capas de assento de tigre falso soltaram pelos em cima dele.

Fumaça de haxixe. Siga a trilha. O carro da mulher não estava. Ele estava lá atrás, perto da piscina.

Crutch foi pela entrada de veículos. O quintal dos fundos estava escuro. A piscina fornecia luz tremeluzente.

Tamanho olímpico. Nus artísticos desenhados no fundo. Picasso viajando de LSD.

Chick estava sentado perto da parte funda. Balançava a cadeira com os dedos do pé no trampolim. A fumaça ficou mais densa. Ele tinha um pequeno cachimbo com a borda tramada.

Crutch puxou uma cadeira para perto. Chick focalizou-o.

— Você deveria ligar primeiro. Clyde sabe disso.

— Phil precisa ligar primeiro?

— Phil é um caso especial. Clyde sabe disso também.

Crutch virou a cadeira e montou nela. A fumaça de haxixe queimava seus olhos. Sentiu cheiro de colônia Hai Karate.

A água da piscina ondulava. Chick deu uma tragada e ofereceu o cachimbo. Crutch balançou a cabeça.

— Eu juntei umas coisas. Gostaria dos seus comentários.

Crutch reacendeu o cachimbo. A trama da borda reluziu.

— Há alguma coisa portentosa nessa sua visita. Está começando a me incomodar.

— Você matou uma mulher chamada María Rodríguez Fontonette. Gostaria que falasse sobre isso.

Chick riu e piscou. Era treinado. Chick havia estudado o falecido Scotty B.

— Não há muito para contar, se bem que devo creditar sua ajuda naquele caso.

— Houve outras?

— Algumas, aqui e ali.

— Fale de María.

Chick deu uma tragada. Seus olhos estavam vermelhos, as pupilas eram pontos.

— Eu a espiava. Ela curtia vodu, eu curto vodu, nós dois curtíamos arte vodu. Comemos umas ervas e falamos do Haiti. Tudo estava maneiro, até que a dona começou numa viagem de culpa por causa de uma invasão comunista que ela traiu. Foi um saco. Cortou meu barato, aí comecei a pensar: sabe de uma coisa? Você está aqui nessa casa abandonada, você sempre quis fazer isso, ela é uma puta crioula da qual ninguém vai sentir falta.

Crutch puxou sua cadeira para perto.

— Então você fez.

— É. Cortei o corpo ao meio e decepei as mãos. Ela me contou um monte de histórias sobre esmeraldas, por isso moí um pouco de vidro verde e enfiei nos ferimentos. Comecei a ter umas fantasias uns cinco anos antes. Comprei um jogo de ferramentas cirúrgicas e guardava no porta-malas do carro, mas nunca pensei que teria coragem. Bom, naquela noite a lua estava em Escorpião, e acho que simplesmente fiz.

Crutch olhou para a lua. Era uma fatia, e meio eclipsada.

— Você está começando a fazer julgamento, Voyeur. Isso me mata de rir.

— É?

— Sempre achei que você tinha excesso de bagos e escassez de cérebro. Agora devo acrescentar "mentalidade hipócrita".

Crutch procurou nos bolsos. Chick deu uma tragada e soprou fumaça na cara dele.

— Você não pode enfiar o nariz em janelas e sair livre. Inspiração é inspiração. É como aquele cara, o King, dizia: "Eu tenho um sonho." Você nunca sabe quem o está vigiando ou quem está chutando dentro da sua cabeça.

Crutch pegou as cápsulas e mostrou-as.

— O que você tem? — perguntou Chick.

— São do Haiti. É uma tremenda viagem. Você voa um dia e meio.

Chick fez *Posso?* Crutch fez *Claro*. Chick engoliu as cápsulas a seco e reacendeu o cachimbo.

Crutch se inclinou mais para perto.

— Fale das outras.

— O que há para falar? Elas pareciam boas, e eu estava entediado.

— Só isso?

Chick deu uma tragada.

— É, "só isso". Eram os anos 1970, neném. "Faça o seu barato."

Crutch olhou em volta. A piscina, o luar, o momento. Um pássaro voou acima.

Chick olhou-o. Alguns segundos se passaram. Seu olhar vitrificou. Espuma verde brotou dos olhos, do nariz e da boca. Seus braços entraram em espasmos e se contraíram. Ossos se despedaçaram. Crutch ouviu os estalos. Chick se levantou e cambaleou. Espuma saiu borbulhando pelos ouvidos.

Crutch estendeu a perna e o fez tropeçar. Chick caiu na piscina. Crutch viu-o se sacudir e flutuar de cara para baixo.

CAPÍTULO 127

(Los Angeles, 17/4/72)

— Não me dê um sobrenome. Há um em que estou pensando.

— Posso adivinhar?

— Só digamos que homenageia os últimos anos, além de fugir deles.

O quintal dos fundos era a fazenda de jacarés de Ella. Nuvens se formavam e prometiam chuva. Joan juntou as criaturas de pelúcia.

— Testamenteiro literário. O que acha? Todos os nossos arquivos, diários, memorandos. Tudo que juntamos — disse Karen.

Joan olhou para o refúgio.

— Ele vai ser bom. É um tremendo acumulador.

— O que ele fará com tudo isso?

— Vai ler e procurar respostas. Vai ver coisas que mais ninguém viu e impor sua própria lógica. Se crescer, vai entender tudo o que isso significa.

As meninas corriam pela casa. Joan espiou pelas janelas. Dina assistia a desenho animado na TV. Ella veio de mansinho, puxou a tomada e gargalhou.

— Sinto falta do Dwight — disse Karen.

— Tem alguma coisa mudando no meu corpo — comentou Joan.

A chuva continuou. Com ela veio um vento forte. Joan apoiou armas sem registro e os bricabraques de Dwight sobre as pilhas de papéis. Queria o vento. O garoto adorava seu cabelo desgrenhado.

Bênção mista. O vento lhes dava o pano de fundo. Sopros apagavam as chamas das velas.

Ele estava ali com ela e em algum outro lugar. Mantinha os olhos abertos. Ela beijou-os para fechá-los, manteve-os fechados e acariciou uma veia do pescoço que pulsava. Ele fez sons que ela nunca ouvira. Tinha um repertório de sons de criança. Os sons empurraram as lágrimas dele para o fundo. Ele se enterrou no cabelo dela, para que ela não visse.

Demorou um tempo. Ele se desviara para algum lugar e tocava-a a distância. Tinha passado tempo longe dela e rolado de volta. Ele viu o que viu, pensou o que pensou e voltou para ela. Pôs um joelho entre as pernas dela e beijou embaixo dos braços dela. Forçou o encaixe. Ela rolou e se ajoelhou sobre ele. Os olhos dele pareciam loucos. Ela cobriu-os. Ele beijou as palmas das mãos dela e segurou os dedos dela na boca.

* * *

— Diga o que você andou fazendo.

— Não posso.

— Andou pensando na ilha?

— Andei, em parte.

— Ouvi dizer que Esteban Sánchez foi morto.

— Foi sim.

— Você foi cúmplice?

— Fui.

— Confie na pureza de sua intenção. Sempre haverá baixas, e sempre haverá menos baixas se você agir com ousadia.

— Há outra coisa.

— Conte.

— Não vou contar.

— Você foi cúmplice?

— Fui.

— Agiu com ousadia?

— Agi.

— Você percebeu que precisava agir, porque ninguém mais faria isso?

— Percebi.

— Está confortado por isso agora?

— Não.

— Suas opções eram fazer tudo ou não fazer nada. Você fez a escolha correta.

— Como vou saber quando tiver feito a coisa errada?

— Quando o resultado for uma catástrofe que não termine de modo nenhum.

— O que faço, então?

— Procure uma resolução mais profunda e tente ser mais forte e mais inteligente na próxima vez.

— Tem uma coisa chutando dentro da minha cabeça agora.

— Conte.

— Não posso.

— Certo.

— Diga por que rasurou meu dossiê.

— Não vou contar.

— Acho que nunca mais vou me sentir seguro. Sempre vou procurar algo que pode estar lá ou não.

— Você sempre foi assim.

— Existe algum modo de fugir de tudo isso?

— Não para você nem para mim. Nós podemos fugir, mas sempre vamos voltar.

CAPÍTULO 128

(Los Angeles, 18/4/72 a 30/4/72)

Ele trabalhava no cafofo nº 3. Fechou as cortinas, as persianas e ligou o ar-condicionado. Escondeu todos os relógios. Desligou o telefone. Transformou a noite em dia e o dia em noite.

Era uma queima controlada. Esvaziou seu arquivo do Vivian. Levou toda a sua merda de dossiês em caixas para o centro da cidade. Tinha a fórmula de líquido de ervas e a seringa. Tinha fórmulas escritas pelos caras das ervas. Queime o dossiê da sua mãe, queime o dossiê de Wayne, queime o dossiê do seu caso Monte suas bombas de papel e avalie os resultados.

Roubou as gazuas de Dwight Holly. Tungstênio pré-lubrificado atravessava qualquer coisa. Tinha sua passagem de avião, os pelos faciais falsos, a identidade falsa. Tinha tudo. Precisava agir porque ninguém mais faria isso.

Esvaziou as caixas. As pilhas de papéis tinham 10 metros de altura. O último foi o dossiê de seu caso. O assassinato aconteceu pertinho dele. Deveria ter sabido na época. Deduziu tarde. Agiu porque ninguém mais agiria.

Salvou as fotos de Joan, da polícia. Colou-as na parede do porão. Prendeu sua medalha de São Cristóvão na cabeça do prego.

Os caras das ervas lhe deram folhas com anotações. Preparou líquidos e encheu vidros de colírio. Pingou algumas gotas em papel mata-borrão. Verificou gráficos moleculares. Refinou o efeito de queimar palavras/reter papel.

Papel de dossiê se rasgou em tiras. Papel de dossiê enegreceu, se enrolou, ficou quebradiço. Cheiro e névoa — mas não fumaça de verdade.

Preparou seis garrafas cheias e enrolou-as com panos. Colocou três frascos de limpa-vidros vazios em sua mochila. Comprou seis sacos de lavanderia. Encheu todos com papel.

Bolas de papel, casulos de papel, cilindros de papel. Prontos para ser borrifados.

Encheu a garrafa de limpa-vidros nº 1. Borrifou o Partenon de Papel, trabalho de sua vida. Ele se embolou, borbulhou, chamuscou, reduziu e vaporizou texto. Soltou um fedor. Produziu irritação nos olhos. Os ninhos de papel vibraram. Os ninhos de saco de lavanderia estalaram. Papel sem palavras saiu em redemoinhos.

Crutch foi até a parede dos fundos. As fotos de Joan estavam cobertas de poeira. Limpou-as. Pendurou o São Cristóvão no pescoço.

Vou vingar você.

Vou honrar o grande presente que é você.

Você hesitou e me deu sua bandeira para ser guardada. Vou carregá-la para você agora.

CAPÍTULO 129

(Los Angeles, 1/5/72)

Primeiro de maio.

Bandeiras vermelhas se agitavam no Silver Lake Boulevard. Estandartes políticos misturados. ACABEM COM A GUERRA, ORGULHO NEGRO, DIREITOS DAS MULHERES. Manifestantes desviando o tráfego. Policiais emputecidos fazendo hora extra.

Joan olhava do terraço. O binóculo de Dwight a trazia para perto. Reconhecia rostos do Liberte os Rosenberg, vinte anos atrás.

Partiria logo. Os papéis estavam prontos. Começaria de novo como Jane Anne Kurzfeld. Karen estava pronta para ir. Não queria revelar o sobrenome. Elas se comunicariam por telefone público.

Tinha uma boa quantia de dinheiro. Deu uma quantia igual a Karen. Jack administraria o resto.

Carros passavam ao largo da rota da passeata. Alguns motoristas buzinavam pela paz. Alguns motoristas jogavam balões cheios de mijo e faziam sinal obsceno para os manifestantes.

O garoto desapareceu. Algo o estava perturbando na última vez em que se encontraram. Karen concordava com ela. Ele é persistente e rico em sincronicidade. Vamos deixar nossa papelada para ele.

Joan acendeu um cigarro, deu duas tragadas e apagou. Não devia. Aquela mudança no corpo havia persistido. *É, tenho certeza de que é.*

CAPÍTULO 130

(Washington, D.C., 1/5/72)

Primeiro de maio.

Bandeiras vermelhas e yippies, pacifistas agitando de montão. Muitos estandartes de causas diversas. Polícia montada como em Chicago em 1968. Nem de longe o mesmo derramamento de sangue.

Algumas escaramuças, algumas perseguições, alguns pisoteamentos. Panacas com tinta spray vermelha, gorilas usando máscaras de Nixon.

Ele se misturou. Usava cabelo hippie grudado. O bigode e a barba coçavam. A peruca estava torta. A mochila cheia demais fazia aumentar o efeito.

Viera de avião, dois dias antes. Pseudonimizou a passagem e a ficha do hotel. Passou três vezes pelo alvo. A porta do porão parecia inexpugnável. A caixa de fusíveis do porão parecia fácil. A janela da lavanderia estava sempre escancarada.

Nenhum empregado morando. Nenhuma tocaia federal estacionada do lado de fora. Nenhum cão de guarda.

Ela perguntaria se ele fez. Ele piscaria como Scotty Bennett. Diria: "Não vou contar."

As passeatas diurnas viraram festas noturnas. Ele ficou dando tempo no parque Lafayette. A Casa Branca ficava do outro lado da rua. Ele ajudou a eleger o Dicky Trapaceiro. O francês ajudou. Foi há um bilhão de anos pré-Vermelho.

Hippies fumavam maconha e cabriolavam. Algumas garotas fizeram topless. Policiais fizeram passagens pró-forma.

Crutch foi andando até o parque Rock Creek. Washington estava cheia de caretas e renegados. Ninguém o notava.

Chegou a um posto Texaco e voltou às suas roupas de cara normal. Cortou as roupas e o cabelo de camuflagem e jogou no vaso sanitário. Entrou no parque e encontrou um lugar calmo. Estamos preparados para a meia-noite.

Os jornais de L.A. consideraram a morte de Chick Weiss uma overdose de drogas. Phil Irwin segurou a onda. Ele se lembrou de algumas coisas ditas por Joan. Ficou lembrando de Esteban Sánchez.

Estava escuro. Insetos noturnos bombardeavam-no. Estava isolado. Fogos de artifício espocavam do outro lado do parque.

A contagem regressiva era interminável. Os ponteiros do relógio estavam sem corda. Finalmente a meia-noite chegou. Ficou tonto até 0h03. Bam: a adrenalina de reserva bateu.

Andou, perambulou, caminhou. Bela noite, belo bairro. Sou um cara legal levando as roupas da escola para a casa da minha mãe.

Lá está a Northwest Thirthieth Place. Lá está a entrada de veículos. Lá está a casa em estilo neogeorgiano.

Por la Causa. Seja intrépido, seja ousado.

A janela estava sem tela e escancarada. Ele se aproximou, pôs a mão no peitoril e pulou. Bateu no chão de leve, em pé.

As luzes do andar de baixo estavam apagadas. A cozinha cheirava a detergente de limão. Tinha visto fotos na *Antique Monthly* e diagramado a planta dos andares. Pegou a lanterna miniatura e foi até a porta do porão.

Estava trancada. Inseriu uma gazua nº 6 e girou o mecanismo. O acesso por fora era intransponível. O acesso por dentro era fácil.

Desceu a escada. Estreitou o facho e apontou.

Era seu espaço de arquivo, o espaço de arquivo de Wayne e o laboratório de Reggie transformados em mastodônticos. O porão ocupava todo o comprimento e a largura da casa. O teto era elevado para caber mais papel. As prateleiras eram mais altas do que o monte Matterhorn e quase roçavam as nuvens.

Ele tinha 44 bombas de papel, enroladas em pano e com as tampas atarraxadas. Tirou a mochila e posicionou-as estante por estante. Chegou ao fundo. Sua poção de ataque cardíaco havia se derramado. Sua seringa fora esmagada.

Ficou ali. Um milhão de vozes disseram: "*Merdinha, Voyeur, pariguayo.*" Tapou os ouvidos. Isso não as fez parar. As vozes o espancavam. Sentou-se no chão e deixou que gritassem até se esgotarem.

Pôs a máscara contra gases. Andou pelo porão. Desatarraxou as 44 tampas.

Os vapores subiram.

Nuvens coloridas ascenderam.

As paredes as contiveram.

Papel chamuscou, se enrolou, estalou e ficou preto. Pequenas explosões aconteceram. As prateleiras chacoalharam. Tinta se soltou das paredes. Os vapores se re-coloriram: escuro/claro, escuro/claro. Escamas de papel se vaporizaram no ar.

Crutch subiu a escada e fechou a porta. A luz da cozinha se acendeu. O Sr. Hoover estava perto da geladeira.

Crutch enfiou a mão no bolso e tirou a esmeralda. O Sr. Hoover tremeu e se fixou nela.

O fulgor era incessante. Magnetizava o globo ocular. O brilho verde cresceu e cresceu. O Sr. Hoover oscilou e babou; segurou o peito e cambaleou escada acima.

CAPÍTULO 131

(Los Angeles, 3/5/72)

Era manchete de primeira página. Ataque cardíaco, 77 anos.

Ela não sentiu nada. Os obituários o elogiariam e o difamariam. Dwight o havia arrancado dela. Ela não se importava mais.

Joan parou na frente da casa.

Um noticiário berrava na casa vizinha. A luz de uma TV ricocheteava por uma janela. O garoto chamava o lugar de "cafofo nº 3". O carro envenenado dele não estava ali. Ela abriu a porta com um cartão de crédito falso e entrou.

A sala estava bagunçada. Uma brisa fazia girar pedacinhos de papel. O ar tinha um cheiro estranho. As paredes tinham escamas de fuligem.

Uma pilha de revistas de automóvel. Tubos de ensaio e garrafas de produtos químicos. Anotações rabiscadas em blocos de rascunho. Uma espingarda de cano serrado.

Ela abriu a bolsa e tirou a máquina fotográfica. Enrolou o suéter para ver como havia mudado. Segurou a câmera a distância e tirou a foto.

A imagem saltou um minuto depois. A imagem foi entrando em foco. Ela colocou-a na frente do parapeito da janela.

Sua resolução ressuscitou minha resolução.

Não posso imaginar quem você se tornará.

Agradeço porque isso aconteceu com você.

DOCUMENTO ANEXO: 11/5/72. Extraído do diário pessoal de Karen Sifakis.

Los Angeles,
11 de maio de 1972

Estou indo embora. Esta será minha última anotação. A casa foi vendida, o carro está com a mudança. As meninas estão acomodadas no banco de trás, junto com os bichos de pelúcia de Ella. Nunca mais terei de dar aulas em faculdades. Os lucros de um assalto tremendamente violento vão me sustentar pelo resto da vida.

Por enquanto não possuo sobrenome. Resisti a todas as identidades falsas que me foram oferecidas. É um risco, mas assumo-o de bom grado. No momento certo contarei às meninas toda a história e como cheguei ao nome Holly.

Tranquei a casa e dei uma última olhada para o refúgio; certifiquei-me de que todas as portas do carro estão bem trancadas. Dina fez um pouco de beicinho; Ella riu para mim. Notei a bandeirinha vermelha presa no banco.

Olhei em volta. Queria vê-la uma última vez ou pelo menos captar um sopro de sua fumaça. Ela havia sumido. Sempre considerou que as despedidas eram místicas e pressupostas. Os camaradas devem estar prontos para se reunificar ou perder-se para sempre. A crença funciona desse modo.

AGORA

A foto foi preservada. A história parou naquele momento há 37 anos. A história se reuniu de volta com o primeiro maço de papéis.

Os documentos chegaram a intervalos regulares. São sempre enviados anonimamente. Compilei trechos de diários, transcrições de história oral e sobras de fichas policiais. Esquerdistas idosos e militantes negros me contaram suas histórias e forneceram verificação. As intimações da Lei de Liberdade de Informação me serviram bem.

Encontrei os diários de Marshall Bowen e Reginald Hazzard. Encontrei os cadernos de Scotty Bennett. Joaquín Balaguer foi surpreendentemente sincero. A Biblioteca Richard M. Nixon ofereceu um apoio superficial. A Biblioteca J. Edgar Hoover resistiu. Os porta-vozes de

Hoover negaram consistentemente os arquivos queimados em seu porão e se recusam a ligar o acontecimento à morte de Hoover naquela noite.

Entrevistei numerosos camaradas de Joan Rosen Klein e Karen Sifakis. As lembranças deles formam uma grande contribuição para esta narrativa. Eles se recusaram a revelar as novas identidades de Joan e Karen. Minhas tentativas de suborná-los e coagi-los fracassaram redondamente.

Minha própria memória campeia em sincronia com tudo que descrevi. Não esqueci sequer um momento. Quarenta mil novas páginas de dossiês sustentam minha lembrança. Queimei todos os meus papéis originais. Reconstruí toda a papelada de novo, de modo que possa contar essa história.

A maioria das pessoas está morta. Sal Mineo foi assassinado num assalto. A birita levou Phil Irwin. A Tiger Kab faliu. Freddy Otash teve um ataque cardíaco fatal. Drácula morreu em 1976. Farlan Brown morreu um ano depois. Clyde e Buzz se foram. Os caras da máfia estão mortos. Mary Beth continua viva. Reginald Hazzard voltou ao Haiti. Dana Lund morreu em 2004. Jack Leahy sumiu.

Eu era o mais novo de todos nós. Continuo com boa saúde. Tenho uma agência de detetives bem-sucedida em Los Angeles. Minha firma fornece guarda-costas para celebridades e verifica histórias para matérias de tabloides. Sou convidado frequente em programas de TV sobre escândalos. Meus empregados utilizam tecnologia de ponta. Lucro com os esforços deles. Isso me permite reviver a História e continuar minha busca por Joan.

Sei que ela ainda está viva. Sei que Karen e suas filhas estão vivas e prosperando. Nem mesmo toda a minha capacidade de caçador me levou a elas.

Deus me deu um temperamento inquieto e disciplina para procurar. Meu impulso descontrolado de andarilho agora tende para o bem. Procuro entes queridos desaparecidos e os levo para casa. Faço isso constante e anonimamente à minha própria custa. Encontrei muitas pessoas perdidas e alguns cachorros perdidos. Este livro encapsula quatro anos e circunscreve muitos arcos de magia. Fiapos daquela magia passaram a residir em mim. Escuto, procuro, arquivo. Sigo pessoas para pessoas e trago-as de volta para as pessoas que mais as amam. O processo realiza uma confiança sagrada e me leva tremendamente perto de Joan.

Agora ela está com 83 anos. Nosso filho tem 36. O instinto me diz que é uma menina. Minha mãe tem 97. Ainda me manda um cartão e uma nota de 5 dólares a cada Natal.

"Suas opções são fazer tudo ou não fazer nada." Joan me disse isso. Pague um preço tremendo e violento para viver a História. Nunca vou parar de procurar. Rezo para que estas páginas a encontrem e ela não leia de modo errado minha devoção.

Viajei pelas zonas perigosas em revolução no mundo. Estive na Nicarágua, em Granada, na Bósnia, em Ruanda, na Rússia, no Irã e no Iraque. Desenhei imagens de Joan e a envelheci em minha mente. Li jornais e revistas e procurei suas ações em elipses. Vejo mulheres que podem ser ela e sigo-a até que suas auras se dispersem. Paguei milhões de dólares em gorjetas. Ouço falar em carros-bomba, venda de armas e examino fotos em computadores. Tenho um laboratório cheio de equipamento para trabalhar fotos. Correspondentes me mandam filmes todo dia. Olho cenas de multidão e prendo o fôlego esperando o momento em que será ela.

Sua foto. Meu gene de persistência.

Minhas opções costumam flutuar entre o Então e o Agora. Vivo neste último com relutância. Vivo no primeiro com retidão de criança convertida.

Há uma festa na Tiger Kab. Uma ilha estranha me chama. Estou perseguindo um assassino até um final que indicia a mim mesmo. Estou fazendo amigos e inimigos e rodando a toda velocidade. Tenho a licença para roubar e a passagem para viajar.

É sempre lá. Está sempre se desdobrando. Está sempre me ensinando coisas novas. Dou-lhe este livro e saúdo você como meu camarada. Aí está meu presente, em vez de um encontro — minha mãe perdida, meu filho perdido, e Joan, a Deusa Vermelha.

Este livro foi composto na tipologia Chaparral Pro Light,
em corpo 11,3/15,4, impresso em papel off-white 80g/m²,
no Sistema Cameron da Divisão Gráfica
da Distribuidora Record.